ANABELLE STEHL
Worlds Collide

ANABELLE
STEHL

worlds collide

ROMAN

LYX

LYX in der Bastei Lübbe AG
Dieser Titel ist auch als E-Book und Hörbuch erschienen.

Die Bastei Lübbe AG verfolgt eine nachhaltige Buchproduktion.
Wir verwenden Papiere aus nachhaltiger Forstwirtschaft und verzichten
darauf, Bücher einzeln in Folie zu verpacken. Wir stellen unsere Bücher
in Deutschland und Europa (EU) her und arbeiten mit den Druckereien
kontinuierlich an einer positiven Ökobilanz.

Originalausgabe
Copyright © 2022 by Bastei Lübbe AG, Köln
© 2022 Anabelle Stehl
Dieses Werk wurde vermittelt
durch die Langenbuch & Weiß Literaturagentur.

Textredaktion: Klaudia Szabo
Covergestaltung: ZERO Werbeagentur GmbH
Coverabbildung: © shutterstock.com
(thidaphon taoha/Tama2u/GoodStudio/GalinaL)
Silhouette London: © gettyimages (gio_banfi)
Satz: Greiner & Reichel, Köln
Gesetzt aus der Adobe Caslon
Druck und Verarbeitung: GGP Media GmbH, Pößneck

Printed in Germany
ISBN 978-3-7363-1663-8

3   5   7   6   4   2

Sie finden uns im Internet unter: lyx-verlag.de
Bitte beachten Sie auch: luebbe.de und lesejury.de

Liebe Leser:innen,

bitte beachtet, dass *Worlds Collide* Elemente enthält,
die triggern können. Dies ist: *emotional und finanziell
missbräuchliche Beziehung zu Familienmitgliedern.*

Wir wünschen uns für euch alle
das bestmögliche Leseerlebnis.

Eure Anabelle und euer LYX-Verlag

Für die Falkenfreunde:
Babsi, Liza, Lucinda und Mikkel.
Danke für eure Zeit,
Motivation und Freundschaft.

Playlist

Watermelon Sugar – Harry Styles
The Internet – Jon Bellion
If I Ruled The World – MILCK
Chandelier – Damien Rice
Bad Blood – Taylor Swift, Kendrick Lamar
Devil I Know – Allie X
False Confidence – Noah Kahan
Best of Me – Christina Aguilera
2021 Barbie Girl – Hannah Grae
Why – Sabrina Carpenter
Teeth – 5 Seconds of Summer
Heat Waves – Glass Animals
Clean – Hey Violet
Sirens – LORYN
Girl Crush – Harry Styles
The Chain – Fleetwood Mac
No Lines – LORYN
First Day of My Life – Bright Eyes
Kiss – Prince
Older – Sasha Alex Sloan
Redemption – Dermot Kennedy
Neutron Star Collision – Muse
Only Us – Laura Dreyfuss, Ben Platt

I. KAPITEL

Fiona

Heute war der Tag, an dem ich endlich Stolz empfinden würde.

Kaum hatte ich die Augen aufgeschlagen, war der Gedanke da und verdrängte alle anderen. Ich drehte mich auf die Seite und griff nach meinem Handy, das auf dem Nachttisch lag. Es war gerade einmal sieben Uhr, ich war eine halbe Stunde vor dem Weckerklingeln wach geworden. Kein Wunder, denn mein Herz schlug wild vor Aufregung, und ich war diese Nacht bereits mehrmals aufgewacht. Ohne wie üblich meine Benachrichtigungen zu checken, legte ich das Handy mit dem Display nach unten wieder zur Seite und sah an die Decke, an die die gerade aufgehende Sonne helle Muster malte. Das Rauschen der vorbeifahrenden Autos vor meinem Fenster drang leise herein, und irgendwo in der Ferne waren die in London nie verklingenden Sirenen eines Krankenwagens oder Polizeiautos zu hören. Ich schloss die Augen und holte tief Luft, um mein viel zu schnell schlagendes Herz zu beruhigen.

Heute war es so weit. Ich hatte geschafft, was ich mir erträumt hatte. Ich konnte stolz auf mich sein.

Ich ignorierte den Gedanken daran, dass ich mir diesen Satz nicht zum ersten Mal sagte. Bei meiner ersten bezahlten Kooperation, damals, als ich die 100 000 Abonnenten geknackt und YouTube mir meinen ersten Play-Button geschickt hatte, der nun die Wand im Wohnzimmer zierte, bei meinem ersten professionellen Fotoshooting für ein Magazin: Immer hatte ich dagesessen und in mich hineingehorcht. Hatte gehofft, dass sich das Gefühl von Stolz, Selbstliebe und was einem nicht immer gepredigt wurde, einstellte. Gefühlt hatte ich nichts. Natürlich war ich kurz glücklich gewesen, hatte mich gefreut – aber nie war die Freude so langanhaltend gewesen, dass sie nachhaltig etwas verändert hätte.

Doch heute war es so weit, da war ich mir sicher.

Viereinhalb Jahre hatte ich hierauf hingearbeitet, hatte Nächte durchgemacht, Rückschläge erlitten, doch nie aufgegeben. Und tatsächlich war da ein nervöses Kribbeln in mir, das sich nach Vorfreude anfühlte. Ganz von selbst stahl sich ein Lächeln auf mein Gesicht, so breit, dass ich fühlte, wie sich meine Wangen hoben. Ich schlug die Augen wieder auf, schnappte mir mein Handy, die Kleidung, die ich gestern schon bereitgelegt hatte, und ging ins Bad. Während Harry Styles' Musik aus meinen Boxen in dem geräumigen Badezimmer drang, duschte ich, kleidete mich an und suchte mein Make-up zusammen. Jetzt konnte ich das breite Grinsen auch im Spiegel sehen, denn heute würde ich nicht nur irgendein Make-up benutzen.

Sanft strich ich über die mintgrüne Verpackung der Lidschatten-Palette und nahm den pfirsichfarbenen Lippenstift mit mattem Finish aus meiner Kollektion. Ja, *meiner* Kollektion. Denn sowohl auf der mintgrünen Palette als auch auf der schwarzen Verpackung des Lippenstifts stand in roségoldenen, geschwungenen Lettern »by Fiona« – in meiner Handschrift. Meine eigene Make-up-Linie. Meine *erste* eigene Make-up-Linie, wie meine Managerin Anita betont hatte, denn sie war sich sicher, dass weitere folgen würden, so gut wie die Vorbesteller-Zahlen bereits aussahen.

Mein Herz klopfte schon wieder aufgeregt, und die blauen

Augen im Spiegel blickten mir funkelnd und so viel wacher, als ich es gewohnt war, entgegen. Das war immer mein Traum gewesen, schon seit ich mit vierzehn Jahren die erste Kollektion meiner liebsten YouTuberin gekauft hatte. Dass ich nun meine eigene in den Händen hielt, war unglaublich. Keine Ahnung, ob ich mich je daran gewöhnen könnte. Ich legte Primer, Foundation und mein übliches Tages-Make-up auf, bevor ich mich meinen Produkten widmete.

Wie immer wirkte das Ganze beinahe meditativ auf mich. Ich hatte schon früh begonnen, mit Make-up zu spielen – spielen war das richtige Wort, denn ich hatte gar keine Ahnung davon gehabt. Doch es war immer meine Ausflucht gewesen. Es war fast so, als hätte ich damals durch das Schminken eine Rüstung angelegt, um den Tag zu überstehen. Nicht jedoch weil ich Unreinheiten kaschieren konnte oder dergleichen. Vielmehr weil diese paar Minuten vor der Schule nur mir gehörten. Ich hatte mich auf nichts als auf mich, mein Gesicht und die Musik in meinen Ohren konzentriert, hatte alles ausblenden können. Die Flüche meiner Mum, die sie den Männern, die sie gerade datete, an den Kopf warf, das Trommeln an der Badezimmertür, wenn ich zu lang brauchte, das Bellen des Nachbarhundes, der viel zu wenig Auslauf bekam, der Lärm der Autos direkt vor der Tür – all das verschwand für einige Augenblicke. Auch heute noch wirkte es ähnlich beruhigend auf mich, auch wenn ich nicht länger bei meiner Mum wohnte und der Londoner Straßenlärm ein willkommenes Hintergrundrauschen geworden war.

Mich zu schminken war mein Ventil. Während andere eine Leinwand bemalten, um ihren Gefühlen Ausdruck zu verleihen und ihre Gedanken zu sortieren, trug ich meine direkt auf dem Gesicht. Mit der Zeit hatte ich es so sogar lieben gelernt. Die Sommersprossen, die ich früher nicht mochte, überschminkte ich nicht länger, und die Nase, die nicht ganz gerade war und die ich als Teenager unbedingt hatte richten lassen wollen, gehörte mittlerweile unabdingbar zu mir.

Dass ich nun meine eigenen Produkte auftragen, anderen vielleicht das gleiche Gefühl vermitteln und ihnen einen Funken Selbstbewusstsein mitgeben konnte, war unbeschreiblich. Zwar hatte ich die Linie bereits mehrmals benutzt, jedoch immer nur zum Testen, bevor sie in die Produktion ging. Ich hatte mich in den gesamten Prozess einbeziehen lassen und auch meine Follower und Followerinnen auf Social Media mitgenommen. Mein Management hatte mir zuerst davon abraten wollen, da ich ohnehin zu viel zu tun hatte. Doch nachdem ich meiner Managerin beteuert hatte, wie viel mir daran lag, hatte sie sich für mich eingesetzt. Ich hatte nicht einfach meinen Namen auf eine fertige Linie schreiben, ich hatte dabei sein wollen. Von Anfang an. Das erste positive Feedback meiner Abonnenten und Abonnentinnen, die ich bei Farbwahl und Zusammensetzung der Paletten hatte abstimmen lassen, hatte dann auch mein Management überzeugt. Klar, denn Engagement und Reichweite bedeuteten wieder Geld. Letzten Endes war es mir aber egal, denn ich hatte bekommen, was ich wollte: Ich hatte mich einbringen und mitentscheiden dürfen, und so fühlte sich das, was ich gerade in den Händen hielt, wirklich nach meinem Erfolg an.

Nachdem ich noch etwas Puder auf mein Gesicht aufgetragen hatte, drehte ich meine weißblonden Haare mit dem Glätteisen zu sanften Wellen, steckte die Hälfte hoch und schickte ein Selfie an meine beste Freundin Kaycee. Ich betrachtete das Foto eine Weile und musste wieder lächeln, während sich ein aufgeregtes Flattern in meiner Magengrube bemerkbar machte. Weil das Grinsen auf dem Foto echt aussah. Weil ich glücklich aussah. Ich blickte auf in mein Spiegelbild. Ich *war* glücklich. Nicht nur ein bisschen, sondern so richtig. Obwohl das Licht auf dem Foto nicht optimal war und ich es unter normalen Umständen nicht gepostet hätte, beschloss ich, das Bild genau so in die Story zu laden.

»Ich freu mich auf euch! ♥«, schrieb ich dazu und postete es. Nach nur wenigen Sekunden trafen die ersten Nachrichten und Reactions ein, doch ich kam gar nicht dazu, sie zu öffnen, da Kaycee mich im nächsten Moment anrief.

»Hey«, nahm ich den Anruf an.

»Du siehst so gut aus! Aber wieso bist du schon wach? Ich bin grad erst aufgestanden und brauch noch mindestens 'ne halbe Stunde, bis ich loskann.« Im Hintergrund war ein Reißverschluss zu hören.

»Ziehst du dich grad beim Telefonieren an?«, fragte ich mit einem Lachen.

»Ja, ich will dich nicht warten lassen.«

»Keine Eile, wirklich! Ich war nur viel zu aufgedreht und schon zu früh wach.«

»Kein Wunder, sogar ich bin aufgeregt«, erwiderte Kaycee, was mich schon wieder zum Lächeln brachte. Kaycee war meine beste Freundin seit Kindertagen. Wir waren in derselben Straße aufgewachsen und kannten uns schon, seit wir die ersten Worte wechseln konnten. Sie war der Mensch, dem ich am meisten vertraute, und auch diejenige, die mich in allem völlig neidfrei und zu einhundert Prozent unterstützte. Dass sie heute dabei war, war also ein Muss!

»Okay, ich beeil mich. Soll ich zu dir oder treffen wir uns an unserem Platz im Park?«

»Park, ich glaub nicht, dass ich es aushalte, hier jetzt stillzusitzen.«

»Dachte ich mir. Okay, bis gleich! Hab dich lieb, ich bin *so* stolz auf dich!«

»Danke«, sagte ich und schluckte gegen den Kloß an, der sich plötzlich in meinem Hals gebildet hatte. Kaycee verabschiedete sich und legte auf. Ich ließ meine Hand mit dem Smartphone sinken und betrachtete mich ein letztes Mal im Spiegel.

Heute war mein Tag.

»Hier drüben!«, rief ich, als mein Blick auf Kaycee fiel, die mit der Hand die Sonnenstrahlen abschirmte und sich suchend umsah. Sie winkte zurück und kam auf mich zu.

Der Hyde Park war von meiner Wohnung aus in nur wenigen Minuten zu Fuß zu erreichen, und ich war ständig hier. Ich liebte die Ruhe inmitten der lebendigen Stadt, die Eichhörnchen, die auf Futter der Touristengruppen hofften, und die Musizierenden, die ihr Können häufig zur Schau stellten. Wie üblich hatte ich an einem der Brunnen der Italian Gardens gewartet, was vielleicht nicht die klügste Entscheidung war, so viel Trubel, wie hier immer herrschte. Gerade sonntags waren besonders viele Gruppen unterwegs, aber ich liebte den Platz zu sehr, um ihn aufzugeben, nur weil ich erkannt werden könnte.

»Hallo!« Kaycee umarmte mich mit so viel Elan, dass ich einen Schritt nach hinten taumelte.

Lachend erwiderte ich die Umarmung, bevor meine beste Freundin mich eine Armlänge von sich hielt und ihren Blick über mich wandern ließ. »Du siehst großartig aus!«

»Nicht wenn du mich ins Wasser schubst«, gab ich mit einem Blick hinter mich auf den flachen Brunnen zurück, woraufhin sie von mir abließ. »Aber danke! Ich wollte etwas Neutrales, damit sich nichts auf den Fotos beißt.«

Kaycee grinste. »Du hast wie immer an alles gedacht.«

Sie hatte sich, im Gegensatz zu mir, für Farbe entschieden – ihre Haare waren frisch gefärbt und hellrosa, und sie trug ein pastellblaues Kleid. Es kam nur selten vor, dass man Kaycee in etwas anderem als Schwarz sah.

»Wir haben ganz schön Glück mit dem Wetter.«

»Yep, heute ist alles perfekt!«, erwiderte ich. Kaycee hatte recht. Für März war es außergewöhnlich warm, und weit und breit waren keine Wolken zu sehen, als hätte sich London extra für mich zusammengerissen.

Kaycees Grinsen verwandelte sich in ein sanftes Lächeln, als sie mich betrachtete. »Ich freu mich wirklich unglaublich für dich. Was für eine Woche ist das bitte? Erst die zwei Millionen Abos und dann der heutige Launch.«

Ich erwiderte ihr Lächeln, woraufhin Kaycee kurz meine Hand drückte. Sie war die einzige Person in meinem Leben, die meine Gedanken ungefiltert kannte. Bei ihr musste ich mich nie zurückhalten. Nie die Angst haben, undankbar zu wirken, weil ich etwas nicht so fühlte, wie ich es – nach Meinung der Gesellschaft – tun sollte. Sie nahm mich, wie ich war, und vermittelte mir manchmal sogar das Gefühl, dass das Ich, das sie zu sehen bekam, eigentlich ganz okay war.

»So und jetzt genug Schnulz, gib dein Handy her, wir machen Fotos.«

»Müssen wir nicht, ich hab die Woche schon vorgeplant.«

»Fiona, das ist dein Tag! Ein Meilenstein in der Geschichte der Fiona Harris. Also rück dein überteuertes iPhone raus, und wirf dich in Pose.«

Kaycee zog eine dunkel geschminkte Augenbraue nach oben, und ich reichte ihr schmunzelnd das Smartphone. Mittlerweile hatte sie Übung darin, Licht und Hintergrund perfekt einzufangen, wusste genau, welche Seiten ich an mir mochte, welche weniger und welchen Winkel sie nutzen musste, damit ich mit dem Endresultat zufrieden war. So auch jetzt.

»Danke dir!«, sagte ich, während ich die Fotos sichtete. »Du bist und bleibst der beste Instagram Husband.«

»Ich weiß.«

Ich ließ das Handy in meine Handtasche wandern. Irgendwann, als ich die Eine-Million-Marke geknackt hatte, hatte ich aufgehört, Fotos direkt auf Instagram zu posten. Zu häufig war es vorgekommen, dass meine Followerinnen das Café aufgesucht hatten, in dem ich gerade mit Kaycee gesessen hatte, oder vor dem Gebäude meines Managements campiert hatten, wenn ich von dort aus eine Story hochgeladen hatte.

Ich liebte es, die Menschen zu treffen, denen ich all das zu verdanken hatte, aber es machte auch vieles komplizierter. Es gab keinen Tag, an dem ich mir nicht die Zeit für ein Foto nahm, wenn jemand mich erkannte, aber mein Alltag war mittlerweile ziemlich vollgestopft, und durch den Londoner Verkehr war es so schon schwer genug, pünktlich zu Terminen zu kommen. Ein paarmal war ich auch ohne mein Wissen fotografiert worden, und es war ein seltsames Gefühl, wenn Fotos im Internet landeten, von deren Existenz man nicht wusste. Zumal die Fotos nur selten vorteilhaft waren. Also würden Kaycees Schnappschüsse erst später oder morgen auf Instagram landen.

Ich sog noch einmal tief die Frühlingsluft ein und merkte, wie sich schon wieder ein Lächeln auf mein Gesicht schlich. »Kaffee?«, fragte ich mit Blick zu dem Kaffeewagen hinter uns, der am Eingang des Parks stand.

Kaycee musterte mich eingehend. »Sicher, dass Kaffee eine gute Idee ist, so wie du jetzt schon rumspringst?«

»Ach, einer geht schon, ich hatte nach dem Aufstehen extra keinen.«

»Na, dann los. Da kannst du mich direkt für meine Fotografentätigkeit bezahlen.«

»Wird gemacht«, erwiderte ich und hakte mich bei meiner besten Freundin ein. »Und ich kann meine Rede noch mal durchgehen.«

»Noch mal? Die kann sogar ich mittlerweile auswendig.«

Ich zuckte mit den Schultern. »Ich will einfach nicht, dass heute etwas schiefgeht.«

»Wird es nicht«, versicherte Kaycee mir. »Außerdem wird wohl keiner schreiend aus dem Laden rennen, nur weil du dich an einer Stelle verhaspelt hast.«

Sie knuffte mich in die Seite, und ich rollte mit den Augen. Natürlich hatte sie recht, und ich wusste, dass ich so gut vorbereitet war, wie ich sein konnte. Dass mich nichts Böses erwartete und all die Leute schließlich meinetwegen da waren, um mich zu unterstützen. Trotzdem fühlte es sich manchmal an, als hätte ich mir mit all dem kein sicheres Fundament erbaut, sondern ein stetig wankendes Kartenhaus, das ich höher türmte, als ich es mir in meiner Position – ohne guten Abschluss und mit gerade einmal zwanzig Jahren – erlauben sollte. Trotz des positiven Zuspruchs waren die negativen Stimmen in meinem Kopf manchmal lauter, und wenn sie zu laut wurden, blieb in mir nichts übrig als das Gefühl, eine Hochstaplerin zu sein. Mir dieses »Imperium«, wie meine Managerin Anita es häufig betitelte, nur mit Schall und Rauch errichtet zu haben. Ein kleiner Teil von mir wartete angespannt darauf, dass dieser Rauch mir die Karten um die Ohren wehte und alles einstürzte.

Deshalb war dieser Tag so wichtig. Heute würden sich die Jahre harter Arbeit bezahlt machen. Ich hatte das verdient. Alles davon. Der heutige Tag war der Beweis.

»Oh mein Gott«, stieß ich aus, kaum dass das Taxi uns am Ende der Regent Street rausgeworfen und uns somit freien

Blick auf den Piccadilly Circus und die Filiale gegeben hatte, in der in wenigen Stunden das Event starten würde. Ich war mir nicht sicher, ob Kaycee es über den Straßenlärm hörte oder einfach stehen blieb, weil sie in dem Moment sah, was ich sah.

Der Piccadilly Circus war überfüllt wie immer: Reisegruppen, Pendelnde, rote Doppeldeckerbusse, Taxis, Autos, Straßenstände und Leute, die einfach nur von A nach B wollten – und eine ewig lange Schlange, die sich vor Boots versammelt hatte.

»Die stehen jetzt schon an? Es startet doch erst um drei Uhr«, sagte ich und sah auf mein Handy, um die Uhrzeit zu checken, obwohl ich genau wusste, dass ich überpünktlich war. Drei Stunden vor Beginn des Events sollte ich da sein, und ich war sogar noch zwanzig Minuten zu früh, nur um auf Nummer sicher zu gehen.

»Was hast du erwartet? Vermutlich kamen die Ersten heute Morgen schon.«

»Aber warum? Wir haben doch Karten verlost, der Rest kann sowieso erst später rein.«

»Einhundert Karten«, meinte Kaycee und zeigte auf die Schlange. »Ich glaube nicht, dass das da die Leute mit Tickets sind. Die sehen eher so aus, als hofften sie, dass sie dich vor dem Event irgendwie zu Gesicht bekommen.«

Ich schluckte. Ich liebte es, meine Fans zu treffen, doch für gewöhnlich tat ich das auf Conventions und Messen. Sie jetzt hier mitten in London zu sehen, an einem Ort, den ich beim Shoppen passierte, war ungewohnt. Sie standen alle für mich an. Für mich. Das Mädchen aus Croydon. Das Mädchen, das all die Jahre lang belächelt worden war, weil es sich zu viel schminkte, weil es Videos ins Internet stellte, gedreht in seinem kleinen Kinderzimmer mit der altbackenen Tapete. Dieses Mädchen war noch in mir drin und konnte selbst jetzt,

Jahre später mit zwei Millionen Abonnenten und Abonnentinnen auf YouTube, nicht glauben, dass Leute anstanden, um es zu sehen.

Mein Blick wanderte nach oben, ich sog die Luft ein und griff nach Kaycees Hand.

Oh. Mein. Gott.

Adrenalin schoss durch meinen ganzen Körper, eine Gänsehaut legte sich auf meine Arme und brachte die feinen Härchen dort zum Stehen, und mein Herz pochte so heftig in meinem Brustkorb, dass es beinahe wehtat.

»Au«, machte Kaycee, als ich ihre Hand noch fester drückte. »Was ist?«

Als ich nicht antwortete, folgte ihr Blick meinem, der nach wie vor starr geradeaus gerichtet war. Plötzlich erwiderte sie den Druck meiner Finger und gab ein Geräusch von sich, das verdächtig nach einem Quietschen klang und somit so gar nicht nach Kaycee.

»Oh mein Gott, das bist du!«

Ja, das war ich. Riesengroß.

Auf einer der Anzeigetafeln direkt über Boots, neben Werbung für Guess, Coca Cola und irgendeine britische Bank. Auf einer der Tafeln, deren Werbefläche Unsummen kosten musste, war mein Gesicht.

»Simply Beautiful by Fiona« stand dort in filigraner Handschrift neben meinem lächelnden Gesicht aus dem Fotoshooting, das ich vor wenigen Monaten mit Boots gehabt hatte.

»Schnell«, sagte Kaycee, zückte ihr Handy und schob mich in Position. Perplex folgte ich ihren Anweisungen, und im nächsten Moment hatte sie auch schon auf den Auslöser gedrückt. Dann noch einmal und beim letzten Foto hatte ich es endlich geschafft, mich aus meiner Starre zu lösen und wie ein normaler Mensch zu schauen.

Lachend betrachtete sie die Fotos. »Du siehst aus, als hätte man dir den letzten Carrot Cake geklaut.«

»Wie würdest du denn gucken?«, fragte ich mit Blick auf das Bild. Als ich wieder zu den Anzeigetafeln sah, war mein Gesicht von einer Disney-Werbung ersetzt worden. »Das ist …« Ich schüttelte den Kopf, weil ich keine Worte hatte, um zu beschreiben, wie unglaublich das gerade war.

»Was fühlst du?«

Ich stieß ein Lachen aus und hob die Schultern. »Keine Ahnung, es ist vollkommen verrückt. Aufregung, Freude, aber vor allem Angst, dass jetzt alle erwarten, dass ich so porenlos aussehe wie da oben.«

Ich schob mir eine Haarsträhne zur Seite und hielt Kaycee meine Wange entgegen. »Natürlich hat meine Haut genau heute nämlich Zicken gemacht, guck. Super Timing.«

»Ich denke nicht, dass da irgendjemand drauf achtet, die sind alle genauso aufgeregt wie du. Außerdem zeigst du dich oft genug ungeschminkt, niemand erwartet, dass du perfekt bist.«

»Ich hoffe es.« Kopfschüttelnd sah ich dabei zu, wie die Disney-Werbung einer Anzeige für Handtaschen wich, bevor wieder ich dort erschien. In der Schlange darunter fotografierten einige Mädchen das Bild und tippten danach auf ihrem Handy herum, vermutlich, um das Foto online zu stellen.

»Ich glaube, das ist der aufregendste Tag meines Lebens. Und ich glaub nicht, dass ich das jemals realisieren werde.«

»Du hast dir all das verdient.«

Mit erhobenen Brauen sah ich sie an. Sie kannte meine Gedanken dazu, und ich war mir ziemlich sicher, dass sie den Satz genau deshalb gesagt hatte. »Das hier? Den Launch? Die Leute? Ich weiß nicht, das war einfach Glück.«

Kaycee boxte mich so fest gegen den Oberarm, dass ich aufjaulte. »Aua. Was soll das denn?«

»Ich hab dir schon mal gesagt, dass du damit rechnen musst, wenn du so was von dir gibst. Hör auf, deine harte Arbeit als Glück abzutun. Du hast dir jahrelang den Arsch dafür aufgerissen, hast nach der Schule bis in die Nacht rein Videos geschnitten, dir die Sprüche unserer Klassenkameraden angehört und immer weitergemacht. Hast dich in Steuerkram eingelesen, den ich bis heute nicht verstehe … Das hat nichts mit Glück zu tun. Du hast es rausgeschafft, Fiona. Trotz all der Scheiße, die daheim los war.« Sie lächelte mich schief an. »Also hör bitte auf, dich selbst kleinzureden und es auf Glück zu schieben. Sei verdammt noch mal stolz auf das, was du erreicht hast. Auch wenn oder gerade weil andere dir einreden, dass du es nicht sein kannst.«

Ihr letzter Kommentar brachte mich mehr zum Schlucken als die Worte davor, weil ich nicht wusste, ob es eine Spitze gegen all die Kritiker und die Nachrichten war, die mich als dummes Blondchen, das mit Make-up spielte, abtaten – oder gegen meine Mutter. Ich verdrängte jeden Gedanken an sie und daran, dass sie sich an meinem großen Tag noch nicht gemeldet hatte. Es sollte mir egal sein. Ich sollte daran gewöhnt sein. In Wahrheit jedoch war das die eine Sache, die diesem perfekten Tag einen Dämpfer versetzte.

Kaycee sah mich noch einmal eindringlich an, dann tippte sie auf ihrem Display herum, und kurz darauf gingen die Fotos bei mir ein, die sie von mir geschossen hatte. Sie strich sich die rosafarbenen Haare nach hinten und straffte die Schultern.

»Oh Gott, sogar ich bin nervös. Bist du bereit?«

»Ja, einen Moment noch«, sagte ich und betrachtete das Foto mit klopfendem Herzen. Ich hatte warten wollen, bis sie sich von sich aus meldete. Hatte sehen wollen, ob sie selbst an meinen großen Tag dachte. Ein Teil von mir sagte mir, dass ich genau das auch machen sollte: mein Handy wegpacken und sehen, ob sie auch ohne Erinnerung daran dachte, was dieser Tag für mich bedeutete. Dass sie keinen Stupser benötigen sollte, um an mich zu denken.

Doch es hatte nur diese eine Bemerkung von Kaycee gebraucht, dass der andere Teil in mir, der schwache, der immer wieder zum Vorschein kam, sich zu Wort meldete. Und wie so oft nahm er das Ruder in die Hand. Ich klickte auf den Chat mit meiner Mutter und schickte ihr das Foto – das lächelnde, nicht das mit meinem erschrockenen Gesichtsausdruck – ohne Kommentar.

Ich sperrte das Handy, bevor Kaycee nachfragen konnte, was ich da tat, denn ich wusste genau, mit welchem Blick sie mich dann betrachtet hätte.

»Okay, startklar«, sagte ich.

»Wie mogeln wir uns an der Schlange vorbei? Wenn du jetzt mit deiner Autogramm-Session startest, kommen wir definitiv zu spät.«

Ich ließ den Blick über die Menschenmasse wandern, die uns an unserer Position an der Treppe zur Tube zum Glück noch nicht entdeckt hatte.

»Da«, sagte ich und deutete nach links auf eine Frau mit braunen, schulterlangen Locken. »Da steht Anita.« Diese blickte ebenso suchend über den Platz wie ich zuvor, und ich verkniff mir ein Winken, um keine Aufmerksamkeit auf mich zu ziehen.

»Zum Glück hast du eine Managerin, die genauso überpünktlich ist wie du.«

»Sie kennt mich einfach nur gut«, gab ich zurück, griff nach Kaycees Hand und schlängelte mich mit ihr durch die Massen, die uns vor den anstehenden Fans versteckten.

Während sie meine Hand drückte, vibrierte das Handy in meiner anderen. Ich warf einen Blick darauf und merkte im nächsten Moment, wie sich mein Herz beinahe schmerzhaft zusammenzog – nicht weil etwas Schlimmes passiert war, sondern ganz im Gegenteil. Das, was ich da las, war so unerwartet und so … Ich sog die Luft ein und ließ meinen Blick über die Worte wandern. Über jeden einzelnen der kleinen schwarzen Buchstaben. Glitt sie entlang und hoffte, dass sie sich in meine Netzhaut einbrannten und mich nie wieder verließen.

Mum, 11.45 am:
Wow! Stolz auf dich. xx

Da war es, das Gefühl, auf das ich so lang gewartet hatte: Stolz. Ich fühlte ihn, als flösse er durch die Adern unter meiner Haut, als erfüllte er meinen gesamten Körper. Meine Mum war stolz auf mich. Ich presste das Handy an die Brust, genau über meinem Herzen, als könnte ich sie so spüren. Ich war stolz.

Ich hatte es geschafft, Kaycee hatte recht: Ich hatte das hier verdient. Heute war mein Tag, der Beginn von etwas Neuem.

2. KAPITEL

Fiona

»Vielen Dank, dass ihr alle hier seid, um mit uns gemeinsam diesen besonderen Tag zu feiern. Ihr habt die einmalige Chance, vor allen anderen Fionas Produkte zu testen, euch Fotos und Autogramme zu holen, und natürlich erwartet euch alle auch eine Goodie Bag, die ihr hier vorn abholen könnt. Darin sind nicht nur die Produkte der Simply-Beautiful-Reihe, sondern auch ein paar kleine Extras, die euer Fan-Herz höherschlagen lassen, als Dankeschön für all eure Unterstützung. Danke auch an alle, die beim Livestream dabei sind, die Produkte vorbestellt haben und die Linie und Fiona so unterstützen.« Anita sandte ein warmes Lächeln durch die Menge. Sie wusste, wie sie Leute zum Zuhören brachte, und schaffte es immer, jedem ein gutes Gefühl zu geben. So auch mir, als sie mich damals, zu Beginn meiner Karriere, kontaktiert hatte. Wir hatten uns kurz nach meinem siebzehnten Geburtstag getroffen, als ich ziemlich blauäugig in die Business-Seite der YouTube-Welt gestartet war, und es hatte sich als absoluter Glücksgriff herausgestellt, Anita und das Management in meinem Rücken zu wissen. Nicht nur, dass ich die Flut an E-Mails und Terminen heute nicht ohne das Team hätte bewältigen können, sie hatten mich mit Sicherheit vor etlichen rechtlichen Fauxpas bewahrt. Anitas Blick flog kurz zu mir, da ich nach wie vor bei Kaycee und zwei Boots-Mitarbeiterinnen in der kleinen Kabine am Rand stand – abgeschirmt von den Blicken der anderen und mit so heftig klopfendem Herzen, dass man es mit Sicherheit durch mein Top sehen konnte. Es würde mich kaum wundern, wenn es mir in dem Moment, in dem ich gleich die kleine Bühne betrat, aus der Brust springen und für alle sichtbar auf dem Boden landen würde.

Ich konnte das hier. Ich war nicht mehr das unsichere Mädchen aus dem bruchreifen Haus in West Croydon. Ich war Fiona Harris, hatte mir einen Namen gemacht, und all diese Leute waren meinetwegen hier: weil sie *mich* sehen wollten. Ich musste mich nicht hinter Filtern und einer Scheinwelt verstecken, das hatten mir meine Fans bereits mehrmals bewiesen. Genau wie Kaycee gaben sie mir immer wieder das Gefühl, okay zu sein. Als Kaycees Hand sanft meinen Rücken berührte, zuckte ich zusammen und konzentrierte mich wieder auf Anita.

»Aber jetzt genug der Worte, ihr könnt es bestimmt kaum erwarten, dass ich mit dem Reden aufhöre und das Pult dem eigentlichen Star überlasse: Fiona.«

Mein zischendes Ein- und Ausatmen ging im Klatschen und Gekreische der Menge unter. Wie konnten hundert Menschen so einen Lärm veranstalten? Anita schenkte mir ein beruhigendes Lächeln, als ich auf sie zuging und sie am Rednerpult ablöste. Das Geschrei wurde noch lauter, da nun auch die Fans draußen, die mich durch die verglaste Front der Filiale sahen, zu rufen begannen. Ich stellte mich an das schmale Pult und richtete das Mikrofon etwas weiter nach oben, da Anita ein ganzes Stück kleiner war als ich.

»Hey«, begann ich, und wie es so oft bei Conventions der Fall war, wurde es mucksmäuschenstill, als wollte niemand auch nur ein einziges Wort dessen verpassen, was ich zu sagen hatte. Ein seltsames Gefühl für jemanden, der es in der Schule nicht einmal geschafft hatte, sich im Unterricht zu melden.

»Ich freu mich riesig, dass ihr alle da seid und mit mir feiern wollt. Das hier ist einer meiner größten Träume. Wenn ich das sage, werde ich oft belächelt, schließlich handelt es sich nur um Make-up. Ich habe keine Krankheit geheilt und keinen Nobelpreis gewonnen, und ich bin mir ziemlich sicher, dass ich beides auch nie tun werde. Für viele bin ich einfach nur das Mädchen, das sich schminkt und davon Videos ins Internet stellt. Anfangs war ich auch nur das, glaube ich. Für euch, für mich und für alle da draußen. Ich war ziemlich verschlossen und hatte – wie ihr sicher bereits wisst – mit einigen Dingen zu kämpfen. Die Schule war nicht leicht für mich, ich bin nicht gerade in reichen Verhältnissen aufgewachsen, und es fiel mir schwer, Freundinnen zu finden. Make-up war und ist meine Art, mich auszudrücken. Es war meine Ausflucht aus dem Alltag, meine Ablenkung, wenn alles andere schieflief. Und dann wart da plötzlich ihr, und ich war nicht mehr allein.«

Ich sah in die zahlreichen Gesichter, die zu mir aufblickten. Jungs, Mädchen, einige jünger, andere älter als ich. So unterschiedlich, und doch verbanden uns Hoffnungen und Träume. Als ich merkte, dass sich ein Kloß in meinem Hals formte, schluckte ich schnell dagegen an. Mir war klar gewesen, dass mich der heutige Tag emotional aufwühlen würde. Weil ich mir selbst so sehr gewünscht hätte, dass jemand all das zu mir gesagt hätte. Damals, als mein Vater die Familie verlassen hatte und ich viel zu jung gewesen war, um zu verstehen, dass er für immer weg war. Als meine Mutter mir ein paar Jahre später offenbart hatte, dass er meinetwegen gegangen war. Als die Kinder in meiner Klasse mich seltsam fanden, weil ich so still war. Damals hatte ich nicht geahnt, dass es einmal so viele Menschen geben würde, die mich trotzdem in Ordnung fanden. Doch ich wollte nicht weinen, solange ich hier oben stand – ich wollte das, was ich zu sagen hatte, mit klarer Stimme ausdrücken. Und ich hoffte so sehr, dass es sich bei allen einbrannte und sie sich an diese Worte erinnern konnten. Ich glaubte jedes davon.

»Was ich mit all dem sagen will: Ihr seid wichtig, jeder Einzelne von euch, denn ihr könnt etwas bewegen. Egal wie klein euch das, was ihr liebt und gern tut, auch erscheinen mag. Lasst euch von niemandem das Gegenteil einreden. Ihr braucht keine perfekte Haut, keinen großartigen Körper, keine Überflieger-Noten und kein herausragendes Talent, um liebenswert und erfolgreich zu sein. Ich bin der felsenfesten Überzeugung, dass ich in all diesen Dingen komplett durchschnittlich bin. In manchen Dingen sogar unterdurchschnittlich. Aber darauf kommt es nicht an – klar, all das ist toll und bringt euch vielleicht Vorteile. Aber was wirklich zählt, sind Leidenschaft und Durchhaltevermögen. Glaubt an eure Träume und lasst nicht locker, bis ihr sie in die Tat umgesetzt habt. Lasst euch nicht verunsichern, achtet darauf, wessen Rat und Meinungen euch wichtig sind, und hört auf diese Menschen, anstatt auf die Stimmen, die euch sagen, dass etwas nicht geht, nur weil es unwahrscheinlich ist oder in den Augen der anderen als nicht wertvoll gilt.

Denn wenn ich in den letzten Jahren eines gelernt habe, dann das: Egal, wer ihr seid und was ihr tut, jemand lernt von euch und sieht zu euch auf. Dafür braucht ihr keinen YouTube-Kanal. Es braucht gar nicht so viel, wie ich immer dachte, damit Menschen euch, auf welche Art auch immer, in ihr Leben lassen. Warum ich das weiß? Weil ihr mich in eures gelassen habt, als ich euch nichts zu bieten hatte außer mir und meiner Zeit. Trotzdem habt ihr mir so viel gegeben. Ich erhalte oft Nachrichten, dass ich euer Leben verändert habe, und ich glaube, ihr wisst gar nicht, wie sehr ihr meines verändert und bereichert habt.«

29

Ich räusperte mich und lächelte in die Runde. Eine junge Frau in der zweiten Reihe wischte sich mit dem Finger am Auge entlang, und alle erwiderten mein Lächeln.

»Diese Make-up-Linie, die wir heute ausprobieren können, ist eines von vielen Dingen, die wir gemeinsam erreicht haben. Ich danke euch von ganzem Herzen dafür. So, und jetzt habe ich lang genug hier gestanden. Wir machen lieber mal ein paar Fotos und schauen uns die Produkte an, oder? Außerdem habe ich eben Cupcakes gesehen, und ich bin so nervös, ich könnte gerade echt eine Ladung Zucker vertragen.«

Unter Lachen und Klatschen trat ich einen Schritt zurück und atmete so tief aus, dass meine Schultern erleichtert nach unten sanken. Mein Blick wanderte von Anitas anerkennendem Nicken über Kaycees angedeutetes High Five bis hin zu all den Gesichtern, die mich nach wie vor anstrahlten. Mein Herz pumpte Adrenalin durch meine Adern, und das Flattern in meinem Bauch, das ich seit dem Aufstehen mehrmals gespürt hatte, war wieder da und schoss durch meinen ganzen Körper. Ich war zufrieden und – erfüllt. Mir fiel kein besseres Wort ein, um zu beschreiben, was ich gerade fühlte, aber es war definitiv etwas, an das ich mich gewöhnen konnte.

Mit einem Lächeln löste ich mich aus der Umarmung und posierte für ein weiteres Foto. Die Hände des Mädchens, das gerade das Handy seiner Freundin hielt, zitterten, und ich wünschte, ich hätte mehr Zeit, damit alle sich erst einmal entspannen und runterfahren konnten. Doch leider war nie genug Zeit.

»Ist es was geworden?«, fragte ich das brünette Mädchen vor mir. »Sonst können wir noch eines machen.«

Sie schaute kurz auf das Display und strahlte mich dann an. »Nein, das ist super. Ich guck dich schon seit vier Jahren, also fast von Anfang an, und ich liebe jedes deiner Videos. Wir haben uns sogar dadurch kennengelernt.«

Das Mädchen mit den rotblonden Haaren, das bis eben noch das Handy gehalten hatte, trat einen Schritt nach vorn. »Ja, in der Schlange der Video Convention letztes Jahr. Bist du auch wieder dabei?«

Ich nickte. Die Video Con fand jedes Jahr in London statt und war ein Muss für die britische YouTube-Szene. Das Ganze war in nur zwei Wochen, und neben Signierstunden und Panels würde ich dieses Mal in Zusammenarbeit mit Boots meine Fans schminken. Die Aktion würde jedoch erst am Montag beim offiziellen Launch der Linie bekanntgegeben werden. »Ich bin auf jeden Fall da. Vielleicht sehen wir uns ja sogar wieder.«

»Das wäre toll! Können wir vielleicht noch ein Foto zu dritt machen?«

»Na klar! Kaycee?« Ich drehte mich zu meiner besten Freundin um, die im Gegensatz zu mir bereits einen Cupcake in der Hand hielt. Hoffentlich war nachher noch einer für mich da. Sie stellte ihren auf der hellen Theke neben der Kasse ab und kam dann zu uns.

»Schon am Start.« Sie nahm das Smartphone des Mädchens entgegen und dirigierte uns so, dass wir von den aufgebauten Lampen gut ausgeleuchtet wurden. Ein paar Schnappschüsse später gab sie das Handy wieder ab.

»Die sind super!«

»Kaycee macht die meisten meiner Instagram-Fotos, sie hat Übung darin«, erwiderte ich grinsend.

»Ich kenn dich schon aus ihren Insta-Storys.«

»Ja, manchmal weiche ich nicht schnell genug aus«, meinte Kaycee ebenfalls grinsend.

»Magst du Instagram nicht so?«, fragte das brünette Mädchen mit schiefgelegtem Kopf, als grenzte das heutzutage an ein Wunder. Vielleicht war das auch so.

»Doch schon, aber ich poste keine Fotos von mir, sondern nur von Torten und Kuchen und so was. Ich backe.«

»Was mich daran erinnert: Kannst du mir einen Cupcake für später retten?«

»Ich bin dir schon Schritte voraus: Hab uns beiden ein ganzes Tablett für heute Abend geklaut.« Sie sah zu den beiden Mädchen. »Sagt das bloß nicht weiter.«

Die beiden kicherten, umarmten mich noch einmal zum Abschied und gingen dann zu den beiden Mitarbeiterinnen des Ladens, die die Goodie Bags verteilten.

»Anstrengender Tag?« Kaycee musterte mich besorgt. »Magst du was trinken?«

»Guter Tag«, erwiderte ich. »Mach dir keine Sorgen. Anita wacht auch schon mit Argusaugen über mich, zwingt mich zum Trinken und reicht mir alle fünf Umarmungen Desinfektionsmittel. Ich glaub, ihre größte Angst ist, dass ich mir passend zur Convention in zwei Wochen was einfange.«

Schmunzelnd ließ Kaycee den Blick an meiner Schulter vorbei in die Ecke wandern, von der aus Anita alles im Auge behielt. Plötzlich runzelte sie die Stirn. »Jetzt sieht sie aber wirklich aus, als hätte sie Angst.«

Ich drehte mich um und konnte Kaycee nur zustimmen. Anita sah tatsächlich besorgt aus. Mit zusammengezogenen Brauen betrachtete sie ihr Handy, klickte auf den Bildschirm und hielt es sich dann zum Telefonieren ans Ohr. Vermutlich hatte es rein gar nichts mit mir zu tun, schließlich war ich bei Weitem nicht die einzige Influencerin, die sie betreute, aber die Agentur hatte genug Angestellte, dass sie nicht ausgerechnet Anita während des Events kontaktieren mussten.

Ich widmete mich wieder der Schlange vor mir, machte

Fotos, umarmte alle, unterhielt mich, nahm Fan-Arts entgegen – und schaute immer wieder zu Anita, die von Mal zu Mal aufgebrachter wirkte. Okay, irgendetwas war definitiv im Busch.

»Gebt ihr mir zwei Minuten?«, fragte ich die nun schon kürzer gewordene Schlange vor mir. Die meisten hatten sich in der Filiale verteilt, aßen Häppchen, unterhielten sich und packten begeistert ihre Goodies aus.

»Na klar!«, erwiderte das Mädchen vor mir direkt. Ich wandte mich mit einem Lächeln ab und ging auf meine Managerin zu, die wieder über ihr Handy gebeugt dastand.

»Anita?«

Ihr Blick schnellte hoch, aber sie sagte nichts und sah mich nur an. Ihre Augen funkelten, doch nicht wie sonst warm und herzlich, vielmehr wirkte sie empört. Kein neuer Anblick, denn ich hatte sie in Verhandlungen erlebt, und wir arbeiteten mittlerweile so lang und eng genug zusammen, dass die Grenzen zwischen Beruflichem und Privatem manchmal verwischten und sie auch schon Dampf bei mir abgelassen hatte. Doch gerade bereitete ihre Wut mir Sorgen, da ich das Gefühl nicht loswurde, dass sie in irgendeiner Form mit mir zu tun hatte.

»Ist alles okay?«

Ihre Kiefer mahlten, und sie nickte an mir vorbei in die Richtung, aus der ich gerade gekommen war.

»Du hast noch zehn Leute in der Schlange, kümmere dich bitte um die. Wir reden später, ja?«

Ihr Tonfall war so viel förmlicher, als ich es gewohnt war.

»Sag mir, was los ist.«

»Das werde ich, aber gerade hast du einen Job zu erledigen. Konzentrier dich darauf, dann können wir sprechen.«

»Fucking hell«, stieß Kaycee neben mir aus. Sie hielt ihr

Handy umklammert und scrollte durch irgendeinen Feed. Twitter, wenn ich es richtig erkannte.

»Was ist passiert?«

Der Blick aus Kaycees hellbraunen Augen trug nicht gerade dazu bei, mich zu beruhigen.

»Jetzt spuck's schon aus.«

Wortlos reichte sie mir ihr Handy, und ich scrollte durch den Twitter-Feed. Es dauerte eine Weile, bis mein Kopf den Hashtag, den ich in den zahlreichen Tweets sah, entschlüsselte.

»Ist das … Meinen die mich?«

»Dich und deine Freunde«, erwiderte Anita mit Ironie in der Stimme, nahm mir das Handy ab und drückte es mir Sekunden später wieder in die Hand. Sie hatte ein Video geöffnet, das unter einem der Tweets verlinkt war.

Irritiert drehte ich den Ton lauter, um in dem Stimmengewirr der Filiale etwas verstehen zu können. Im selben Moment zog Anita mich in den kleinen Mitarbeiterbereich.

»Das muss nicht jeder mitkriegen.«

Ich nickte, nahm ihre Worte jedoch nur am Rande wahr, da mein Blick und all meine Aufmerksamkeit auf das Video vor mir gerichtet waren. Ein attraktiver Kerl mit dunkelblonden Haaren, kurzen Bartstoppeln und runder Brille mit schmalem, hellbraunem Rand sprach in die Kamera. Ich kannte ihn. Die meisten in der Szene kannten ihn mittlerweile. Demian O'Neill. Seine grünen Augen funkelten, wie immer, wenn er einen weiteren Skandal der Influencerszene in seinem Format aufdeckte.

Dann wechselte das Bild und zeigte eine Collage von vier Personen – inklusive mir – in der oberen rechten Ecke. Es war ein Selfie meines Instagram-Kanals, auf dem ich die Zunge rausstreckte. Ich verdrehte die Augen. Dann wohl kein Skandal. Vermutlich machte er sich nur ein weiteres Mal über die

Fashion- und Beauty-Szene lustig, und dieses Mal war ich eben dran. Das war ich von anderen Kanälen und sogar aus dem Fernsehen schon gewohnt. Doch Anitas Blick, der mit einer Mischung aus Strenge und Sorge auf mir lag, zwang mich, weiter zuzuhören.

»Dylan Bennett, Natalie Graham, Zane Middleton und Fiona Harris. War es nicht süß, wie sie sich bei diesem Christmas-Charity-Event für andere einsetzten? Zugegeben, es hat selbst mein Herz erwärmt …«

Ich stutzte. Es ergab keinen Sinn, dass Demian meinen Namen in einem seiner Videos erwähnte. Nicht in diesem Format, nicht in *De(x)posed*.

»… heute muss ich euch leider die traurige Wahrheit über diesen ganzen Schwindel erzählen.«

Mein Blick schoss von Demian zu Anita. »Was meint er damit?«

»Guck gern weiter«, erwiderte Anita, und ihr angespannter Tonfall jagte mir einen Schauer über den Rücken. »Wir stecken gewaltig in der Scheiße.«

3. KAPITEL

Demian

Willkommen zurück zu De(x)posed. *Habt ihr mich vermisst? Ich weiß, ich weiß, ich hab euch lang warten lassen. Die gar nicht so veganen Proteinriegel, der Adventskalenderskandal – das alles ist schon eine ganze Weile her, dabei gibt es doch beinahe täglich Skandale in dieser Influencer-Welt, die so zwanghaft versucht, authentisch zu sein. Ich verspreche euch, das Warten hat sich gelohnt, denn ich wollte selbst nicht recht glauben, was ich da vor wenigen Wochen aufgedeckt hab. Wie immer wollte ich ganz sichergehen, dass auch alles der Wahrheit entspricht – bei diesem Fall erschien selbst mir das nämlich zu skrupellos. Mittlerweile hat es frühlingshafte Temperaturen, aber versetzt euch für dieses Video bitte noch einmal zurück in den Dezember, weckt eure innere Weihnachtsstimmung und denkt zurück an das Fest der Liebe. Das Fest der Nächstenliebe. Erinnert ihr euch noch an das hochgelobte Influencer-Festival im Sky Garden? Teure Tickets, Spendenpools – aber das alles hat sich gelohnt, denn die Einnahmen sollten komplett an wohltätige Organisationen gehen, und schließlich hatten anwesende Fans und Firmen ja auch die einmalige Gelegenheit, die Elite des Londoner Influencertums zu treffen: Dylan Bennett, Natalie Graham, Zane Middleton und Fiona Harris. War es nicht süß, wie sie sich bei diesem Christmas-Charity-Event für andere einsetzten? Zugegeben, es hat selbst mein Herz erwärmt, es kamen ja auch unglaublich viele Spenden zusammen, die der Kinderhilfsorganisation*

Hungry Eyes *und der Obdachlosenhilfe* Nightsky *zugutekommen sollten. Ich sage bewusst kommen sollten – nicht gekommen sind. Denn heute muss ich euch leider die traurige Wahrheit über diesen ganzen Schwindel erzählen. Die Wahrheit ist, dass diese Spenden nie ankamen. Ein Betrag von knapp 12 500 Pfund ging bei den jeweiligen Organisationen ein – eine nette Summe, nicht jedoch in Anbetracht der Tatsache, dass die Spenden an dem Abend bei mindestens 300 000 Pfund gelegen haben dürften. Wo das restliche Geld hin ist? Nun, man fragt sich, ob es ein Zufall ist, dass Zane Middleton sich als verfrühtes Weihnachtsgeschenk nur vier Tage später ein neues Motorrad leistete. Aber genug des Vorgeplänkels, reisen wir doch einmal zurück an jenen folgenreichen 12. Dezember und gehen der Sache auf den Grund …*

»Und Upload«, sagte ich mehr zu mir selbst als zu Thiago, der neben mir an seinem PC saß. Dennoch schob mein Mitbewohner sich das Headset von den Ohren und sah mich fragend an. Dann wanderte sein Blick auf einen der Monitore vor mir.

»Uh, es ist online?«

»Yep«, erwiderte ich und streckte Arme und Beine aus. Ich hatte das Video die halbe Nacht hindurch geschnitten, kurz geschlafen, mich an das Thumbnail gesetzt, und nun war es endlich online. Keine Ahnung, wieso es meinem Management so wichtig war, dass es heute noch rausging, aber mir war es gleich, ob es nun heute oder nächste Woche so weit war.

»Nice«, erwiderte Thiago. »Pub?«

»Ähm, es ist vierzehn Uhr.«

»Eben. Ihr geht hier doch eh alle mittags schon trinken und macht dann viel zu früh wieder zu.«

»Sag nicht ihr, du bist mittlerweile auch eingefleischter Londoner.«

»Pf, vergiss es.«

Thiago kam aus Sevilla, lebte allerdings seit knapp vier Jahren in London, nachdem er für seine Ex-Freundin hergezogen war. Mittlerweile kannte er die Stadt besser als ich. Das lag wohl auch daran, dass er neben der Uni für ein Kulturmagazin Kolumnen schrieb und ständig auf Konzerten und Events zugegen war.

»Ich find trotzdem, wir sollten darauf anstoßen. Und danach stecken wir dich ins Bett. Du siehst echt fertig aus. Es fühlt sich für dich doch eh nicht an wie zwei Uhr, so lang wie du schon wieder wach bist.«

Gähnend lehnte ich mich in meinem Stuhl zurück, nahm die Brille ab und fuhr mir über das Gesicht. Ich brauchte keinen Blick in den Spiegel, um zu wissen, dass Thiago recht hatte. Die letzten Tage, eigentlich sogar Wochen, hatte ich zu wenig geschlafen und all meine Energie in das Video und die Recherche dazu gesteckt. Wenn Susan und Liam recht behielten, würde es sich lohnen. Ich stand kurz vor einer halben Million Abonnenten, und die beiden waren sicher, dass das Video für den benötigten Aufschwung sorgen würde. Zum einen, weil es vier der erfolgreichsten britischen YouTuber und YouTuberinnen betraf, zum anderen, weil es diesmal nicht um eine Lappalie ging, die ich aufdeckte. Was die vier da verbockt hatten, war auf so vielen Ebenen falsch, dass ich endlich mal wieder mit Feuer und Flamme dabei gewesen war. Für einen kurzen Moment war die Leidenschaft zurückgekehrt, mit der ich den Kanal begonnen hatte. Über die Monate hinweg war er viel zu sehr Mittel zum Zweck geworden, um das Geld und die Unterstützung zu haben, meiner eigentlichen Leidenschaft nachzukommen: meinem Zweitkanal zur Astronomie, der eigentlich mein Hauptkanal sein sollte. Nur dass sich weit mehr Menschen für Klatsch und Tratsch als für Wissenschaft interessierten.

»Erde an Demian.« Thiago schnippte zweimal mit den Fingern und holte mich ins Hier und Jetzt zurück.

»Na, dann los.« Ich streckte mich noch einmal ausgiebig und stand auf. »Ich geb einen aus. Denkst du, wir erreichen Austin?«

»Ich schreib ihm mal.«

Unser Mitbewohner und bester Freund war gestern Abend nicht nach Hause gekommen und mit ziemlicher Sicherheit noch bei der Frau, deren Namen ich schon wieder vergessen hatte. Amelia? Allison? Irgendetwas in der Richtung. Austin war kein Typ für One-Night-Stands, wie er regelmäßig betonte, aber eben auch nicht der Typ für langanhaltende Beziehungen. Er streamte Videospiele auf Twitch, Stunden am Stück, und ich hatte ernsthaft keinen blassen Schimmer, wie er es dabei schaffte, so viele Frauen und Männer kennenzulernen.

»Nur ein Haken an der Nachricht«, grummelte Thiago. »Dieser Junge muss lernen, sein Ladekabel einzupacken.«

»Willst du warten?«

»Pah«, machte Thiago. »Man muss Erfolge feiern, solang sie frisch sind.«

Er packte sein Handy weg und ging voraus in den Flur, wo er sich Schuhe und Lederjacke schnappte. Ich steckte mein Portemonnaie ein, das in der Schale im Flur lag, und gemeinsam verließen wir unsere Wohnung im The Pavilion – dem noch recht neuen, gewaltigen Hochhaus direkt bei Elephant & Castle. Manchmal konnte ich immer noch nicht fassen, dass ich jetzt hier lebte. In diesem Gebäude und in London generell, das so viel bunter und lebendiger war als Norwich, wo ich aufgewachsen war.

Als der Aufzug sich mit einem Ping öffnete, um uns nach unten zu befördern, gab auch mein Smartphone Laut.

Susan Davies, 2.12 pm:
Mega! Dein Video wird gerade von allen geteilt, die
Startseite ist dir sicher!
Komm morgen gern zum Anstoßen vorbei, das wird gefeiert.

Ich runzelte die Stirn, musste angesichts ihrer Begeisterung aber lachen.

»Alles okay?«

»Ja, nur ein Lob von Susan.«

»Ist doch gut, oder? Warum guckst du so kritisch?«

»Weil sie feiern und anstoßen will, dabei ist das Video gerade mal ein paar Minuten online. Sie waren so gehypt, als ich auf das Thema gestoßen bin. Keine Ahnung, ob sie eine persönliche Agenda gegen einen der vier haben und sich jetzt freuen, was gegen ihn oder sie in der Hand zu haben, oder ob sie einfach wirklich glücklich sind, dass mein Video durch die Decke geht.«

Mit einem Schulterzucken verließ ich den Fahrstuhl und nickte dem Concierge im Eingangsbereich des Gebäudes im Vorbeigehen zu.

»Aber wenn sie feiern will, soll es mir recht sein.«

»Wird Zeit, dass du endlich mehr Anerkennung kriegst, wenn du mich fragst. Jetzt sollen sie mal ein bisschen Geld in deinen anderen Kanal stecken.«

Ich nickte und blinzelte gegen die Sonne an, die uns draußen begrüßte. Das wäre tatsächlich schön, denn das versprach mir das Studio schon seit einer ganzen Weile. Diese Marke erreichen, jenes Engagement seitens der Abonnierenden erlangen, dann wäre der Weg geebnet, um mich mehr der eigentlichen Sache zu widmen: meinem Herzenskanal – der bislang leider zu wenig Geld abwarf. Das war nicht nur meinem Management klar, sondern auch mir.

Ein weiteres Mal betrachtete ich Susans Nachricht, diesmal schlich sich ein Lächeln auf mein Gesicht. Vielleicht war das wirklich der Durchbruch, auf den wir die ganze Zeit gehofft hatten. Die Zuversicht in ihrer Nachricht übertrug sich auf mich, und ich grinste Thiago an.

»Na, dann lass uns schon mal das Anstoßen üben.«

»Bottoms up, tops down, wear a smile and not a frown!«

Grinsend, aber mit einem Kopfschütteln, betrachtete ich Thiago, der gerade mit seinem zweiten Bier anstieß. Vor einer Weile hatte er es sich zur Berufung gemacht, englische Sprichwörter auswendig zu lernen und sie bei jeder sich bietenden Gelegenheit zu nutzen.

»Ich glaub, mittlerweile kennst du mehr Trinksprüche als ich.«

»Bin eben integriert«, gab Thiago zurück.

»Bist du. Du hast definitiv mehr von London gesehen als ich.«

»Na ja, ich leb auch schon ein Jahr länger hier als du. Außerdem bringt das der Job mit sich. Aber wir sind alle ganz schön weit gekommen. Schau mal, wo wir vor zwei Jahren waren und wo wir jetzt sind. Gut, Austin sitzt immer noch genauso viel am PC wie eh und je. Aber deine Kanäle wachsen total, ich hab endlich 'nen anständigen Job – trotz Brexit. Es läuft.«

»Wenn man davon absieht, dass das mit dem Studienplatz nicht geklappt hat«, gab ich zurück und wünschte im nächsten Moment, ich hätte es nicht gesagt. Doch Thiagos Worte hatten einen faden Beigeschmack hinterlassen. Wieder einmal.

»Du hast dir jetzt aber ein Leben aufgebaut, auf das dieser Typ, der den Platz bekommen hat, mit Sicherheit neidisch ist.«

»Stimmt«, entgegnete ich mit einem Lächeln, das sich falsch anfühlte. Ich war mir nicht sicher, ob Josh so neidisch wäre.

Josh, der damals mit mir in der letzten Runde des Bewerbungs-verfahrens für die Royal Academy of Physical Sciences gesessen hatte. Josh, der den Platz – im Gegensatz zu mir – erhalten hatte. Mir war klar, dass es absolut kindisch war, einen Groll gegen ihn zu hegen, da er den Platz verdient erhalten hatte, seine Antworten auf die Fragen des Interviewers hatten alle Hand und Fuß gehabt. Aber es hatte trotzdem Dinge in mir losgetreten, die bis heute Bestand hatten. Insbesondere dank Joshs Worten an mich, dass es naiv wäre zu glauben, dass Wissen reichte.

Hättest du dir mal nebenher was aufgebaut, dir einen Namen gemacht. Dachtest du wirklich, sie nehmen jemand Unbekannten, Austauschbaren? Sie wollen sich mit ihren Studierenden genauso rühmen können wie andersrum.

»Hey, Lieblingsmitbewohner!« Die Stimme riss mich aus meinen Gedanken, und Austin schob mich mit seinem Hintern zur Seite, sodass er Platz auf der Eckbank neben mir fand.

»Ich hab gehört, du gibst einen aus.« Er grinste mich breit an.

»Dazu hättest du schon pünktlich hier sein müssen«, sprang Thiago sofort dazwischen. »Wenn überhaupt, gibt Demian mir noch mehr aus, weil ich als sein treuer Freund und Unterstützer direkt vor Ort war.«

»Tz«, machte Austin, zuckte aber mit den Schultern. »Ich geh ja schon selbst.«

»Gute Nacht gehabt?«, fragte ich ihn, obwohl mir die Antwort bereits klar war. Wie zu erwarten, nickte er mit vielsagendem Grinsen.

»Spar dir deinen skeptischen Blick. Den hast viel eher du verdient, weil du dir dein gutes Aussehen nicht zunutze machst.«

»Ich kann mir nichts Schlimmeres vorstellen, als meine Position auszunutzen.«

»Ich hab gesagt, du sollst dir dein Aussehen zunutze machen, nicht deinen Status.« Austin seufzte. »Manchmal hab ich das Gefühl, ihr wollt mich absichtlich falsch verstehen. Oder aber ihr hört gar nicht zu, so wie der hier.« Er schnappte sich einen Bierdeckel vom Tisch und schnippte ihn gegen Thiagos Kopf. Dieser ließ sich jedoch nicht aus der Ruhe bringen und starrte konzentriert auf sein Handy-Display.

»Alter!«, stieß er plötzlich aus.

»Hm?« Ich nickte ihm zu, damit er weitersprach.

»Die nächste Runde geht auf mich!« Thiago verzog den Mund zu einem breiten Grinsen, als er mir sein Smartphone entgegenstreckte. Ich nahm es entgegen, hielt aber mitten in der Bewegung inne, als ich sah, weshalb Thiago die Runde schmeißen wollte.

»Glückwunsch zur halben Million, Mann!«

»Nicht dein Ernst!«, rief Austin und klopfte mir fest auf die Schulter. »Da bin ich ja genau rechtzeitig gekommen. Glückwunsch! Dann machen wir gleich zwei Runden draus, ich zahl die zweite.«

Ich nickte, nahm die Glückwünsche jedoch nur noch am Rande wahr, da mein Blick auf die Zahl vor mir fixiert war. 500 000. Eine halbe Million Menschen schaute meine Videos. Würde man das Ganze auf die Einwohnerzahl Londons runterbrechen, wäre das knapp jeder achtzehnte Mensch in dieser Stadt. Das war unglaublich. Ich wusste, dass es das war, dennoch entsprachen die Aufregung und die Freude, die mich beim Anblick dieses Meilensteins durchfluteten, nicht ganz der Euphorie, die ich erwartet hatte. Klar, es war nicht mein Wissenschaftskanal, der diese Aufmerksamkeit bekam, obwohl mir das tausendmal lieber gewesen wäre. Aber immerhin tat ich auch auf diesem Kanal Gutes mit meiner Arbeit. Ich steckte meine Energie in etwas Sinnvolles, anstatt sie, wie Fiona und

Natalie, die Bestandteil des letzten Videos gewesen waren, in Beauty oder Fashion zu investieren. Das war immerhin etwas, und darauf konnte ich stolz sein. Es war ein weiterer Schritt in die richtige Richtung.

»Denkst du, er hat 'nen Schock?« Austin stupste mir mit dem Zeigefinger in die Schulter, und ich schlug seine Hand weg.

»Keine Ahnung, wie ging es dir denn damals bei der ersten halben Million?«

»Weiß ich nicht mehr, wir waren mit der Gruppe feiern und …« Austin hob die Schultern. »… sagen wir einfach, meine Erinnerung an diesen Abend ist etwas lückenhaft.«

Gerade als das Display von Thiagos Handy sich vor mir verdunkelte, spürte ich meines in der Jeanstasche vibrieren.

»Bringt ihr mir ein Guinness?«, fragte ich an die anderen gewandt. »Ich muss hier kurz ran.«

»Klar doch«, sagte Austin und klopfte mir im Vorbeigehen auf die Schulter.

»Ja?«, fragte ich, als ich das Gespräch annahm.

»Demian!« Liams Stimme erklang fröhlich in meinem Ohr. »Herzlichen Glückwunsch von mir und dem ganzen Team!«

Im Hintergrund hörte ich Susan Glückwünsche rufen und zwei weitere Menschen jubeln. Waren sie ernsthaft an einem Sonntag im Büro? Agenturen. Mich wunderte langsam nichts mehr.

»Danke euch.«

»Feierst du schon? Klingt nach Musik bei dir.«

»Ich wurde ins Pub geschleppt«, gab ich zurück.

»Das macht ihr richtig.« Liam lachte. »Susan meinte, du kommst morgen zum Anstoßen vorbei? Wir haben auch noch ein paar Termine und so was, das können wir dann auch besprechen und vor allem auf dich anstoßen.«

»Klar. Ich kann morgen früh da sein.«

»Sagen wir mittags, dann laden wir dich zum Lunch ein, und du hast Zeit auszunüchtern, falls es heute noch länger geht.«

»Klingt gut.«

»Wir haben auch schon Interviewanfragen, und diesmal sind ein paar echt große Zeitungen und Sender dabei, nicht nur Klatschmagazine wie beim letzten Mal. Du hast mit deinem Video und der Recherche echt was gerissen!«

»Wirklich? So schnell? Wer denn?«

»Rate!« Ich konnte das Grinsen aus Liams Stimme heraushören und rollte mit den Augen.

»Du weißt, ich hasse das. Spuck's schon aus.«

»Okay, okay. Es fängt mit G an, du liest darin selbst jeden Morgen und …«

»Der *Guardian* hat angefragt?«

Plötzlich kostete es mich einiges an Anstrengung, sitzen zu bleiben und nicht direkt zu Austin und Thiago zu rennen, um ihnen davon zu erzählen.

»Jap! Ich sag doch: große Wellen. Wir klären morgen alle Details, und dann können wir gucken, worauf du Lust hast, was sich lohnt und wie es weitergeht.«

»Wow, danke.«

»Nichts zu danken, das war schließlich deine Arbeit.«

Ich nickte, wohl wissend, dass er das nicht sehen konnte. Es war zwar kein Thema, das ich übers Telefon bereden mochte, aber da Liam so gut aufgelegt war, konnte ich es gleich jetzt versuchen.

»Hey, Liam?«

»Hm?«

»Können wir morgen auch über die Pläne für *Edge of The Universe* sprechen? Der liegt aktuell ein bisschen brach.«

Im Gegensatz zu eben antwortete Liam nicht direkt, und ich

konnte beinahe durchs Telefon hören, wie es in seinem Kopf arbeitete, während er sich die passende Antwort zurechtlegte. Ich war nicht doof, ich wusste, dass ich hingehalten wurde – und das nicht erst seit gestern. Ich hatte mich damit abgefunden und beschlossen abzuliefern. Mir war klar, dass mein Management wirtschaftlich denken musste und *De(x)posed* mehr Klicks und Geld einbrachte. Doch der Grund, wieso ich mich für *Media Lion*, mein Management, entschieden hatte, war, dass sie die Einzigen waren, die mir auch Unterstützung für *Edge of The Universe* in Aussicht gestellt hatten. Sie ließen mir Freiraum bei meinen Ideen, und bis heute hatte ich die Entscheidung nicht bereut – wenngleich die zugesicherte Unterstützung bislang auf sich hatte warten lassen.

»Ja, lass uns das morgen besprechen«, sagte Liam schließlich.

»Okay, cool.« Ich versuchte, mir meine Überraschung nicht anmerken zu lassen. Anstatt einer Zusage hatte ich mit einer weiteren Ausrede gerechnet, wieso noch nicht der ideale Zeitpunkt war, aber anscheinend hatte das Video wirklich größere Wellen geschlagen, als ich zum aktuellen Zeitpunkt ahnte. Zum ersten Mal seit Langem wuchs eine gewisse Neugier in mir, und ich konnte es kaum erwarten, nach Hause zu kommen und mir die Zahlen in Ruhe anzusehen.

4. KAPITEL

Fiona

»Ich war das nicht.«

Ich hatte den Satz bei Boots gesagt, im Taxi auf dem Weg hierher und nun ein weiteres Mal, sobald die Tür hinter uns ins Schloss gefallen war. Endlich entlockte er Anita eine Reaktion. Ihr Seufzen war zwar nicht die Antwort, die ich mir erhofft hatte, aber sie war definitiv besser als gar keine.

»Ich war es wirklich nicht«, wiederholte ich mit Nachdruck und wedelte dabei mit dem Handy in der Luft, das zum gefühlt hundertsten Mal Demians Video abspielte.

Anita legte ihre Tasche auf dem Schreibtisch ab und massierte sich die Schläfen. »Interessant, denn ich erinnere mich, dich auf dem Festival gesehen zu haben. Ich erinnere mich auch daran, wie du das Ganze auf all deinen Socials geteilt hast ...«

»Ja, aber ich wusste nicht, dass sie die Spenden einbehalten würden!«

Ich machte einen Schritt auf Anita zu, die die Arme nun vor der Brust verschränkt hatte. Sie musste mir einfach glauben.

»Es hieß von Anfang an, dass wir als Entschädigung für den Zeitaufwand und für das Bewerben des Events und alles 5000 Pfund bekommen. Der Rest sollte gespendet werden.«

»Wurde er offensichtlich aber nicht.«

»Das ist mir klar, ich hab das Video gesehen. Aber ich wusste davon nichts, das schwöre ich. Ich hab sogar meinen Anteil, die 5000 Pfund, gespendet. Denkst du wirklich, ich würde so etwas tun?« Ich sah meiner Managerin fest in die Augen und zwang sie so, meinen Blick zu erwidern. »Hast du allen Ernstes so wenig Vertrauen in mich? Hab ich dir je Anlass gegeben, so von mir zu denken? Das Geld sollte an *Hungry Eyes* fließen. Die bekämpfen Kinderarmut in England. Sie unterstützen finanziell schwache Familien, helfen alleinerziehenden Müttern und Kindern, die es zu Hause schwer haben.« Ich schluckte, hielt Anitas Blick aber weiterhin stand. »Denkst du *wirklich*, nach allem, was du über mich weißt, dass ich eine solche Institution übers Ohr hauen würde?«

Meine Brust hob und senkte sich viel zu schnell, und mein Herz pochte heftig in meinem Brustkorb. Hinter meinen Augen brannten ungeweinte Tränen, doch es waren Tränen der Wut, nicht der Traurigkeit. Ich war wütend. Nicht auf Anita, sondern darauf, dass mein Tag so enden sollte. Wütend, dass Demian mir meinen Moment kaputtgemacht hatte. Wütend, dass irgendeiner der anderen drei mich belogen und meine Karriere riskiert hatte. Vor allem aber war ich wütend auf mich selbst, dass ich nach knapp vier Jahren in der Industrie immer noch so blauäugig war. Dass ich so naiv gewesen war, diesen doch beinahe fremden Menschen zu vertrauen. Zu glauben, dass sie – wie ich – etwas Gutes tun wollten, anstatt sich zu bereichern. Diese Naivität war mir nun zum Verhängnis geworden, denn wenn ich eines von *De(x)posed* wusste, dann, dass das Format Wellen schlug und der Titel Programm war. *De(x)posed* – eine ach so witzige Mischung aus Demians Namen, *exposed*, weil er Skandale aufdeckte, und dem Wort *deposed*, was so viel wie entthront oder abgesetzt bedeutete. Ich würde zu verhindern wissen, dass er genau das auch mit mir tat.

»Ich hätte es besser wissen müssen«, sprach ich an Anita gewandt weiter, als sie nach wie vor nicht antwortete. »Die Schuld gesteh ich mir ein. Ich hätte, wenn ich meinen Namen für etwas hergebe, involvierter sein müssen. So wie ich es bei meiner Make-up-Linie war.«

Bei dem Gedanken an diese und an meine Fans, die ich bei dem Event heute mit Sicherheit enttäuscht hatte, bildete sich ein Kloß in meinem Hals. Vermutlich hatten sie das Video mittlerweile auch gesehen. Wenn ihnen aufgefallen war, dass ich mich merkwürdig verhalten hatte, wussten sie nun, wieso. Wenn sie mir überhaupt noch ihre Zeit und Gedanken widmeten und mich nicht bereits abgeschrieben hatten. Die Convention, auf die ich mich so gefreut hatte, konnte ich somit wohl knicken. Die mit mir kooperierenden Firmen wollten mich mit Sicherheit nicht mehr am Stand haben.

»Fiona«, sagte Anita und nickte zu dem Sessel vor ihrem Schreibtisch. »Setz dich.«

Ohne ein weiteres Wort ließ ich mich in das mintgrüne Polster fallen. Anita nahm auf ihrem Bürostuhl Platz und seufzte erneut. »Ich glaube dir. Entschuldige bitte, falls das anders gewirkt hat. Es ist nur eine mehr als ungünstige Situation, vom Timing ganz zu schweigen.«

»Ich weiß«, erwiderte ich, und bei Anitas Worten fiel mir ein Stein vom Herzen. Sie glaubte mir. Keine Ahnung, was ich getan hätte, wenn es nicht so gewesen wäre. Sie war eine meiner engsten Bezugspersonen, obwohl sie natürlich in erster Linie meine Managerin war. Ich vertraute ihr. Und ich brauchte ihren Beistand, denn was auch immer Demians Video bewirken würde, wäre mit Sicherheit nicht positiv. Das Ausmaß hatte ich bereits auf anderen Kanälen sehen können: Vom Rückgang der Followerzahlen bis hin zu gelöschten Kanälen war alles dabei gewesen.

Anita öffnete ihr MacBook und tippte ein paar Wörter, bevor sie wieder zu mir aufblickte.

»Shaun ist mit den Studios der anderen in Kontakt und versucht, mehr rauszubekommen.« Sie warf mir einen Blick zu. »Haben sich Dylan, Zane oder Natalie schon bei dir gemeldet?«

»Nein, ich wollte ihnen gleich schreiben.«

»Warte damit bitte, bis Shaun mehr weiß, ja? Am besten sprechen wir gemeinsam darüber, wie wir jetzt weiter vorgehen.«

Ich nickte, stützte die Arme auf dem Tisch ab und hatte plötzlich keine Kraft mehr. Nicht für dieses Gespräch und nicht für alles, was darauf folgte. Der Tag hatte so gut begonnen, doch mir graute beim bloßen Gedanken an all die Nachrichten, die mich auf Instagram mit Sicherheit erwarten würden. Das schien auch Anita nicht zu entgehen, denn ihr Blick wurde sanfter.

»Hey, das wird irgendwie, okay? Das ist nicht die erste Krise in diesem Netzwerk.«

Sie strich sich die dunklen Haare über die Schulter und schien sich einen Moment zu sammeln, bevor sie weitersprach.

»Es wäre dennoch besser, sich erst einmal ruhig zu verhalten. Kein Post, kein Video, ja? Shaun versucht gerade herauszufinden, wie genau das Spendenevent ablief. Je nachdem ist das Ganze nicht nur in den Augen deiner Fans und der Presse ein Debakel, sondern auch strafrechtlich verfolgbar. Veruntreuung, Betrug, Unterschlagung … Ich hab keine Ahnung davon, aber Shaun und die Rechtsabteilung sehen sich das an. So oder so: Das ist keine banale Sache, die mit einem Entschuldigungspost auf Instagram vom Tisch ist.«

Am liebsten wäre ich in den Polstern des Sessels versunken, so klein fühlte ich mich auf einmal. Und obwohl das gerade mehr als nebensächlich war und das geringste meiner Probleme sein sollte, schossen meine Gedanken sofort zu meiner Mum. Wie lange würde es wohl dauern, bis sie davon Wind bekam? Sie war nicht aktiv auf den sozialen Medien, also wusste sie mit Sicherheit noch nichts davon, aber …

»Du meintest gerade, es wäre in den Augen der Presse ein Debakel. Meinst du, die berichten darüber?«

Anita bedachte mich mit vielsagendem Blick. Okay, die Frage war vielleicht überflüssig gewesen.

»Denkst du, es wird so schlimm wie bei diesem Prank-YouTuber?«

»Wieso warten wir nicht erst einmal ab, bis Shaun sich meldet?«

»Da könntest du auch genauso gut Ja sagen«, murmelte ich und stützte den Kopf auf meinen Händen ab. »Ich steck ganz schön in der Scheiße, was?«

Anita schwieg, und auch wenn ihre Ehrlichkeit etwas war, das ich sonst an ihr schätzte, wünschte ich mir gerade, sie hätte ein paar beruhigende, tröstende Worte für mich übrig.

»Was ich nur nicht verstehe … dachten die anderen denn wirklich, dass sie damit durchkämen?«

»Na ja, etwas Geld ging ein bei den Vereinen. Und ich will ja nicht sagen ›Ich hab es dir gesagt‹, aber ich meinte damals schon, dass Dylan und Zane nicht gerade die besten YouTuber für Kooperationen sind.«

»Ich weiß«, nuschelte ich in meine Handfläche hinein, bevor ich mich wieder im Stuhl zurücklehnte. Ich wollte nicht länger still und untätig hier sitzen und abwarten – ich wollte Antworten. »Es tut mir wirklich leid, Anita. Ich …«

Meine Entschuldigung wurde von dem Klingeln ihres Handys unterbrochen, und sie hob kurz die Hand, bevor sie den Anruf annahm.

»Hey, Shaun.«

Gespannt hielt ich die Luft an. Mein Kopf war ein einziges Chaos, und gerade wollte ich nichts sehnlicher tun, als mir Kaycee zu schnappen, heimzufahren, und Paddington zu gucken – meinen absoluten Wohlfühlfilm in Krisensituationen. Aber ich wusste, dass das meine Probleme nicht lösen würde. Und wie es aussah, musste ich sie lösen. Schnell. Denn ein einziger Fehltritt konnte mein Kartenhaus zum Einsturz bringen – und mich unter ihm begraben.

Ich merkte erst, dass ich die Hände zu Fäusten geballt hatte, als meine Fingernägel schmerzhaft in meine Handflächen schnitten. Ich musste etwas tun. Ich konnte diese Vorwürfe nicht einfach auf mir sitzen lassen. Ich konnte meine Fans nicht enttäuschen, Anita nicht enttäuschen – und Mum nicht enttäuschen. Ihr Gesicht tauchte vor meinem inneren Auge auf, und es brauchte nicht viel Vorstellungskraft, um zu sehen, wie sie den Mund spöttisch verzog, ihre Augen zu schmalen Schlitzen verengte, aus denen sie mich betrachtete. Ich schüttelte den Kopf, um das Bild loszuwerden. Nein, so weit würde ich es nicht kommen lassen.

Gerade als Anita sich von Shaun verabschiedete, blickte ich von meinen Handflächen auf.

»Shaun braucht noch eine Weile. Er ist gerade bei Natalies Netzwerk. Vielleicht können wir zusammen Schadensbegrenzung betreiben, zumindest wenn Natalie ebenfalls ahnungslos war.« Sie fuhr sich mit einem Seufzen übers Gesicht, wobei ihr Lippenstift am Mundwinkel leicht verwischte. »Wenn du magst, kannst du heimfahren, ich ruf dich an, sobald ich mehr weiß. Es wäre super, wenn du morgen auch kommst, damit wir deinen Auftritt auf der Convention besprechen können.«

Als sie die Convention erwähnte, fiel mir ein Stein vom Herzen. Ich hatte befürchtet, dass diese damit vom Tisch wäre.

»Wir warten ab, was Shaun sagt und was die anderen drei machen, und reagieren entsprechend. Keine Posts dazu auf Social Media heute. Bedank dich bei deinen Fans für den Launch, teile ein paar Sachen, aber äußere dich unter keinen Umständen zu den Vorwürfen.«

»Gute Miene zum bösen Spiel also.«

Sie hob die Schultern. »Nenn es, wie du magst, letzten Endes ist es Schadensbegrenzung.«

Ich nickte. Es ergab natürlich Sinn, und mir war klar, dass ich es vermutlich nur schlimmer machen würde, wenn ich etwas zu Demians Video sagte … aber es fühlte sich falsch an. Wie ein stummes Eingeständnis der Schuld. Bei dem Gedanken an die Nachrichten, die mich auf meinen Kanälen erwarten würden, wurde mir flau im Magen.

»Du kannst ruhig heimgehen. Ruh dich aus, wir sehen uns morgen. Und hey: Kopf hoch!« Anita nickte mir aufmunternd zu, griff im nächsten Moment jedoch schon wieder nach ihrem Handy, wahrscheinlich, um ein weiteres Telefonat mit Shaun oder jemand anderem aus dem Team zu führen. Ich beobachtete sie noch einige Sekunden, bevor ich schließlich aufstand und meine Handtasche vom Boden nahm. Ich konnte jetzt nicht einfach nach Hause gehen und Däumchen drehen, während Anita und Shaun allein an der Sache arbeiteten. Ich brauchte Antworten. Denn wenn ich keine hatte, wenn ich nicht wusste, was ich glauben sollte, wie sollten es meine Fans dann, die mich nicht einmal persönlich kannten?

Ich hatte die Tür zum Gang kaum aufgestoßen, als Kaycee auch schon von dem Sessel, in dem sie gewartet hatte, aufsprang und mir entgegenlief.

»Hey.« In ihrer Stimme lag Vorsicht, als wüsste sie nicht, in welcher Verfassung sie mich gerade vorfinden würde: wütend, geschlagen, kurz vorm Weinen, panisch … Kein Wunder, denn auf der Fahrt hierher hatte ich mehr Emotionen durchlebt als in den letzten drei Monaten.

»Du glaubst mir, oder? Dass ich es nicht war.« Das war alles, was ich herausbrachte, und als Kaycee überrascht die Augen weitete, hätte ich am liebsten laut aufgeseufzt, so viel Verwunderung über meine Worte lag in ihrem Ausdruck.

»Das ist so eine dumme Frage.« Ohne ein weiteres Wort zog sie mich in ihre Arme. »Wir kriegen das hin, Süße. Versprochen. Und denk dran: Nichts ist für immer.«

»Außer wir«, gab ich mit einem Lächeln zurück. Wie oft wir diesen Spruch schon in Krisensituationen gesagt hatten. Wie von selbst entspannten sich meine Muskeln, und für einen kurzen Moment erlaubte ich mir, mich einfach halten zu lassen. Ich schloss die Augen und spürte einige kostbare Sekunden nichts außer Kaycees Umarmung. Zum ersten Mal, seit ich Anitas Gesichtsausdruck in der Filiale gesehen hatte, atmete ich tief durch. Dann löste ich mich und sah ihr fest in die Augen.

»Na, also. Da bist du ja wieder«, sagte Kaycee mit einem Grinsen, als sie meinen entschlossenen Gesichtsausdruck sah. »Wie lautet der Schlachtplan?«

»Ich schreib Demian.«

Kaycee verzog das Gesicht. »Bist du dir sicher, dass das …«

»Aber vorher stell ich die anderen zur Rede.«

Kaycee hob eine Augenbraue. »Meinst du denn, sie treffen sich mit dir?«

»Ich zieh sie liebend gern einzeln aus ihren Apartments, wenn das sein muss.« Ich lächelte schief. »Aber unser Belohnungsessen muss ich wohl absagen.«

»Das holen wir nach, mach dir darüber keine Gedanken.« Sie kramte kurz in ihrer Handtasche und drückte mir dann eine Papiertüte in die Hand. Ich nahm sie entgegen, öffnete sie – und musste wider Erwarten lachen.

»Du bist die Beste«, sagte ich, als ich die Cupcakes sah, die Kaycee mir vom Event gerettet hatte.

»Ich weiß, und du brauchst Nervennahrung, wenn du die drei zusammenstauchen willst. Soll ich mitkommen?«

Mit einem Kopfschütteln verstaute ich die Tüte in meiner eigenen Handtasche. »Du hast dir heute extra freigenommen, genieß wenigstens den restlichen Tag. Nimm dir ein Taxi, und schick die Rechnung an Anita.«

»Wir Normalsterblichen nutzen unsere Oyster-Card. Vielleicht bleib ich noch ein bisschen in der Stadt, wenn ich schon mal hier bin. Meine Schwester ist sowieso noch beim Neurologen, Langzeit-EEG übers Wochenende, also werd ich daheim grad nicht gebraucht.«

»Wie geht's ihr?«, fragte ich und konnte nichts gegen das Gefühl von Schuld tun, das in mir aufkam. Manchmal fragte ich mich, ob Kaycee all das hier nicht total bescheuert vorkam. Dass ich mir wegen Zahlen, Klicks und eines Beauty-Launchs einen solchen Kopf machte, wenn es so viel wichtigere und schlimmere Dinge gab. Bei Kaycees älterer Schwester Ada war im letzten Frühjahr Narkolepsie diagnostiziert worden, was nicht nur ihr Leben komplett auf den Kopf gestellt hatte, sondern auch Kaycees. Sie hatte bereits nach dem Tod ihrer Mum beschlossen, länger zu Hause wohnen zu bleiben, um ihren Vater zu unterstützen, doch Adas Krankheit kam nun noch erschwerend hinzu.

Als wir klein waren, hatten wir beide so groß geträumt, hatten fest geplant, gemeinsam nach London zu ziehen und uns dort zu verwirklichen: Ich wollte damals noch Schauspielerin werden – ein Traum, den ich längst abgelegt hatte –, sie wollte ein Café eröffnen, in dem sie jeden Tag backen konnte. Es war ungerecht, dass nun ich diejenige war, die in der Londoner Wohnung saß, und Kaycee die, die sich mit häufig wechselnden Jobs über Wasser hielt und die Mutterrolle für ihre kleine Schwester Clara übernehmen musste. Schicksalsschläge, für die man nicht das Geringste konnte, sollten nicht die Macht haben, solch unüberwindbare Gräben in ein Leben zu reißen.

»Ihr geht's unverändert, aber du tust es schon wieder.«

»Was?«

»Du guckst schon wieder so, wie du immer guckst, wenn du ausnahmsweise auch mal ein Problem ansprichst. Stopp den Problemvergleich, sofort!«

»Es rückt das hier nur grad wieder in die richtige Perspektive.«

»Tut's das? Deine hart erarbeitete Karriere steht auf dem Spiel.«

»Danke für die Erinnerung«, gab ich mit einem Grummeln zurück. »Na dann, auf in den Kampf.«

5. KAPITEL

Fiona

Mein Schlachtruf hatte sich leider früher als erwartet bewahrheitet, da wir bereits vor dem Gebäude meines Managements geradewegs in eine Gruppe Fotografen gelaufen waren. Ich hatte es besser gewusst, als auf ihre Fragen zu antworten, und Kaycee und mich in ein Taxi bugsiert, das sie in der Nähe der Bond Street abgesetzt hatte und mich nun nach South Kensington brachte. Der Umweg über die Bond Street hatte es mir erlaubt, die anderen drei in unserem Gruppenchat zu kontaktieren. Sie alle waren erstaunlicherweise sofort bereit gewesen, sich zu treffen. Besonders Natalie klang in ihren Nachrichten ähnlich panisch, wie ich mich fühlte. Vielleicht handelte es sich ja doch bloß um ein dummes Missverständnis, das sich leicht aus dem Weg räumen ließ. Ich hoffte es. Während es im Londoner Verkehr nur schleppend voranging, öffnete ich Instagram und klickte mich in die neuen Benachrichtigungen. Wie zu erwarten, waren etliche Nachrichten und Kommentare eingetroffen.

»Augen zu und durch«, murmelte ich mir selbst Mut zu und klickte auf das Foto vom Backstage-Bereich kurz vor dem Launch. Anita hatte es geschossen, und mein breites Grinsen versetzte mir einen kleinen Stich. Am liebsten würde ich mich noch einmal dorthin zurückteleportieren, auch wenn ich wusste, dass das rein gar nichts ändern würde. Ich scrollte etwas weiter nach unten und sog zischend die Luft ein.

Mir war von Anfang an klar, dass die Alte genauso viel Dreck am Stecken hat wie alle anderen!

Endlich kriegt sie ihr Fett weg!!

Falsche Schlange

Ich kann nicht glauben, dass sie das wirklich getan haben soll. Ich gucke sie seit Jahren, sie ist so nicht!

Sie sieht nicht mal gut aus, hab eh nicht gecheckt, wieso DIE Make-up entwerfen darf

Ich abonniere, nur um zu deabonnieren, lol

So fake wie ihre Haarfarbe

Was für ein Mensch muss man sein, Hilfsorganisationen über den Tisch zu ziehen? Karma is a bitch, merk dir das @simplyfiona

Ich sperrte das Handy, drückte es mit dem Bildschirm nach unten ins Sitzpolster des Wagens und sah nach draußen. Mein Herz raste, und die Stelle direkt über meiner Brust fühlte sich so eng an, als ob jemand mein Innerstes zusammendrücken würde. Viel zu schnell und laut drang mein Atem aus meiner Nase, und ich zwang mich, mich auf fünf Dinge zu konzentrieren, die ich sah.

Ein Australian Shepherd auf der gegenüberliegenden Straßenseite, die *Wicked*-Werbung auf dem roten Bus an der Ampel, ein händchenhaltendes Paar, ein *Pret a Manger*, ein gelbes Umleitungsschild.

Mein Atem wurde ruhiger, und meine Finger, mit denen ich das Smartphone fest umklammert hatte, entspannte ich wieder. Die Übung hatte mir die Schultherapeutin vor einigen Jahren beigebracht: Ich sollte mir fünf Dingen bewusst werden, die ich sah, vier, die ich hörte, drei, die ich fühlte, zwei, die ich roch und eines, das ich schmeckte. Entgegen meiner Skepsis half es tatsächlich. Ich hatte lange keine Panikattacken mehr gehabt, und ich würde es jetzt nicht so weit kommen lassen. Im Gegenteil: Ich würde all das wieder in den Griff bekommen. Die Kommentare waren schlimm und würden vermutlich noch schlimmer werden, sobald ich in meinen YouTube-Kanal schaute, aber ich würde das geradebiegen.

Das Taxi fuhr in der Seitenstraße des Cafés, das Zane genannt hatte, links ran. Ich zahlte den Fahrer, gab Trinkgeld und stieg mit klopfendem Herzen aus. Ich hatte die anderen seit dem Event nicht mehr gesehen und war nervös, so sehr klammerte ich mich an die schwache Hoffnung, dass sich alles mit diesem Gespräch klären ließe. Dass wir Demian kontaktieren und die ganze Sache aus der Welt räumen konnten.

So warm wie es war, stand die Tür zu dem kleinen Café offen, und ich konnte geräuschlos eintreten. Ich erblickte die anderen drei sofort. Sie saßen in der Ecke gegenüber der Theke, hatten die Köpfe zusammengesteckt, und so wild, wie Natalie gestikulierte, waren sie bereits in eine Diskussion vertieft. Während ich auf den Tisch zusteuerte, zählte ich langsam bis drei und versuchte, meine Wut im Zaum zu halten. Ich brauchte Fakten, und die bekäme ich eher mit Ruhe als durch einen hitzigen Kopf.

Ohne ein Wort zu sagen, zog ich den freien Stuhl zurück und ließ mich darauf fallen. Natalie neben mir zuckte so sehr zusammen, dass ihr Knie gegen den Tisch stieß und die Getränke der anderen ins Wanken brachte.

»Fiona!« Dylan lehnte sich nach hinten und verschränkte die Arme hinter dem Kopf. »Schön, dich zu sehen, Sonnenschein. Wie war dein Launch heute? Ich hab kurz in den Livestream geklickt, süße Rede.«

War das sein verdammter Ernst? Hätte ich das Gespräch zwischen den anderen eben nicht gesehen und säße Natalie nicht mit fest ineinander verschränkten Händen und grimmiger Miene neben mir, hätte man meinen können, wir träfen uns für ein wenig Small Talk auf einen Kaffee. Dylan musste an meiner Miene sehen, dass ich nicht zu Scherzen aufgelegt war, denn er hob beschwichtigend die Hände.

»Okay, ich nehm an, du hast Demians Video gesehen.«

»Hab ich. So wie gefühlt jeder.«

»2,4 Millionen Menschen, um genau zu sein«, sagte Zane mit Blick aufs Handy.

»2,4 Millionen?«, wiederholte ich ungläubig. »Nach so kurzer Zeit? So viele Views haben die Videos sonst nach einer Woche. Wenn überhaupt.«

»Krieg dich wieder ein. Das liegt nur daran, dass er sich sonst immer nur einen Influencer vornimmt und er diesmal gleich vier auf einmal abgrast.« Dylan zuckte mit den Schultern.

»Krieg dich wieder ein?« Fassungslos sah ich Dylan an und konnte nicht verhindern, dass meine Stimme nun doch lauter wurde. »Dylan, das hier könnte unsere Karrieren ruinieren, ich krieg mich ganz sicher *nicht* wieder ein.« Mein Blick schnellte zu Zane hinüber. »Was ist mit dem Geld passiert? Demian hat recht, es müssten mindestens 300 000 zusammengekommen sein. Eher mehr, bei den Gästen, die da waren und gespendet haben.«

»Na ja, wir hatten die Location zu zahlen, das Essen, die Mitarbeiter …«

»So ein Bullshit. Der Sky Garden hat euch sogar ein Sonderangebot gemacht für den guten Zweck.«

»Uns.« Dylan sah mich mit erhobenen Augenbrauen an.

»Bitte?«

»Er hat *uns* ein Sonderangebot gemacht. Du steckst da genauso mit drin wie wir, Prinzessin. Versuch nicht, dich rauszureden.«

»Wenn du mich noch einmal so nennst, bestell ich mir einen Kaffee, nur um ihn auf dein überteuertes Hemd zu schütten.«

Anstatt einer Antwort imitierte Dylan das Fauchen einer

Katze, was Zane zum Lachen brachte. Ich biss mir auf die Zunge, um nicht auf ihn loszugehen. Mein Tag war ruiniert. Und wir mussten diese Sache klären, damit es bei diesem einen Tag blieb.

Ich hätte auf Anita hören sollen. Wie hatte ich mich darauf einlassen können, mit diesen beiden zusammenzuarbeiten?

Bleib ruhig, klär das Ganze, und dann musst du sie nie wiedersehen.

»Was ist mit dem Geld passiert?«, wiederholte ich meine Frage. »Hat Demian recht?«

»Hatte Demian je unrecht?«

»Also stimmt es, was er sagt?« Ich lehnte mich über den Tisch hinweg nach vorn, sodass Natalie, die nach wie vor keinen Laut von sich gegeben hatte, die Hände auf ihren Schoß legen musste. »Ihr habt nicht allen Ernstes das Geld einbehalten? Wir wollten das spenden!«

»Jetzt ist es also doch ein Wir«, sagte Dylan mit breitem Grinsen.

»Wollt ihr mich verarschen?« Ich zischte ihnen die Worte entgegen und hatte Mühe, sie nicht durch den gesamten Laden zu schreien. Doch noch mehr Aufmerksamkeit war das, was ich gerade am wenigsten gebrauchen konnte. »Wusstest du davon?«, fragte ich an Natalie gerichtet.

Sie zog den Kopf ein, nickte jedoch langsam.

»Ich fass es nicht.« Kopfschüttelnd sah ich die drei abwechselnd an, wobei Natalie meinen Blick weiterhin mied. Immerhin sie schien so etwas wie ein schlechtes Gewissen zu haben.

»Ihr habt das allen Ernstes geplant? Seid ihr vollkommen bescheuert?«

»Wir haben ja was gespendet. Konnte doch keiner ahnen, dass jemand die Kosten und Einnahmen herausfindet und den

Gewinn ausrechnet. Was denkst du, wie oft bei solchen Spendenevents was hinterzogen wird? Wir sind aufgeflogen, dumm gelaufen.«

»Dumm gelaufen?« Keine Ahnung, was mich mehr in Rage brachte: Dylans Worte oder sein unbekümmerter Gesichtsausdruck. »Ihr habt dieses Event auf die Beine gestellt, habt Organisationen für die Spenden ausgesucht, Leute eingeladen – und all das, um das Spendengeld zu unterschlagen und abzukassieren? Und ihr zieht mich mit rein?«

Natalie neben mir schluchzte kurz auf, was mich beinahe noch wütender machte als Dylans und Zanes Verhalten. Sie hatte kein Recht, jetzt rumzuheulen, wenn sie all das kalkuliert hatte. Ich war davon ausgegangen, dass eine Person uns alle übers Ohr gehauen hatte. Nicht dass die drei unter einer Decke steckten und nur mich außen vor gelassen hatten.

»Wir haben dich nicht mit reingezogen.« Beim letzten Wort bildete Zane mit den Fingern Anführungszeichen in der Luft. »Wir haben gefragt, ob du bei dem Event mitwirken willst, und du hast Ja gesagt. Kein Wunder, hat dir ja auch tolle Publicity und eine gute Reichweite gegeben. Na ja, bis heute Mittag zumindest. Aber hätte Demian das nicht rausbekommen, wäre alles gut gegangen.«

»Er hat es aber rausbekommen! Und wie konntet ihr das bitte tun? So eine Nummer abziehen und mich als Einzige im Ungewissen lassen?«

»Hör mal, du kannst uns gern die Schuld geben, aber tu nicht so, als wärst du nicht mitverantwortlich.«

»Bitte was? Ich wusste bis eben gar nicht, was für eine Scheiße ihr da abzieht.«

»Ja und warum nicht?«, gab Dylan zurück. »Weil du nur deinen Namen unter das Event gesetzt hast, anstatt es mitzuorganisieren. Hättest du dich ein bisschen mehr beteiligt, hättest du das sicher mitbekommen und austreten können. So hängst du mit drin. Pech für dich.«

Ich stieß ein ungläubiges Schnauben aus. »Ich war in New York für ein Shooting, das weißt du genau. Ich hab euch von Anfang an gesagt, dass ich leider nicht viel werde mitorganisieren können. Das hat euch vermutlich in den Kram gepasst, weil ihr meinen Namen nutzen konntet und ich aus dem Weg war.«

»Gott, du klingst, als wären wir in einer Crime-Sendung.« Dylan stützte die Ellbogen auf dem Tisch ab, sodass sein Gesicht meinem ein gutes Stück näher war und er nur noch zu flüstern brauchte. »Wir kriegen das wieder in den Griff.«

»Und wie sollen wir das bitte schaffen?«, fragte ich.

»Wir stellen eine Entschuldigung online, spenden das Geld nachträglich, legen noch ein bisschen was obendrauf, um unseren guten Willen zu zeigen, der Shitstorm kocht eventuell noch mal kurz hoch, aber die Fans vergeben uns eh, und der restliche Mob stürzt sich spätestens nächsten Monat auf jemand Neuen. Et voilà.«

»Meint ihr, das funktioniert?« Natalies Stimme klang dünn und zerbrechlich.

»Oh hi, du bist ja auch da.« Ich schoss ihr einen giftigen Blick zu und schämte mich im nächsten Moment für meine Worte. Doch meine Nerven lagen blank und dass sie hier die Mitleidstour abzog, obwohl sie dazu beigetragen hatte, die Organisationen zu hintergehen und mir einen der wichtigsten Tage meines Lebens zu ruinieren, raubte mir den letzten Nerv. Ich schluckte die Entschuldigung, die mir über die Zunge rollen wollte, hinunter und konzentrierte mich wieder auf Dylan.

»Ich entschuldige mich nicht für einen Fehler, den ich nie begangen habe. Ich lüge meine Fans nicht an.«

»Ich glaub nicht, dass du eine großartige Alternative hast«, sagte Zane neben mir.

»Wir wär's mit der Wahrheit?«

»Die glaubt dir niemand …« Natalie warf mir ein entschuldigendes Lächeln zu. »Shaun war heute in meinem Netzwerk, und ich hab mit meinem Management schon an einem Skript für ein Video gesessen. Ich werd mich entschuldigen. Ich wusste anfangs auch nichts von der Sache und hab es erst mittendrin mitbekommen, aber eine Entschuldigung ist das einzig Richtige. Das wird Shaun dir sicher auch nahelegen.«

»Dito«, meinte Dylan mit einem Schulterzucken. »Komm schon. Drück ein bisschen auf die Tränendrüse, erzähl, dass dir alles mega leidtut, du sie nie enttäuschen wolltest, dich in Grund und Boden schämst, alles wiedergutmachst … Du schaffst das schon.«

Ich krallte meine Finger so fest in die Tischplatte, dass meine Knöchel weiß hervortraten.

»Ich werde nichts davon tun«, brachte ich zwischen zusammengebissenen Zähnen hervor.

»Gott, Fiona, reg dich ab«, sagte Zane. »Du hast von dem Geld doch auch was gesehen. Wenn du etwas unter Kontrolle haben willst, dann überlass die Planung nächstes Mal nicht anderen. Sieh es so: Jetzt hast du aus der Sache wenigstens was gelernt. Ist doch auch was.«

Entgeistert starrte ich Zane an. Das war sein voller Ernst, oder? Dylan sah nicht weniger unbekümmert aus.

»Ihr habt gesagt, das Honorar für uns kam durch die Sponsoren zusammen. Außerdem hab ich es gespendet. Mir ging es von Anfang an nicht ums Geld, und das wisst ihr genau.«

»Du hast was?«, fragte Dylan mit einem Lachen.

»Das Geld, das du mir ausgezahlt hast, zusätzlich gespendet. Ich hab Zane auch gesagt, dass ich das vorhabe, und er meinte, die Spenden des Events wären schon an die Organisationen überwiesen worden. Dass ich nicht lache.«

»Deshalb der krumme Betrag, von dem Demian berichtet hat. Ich hab mich schon gewundert.«

Immer noch fassungslos betrachtete ich die anderen. Sie sprachen über das Ganze, als unterhielten sie sich über das Wetter. Ich stieß ein leises Lachen aus, mehr über mich selbst als über Zane, Dylan und Natalie. Nicht nur dass ich so naiv gewesen war, mich auf die drei einzulassen, ich hatte auch wirklich geglaubt, dass Demian im Unrecht sein und es sich um ein Missverständnis handeln könnte.

»Ihr habt mich echt nach Strich und Faden verarscht.«

»Wir schaffen es da gemeinsam raus«, warf Natalie vorsichtig ein. »Bevor du gekommen bist, haben wir schon überlegt, was in unsere Statements kann, wie wir uns gegenseitig unterstützen können … Wir biegen das wieder gerade. Richtig?« Bei dem letzten Wort sah sie unsicher zu Dylan hinüber.

»Gemeinsam?« Schön zu sehen, dass ich nicht die Einzige war, die Probleme hatte, andere richtig einzuschätzen. »Hast du sie noch alle? Ihr glaubt doch nicht allen Ernstes, dass ich noch einmal irgendetwas mit euch starte oder mich mit euch in Verbindung bringen lasse.«

»Du stehst jetzt sowieso mit uns in Verbindung, ob du willst oder nicht. Ich an deiner Stelle würde mir deine nächsten Schritte gut überlegen.«

»Was soll das sein? Eine Drohung?«

»Ne.« Dylan grinste. »Nur ein gut gemeinter Ratschlag. Wär doch schade, wenn heute, am Höhepunkt deiner Karriere, plötzlich alles den Bach runtergeht.«

»Ich mach da nicht mit.«

»Dann viel Glück dabei, alle von deiner Unschuld zu überzeugen, wenn wir drei die Sache zugeben und du als Einzige querschießt. Wird bestimmt ein voller Erfolg.«

Bei Dylans zuckenden Mundwinkeln lief mir ein kalter

Schauer über den Rücken. Nahm er das Ganze wirklich auf die leichte Schulter? Es war völlig unverständlich für mich, andererseits war seine Community etliche Pranks und sozialen Experimente gewöhnt – zumindest nannte er das jedes Mal so, wenn etwas schiefging. Bei ihm setzten die Leute vielleicht einfach keine weiße Weste voraus. Bei mir hingegen schon. Es war ein Anspruch, den ich an mich selbst hatte.

Ein letztes Mal sah ich zu Natalie, hoffte, dass ich wenigstens zu ihr durchdringen konnte, wenn sie zu Beginn – angeblich – auch nichts von all dem gewusst hatte. Auf sie war ich zwar ebenso wütend wie auf die anderen, aber immerhin hatte sie so etwas wie Reue gezeigt. Auch wenn ich mir nicht sicher war, ob sie wirklich die Tat an sich bereute oder einfach nur, dass sie erwischt worden war. Dieses Mal erwiderte sie meinen Blick und hielt ihm stand. Ungefähr zwei Sekunden zumindest, denn dann schüttelte sie leicht den Kopf und blickte wieder hinab auf ihre Hände, die nach wie vor in ihrem Schoß lagen.

Langsam stand ich auf, zwang mich, möglichst gelassen zu wirken, nicht so panisch, wie ich mich innerlich fühlte. Ich atmete tief durch, bevor ich sprach, da ich vermeiden wollte, dass meine Stimme mich verriet.

»Ich hoffe wirklich, dass euch die ganze Scheiße um die Ohren fliegt.« Meine Stimme klang ruhig, doch meine Fingernägel bohrte ich fest in meine Handflächen.

»Fragt sich nur, auf wen sich die Meute mehr stürzt«, sagte Dylan und lehnte sich in seinem Stuhl zurück. So weit, dass es beinahe wirkte, als genieße er die ganze Szene. »Auf Zane und mich, von denen man sowieso nicht wirklich was anderes erwartet, auf Natalie, die – nichts für ungut – noch nie durch besonders geistreichen Content aufgefallen ist … oder aber auf dich. Das Mustermädchen, das seine Stimme ja ach so toll für

Schwächere nutzt, das selbst aus so schlechten, traurigen Verhältnissen kommt und dann das Geld behält, das diesen Kindern hätte zugute kommen sollen.«

»Das bricht mir fast das Herz.« Zane wischte sich spielerisch eine nicht vorhandene Träne aus dem Auge.

Kopfschüttelnd stand ich vor den dreien. Wie konnte jemand so offen so scheiße sein? Lästereien hinter dem Rücken anderer war ich gewöhnt. Komplimente, die gleichzeitig als Beleidigungen dienten, ebenfalls. Dass jemand so abgebrüht und dreist eine Ungerechtigkeit verteidigte, mit ihr sogar hausieren ging – das allerdings nicht. Und das Schlimmste daran? In Demians Augen, in seiner Version der Wahrheit, war ich eine von ihnen. Skrupel- und herzlos, falsch und intrigant, nur an meinem eigenen Wohlstand und Vorankommen interessiert. Mein Herz raste, und das flaue Gefühl in meinem Magen hatte sich zu Übelkeit verwandelt.

Das hier war keine bloße Lüge, kein Gerücht, das in einem Teenie-Magazin geschrieben stand. Demian und diese drei vor mir waren im Begriff, das Bild, das ich mir über Jahre hinweg erschaffen hatte, innerhalb kürzester Zeit aufzulösen und mit falschen Farben völlig neu zu zeichnen. Und dieses Bild war nicht ich.

Ohne ein weiteres Wort an Zane, Dylan und Natalie zu richten, drehte ich mich um und verließ das Café. Es gab nur eine Person, die mir helfen konnte, das alles wieder in Ordnung zu bringen. Demian.

@simplyfiona, 5.23 pm:
Wir müssen reden.

@simplyfiona, 5.42 pm:
Ich kann sehen, dass du meine Nachricht gelesen hast. Es ist dringend. Du liegst falsch mit dem, was du im Video gesagt hast. Nicht was die anderen angeht, aber was mich angeht. Können wir uns treffen?

@dexposed, 6.07 pm:
Ich liege nie falsch.

@simplyfiona, 6.08 pm:
Vielleicht sonst nicht, aber dieses Mal wirklich. Ich wurde da mit reingezogen. Ich war kaum in die Planung involviert und hab durch dein Video erst erfahren, was abging. Hast du heute Abend Zeit? Oder morgen?

@dexposed, 7.12 pm:
Süß. Denkst du, du bist die erste Person, die das versucht? Ich hör das nach jedem Video. Ich betreibe da dieses Ding namens Recherche. Ich stelle Videos erst online, wenn die Fakten sicher sind. Versuch also gern, dich bei deinen Fans rauszureden, aber bei mir hast du damit keinen Erfolg.

@simplyfiona, 7.12 pm:
Ich weiß, wie es aussieht, okay? Aber es stimmt nicht. Du musst mir zuhören.

@dexposed, 8.45 pm:
Muss ich nicht. Ich kenn die Ausreden bereits. Und ich geb

dir und deiner Clique drei Tage, dann ist spätestens das erste tränenreiche Entschuldigungsvideo online. Lol.

@simplyfiona, 8.47 pm:
Kann ich morgen bei deinem Management vorbeikommen?

@simplyfiona, 9.55 pm:
Demian, bitte.

@simplyfiona, 11.31 pm:
Denkst du wirklich, ich würde mir die Blöße geben und dich anbetteln, wenn ich nicht die Wahrheit sagen würde?

@simplyfiona, 1.01 am:
Ist dir klar, was du damit anrichtest? Du zerstörst nicht nur meinen Ruf, sondern mein Leben!

@simplyfiona, 2.19 am:
Ich seh, dass du meine Nachrichten liest. Wie feige kann man sein?!

@simplyfiona, 7.20 am:
Können wir uns heute kurz treffen? Wenigstens ein paar Minuten?

@dexposed hat Sie blockiert.

6. KAPITEL

Demian

»Jesus fucking Christ«, murmelte ich und warf mein Handy ans andere Ende der Couch, wo es gegen ein Kissen prallte und mit dem Display nach unten auf dem grauen Stoff landete. Ruhe. Endlich.

»Hm?«, fragte Thiago neben mir, hatte die Augen aber weiterhin auf den Bildschirm gerichtet, wo bis eben *The London League* und jetzt gerade *Jane the Virgin* lief. Ich hatte keinen blassen Schimmer, wieso, aber mein Mitbewohner hatte vor Kurzem seine Leidenschaft für Telenovelas entdeckt. »Kopfschmerzen?«, fragte er weiter, ohne sich umzudrehen.

»Auch«, gab ich zurück. Kein Wunder nach dem gestrigen Tag. Obwohl wir früh im Pub gestartet hatten, waren wir so lange geblieben, bis die Kellnerin die Barhocker neben uns demonstrativ auf die Tische gestellt und um uns herum zu wischen begonnen hatte. Hinzu kam, dass ich durch das Schneiden in der Nacht zuvor zu wenig geschlafen und gegessen hatte und mich das Ganze somit mehr mitnahm, als es normalerweise der Fall gewesen wäre.

Thiago tastete nach der Fernbedienung, die er schließlich in der Ritze des Sessels fand, und pausierte Netflix. »Auch? Was denn noch?«

»Fiona hat schon wieder geschrieben.«

»Nach gestern noch mal?«

»Ja, hab das Handy gestern irgendwann weggepackt.« Ich zog die Stirn kraus. »Ich hab ›lol‹ in meine Nachricht geschrieben. Als wär ich Austin.«

»Ja, du warst ziemlich hinüber«, erwiderte Thiago mit einem breiten Grinsen. »Was wollte sie denn?«

»Dasselbe wie gestern. Mich treffen, mir die Wahrheit erklären, bla, bla, bla.«

»Kennst du ja schon.«

»Ja, nur normalerweise sind sie nicht so hartnäckig und lassen mich irgendwann in Ruhe.«

»Wirst du sie treffen?«

Ich schnaubte zur Antwort und massierte mir die Schläfen mit Zeige- und Mittelfinger. Ich sollte dringend eine Ibuprofen nehmen, wenn ich bei dem Termin mit Liam später irgendetwas auf die Reihe kriegen wollte. Und hatte er nicht gemeint, dass er anstoßen wollte? *Himmel.*

»Nur über meine Leiche. Reicht mir, wenn ich mir das Geheule auf Video ansehen muss. Hab sie geblockt, dann ist hoffentlich Ruhe.«

»War das eigentlich Absicht, dass das Video gestern online ging?«

Ich legte den Kopf schief und nickte Thiago zu, damit er weitersprach.

»Hab heute Morgen in der *Sun* gelesen, dass gestern der Launch ihrer Beauty-Linie war. Ging quasi zeitgleich mit deinem Video los. Und ja, ich weiß, ich soll die *Sun* nicht lesen, aber es wurde mir in den Twitter-Feed gespült.«

»Davon wusste ich nichts.« Ich setzte mich auf und streckte mich nach meinem Handy, um das Ganze nachzulesen.

»Hm«, machte ich nach wenigen Minuten. »Sieht sogar nach einem größeren Event aus.«

Also hatte es mit Sicherheit auch eine große Ankündigung

gegeben. Ich seufzte auf. »Das erklärt dann wohl, wieso Susan unbedingt wollte, dass ich das Video gestern online stelle.«

»Würd sagen, die Nachtschicht hat sich gelohnt. Hat sicher noch mal mehr Aufwind dadurch bekommen.«

»Ja«, antwortete ich gedehnt, während ich das Foto von Fiona betrachtete. Perfekt frisiert und geschminkt wie immer stand sie in einer Drogerie vor einer freien Fläche mit mehreren Menschen, die ihr alle gebannt zuzuhören schienen. Vermutlich schwärmte sie ihnen gerade von ihren neuen Produkten vor, damit diese möglichst viele davon mitnahmen. Ich würde diese Welt wohl nie verstehen. Erneut stieß ich ein Seufzen aus.

Und dennoch bist du jetzt irgendwie Teil von ihr.

In meinem Bauch breitete sich ein ungutes Gefühl aus, und ich war mir sicher, dass es nicht nur von dem Gedanken herrührte. Wie von selbst landete mein Finger erneut auf dem Display, bevor es schwarz werden konnte. Nein, das Gefühl rührte ganz eindeutig noch von etwas anderem her. Von Fionas Blick. Mit Zeige- und Mittelfinger zog ich das Titelbild des Beitrags größer. Dann klickte ich auf das im Artikel verlinkte Video und spielte Fionas Rede ab. Thiago rutschte näher, um sich das Ganze mit mir anzusehen, während ich durch das Video skippte. Nach einer Weile lachte er auf.

»Was wirklich zählt, sind Leidenschaft und Durchhaltevermögen«, wiederholte er Fionas Worte. »Hey, sie klingt genau wie du.«

Ich boxte ihm in die Seite, stoppte das Video und warf das Handy zurück auf die Couch. »Schau du lieber deine Telenovela weiter.«

»Was? Schockiert, dass ihr eine Gemeinsamkeit haben könntet?«

Thiago betrachtete mich feixend, als ich nicht reagierte,

widmete er sich jedoch zum Glück wirklich wieder seiner Serie. Ich versuchte, ebenfalls etwas von der Handlung mitzukriegen, doch vergebens. In meinem Kopf schwirrten Fionas Worte umher. Selbst mir fiel es schwer, das Bild, das ich gerade gesehen hatte, mit dem der kaltblütigen, geldgierigen Frau zu vereinen, als die ich sie enttarnt hatte. Aber das war sie, oder etwa nicht? Ich hatte mich noch in keinem Video geirrt. Die ganzen Telefonate, die Recherche, die Excel-Tabellen und das Zahlenjonglieren mit den Spenden und Ausgaben – ich arbeitete fundiert. Außerdem hatte ich im Laufe der letzten Monate eines gelernt: Leichen im Keller hatten sie alle. Egal wie blütenrein ihr Image sein mochte.

Warum also fühlte ich dann nicht mehr den Kick, den ich gestern im Pub gespürt hatte? Wie von selbst griff ich wieder zum Smartphone und spielte das Video erneut ab, stumm diesmal, damit Thiago es nicht mitbekam. Ihre Worte waren kalkuliert, nicht wahr? Eine Masche, ihren Fans die Produkte anzudrehen. Doch wieso wirkte sie dann so aufrichtig?

In ihrer Miene lag eine Leidenschaft, in ihren Augen brannte ein Feuer, als glaubte sie wirklich an das, über was auch immer sie mit ihren Fans sprach. Eine Passion, die selbst durch die leicht verpixelte Aufnahme bis zu mir durchdrang – und die ich kannte. Aus meinem Blick in Videos, wann immer ich über die Dinge sprechen konnte, für die ich Leidenschaft empfand.

»Da ist er ja, unser Mann der Stunde«, begrüßte Liam mich überschwänglich.

»Magst du einen Sekt haben?«, rief Susan aus der offenen Mitarbeiterküche herüber. Dankend lehnte ich ab, woraufhin Liam lachte und mir einen wissenden Blick zuwarf.

»Lieber ein Konterbier?«

»Liam, lass den Jungen in Ruhe.« Susan schlug ihm im Vorbeigehen auf den Bizeps und hielt uns die Tür zum kleinen Meetingraum auf. Unter dem Arm hatte sie zwei Wasserflaschen geklemmt, wofür ich ihr mehr als dankbar war. Das Ibuprofen wirkte zwar, aber ich fühlte mich immer noch ziemlich platt.

»Hey, Demian! Glückwunsch zu fast 600 000!« Tom winkte mir im Vorbeigehen zu, bevor er in seinem Büro am anderen Ende des Gangs verschwand.

»Danke!«, rief ich ihm hinterher und betrat den Meetingraum.

Ich liebte das Gewusel und den familiären Umgangston hier und hatte mich, als ich dem Management letztes Jahr beigetreten war, direkt wohlgefühlt. Außerdem rechnete ich ihnen hoch an, dass sie mich damals aufgenommen hatten, obwohl ich zu dem Zeitpunkt kaum Reichweite vorzuweisen gehabt hatte. Leider hatte ich im Lauf meiner Zeit hier festgestellt, dass diese Tatsache auch Nachteile mit sich brachte und ich mich Zahlen und wirtschaftlichem Denken oft mehr beugen musste, als mir lieb war.

Susan goss mir ein Glas Wasser ein. »Ich hab schon mal Bagels und Kaffee bestellt, ich hoffe, das ist okay. Wir können nachher auch noch richtig was essen gehen.«

»Absolut.« Ich griff nach dem Wasser und nahm einen großen Schluck. Dann ging ich zur Fensterseite und ließ mich gegenüber auf einen der gemütlichen Stühle fallen.

»Ich nehm an, du hast die Aufrufe verfolgt?«, fragte Liam an mich gewandt.

Ich nickte. Ausnahmsweise hatte ich das wirklich. Ich hatte gewusst, dass das Video gut ankommen würde, mit der Reichweite, die es nun hatte, hatte ich jedoch nicht gerechnet. Zuletzt hatte ich es auf dem Weg zur Tube gecheckt, und das

Video war über drei Millionen Mal gesehen worden. Die ersten YouTuber hatten bereits Reactions dazu gedreht, sodass die eigentliche Anzahl der Menschen, die von der Sache wussten, noch größer sein dürfte. Auch die Zahl meiner Abonnenten war erheblich gewachsen.

»Es ist der Wahnsinn! Du hast damit genau den richtigen Nerv getroffen. *Wake up, Britain* hat heute Morgen angerufen, sie wollen dich nächste Woche in ihrer Show haben, am liebsten gleich am Montag.«

»Im Fernsehen?« Meine Augenbrauen schossen in die Höhe.

»Ja, natürlich im Fernsehen.« Susan klang aufgeregt und lehnte sich über den Tisch hinweg in meine Richtung. »Was glaubst du, wie neidisch ich bin? Ich liebe Brenda, die Moderatorin! Und du wirst sie live sehen.«

»Na ja«, erwiderte ich, »wenn ich gehe, brauche ich sicher Unterstützung, nicht wahr?«

Susan kicherte und wirkte auf einmal viel jünger. »Also gehst du hin? Sie zahlen natürlich, und es wird deiner Reichweite guttun. Oh, und du kannst auch deinen Zweitkanal erwähnen! Über den Sender erreichst du noch einmal eine ganz andere Zielgruppe.«

Liam nickte. »Thema wird aber in erster Linie die falsche Spendengala. Ich vermute, dass sich die anderen bis Montag alle zu Wort gemeldet haben. Zane hat bereits ein Video hochgeladen.«

»Seit wann denn das?«, hakte ich nach. »Heute Morgen war noch nichts da.«

»Ne, ist seit knapp einer Stunde online. Sie haben sicher abgesprochen, was sie wann sagen. Ich fände es gut, wenn du dir die Antworten vornimmst und analysierst. Da lässt sich sicher noch was rausholen.«

Ich runzelte die Stirn. Entschuldigungsvideos und Rechtfertigungen nach meinen *De(x)posed*-Videos waren gang und gäbe, nur ging ich für gewöhnlich nicht auf sie ein.

»Ich soll das Thema weiterverfolgen?«

Liam nickte und entsperrte sein Tablet. »Yep. Dein Kanal erlebt gerade total den Aufschwung, das sollten wir nutzen, solange das Thema noch relevant ist. Es sind richtige Fan-Streits ausgebrochen. Natalies Fans beschuldigen Dylan, einen schlechten Einfluss auf sie zu haben. Fionas Fans glauben das Ganze überhaupt nicht … Du könntest auch auf Kommentare reagieren.« Sein Blick schoss kurz zu meinem, und er zuckte grinsend mit den Schultern. »Oder nicht, dachte mir schon, dass dir der Vorschlag nicht gefällt.«

»Ich bin kein Reaction-Kanal, und ich werde auch kein albernes Unterhaltungsvideo machen. Meinetwegen warte ich die Videos der anderen ab und gucke, ob sich da noch etwas ergibt, dem ich nachgehen kann.«

»Hier«, sagte Liam und schob mir das Tablet herüber. »Die Mail kam gestern Abend rein, ich hab sie vorhin erst gesehen.«

Da ich meine Brille nicht aufhatte, zog ich die Schrift mit den Fingern größer und überflog die eingegangene Nachricht. Mein Blick wanderte zum Absender. »Ted Baker? Die waren unter den Sponsoren, oder?«

»Yep. Haben einen Vertrag mit Natalie und Fiona und waren deshalb Platin-Sponsoren.« Mit dem Zeigefinger tippte er ans Ende der Mail.

»Holy shit. 50 000 Euro? Sie allein haben so viel Geld gespendet?«

»Jap. Du hast mit deiner Vermutung im Video also noch echt niedrig gelegen. Ich wette, da kam viel mehr zusammen. Da lässt sich also echt gut ein zweites Video drauf aufbauen.«

Fassungslos schüttelte ich den Kopf. »Aber wie kann das

denn sein? Wie können die vier so dumm gewesen sein? Die anderen haben doch sicher Spendenquittungen.«

»Mit Sicherheit. Aber ausgestellt wurden die vermutlich von Dylan, das Geld floss ja nicht direkt an die Organisationen. So oder so: Das Ganze ist sogar noch ein bisschen größer, als du dachtest.«

»Du klingst ganz schön glücklich darüber«, merkte ich an.

»Solltest du auch«, sagte Liam, tippte ein paarmal auf seinem Tablet herum und schob es mir wieder vor die Nase. »Hier ist die Anfrage vom *Guardian*.«

Ich konnte das Grinsen in seiner Stimme hören, sah es jedoch nicht, da mein Blick auf den Bildschirm fixiert war. Tatsächlich. Der *Guardian* wollte einen Gastbeitrag von mir, in dem ich die Leserschaft anhand des Vorfalls für die Tücken und Gefahren der Influencer-Welt und der Einflussnahme auf Jugendliche sensibilisierte. Nicht das originellste Thema, aber es war der *Guardian*!

»Wow«, sagte ich bloß.

»Da ist noch viel mehr.« Susan lächelte mich an. »Ich würde sagen, wir gehen alles mal in Ruhe durch und gucken, was du wie schaffen kannst. Das werden ein paar anstrengende Tage.«

»Deshalb wären weitere Videos auch gut«, fügte Liam hinzu. »Wenn wir das Thema etwas länger strecken, ist zum einen das Interesse der Medien größer, zum anderen können wir das Ganze besser streuen und müssen es nicht geballt abarbeiten. So machst du dich auch interessanter.«

»Und wir wollen dich auf die Video Con schicken.« Als ich das Gesicht verzog, hob Susan eine Hand. »Ich weiß, du hasst das, aber …«

»Ich hasse das, weil ich keine Community hab, die ich dort treffen kann. Und weil die Hälfte der YouTuber dort mich hasst. Aus Gründen, die euch sicher bekannt sind.«

»Wir können gern die ganze Zeit bei Kaffee und Canapés in der Creator-Lounge sitzen, aber es gibt ein paar Termine, die super für dich wären, um den Kanal und dich zu pushen. Außerdem hast du eine Community, es gibt durchaus Leute, die dich wegen des Unterhaltungswerts gucken. Was uns auch zum Thema Merchandise bringt, aber das handeln wir besser gegen Ende ab.«

Neue Videos, der Guardian, Wake up, Britain, *die Convention, Merchandise* ...

Mir schwirrte der Kopf, und das lag ganz sicher nicht mehr am Kater von gestern. Die ganze Zeit über hatte ich von unserem Arbeitszimmer in der WG aus Videos gedreht, bearbeitet und hochgeladen und hatte das meist ungestört und entspannt tun können. Das hier war das genaue Gegenteil von entspannt. War das dieser Durchbruch, den Austin gestern erwähnt hatte?

Susan schien meine Gedanken zu erahnen, denn sie stützte die Ellbogen auf dem Meetingtisch ab und lehnte sich zu mir herüber. »Wir essen und trinken gleich erst mal was, und du kannst dir alles in Ruhe durch den Kopf gehen lassen. Es wäre nur wirklich gut, wenn wir diesen Moment nutzen, denn du weißt, wie diese Filterblase tickt: In zwei, drei Wochen kräht kein Hahn mehr danach, wenn wir das Ganze nicht am Laufen halten. Wir haben gestern Abend auch schon ein Konzept erarbeitet und geguckt, welche Termine sich für dich am meisten rentieren. Wir stehen dir bei allem zur Seite.«

»Und«, übernahm Liam das Wort, »du hast gestern am Telefon deinen Zweitkanal angesprochen. Wenn wir das Ganze schlau angehen, interessieren sich deine Zuschauer nicht nur für den Content und die Skandale irgendwelcher Influencer, sondern auch für dich als Person. Das heißt, von ihnen werden einige auf den Kanal überwandern. Außerdem hast du durch die Zusammenarbeit mit Zeitungen wie dem *Guardian* einen Fuß in der Tür, um auch *Edge of The Universe* bekannter zu machen. In dieser Welt läuft alles über Kontakte.«

»Ich weiß«, sagte ich und nickte langsam. Liam hatte natürlich recht. Denn letzten Endes war es genau das, was Josh seinen Platz an der Royal Academy verschafft hatte. Reichweite und Vitamin B. Nicht dass er es nicht auch draufhatte, das hatte er bei unserem Auswahlverfahren bewiesen. Doch das Feedback bei meiner Absage war gewesen, dass es sich um ein Kopf-an-Kopf-Rennen gehandelt hatte, Josh letzten Endes aber der interessantere Zuwachs für die Academy war. Woran das lag, hatte der Dekan mir nicht noch einmal extra unter die Nase reiben müssen. Josh hatte einen erfolgreichen Podcast, Gastauftritte im Fernsehen und auch eine große Online-Reichweite. Natürlich schmückte sich die Akademie lieber mit diesen Federn als mit mir, der nicht viel mehr als gute Noten vorzuweisen gehabt hatte.

»Okay«, sagte ich also. »Dann lasst uns loslegen. *Guardian* und *Wake up, Britain* nehme ich auf jeden Fall mit, und wenn es geht, würde ich gern auch mit Ted Baker telefonieren. Sie können mir sicher noch mehr über Fiona und Natalie sagen, dann hab ich schon einmal was in den Händen, wenn ihre Videos online gehen.«

Liam schlug einmal auf den Tisch. »Das ist mein Mann. Dann gebe ich dem Sender direkt Bescheid.«

»Gutes Timing«, meinte Susan mit Blick auf ihr Handy. »Die Bagels sind da. Ich nehm sie schnell in Empfang, bin sofort zurück.«

»Das wird der Hammer, glaub mir. Wenn wir das alles gut recherchieren, katapultierst du dich damit echt nach oben.«

»Und wir tun was Gutes«, sagte ich. Denn das taten wir gleich auf mehreren Ebenen. Im Idealfall erhielten die Organisationen ihre Spenden doch noch, und ich wäre in der Lage, all diesen Anhängern und Mitläufern endlich zu zeigen, was wirklich hinter der schönen Maske ihrer Idole steckte.

7. KAPITEL

Fiona

Scam-Alert bei britischen YouTubern!

Fakefluencer – alles über den Skandal rund um Dylan, Zane, Fiona und Natalie

Fiona Harris: Good-Girl-Image nur Fassade?

Demian O'Neill deckt Skandal um Londons beliebteste Influencer auf

Mein Blick flog über die letzte Schlagzeile, dann knüllte ich die dünne Zeitung, die ich auf der Bank im Park hatte liegen sehen, so fest zusammen, dass nur eine kleine Kugel übrig blieb. Schwungvoll warf ich diese in den Papierkorb neben mir und stand einfach nur da, als hätte diese Muskelbewegung mir jegliche Energie geraubt. Ich befand mich vor meinem Lieblingscafé im Hyde Park. Eigentlich hatte ich mir einen Kaffee holen und meine übliche Runde drehen wollen, doch die Schlagzeilen und Fotos der Zeitschriften, die ich unterwegs an den Ständen entdeckt hatte, hielten mich nun davon ab, durch die Tür zu treten. Zwar war wenig los, aber ich hatte wirklich keine Kraft, mich irgendwem zu stellen. Erst recht nicht offline. Die ganzen Kommentare im Internet machten mich schon fertig genug. Kaycee hatte zwanzig Minuten lang Überzeugungsarbeit am Telefon leisten müssen, um mich zu überreden, das Haus zu verlassen. Den gestrigen Tag hatte ich im

81

Bett verbracht, Beiträge und Nachrichten gelesen und so lange geheult, dass ich trotz des wolkenverhangenen Himmels gerade eine Sonnenbrille trug. Meine geschwollenen, roten Augen wollte ich niemandem zumuten. Die zusätzliche Tarnung war vermutlich auch nicht verkehrt, denn schon an der Ampel hatte ich drei Schulmädchen über den Livestream und Demians Video reden hören. Das Thema war überall. Zumindest kam es mir so vor. Seitdem trug ich Kopfhörer, durch die gerade Damien Rices sanfte Stimme drang. Die Melancholie in seinen Worten schaffte es, dass ich mich gleich noch ein kleines bisschen trauriger fühlte. Ich holte mein Handy aus der Lederjacke hervor und klickte weiter, als mir auffiel, wie ähnlich sein Name dem des Mannes war, der diese Misere zu verantworten hatte: Demian.

Ich spürte eine Welle eines hässlichen, kalten Gefühls durch mich hindurchfließen. Fühlte sich so Hass an? Mir war im Laufe der Zeit selbst genug entgegengeschlagen, um zu wissen, dass ich so etwas nicht empfinden wollte. Und doch konnte ich nicht leugnen, dass das, was Demian in mir auslöste, dem verdammt ähnelte. Und konnte man es mir verübeln? Er war so nah dran, mir alles zu nehmen, meinen Ruf zu zerstören und all das einstürzen zu lassen, was ich mir mühsam aufgebaut hatte. Vor zwei Tagen noch, als das Video online ging, hatte ich ihm keine Schuld gegeben. Ich hatte mir selbst die Schuld gegeben, so naiv gewesen zu sein, mich einfach blindlings auf etwas einzulassen, ohne mich genau darüber zu informieren.

Ich hatte den anderen dreien die Schuld gegeben, mich nicht nur ins offene Messer laufen zu lassen, sondern es mir geradewegs in den Rücken zu rammen. Doch nun trug auch Demian Schuld. Und vielleicht war seine Schuld sogar größer als die der anderen drei. Denn im Gegensatz zu ihnen tat er so, als wäre er uns allen moralisch überlegen. Dabei zeigten seine

Antworten an mich doch zu gut, dass er nur eine weitere Person war, der es um Reichweite ging, nur dass er im Gegensatz zu Zane, Dylan und Natalie nicht einmal dazu stand. Bei den anderen wusste ich nun immerhin, woran ich war. Demian hingegen tat das, was er allen zum Vorwurf machte. Er trug eine Maske, bereicherte sich an anderen und hatte nur sein eigenes Wohlergehen im Kopf.

»Darf ich mal?«

Ich zuckte zusammen, als ich die Stimme an meinem Ohr über der Musik hörte, und ging einen Schritt zur Seite, um dem Paar Platz zu machen, das daraufhin an mir vorbei ins Café trat. Mein Blick streifte den Mülleimer, in dem ich soeben die Zeitung versenkt hatte. Wollte ich das wirklich auf mir sitzen lassen? Wollte ich Demian gewinnen lassen? Zane und Dylan hatten Videos veröffentlicht, in denen sie ihren Fehler eingestanden und beteuert hatten, wie leid es ihnen tat. Natürlich hatten sie auch gesagt, dass dem allen ein Missverständnis zugrunde lag und sie das Geld umgehend spenden würden. Ihre Community hatte es relativ positiv aufgefasst, genau so, wie Anita vermutet hatte. Nachdem sie und Shaun die Reaktionen gesehen hatten, war das auch ihr Ratschlag an mich gewesen: mich einfach zu entschuldigen und den Sturm vorüberziehen zu lassen. Doch das hatte ich nicht vor. Wie traurig war es, dass man von den beiden kaum etwas anderes erwartete und sich die Presse deshalb viel mehr auf Natalie und mich stürzte, weil wir diejenigen mit der weißen Weste waren? Sollte man uns so etwas nicht eher verzeihen als den beiden Kerlen, die durch Pranks und schlechtes Verhalten in Videos berühmt geworden waren?

Die meisten Schlagzeilen zielten auf mich ab. Als hätte die Klatschpresse nur darauf gewartet, endlich etwas gegen mich in der Hand zu haben. Und genau diesen Triumph würde ich ihnen nicht gönnen. Kurzentschlossen machte ich auf dem Absatz kehrt, zückte mein Handy und gab *Media Lion* bei Maps ein. Ich würde kein Video drehen, in dem ich meine Fans belog und die Schuld auf mich nahm. Wenn Demian meinte, mich blockieren und meine Nachrichten ignorieren zu können, dann würde ich ihn oder irgendeinen anderen Verantwortlichen eben auf andere Weise kontaktieren. Zeit, der Höhle des Löwen einen Besuch abzustatten.

»Haben Sie einen Termin?«

»Nein.«

»Dann kann ich gern einen für Sie ausmachen, so spontan ist das leider nicht möglich.«

»Ein Termin bringt mir leider nicht so viel, ich muss dringend heute mit jemandem sprechen. Ich bin mir sicher, dass irgendein Mitarbeiter von *Media Lion* im Büro ist«, gab ich zuckersüß zurück, doch der Anzugträger an der Rezeption blickte mich weiterhin unverwandt an. Sein Job schien ihm nicht gerade Freude zu bereiten. Kein Wunder, die meisten Leute gingen ein und aus, ohne ihn eines Blickes zu würdigen. Innerlich verfluchte ich mich dafür, es nicht genauso gemacht und mich hinter einem der Mitarbeiter, die die Schiebetüren mit ihren ID-Karten öffneten, ins Gebäude geschummelt zu haben. Ich beobachtete zwei Frauen dabei, wie sie die Schranke des Foyers passierten, und spielte kurz mit dem Gedanken, ihnen einfach hinterherzulaufen. Doch bei meinem Glück würde mich die Security innerhalb weniger Sekunden einfangen, und dann hatte ich nichts außer weiteren Schlagzeilen am Hals.

»Können Sie es bitte versuchen?«, fragte ich erneut, und nun legte sich ein schmallippiges Lächeln auf das Gesicht meines Gegenübers. Beinahe tat er mir leid, doch ich hatte nicht vor, klein beizugeben.

»Ich kann Ihnen versichern, dass kurzfristige Termine nicht möglich sind, ich mache diesen Job bereits seit zwei Jahren.«

»Sagen Sie ihnen einfach, Fiona Harris ist da, ich bin mir sicher, sie machen eine Ausnahme.«

Ich zog meine Handtasche vom Arm und stellte sie demonstrativ auf dem schicken Marmortresen ab. Er würde mich nicht loswerden, bis ich hatte, was ich wollte. Der Blick des Angestellten flog zu meiner Tasche, dann seufzte er auf und griff wortlos zum Hörer des Telefons. Er tippte eine Kurzwahl ein und hielt sich den schwarzen Hörer ans Ohr, wobei er mich unentwegt anstarrte. Ich hielt dem Blick stand. Unter normalen Umständen wäre mir die ganze Situation unangenehm gewesen, aber besondere Anlässe erforderten besondere Maßnahmen.

»Hallo, Mister Evans, hier ist eine Ms Harris, die Sie sprechen möchte. Ja, doch, das hat sie erwähnt.«

Zwei Sekunden lang sagte er nichts, doch ich wusste, dass ich gewonnen hatte, als er die Augen leicht zusammenkniff und mich abschätzend ansah.

»Verstanden. Danke.«

Er legte auf und nickte in Richtung der hüfthohen Schiebetüren.

»Sechster Stock. Die Aufzüge befinden sich geradeaus. Mister Evans sagte, Sie benötigen keine Besucherkarte. Ich drücke Ihnen auf.«

Er klang alles andere als erfreut, dass er mich nun durchlassen musste, doch das war mir egal. Ich hatte nicht mal die Nerven, mich über diesen kleinen Sieg zu freuen, denn die eigentliche Herausforderung lag noch vor mir.

»Danke!«

Ich griff nach meiner Tasche und eilte zur Tür, bevor der Mann es sich anders überlegen konnte. Diese glitt auf, und ich ging schnurstracks auf die drei Aufzüge am Ende des Foyers zu. Der Boden war aus schwarzem Marmor, die linke Wand bestand aus einer Fensterfront, die bei gutem Wetter sicherlich für tolles Licht im Inneren sorgte. Bei dem regnerischen Grau heute mussten die großen, runden Deckenlampen aushelfen. Die flachen Absätze meiner Stiefel gaben leise, klackende Geräusche von sich, und so wie sich meine Schritte beschleunigten, tat es auch mein Herzschlag. Ich wusste, dass mein Management, sollte es hiervon Wind bekommen, mir eine Standpauke halten würde und dass ich Anita vermutlich hätte Bescheid geben sollen. Doch sie war nach wie vor der Meinung, dass ein Entschuldigungsvideo das Richtige wäre, und ich wollte ihr und den anderen beweisen, dass es nichts gab, wofür ich mich entschuldigen musste. Also war das hier meine einzige Chance.

Ich kam vor dem Aufzug zum Stehen und betätigte den Knopf mit dem Pfeil nach oben. Kurz darauf glitten die Türen auf, und ich nutzte den Spiegel des Fahrstuhls, um meine Haare in Ordnung zu bringen. Durch den leichten Regen und den Wind draußen waren sie ein einziges Chaos und dass ich meine Sonnenbrille nun nicht länger tragen konnte und man meine geröteten Augen sah, half auch nicht gerade, ein professionelles Äußeres zu wahren. Ich sah aus wie ein einziges Chaos und fühlte mich auch so.

Mit einem »Ping« glitten die Türen wieder auf und entließen mich in einen hellen, in Erdtönen gehaltenen Raum. Zuallererst fiel mein Blick auf das große, massive Schild an der Wand gegenüber, auf dem in breiten Lettern *Media Lion* prangte. Dann glitt er etwas weiter hinunter zu der Rezeption und der brünetten Frau, die an ebendieser saß. Sie lächelte mir freundlich entgegen, und ich erwiderte die Geste zaghaft, während ich mich auf sie zubewegte.

»Kann ich Ihnen helfen?«

»Ich habe gerade von unten angerufen«, begann ich. Mist,

ich hätte mir einen Plan zurechtlegen oder mich zumindest informieren sollen, mit wem ich hier sprechen konnte.

»Alles gut, Cynthia. Ich weiß Bescheid.«

Die Stimme gehörte einem gutaussehenden Mann Mitte dreißig, der gerade den Gang zu meiner Linken entlangkam. Er nickte in meine Richtung und kam dann kurz vor mir zum Stehen. »Fiona, hallo.«

Ich ergriff seine ausgestreckte Hand und schüttelte sie.

»Ich bin Liam. Freut mich, dich kennenzulernen.«

»Fiona, aber das wusstest du ja bereits.« Dass ich mich ebenfalls freute, ihn zu sehen, konnte ich in Anbetracht der Umstände nicht gerade sagen.

»Ich nehme an, du bist wegen des Videos hier?«

Ich nickte. Immerhin kam dieser Liam gleich zur Sache, und wir vergeudeten keine Zeit mit Small Talk. »Bin ich. Ich habe Demian vorgestern und gestern kontaktiert und …« Ich zögerte. Vermutlich sollte ich nicht erwähnen, dass er mich blockiert hatte, sonst würde sein Management womöglich nicht mit mir sprechen. »… ich hab gehofft, dass er hier ist oder ich, sollte das nicht der Fall sein, mit einem von euch sprechen kann.«

»Na klar, gern.« Liam lächelte mir zu und deutete in Richtung des Gangs, aus dem er soeben gekommen war.

Ich versuchte, mir meine Überraschung nicht anmerken zu lassen. Nach Demians abweisenden Nachrichten hatte ich nicht damit gerechnet, hier auf so fruchtbaren Boden zu treffen. Liam führte mich an mehreren Büros vorbei, durch deren Glasfronten ich Mitarbeiter hinter riesigen Bildschirmen ausmachen konnte. Die Räume waren gemütlich und relativ bunt eingerichtet. Wir bogen rechts ab und endeten schließlich nicht in einem Büro, sondern in einem kleinen Besprechungsraum, der neben Tisch und Stühlen auch mit einer Sofaecke ausgestattet war. Liam ließ sich auf der grauen Couch nieder, nahm zwei

Gläser von dem Beistelltisch daneben und füllte beide zur Hälfte mit Wasser. Dankend ergriff ich das Glas, das er mir anbot, und trank einen großen Schluck. Ich hatte gar nicht mitbekommen, wie durstig ich war, aber tatsächlich hatte ich nichts mehr getrunken, seit ich heute Morgen das Haus verlassen hatte.

»Also, was führt dich hierher? Klar, das Video, aber was genau?« Liam zog ein angewinkeltes Bein auf die Couch, lehnte sich zurück und sah mich mit freundlicher Miene an. Seine lockere Haltung sorgte automatisch dafür, dass ich mich etwas entspannte. Die Atmosphäre hier war der genaue Gegensatz zu dem sterilen Eingangsbereich unten im Gebäude.

»Was Demian in dem Video gesagt hat, entspricht nicht der Wahrheit.«

Liams Antwort war ein schiefes Lächeln, doch bevor er etwas erwidern konnte, sprach ich weiter.

»Ich weiß, dass das nach einer lahmen Ausrede klingt, aber es ist wahr. Ich wusste nichts von der ganzen Aktion, und die drei haben mich genauso hinters Licht geführt wie alle anderen auch.«

»Kannst du das beweisen?«

Liams Stimme klang sachlich. Weder anklagend noch so, als ob er mir Glauben schenkte.

»Ich …« Ich schluckte und schüttelte langsam den Kopf. Ich hatte rein gar nichts in der Hand. »Nein. Ich weiß, dass das schlecht aussieht. Aber ihr müsst mir glauben. Ich würde so etwas niemals tun. Demian hat sich doch sicher meine anderen Videos angesehen, er sollte wissen, dass das gar nicht zu mir passt.«

»Du meinst wegen deiner persönlichen Geschichte?«

»Du schaust meine Videos?«

»Immer mal wieder, man will ja wissen, was sich in der Szene tut«, gab Liam zu. Ich hatte privaten Kram lange Zeit aus meinen Videos herausgehalten, gerade weil sie Ausflucht und Ablenkung für mich waren. Irgendwann jedoch hatte ich beschlossen, etwas mehr über mich zu teilen, und meine Geschichte hatte vielen meiner Zuschauerinnen, die ebenfalls in misslichen Lagen steckten, geholfen, sodass ich seit diesem Moment mehr von mir preisgab. Das war nicht immer einfach, doch das Gemeinschaftsgefühl war etwas, das nicht nur mir half, sondern auch vielen anderen.

»Du bist also hier, weil du möchtest, dass ich Demian überrede, ein Gegenstatement aufzunehmen, hast allerdings keinerlei Beweise, um deine Aussage zu stützen. Dein einziges Argument ist, dass du sonst in deinen Videos etwas anderes sagst.«

Ich biss mir auf die Unterlippe, weil mir bei Liams Aufzählung selbst bewusst wurde, dass ich ein weiteres Mal völlig naiv an die Sache herangegangen war. Naiv oder vielmehr verzweifelt, wenn ich ehrlich war. Durch seine freundliche Begrüßung und die Zeit, die er mir so bereitwillig eingeräumt hatte, war ich automatisch davon ausgegangen, hier etwas bewirken zu können. Anscheinend war diese Hoffnung vollkommen fehlgeleitet. Ich räusperte mich. Liam hatte keine Frage gestellt, trotzdem hatte ich das Bedürfnis, zu antworten, mich zu rechtfertigen.

»Wie soll ich denn Beweise liefern, wenn ich vollkommen im Dunkeln gelassen wurde? Ist das nicht auch schon ein Beweis?« Kurz spielte ich mit dem Gedanken, ihm all die Chats zu zeigen, damit er sich selbst überzeugen konnte, dass ich keinerlei Informationen von den anderen bekommen hatte. Aber zum einen wäre das mehr als unklug, ohne vorher mit Anita gesprochen zu haben, da sie mir daraus mit Sicherheit einen weiteren Strick drehen konnten, zum anderen war auch das kein wirklicher Beweis, da sich Chat-Verläufe löschen und fälschen ließen.

»Ihr gefährdet meine gesamte Karriere mit einer einzigen Behauptung. Ich spende schon seit zwei Jahren regelmäßig an wohltätige Organisationen. Mein Hintergrund ist, besonders was Geld angeht, selbst nicht der beste, wieso also sollte ich aktiv verhindern wollen, dass andere aus diesem Umfeld herauskommen?«

Zum ersten Mal seit dem Anfang unseres Gesprächs blitzte etwas in Liams Augen auf. »Das behauptest du immer, aber was, wenn das genauso gelogen ist?«

»Wieso sollte ich darüber lügen?«

»Mitleid? Empathie deiner Fans ausnutzen?« Liam zuckte die Schultern, und ich zwang mich, ruhig zu atmen.

»Nichts von dem, was ich in dem Video damals gesagt habe, war gelogen. Wenn überhaupt, hat es die Realität beschönigt.«

»Hast du dafür Beweise?«

Ich hielt inne. Wofür? Das Chaos, das sich meine Kindheit nannte? Die wechselnden Partner meiner Mutter, bis sie den einen fand, der mir unsympathischer war als all die Männer davor zusammen? Dafür, heimzukommen, um einen beinahe leeren Kühlschrank vorzufinden? Im Alter von gerade einmal sieben Jahren selbst kochen zu müssen, wenn Kaycees Mum es nicht wieder einmal für mich tat? Die Tür zu verriegeln mit den Kopfhörern in den Ohren, aus denen so laut Musik schallte, dass ich das Gebrüll aus dem Nebenzimmer nicht mehr hörte? Dafür, dass meine Mutter mir immer und immer wieder in allen Details erklärte, wie ich ihr Leben auf die falsche Bahn gebracht hatte? Wie ich dafür gesorgt hatte, dass wir in diesem kleinen, abbruchreifen Haus hatten leben müssen? Wie mein Vater meine Mutter meinetwegen verlassen hatte?

Meine Haut glühte, als flössen die Gedanken von meinem Kopf durch meine Adern und wollten sich ihren Weg nach draußen brennen. Erst mit meinem Erfolg hatte sich das Verhältnis zu meiner Mutter geändert, weil ich ihr einen Teil dessen hatte zurückgeben können, was ich ihr laut ihren Aussagen genommen hatte. Seit zwei Jahren hatten wir endlich ein normaleres Verhältnis, konnten einander zuhören und miteinander sprechen. Das würde ich mir von Demian und Liam nicht nehmen lassen. Ich konnte nicht. Ich konnte auf gar keinen Fall dahin zurück. Weder räumlich gesehen – denn zurück zu meiner Mum ziehen zu müssen, wäre schlichtweg nicht möglich – noch psychisch gesehen. Ich wusste, dass ich mich an jedes noch so kleine Wort der Anerkennung meiner Mutter klammerte, es aufsaugte wie ein Schwamm. Und ich wusste genauso gut, dass das nicht gesund war. Doch es war besser als alles davor. Es war unsere Art, uns auf etwas Positives hinzubewegen, daran glaubte ich mit allem, was ich hatte. Nach all der Zeit hatte ich endlich eine Beziehung zu meiner Mum, die den Namen verdiente – nichts und niemand würde mir das kaputtmachen. Ich nahm einen weiteren tiefen Atemzug.

»Hab ich.«

Eine halbe Stunde später stand ich von dem grauen Sofa auf und fühlte mich leer. Nicht einmal auf eine schlechte Art und Weise, aber ich war erschöpft. Von Liams Fragen, von der Reise in die Vergangenheit, vor allem aber davon, ihm genug und doch nicht zu viele Informationen zu geben – denn wer sagte mir, dass ich ihm vertrauen konnte? Doch selbst meine knappen Antworten hatten genügt, mir vor Augen zu führen, dass ich unter keinen Umständen dorthin zurück wollte – in mein Früher. Weder in die kleine, heruntergekommene Wohnung noch in die Situation, in der ich mich damals befunden hatte. Ich war ein anderer Mensch gewesen. Mein stolpernder Herzschlag war der beste Beweis für die Angst, die der bloße Gedanke auslöste, dass ich mein jetziges Ich verlieren könnte. Das durfte nicht passieren.

»Vielen Dank für das Gespräch«, sagte Liam, dem ich gedankenverloren zur Tür hinaus in Richtung des Empfangstresens gefolgt war.

»Danke für deine Zeit«, erwiderte ich.

»Wie eben schon gesagt: Das sind alles keine entlastenden Fakten, aber ich werde es Demian weiterleiten, und wir schauen uns das Ganze an.«

Ich nickte. Dass meine Kindheit kein Alibi für den Spendenskandal war, war mir vollkommen bewusst, zumal Demian sich das Meiste dessen, was ich Liam gerade erzählt hatte, auch aus den Videos herleiten konnte, aber ich hoffte einfach, dass es ihn überzeugen würde, mir zumindest Gehör zu schenken.

Auf dem Weg zum Aufzug gab ich Kaycee schnell ein Update des heutigen Tages und des Gesprächs mit Liam. Ihre Antwort ließ keine zwei Sekunden auf sich warten.

Kaycee, 12.03 pm:
Sicher, dass das eine gute Idee war?

Ich drückte den Fahrstuhlknopf, bevor ich eine Antwort tippte.

Fiona, 12.03 pm:
Nicht wirklich. Aber dieser Demian pocht doch sonst immer so auf die Wahrheit … Wenn das nicht alles gespielt ist, wird er es wohl kaum ignorieren.

Kaycee, 12.04 pm:
Ich drück dir die Daumen. Muss leider das Handy weglegen, sonst gibt es Stress, aber ich ruf dich nach Feierabend an.

Ich schickte ein Herz zurück und packte gerade das Handy weg, als der Aufzug vor mir ein Piepen von sich gab und sich öffnete. Den Blick noch auf meine Handtasche gerichtet trat ich ins Innere, als mich plötzlich etwas fest an der Schulter traf. Ich stolperte einen Schritt zurück, stand jedoch sofort wieder aufrecht, als jemand eine Hand um meinen Oberarm legte und mich am Stürzen hinderte.

»Danke«, sagte ich im selben Moment, in dem der Mann vor mir ein »Entschuldigung« ausstieß. Er löste die Hand von meinem Arm, und jetzt erst blickte ich auf. Für einen kurzen Moment sah ich nur ein Paar dunkelgrüner Augen, dann realisierte mein Gehirn, in wen ich gerade hineingelaufen war. Demian. Mein Herz setzte einen Schlag aus, und ich stand einen Atemzug lang wie zur Salzsäule erstarrt da, unfähig, mich zu bewegen. Er musste mich ebenfalls erkannt haben, denn seine Augen weiteten sich.

»Was machst du hier?«

Sein Atem streifte meine Wange, was mir einen Schauer über den Rücken jagte. Als ich erkannte, wie nah wir immer noch beieinanderstanden, trat ich eilig einen Schritt zurück.

»Dich suchen«, erwiderte ich.

Ich hatte erwartet, dass er nach dem Grund fragen würde, doch stattdessen schüttelte er den Kopf. »Nein.«

»Nein?«, wiederholte ich verwirrt.

»Ich hab es dir schon per Nachricht gesagt: Ich mach kein zweites Video.«

»Aber ich habe nichts falsch gemacht. Ich hab gerade mit Liam geredet und ihm dasselbe erzählt.«

»Du hast mit Liam geredet? Worüber genau?« Er schüttelte erneut den Kopf. »Ist auch egal, ich frag ihn gleich selbst.«

Er machte einen Schritt nach vorn, und ich schob mich schnell vor ihn und versperrte ihm somit den Weg. Mit zusammengezogenen Augenbrauen betrachtete mich Demian, und es ärgerte mich, dass ich den Kopf leicht in den Nacken legen musste, um zu ihm aufzusehen.

»Dein Ernst?«

Seine Stimme war tief und klang so genervt, wie ich mich langsam fühlte. Er würde nicht ohne ein Gespräch an mir vorbeikommen.

»*Mein* Ernst? Ist es *dein* Ernst, dass du meine Nachrichten ignorierst, mich blockierst und dich jetzt einfach so an mir vorbeischleichen willst? Ich glaube nicht. Du hörst mir gefälligst zu, und dann bringst du das Ganze in Ordnung.«

Demians spöttisches Grinsen kostete mich all meine Selbstbeherrschung, um nicht noch eine Beleidigung hinterherzuschieben.

»Funktioniert dieser Befehlston bei dir sonst? Dann sorry für die Enttäuschung. Wieso glaubst du, mir vorschreiben zu können, was ich zu tun und lassen habe?«

»Weil dir die Wahrheit doch angeblich so wichtig ist. Da sollte man meinen, dass dir auch daran gelegen ist, die Lügen, die du über mich erzählt hast, zu entkräften.«

Demian verschränkte die Arme vor der Brust, unternahm aber immerhin keinen Versuch, an mir vorbeizukommen. Nicht dass ihm das was genutzt hätte, ich wäre ihm auch zurück ins Büro gefolgt.

»Okay, hast du Beweise? Hast du sie Liam schon weitergereicht?«

Ich biss mir auf die Lippe und dachte krampfhaft nach, wie ich am besten darauf antwortete, ohne direkt sein Interesse an einem Gespräch zu verlieren. Denn abgesehen von nichtssagenden Text-Chats und ein paar Mails hatte ich nichts. Demian wartete eine Antwort gar nicht ab, sondern stieß ein Lachen aus, das jedoch ganz und gar nicht fröhlich wirkte.

»Das dachte ich mir. Hör mal, tut mir leid, dass du 'ne doofe Woche hast und jetzt alle gegen dich sind, das geht vorüber, sitz es aus. Anstatt mir die Schuld für alles zu geben, solltest du vielleicht einfach mal reflektieren, wie du in die ganze Misere reingeraten bist, und deine Arbeitsweise und Moral überdenken.«

»Eine doofe Woche? Es aussitzen? Mehr ist das für dich echt nicht, was? Außerdem: Du willst mir was von Moral erzählen? Du kennst mich überhaupt nicht.«

»Stimmt. Umso leichter, nur auf die Fakten zu achten, ich bin dir gegenüber komplett neutral eingestellt.«

Nun musste ich lachen und ließ den Blick einmal über Demian wandern. Er hatte nach wie vor die Arme vor dem Körper verschränkt. Unter normalen Umständen hätte ich mir eingestehen müssen, wie attraktiv er war. Er hatte breite Schultern, ein markantes Kinn und ein selbstbewusstes Auftreten. Doch so, wie er meinen Blick gerade von oben herab erwiderte, machte mich der Anblick viel eher wütend – okay, zugegeben, das konnte auch einfach am Größenunterschied liegen, aber wie er mit mir sprach, sagte schon alles.

»Ich brauch kein Psychologiestudium, um dir zu sagen, dass deine Haltung gerade alles andere als neutral ist. Du hast doch gar keine Lust, mir zuzuhören. Du hast dir vorab ein Bild von mir gemacht und lässt nicht den geringsten Zweifel daran zu. Noch nie was von ›Im Zweifel für den Angeklagten‹ gehört? Das, was du hier abziehst, ist Lichtjahre davon entfernt, Journalismus zu sein. Dabei behauptest du doch immer, dass du journalistisch arbeitest. Davon merk ich grad redlich wenig.«

Demian zog die Augen noch weiter zusammen, doch ich meinte, irgendetwas darin aufblitzen zu sehen.

»Was?«, fuhr ich ihn an, als er den Blick nicht von meinem abwandte, jedoch nichts sagte.

»Du hast gerade Lichtjahre für die Entfernung genutzt.«

»Ja, und? Ist doch richtig?«

»Ja. Das machen nur sonst alle falsch und nehmen es für zeitlichen Abstand.«

Ungläubig sah ich ihn an. »Hast du dir durch den Zusammenstoß eben was am Kopf verletzt, oder ist das hier ein Witz für dich?«

Er stieß einen Schwall Luft aus, und obwohl ich es nicht für möglich gehalten hätte, blickte er noch ein Stück entnervter drein. »Weder noch, danke der Nachfrage.«

»Also?« Ich nickte an ihm vorbei in den Gang hinein, aus dem ich soeben gekommen war. »Können wir reden?«

»Und dann was? Erzählst du so lange, dass du es nicht warst, bis ich dir glaube? Du hast in den letzten Minuten nichts anderes gesagt als in deinen Nachrichten an mich, was bedeutet, du hast nach wie vor keine Beweise. Ich soll also, zum ersten Mal seit Beginn des Kanals wohlgemerkt, eine Stellungnahme zu einem Video aufnehmen, einfach nur, weil dir danach ist?« Er verzog den Mund zu einem schiefen Lächeln und trat wieder ein Stückchen näher an mich heran. So nah, dass ich sein Aftershave roch. »Du merkst selbst, wie bescheuert das klingt, oder?«

»Aber ...«

»Selbst wenn ich das täte, wieso sollte mir irgendjemand glauben, ohne dass ich etwas vorliegen habe, was dich entlastet? Dass du undurchdacht arbeitest, hast du ja bewiesen, mein Stil ist das nicht, sorry. Und wenn du mich jetzt entschuldigst ...« Er legte seine Hände an meine Schultern und schob mich ein Stück zur Seite. Seine Finger berührten den Stoff meines Shirts einen Moment zu lang und sandten einen Schauer über meine Wirbelsäule. Wenn ich mich nicht täuschte, war seine Stimme eine Spur rauer, als er weitersprach. »... ich hab jetzt ein Meeting.«

Er ließ von mir ab, drehte sich um und ging ohne ein weiteres Wort in Richtung des Empfangs.

»Du arroganter Arsch.« Ich hatte die Worte mehr vor mich hingezischt, doch Demian schien mich dennoch gehört zu haben. Im Weitergehen warf er mir einen Blick über die Schulter zu und grinste schief.

»Hat mich auch gefreut, Fiona.«

8. KAPITEL

Demian

Ich schwitzte, und ich war mir nicht sicher, ob es an den Studiolampen oder an der Aufregung lag. Möglichst unauffällig hob ich die Arme leicht an und kontrollierte, ob sich Schweißflecken auf meinem Hemd gebildet hatten. Noch waren keine zu sehen. Gott sei Dank. Dass ich mit kreisrunden nassen Flecken unter den Armen im nationalen TV saß, würden meine Mitbewohner mir ewig vorhalten. Wieso hatte ich mich auch für ein helles Hemd entschieden? Ich hatte meiner Mutter, die vollkommen aus dem Häuschen gewesen war, dass sie mich heute live sehen würde, gestern eine Auswahl der Outfits geschickt, die ich rausgesucht hatte. Ihre Wahl war auf das helle khakifarbene Hemd gefallen, da es ihrer Aussage nach perfekt zu meinen grünen Augen passte. Unter den grellen Lampen, die auf die ovale Erhöhung gerichtet waren, auf der Steve, Brenda und ich hinter einem länglichen Wohnzimmertisch saßen, wünschte ich mir, ich hätte mich für ein dunkles entschieden.

Ich ließ den Blick einmal durchs Studio wandern. Hinter mir befand sich ein riesiger Bildschirm, der eine Luftaufnahme Londons zeigte, auf der das London Eye und die Themse zu sehen waren. Vor mir stand der Tisch mit einer Kaffeetasse, die ich noch nicht angerührt hatte, weil mein Herz auch so schon viel zu schnell schlug. Zu meiner Linken standen frische Schnittblumen auf einem kleinen Tresen. Rechts neben dem Sofa, auf dem wir saßen, befanden sich einige Bücherregale. Das Ganze kam mir vertraut vor, da ich es etliche Male auf dem Fernseher meiner Eltern gesehen hatte. Meine Mutter liebte *Wake up, Britain* und schaute es beinahe jeden Morgen. Ganz und gar nicht vertraut war dafür alles, was ich sah, wenn ich den Blick geradeaus richtete. Kameras, bunte Tapes auf dem Boden, etliche Menschen, die die Show hinter den Kulissen am Laufen hielten.

Jemand stellte ein Glas Wasser zu meinem Kaffee, und ich bedankte mich. Mist, meine Stimme zitterte. Ich trank vorsichtig einen Schluck und hoffte, dass ich mich gleich besser im Griff hätte. Mein Blick wanderte erneut zu dem Timer rechts neben der mittleren Kamera. Noch zwei Minuten, dann wäre die Werbung vorbei, und Steve und Brenda würden mich ankündigen.

»Ich habe deinen Artikel im *Guardian* heute Morgen gelesen«, sagte sie plötzlich. »Er war großartig. Ich hab ihn direkt fotografiert und meiner Schwester weitergeleitet. Ihre Tochter ist gerade einmal neun und hat schon einen Instagram-Kanal.« Brenda schnalzte mit der Zunge, was dann wohl verriet, was sie davon hielt.

»Mit Aufsicht und richtig genutzt muss das nicht unbedingt schlecht sein«, warf ich ein. Ich hatte beim Schreiben darauf geachtet, dass es nicht wirkte, als ob ich das Internet verteufeln wollte. Denn so empfand ich nicht. Ich hatte mir mithilfe von YouTube-Kanälen so viel Wissen angeeignet – stellenweise hatte ich dort mehr gelernt als in der Schule.

Brenda nickte. »Ja, darauf bist du ja auch eingegangen. Wenn du magst, können wir darauf gleich auch noch mal zu sprechen kommen.«

Mein Blick flog erneut zu der Zeitanzeige. Noch etwas über

eine Minute. Ich atmete geräuschvoll aus, was Brenda leise auf-
lachen ließ.

»Bist du nervös?«

»Saß hier mal irgendein vollkommen unbekannter Gast, der
nicht nervös war?«

»Du bist nicht vollkommen unbekannt. Seit Mittwoch bist
du sogar in aller Munde. Außerdem habe ich ein wenig in deine Videos reingeschaut, du bist souverän und eloquent. Kein
Grund zur Sorge also.«

Lächelnd nickte ich ihr zu. Es war nett, dass sie mir Mut zu-
sprach, allerdings hatte ich in meinen Videos die Chance, das
Gesagte zu editieren. Wenn mir ein Satz nicht gefiel, ich einmal
zu oft »Ähm« sagte oder mir während des Sprechens eine bessere Formulierung einfiel, fing ich einfach noch einmal von vorn
an. Heute war das nicht möglich. Im Gegensatz zu mir wirkte Brenda tiefenentspannt. Obwohl sie schon länger hier oben
saß und in der Werbepause niemand gekommen war, um ihr
Gesicht nachzupudern, war kein einziger Schweißtropfen auf
ihrer braunen Haut zu erkennen. Nur der Highlighter hob sich
leicht ab und verlieh ihr ein frisches Aussehen. Bei dem Anblick ihres Make-ups wanderten meine Gedanken zu Fionas
Beauty-Launch. Nach unserem Zusammenstoß vor drei Tagen
hatte ich mir den Livestream noch einmal komplett auf You-
Tube angesehen. Keine Ahnung, was mich dazu bewogen hatte,
eigentlich hatte ich mich nicht noch weiter in die ganze Sache
verstricken wollen. Aber dann hatte es mich doch nicht in Ruhe
gelassen. So ungern ich es auch zugab: Fionas Rede war wirklich gut. Sie war so überzeugend gewesen in allem, was sie sagte, dass ich es ihr beinahe selbst abgekauft hatte. Aber genau in
diesem einen Wörtchen lag der ganze Zauber: abgekauft. Das
war alles, was sie war: eine gute Verkäuferin. Um ihre Make-
up-Linie zu bewerben, musste sie natürlich auch wissen, wie sie

sich zu verkaufen hatte. Und doch ging mir ihr Blick einfach nicht aus dem Kopf. Als wir vor dem Fahrstuhl aufeinandergetroffen waren, hatte dasselbe Feuer in ihren Augen gebrannt, das ich danach auch beim Schauen ihrer Rede wahrgenommen hatte. Konnte das wirklich alles geschauspielert sein?

»Noch dreißig Sekunden«, erklang eine Stimme und riss mich aus meinen Gedanken.

Der Bildschirm, der sich hinter uns erstreckte, wechselte von dem Londoner Panorama zum orangen Logo der Talkshow, und Brenda richtete sich gerade auf, während Steve einmal die Schultern kreisen ließ. Er zwinkerte mir kurz zu, und ich versuchte ebenfalls, mich gerade hinzusetzen, was auf der tiefen Couch gar nicht so einfach war, da die Rückenlehne sich viel zu weit hinten befand.

»Guck am Anfang in Kamera 1, das ist die genau vor uns. Im Gespräch können wir uns ganz normal ansehen, da schalten sie zwischen den verschiedenen Kameras hin und her, sodass man in erster Linie die Person sieht, die gerade spricht.« Brenda schenkte mir ein aufmunterndes Lächeln. »Ich bin mir sicher, die Leute werden dich lieben. Jeder mag einen guten Skandal.«

»Danke«, erwiderte ich, weil mir nichts Besseres darauf einfiel. Mit ihrer letzten Aussage hatte sie definitiv recht. Das hatte ich am Wochenende gemerkt, denn das Thema und mein Video waren überall.

»Noch zehn Sekunden. Neun, acht, sieben …«

Ich strich mein Hemd glatt, was mit ziemlicher Sicherheit nicht nötig gewesen wäre, und fuhr mir mit der Zunge über die Schneidezähne, da mein Mund vor Aufregung trocken geworden war. Zum Trinken war es nun zu spät, denn der Mann, der den Countdown gestartet hatte, nickte uns zu, und noch im selben Moment löste der Jingle der Show seine Stimme ab. Ich sah, wie angewiesen, mit einem Lächeln in die Kamera vor mir, während Brenda die Zuschauer und Zuschauerinnen zurück im Studio willkommen hieß.

»Heute haben wir einen ganz besonderen Gast, womöglich einen der heißbegehrtesten Gesprächspartner Englands in dieser Woche: Demian O'Neill, der die Gerüchteküche nicht nur in unserem Land ganz schön zum Brodeln gebracht hat. Herzlich willkommen, Demian! Wir freuen uns riesig, dass du dir die Zeit genommen hast, und können es kaum erwarten, von dir aus erster Hand mehr über den Skandal rund um unsere beliebtesten YouTuber zu hören.«

»Du meinst wohl ehemals beliebtesten YouTuber«, warf Steve ein. »Denn diese Krone hast du ihnen allen vom Kopf gefegt – mit einem einzigen Video. Magst du uns kurz etwas dazu erzählen, wie du zu den Videos allgemein und zu diesem im Speziellen kamst?«

Ich nickte, rutschte automatisch ein Stück auf der Couch nach vorn und merkte, wie mein Herzschlag sich beruhigte, noch bevor ich das erste Wort gesprochen hatte. Ich konnte das hier. Im Gegensatz zu Zane, Dylan, Natalie und Fiona hatte ich nichts zu befürchten. Die Leute waren auf meiner Seite.

Bei dem Gedanken an Fiona blitzte ihr Gesicht mit den kampflustigen blauen Augen kurz vor mir auf, doch ich schob es beiseite. Wie zu erwarten gewesen war, hatte sie Liam nichts von Gehalt erzählt. So aufrichtig sie auch gewirkt hatte, sie hatte ihren Ruf retten wollen. Das war alles. Und somit konzentrierte ich mich wieder auf Brenda und Steve und erzählte ihnen alles von meinem ersten Verdacht, über die Recherche bis hin zum eigentlichen Video.

»Das war großartig!«
Der blonde Mann, dessen Namen ich schon wieder vergessen hatte, nahm mich backstage in Empfang und führte mich

durch die verschachtelten Flure zurück zu der Garderobe, in der ich meine Sachen abgelegt hatte. Mittlerweile saßen bereits zwei neue Gäste bei Steve und Brenda auf dem Sofa.

»Kann ich dir noch etwas zu trinken bringen?«, fragte der Mann im selben Moment, in dem er die Tür für mich aufstieß.

»Nein, danke. Alles gut.«

Jetzt, da das Adrenalin meinen Körper verließ, kehrte die Müdigkeit zurück, die die letzten Tage hinterlassen hatten.

»Alles klar. Wenn noch etwas sein sollte, meld dich einfach! Ansonsten danken wir dir für deinen Auftritt, vielleicht sieht man sich ja mal wieder!«

Noch bevor ich antworten konnte, war er herumgewirbelt und unterwegs in die Richtung, aus der wir soeben gekommen waren. Ich sah ihm kurz nach, dann erst betrat ich den Raum.

»Demian!« Susan sprang von ihrem Stuhl auf. »Das war großartig, wirklich. Du warst so souverän und charmant.«

»Charmant?« Lachend schüttelte ich den Kopf. »Ich glaube, so hat mich noch nie jemand beschrieben.«

»So ein Unsinn. Du bist immer charmant. Heute hattest du nur endlich die Chance, es zu zeigen.«

Auf dem Fernseher an der linken Wand war die Übertragung der Show live zu sehen. Kaum zu glauben, dass ich gerade noch auf dieser Couch gesessen hatte. Wie viele wohl eingeschaltet hatten?

»Du hast dein Autogramm?«, fragte ich an Susan gewandt, die gerade ihre Jacke überzog.

»Ich hab sogar ein Foto, ein Selfie«, erwiderte sie, wobei sie bei dem letzten Wort Anführungszeichen mit den Fingern bildete. »Brenda ist live noch toller als im Fernsehen. Sie hat sich sogar Zeit genommen, kurz mit mir zu reden, und das, obwohl es direkt vor Beginn der Show war. Wie fandest du es denn?«

»Gut«, gab ich mit einem Schulterzucken zurück. »Die beiden waren nett, die Fragen waren alle voll okay und gut zu beantworten, und ich hab mich nicht komplett doof angestellt, denk ich.«

»Wie ich schon sagte: Du warst großartig. Das werden die Medien genauso sehen.«

»Apropos Medien: Fiona hat immer noch kein Video online?«

»Nein. Wieso? Hast du es dir überlegt und willst doch eine Reaktion darauf drehen? Das trifft sich gut, Liam wollte sich diesbezüglich sowieso bei dir melden.«

»Ich hab mich noch nicht entschlossen«, gab ich zurück. »Es wundert mich nur … ich hätte nicht gedacht, dass sie so lange wartet.«

»Vielleicht auf Anweisung ihres Managements hin. Möglich, dass sie erst die Reaktionen auf die anderen Videos abwarten wollen. Oder aber sie hoffen, dass sich der Sturm von selbst legt.« Sie legte den Kopf schief. »Weshalb es sich anbieten würde, dem Ganzen wieder ein wenig Aufwind zu geben. Schau mal, wie toll der Beitrag im *Guardian* ankommt und wie gut du das heute gemacht hast. Das muss noch nicht enden.«

Ich warf ihr einen Blick zu, woraufhin sie abwehrend die Hände hob. »Ich weiß, ich weiß, das ist nicht dein Stil. Überleg es dir einfach, das ist alles, was wir wollen. Aber zuerst haben wir eh noch etwas anderes vor.«

»Haben wir? Ich dachte, wir sind durch für heute.« Ich unterdrückte das Seufzen, das mir beinahe über die Lippen gekommen wäre. Seit dem Video hatte ich keine ruhige Minute mehr gehabt. Ich hatte den Artikel für den *Guardian* geschrieben und überarbeitet, E-Mails beantwortet, Termine mit dem Management abgestimmt, mich auf den Fernsehauftritt heute vorbereitet und schriftliche Interviews beantwortet. Ich sehnte mich nach etwas Ruhe – und nach meinem Bett.

»Noch nicht ganz«, erwiderte Susan mit einem Schmunzeln, ging zur Garderobe und drückte mir kurz darauf meine Jacke in die Hand. »Komm mit.«

Ich zog sie mir über und folgte meiner Managerin aus dem Raum hinaus, das Seufzen konnte ich nun doch nicht länger unterdrücken. So viel zu meinem Bett.

»Mum? Dad?«

Irritiert sah ich von einem zum anderen. Meine Eltern saßen auf einem schwarzen Ledersofa im Eingangsbereich. Meine Mum sprang auf, als sie mich sah, und lief auf mich zu.

»Was macht ihr denn hier?«, fragte ich, kaum dass sie mich in eine Umarmung gezogen hatte.

»Mit dir essen gehen und deinen großen Tag feiern.« Sie hielt mich eine Armlänge auf Abstand, um mich besser sehen zu können. »Ich hab doch gleich gesagt, das Hemd ist die richtige Wahl.« Als sie mich losließ, zog auch mein Dad mich in eine Umarmung.

»Es war so aufregend, dich bei Steve und Brenda sitzen zu sehen. Kaum zu glauben!«

»Woher wusstet ihr überhaupt davon?«

»Deine Mutter hat die Ankündigung am Freitag im Fernsehen gesehen und hatte alle Mühe, dich am Wochenende nicht schon darauf anzusprechen.«

»Dass du mir so was auch nicht sagst. Du weißt doch ganz genau, wie sehr ich die Sendung liebe.«

Stimmt, wusste ich. Doch ich wusste auch, dass meine Eltern nicht gerade begeistert davon waren, dass ich meinen Lebensunterhalt mit Videos auf YouTube finanzierte, anstatt wie meine Schwester studiert zu haben. Sie hatten nie verstanden, wieso es für mich die Akademie sein musste und keine andere Universität infrage kam. Ich verstand es ja selbst nicht recht.

»Ich bin jedenfalls richtig stolz auf dich«, fuhr meine Mutter fort. »Das war sehr beeindruckend, dich da oben zu sehen.« Überrascht sah ich sie an. »Wirklich?«

»Na, hör mal. Wer kann schon behaupten, dass der eigene Sohn bei *Wake up, Britain* war. Noch dazu mit so viel Sendezeit!«

»Wir haben am Wochenende auch das Video geschaut, da muss ganz schön viel Recherche reingeflossen sein.« Auch mein Dad nickte mir anerkennend zu.

»Ja, das waren einige Tage«, antwortete ich und fuhr mir durch das dunkelblonde Haar, das ich von ihm geerbt hatte. Keine Ahnung, warum es mich so nervös machte, mit ihnen über meinen Job zu sprechen. In Interviews oder mit meinen Freunden tat ich das täglich. Doch bei meinen Eltern war es ein Thema, das ich für gewöhnlich vermied, weil ich stets negative Kommentare erwartete.

»Ich glaube, wir sollten langsam los«, sagte meine Mum mit Blick auf die Uhr. Sie lächelte Susan zu. »Möchten Sie mitkommen? Sie sind herzlich eingeladen!«

»Oh, nein, aber lieb, dass Sie das anbieten. Ich sollte zurück ins Büro.« Sie reichte meinen Eltern die Hand. »Es war schön, Sie kennenzulernen, wenn auch nur kurz. Und du genieß den Tag, das hast du dir verdient. Ich ruf dich morgen an, ja?«

Ich nickte, verabschiedete mich von Susan und folgte meinen Eltern nach draußen. Es war immer noch wolkenverhangen und grau, aber wenigstens regnete es nicht mehr. Passanten eilten über die Bürgersteige, ein Bus hupte, als ein Auto ihn haarscharf überholte, und gegenüber versuchte ein Straßenmusiker sich gegen den Stadtlärm durchzusetzen.

»Wir haben extra ein Restaurant in der Nähe ausgesucht. Ein Arbeitskollege deines Vaters war mal dort und ziemlich begeistert.«

»Wieso musst du heute eigentlich nicht arbeiten?«, fragte ich an meinen Vater gewandt.

»Hab mir Urlaub genommen.«

»Hierfür?«

»Das ist ein besonderer Tag. Für Marissas Abschlussfeier haben wir uns doch auch frei genommen.«

Ich merkte, wie ich automatisch die Luft anhielt, als wappnete sich mein Körper ganz von selbst für die folgenden Worte – nur dass keine folgten. Kein Vergleich mit meiner Schwester, kein Kommentar, dass es bei mir ja leider keine Abschlussfeier geben würde, nichts dergleichen.

»Danke«, sagte ich einfach, und mein Vater schenkte mir ein Lächeln, das vollkommen aufrichtig wirkte. »Auch dass ihr extra hergefahren seid.« Denn meine Eltern waren nicht die größten Fans der Großstadt, auch wenn meine Heimatstadt mit über 100 000 Einwohnern selbst nicht die kleinste war.

Keine zehn Minuten später bog meine Mutter in eine Seitenstraße ab und kam vor einem Lokal zum Stehen, dessen Außenfassade mit Efeu verziert war. Es war ein kleines italienisches Restaurant, und die ersten paar Gerichte auf der Schiefertafel draußen zu lesen genügte, um mir das Wasser im Mund zusammenlaufen zu lassen.

»Das ist es«, meinte meine Mum und öffnete die dunkelbraune Tür. Ich folgte ihr ins dämmrige Innere. »Sie haben auch Frühstück, falls es dir noch zu früh fürs Mittagessen ist.«

»Auf keinen Fall«, erwiderte ich. Heute Morgen in der WG war ich zu aufgeregt gewesen, um auch nur einen Bissen herunterzukriegen. Jetzt, da das Adrenalin abgeebbt war, merkte ich meinen leeren Magen dafür umso deutlicher.

»Ciao!« Ein dunkelhaariger Mann trat durch die offene Tür hinter der Theke und lächelte uns freundlich entgegen. »Familie O'Neill?«

»Exakt«, bestätigte meine Mum, und der Mann führte uns an einen gemütlichen Tisch in der Ecke direkt am Fenster. Ich ließ mich auf einen der Stühle mit Fensterblick fallen und nahm dankend die Karte entgegen. Während der Kellner mir und meinen Eltern Wasser einschenkte, überflog ich die ersten Seiten. Wie auf Kommando gab mein Bauch ein Grummeln von sich, und meine Mutter lächelte mich an.

»Dann ist es mit dem Mittagessen wohl doch nicht zu früh.«

»Ne, ich sterbe vor Hunger«, bestätigte ich. »Ihr müsst ja auch zu einer unmenschlichen Uhrzeit losgefahren sein.« Denn von meiner Heimat, Norwich, bis nach London waren es knapp drei Stunden mit dem Auto.

»Ja, aber das war es wert! Ich kann es immer noch nicht ganz glauben: mein Sohn im Fernsehen. Deine Grandma hat es auch gesehen, ich soll dich lieb grüßen.« Mit strahlenden Augen betrachtete meine Mutter mich, und bei dem Stolz, den ich in ihrem Blick sah, durchflutete mich Wärme.

»Danke, dass ihr extra gekommen seid. Ich wusste ehrlich gesagt nicht einmal, dass ihr meine Videos guckt.«

»Natürlich tun wir das«, entgegnete meine Mutter entrüstet. »Warte, ich hab sogar was mitgebracht.« Sie legte ihre Speisekarte zur Seite, kramte kurz in ihrer Handtasche und holte ein zusammengefaltetes Stück Zeitung hervor. Mit flachen Händen strich sie das Papier glatt und legte es so vor mich, dass ich den Artikel lesen konnte.

»Die Lokalzeitung hat über mich berichtet?«

»Oh ja. Aber kein Wunder, du hast da wirklich was Großes bewegt. Und schau mal ganz unten, sie haben einen Spendenaufruf für die Organisationen gemacht. Deine Schwester meinte, bei *Tesco* stehen sogar Spendenboxen für *Hungry Eyes* und *Nightsky*. Dadurch, dass du ein Kind der Stadt bist, ist das Ganze noch einmal viel persönlicher.«

Mum lächelte mich an, und der Stolz war aus ihren Augen herauszulesen. Die letzten Tage über war ich so auf die Online-Reaktionen fokussiert gewesen, dass ich gar nicht bedacht hatte, dass meine Arbeit auch offline Wellen schlagen würde.

»Wir müssen die Tage ohnehin noch einkaufen, ich schick dir ein Foto.«

»Da kannst du dir wirklich was drauf einbilden«, fügte mein Vater hinzu. »Marissa wäre heute auch gern dabei gewesen, aber sie muss arbeiten und hat grad recht viel wegen der Hochzeit zu tun.«

Marissa war sechs Jahre älter als ich und im Gegensatz zu mir in Norwich wohnen geblieben, wo sie sich mit ihrem Verlobten ein Haus in der Nähe meiner Eltern teilte. Mein Blick wanderte von dem offiziellen Pressefoto von mir am Anfang des Zeitungsartikels zu einem Bild, das mich im Grundschulalter mit Zahnlücke und übergroßer Kleidung zeigte. Ich zog eine Grimasse. »Oh Gott, wo haben sie das denn ausgegraben?«

»Das hatte bestimmt die Rektorin oder einer deiner Lehrer noch.«

»Datenschutz und so …«, murmelte ich, woraufhin meine Mum mit der Zunge schnalzte.

»Sie sind eben stolz. Außerdem hab ich jetzt was, was ich den Nachbarn zeigen kann.«

»Na, das ist natürlich die Hauptsache«, neckte ich sie, konnte die Wärme in meinem Inneren jedoch nicht leugnen. Ich wusste, dass meine Eltern mich liebten. Aber ich hatte doch immer eine gewisse Sorge in mir getragen, dass sie meinen Lebensweg nicht guthießen. Nicht dass ich sie je gefragt oder darauf angesprochen hätte – es war mehr ein Gefühl, das mit Sicherheit in erster Linie daraus entstanden war, dass ich selbst mich zu stark mit Marissa verglichen hatte. Doch zu hören, dass sie stolz auf mich waren, dass sie sogar nach London gefahren waren und meine Mutter den Zeitungsartikel ausgeschnitten hatte, das gab mir das Hochgefühl, das ich vermutlich schon nach dem Video hätte spüren sollen.

»Du musst uns unbedingt erzählen, wie du das alles herausgefunden hast.«

Mein Vater brummte zustimmend, drückte ihr dann aber wieder ihre Speisekarte in die Hand. »Definitiv muss er das, aber sucht euch bitte erst etwas zu essen aus, ich bin am Verhungern.«

Knapp eine Stunde später ließ ich mich mit viel zu vollem Bauch zurück in den bequemen Stuhl sinken. »Ich platze gleich.«

»Du wolltest unbedingt zwei Desserts. Deine Augen waren schon immer größer als dein Magen.«

»Sein Magen ist aber auch nicht gerade klein«, warf mein Vater ein.

»Von wem er das nur geerbt hat.«

»Das war Teamwork, meine Liebe.«

Anstatt einer Antwort grinste ich einfach nur und hörte den beiden bei ihrem Geplänkel zu. Ich hatte sie vermisst. Die meiste Zeit war ich so in meine Arbeit und meinen Alltag hier vertieft, dass ich weder Heimweh noch Sehnsucht nach meiner Familie und den Freunden in Norwich verspürte. Doch wann immer ich Zeit mit ihnen verbrachte, wurde mir klar, wie wertvoll diese war und wie gut sie mir tat.

»Ich freu mich schon auf die Hochzeit und darauf, alle wiederzusehen. Hat Marissa mittlerweile eine Wunschliste angelegt?«

»Nein, sie ist immer noch der Meinung, dass sie keine Geschenke braucht. Wenn du was holen willst, plan eine Unter-

nehmung oder etwas Ähnliches, darüber freut sie sich sicher.«
Mein Dad hob die Schultern. »Wir zahlen das Essen und die
Bar, auch wenn Marissa das noch nicht weiß.«

»Das wird sie sowieso nicht annehmen.«

»Sie kann ja mal versuchen, uns davon abzuhalten«, erwiderte mein Dad mit einem Zwinkern.

Das Vibrieren meines Handys, das durch die Jacke ans
Stuhlbein stieß, ließ mich zusammenzucken. Ich zog es aus der
Tasche und warf einen Blick aufs Display. Liam. Hatte Susan
nicht gemeint, sie würden sich morgen melden?

»Mein Manager«, murmelte ich.

»Geh ran«, sagte meine Mum sofort. »Susan hat uns vorhin
erzählt, wie viele Anfragen reinkommen.«

Ich entschuldigte mich kurz bei den beiden und ging mit
dem Handy nach draußen, um in Ruhe zu telefonieren.

»Hey.«

»Hi! Liam hier. Was geht ab?«

Wie so oft verkniff ich mir ein Augenrollen bei seiner – wie
er meinte – jugendlichen Ausdrucksweise, die nicht so recht zu
dem Mann Ende dreißig passen wollte.

»Nicht viel, bin mit meinen Eltern beim Italiener.«

»Oh, sorry, ich mach's kurz. Wir hatten grad Meeting – kündige bitte doch nicht an, dass du auf die Convention gehst.«

Ich runzelte die Stirn. Durch meine kurzfristige Zusage war
ich ohnehin auf keinem der Plakate und in keinem Flyer zu
finden. Ohne Eigenwerbung würde niemand wissen, dass ich
vor Ort war. Nicht dass mir das nicht irgendwo recht war, denn
ich konnte mir sehr viel schönere Dinge vorstellen, als von
Fans belagert zu werden – nicht meinen wohlgemerkt, sondern
Fans der Influencer, die ich in der Vergangenheit aufs Korn genommen hatte. Online hatte ich schon alles von beleidigenden
Kommentaren bis hin zu Morddrohungen erhalten. Mir war

klar, dass das meist heiße Luft war und dass die Verfasser vermutlich halb so alt waren wie ich und sich hinter ihren Online-Pseudonymen versteckten, aber besonders heiß auf ein Treffen war ich dennoch nicht.

»Okay, aber wieso die plötzliche Meinungsänderung?«, hakte ich dennoch nach.

»Fiona war doch am Freitag im Netzwerk.«

Ich runzelte die Stirn. »Ja?«

»Ich hab dir da ja bereits erzählt, dass wir uns unterhalten haben …«

Die Begeisterung war aus Liams Stimme herauszuhören, bei mir jedoch lösten die Worte eine ganz andere Reaktion aus, die vielmehr einer unangenehmen Vorahnung glich.

»Nichts von dem, was sie mir berichtet hat, ist ein Beweis für irgendwas. Aber mir kam vorhin eine Idee.«

»Das klingt jetzt schon, als würde mir diese Idee gar nicht gefallen. Was hast du geplant?«

»Wart doch erst mal ab. Susan meinte, du hast dir heute einen freien Tag verdient. Ich hab deinen Auftritt noch nicht geschaut, aber geh mal davon aus, sie hat recht. Schaffst du es morgen oder am Mittwoch ins Büro?«

»Klar. Aber du hast meine Frage noch nicht beantwortet: Wenn Fiona nichts widerlegen oder beweisen kann, was hat das Gespräch dann geändert? Das ist kein Material für eine Richtigstellung.«

»Und da stimme ich dir nach wie vor zu. Aber ich hab ihren Besuch im Meeting vorhin Revue passieren lassen. Fiona hat mir ein paar Details verraten, die ich so aus ihren Videos noch nicht kannte.«

Ich stöhnte auf. Denn das klang genau nach der Richtung, in die ich mich nicht bewegen wollte. Ihr Privatleben ging mich nichts an. Ohne dass ich es wollte, schoss mir ihr flehender

Blick, mit dem sie mich am Freitag bedacht hatte, vors innere Auge.

»Jaja, ich weiß, das ist eigentlich nicht dein Ding. Komm einfach mal vorbei, dann sehen wir weiter. Dein Auftritt im TV heute ist nicht unbemerkt geblieben. Da könnten echt noch große Dinge auf dich zukommen.«

»Alles klar, ich meld mich morgen.«

»Und denk dran: noch kein Post zur Convention.«

»Yep«, murmelte ich, verabschiedete mich von Liam und legte auf. Ich hatte kein gutes Gefühl bei der Sache. Doch als ich zurück nach drinnen ging und in die lächelnden Gesichter meiner Eltern blickte, erfüllte mich zum ersten Mal seit Langem auch echter Stolz auf meine Arbeit.

9. KAPITEL

Fiona

Das Wochenende war in einem grauen Nebel vorbeigezogen, der sich auch jetzt nicht richtig lichtete. Keine Ahnung, wie ich die beiden Tage herumbekommen hatte. Dadurch, dass Kaycee Samstag und Sonntag hatte arbeiten müssen, hatte ich so gar keine Motivation zum Aufstehen gehabt. Auch jetzt war das Einzige, das mich dazu brachte, mich aufzurichten und in meine Pantoffeln zu schlüpfen, meine drückende Blase. Am liebsten hätte ich mich weiterhin im Bett verkrochen, eine Serie geguckt und den Tag vorüberziehen lassen. Die Vorhänge waren nach wie vor zugezogen, ganz nach dem Motto: Wenn die Welt mich nicht sieht, vergisst sie mich vielleicht kurz. Dass das nicht der Fall war, war mir nur zu bewusst, denn die Instagram- und YouTube-Kommentare hörten einfach nicht auf. Meine Followerzahlen waren um etwa 120 000 Abonnenten gesunken, was weit weniger war, als ich erwartet hatte. Doch die Kommentare … Obwohl ich mich an die Anweisungen meines Managements gehalten hatte und auf keine einzige Nachricht eingegangen war, hatte ich die letzten Tage alle fünf Minuten zum Smartphone gegriffen und mich auf nichts anderes konzentrieren können. Die boshaften Worte kreisten genauso in meinen Gedanken wie die schockierten Nachrichten der Fans, die ich enttäuscht hatte und die gar nicht glauben wollten, was ich angeblich getan hatte. Natürlich gab es auch jene, die nach wie vor vollkommen hinter mir standen und mich, obwohl ich mich nicht geäußert hatte, verteidigten. All diese unterschiedlichen Meinungen prasselten auf mich ein und ließen mich nicht mehr los.

Ich hatte eine stille Hoffnung gehegt, dass Liam sich bei mir melden würde, um wenigstens an dieser Stelle weiterzukommen, doch dem war nicht so. Vielleicht arbeiteten sie in Demians Management am Wochenende nicht, aber bei der Brisanz des Themas konnte ich das kaum glauben. Nein, viel wahrscheinlicher war, dass er mich mit dem Gespräch nur hatte beruhigen wollen und nicht vorhatte, irgendetwas zu meiner Entlastung zu tun. Oder aber Demian weigerte sich, mir zu helfen, und hatte Liam ausgeredet, irgendetwas zu unternehmen. Was mich nicht überraschen würde, wenn man bedachte, wie abweisend er reagiert hatte. Ich hatte nicht den Hauch einer Chance gehabt, zu ihm durchzudringen. Ich würde das Bild, das er von mir hatte, nicht ändern können, egal, was ich tat. Sein überheblicher Blick hatte mir das ebenso deutlich gemacht wie seine Worte.

Seufzend fuhr ich mir übers Gesicht und massierte die Stelle zwischen meinen Augen, hinter der sich dumpfe Kopfschmerzen ankündigten. Diese Passivität raubte mir den letzten Nerv. Ich lag hier rum und sah tatenlos zu, wie meine Welt auseinanderbrach. Laut Anita lag der Kleber, mit dem ich die Scherben meines Lebens fixen konnte, bereits in meiner Hand – sie wollte nach wie vor, dass ich ein Entschuldigungsvideo aufnahm, und sah darin meine beste Chance, wieder Normalität zu erreichen. Nur fühlte es sich an, als täte ich dann genau das, wovon alle dachten, dass ich es bei dem Charity-Event bereits getan hätte: meine Seele zu verkaufen.

Ich stand vom Bett auf und sah nach unten, als ich ein dumpfes Poltern hörte. Seufzend bückte ich mich und hob den

Plüschbären mit der blauen Jacke und dem roten Hut auf. Meine Mum hatte mir das kleine Paddington-Duplikat damals geholt, als wir uns den Film gemeinsam im Kino angesehen hatten. Das war Jahre her, doch er wich mir seitdem keine Nacht von der Seite, und sogar auf meinem kurzen Trip nach New York im letzten Jahr hatte ich ihn dabeigehabt. Ich setzte ihn wieder auf mein Kissen und griff bei dem Gedanken an meine Mum nach meinem Handy. Nichts. Sie hatte sich in den letzten Tagen nicht gemeldet, und ich wiederum hatte mich nicht getraut, sie anzurufen, weil ich so wenigstens noch eine Weile in der Hoffnung leben konnte, dass sie von dem ganzen Chaos nichts mitbekommen würde oder ich zumindest eine Lösung für mein Problem hätte, wenn sie sich meldete. Doch jetzt bereute ich diesen Gedankengang beinahe, denn mein Blick fiel auf ihre zuletzt geschriebenen Worte, die mir fast schon hämisch entgegenleuchteten: *Stolz auf dich.*

Wie von selbst entwich mir ein Schnauben, als ich mich an das Hochgefühl erinnerte, das ich am Piccadilly Circus gehabt hatte.

Gott, war ich naiv.

Naiv, den anderen vertraut zu haben.

Naiv, nicht damit zu rechnen, dass nach so viel Glück der Sturz auf den Boden der Tatsachen folgen würde.

Naiv, zu glauben, dass ich meine Mutter stolz machen könnte.

Ich warf das Handy zurück aufs Bett, ging endlich auf Toilette und stellte mich kurz darauf unter die Dusche. Nachdem ich das Wochenende im Pyjama verbracht hatte, war das bitter nötig. Leider schaffte es auch das warme Wasser kein bisschen, mich zu entspannen. Noch weniger das Handyklingeln, das vom Schlafzimmer leise ins nebenanliegende Bad drang. Ich drehte das Wasser ab, wickelte mir ein Handtuch um und lief mit tropfenden Haaren zurück zu meinem Bett. Kaycee.

»Hey, Cupcake.«

»Er ist so ein Arsch.«

»Wer?«, fragte ich.

»Dieser Demian.«

Die beiden Worte reichten, damit das flaue Gefühl in meinem Magen mit voller Wucht zurückkam.

»Was hat er getan?«

»Schalt mal *Wake up, Britain* an.«

Ich schluckte und eilte ins Wohnzimmer. Mein Zeigefinger zitterte leicht, als ich den Fernseher anschaltete.

»Er hat es ins Fernsehen geschafft damit?« Ungläubig ließ ich mich auf das beigefarbene Sofa sinken. Aus meinen Haaren rannen kalte Tropfen meinen Rücken hinab, bis sie vom Handtuch aufgesogen wurden, doch ich nahm es nur beiläufig wahr.

»Ich … kann ich dich danach zurückrufen?«

»Nein, leg nicht auf. Wir gucken das zusammen. Du musst dir das nicht allein antun. Oder soll ich die Zeit nutzen und zu dir fahren?«

»Nein«, sagte ich, und meine Stimme war kaum mehr als ein Flüstern. Denn so lieb es von Kaycee auch gemeint war, Beistand würde mir auch nicht mehr helfen.

Ich drückte den Aufnahmeknopf an meiner Spiegelreflexkamera und setzte mich auf den gepolsterten Hocker. Seit einer Woche hatte ich nichts gedreht oder hochgeladen. Das war eine Premiere, denn in den letzten vier Jahren hatte ich meinen Upload-Plan streng eingehalten und zwei, später sogar drei Videos die Woche online gestellt. Aus den Kommentaren wusste ich, dass alle darauf warteten. Ich hatte die Lichterketten hinter mir eingeschaltet, war frisiert und geschminkt, und von außen betrachtet wirkte alles wie immer. Doch in mir drin, da sah es ganz anders aus. Denn zum ersten Mal seit Beginn des Kanals hatte ich Angst, mich vor die Kamera zu stellen.

Ich atmete tief durch und kniff mir mit den Fingern in die linke Handfläche, um mich zu fokussieren.

Reiß dich zusammen!

Ich straffte die Schultern und tat genau das. Das hier war mein Versuch, aus der Passivität auszubrechen, ich würde das hinkriegen. Okay, vielleicht würde Anita mich umbringen, weil ich gegen das Anraten meines Managements handelte und mich nun doch zu der Sache äußerte, aber darum würde ich mich später kümmern.

»Hallo, ihr alle.« Ich winkte kurz in die Kamera und lächelte schief. Immerhin klang meine Stimme normal, wenn auch etwas müde.

»Ihr seid vermutlich ziemlich verwundert, dass so lange nichts kam, und noch ein ganzes Stück verwirrter wegen der ganzen Nachrichten, die gerade über mich und drei andere YouTuber im Umlauf sind. Zane, Dylan und Natalie haben ja bereits Videos online gestellt, in denen sie über alles geredet und sich für ihr Verhalten entschuldigt haben.«

Ich sah kurz nach unten auf mein Handy, auf dem ich mir Notizen gemacht hatte, auch wenn ich genau wusste, was ich sagen wollte. Jetzt kam der Part, vor dem ich nervös war, denn ich konnte mir Anitas und Shauns Gesichter nur zu gut vorstellen, wenn sie das hier sahen. Sie wären alles andere als begeistert. Aber das war mir in diesem Moment egal. Ich tat das hier für mich und für die Menschen da draußen, die weiterhin an mich glaubten – und die gab es inmitten all der Kommentare, das wusste ich.

»Ich möchte mich auch entschuldigen. Zumindest dafür, dass ich nicht genug hinterfragt habe, mit wem ich das Charity-

Event veranstalte. Ich möchte mich dafür entschuldigen, dass ich getan habe, was ich nie tun wollte: meinen Namen für etwas herzugeben, ohne mich eingehend zu informieren, was hinter der ganzen Sache steckt. Ich habe mich von dem guten Zweck des Ganzen blenden lassen, davon, etwas Gutes bewirken zu können, noch dazu in dem Bereich, in dem es mir aus persönlichen Gründen so wichtig ist. Das alles war meine Schuld, und es tut mir für euch, für mich, vor allem aber für die Organisationen und all jene, die bei dem Event ihr Geld gespendet haben, leid. Ich kann nicht ungeschehen machen, wie blauäugig ich an die Sache rangegangen bin, aber ich kann euch versprechen, das nie wieder zu tun und aus dem Fehler zu lernen. Und ich kann euch die Wahrheit erzählen – denn leider ist Demian nicht bereit, sich meine Seite der Geschichte anzuhören.«

Ich legte das Handy mit dem Display nach unten zur Seite. Ich war im Redefluss, mein Herz schlug zwar etwas zu schnell, da ich nach wie vor nervös war, aber ich wusste, was ich sagen wollte, und ich stand hinter dem, was ich sagte.

»Denn die Wahrheit ist, dass ich von den anderen dreien hinters Licht geführt wurde. Genau wie ihr, genau wie die eingeladenen Influencer und Influencerinnen, Marken und Fans habe ich bis zu Demians Video wirklich geglaubt, dass wir die Spenden weiterleiten. Von einer Aufwandsentschädigung für unsere Arbeit war die Rede, diese belief sich jedoch auf 5000 Pfund pro Person. Das Geld habe ich ebenfalls zu gleichen Teilen an *Hungry Eyes* und *Nightsky* gespendet.«

Ich schluckte und sah direkt in die Kamera, hoffte, dass wer auch immer dieses Video später sehen würde, die Aufrichtigkeit aus meinen Augen ablesen konnte, wenn meine Worte ihn nicht zu überzeugen vermochten.

»Mir ist klar, wie die ganze Sache aussieht, und gerade für jene von euch, die mich nicht kennen, wird das Ganze nach einer lahmen Ausrede klingen. Ich erwarte nicht, dass ihr mir glaubt, vermutlich würde ich es selbst nicht einmal tun. Aber an die, die mich und meine Videos kennen, die mich seit Jahren unterstützen – ich hoffe, dass *ihr* mir glaubt. Ich hoffe, dass ihr nicht denkt, all die Jahre lang einer Hochstaplerin zugesehen zu haben, denn das ist nicht der Fall. Das, was ihr in meinen Videos gesehen habt, die Person, die ihr auf Events getroffen habt: Das bin ich. Ich weiß, wie es ist, Hunger zu haben und sich allein zu fühlen. Ich weiß, wie es ist, wirklich allein zu sein, weil die eigene Familie auseinanderzubrechen droht. Ich weiß, wie es ist, Angst zu haben – Angst, dass das Geld für die Miete und den Strom nicht reicht, und gleichzeitig so hilflos zu sein, weil man nichts gegen all diese massiven Probleme ausrichten kann. Das, was *Hungry Eyes* bekämpft – Kinderarmut und Alternativlosigkeit –, wünsche ich niemandem. Nur deshalb, weil ich weiß, wie sich all das anfühlt, bin ich blindlings in die Sache reingestolpert und wollte unbedingt Teil des Ganzen sein. Mir ist jetzt klar, wie naiv das war. Aber ich hoffe einfach, dass ihr mir zumindest das glauben könnt. Denn ich würde meinen Status niemals nutzen, um anderen zu schaden. Seit meinem ersten Video ist genau das Gegenteil mein Ziel.«

Zitternd atmete ich aus. »Das war's, schätze ich. Es liegt an euch, ob ihr mir glaubt oder nicht. Ich hoffe, ihr tut es, und ich würde mich freuen, einige von euch auf der Londoner Video Convention zu sehen.« Ich lächelte schief. »Denn ich werd mich nicht kleinkriegen lassen. Weder von Dylan und Zane noch von einem Video, das mich ins falsche Licht gerückt hat. Ich hab mich von all den Dingen, die ich eben aufgezählt habe, nicht unterkriegen lassen, habe euch immer gesagt, dass ihr das genauso wenig tun sollt. Wir schaffen es da durch.«

Ich stand auf, ging um das Stativ herum und stoppte die Aufnahme. Dann ließ ich meine Hand kraftlos neben meinen

Körper sinken. Ich war leer. Leergesprochen, leergedacht. Aber gleichzeitig fühlte ich zum ersten Mal seit dem Launch nicht mehr diese vollkommene Überwältigung. Vielleicht war es unklug, das Video so ohne Absprache mit Anita gedreht zu haben. Vielleicht war es unklug, es einfach online zu stellen. Doch immerhin hatte ich etwas getan. Obwohl es nicht in meiner Macht lag, ob mir die Leute da draußen glaubten, fühlte ich mich nicht länger schwach.

10. KAPITEL

Fiona

Anita, 7.12 pm:
*Hab das Video gesehen. Wir hatten eine Strategie, ich dachte,
da wären wir uns einig? Was hast du dir nur dabei gedacht?
Wir haben dir zu einem Entschuldigungsvideo geraten, nicht
dazu! Ruf mich sofort zurück, wenn du das hier siehst!*

Mit einem Stöhnen ließ ich mich in meinem Schreibtischstuhl
zurückfallen und sah an die weiße Wand.

»Fuck.«

Nicht dass mich Anitas Nachricht überraschte, mir war klar
gewesen, dass sie alles andere als begeistert wäre. Genau deshalb hatte ich ihr ja nichts von dem Video erzählt. Mein Handy
vibrierte auf dem Tisch vor mir, doch ich ließ es mit dem Display nach unten liegen. Ich würde das Video nicht löschen, ich
stand zu meinen Worten. Ein Telefonat mit Anita brachte mir
also nichts außer einer Standpauke, und mein Kopf dröhnte
so schon. Gerade wollte ich nichts sehnlicher, als mich einfach
für eine Weile in Luft aufzulösen und erst dann wieder auf-
zutauchen, wenn der ganze Stress vorübergezogen war. Früher
oder später würde ich mich meinem Management stellen müssen – genauso wie den Kommentaren. Doch zumindest für eine
weitere Stunde wollte ich das Gefühl haben, alles noch rechtzeitig auf die rechte Bahn gelenkt zu haben.

Das war jedoch unmöglich, da mein Handy schon wieder zu vibrieren begann. Mit jeder verstreichenden Sekunde schien das Rattern auf dem hölzernen Schreibtisch aggressiver zu werden, bis ich schließlich doch nach dem Smartphone griff.

Ich zog die Luft ein. Wider Erwarten war es nicht Anita, die versucht hatte, mich zu erreichen, sondern meine Mum. Schlagartig pochte mein Herz schneller, und das Blut schoss mir ins Gesicht. Sie hatte alles mitbekommen. Natürlich hatte sie das. Es war nur eine Frage der Zeit gewesen. Ich dachte gerade darüber nach, ob ich den Anruf ignorieren und noch eine Weile in angenehmer Ignoranz leben konnte, als das Smartphone in meiner Hand schon wieder vibrierte. Das Display zeigte ein altes Foto von ihr und mir, auf dem ich maximal zwölf Jahre alt gewesen sein konnte. Es war in Brighton entstanden, als ihr damaliger Freund David einen Ausflug für uns geplant hatte. Ein, zwei Sekunden verstrichen, in denen ich auf unsere glücklichen Gesichter starrte und versuchte, das warme Gefühl hervorzurufen, das das Foto sonst bei mir auslöste, doch es wollte sich nicht einstellen. Dann drückte ich auf den grünen Hörer und nahm den Anruf an.

»Na endlich«, erklang die Stimme meiner Mum, bevor ich überhaupt etwas gesagt hatte. »Ich dachte schon, du gehst heute gar nicht mehr dran.«

»Tut mir leid.«

»Johns Arbeitskollege hat ihm heute Morgen einen Ausschnitt aus der *Sun* gezeigt. Du wirst nie erraten, wen wir da entdeckt haben.«

Der Ton meiner Mum klang spielerisch, aber ich wusste genau, dass sie nicht zu Scherzen aufgelegt war.

»Mich«, erwiderte ich trocken.

»Na, schau mal einer an, du hast ja doch was im Kopf. Ich

hab schon daran gezweifelt, nachdem du allen Ernstes so dumm warst, dich dabei erwischen zu lassen, Geld zu klauen.«

»Ich hab kein Geld geklaut.«

Ein Schnauben drang durchs Telefon, und ich war mir nicht sicher, ob das bedeutete, dass sie mir nicht glaubte, oder ob sie genervt war, dass ich ihr ins Wort fiel. Vielleicht auch beides. Innerlich wappnete ich mich automatisch für das, was jetzt folgen würde. Je dicker die Mauern, desto schwerer hatten es Worte, einen im Innern zu treffen, das hatte ich schon früh gelernt.

»Da habe ich in der *Sun* aber etwas ganz anderes gelesen.«

»Und du glaubst diesem Schundblatt mehr als deiner Tochter?«

»Ich hoffe, du hast einen Plan, wie du das alles wieder geradebiegst. Und das schnell.«

Sie hatte meine Frage nicht beantwortet. Für einen Augenblick wollte ich sie erneut stellen, dann schluckte ich sie jedoch hinunter, weil mir klar wurde, dass ich sie die Worte nicht aussprechen hören wollte. Manchmal war keine Antwort die deutlichere. Meine Mum glaubte mir nicht. Die Öffentlichkeit, Demian, dessen Manager Liam und nun auch meine Mum: Sie alle glaubten mir nicht.

»Fiona, hallo?«

»Ich hab dich gehört.« Ich biss auf die Innenseite meiner Wangen, um nicht einen ebenso flapsigen Ton anzuschlagen wie meine Mum, denn ich wusste nur zu gut, dass dann alles in Streit ausarten würde. Mein Leben stand bereits in Flammen, meiner Mum nun Kontra zu geben, wäre gleichbedeutend damit, einen Brandbeschleuniger in das Chaos zu werfen. Die Person, die sich dabei verbrennen würde, wäre eindeutig ich, niemand sonst. Also atmete ich einmal tief durch, bevor ich antwortete. »Ich habe gerade ein Video hochgeladen, in dem ich allen vom eigentlichen Ablauf der Dinge erzähle. Außerdem bin ich nächste Woche auf der Video Convention, und ich bin mir sicher, das Netzwerk hat bereits eine Image-Kampagne geplant. Shitstorms gehen vorüber, und dieser wird mich nicht unter sich begraben.«

Ich klang weit optimistischer, als ich in Wahrheit war. Denn gerade fühlte es sich ganz und gar nicht an, als würde dieser Sturm vorüberziehen.

»Das will ich hoffen. Hast du denn gar nicht darüber nachgedacht, wie sich das auf uns auswirkt?«

Es war nicht so, dass ich erwartet hatte, sie riefe an, um zu hören, wie es mir ging. Ein solches Verhältnis hatten wir nicht, so sehr ich es mir auch wünschte. Dass sie so schnell auf den eigentlichen Grund ihres Anrufs zu sprechen kam, überraschte mich dennoch.

»Für euch ändert sich doch nichts.« Ich hasste es, wie klein und flehend meine Stimme plötzlich klang. Doch das Gefühl, meine Mum enttäuscht zu haben, war der sprichwörtliche Tropfen, der das Fass zum Überlaufen brachte. Während die meisten in einer Krisensituation mit Sicherheit zu ihrer Mutter gelaufen wären und um Rat gefragt hätten, hatte ich nur gehofft, dass sie von all dem nichts mitbekommen würde oder ich es zumindest in Ordnung bringen könnte, bevor sie es tat.

»In der *Sun* stand, dass Firmen sich schon von euch distanzieren. Das ist dein Einkommen, Fiona.«

Davon war zu mir noch nichts durchgedrungen, Anita hatte lediglich gesagt, dass das passieren könnte. Aber wer wusste schon, ob das stimmte. Die *Sun* war nun nicht gerade die zuverlässigste Quelle, vielleicht meinten sie damit aber auch Natalie oder einen der anderen.

»Es geht hierbei nicht nur um dich. Seit einer Weile geht es endlich bergauf. Ich dachte, wir sind eine Familie und unterstützen einander.« Die Dringlichkeit in den Worten meiner Mum schaffte es, mir sofort ein schlechtes Gewissen zu machen. Als hätte ich mich tatsächlich absichtlich in diese Lage gebracht. »Wir haben dir damals schließlich auch die Kamera geholt, obwohl es eigentlich nicht möglich gewesen wäre. Weil wir deine Träume unterstützen. Nicht jeder kann das von sich behaupten.«

Ich schloss die Augen, hinter denen die Kopfschmerzen nun stärker pochten. Sie brauchte es nicht extra zu betonen, ich verstand ihre Anspielung auch so: Sie hatte ihre Träume aufgeben müssen, als sie zu früh mit mir schwanger wurde. Dass ich meinen Traum leben konnte, war ein Privileg. Und auch wenn Kaycee immer wieder betonte, dass ich das mir zu verdanken hatte und nicht meiner Mum – war Kaycee nicht gerade der beste Beweis dafür, dass ich wirklich privilegiert lebte?

»Familie bedeutet Geben und Nehmen«, fuhr meine Mum nun ruhiger fort. »Wenn dieser Skandal dir schadet, dann schadet er auch mir. Findest du nicht, ich hab bereits genug durchmachen müssen? Ich dachte, wir beide hätten das alte Leben hinter uns gelassen.«

»Ich hab das im Griff, Mum, mach dir keine Sorgen. Ich lass euch nicht hängen.«

Kurz herrschte Schweigen am anderen Ende, dann hörte ich meine Mum seufzen. »Okay, okay. Ich weiß doch, Liebling. Es tut mir leid, dass ich so hart war, das wollte ich nicht. Aber wir brauchen dich.«

»Ich weiß«, antwortete ich und schluckte. Denn dass sie mich brauchten, lastete an manchen Tagen so schwer auf meinen Schultern, dass es mich förmlich nach unten drückte. Mir war klar, dass meine Mum und ich kein normales Verhältnis zueinander hatten. Zumindest nicht wenn das, was man in Filmen und Serien sah, normal war. Dort waren es die Kinder, die Unterstützung von ihren Eltern erhielten – sei es finanziell oder in Form von beruhigenden Worten, Gebackenem oder sonstiger Hilfe. Ein solches Verhältnis hatten meine Mum und ich nicht. Hatten wir vermutlich noch nie gehabt – doch unsere Umstände waren andere. So wie Kaycee ihrem Dad half, konnte ich nun Mum und John finanziell unter die Arme greifen. Seitdem hatte sich unser Verhältnis endlich gebessert. Ich war nicht mehr nur eine Belastung für sie. Das alles hatte sich gebessert. Sie brauchte mich, ja, aber sie hatte auch endlich gesehen, was in mir steckte. Sie war stolz auf mich. Zumindest war sie das vor dem ganzen Debakel gewesen.

»Ich verspreche dir, ich bring das in Ordnung. Du kannst dich auf mich verlassen.«

»Das ist mein Mädchen. Ich muss leider schon wieder los, John und ich wollten noch ins Gartencenter, um Pflanzen für draußen zu holen. Wir haben endlich unsere Möbelgarnitur auf der Veranda stehen, mit dem Dach hat alles geklappt.«

Ich schluckte. Als ich das letzte Mal bei meiner Mum gewesen war, hatte sie mir von den Plänen für das Haus, das ich ihr und John gekauft hatte, erzählt. Hoffentlich hatte meine Mutter sich wirklich verlesen, und nicht ich war diejenige, der Kooperationspartner abgesprungen waren, denn für das Haus hatte ich eine Hypothek aufgenommen. Ich hatte meiner Mum angeboten, die Wohnung, in der ich aufgewachsen war, zu kaufen. Doch sie wollte nicht länger in West Croydon wohnen, da laut ihrer Aussage zu viele schlechte Erinnerungen an dem Ort hafteten. Was sie wollte, war ein Neuanfang. Und konnte ich es ihr verübeln? Also war es nicht die Wohnung geworden, sondern ein kleines Haus in Leatherhead, einem Ort in Surrey, knapp eine Stunde von mir entfernt. Leider hatte ich dieses nicht auf einmal zahlen können, wie es bei der Wohnung der Fall gewesen wäre – sollte ich also wirklich Verträge verlieren, hätte es auch auf meine Mum Auswirkungen.

»Ich wünsch euch viel Spaß beim Shoppen. Ich meld mich die Tage noch einmal, ja?«

»Mach das.«

»Ich hab dich lieb.« Ich schob die Worte so schnell hinterher, dass sie wie ein einziger Buchstabenklumpen über meine Zunge rollten. Wie immer, wenn ich sie aussprach, pochte mein Herz in meiner Brust. Sätze wie dieser rissen meine Mauern ein und machten mich verletzlich. Und ich wusste nie, ob meine Mum diese Verwundbarkeit gegen mich verwenden würde. Trotz allem war da häufig ein Teil in mir, der sie aussprach, der dennoch auf eine Antwort hoffte.

»Ich dich auch.« Die Worte waren kaum durch das Handy in mein Ohr gedrungen, da hatte meine Mum auch schon aufgelegt. Dennoch durchflutete mich bei den drei Silben ein Gefühl der Erleichterung und Wärme. Ich konnte das Ruder noch herumreißen.

simplybeyoutiful
Ich glaube dir! Es tut mir so leid, dass alle lügen.

   RandomOreo
   Wie verblendet muss man sein …

fiona_nator
Wir stehen hinter dir! 🖤 #Fionaters4ever

NaturallyNatalieFangirlxx
Natalie hat wenigstens zugegeben, dass sie einen Fehler gemacht hat. Alles, was du machst, ist, noch mehr zu lügen! Lösch dich!

TheFameGame
Wie Geld und Erfolg einen verändern. Ich guck dich schon von Anfang an, aber du hast dich echt nicht gut entwickelt.

TravelTrouble
Ob das stimmt oder nicht: Es ändert nichts daran, dass du mich und andere Influencerinnen zu dem Event eingeladen und uns so in die ganze Sache mit reingezogen hast. Du sagst es ja selbst: Du hättest dich involvieren müssen! Ich hab wirklich mehr von dir erwartet.

AnnieLoves
Du siehst so traurig aus, Fiona 🥺 Ich hoffe, das alles legt sich ganz bald. Wir glauben dir! 🖤

GG_EZ
Ich hoffe echt, Demian sieht das und nimmt es auch noch mal auseinander. Dass du dir nicht selbst peinlich bist

CollateralDamage99

Echt armselig, dass man seine Fans – Kinder vor allem – so ausnimmt. Dass du noch ruhigen Gewissens schlafen kannst, ist ein Wunder. Wobei, bei den Augenringen tust du das vielleicht auch gar nicht

    RandomOreo

    Dachte ich mir auch – für 'ne Beauty-Tussi hat sie wenig von Concealer gehört 🤣

II. KAPITEL

Demian

Ich liebte die Ruhe hier. Das hatte ich schon als kleines Kind, als Dad mich das erste Mal mit ins National History Museum genommen hatte, nachdem wir gemeinsam einen Dokumentationsfilm gesehen hatten. Beim Betreten des Museums hatte es mir der Dino im Foyer angetan – noch nie zuvor hatte ich etwas Derartiges gesehen. Ich war mir sicher gewesen, dass nichts diesen Dino toppen könnte, doch dann hatte mein Dad mich hierher geführt. Ich senkte den Blick auf den Imilac-Meteoriten, der laut der Beschilderung bereits 4,5 Milliarden Jahre alt war. Die Dokumentation und die Erklärungen meines Dads hatten meine Liebe zum Weltall geweckt, und die Ausstellung der Meteoriten faszinierte mich heute genauso wie damals. Sie waren eigentlich nicht mehr als Teile eines Asteroiden, die den Weg zur Erde überlebt hatten, weil sie zu groß waren, um beim Eintritt in unsere Atmosphäre zu verglühen. Doch sie entstanden, wenn Asteroiden kollidierten und brauchten von diesem Zeitpunkt an Millionen von Jahren zu unserem Planeten. Dass sie nicht nur unvorstellbar alt waren, sondern noch dazu eine so weite Reise hinter sich hatten, hatte mich als Kind nicht in Ruhe gelassen – sehr zum Leidwesen meines Dads, denn von diesem Zeitpunkt an hatte ich jedes Wochenende hergewollt. Die nachgestellten Videos dieser Kollision, die immer noch auf den Bildschirmen zu meiner Linken liefen, hatten mich schwer beeindruckt. Dass ein so gewaltig wirkender Zusammenprall etwas Schönes, Neues erschaffen konnte, hatte mich dabei am meisten begeistert. Noch dazu wurde das Weltall nur dank dieser Kollision schon in jungen Jahren ebenso greifbar für mich wie das Dinosaurierskelett in der Eingangshalle. Plötzlich war es nichts Mysteriöses mehr, das ich nur im Fernsehen betrachten konnte, es war hier, vor Ort – und es ließ mich seitdem nicht mehr los.

Mich mit dem Weltall zu beschäftigen fühlte sich für mich an, wie vor den Weiten des Ozeans oder am Fuße eines Berges zu stehen. Es führte mir vor Augen, wie klein ich und wie unbedeutend all das, was ich für wichtig hielt, im Kontext des großen Ganzen war. Deshalb zog mich das Museum mittlerweile vor allem dann an, wenn ich Raum für mich und meine Gedanken brauchte. So auch heute wieder.

Ich hatte Fionas Video gesehen und, wie von Liam und Susan gewünscht, eine Reaktion darauf gedreht. Mein Blick wanderte zur Uhr an meinem linken Handgelenk. In exakt zweiundzwanzig Minuten würde das Video für alle zu sehen sein. Aufgenommen hatte ich es bereits vor ein paar Tagen, direkt nach Fionas Statement, doch Susan hatte empfohlen, es zeitlich näher an der Convention zu posten, die morgen startete.

Ich hatte bereitwillig zugestimmt, ein weiteres Video zu machen, da ich Liam so immerhin davon abbringen konnte, in Fionas Vergangenheit herumzuwühlen. Fürs Erste zumindest, denn darauf war er seit dem Gespräch mit ihr ziemlich scharf – ganz im Gegensatz zu mir. Ihre Vergangenheit und ihr Privatleben gingen mich nichts an. Was auch immer dort begraben lag, welche Fehltritte sie zuvor gemacht hatte, das alles hatte rein gar nichts mit der Spendensache zu tun. Noch dazu wurde mir schon beim Gedanken daran unwohl, dass jemand versuchen konnte, mehr über Mum, Dad und Marissa herauszufinden. Das war eine Grenze, die ich nicht überschreiten konnte.

Und du hast noch einen weiteren Grund ...

Ich versuchte, nicht auf die innere Stimme zu achten, die schon wieder drauf und dran war, meine restlichen Gedanken zu übertönen. Doch sie hatte recht und schaffte es zum wiederholten Mal innerhalb der letzten Tage, all meine Überlegungen zur Seite zu drängen und Raum für Gedanken zu schaffen, die ich nicht haben wollte: jene an Fiona. Denn ihr Besuch im Netzwerk ließ mich einfach nicht los. Sie hatte irgendetwas an sich gehabt, das meine Gedanken immer wieder zu ihr driften ließ, so sehr ich mich auch bemühte, sie davon abzuhalten. Mittlerweile hatte ich Fiona nicht länger blockiert, doch sie hatte kein weiteres Mal versucht, Kontakt zu mir aufzunehmen. Vielleicht hatte sie die Hoffnung, dass sich das ganze Thema nun gelegt hatte? Ich sah erneut auf die Uhr. In neunzehn Minuten würde ich diese Hoffnung zerstören. Ein flaues Gefühl breitete sich in meinem Magen aus, das regelmäßig dort war, seit ich gesehen hatte, dass sie keine Storys oder Posts mehr auf Instagram hochlud – nichts.

Ich betrachtete den löchrigen, orange-schwarzen Meteoriten vor mir, doch jetzt, da meine Gedanken einmal zu Fiona gewandert waren, wollte sich die Ruhe nicht mehr einstellen. Etwas an ihrem Video ließ mich genauso wenig los wie das Zusammentreffen mit ihr. Doch ich konnte den Finger einfach nicht darauflegen, was es war. Vielleicht war es wieder ihr Blick, der so aufrichtig und eindringlich aussah. So sehr sogar, dass ich versucht gewesen war, ihr zu glauben. Doch wer sagte, dass sie nicht bloß schauspielerte? Hatten die anderen drei nicht bewiesen, wie gut sie dazu in der Lage waren? Warum sollte Fiona sich von ihnen unterscheiden? So oder so brachte es nichts, diese Gedanken zu verfolgen. Ich hatte mein

Video bereits gedreht und meine Meinung dort deutlich vertreten.

Wieso fühlt es sich dann so falsch an?

Die nächsten drei Gesteinsstücke sah ich mir an, ohne mir auch nur ein einziges Wort der Beschreibungen zu merken. Ich stieß ein Seufzen aus, griff nach meinem Handy und öffnete den Gruppenchat. Dass ich nicht einmal sagen konnte, was genau mich so unruhig sein ließ, nervte mich an der ganzen Sache am meisten. Doch klar war, dass das so keinen Sinn hatte. Ich brauchte Ablenkung.

Demian, 3.47 pm:
Hey, Bock, was zu machen? Bin in Kensington und hab frei. Wo treibt ihr euch rum?

Während ich auf eine Antwort wartete, ging ich zurück in die Hintze Hall, von deren Decke das riesige Skelett eines Blauwals hing. Es war wenig los, selbst für einen Donnerstagnachmittag, nur vereinzelt standen ein paar Touristengruppen rum. Ein Vater versuchte, seine beiden Söhne auf ein Bild mit dem Blauwal zu kriegen, und lag dabei fast auf dem grauen Steinboden. Ich wartete, bis er die Foto-Session beendet hatte, und ging zu der gläsernen Spendenbox in der Mitte des Saals. Ich hatte gerade mein restliches Kleingeld hineingeworfen, als mein Handy vibrierte. Thiago hatte geantwortet.

Thiago, 3.49 pm:
Klar, gern! Bin um fünf bei einer Podcast-Live-Show. Magst du mit? Kann dich als meinen Assistenten mit auf die Liste setzen lassen, und du trägst meinen Block oder so 😏

Demian, 3.49 pm:
Deal! Gibt's 'nen Dresscode?
@Austin magst du auch?

Austin, 3.49 pm:
Haha. Ne, hab heute doch mein Date mit Teagan und Parker.

Thiago, 3.49 pm:
Nope, kein Dresscode, die sind ziemlich locker da. Komm als der wunderschöne Mann, der du bist, Demian 😏 Das ist im King's Place, direkt hinter King's Cross.
@Austin seit wann bist du polyamorös unterwegs? 🫨

Austin, 3.50 pm:
Ihr habt heut 'nen Clown gefrühstückt, oder? TRGame und Parker4G. Heute ist der Charity-Stream, ich bring den beiden Valorant *bei und sie mir* Dead by Daylight.

Demian, 3.50 pm:
Hab ich nicht vergessen, hab es sogar schon geteilt. Wollten dich nur ärgern 🤓

Thiago, 3.50 pm:
Ich hab es vergessen, aber ich hatte auch erst einen Kaffee heute. Ich teile es auch. Mit meinen 251 Followern. Gern geschehen. 😌

Austin, 3.50 pm
Ihr habt Probleme. Alle beide. (Aber danke 🖤)

Thiago, 3.50 pm
99 und fehlender Kaffee ist eines davon.

Demian, 3.51 pm:
Viel Erfolg beim Stream!
Und @Thiago: bis gleich. Ich beeil mich.

Thiago, 3.51 pm:
Ciaooo!

Ich verließ das imposante Museumsgebäude und bog nach links ab in Richtung der Haltestelle. Die schicken weißen Gebäude in South Kensington riefen mir zwangsläufig das Bild von Fionas Zuhause vor Augen, das Liam mir gezeigt hatte. Ich wünschte, sie wäre nicht zu ihm ins Büro gegangen. Liam hatte sich zwar einverstanden erklärt, nicht weiter in Fionas Vergangenheit herumzustochern, allerdings hatte er trotzdem bereits konkrete Ideen inklusive Bildern und allem Drum und Dran vorzuweisen gehabt. Nun kannte ich das Haus, in dem Fiona aufgewachsen war, mitsamt seinem traurigen Garten. Kannte ihre Grundschule und wusste sogar, dass ihr Vater die Familie verlassen hatte, als Fiona gerade einmal zwei Jahre alt gewesen war. Mein Blick schweifte von den weißen Gebäuden mit den schwarzen Zäunen zu den Leuten im Anzug, die am Café gegenüber der South Kensington Station saßen.

Ich hatte Mitleid mit Fiona. Auch wenn ich nicht wollte. Noch mehr aber empfand ich Bewunderung. Bewunderung für das Mädchen, das inmitten all seiner Sorgen im Alleingang einen YouTube-Kanal startete, und für die Frau, die nach wie vor mit Leidenschaft für ihren Traum einstand. Bei dem Gedanken an ihren Blick beim Launch ihrer Linie mischte sich ein weiteres Gefühl zur Bewunderung: Neid. Denn wenn ich ganz ehrlich zu mir war, dann empfand ich eine neidische Sehnsucht nach ebendiesem Gefühl, das Fiona ausstrahlte. Denn diese Leidenschaft war mir schleichend abhandengekommen.

Ich betrat die Tube und bahnte mir meinen Weg durch die Menschenmassen zur Piccadilly Line, fest entschlossen, diese Gedanken zurückzulassen. Ich konnte sie gerade nicht gebrauchen. Nicht wenn in – ich blickte auf meine Uhr – drei Minuten das nächste Video online ging.

»Hier drüben.«

Ich wandte mich nach rechts, wo Thiago winkend an eine der schwarzen Säulen des komplett verglasten Gebäudes gelehnt stand. Als ich ihn erreicht hatte, umarmte er mich und nickte dann zur Seite. »Wir müssen nicht den Haupteingang nehmen wie der Pöbel. Wir gehen hier rein.«

Thiago trat durch die Drehtür, und ich folgte ihm ins Innere, wo er einem Security-Mann seinen Presseausweis zeigte, der daraufhin unsere Namen auf der Gästeliste suchte.

»Wo wir schon vom Pöbel sprechen: Ist dein Video online?«

»Ja, aber ich hab das Handy aus.«

»Immer noch die Nase voll von dem Trubel? Wolltest du deshalb Ablenkung?«

»Alles klar, ihr könnt durch. Einmal die Rolltreppe hoch, meine Kollegin bringt euch dann zu euren Plätzen.« Der Security-Mann trat zur Seite und gewährte uns Einlass. Auf der Rolltreppe drehte sich Thiago zu mir um und sah mich abwartend an.

»Nase voll, ja. Ablenkung …« Ich hob die Schultern. »Meine Gedanken sind heute einfach überall und nirgendwo.«

»Der Trubel wird morgen aber nicht besser werden. Dich werden mit Sicherheit einige erkennen, so oft wie dein Gesicht jetzt auf Zeitungen und in irgendwelchen Videos war.«

»Danke für die Erinnerung«, murmelte ich.

Thiago zog eine Augenbraue in die Höhe. »Alter, etliche andere träumen genau davon. Weißt du noch, wie Austin ausgerastet ist, als er zum ersten Mal tausend Zuschauer auf Twitch hatte?«

Ich nickte nur. Weil ich mich gut genug daran erinnerte und weil ich wünschte, ich könnte mich über all den Erfolg auch so freuen. Doch das Hochgefühl, das mich nach dem ersten Video zu der ganzen Sache durchflutet hatte, war wie weggeblasen.

Am Ende der Rolltreppe angekommen, folgten wir der Platzanweiserin, und ich ließ mich auf dem freien Platz neben Thiago nieder. Ich hatte immer noch keine Ahnung, um was für einen Podcast es sich handelte, aber ich würde mich einfach berieseln lassen.

»Ich fühl mich gerade einfach nicht gut damit, bei der ganzen Sache noch tiefer zu bohren.«

»Es gibt viel her«, erwiderte Thiago. »Außerdem reden alle noch darüber, wär vermutlich doof, das fallen zu lassen. Ödet dich das Thema echt so sehr an?«

»Nein, das ist es nicht. Ich … keine Ahnung.«

»Sag bloß, du hast ein schlechtes Gewissen? Wieso? Tun dir die vier plötzlich leid?« Thiago stieß mir mit dem Ellbogen in die Seite. »Hey, auf so etwas aufmerksam zu machen ist dein Job. Die Firmen, denen man das Geld geklaut hat, die sollten dir leidtun. Und die Organisationen, die das Geld beinahe nicht bekommen hätten.«

Langsam nickte ich. »Ja, du hast recht.«

»Und wenn sich alles etwas beruhigt hat, hast du sicher grünes Licht für den Zweitkanal. Also ein Gewinn in jeder Hinsicht.«

So, wie Thiago es aufzählte, ergab es Sinn. Ich seufzte.

»Stimmt schon. Ich bin bestimmt einfach überarbeitet. Nach der Convention gönn ich mir mal 'ne Pause.«

»Bist du die Woche drauf nicht eh bei deiner Familie wegen der Hochzeit? Häng doch einfach ein paar Tage dran. Sie wohnen so nah, und ich hab das Gefühl, ich seh meine Eltern öfter als du deine.«

»Eigentlich keine schlechte Idee ...«

Thiago hatte recht, ich war wirklich lang nicht mehr daheim gewesen. An Weihnachten, klar, aber abgesehen davon war schon einiges an Zeit ins Land gezogen.

»Ich glaub, das mach ich. Ein Geschenk brauch ich auch noch. Marissa und Theo wollen nichts zur Hochzeit, aber ich will nicht ohne was auftauchen.«

»Schenk ihr was Persönliches, was sie zum Heulen bringt. Oder eine Unternehmung für die beiden. Ich kann am Montag im Büro mal schauen, ob wir noch Tickets haben oder irgendwas Cooles ansteht.«

»Das meinten meine Eltern auch schon. Das wär super, danke. Ich bin doof, weil ich den Hype nicht genieße, oder?«

Thiago lehnte sich zurück und sah nachdenklich an die Decke. »Ne, glaub nicht. Ich weiß, ich hab das eben mit Austin verglichen, aber für mich wär es auch nichts. Deshalb schreib ich so gern. Einen Blog würde ich vielleicht maximal noch machen, aber mein Gesicht jeden Tag in eine Kamera halten? Vergiss es. Schau dir mal einen der vier YouTuber an, die du dir vorgeknöpft hast. Von denen kann doch keiner mehr auch nur einen Tag unentdeckt durch London gehen. Stell ich mir schrecklich vor.«

Ich gab ein zustimmendes Brummen von mir. Dabei war ich mir nicht einmal sicher, ob es der Gedanke war, der mich abschreckte, oder vielmehr der, womit ich gerade Bekanntheit erreichte. Ich wurde Teil einer Filterblase, die ich vorher von oben belächelt hatte, und war immer weiter von dem Weg abgewichen, den ich eigentlich gehen wollte.

»Das eine Wochenende schaffst du schon noch.«

»Wenn es danach aufhört …«

»Klar. Sprich dein Team dann einfach noch mal auf den anderen Kanal an, und sei ruhig mal etwas fordernder. Hab bloß kein schlechtes Gewissen wegen alldem. Schau dir sonst die harten Fakten noch einmal an. Du hast allen nur geholfen.«

»Du hast recht«, sagte ich und seufzte. »Nach den anderen Videos hatte ich ja auch nie Zweifel. Ich bin vielleicht echt nur überarbeitet. Das Gute ist: Durch die Auftritte und die ganzen Klicks kann ich weniger Kooperationen machen und hab mehr Zeit, mich mal wieder *Edge of The Universe* zu widmen. Ich war heute Morgen im Museum und wollte eigentlich nach neuen Themen Ausschau halten.«

»Siehst du. Du ziehst die Video Con durch, greifst noch ein paar Dinge und Videos ab, bei deinen Eltern schaltest du mal ein paar Gänge runter, und danach kannst du dich bei dem Astronomie-Kram austoben, den ich niemals verstehen werde.«

»Würdest du, wenn du dir meine Videos anschauen würdest.«

»Ich schau sie manchmal zum Einschlafen.«

»Was?«, fragte ich mit einem Lachen.

»Deine Stimme ist echt beruhigend, und ich mag die Bilder von den Sternen und dem ganzen bunten Zeug im Weltall.«

»Buntes Zeug? Meinst du die Galaxien?«

Thiago zuckte mit den Schultern, aber an seinem Grinsen erkannte ich, dass er mich nur ärgern wollte. Ich schüttelte den Kopf, doch auch meine Mundwinkel hoben sich wie von allein.

»Danke, Mann. Für die Ablenkung und das gute Zureden.«

»Klar, jederzeit. Du machst das schon.«

Und während sich der Saal füllte und vier Frauen die Bühne betraten und auf den für sie vorgesehenen Hockern Platz nahmen, glaubte ich das auch wieder. Denn was Thiago sagte, waren die logischen Gedankengänge und die harten Fakten: Ich hatte einen Skandal aufgedeckt und so dafür gesorgt, dass Spendengelder ihr richtiges Ziel erreichten. Ich brauchte kein schlechtes Gewissen zu haben, erst recht nicht Fiona gegenüber. Noch nie hatte ich mich bei einem Video geirrt. So wie Natalie ihre Fans um den Finger wickeln wollte, hatte es Fiona bei mir versucht – beinahe mit Erfolg. Dabei zeigte ihre defensive Haltung nur, dass ich einen wunden Punkt getroffen hatte. Und diesen Punkt würde ich morgen auf der Video Con ein weiteres Mal ausnutzen müssen.

12. KAPITEL

Fiona

»*Glaube ich deshalb, dass Natalies, Zanes und Dylans Entschuldigungen aufrichtig sind? Nein, nicht zwingend. Gerade Zane und Dylan haben in der Vergangenheit mehrmals bewiesen, charakterlichen Veränderungen gegenüber resistent zu sein. Immerhin scheinen sie jedoch Richtig von Falsch unterscheiden zu können – dass sie sich immer wieder für den falschen Weg entscheiden, ist ein anderes Thema. Fiona hingegen hat in ihrem Statement bewiesen, dass diese Fähigkeit nicht gerade zu ihren Stärken gehört. Immerhin hat sie die gesamten elf Minuten ihres Statements genutzt, jegliche Schuld zu leugnen und auf die anderen drei abzuschieben. Fiona wäre somit die erste Person, die mich so weit bringt, einen Dylan Bennett zu verteidigen. Allein das macht mich schon wütend, nicht so sehr jedoch wie uneinsichtiges Verhalten in Anbetracht von Fehlern. Es ist nichts Neues, dass Menschen, die im Rampenlicht stehen, Schwierigkeiten haben, die Konsequenzen für ihr Handeln zu übernehmen. Ob es dabei um einen Justin Bieber geht, der alkoholisiert und auf Drogen hinterm Steuer erwischt wird, oder um eine YouTuberin, die Spendengelder nutzt, um ihre Make-up-Kollektion zu erweitern …*«

»Er hat sie doch nicht mehr alle! Glaubt er den Mist, den er da verzapft, etwa ernsthaft?«

Kaycee schrie beinahe. Sie war temperamentvoll, doch ich

hatte sie selten so aufgebracht erlebt – maximal, wenn sie sich über meine Mutter oder nervige Kunden auf der Arbeit aufregte. Jetzt jedoch waren ihre Brauen wütend zusammengezogen, und sie sah aus, als wäre sie am liebsten durch das Handydisplay zu mir gesprungen – oder direkt zu Demian, um ihm die Meinung zu geigen. Wir hatten uns seine Worte gemeinsam per Videocall zu Gemüte geführt, und gerade war ich dankbar dafür, da sich Kaycees Wut so auf mich übertrug. Anders hätte ich mich vermutlich wieder in meinem Bett verkrümelt und in Selbstmitleid gebadet. So wie ich es in der letzten Zeit häufig genug getan hatte, wenn ich meine sinkenden Followerzahlen betrachtet oder die Nachrichten auf Instagram gelesen hatte.

»Was hast du von jemandem erwartet, der sich das Gesicht so zukleistert? Da wird Gehirnmasse mit Make-up wettgemacht.«

»Was machst du da?«

»Lesen. Das sind die Kommentare unterm Video.« Ich räusperte mich und fuhr mit trockenem Ton fort: »Die Bitch soll sich einfach löschen. Dieses Rumgeheule geht mir so auf die Nerven, hat nicht mal den Anstand, zu ihren Fehlern zu stehen.« Als mein Blick auf die nächsten Worte fiel, lachte ich bitter auf. Denn sie trafen tiefer, als Worte eines fremden Menschen im Internet es können sollten. »Der hier ist besonders schön. ›Ihre Mum hätte mal besser verhütet, dann …‹«

»Hör auf damit«, sagte Kaycee ernst. »Und mach das Video aus, ich kann sein Gelaber nicht mehr hören. Was denkt er, wer er ist? Und was denkt er, wer *du* bist? Er kennt dich doch nicht mal.«

»Nö, aber muss er ja auch nicht, um so ein Video aufzunehmen. Die kennen mich alle nicht. Müssen sie aber auch nicht, sie haben ja trotzdem ein Bild von mir.« Ich klickte Demians Video weg, tippte jedoch im nächsten Moment auf meinen eigenen Kanal und schluckte.

»Was?«, fragte Kaycee, der mein Gesichtsausdruck nicht entgangen war.

»Ich verliere immer noch Follower. Nach diesem Video sicher noch mehr. Mir graut wirklich vor der Video Con. Anita geht dort immer los, um Kooperationspartner zu treffen und neue Aufträge klarzumachen. Wird bestimmt supererfolgreich diesmal.«

»Diese Leute arbeiten schon länger mit dir! Die werden sich von ein paar Worten eines aufgeblasenen Arschs nicht irritieren lassen!«

»Ich hoffe es.« Ich rieb mir über die Stirn, hinter der es zu pochen begann. »Vor allem hoffe ich, dass Anita mir nicht den Kopf abreißt.«

»Wegen des Videos, das du aufgenommen hast? Ich dachte, das habt ihr geklärt.«

»Deswegen«, erwiderte ich und hielt meinen Laptop in die Höhe, auf dem ich gerade eben Demians Video abgespielt hatte. »Du kennst Anita. Sie ist manchmal noch aufbrausender als du.«

»Ich bin überhaupt nicht aufbrausend! Und ja, sie ist impulsiv, aber vor allem mag sie dich. Ihr liegt wirklich was an dir, und wenn sie streng ist, dann nur, weil sie sich um dich sorgt.«

»Ich weiß …«, gab ich mit einem Seufzen zurück. Leider glaubte ich mittlerweile, dass ihre Sorge berechtigt war.

13. KAPITEL

Demian

Genau wie Susan es versprochen hatte, saßen wir bei Kaffee und Keksen im Pressezentrum des Messegeländes und entkamen dem Gedränge der Convention. Susan tippte irgendetwas auf der Tastatur ihres Laptops, und ich saß in dem schwarz gepolsterten Sessel ihr gegenüber und gab einigen Kommentaren unter meinem letzten Video einen Daumen nach oben. Ich hatte nicht gedacht, dass sich das Thema so lang strecken ließ, doch wie sich zeigte, sollten Susan und Liam recht behalten, denn auch mein zweites Video – die Reaktion auf Fionas Statement – ging seit gestern völlig durch die Decke. Während sich die Aufmerksamkeit vorher auf die vier Beteiligten verteilt hatte, schien sie sich nun auf Fiona zu konzentrieren. Kein Wunder, denn die anderen drei machten mit ihrem üblichen Content weiter, als ob nichts passiert wäre. Fionas letztes normales Video war dagegen beinahe drei Wochen her. Und selbst unter den alten Videos fanden sich mittlerweile zahlreiche gehässige Kommentare. Verständlich also, dass sie abgesehen von dem Statement nichts Neues aufgenommen hatte. Die Zweifel, die Thiago mit seinen Worten gestern vertrieben hatte, krochen langsam zurück und machten sich mit einem unguten Gefühl in meiner Magengegend breit.

»Du guckst schon wieder so grimmig.« Susan blickte von ihrem Laptop auf und sah mich mit erhobenen Augenbrauen an.

»Ne, alles gut«, wiegelte ich ab.

»Du bist immer noch nicht überzeugt von dem Termin gleich, oder?«

»Ich hab nur überlegt, ob wir uns nicht langsam wieder anderen Themen widmen wollen.«

Susan klappte den Laptop zu und richtete ihre Aufmerksamkeit auf mich.

»Natürlich, aber das hatten wir doch schon. Das ganze Drama wird sich sowieso bald lichten, also wieso nicht ausnutzen, solange es da ist und dir die Reichweite bringt? Es ist ja nicht so, als würdest du sie zu etwas anstacheln, die Leute *wollen* das Thema noch nicht ruhen lassen. Es gibt etliche weitere Reaction-Videos, andere Kanäle, die darüber berichten. Du machst es nur am besten, und noch dazu recherchierst du weitaus mehr als die anderen und bringst keine zusätzlichen Gerüchte in Umlauf. Die Menschen werden ihre Inhalte so oder so bekommen – wenn du es nicht machst, liefert einer von den anderen ab. Und damit ist im Endeffekt niemandem geholfen, theoretisch selbst Fiona nicht.«

Ich holte tief Luft und ließ sie in einem Schwall wieder entweichen. »Du hast recht.«

Hatte sie wirklich. Wieso brauchte ich alle paar Tage die Bestätigung, dass das, was ich tat, das Richtige war? Wenn die letzten Tage eines gezeigt hatten, dann dass Menschen nicht von Luft und Liebe lebten, sondern von Luft und Schadenfreude.

»Demian!«

Irritiert hielt ich inne und hoffte, dass ich Susan in dem Trubel nicht verlieren würde. Ich ließ meinen Blick über die anderen Besucher wandern, erkannte jedoch niemanden. Dann bemerkte ich das brünette Mädchen, das von einem Stand schräg gegenüber auf mich zugelaufen kam.

»Ich wusste gar nicht, dass du auch hier bist! Wie cool!«

»Hi«, erwiderte ich irritiert. War sie auch eine YouTuberin, die ich hätte kennen sollen? Eine Mitarbeiterin einer der Firmen, mit denen ich zusammengearbeitet hatte?

»Kann ich ein Autogramm haben?«

Oh.

»Ähm, klar«, antwortete ich, zu verdutzt, um über die Antwort nachzudenken.

Susan, die bereits einige Schritte vorausgelaufen war, stand plötzlich wieder an meiner Seite und reichte mir einen Stift.

»Wir hätten Autogrammkarten machen lassen sollen«, murmelte sie mehr zu sich selbst, als dass sie die Worte an mich richtete. Das Mädchen vor mir hatte sie dennoch verstanden.

»Oh, kein Problem. Ich sammle die Unterschriften eh in meinem Journal.« Sie zog ein blaues Buch aus ihrer Tasche hervor und schlug es auf einer bunt beklebten Seite auf, auf der in aufwendig verzierten Lettern »Video Convention London« stand.

Ich öffnete Susans Fineliner und schrieb meinen Namen in das Buch. Ich hatte nicht einmal eine Unterschrift. Wie machten das andere? Übten sie die? Schrieben sie einfach ihren Namen und das so oft, dass er irgendwann von selbst unleserlich wurde?

Allem Anschein nach schien ich es nicht komplett vermasselt zu haben, denn das Mädchen bedankte sich und zog ein Selfie später zu einem anderen Stand weiter.

»Das war eine Premiere.«

Susan sah mich von der Seite an und schmunzelte. »Aber mit Sicherheit nicht das letzte Mal. Ich geb Liam mal wegen Autogrammkarten Bescheid.«

Ich verzog den Mund zu einer dünnen Linie. »Muss echt nicht sein. Die kommen frühestens am Montag oder Dienstag an, dann ist die Convention sowieso vorüber.«

Susans Antwort war ein Zucken mit den Schultern, bei dem ich nicht wusste, wie es zu interpretieren war. Ließ sie die Sache damit auf sich beruhen, oder wollte sie nur nicht diskutieren und glaubte, solche Situationen würden sich noch häufiger einstellen? Zum Glück ließ sie mir keine Zeit, weiter darüber nachzudenken, denn sie nickte in Richtung des Gangs und setzte sich kurz darauf wieder in Bewegung.

»Ich hab das Gedränge unterschätzt, wir sollten nicht zu spät kommen.«

Ohne ein weiteres Wort folgte ich ihr durch die Menschenmassen, die denen am Covent Garden an einem Sonntag Konkurrenz machten. Ich passierte Autogrammschlangen, Verkaufsstände und schlängelte mich an einzelnen Besuchern vorbei, bis Susan schließlich an einer größeren Bühne Halt machte.

»So, da wären wir.«

Sie stellte sich auf die Zehenspitzen und reckte den Hals, vermutlich, um einen Verantwortlichen ausfindig zu machen. Ich ließ indessen meinen Blick wandern. Obwohl es noch fast dreißig Minuten bis zu Beginn der Veranstaltung waren, waren die Sitzreihen schon gut gefüllt. Ich hätte geglaubt, dass es am aktuellen Redner lag, hätten einige der Mädchen und Frauen nicht Poster von Fiona oder Produkte ihrer Make-up-Linie auf ihren Schößen liegen. So ungern ich es zugab, ein kleines bisschen beruhigte es mich, dass ihre Fans anwesend waren. Es gab also nach wie vor Leute, die hinter ihr standen und bei denen das Drama entweder gar keinen Effekt gehabt hatte oder nach wenigen Tagen wieder vergessen war. Meine Eltern, Susan und Thiago hatten also recht behalten: Mein schlechtes Gewissen war fehl am Platz. Was hatte ich auch erwartet? Bei Zane, Dylan und Natalie war es doch genauso gewesen. Sowie bei allen anderen Influencern davor. Die Leute verschlossen die Augen gern vor der Wahrheit, wenn diese ihr Weltbild aus den Fugen zu heben drohte.

Von den belegten Stühlen wanderte mein Blick nach rechts, wo die Bühnenwand einige Meter in den dahinterliegenden Stand hineinreichte und somit einen Raum bildete. Ich legte den Kopf schief, um an Susan vorbei durch die offen stehende Tür spähen zu können – ein Aufenthaltsraum, allem Anschein nach.

»Hier ist so ein Gedränge«, sagte Susan. »Eigentlich sollten wir eine Caroline treffen, sie wollte am Eingang sein.«

Ich nickte in Richtung des Raums. »Ich geh einfach mal rein und frag rum, wir haben ja noch Zeit.«

»Sicher? Dann setz ich mich schon mal, damit ich einen guten Platz erwische und ein paar Fotos für die Kanäle machen kann. Oder soll ich noch warten, bis du Caroline findest?«

Ich schüttelte den Kopf. »Ne, sicher dir lieber einen Sitzplatz, bevor es zu voll wird.«

»Gut, dann sehen wir uns danach. Dann noch zwei, drei Termine, wir schnappen uns ein paar Longdrinks und machen Feierabend. Also, wenn du möchtest.«

»Klingt gut«, erwiderte ich mit einem Lächeln, war mit den Gedanken im nächsten Moment jedoch ganz woanders, da ich einen blonden Haarschopf durch die Tür erspähte. Sie war hier. Fiona stand neben einer dunkelhaarigen kleinen Frau, bei der es sich entweder um ihre Managerin oder um eine Mitarbeiterin der Convention handelte, wobei sie keines der dafür typischen marineblauen Shirts trug.

»Bis später«, sagte ich und warf Susan noch ein kurzes Lächeln zu, dann straffte ich meine Schultern und schob mich an der Theke vorbei auf die Tür zu. Zwar wusste ich, dass Fiona mit mir auf dem Panel sitzen würde, und war dementsprechend vorbereitet, mein Herz schlug dennoch ein bisschen schneller.

Jedoch wohl kaum ihretwegen, sondern vielmehr, weil sie – im Gegensatz zu mir – eine Fangemeinde hatte, die anwesend war.

Ich wies mich an der Theke aus und ging auf die Tür zu. Am anderen Ende des Raums stand Fiona und lachte gerade über etwas, das ihre Managerin gesagt hatte. All meine Gedanken waren also wirklich unbegründet gewesen, wenn sie trotz des Panels mit mir in wenigen Minuten so unbeschwert wirkte. Deshalb hatte sie wohl auch nicht noch einmal versucht, Kontakt aufzunehmen: Bei ihr war alles wieder im Lot. Ich seufzte. Natürlich war es das. Wieso sollte sie sich auch von den anderen unterscheiden? Weil sie sich geweigert hatte, für ihre Taten einzustehen und ich mich auch beinahe hatte blenden lassen von ihren Worten und davon, dass sie bei ihrer Version der Geschichte blieb? Wahrscheinlich war das auch ihre Masche für das Panel: einfach penetrant gegen all das anzusprechen, was ich hatte beweisen können. Auch wenn es mir gleichgültig sein sollte, merkte ich, wie der Gedanke mich ärgerte – als ob ein Teil von mir insgeheim mehr von ihr erwartet hätte. Ich schüttelte den Kopf, über sie genauso wie über meine Gedanken, und betrat endlich den Raum.

14. KAPITEL

Fiona

»Tja, und deshalb geht Shaun nachher nicht mit zur After-Show-Party.«

Ich lachte noch immer und wischte mir die Tränen aus den Augen, die mit ziemlicher Sicherheit mein Make-up ruinierten, doch das war mir egal. Es tat gut, endlich einmal wieder aufrichtig zu lachen. Und so wütend Anita nach meinem Video anfangs gewesen war, so sehr versuchte sie nun, mir die Video Con zu verschönern. Anita mochte impulsiv sein und ihr Herz auf der Zunge tragen, wodurch ihre Ehrlichkeit mich manchmal traf, doch letzten Endes war sie in den vergangenen Jahren immer für mich da gewesen. Außerdem war ihre Aufrichtigkeit der Grund, wieso ich mich damals für das Netzwerk entschieden hatte. Mit drei potenziellen Managerinnen hatte ich Termine gehabt, und Anita war diejenige gewesen, deren Ziele für mich und meinen Kanal mir am realistischsten vorgekommen waren und die mir nicht einfach alles versprochen und zugesichert hatte, was ich mir wünschte. An Tagen wie heute war sie eine Stütze, denn gerade versuchte sie ganz offensichtlich, mir die Nervosität vor dem gleich startenden Panel zu nehmen – mit Erfolg, denn mein Bauch schmerzte vor Lachen.

»Das hast du dir ausgedacht.«

»Nein«, widersprach Anita und schüttelte so vehement mit dem Kopf, dass ihre dunklen Locken von rechts nach links schwangen. »Hab ich nicht. Shaun war sturzbetrunken. Als er Zoella und Alfie getroffen hat, wollte er sie so überschwänglich begrüßen, dass sein Drink auf Alfies Hose gelandet ist.«

»Oh shit.«

»Das kannst du laut sagen. Die beiden waren entspannt, unser Chef, der ein paar Meter weiter saß, jedoch gar nicht.«

»Er hat zwei der erfolgreichsten britischen YouTuber eine Sektdusche verpasst, wundert dich das?«, fragte ich und atmete prustend aus, als ich mich endlich beruhigte und wieder zu Atem kam. »Danke. Das hat mich jetzt definitiv abgelenkt.«

»Stets zu Diensten. Shaun hat noch mehr solcher Geschichten auf Lager. Gib Bescheid, wenn du wieder nervös bist.«

Ich lächelte schief, da ich vor jedem Auftritt nervös war und Anita das nur zu gut wusste. »Danke.«

»Das sagtest du bereits.«

»Ja, aber für alles. Dafür, dass ihr mich nicht hängen lasst und dass du mitgekommen bist.« Und das, obwohl meine Mutter recht behalten hatte und nun auch mir Kooperationspartner abgesprungen waren. Gestern Abend zumindest, nach Demians Video, denn kurz darauf war eine E-Mail von Ted Baker bei Anita eingegangen – mit der Bitte um außerordentliche Auflösung unseres Vertrags. Ich hatte mit einem erneuten wütenden Anruf von Anita gerechnet, doch irgendetwas in ihr hatte einen Schalter umgelegt. Mittlerweile war sie nicht länger wütend auf mich, sondern auf Demian, der das Thema nicht ruhen lassen wollte.

Anita erwiderte das Lächeln. »Ist doch klar. Wie du am Ende deines Videos selbst meintest: Wir schaffen es da durch. Und dass Ted Baker sich jetzt erst gemeldet haben, ist eigentlich ein gutes Zeichen.«

»Ist es? Sie haben den Vertrag aufgelöst.«

»Ja, aber sie haben damit verhältnismäßig lange gewartet.

Natalie haben sie direkt als Werbegesicht von ihrer Website genommen. Ich vermute, sie glauben dir, hatten nur verständlicherweise keine Lust mehr, mitten im Kreuzfeuer zu stehen.«

»Hm«, machte ich bloß. Denn ich war mir nicht sicher, ob das überhaupt eine Rolle spielte, wenn das Endergebnis doch dasselbe war.

Anitas Lächeln hingegen wurde noch breiter. »Wenn ich doch wieder kurz vorm Explodieren bin, schau ich mir einfach eines der Videos der anderen drei an.«

»Du konzentrierst deine Wut dann auf sie?«

»Ja. Oder aber ich drück Shaun einen Drink in die Hand und schick ihn auf die After-Party, womit wir den Bogen wieder geschlagen hätten.«

Widerwillig musste ich lachen. Schon wieder hatte Anita es geschafft, meine kreisenden Gedanken in eine optimistischere Richtung zu lenken. So lange zumindest, bis ich meinen Kopf nach rechts drehte. Denn dort, direkt an der Tür, stand Demian O'Neill.

»Was zur Hölle …« Anitas Fluchen war ein Murmeln, oder aber das Rauschen des Bluts in meinen Ohren dämpfte alle anderen Töne. Das Funkeln in Demians Augen, das mir nach unserer letzten Begegnung so gut in Erinnerung geblieben war, strahlte mir auch jetzt entgegen. Er hielt seinen Blick unentwegt auf mich gerichtet und kam in einer eleganten, fließenden Bewegung auf mich zu.

Scheiße.

Was wollte er hier? Hatte er mich durch die Tür gesehen und kam nun, um mir den Erfolg seines Videos unter die Nase zu reiben?

»Wieso ist er hier? Wir haben extra das Programm nach seinem Namen durchforstet, und er war nirgends angekündigt.«

Anita klang so perplex, wie ich mich fühlte. Ihre weit aufgerissenen Augen erinnerten mich daran, meine Mimik unter Kontrolle zu bringen. Demian hingegen wirkte so selbstsicher wie eh und je. Ein paar Meter vor mir, an dem Tisch mit den Getränken und Snacks, kam er zum Stehen und sah mich abwartend an. Ich räusperte mich, löste meine verkrampften Finger von dem Stoff meines Rocks, in den sie sich ohne mein Zutun gekrallt hatten, murmelte ein paar entschuldigende Worte zu Anita und ging auf ihn zu. Bei ihm angekommen, nahm ich eine der kleinen Wasserflaschen vom Tisch, löste den Deckel und schenkte mir ein halbes Glas ein. Meine Hände zitterten leicht dabei, was ihm hoffentlich entging. Ich drehte mich zu Demian um, trank jedoch erst einige Schlucke, bevor ich das Wort an ihn richtete. Was wie eine lässige Geste wirken mochte, rührte in Wahrheit nur daher, dass mein Hals in dem Moment, in dem ich ihn gesehen hatte, schlagartig trocken geworden war. Unter keinen Umständen wollte ich krächzen und so hilflos klingen, wie ich mich gerade fühlte. Die Genugtuung würde ich ihm nicht geben. Ich hatte die Nase voll.

»Was tust du hier? Ich meine mich zu erinnern, dass du vor wenigen Wochen noch sagtest, Conventions seien nicht dein Ding?«

»Oh, ein geheimer Fan?« Demian zog die Augenbrauen hoch, wodurch seine Brille leicht verrutschte.

»Wohl kaum. Allerdings könnte ich dich dasselbe fragen, denn du scheinst eine leichte Obsession mit mir und meinem Leben entwickelt zu haben. So sehr sogar, dass ich dir dein erstes Reaction-Video wert war.« Ich blickte gespielt nachdenklich nach oben. »Warte … hast du nicht auch dazu gesagt, das wäre nicht dein Ding?«

Zum Glück richtete ich den Blick wieder schnell genug auf ihn, um zu sehen, wie Scham über sein Gesicht huschte. Interessant. Ich war mir ziemlich sicher gewesen, dass er zu solchen

Gefühlen nicht in der Lage war. Im nächsten Moment jedoch war sein Ausdruck wieder wie immer: neutral mit einer Prise Überheblichkeit.

»Du hast mir immer noch nicht beantwortet, was du hier tust.«

Demian runzelte die Stirn. »Mir war nicht klar, dass die Frage ernst gemeint war. Wir haben gleich ein Panel zusammen, schon vergessen?«

Mein Herz setzte einen Schlag aus.

Nein. Das kann nicht sein. Er will dich nur verunsichern, damit du gleich nicht gut ablieferst und er noch mehr hat, woran er sich aufhängen kann.

»Netter Versuch, aber ich denke, das wüsste ich.«

Wieder fiel die Maske von Demians Gesicht, doch diesmal waren die Emotionen deutlicher zu lesen, denn er wirkte ehrlich verunsichert. Er blickte drein, als überraschten ihn meine Worte. Sagte er etwa doch die Wahrheit?

Ich warf einen Blick über die Schulter zu Anita, die gerade in ein Gespräch mit einer Messemitarbeiterin verwickelt war. Als sie mich bemerkte, lächelte sie mir zu, doch ich kannte sie mittlerweile lange genug, um zu wissen, dass ihr Gesichtsausdruck nur eines bedeutete: schlechte Neuigkeiten.

»Du sagst die Wahrheit.« Meine Stimme klang tonlos, als ich mich wieder an Demian wandte. So als hätte man ihr jegliche Energie geraubt, die ich gerade erst zurückgewonnen hatte. Würde mich die ganze Sache denn niemals in Ruhe lassen? Würde *er* mich niemals in Ruhe lassen? »Wieso?«, fragte ich und erntete einen fragenden Blick.

»Was meinst du?«

»Wieso stürzt du dich so sehr auf mich? Wieso nicht auf die anderen? Warum hängst du generell so sehr an diesem Thema?«

Für einen kurzen Augenblick, nur den Bruchteil einer Sekunde, hatte ich den Eindruck, dass meine Fragen zu ihm durchdrangen, denn er sah mich nachdenklich an und öffnete den Mund. Doch die Hoffnung, eine ehrliche Antwort zu erhalten, starb im nächsten Moment, als er die Lippen zu einem schiefen Lächeln verzog und die Schultern hob.

»Warum du? Weil die anderen wenigstens zu ihrem Fehler standen. Warum kein neues Thema? Weil dieses hier noch genug hergibt, allem Anschein nach.«

Ich schluckte. Was meinte er damit?

»Hat Liam mit dir geredet?«

Natürlich hatte ich Liam keine Details zu meiner Familie und Kindheit erzählt, aber ich hatte doch einen Teil von mir offengelegt, den ich sonst so gut wie möglich versteckte. Nicht einmal, weil er mir unangenehm oder gar peinlich war, sondern vielmehr, weil meine Kindheit für mich wie eine Wunde war, die einfach nie recht heilen wollte. Über meine Schulzeit oder meine Mum zu reden, über meinen Dad, an den ich mich nicht erinnerte, das war, als würde ich den Schorf, der sich gerade über dieser Wunde ausgebreitet hatte, wieder abkratzen. Bei Interviews sorgte Anita in der Regel dafür, dass wir die Fragen vorab erhielten, oder aber sie gab strikte Anweisungen, welche Bereiche umschifft werden sollten. Bei Liam jedoch hatte ich das Thema aktiv angesprochen, in der Hoffnung, ihn und Demian wenigstens so zu erreichen. Mir war klar gewesen, dass die Chance bestand, dass sie das Ganze gegen mich verwendeten, doch ich hatte etwas tun wollen.

»Hat er«, bestätigte Demian schließlich und sorgte mit diesen zwei Worten dafür, dass sich Kälte in meinem Inneren einnistete. War er deshalb hier? Um öffentlich auf der Bühne mein Privatleben auszupacken? Nicht dass ich besonders viel von ihm hielt, aber das war sonst nicht seine Art.

»Und was hast du damit vor?«

»Womit? Mit dem, was du Liam erzählt hast? Nichts.«

»Nichts ...«, wiederholte ich, und man hörte den Unglauben deutlich aus meiner Stimme heraus.

»Ich weiß, du hast ihm das alles gesagt, um Mitleid zu kriegen, und meinetwegen kannst du das haben. Aber das hat nichts mit der eigentlichen Sache zu tun.«

»Ich hab das nicht ...« Ich hielt mitten im Satz inne. Weil es keinen Unterschied machte, was ich sagte. Demian hatte sein Bild von mir, und dieses zeigte ihm eine Person, die süchtig nach Geld und Ruhm war und dafür scheinbar über Leichen gehen würde. Von diesem Bild würde ich ihn nicht abbringen können, das war mir nun klar. Ich zwang mich, ruhig zu bleiben, denn ich wollte ihm nicht länger die Genugtuung geben, mich aus der Fassung zu bringen.

»Wie auch immer. Ich hab es nicht erzählt, um Mitleid zu bekommen, ich möchte kein Mitleid. Erst recht nicht von dir. Ich hab mein ganzes Leben lang hart gearbeitet, um mich selbst da rauszuziehen, das hab ich nicht nötig. Aber genauso wenig hab ich es nötig, mich weiter vor dir zu rechtfertigen. Ich war ehrlich – ob du das nun glaubst oder nicht. Was man von dir übrigens nicht sagen kann.« Ich kniff die Augen zusammen und sah direkt in seine, die in dem dämmrigen Licht hier drinnen noch dunkelgrüner wirkten als bei unserem ersten Treffen. »Wärst du so aufrichtig, wie du immer vorgibst zu sein, hättest du es nicht nötig, heimlich an der Messe und dem Panel teilzunehmen. Ich weiß nicht, wieso dir so viel daran liegt, mein Leben zu zerstören ...«

Demian stieß ein Schnauben aus. »Dein Leben zerstören? Also bitte. Ich mach das, was ich immer mache: dafür sorgen, dass Leute für den Mist geradestehen, den sie verbockt haben. Tut mir leid, dass das für einen Knick in deiner Karriere gesorgt hat, aber deine Reaktion ist mehr als melodramatisch.«

»Meine Karriere *ist* mein Leben.«

Demian hatte allen Ernstes die Nerven, die Augen zu verdrehen. So langsam war es mit meiner Selbstbeherrschung vorüber.

»Lass mich raten, das ist dir nicht gut genug, schließlich geht es ja nur um Make-up und schöne Kleidung, nicht um eine OP am offenen Herzen, richtig?«

»Es gibt noch mehr im Leben als Arbeit«, sagte Demian ruhig. »Vielleicht ist es ja gar nicht schlecht, dass du das mal wieder siehst.« Er lächelte mich an, und ein Grübchen bildete sich auf seiner Wange. Doch es war unschwer zu erkennen, dass das Lächeln rein sarkastisch gemeint war. Für wen hielt sich dieser Typ eigentlich?

»Das lässt sich natürlich leicht sagen, wenn man mit dem goldenen Löffel im Mund geboren ist. Wie kann man nur dermaßen überheblich sein?« Ohne es zu merken, hatte ich die Stimme erhoben und sah aus dem Augenwinkel, wie Anita mich musterte. Auch Demian kniff die Augen zusammen. Nicht so, als ob ihn mein Ausbruch überraschte, sondern vielmehr abwartend und lauernd. Machte ihm das Ganze etwa Spaß? Vermutlich, wer wusste schon, wie sein verdrehtes Gehirn funktionierte.

»Was?«, fragte ich, als er mich immer noch betrachtete, die Augen zu Schlitzen verengt und die Stirn in Falten gelegt. »Tut dir der Nacken weh, weil du die Nase so hoch trägst, während du auf uns herabblickst? Mein Beileid sei dir gewiss.«

»Fiona …« Anitas Stimme drang sanft zu mir durch, und sie legte die Hand auf meinen Arm. »Es geht gleich los, und ich würde gern noch ein paar Dinge vorab mit dir besprechen.«

Zwei Herzschläge lang hielt ich Demians Blick stand, dann

ließ ich mich von Anita zur Seite ziehen, wo sie mich auf einen hohen, schwarzen Klappstuhl vor einem Spiegel bugsierte. Ich stellte das Wasser auf der Ablage vor mir ab und betrachtete mich selbst im Spiegel. An meinem Hals zeichneten sich rote Flecken ab, wie ich sie manchmal bekam, wenn ich aufgebracht war. Mein Blick wirkte müde, nicht etwa weil ich Augenringe oder dergleichen hatte, sondern einfach weil ihm jegliche Begeisterung abhandengekommen war. Anita nahm auf dem Stuhl neben mir Platz.

»Du wirst das meistern. Ich glaub an dich.«

Zögerlich lächelte ich Anita an. Es war lieb von ihr, das zu sagen. Vor allem, weil es wirklich aufrichtig klang. Heute Morgen im Hotel hatte ich ihr noch geglaubt, jetzt hingegen war ich mir da nicht mehr so sicher.

»Ich hab eben mit Shaun telefoniert, er wusste auch nicht, dass Demian anwesend sein würde. Aber du hast schon ganz andere Dinge gemeistert, bleib einfach du selbst.«

»Im Video fandet ihr es nicht gerade gut, dass ich ich selbst war.«

Anitas Lächeln verrutschte. »Das tut mir leid, ich habe überreagiert.« Sie rieb sich über die Stirn, und als ich wieder freien Blick auf ihr Gesicht hatte, wirkte sie ähnlich müde wie ich. »Generell tut es mir leid, dass ich in letzter Zeit so aufbrausend war, das war dir gegenüber nicht fair.« Sie legte ihre Hand auf meinen Oberarm und rieb einmal beruhigend darüber. »Ich glaube nicht nur an dich. Ich glaube dir. Das hätte ich direkt tun sollen, es tut mir leid.«

Ich blinzelte ein paarmal schnell hintereinander, als mir urplötzlich Tränen in die Augen schossen. Ich weinte nicht vor anderen. Nie. Doch mir war gar nicht klar gewesen, wie dringend ich diese Worte hatte hören wollen. Wie dringend ich sie von Anita hatte hören wollen. Ich hatte nicht viele enge Vertraute, doch sie war eine davon. Obwohl wir in erster Linie eine geschäftliche Beziehung hatten, hatte ich mich immer auf sie verlassen können, und sie zu enttäuschen war das Letzte, was ich wollte.

»Danke«, sagte ich leise und räusperte mich, weil meine Stimme so brüchig klang. Zitternd atmete ich aus und nahm einen Schluck aus der Wasserflasche. »Nichts ist für immer.« Ich hatte die Worte mehr zu mir als zu Anita gesprochen, doch sie nickte langsam.

»Auch das nicht. Und gleich gehst du da raus und begeisterst sie alle mit deiner Art, so wie sonst auch. Demians fünfzehn Minuten Ruhm sind bald wieder vorüber. Außerdem hast du dich hierauf vorbereitet, es macht keinen großen Unterschied, ob Demian anwesend ist oder nicht. Der Moderator hätte dich so oder so auf die ganze Sache angesprochen. Lass dich von ihm nur nicht aus der Ruhe bringen.«

Ihr Blick schoss an mir vorbei, und ich drehte mich um, als eine Messemitarbeiterin auf uns zukam. Sie hatte uns bereits beim Eintreten begrüßt und hielt ein Lavalier-Mikrofon in der Hand.

»Hey. In zehn Minuten geht es los. Ich würde dich schnell verkabeln, wenn du Zeit hast?«

»Na klar.« Ich stand vom Stuhl auf und hielt ihr den Kragen meiner Bluse entgegen, damit sie das kleine Mikrofon am Saum befestigen konnte. »Ich hab fest damit gerechnet, dass wir Handmikrofone kriegen.«

»Oh, ist dir das lieber?« Das Mädchen, das nur wenig jünger war als ich, sah zu mir auf. »Dann können wir das bestimmt noch arrangieren.«

»Nein, gar nicht!«, beeilte ich mich zu sagen. »So sieht niemand, wenn ich zittere, und meine Hände werden nicht so schwitzig.«

Ich nahm das Kabel des Mikrofons und schob es durch den Ausschnitt meiner Bluse, bis es am Bund des Rocks wieder hervorlugte.

»Du bist nervös?«

Ich hob die Schultern. »Ja, schon. Eigentlich vor allen Auftritten. Manchmal sogar noch beim Filmen, dabei rede ich da nur mit der Kamera.«

Sie sah mich ungläubig an, dann nahm sie das Kabel, steckte es in den Transmitter, und ich klappte den Bund des Rocks um, damit sie diesen daran befestigen konnte. Als ich nach unten blickte, merkte ich, dass ihre Finger leicht zitterten. Anscheinend war ich nicht die Einzige, die nervös war.

»Das hätte ich nie gedacht.«

»Ich glaub nicht, dass das jemals weggeht«, gab ich mit einem Schmunzeln zurück. »Dafür ist mir das alles zu wichtig.«

Die Mitarbeiterin stellte sich wieder aufrecht hin und lächelte mir zu. »Das ist wirklich schön.«

Mein Blick wanderte kurz nach unten zu dem Namensschild an ihrem blauen Shirt.

»Danke, Lucy«, sagte ich und zog kurz am Mikro.

»Nicht dafür.« Sie räusperte sich. »Du musst nichts einschalten am Mikro, die Technik überträgt den Ton, sobald das Event losgeht.«

Ich nickte. »Alles klar.«

Lucy nickte ebenfalls und stand sichtlich nervös vor mir herum. Ich bekam ein schlechtes Gewissen. Normalerweise war ich besser im Small-Talk-Führen und schaffte es, anderen ihre Nervosität zu nehmen. Dass Demian hier war, brachte mich mehr aus dem Konzept, als ich mir eingestehen wollte. Bevor ich etwas sagen konnte, ergriff Lucy jedoch das Wort.

»Tut mir leid, wenn das doof ist … Ich weiß, du bist zum

Arbeiten hier, und wir sollen euch auch gar nicht groß belagern …« Wie um ihren Worten Nachdruck zu verleihen, sah sie zur Seite, als befürchtete sie, von einer ihrer Kolleginnen erwischt zu werden. »Aber ich guck deine Videos schon ewig und wollte fragen, ob ich vielleicht ein Foto mit dir machen dürfte? Ich hab mich so gefreut, als ich gesehen hab, dass du auch einen Slot hier am Stand hast!«

»Ja, na klar.«

Ihr breites Lächeln, das meiner Antwort folgte, sandte einen angenehm warmen Schauer durch meinen Körper. Selbst heute noch fühlte es sich unwirklich an, dass es Menschen gab, die sich so freuten, mich zu sehen. Die sogar aufgeregt waren.

»Anita kann das Foto sicher machen.«

»Schon zur Stelle«, sagte diese und trat zu uns, wo sie Lucys Handy entgegennahm. Anita drückte mehrere Male auf den Auslöser und reichte Lucy dann ihr Smartphone zurück.

»Danke.« Sie strahlte meine Managerin an, betrachtete die Fotos und wandte sich dann wieder mir zu.

»Sind sie was geworden?«

Sie nickte mit einem Lächeln. »Jap. Und … vielleicht geht das zu weit, aber grad ist es ja nicht so leicht für dich.« Sie blickte kurz über die Schulter zu Demian, der nun ebenfalls ein Mikrofon am Kragen seines Hemds trug. »Du bist nicht allein. Deine Fans stehen trotzdem hinter dir, und ich fand das Video toll, das du gemacht hast. So wie alle Videos davor. Du hast mir mit ihnen schon so oft Mut gemacht. Nur dank dir hab ich mich getraut, mit meinen Eltern zu reden, und die Schule gewechselt. An der alten wurde ich gemobbt, und an der neuen hab ich endlich Freunde gefunden.« Sie hob die Schultern. »Lass dich nicht unterkriegen. Das hast du uns ja auch so beigebracht.«

»Danke.« Wie eben bei Anita war dieses eine kleine Wort

nicht genug, um zum Ausdruck zu bringen, wie viel mir dieses Vertrauen in mich bedeutete. Lucy wippte sichtlich verlegen auf ihre Fußballen und wieder zurück.

»Okay, es wird langsam Zeit. Bist du bereit?«

Ich atmete tief durch und sah ein letztes Mal an mir hinab. Meine helle Bluse hatte nach wie vor keine Flecken – was kein Wunder war, denn ich hatte kaum einen Bissen herunterbekommen –, und ich zog meinen langen, fliederfarbenen Rock zurecht, damit er sich nicht in meinen Schuhen verheddderte. Immerhin von außen betrachtet wirkte ich, als ob ich alles im Griff hatte. Das war wenigstens etwas. Als ich wieder aufblickte, zuckte ich zusammen, denn an Lucys Kopf vorbei fiel mein Blick auf Demian, der bereits mit dem Moderator am Durchgang zur Bühne stand. Diesem hatte er jedoch den Rücken zugewandt. Er sah geradewegs zu mir. Selbst jetzt, da ich ihn bemerkt hatte, rührte er sich nicht. Ich hingegen hatte keine Lust auf einen weiteren Starr-Wettbewerb, trank den Rest meines Wassers leer, verabschiedete mich von Anita und nickte Lucy dann zu. »Bin bereit.«

Sie führte mich zu dem Moderator, der sich als Fergus vorstellte, wünschte mir viel Glück und war kurz darauf verschwunden. Zurück blieben der Moderator, ich – und Demian. Ich vermied es konsequent, ihn auch nur eines Blickes zu würdigen. Leider war Fergus mit einem Tablet beschäftigt, dessen Display Demians und mein Gesicht zeigte. Allem Anschein nach steckte er in Last-Minute-Vorbereitungen und fiel als Gesprächspartner flach. Na toll. Da ich definitiv keine Lust hatte, mich ein weiteres Mal mit Demian zu streiten, der ohnehin schon viel zu nah bei mir stand, starrte ich einfach stur geradeaus an den grauen Vorhang, der uns von der Bühne abschirmte.

»Alles okay?«

Seine Worte waren ein Flüstern, zu unscheinbar, um von Fergus wahrgenommen werden zu können, doch mir gingen sie durch Mark und Bein. Dieser arrogante Arsch.

»Dein Ernst? Du fragst mich, ob alles okay ist?«, zischte ich ebenso leise zurück. »Reicht es nicht, dass du mir das hier versaust? Musst du dabei auch noch so unfassbar großkotzig sein?«

Anscheinend war ich nicht so leise gewesen, wie ich beabsichtigt hatte, denn Fergus schoss mir einen irritierten Blick zu, bevor er ihn zu Demian wandern ließ. Dieser rückte näher an mich heran. Mit der Hand nestelte er am Band seiner Armbanduhr herum, was ihn beinahe nervös wirken ließ.

»Fiona, ich wusste wirklich nicht, dass man dir nicht Bescheid gesagt hat.«

»Wer's glaubt.«

Demian klang aufrichtig, aber ich kaufte ihm kein Wort ab. Vor wenigen Minuten noch war er der Hochmut in Person gewesen, woher also sollte der plötzliche Sinneswandel rühren? Er berührte mich leicht an der Schulter, hatte den Kontakt jedoch wieder gelöst, bevor ich seine Hand wegschlagen konnte. Sein Ziel hatte er dennoch erreicht, denn ich drehte mich zu ihm um und sah ihn abwartend an. Er hatte den Blick seiner grünen Augen auf mich gerichtet, und seine Stirn lag schon wieder in Falten, als versuchte er, ein schwieriges Rätsel zu lösen. Dabei lagen die Tatsachen doch klar auf der Hand. Er verarschte mich nach Strich und Faden. Und jetzt nahm er mir auch noch das hier: die Chance, meine Angelegenheiten wieder in Ordnung zu bringen.

»Ich …« Er zögerte, als müsste er überlegen, was er sagen wollte.

»Was?« Jetzt war meine Stimme definitiv nicht mehr die leiseste, doch es war mir egal. Für wen hielt er sich eigentlich? Ich blickte kurz nach unten auf mein Mikro, um mich zu vergewissern, dass es wirklich noch ausgeschaltet war, bevor ich weitersprach. »Weißt du, nach dem ersten Video war ich nicht einmal sauer auf dich. Ich war sauer auf mich. Weil ich so naiv gewesen war, mich auf die anderen einzulassen. Du hast nichts falsch gemacht, du hast die Wahrheit aufgedeckt. Sauer wurde ich erst, als du dich geweigert hast, mir auch nur eine Sekunde lang zuzuhören. Aber hey, selbst das hätte ich noch verstanden, wenn du dabei nicht dermaßen selbstgefällig gewesen wärst. Dann kam dein Auftritt im TV, dann das Video gestern, all die Artikel online … Du tust immer so, als wärst du besser als wir alle.« Bei den letzten beiden Worten zeigte ich Anführungszeichen in der Luft. »Dabei gibt es nicht einmal ein ›wir alle‹, weil wir unterschiedlicher nicht sein könnten. Ich bin kein Stück wie Zane, Dylan oder Natalie, aber das ist dir komplett egal, oder? Du erhebst dich über diese ganze Influencer-Szene, hältst dich für etwas Besseres … Aber weißt du was? Du bist kein Stück besser als ich. Erst recht nicht nach dieser Aktion. Du legst ein Feuer, und anstatt zu warten, ob irgendjemand geläutert aus der Asche hervorkommt, lieferst du täglich neuen Zündstoff, damit auch ja niemand zu Atem kommt. Was bildest du dir eigentlich ein?« Ich schüttelte den Kopf und bemerkte erst jetzt, dass es auch hinter uns im Raum stiller geworden war. Vermutlich hatte jeder meinen Ausbruch gehört. Auch egal. »Wie auch immer. Ist ja nicht so, als würde ich zu dir durchdringen. Also tu dir keinen Zwang an.« Ich deutete nach rechts zu dem Vorhang, der nach wie vor geschlossen war und durch den wir gleich auf die Bühne treten würden. »Tob dich aus, zieh mich und meinen Namen noch weiter durch den Dreck. Aber erwarte nicht, dass ich das einfach so mit mir machen lasse.«

Mit zusammengekniffenen Augen sah ich wieder zu ihm auf und registrierte mit einer gewissen Genugtuung, dass er gar nicht mehr so selbstzufrieden dreinschaute wie vorhin, als er den Raum betreten hatte. Vielmehr lag wieder diese Unsicherheit auf seinem Gesicht. Geschah ihm gerade recht. Ich unterbrach den Blickkontakt erst, als Fergus sich räusperte.

»Seid ihr so weit?« Etwas betreten musterte er uns, doch ich straffte die Schultern und nickte ihm mit einem Lächeln zu.

»Kann losgehen.«

Wie Lucy eben schon richtig gesagt hatte: Ich würde mich nicht unterkriegen lassen. So sehr Demian es auch versuchen mochte.

15. KAPITEL

Demian

Ich folgte dem Moderator durch den Vorhang auf die Bühne und hätte am liebsten laut aufgestöhnt, als er sich auf den äußeren Sessel setzte, hatte jedoch Sorge, dass mein Mikrofon bereits eingeschaltet war. Also musste ich direkt neben Fiona sitzen. Großartig. Sie wählte den Platz in der Mitte, und ich sah, wie auch sie die Nase leicht kräuselte. Offensichtlich hatte sie genauso wenig Lust, neben mir zu sitzen, wie ich neben ihr. Nur dass es bei ihr sicherlich auf anderen Gründen beruhte, denn sie blickte mich mit einem Funkeln in den Augen an. Sie war wütend. Und ich konnte es ihr nicht verübeln.

Während Fergus uns anmoderierte, suchte ich die vorderen Reihen nach Susan ab. Sie fing meinen Blick auf und zeigte mir einen Daumen nach oben.

Wieso hatte Fiona nicht gewusst, dass ich hier sein würde? Im ersten Moment hatte ich es ihr nicht abkaufen wollen, doch ihre Verblüffung war echt gewesen, da brauchte ich mir nichts vorzumachen. Hatten Susan und Liam damit zu tun? Die Tatsache, dass ich es ihnen zutraute, mir auf diese Weise einen Vorteil für diesen Auftritt zu verschaffen, sorgte für ein ungutes Gefühl in meinem Bauch. Fiona mochte genervt sein, hier mit mir sitzen zu müssen, ich hingegen konnte das schlechte Gewissen nicht länger leugnen. Ich hatte gelacht, als Fiona mir erzählt hatte, ihre Arbeit sei ihr Leben. Sie hatte recht, ich belächelte das Ganze. Doch ich hatte auch ihre Rede im Livestream bei ihrem Launch gesehen. Ich hatte sie eben mit der Messemitarbeiterin gesehen. Sie liebte das hier und ihre Fans. Während mich die Frage nach einem Foto vorhin peinlich berührt hatte, hatte sie es sichtlich genossen, mit dem Mädchen zu reden. Und leider ... leider hatte ich auch gehört, worüber sie gesprochen hatten. Was, wenn Fiona wirklich anders war, als ich geglaubt hatte?

Ein weiteres Mal ließ ich meinen Blick über sie wandern, und als sie es bemerkte, hob sie die Augenbrauen und sah mich angriffslustig an. Der Blick sandte einen Schauer durch mich hindurch. Ich mochte ein schlechtes Gewissen haben, aber ich musste mir auch eingestehen, dass sie mir so wesentlich besser gefiel als bei unserem Treffen im Büro meines Netzwerks. Okay, sie hasste mich, aber immerhin war das Feuer in ihre Augen zurückgekehrt, das mir schon im Livestream aufgefallen war.

»... deshalb freue ich mich sehr, die beiden heute hier begrüßen zu dürfen, um mit uns gemeinsam über die Chancen und Risiken von Influencern als Vorbildfunktion zu sprechen. Die meisten von euch haben die laufende Online-Debatte zwischen Fiona und Demian mit Sicherheit verfolgt. Fiona erreicht über zwei Millionen Zuschauer und Zuschauerinnen auf ihrem YouTube-Kanal und hat ein eigenes Format, in dem sie sich ihren Fragen an sie widmet und Ratschläge gibt. Eine Vorbildfunktion ist demnach nicht von der Hand zu weisen. Demian hat vor wenigen Wochen aufgedeckt, dass Spenden bei einem Charity-Event, an dem auch Fiona beteiligt war, hinterzogen wurden. Das ist eines der gravierenderen Beispiele dafür, wie das Vertrauen, das zwischen Content-Creator und Konsumenten besteht, auch ausgenutzt werden kann.«

Fergus wandte sich vom Publikum zur Seite.

»Fiona«, begann er, woraufhin Fiona beinahe unmerklich die Schultern straffte, als wappnete sie sich für alles, was nun folgen könnte. »Wie eben schon erwähnt, bist du für etliche Menschen ein Vorbild, dem sie nacheifern. Bist du dir dessen bewusst, und wie gehst du damit um? Gibt es Dinge, die du bewusst tust oder vermeidest, um deiner Rolle gerecht zu werden?«

Fionas Schultern sanken wieder ein Stückchen nach unten, und auch ich entspannte mich ein wenig. Keine Ahnung, wieso es mich erleichterte, dass der Moderator sich tatsächlich dem eigentlichen Thema des Panels widmete, anstatt den Eklat rund um Fiona weiter auszuschlachten. Es sollte mir egal sein. Aber aus irgendeinem Grund war es mir das nicht mehr.

Fiona nickte ihm mit einem Lächeln zu. »Absolut. Du hast es eben bereits gesagt: Diese Vorbildfunktion ist gar nicht von der Hand zu weisen, ob man sie sich nun bewusst ausgesucht hat oder nicht. Mir ist es deshalb wichtig, mich, so gut es geht, als mich selbst zu zeigen. Natürlich ist das eine Gratwanderung, da ich auch nicht zu viele Einblicke in mein Privatleben geben möchte, aber ich zeige auch, wenn es mir schlecht geht. Ich vlogge oft ungeschminkt, weil ich eben nicht möchte, dass alle denken, perfekte und reine Haut wäre normal. Das mag nach Kleinigkeiten klingen, aber ich denke, viele meiner Zuschauerinnen sind in einem ähnlichen Alter, und auf Instagram, TikTok und YouTube vergisst man schnell, dass man nur gefilterte Ausschnitte zu sehen bekommt. Wir alle kennen sicher die Komplexe, zu denen das führen kann.«

»Durch all diese Dinge bauen deine Follower natürlich noch mehr Vertrauen zu dir auf, weil sie glauben, die echte Fiona zu kennen.« Fergus richtete seinen Blick auf mich. »Demian, du hast recht deutlich gezeigt, dass es diese echte Fiona …« Er machte Anführungszeichen mit den Händen. »… nicht gibt.

Wohin dieses fälschlicherweise aufgebaute Vertrauen führen kann, haben wir mittlerweile alle gesehen. Mit all den Skandalen, die du bereits aufgedeckt hast und die etliche Leute in die Irre geführt haben: Glaubst du denn, wir schaffen hier noch eine Bewegung zurück? Also wieder weg von manipulativen Meinungsmachern, die uns Authentizität vortäuschen, und wieder hin zu mehr ungeschminkter Realität?«

So viel dazu, dass wir den Skandal heute ruhen lassen konnten. Obwohl ich mich auf Fergus konzentrierte, spürte ich Fionas Blick auf mir ruhen. Im Gegensatz zum Publikum und den Kameras, die das Event live streamten, machte sie mich nervös. Kurz erwiderte ich ihren Blick. Sie sah alles andere als glücklich aus und kaute auf ihrer Unterlippe, als müsste sie sich zurückhalten, an meiner Stelle auf die Frage zu antworten. Kein Wunder, denn Fergus hatte sie gestellt, als säße Fiona nicht gerade neben uns und könnte alles mit anhören.

»Ich denke, dass wir alle uns im Internet anders geben als im echten Leben, da nehme ich mich gar nicht aus. So gesehen täuschen wir alle Authentizität vor. Eigentlich tun wir das nicht einmal nur im Internet. Bei meinen Freunden verhalte ich mich auch anders als hier auf der Bühne oder bei einer Familienfeier – das ist völlig normal und muss nichts Schlechtes sein. Ich bin mir gar nicht sicher, ob eine Bewegung zurück, wie du es sagst, unbedingt gut wäre. Das, was Fiona erwähnt hat, hat ja einen ganz deutlichen positiven Effekt: Wir sehen immer mehr unserer Idole auch mal im Schlafanzug oder ungeschminkt oder eben dabei, wie sie über Emotionen und mentale Gesundheit reden. Das alles wäre vor wenigen Jahren noch undenkbar gewesen.«

Bei meinen Worten hatte Fiona sich mir erneut zugewandt, doch nun sah sie überrascht aus. So als hätte sie mit einer völlig anderen Antwort gerechnet.

»Und das ist eine positive Entwicklung?«, fragte Fergus mit hörbarer Skepsis.

»Absolut«, antwortete Fiona, noch bevor ich das Wort wieder ergreifen konnte. »Ich brauche nur an die ganzen Starzeitschriften zu denken, die man beim Einkaufen in der Nähe der Kassen sieht. Wie viele von ihnen reden uns beispielsweise ein, Cellulite sei etwas Schlechtes, gegen das wir etwas unternehmen müssten? Auf Instagram hingegen gibt es etliche Frauen mit großer Reichweite, die sich einfach kleiden, wie sie wollen, und anderen Mut machen, dasselbe zu tun – ungeachtet dessen, wie viel man wiegt oder wie die eigene Haut gerade aussieht. Was ist daran negativ?«

»So wie du es hinstellst, klingt daran natürlich erst einmal nichts negativ«, erwiderte Fergus. »Doch Demian, an deinen letzten Videos, die viral gegangen sind, sieht man, wohin diese vermeintliche Nähe zu den YouTubern und Instagrammern führt: Sie wird genutzt, um Produkte zu verkaufen oder sich anderweitig zu bereichern. Der gute Wille dahinter, den Fiona hier hervorgehoben hat, ist also eher Mittel zum Zweck. Sie war ja selbst zuletzt in einen solchen Skandal verwickelt.«

Fiona öffnete den Mund, um etwas zu sagen, doch Fergus sprach unbeirrt weiter.

»Was denkst du, wie wir uns, aber vor allem auch unsere Kinder, vor so etwas schützen können? Seien es jetzt Betrugsfälle, wie der soeben angesprochene, oder ganz einfach überteuerte Produkte, die Jugendliche sich in der Hoffnung, ihren Idolen nachzueifern, kaufen oder kaufen lassen. Auch hier hat Fiona ja bereits eine Linie auf dem Markt.«

Bemerkte dieser Typ nicht, wie er über Fiona hinwegredete, als wäre sie gar nicht da? Sie rutschte in ihrem Sessel hin und her, unternahm jedoch keinen erneuten Versuch, etwas zu sagen, und sah stattdessen zu mir.

»Medienkompetenz sollte einfach früh und bestenfalls in der Schule vermittelt werden, damit man das, was man online sieht, mehr hinterfragt und besser reflektieren kann. Doch auch Betrugsfälle gibt es plattformunabhängig. Schließlich liest man regelmäßig in irgendwelchen Zeitungen, dass Rentnerpaare auf Telefonbetrüger hereinfallen …«

»Das mag sein«, unterbrach mich Fergus. »Doch der Vergleich hinkt. Diese rufen gezielt einen Haushalt an und haben sicherlich nicht die gleiche Tragweite wie eine Fiona Harris, die mit einem Video mehrere Millionen Menschen erreicht. Insofern stellen sie eben doch eine Gefahr dar, oder etwa nicht?«

»Das ist viel zu pauschalisierend. Mein Ziel war es nie, darzustellen, dass YouTuber schlechtere Menschen sind als Leute mit anderen Berufen – das sind sie nicht. Ich glaube auch nicht, dass ein gewisses Nacheifern negativ sein muss – nicht mehr als es bei anderen Prominenten der Fall ist …« Nun hoben sowohl Fiona als auch Fergus die Augenbrauen.

»Wenn andere Berufsgruppen Fehler in ihrem Job machen, hat dies jedoch Konsequenzen, beispielsweise durch den Arbeitgeber. In deinem letzten Video, in dem du zu Fionas Rechtfertigung Stellung bezogen hast, hast du deutlich gemacht, wie Menschen, die im Rampenlicht stehen und tagein tagaus bejubelt werden, verlernt haben, Verantwortung zu übernehmen und Konsequenzen auszuhalten. Was denkst du, woran das liegt? Und wieso gerade Fiona im Gegensatz zu den anderen dreien keine Reue in ihrer Stellungnahme gezeigt hat?«

Mein Blick flog erneut zu Fiona, die auf den ersten Blick erstaunlich ruhig wirkte, doch ihre Finger, die ineinander verschränkt auf ihrem Schoß lagen, sahen alles andere als entspannt aus. Sie presste sie so fest in ihren Handrücken, dass das Rot aus ihren Nägeln verschwunden war. Wie sie es überhaupt schaffte, solche Selbstbeherrschung an den Tag zu legen und dem Moderator nicht ins Gesicht zu springen, war mir ein Rätsel. Wie sie es schaffte, *mir* nicht ins Gesicht zu springen, verwunderte mich ebenso sehr.

»Wenn ich mich auch kurz dazu äußern dürfte«, begann Fiona, doch Fergus hatte tatsächlich die Nerven, die Hand zu heben und sie damit zum Schweigen zu bringen.

»Ich habe die Frage bewusst an Demian gestellt, wenn es dir nichts ausmacht«, sagte er mit einem Zwinkern, das genauso gespielt war wie die Freundlichkeit in seiner Stimme.

Fiona wandte den Kopf zu mir. Das Lächeln, mit dem sie mich bedachte, war dünn, verkrampft – und machte mir ehrlicherweise ein wenig Angst. Dafür, dass die Frau die meiste Zeit in die Kamera lächelte, konnte sie ziemlich gefährlich aussehen. Aber diesen Blick hatte ich womöglich verdient. Denn irgendetwas stimmte an dieser ganzen Sache nicht. Dass Fiona nichts von meinem Beisein gewusst hatte und dass der Moderator so sehr gegen sie schoss, sie in den Fragen bewusst überging und diese an mich richtete … Etwas war faul an der Sache. Und leider hatte ich den unguten Verdacht, dass das nicht wenig mit meinem Netzwerk zu tun hatte.

Mittlerweile bereute ich, mich von Liam zu diesem Panel überredet haben zu lassen. Genauso wie ich bereute, das zweite Video gedreht zu haben. Nicht dass ich daran glaubte, Fiona Harris sei das Unschuldslamm, für das sie sich ausgab, doch das hier – diese gesamte Situation – fühlte sich alles andere als gut an. Ich schluckte und sah wieder zu Fergus, der mir abwartend entgegenblickte.

»Demian?«, fragte er, als ich immer noch nicht antwortete.

»Fiona sitzt direkt neben dir, Fergus, ich bin sicher, die Hintergründe zu ihrem Video kann sie besser erläutern als ich«, sagte ich mit einem Lachen, nach dem mir gar nicht zumute war und das so verzögert sicher alles andere als echt wirkte.

So unangenehm mir dieser ganze Auftritt gerade war, bei meinen letzten Worten drehte Fiona erneut den Kopf zu mir, anstatt Fergus anzusehen. Doch diesmal machte mir ihr Ausdruck keine Angst, denn ihre hellblauen Augen waren nicht länger zusammengekniffen. Stattdessen wanderte ihr Blick über mein Gesicht, und ihre Stirn war leicht in Falten gelegt. Kurz hielten sich unsere Blicke gefangen, dann schüttelte sie den Kopf und richtete das Wort an Fergus. Was sie sagte, nahm ich jedoch kaum wahr, denn in mir war in diesem Moment nur Platz für einen einzigen, überraschenden, unpassenden Gedanken: wie verdammt schön Fiona war.

16. KAPITEL

Demian

»Fiona, warte!«

Wir hatten kaum die Bühne verlassen, als sie auch schon zu ihrer Managerin gestürmt war, sich ihre Tasche geschnappt hatte und in Richtung Tür lief. Würde der Lärm der Convention nicht durch die dünnen Wände hereindringen, hätte man mit Sicherheit ihre Schritte gehört, denn die Wut, die in ihr bebte, verschaffte sich durch jede ihrer Bewegungen Ausdruck. Die Schultern hatte sie vor Anspannung angehoben, ihr Gang war viel abgehackter als zuvor, und auch wenn sie mir den Rücken zugewandt hatte, konnte ich mir ihr Gesicht nur zu gut vorstellen, denn ich hatte es die gesamte Zeit auf der Bühne im Profil gemustert. Was auch immer sich zwischen uns abgespielt hatte, eine solche Behandlung live vor Publikum wünschte ich niemandem.

»Fiona …«

»Was?« Ruckartig drehte sie sich zu mir um. »Was willst du von mir?«

»So wie du gerade schaust, dass du mich nicht umbringst«, sagte ich das Erste, was mir bei ihrem Ausdruck in den Sinn kam – und vermutlich das Dümmste, wie ich eine Sekunde später realisierte, denn auf meine Worte hin stand ihr nun wirklich die Mordlust ins Gesicht geschrieben. Deshalb liebte ich Videos. Da dachte ich nach, bevor ich etwas aussprach.

Sie machte einen Schritt auf mich zu und war mir nun so nah, dass ich den zarten Duft ihres Parfums wahrnahm. Sie hatte den Kopf leicht in den Nacken gelegt, und ihre Augen blitzten vor unterdrückter Wut.

»Das ist alles nur ein Witz für dich, oder? Etwas, was dir den Alltag erheitert.«

»Nein, ganz und gar nicht. Ich dachte, man hätte dir mitgeteilt, dass wir das Panel gemeinsam haben würden.«

»Tja, doofes Gefühl, wenn man die Wahrheit sagt und die andere Person einem trotzdem nicht glaubt, hm?«

Darauf hatte ich ausnahmsweise keine Antwort. Denn wieso sollte sie mir auch glauben? Trotzdem war es mir aus irgendeinem Grund wichtig. Ich wollte nicht, dass sie mich für herzlos hielt – oder für jemanden, der Spaß daran hatte, andere zu erniedrigen. Denn den hatte ich wirklich nicht.

Fergus hatte eine Frage nach der anderen in Fionas Richtung geschossen. Als er gemerkt hatte, dass sie, anstatt ausfallend zu werden, eloquent und sachlich antwortete, hatte er sie nicht nur übergangen, sondern versucht, mich auf sie zu hetzen und mit gezielten Fragen aus der Reserve zu locken. Nur dass ich auch keinen Spaß daran hatte, sie vor versammeltem Publikum vorzuführen. Das hatte ihn jedoch nicht davon abgehalten, weiter zu sticheln. Wirklich verbessert hatte meine Zurückhaltung die Situation also nicht.

»Ich fand es doch genauso daneben wie du, was der Typ gerade abgezogen hat. An deiner Stelle wäre ich nicht so ruhig geblieben. Ich hab wirklich versucht, das Gespräch in normale Bahnen zu lenken.«

Verwunderung mischte sich zu dem Zorn in ihrem Gesicht, und ihr Blick huschte über mich, als versuche sie, an meiner Miene abzulesen, ob ich die Wahrheit sagte. Als ihre blauen Augen wieder meine fanden, überzog eine leichte Gänsehaut meine Arme. Ihre leise Stimme so nah an meinem Ohr half nicht gerade, diese unter Kontrolle zu bekommen.

»Ich weiß. Aber ich weiß nicht, warum. Ich werd nicht schlau aus dir und deinen Psychospielchen.«

»Das sind keine Spielchen, ich …« Ich seufzte. Ein weiterer Streit würde zu rein gar nichts führen. Hier und jetzt ließe sich die Sache ohnehin nicht klären. »Lass uns in Ruhe reden.«

Fiona lachte. »Klar willst du jetzt reden. Weil dir das Ganze da oben unangenehm war, was? Sitz es aus. Diesen hilfreichen Ratschlag hast du mir vor einer Weile doch auch gegeben. Ich bin mir sicher, wenn gewisse andere Leute nicht alles daransetzen, dass das Thema immer wieder neu befeuert wird, ist das sogar möglich.«

Sie schenkte mir ein zuckersüßes Lächeln, das sie genau einen Atemzug lang aufrechterhielt, dann warf sie mir einen letzten, genervten Blick zu, bevor sie sich umdrehte und ihrer Managerin nach draußen folgte. Ich fuhr mir übers Gesicht und atmete schnaubend aus, wodurch meine Brillengläser beschlugen. In was hatte ich mich da nur verrannt?

Als ich den Kopf wieder hob, betrat Susan gerade den Raum. Sie sah nicht glücklich aus. Das jedoch war ich genauso wenig.

»Hey«, begrüßte ich sie, als sie zu mir aufgeschlossen hatte.

»Hi. Was war denn gerade los da oben? Ihr hattet mehrere hundert Zuschauer, das wäre deine Chance gewesen.«

»Hmhm«, machte ich. »Ihr redet gerade ganz schön oft von Chancen.«

Ihr Blick machte Verwunderung Platz.

»Im Gegensatz zu mir wusste Fiona nicht, dass wir beide auf dem Podium sitzen würden. War das auch so eine Chance, die ihr geschaffen habt?«

Susan antwortete nicht direkt, sondern sah zur Seite, was mir bereits genügte.

»Deshalb sollte ich nicht ankündigen, dass ich auf die Con gehe? Wirklich? Um dieses ganze Drama künstlich aufrechtzuerhalten?«

»Das hat nichts damit zu tun, dass wir es künstlich aufrechterhalten. Wie Liam dir bereits erklärt hat: Wenn wir es nicht tun, tut es jemand anderes.«

»Ich fass es nicht …«, murmelte ich mehr zu mir selbst als zu Susan. Eigentlich fasste ich es schon. Die beiden waren die letzten Wochen so erpicht darauf gewesen, alles perfekt zu inszenieren, hatten bereits den ersten Upload genau getimt, da sie geahnt hatten, dass Fionas Launch dem Video zusätzliche Reichweite verschaffen würde.

»Als Unternehmen denken wir wirtschaftlich, und als deine Manager denken wir an das Vorgehen, von dem du am meisten profitierst. Nicht nur du, auch wir haben einen Vertrag unterschrieben, in dem wir zusichern, dich nach bestem Wissen und Gewissen zu vertreten.«

»Kann ja kein großes Gewissen sein.«

»Demian, bitte. Das ist das Business. Das weißt du wohl besser als jeder andere.«

Ja. Nur wollte ich nie Teil davon werden.

»Und dann? Habt ihr diesen Fergus überredet, Fiona mit seinen Fragen auseinanderzunehmen?«

»Natürlich nicht!« Susan sah bei meinen Worten so geschockt aus, dass ich sofort ein schlechtes Gewissen bekam. Es war unfair, meinen Frust an ihr rauszulassen. All die Auftritte und Videos in letzter Zeit mochten ihre und Liams Idee gewesen sein, aber letzten Endes war ich derjenige, der zugesagt und die Ideen in die Tat umgesetzt hatte. Somit war ich auch derjenige, der die Situation ändern konnte. Und wenn ich an Fionas Blick gerade eben dachte, dann sollte ich das vielleicht auch tun.

»Vermutlich hat er als Moderator nur seine Chance gesehen, dem ganzen Gespräch etwas mehr Feuer zu geben«, fuhr Susan fort, als ich nicht direkt antwortete.

»Entschuldige«, sagte ich mit einem Seufzen. »Ich weiß, dass ihr so was nicht machen würdet. Es ist nur … die ganze Sache fühlt sich für mich nicht mehr gut an. Mittlerweile hat es rein gar nichts mehr mit Fakten zu tun, sondern ist zu einer reinen Schlammschlacht mutiert. Und ja, ich weiß, das ist das Business. Aber das bin nicht ich.«

Zumindest hatte ich das angenommen. Doch die Wahrheit hinter Fionas Worten war nicht von der Hand zu weisen: Ich hatte das Ganze wirklich ausgeschlachtet. Aber das würde enden, dafür musste ich sorgen.

»Okay«, sagte Susan mit einem Nicken. »Wir hatten ja ohnehin ausgemacht, uns nach der Convention deinem Zweitkanal zu widmen. Also musst du nur noch morgen durchhalten. Das sind sowieso nur zwei Termine. Meinetwegen mach es wie heute auf der Bühne und halte alles allgemein.«

»Als du eben reinkamst, sahst du deswegen aber nicht gerade glücklich aus.«

»Na ja, medienwirksam geht anders«, antwortete Susan. »Aber es bringt ja auch nichts, wenn du dich dafür verbiegen musst und den Spaß an den Videos auf dem Kanal verlierst. Vielleicht hast du ja sogar recht und es ist gut, sich der nächsten Sache zu widmen.«

»Danke.« Ich lächelte, und Susan erwiderte die Geste und sorgte damit dafür, dass sich ein Teil des Drucks, den ich in meiner Brust verspürte, wieder legte. »Heute steht nur noch ein Termin an, oder?«

Susan nickte. »Danach können wir meinetwegen direkt an die Hotelbar weiterwandern.«

»Das klingt traumhaft.«

Doch obwohl es mir besser ging, ich auf dem Panel mein Bestes getan hatte, um gegen den Moderator anzusprechen, und Susan mir zugesichert hatte, dass wir uns nun endlich *Edge of The Universe* zuwenden wollten, blieb in mir eine gewisse Unruhe zurück. Ich musste nicht einmal nachdenken, um zu sagen, woher diese rührte. Was, wenn ich mich bei Fiona doch getäuscht hatte?

17. KAPITEL

Fiona

Ich hatte einen extragroßen Kaffee vor mir, dessen himmlischen Duft in der Nase, und Harry Styles' Musik schallte leise aus den Boxen des Frühstückssaals. Der Tag begann also weitaus vielversprechender, als der gestrige geendet war. Was nicht schwer war, nachdem Demian O'Neill und dieser Fergus alles darangesetzt hatten, mir meinen Auftritt zu versauen. Aber ich würde nicht wieder Stunden darauf verschwenden, meinen wütenden Gedanken an Demian nachzuhängen, nein. Das Hotel hatte eine Waffel-Station. Die würde ich nutzen. Ich würde diesen Tag genießen. Ich würde Demian O'Neill heute um jeden Preis aus dem Weg gehen – falls er überhaupt noch ein weiteres Mal auf der Convention sein würde. Vielleicht war sein einziger Termin auch der gestrige gewesen, und er war nur mit dem Ziel aufs Messegelände gekommen, mich weiter zu erniedrigen. Wundern würde es mich nicht. Obwohl ich zugeben musste, dass er dann weitaus Schlimmeres hätte tun können. Stattdessen hatte er ehrlich beschämt gewirkt, als Fergus nicht von mir und dem ganzen Skandal abgelassen hatte – und das wiederum wunderte mich tatsächlich.

Dennoch: Ich traute ihm nicht. Wieso sollte er so urplötzlich seine Meinung geändert haben und nun doch mit mir reden wollen? Wer sagte, dass das nicht einfach eine weitere Masche von ihm war? Ein Versuch, Informationen für ein weiteres

Video zu sammeln? Ich war naiv genug gewesen, Zane, Dylan und Natalie blind zu vertrauen. Ich mochte Fehler machen, aber ich machte sie kein zweites Mal.

Jetzt denkst du doch schon wieder daran.

Im Versuch, mich abzulenken, griff ich nach meinem Handy und schickte ein Foto von meinem Waffelteller an Kaycee.

Fiona, 9.40 am:
Ich vermiss dich! Lass uns nach der Convention zusammen brunchen gehen, geht auf mich.
Oh, und du wirst es nie glauben: Demian will nun plötzlich reden. 😒

Kaycee, 9.40 am:
Ich weiß nicht, ob ich mehr Sehnsucht nach dir oder der Waffel habe. 😍
Brunch steht! Dienstag? Da hab ich frei. Und: What the ... Trefft ihr euch? Wie kommt's?

Fiona, 9.41 am:
Dienstag klingt perfekt. Ich reservier uns was.
Nur über meine Leiche. Er saß gestern mit auf dem Panel ...

Kaycee, 9.41 am:
WAS? 😳
Hab die Streams gestern noch nicht nachschauen können. Oh Gott, war alles okay?

Fiona, 9.41 am:
Längere Geschichte, erzähl ich dir am Dienstag. Muss jetzt erst mal den zweiten Convention-Tag überstehen.

Kaycee, 9.41 am:
Das schaffst du! 🖤
Freu mich aufs Brunchen. Wehe, es gibt keine Waffeln!

Schmunzelnd schickte ich ihr ein Herz und legte gerade mein Handy weg, als Anita mit einem bis zum Rand gefüllten Teller zurückkam. Bereits zum dritten Mal. In der Mitte des Tischs türmten sich mittlerweile Croissants, Cinnamon Rolls, Obstsalat, Rührei und Joghurt in edlen, kleinen Glasgefäßen. Sie stellte den Teller mit Würstchen, Baked Beans und den zwei Toastscheiben dazu und setzte sich mir gegenüber auf den ockerfarbenen Sessel.

»Warum grinst du so?«, fragte sie mit gehobenen Brauen.

»Mir wird nur grad klar, wieso du unbedingt im Hotel übernachten wolltest. Von wegen kurzer Weg zu den Terminen.« Ich warf einen bedeutungsschwangeren Blick auf all das Essen vor uns. »Pass auf, dass niemand kommt und etwas mitnimmt, weil sie unseren Tisch für das Buffet halten.«

»Ich bin nicht mal beleidigt, weil es schön ist zu sehen, dass du wieder gute Laune hast.« Anita schob etwas von den Baked Beans auf ihr Toastbrot und stieß kurz darauf ein seliges Seufzen aus.

»Immerhin streitest du es nicht ab«, sagte ich mit einem Lachen.

»Als ob es dir nicht auch gefällt. Die Betten sind himmlisch, und ich kann mir Schöneres vorstellen, als nach dem gestrigen Tag frühmorgens zu den Docklands zu pendeln. Außerdem zahlt das Netzwerk, das muss ich ausnutzen.«

Ich schob mir ein Stück Waffel mit zerflossener Schokolade in den Mund und seufzte. »Das alles erinnert mich an Urlaub.«

»Ich glaub, den könnten wir beide mal wieder gebrauchen.«

»Hmhm«, stimmte ich zu. »Denkst du, heute wird ähnlich schlimm wie gestern?«

»Nein«, sagte Anita sofort und mit so viel Sicherheit in der Stimme, dass es mich beruhigte. »Zuerst ist sowieso das Fan-Treffen dran, da sind alle auf deiner Seite. Du schminkst die Fans mit deinen Produkten, machst ein paar Fotos und teilst das Ganze überall. Der Termin danach mit Bobbi Brown ist nur im kleinen Rahmen. Du musst auch nicht zwingend mit, aber da sie eine große Fotokampagne planen, ist es vielleicht ganz gut, wenn du es direkt aus erster Hand hörst. Ted Baker fällt raus …«

Ich verzog die Mundwinkel, doch Anita winkte ab. »Gib dem Ganzen einfach noch etwas Zeit, die kriegen sich wieder ein.«

Anita besprach mit mir den weiteren Tagesablauf, wobei meine To-dos hauptsächlich aus Community-Treffen und Fan-Terminen bestanden. Das Geschäftliche regelte Anita meist ohne mein Beisein, hörte sich Angebote und Kooperationsanfragen an und besprach dann im Nachgang mit mir, was davon für mich in Frage kam.

So wie sie trotz des Debakels gestern über das Geschäftliche und die Termine sprach, fühlte sich alles beinahe normal an. Ich merkte, wie ich mich entspannte und sogar so etwas wie Vorfreude auf heute empfand. Einen Tag müsste ich noch bewältigen, dann würde ich mir erst einmal etwas Ruhe gönnen, Zeit mit Kaycee verbringen und im Anschluss daran wieder mit normalen Videos einsteigen. Das musste ich auch, denn obwohl mit Ted Baker erst ein Kunde abgesprungen war, wusste ich von Anita, dass einige andere nervös wurden. Das war nicht nur für das Netzwerk beunruhigend, sondern auch für mich und mein Konto. Unweigerlich wanderten meine Gedanken zu meiner Mum. Die monatlichen Raten für das Haus und ihre neue Einrichtung waren höher als meine eigene Miete. Ich schluckte. Auch für sie musste ich alles wieder in geordnete Bahnen lenken. Für sie und für uns. Ich wollte ihr Leben nicht noch einmal zerstören.

»Magst du noch was haben?« Anita deutete mit dem Messer auf die Reste vor ihr und riss mich so aus meinen Gedanken, wofür ich beinahe dankbar war. Denn ich wusste, in welche Richtung sie sich bewegt hätten und wie schwer es war, aus diesen Gedankenspiralen auszubrechen.

»Ich bin pappsatt, und du bist selbst schuld, wenn du dir den Teller so volllädst.«

Seufzend schnitt sie ein Stück ihres Avocadobagels ab. »Na gut. Aber dann beschwer dich nicht, wenn ich bei den Terminen gleich komplett neben der Spur stehe.«

Grinsend schüttelte ich den Kopf. »Schon okay. Magst du noch was trinken? Ich hol mir noch 'nen Kaffee.«

»Bringst du mir Orangensaft mit?«

»Klar.« Ich schnappte mir meine Tasse und Anitas Glas und ging zum Buffet. Mittlerweile war es in dem Saal voller geworden, und die Gespräche an den benachbarten Tischen mischten sich unter die Musik. Ich schob mich an einem Hotelmitarbeiter vorbei, der gerade die Wassermelonen auffüllte, stellte meine Tasse unter die Kaffeemaschine und sah gedankenverloren zu, wie die schwarze Flüssigkeit hineinrann.

»Hi.«

Ich zuckte zusammen, konnte aber nicht verhindern, dass die dunkle Stimme an meinem Ohr mir einen wohligen Schauer über den Rücken jagte.

»Entschuldige, ich wollte dich nicht erschrecken.«

»Hast du nicht.« Ich drehte mich um und schenkte Demian mein schönstes Lächeln. »Der Geruch von Überheblichkeit, der dich umgibt, hat dich frühzeitig verraten.«

Ich hatte mit einer Retourkutsche gerechnet oder damit, dass Demian mir einen seiner typischen spöttischen Blicke zuwarf. Dass seine Mundwinkel bei meinen Worten zu zucken begannen, warf mich jedoch völlig aus der Bahn.

Ich nahm meinen fertigen Kaffee von der Maschine und Anitas leeres Glas wieder von der Theke und sah Demian an. Diesmal konnte ich nicht trinken, um Zeit zu schinden – nicht ohne mich zu verbrennen zumindest. Wieso ließ dieser Kerl mich nicht einfach in Ruhe?

»Du trinkst deinen Kaffee schwarz?«

»Du bist neuerdings Fan von Small Talk mit mir?«

»Touché«, erwiderte Demian und fuhr sich durch die Haare. Wenn ich es nicht besser wüsste, würde ich denken, er wäre nervös oder zumindest verlegen. »Es tut mir leid, wie es gestern gelaufen ist. Ich hätte noch aktiver etwas gegen diesen Fergus und seine Fragen sagen sollen.«

Überrascht hob ich die Augenbrauen. Er … entschuldigte sich? Das kam genauso unerwartet wie sein Lachen über meine Beleidigung eben.

»Wenn das stimmt, was du sagst, und du möchtest, dann können wir uns nächste Woche treffen. Bring alles mit, was du hast: Mails, Nachrichten, Verträge – alles.«

»Und dann nimmst du ein Gegenstatement auf?«

»Dann schaue ich, ob ich etwas finde, was dich entlastet. Ich verspreche dir nichts. Ich gebe dir nur eine Chance.«

»Wie gnädig.«

Kurz schloss Demian die Augen hinter den Brillengläsern, vermutlich, um sie nicht entnervt zu rollen.

»Ich mach dir keinen Vorwurf, dass du angepisst bist, aber wenn du in dich gehst … hast du andere Optionen?«

Ich biss die Zähne zusammen. Es durchstehen? Einfach weitermachen, als ob nichts wäre? Klar, nicht die besten Alternativen, aber doch mit Sicherheit besser, als mit Demian zusammenzuarbeiten.

»Ich vertrau dir nicht«, sagte ich geradewegs heraus.

»Ich dir auch nicht.« Demian hob die Schultern.

»Nicht gerade die besten Voraussetzungen, oder?«

»Die hatte die Dragon Endeavour auch nicht, dafür war es dann beim zweiten Anlauf ein voller Erfolg.«

Jetzt hatte ich Mühe, meine Mundwinkel zu kontrollieren. Nicht weil ich verstanden hatte, was er da gerade gesagt hatte, aber ich vermutete, dass es etwas mit dem All zu tun hatte. Er war wirklich ein Nerd. Ich räusperte mich und trank nun doch einen Schluck aus meiner Tasse. Immer noch zu heiß, aber besser, als mir die Blöße zu geben, über etwas zu lachen, was Demians Mund verließ.

»Ich werde das Thema ruhen lassen«, sagte ich, als ich die viel zu heiße Flüssigkeit meine Kehle hinuntergezwungen hatte. »Mit dir zusammenzuarbeiten wäre da wohl der dümmste Schachzug. Wer sagt mir, dass du nicht einfach alles, was ich dir gebe, gegen mich verwendest?«

Er öffnete den Mund, biss sich dann jedoch auf die Unterlippe, anstatt etwas zu erwidern.

»Eben«, sagte ich, als er weiter schwieg.

»Ist es so schwer zu glauben, dass ich dir helfen will?«

Jetzt verließ doch ein Lachen meinen Mund, jedoch kein freudiges. »Ganz ehrlich? Ja. Du hast mich bereits genug gekostet. Und dein plötzlicher Stimmungsumschwung ist mehr als verdächtig, also …« Ich wandte mich zum Gehen. »Such dir bitte jemand anderen, den du auseinandernehmen kannst. Ich bin mit dem Thema durch.«

Die Worte klangen wesentlich selbstbewusster, als ich mich in dem Moment fühlte, denn in mir drin sah es ganz anders aus. Da pumpte mein Herz das Blut viel zu schnell durch meinen Körper, während die Nervosität in meinem Bauch kribbelte. Aber vielleicht hatte ich ja auch recht. So wie Anita eben über alles gesprochen hatte, gab es womöglich wirklich Hoffnung darauf, dass in wenigen Wochen wieder alles beim Alten wäre.

Demian antwortete zwar nicht mehr, doch beim Weggehen spürte ich seinen Blick in meinem Rücken. Ich drehte mich nicht noch einmal nach ihm um.

»Hatten sie keinen Orangensaft mehr?«, fragte Anita, als ich wieder an unseren Tisch trat.

Irritiert folgte ich ihrem Blick und sah auf das nach wie vor leere Glas in meiner Hand. Wieso schaffte es dieser Kerl, mich immer wieder so aus der Fassung zu bringen?

18. KAPITEL

Fiona

Mit vor Nervosität eiskalten Fingern strich ich mir die Haare aus dem Gesicht und folgte Anita durch die Masse an Menschen über das Gelände. Obwohl die Hallen gerade erst eröffnet hatten, war es bereits brechend voll. In einer halben Stunde begann mein Termin. Auf den freute ich mich von allen am meisten – weil er direkten Kontakt zu meinen Fans beinhaltete. Gemeinsam mit anderen Beauty-Influencern würde ich unsere Zuschauer und Zuschauerinnen schminken.

Wir bogen in einen Gang ein, und meine Nervosität wich freudiger Aufregung, als ich das Boots-Logo oberhalb des Standes entdeckte – direkt neben einem Foto von mir. Dem gleichen Foto, das auch am Piccadilly Circus geprangt hatte. Ich beschloss, es als gutes Omen zu werten. Das Event war, abgesehen von dem, was danach geschehen war, großartig gewesen. Und genauso würde auch der heutige Tag werden. Neben meinem Gesicht fanden sich auch Fotos anderer Beauty-Größen. Einige wie Arya Beauty kannte ich bereits. Auf Chrisz Stylez freute ich mich besonders, da ich seine Videos selbst schon länger schaute.

»Da ist Ingrid«, sagte ich und zeigte auf die dunkelhaarige Frau, die für das Marketing der Kette verantwortlich war. Sie schien uns im selben Moment entdeckt zu haben, denn sie kam eiligen Schrittes auf uns zu.

»Oh, sie sieht aber gar nicht glücklich aus …«

Ich kannte Ingrid von Videocalls und einigen Treffen und hatte sie stets als gut gelaunte, vor Motivation sprühende Frau erlebt. Jetzt jedoch war ihr Blick ernst, ihre Miene beinahe grimmig.

»Fiona, Anita …« Ingrid kam vor uns zum Stehen und sah meine Managerin eindringlich an. »Können wir einen Moment unter vier Augen sprechen?«

»Gibt's ein Problem?«, fragte ich. Denn wenn dem so war, wollte ich es nicht aus zweiter Hand erfahren, sondern bei dem Gespräch anwesend sein.

Ingrid lächelte mir knapp zu. »Wartest du kurz hier? Hol dir gern was zu trinken am Stand, es dauert nicht lange.«

»Okay«, erwiderte ich gedehnt. Vielleicht ging es um etwas Vertragliches.

»Bin gleich zurück«, sagte Anita und schenkte mir ein aufmunterndes Lächeln. Leider vermochte es nicht, die Unsicherheit in ihrem Blick zu verbergen. Wenn selbst Anita verunsichert war …

Sie folgte Ingrid an einen Stehtisch auf der anderen Seite der Kaffeetheke. Langsam betrat ich den Stand, unsicher, ob ich bereits Position beziehen oder doch lieber auf Anita warten sollte. Ich nestelte an meinen Fingern herum, als mein Blick auf Arya fiel. Ich wollte mich gerade mit einem Lächeln auf den Weg zu ihr machen, als sie mir einen giftigen Blick zuwarf und sich demonstrativ umdrehte. Irritiert schaute ich über die Schulter, doch da war niemand – zumindest niemand, auf den sie sich bezogen haben konnte.

Die Kälte meiner Finger breitete sich in meinem ganzen Körper aus. Irgendetwas lief ganz gewaltig schief. Das ungute Gefühl verstärkte sich noch, als ich das Gesicht meiner Managerin genauer betrachtete. Anita gestikulierte wild – wie im-

mer, wenn sie aufgebracht war. Kein gutes Zeichen. Ich hatte
sie so in Gesprächen mit Shaun erlebt. Und mit mir. Nie jedoch in Gesprächen mit Partnern.

Wenige Sekunden später machte Anita auf dem Absatz
kehrt und kam auf mich zu. Ihre eben noch erboste Miene verwandelte sich in ein mitleidiges Lächeln, das mein Herz einen
Moment aussetzen ließ.

Bitte lass alles okay sein. Bitte. Bitte nimm mir nicht diesen Tag.

»Ingrid hält es für keine gute Idee, wenn du heute teil-
nimmst.«

Mein Herz schlug zwar wieder, doch diese Worte beförder-
ten es bleischwer in meinen Magen.

»Ich soll den Termin ausfallen lassen? Aber ich hab es schon
angekündigt. Und wieso? Wohl kaum wegen des Charity-
Events, oder? Das wäre ihnen doch früher aufgefallen.«

»Arya Beauty und Penelope, diese Bodypainterin, haben
sich geweigert, an dem Fantreffen teilzunehmen, wenn du auch
kommst.«

»Was? Aber ...« Ich schluckte und sah zu Arya, die mir weiterhin den Rücken zugewandt hatte. Das konnte nicht wahr
sein. Gerade mit Arya hatte ich mich recht gut verstanden. Wir
hatten uns bei einer Ladeneröffnung in London kennengelernt,
und ich hatte sie sogar auf das Charity-Event eingeladen ...
was wohl auch erklärte, woher ihre Wut auf mich kam. »Ich bin
mir sicher, ich kann mit ihnen reden und ihnen alles erklären.«

Ich hatte mich bereits in Bewegung gesetzt, um mit Arya zu
sprechen, doch Anita hielt mich sanft am Arm zurück.

»Ich glaube nicht, dass das eine gute Idee ist. Ingrid klang
nicht gerade begeistert, uns hier zu sehen. Und das ist nicht
alles ...«

Ich hielt die Luft an. Was sollte noch kommen? Was sollte
schlimmer sein als das?

»Sie nehmen deine Linie aus den Filialen. Vorerst. Anscheinend hat sie mir bereits heute Morgen eine E-Mail geschickt, der Entschluss kam diese Woche von oben. Es tut Ingrid leid.«

Ich war mir sicher, dass mein Herz in diesem Moment zu schlagen aufhörte. Anitas Stimme erschien seltsam weit weg. »Ich weiß, wie schlimm das Ganze wirkt. Aber wir kriegen das wieder hin. Wichtig ist, dass wir es uns mit Boots jetzt nicht verscherzen. Wir kennen die Verkaufszahlen noch nicht«, fügte Anita hinzu, als sie mein Gesicht sah. »Die kriegen wir erst nach einem Quartal, also kann ich nicht sagen, ob sich das Ganze für Boots und uns negativ auf die Verkäufe ausgewirkt hat und sie die Linie deshalb canceln, oder ob es Imagearbeit ist. Ich vermute Letzteres, und dann kriegen wir es erst recht wieder geradegebogen. Indem wir jetzt Vorsicht walten lassen.«

»Aber …«

Ja, was aber? Mein Kopf war leer. Dylan, Zane und Natalie hatten es geschafft. Sie hatten meinen Traum zerstört.

»Aber sie können mir doch nicht verbieten, meine Fans zu treffen? Ist das nicht viel schädlicher fürs Image, wenn wir das Event so kurzfristig absagen?«

»Können sie nicht, aber sie können dir die Veranstaltungsfläche dafür nehmen. Und ich glaube, für ihr Image ist es problematischer, wenn sie einen Streit am Stand provozieren oder gleich mehr als ein Event absagen, wenn die anderen beiden ihre Drohung wahrmachen. Dazu würden sie riskieren, es sich mit zwei ihrer Influencerinnen zu verscherzen, mit denen sie schon lange erfolgreich zusammenarbeiten. Zumal ein Aushängeschild wie Arya darunter ist.« Anita legte die Hand sanft auf meinen Oberarm. »Ich weiß, wie schwer das ist, aber es wäre wirklich das Richtige, wenn wir das Treffen absagen. Auch in Hinblick auf deine Linie. Wir sollten nicht gegen Boots arbeiten.«

»Es ist nicht nur schwer, es ist unfair.« Und so kindisch es vermutlich war, brannten Tränen hinter meinen Augen. Wieso war ich aktuell so nah am Wasser gebaut? Ich wollte das nicht mehr. Ich hatte keine Lust mehr, mein Leben hintanzustellen und weiterhin Schadensbegrenzung zu betreiben. Aber das war zu viel. Die Produkte waren mein Lebenstraum. »Ist Natalie nicht auch auf der Messe? Wieso kann sie normal weitermachen? Und was ist mit Zane? Sein Name war auf den Postern, und ich wette, er kann so tun, als wäre nichts passiert.«

»Sie haben mit Sicherheit auch Einbußen. Vielleicht geringere, aber das liegt daran, dass sie von Beginn an weniger Partner hatten als du.« Sie warf mir einen bedeutungsvollen Blick zu. »Aus Gründen.«

Ich schüttelte den Kopf und blinzelte gegen die aufkommenden Tränen an. Leider schien Anita sie trotzdem bemerkt zu haben, denn sie seufzte und sah mich immer noch mitleidig an. Ich hatte mich zwar gefreut, dass sie nicht länger wütend auf mich war, aber gerade war ich mir nicht sicher, ob mir ihr Mitleid wirklich lieber war. Denn ihr Blick zeigte mir nur, dass ich genauso schwach wirkte, wie ich mich in diesem Moment fühlte.

»Wie lang soll das denn noch so gehen?«, fragte ich und hasste es, dass meine Stimme zitterte. Doch ich hatte einen Kloß im Hals, und mein Gesicht glühte von der Anstrengung, die Tränen zurückzuhalten. Unter keinen Umständen wollte ich hier am Stand weinen. »Ich will nicht einfach weiter tatenlos rumsitzen und zusehen, wie alles den Bach runtergeht.«

»Ich weiß, dass es sich im Moment so anfühlt und dass es wirkt, als würde es nie aufhören, aber das Ganze ist gerade einmal ein paar Wochen her. Shitstorms gehen vorüber. Glaub mir.«

Anita lächelte mir aufmunternd zu, doch ihre Zuversicht

mochte sich nicht auf mich übertragen. Vielleicht hatte sie recht, vielleicht war es eine bloße Floskel. Fakt war, dass es sich für mich nicht so anfühlte, als würde es jemals vorbeigehen.

Ich verspreche dir nichts. Ich gebe dir nur eine Chance.

Das Echo von Demians Worten legte sich über das Rauschen des Bluts in meinen Ohren.

Ich gebe dir nur eine Chance.

Doch konnte er das wirklich?

Hinter meinen Augen begann es schmerzhaft zu pochen, und ich massierte mir mit Zeige- und Mittelfinger die Schläfen. Als ich bemerkte, dass Arya wieder zu mir sah, ließ ich schnell die Hand sinken. Ich würde keine Schwäche zeigen. Und ich war noch nicht so verzweifelt, Demian O'Neills Hilfe zu benötigen. Definitiv nicht. Stattdessen atmete ich einmal tief ein und aus und nickte dann.

»Wenn du es wirklich für das Beste hältst.«

»Leider ja. Seitens Boots ist der Termin abgesagt, sollten wir hierbleiben, bringt uns das nichts außer weiteres Drama, was ich gern vermeiden würde.« Anita schenkte mir ein schiefes Lächeln. »Ich setze ein Meeting mit Ingrid für nächste Woche an. Wir kriegen das geklärt und die Linie wieder in die Läden. Versprochen.«

»Und was sag ich allen? Wohl kaum, dass Arya mich vom Stand vertrieben hat.«

»Dass du krank bist?«

»Ich soll gar nicht auf dem Gelände bleiben?«

»Ich weiß, das ist nicht ideal, aber es ist eine Convention, und du hattest gestern ja mehr als einmal Fankontakt, also ist es eine realistische Erklärung. Was wäre die Alternative? Alles andere schiebt die Schuld auf Boots, was wir uns aktuell nicht leisten können.«

»Also versetz ich nicht nur alle, ich lüg sie jetzt auch noch an …« So scheiße sich das anfühlte – Anita hatte recht. Mit der Wahrheit hatte ich es bereits versucht, und wohin das führte, erlebte ich gerade am eigenen Leib. Ich war erschöpft. Ich war erschöpft vom Erschöpftsein. Ich wollte einfach nur mein Leben zurück. Es war nicht fair, dass ein einziger unachtsamer Moment so viel kaputtmachen konnte, wenn bewusste Fehltritte anderer Menschen so viel weniger schadeten.

»Gehst du trotzdem zu den anderen Terminen?«

Anita nickte. »Ja. Und ich wette, die werden gut. Das wird wieder, vertrau mir.«

»Das tu ich«, erwiderte ich mit einem Seufzen. »Schätze, ich geh hoch und pack dann mal.«

»Es tut mir wirklich leid, Fiona.«

»Ist ja nicht deine Schuld«, murmelte ich und stand auf.

»Du kannst auch noch bleiben. Nimm ein Bad, schau ein bisschen Fernsehen. Im Hotel gibt es auch einen Fitnessraum.«

»Bei meinem Glück fotografiert mich jemand, die Lüge fliegt auf, und ich hab direkt noch einen Shitstorm am Hals. Ich hatte ja schon das große Glück, im selben Hotel einzuchecken wie Demian. Anscheinend hat er jetzt genug YouTuber und YouTuberinnen zerrissen, um in den schicken Hotels einzukehren.«

Ich hatte nicht mal mehr genug Energie, mich aufgrund meines verbitterten Tons zu schämen. Ich war verbittert.

»Demian ist hier?«

»Ja, hab ihn vorhin am Buffet gesehen …«

Anita hob die Brauen. »Das erklärt dann wohl das leere Saftglas. Versuch, heute etwas runterzukommen. Ich meld mich gleich am Montag bei dir, ja? Und ruf mich an, wenn etwas ist.«

»Danke.«

Vermutlich war es traurig, dass die einzige Person, die mir neben Kaycee ein Gefühl von Ruhe vermitteln konnte, jemand war, den ich bezahlte. Doch darüber wollte ich mir nicht auch noch Gedanken machen. Ich ließ mich von Anita kurz umarmen und verließ dann schweren Herzens den Stand, ohne noch einmal zu Arya oder Ingrid zu blicken. Ich entsperrte mein Handy, um den Kopf möglichst unauffällig unten zu halten. Jetzt einem meiner Fans zu begegnen und mich erklären zu müssen, war das Letzte, was ich brauchte. Wie automatisch gab ich Demians Namen bei Instagram ins Suchfeld ein. Er hatte eine neue Story hochgeladen. Ein Foto von ihm, mit Buch in der Hand, und einem anderen Mann, der es offensichtlich gerade signiert hatte. Ein weiteres Foto, das ihn mit einem Typen im gleichen Alter zeigte. Von der Art her, wie die beiden mit ihrem Kaffee posierten, glaubte ich jedoch nicht, dass es sich um einen Fan handelte. Dann stockte ich plötzlich, als ich die nächste Story eines anderen Influencers anklickte, die im Pressezentrum entstanden war. Ich drückte den Daumen aufs Display, um das Video zu pausieren. War das …? Eindeutig. Zane war dort. Die Wut brach über mich hinweg wie eine Welle, und ich tauchte vollkommen in ihr ein.

Etwa zwei Sekunden lang stand ich mit verkrampften Gliedern mitten im Gang, was mir mehr als einen Stoß mit Ellbogen vorbeilaufender Besucher und Besucherinnen einbrachte. Dann setzte ich mich in Bewegung – jedoch nicht in Richtung Ausgang. Ich hatte Anita versprochen, mich nicht länger auf dem Convention-Gelände herumzutreiben. Doch vom Pressezentrum war keine Rede gewesen.

19. KAPITEL

Demian

So langsam konnte ich dieser Convention doch etwas abgewinnen. Das lag vor allem daran, dass ich gerade auf die Fan-Seite gewechselt war und nun in der Schlange für einen meiner liebsten YouTuber stand, dessen Vortrag ich gerade gelauscht hatte. Dass Austin mir heute Morgen Gesellschaft leistete, schadete auch nicht. Wir rückten ein weiteres Stück nach vorn, und ich nahm schon einmal das Buch aus meinem Beutel, das Austin mir extra von zu Hause mitgebracht hatte. Da ich von vornherein keine große Lust auf dieses Wochenende gehabt hatte, hatte ich mich auch nicht großartig informiert, wer auf dem Gelände sein würde. Dass Luca Grady heute einen Vortrag mit anschließender Signieraktion haben würde, hatte ich nur durch Zufall auf einem Flyer entdeckt. Ich schaute seine Videos schon seit knapp sechs Jahren. Tatsächlich war er einer der Gründe gewesen, wieso ich mich an meinen eigenen Kanal gewagt hatte. *Edge of The Universe*, nicht *De(x)posed*. Luca schaffte es, Wissen auf eine beiläufige und witzige Art zu vermitteln, und das so, dass das Gesagte – zumindest bei mir – sofort hängenblieb.

Die Schlange bewegte sich noch ein Stück weiter.

»Wie war dein Stream gestern eigentlich?«

Austins Miene hellte sich sofort auf. »So super. Wir haben zwei Stunden länger gemacht als geplant, weil es echt gut harmoniert hat.«

»Dann schau ich den wohl mal nach.«

»Du willst dir einen Gaming-Stream anschauen?«

»Klar, wieso nicht?«, fragte ich mit einem Schulterzucken.

Als Antwort tippte Austin auf das Buch in meiner Hand. »Weil *ich* mir sonst immer anhören darf, dass ich lieber mal was lesen soll, anstatt vorm PC rumzuhängen, dass ich nicht zu lang spielen und auf genug Schlaf achten soll … Ernsthaft, manchmal klingst du wie meine Mum.«

»Und du regst dich immer so schön drüber auf«, erwiderte ich grinsend. »Vielleicht guck ich nachher bei deinem Turnier auch zu. Ich hab nur noch einen Termin. Bist du aufgeregt?«

Austin würde heute von der Convention aus streamen und, wenn ich es richtig verstanden hatte, in einem Turnier gegen andere Spieler und Spielerinnen antreten. Dennoch schüttelte er den Kopf. »Ne. Das wird cool. Sei du mal lieber aufgeregt, du bist gleich dran.«

Er nickte an mir vorbei, wo sich das Mädchen vor mir gerade eine Autogrammkarte signieren ließ. Danach wäre ich an der Reihe. Beinahe amüsiert merkte ich, wie mein Herz schneller klopfte und sich eine Art nervöser Druck auf die Stelle über meinem Brustkorb legte. Ob sich so Fionas Fans fühlten, wenn sie ihr begegneten? Hatte sie nicht sogar gerade ein Meet and Greet? Zumindest hatte mir ihr Gesicht beim Betreten der Messe von einem Werbeplakat entgegengelächelt. Ihr überraschter Blick, als ich mich heute Morgen im Hotel bei ihr entschuldigt hatte, erschien wieder in meinen Gedanken, und mit ihm kehrte das schlechte Gewissen zurück, das mich seit dem Panel immer wieder plagte. Dass meine Entschuldigung sie überrascht hatte, störte und verunsicherte mich mehr, als ich mir eingestehen wollte.

»Hi.« Lucas Stimme riss mich aus meinen Gedanken, und ich trat eilig einen Schritt nach vorn. Das Mädchen, das eben noch vor mir gestanden hatte, war bereits gegangen. Luca griff routiniert nach dem Buch, wie er es bei allen vor mir in der Schlange getan hatte. Dann erst blickte er auf. »Wie lautet dein …« Er zog für einen kurzen Moment die Augenbrauen zusammen, dann klärte sich sein Blick. »Demian, richtig?«

»Ja«, antwortete ich, überrascht, dass er meinen Namen kannte. »Ich guck deine Videos schon, seit du den Kanal machst, ich hab so viel dank dir gelernt. Ich glaube, unbewusst hast du mir den Anstoß gegeben, mich an meinen Wissenschaftskanal zu wagen.«

»Ach, cool! Ich wusste gar nicht, dass du auch einen Science-Kanal hast. Ich kenn dich aus dem Video über diese YouTuber-Clique. Das ging ja ziemlich viral.« Luca schenkte mir ein Lächeln, und ich lächelte verkrampft zurück. Vermutlich sollte ich mich freuen, dass eines meiner größten Idole mich kannte. Aber so wie das Lächeln seine Augen nicht erreichte, wirkte es eher, als würde er mich belächeln, anstatt mich anzulächeln. Oder projizierte ich nur? So oder so wäre mir wohler dabei gewesen, wenn mein Name ihm wegen meiner Astronomievideos ein Begriff gewesen wäre. Nicht wegen des Dramas.

»Ich hoffe, das schafft eines der Science-Videos auch mal«, antwortete ich, um das Thema wieder auf diese Bahn zu lenken.

»Bleib einfach dran. Nischenthemen sind immer schwieriger, aber selbst wenn es nicht viral geht …« Luca setzte die Kappe auf seinen Signierstift und zuckte mit den Schultern. »Es geht letzten Endes um Spaß und gute Inhalte. Oder nicht?«

Ich nickte und nahm das Buch, das er mir entgegenhielt. Natürlich hatte er recht. Doch für ihn war das leicht gesagt, er hatte sich bereits einen Namen gemacht. Was, wenn alle mich mit meinen Videos über Influencer verknüpfen und darüber hinaus nicht ernst nehmen würden? Bisher hatte ich darin keine Gefahr gesehen, meine Videos waren stets gut recherchiert und fundiert. Aber die Richtung, in die sie gerade gingen ...

»Du machst das schon«, sagte Luca mit aufmunterndem Ton, und ich bemühte mich, meinen Gesichtsausdruck neutral zu halten.

»Danke. Hab noch eine gute Convention«, erwiderte ich und machte dem Nächsten in der Schlange Platz, indem ich zu Austin ging, der sein Smartphone in der Hand hielt. Er tippte ein paarmal auf dem Display herum, und kurz darauf vibrierte mein Handy in der Jeanstasche.

»Da, du Fanboy.«

Ich öffnete die eingegangenen Fotos, die Austin gerade von mir und Luca gemacht hatte.

»Danke, Mann.«

»Kein Thema. Alles okay? Eben klangst du noch wesentlich aufgeregter.«

Ich hob die Schultern. »Luca hat mich erkannt.«

Austin schoss mir einen irritierten Blick zu. »Und das ist ungut, weil ...? Bist du nicht seit Jahren in den Kerl verschossen?«

»Er kennt mich durch das Video über Fiona.«

»Na und? Damit warst du ja auch im TV und in Zeitungen und all das. Ist doch kein Wunder.«

»Schon, aber ich bin mir nicht sicher, ob ich dafür bekannt sein will. Klar, das im *Guardian* war cool und auch der Fernsehauftritt ...« Die stolzen Gesichter meiner Eltern traten vor mein inneres Auge. Ob sie immer noch so schauen würden, wenn sie meinen Auftritt bei der Podiumsdiskussion gestern gesehen hätten?

»Mach dir nicht so 'nen Kopf. Dann lass das Thema nach der Messe ruhen, aber nur weil die Videos auch Unterhaltungswert bieten, sind sie nicht weniger wertvoll.« Er stieß mir mit dem Ellbogen gegen den Oberarm. »Leg diese Meinung mal ab, sonst beleidigst du mich gleich mit.«

»Okay, okay«, entgegnete ich, doch das ungute Gefühl ging nicht ganz fort. »Es geht mir aber nicht nur um die Art des Videos … Ich fühl mich auch Fiona gegenüber mittlerweile richtig mies.«

Austin hob beide Augenbrauen. »Wieso?«

»Weil das gestern echt uncool war und sie nicht …« Ich zuckte mit den Schultern. »Keine Ahnung, weil sie nicht wie eine Lügnerin wirkt. Ich hab ihr heute Morgen meine Hilfe angeboten.«

»Okay«, sagte Austin gedehnt. »Aber warum? Die meisten von denen wirken nicht böse. Nach all den Jahren YouTube lernt man schauspielern.«

Aus irgendeinem Grund störte es mich, wie Austin von »denen« sprach, als handelte es sich um eine breite Masse ohne Unterschiede. Dabei hatte ich das bis vor wenigen Tagen doch selbst noch getan.

»Ich hab einfach das Gefühl, an ihren Worten könnte was dran sein. Ich würd es mir zumindest gern anhören.«

»Tu, was du nicht lassen kannst. Ich drück dir die Daumen, dass du dich in ihr nicht täuschst.« Er warf mir einen abschätzenden Blick zu und grinste schief. »Oder ist da noch was, was du mir nicht sagst? Ich meine, sie ist eine attraktive Frau …«

»Also …«, sagte ich schnell. »Magst du dir noch was anschauen, bevor es bei dir losgeht?«

Austin fuhr sich lachend durch die schwarzen Haare. »Okay, okay, schon verstanden. Lenk halt vom Thema ab – das ist auch eine Antwort.«

Ich rollte mit den Augen. »Ich hab einfach ein schlechtes Gewissen.«

»Alles klar«, meinte Austin, das Grinsen verließ sein Gesicht jedoch nicht. »Aber um auf deine Frage zu antworten: Für Gaming gibt's nicht so viel, das meiste hab ich gestern schon abgegrast.«

Das Klingeln meines Handys, das ich noch immer in der Hand hielt, unterbrach das Gespräch.

Marissa.

»Meine Schwester. Ich geh kurz ran, ja?«

»Klar, ich geh dann einfach schon mal langsam los und schnapp mir noch 'nen Kaffee unterwegs. Schläfst du noch mal im Hotel oder zu Hause?«

»Daheim.«

»Cool, bis später!«

Ich verabschiedete mich von Austin und nahm dann das Gespräch an.

»Hey, Stinker.«

Ich rollte mit den Augen. »Du weißt, wie sehr ich es hasse, wenn du mich so nennst.«

»Ja, womit du mir einen Grund mehr lieferst, weshalb ich niemals damit aufhören werde. Wie geht's dir? Und wieso ist es so laut im Hintergrund?«

»Ich bin grad auf einer Convention. Aber warte, ich muss eh Richtung Pressezentrum, da ist es ruhiger.«

»Oh, ich dachte, die war nur gestern! Mach dir meinetwegen keinen Stress, ich wollte nur kurz anrufen und fragen, ob du jemanden zur Hochzeit mitbringst, weil wir den Essensplan langsam finalisieren müssen. Du hast nie offiziell auf die Einladung geantwortet, aber da du mein kleiner Bruder und manchmal unglaublich verpeilt bist, werte ich es trotzdem als Ja.«

»Ich bin nicht verpeilt, aber als ob ich mir deine Hochzeit entgehen lasse. Laufen die Vorbereitungen denn?«

Durch den Hörer drang ein Schnauben. »Heirate niemals. Und wenn doch, dann nimm dir vorher Urlaub. Mehrere Wochen. Jetzt haben wir schon eine kleine Zeremonie, und es ist trotzdem so viel Aufwand. Blumen, Tischdeko, Karten, Sitzpläne, Musik, Technik, die Location, die Kleider, das Essen, die blöde Torte – ich hab übrigens gewonnen, wir nehmen was mit Zitrone ...«

Schmunzelnd hörte ich meiner Schwester zu, wie sie sich über die Hochzeitsplanung ausließ. Doch trotz ihrer Beschwerden war das Glück aus ihren Worten herauszuhören. Kein Wunder, sie und Theo waren seit der weiterführenden Schule zusammen.

»Da du meine Frage ignoriert hast, nehm ich an, du hast keine Plus eins?«

»Nope«, sagte ich, während ich in den Gang zum Pressezentrum einbog. »Es sei denn, Thiago hat Lust auf Gratis-Essen.«

»Wenn du möchtest, bring ihn ruhig mit! Ich mag ihn.«

»Ihr habt euch erst einmal gesehen.«

»Ja, aber er hat mir ein Kompliment für meine Lasagne gemacht.« Das Grinsen war deutlich aus Marissas Stimme herauszuhören. Wenn sie eine Sache nicht konnte, dann war es Kochen.

»Aus Angst, dass du ihn noch zum Nachtisch zwingst.«

Ihr Lachen schallte durchs Handy. »Möglich. Also sei froh, dass ich Torte und Nachtisch für die Hochzeit machen lasse.«

»Besser so, du willst ja auch, dass Leute kommen.«

»Autsch.«

Ich stieß die Tür zum Pressezentrum auf und ließ meinen Blick kurz durch den Raum wandern. Von Liam und Susan war keine Spur zu sehen, aber die beiden hatten im Gegensatz zu mir auch einen vollen Terminkalender und waren mit Sicherheit auf dem Gelände unterwegs. Dafür sah ich ein Gesicht, auf das ich gut hätte verzichten können: Zane. Ich hatte mich ohnehin schon gewundert, bislang in keinen von ihnen hineingelaufen zu sein – abgesehen von Fiona natürlich. Es war wohl nur eine Frage der Zeit gewesen. Er war in ein Gespräch mit zwei anderen YouTubern vertieft, die ich nur über Social Media kannte, und bemerkte mich glücklicherweise nicht.

»Na ja, ich bin auf jeden Fall beinahe froh, wenn die Hochzeit über die Bühne ist und wir uns auf in die Flitterwochen machen«, beendete Marissa ihre Erzählung, während ich auf einen Platz zusteuerte, der näher am Eingang lag und den Zane nicht direkt im Blick hatte.

»Und Demian … krieg es jetzt bitte nicht in den falschen Hals, aber ich hab den Stream von der Convention gesehen und … na ja, ich sag mal so: das arme Mädchen.«

Ich unterdrückte ein Seufzen. Das hatte gerade noch gefehlt. Somit beantwortete sich wohl auch meine Frage, wie meine Familie auf den aktuellen Auftritt reagieren würde. Stolz lag auf jeden Fall nicht in der Stimme meiner Schwester.

»Sie ist diejenige, die Mist gebaut hat«, entgegnete ich, doch die Antwort klang selbst in meinen Ohren einstudiert und fühlte sich längst nicht mehr gut an. Schlimmer noch: Sie fühlte sich nicht länger richtig an.

»Ja, mag sein, aber fair erschien mir das Ganze trotzdem nicht.«

»Ich weiß …«, gab ich leise zu, als ich mich auf einem der Sessel niederließ. »Du hast recht. Ich hatte keine Ahnung, dass die Diskussion so laufen würde, und ich habe Fiona heute Morgen im Hotel getroffen, mich entschuldigt und ihr angeboten, noch mal in die ganze Sache reinzuschauen.«

»Oh.« Marissa klang überrascht.

»Was? Klingt das wirklich so untypisch?«

»Nein. Also gut, ein wenig. Der Teil mit dem Hilfsangebot zumindest, du lässt doch sonst kein gutes Haar an dieser Szene.«

»Schon, aber sie bleibt trotz der ganzen Konsequenzen ihrer Version der Geschichte treu. Das hat mich zum Nachdenken gebracht, und da wollte ich wenigstens anbieten, mir das noch einmal anzusehen.«

»Find ich gut«, erwiderte meine Schwester. »Ich weiß, online ist man immer anders und so weiter, aber sie wirkt echt okay.«

»Ich wusste gar nicht, dass du so ein Fan bist.«

»Kein Fan. Aber sie hatte ein paar gute Frisurenvideos. Es ist auf jeden Fall schön, dass du ihr hilfst.«

»Na ja, zumindest wollte ich das, aber ...«

Ich stockte, als mein Blick auf ein weiteres bekanntes Gesicht fiel.

»Wenn man vom Teufel spricht«, murmelte ich. Fiona war hier. Und sie sah ziemlich wütend aus. Nicht dass mir der Anblick mittlerweile nicht vertraut war, doch dieses Mal war das Blitzen in ihren Augen nicht gegen mich gerichtet. Eine nette Abwechslung. So lange zumindest, bis ich ihrem Blick folgte und er direkt auf Zane landete.

Oh shit.

»Marissa, ich muss los.«

»Ich meinte das eben nicht böse! Du weißt, wie stolz ich auf dich bin.«

»Ja, hat nichts mit dir zu tun, ich meld mich morgen.«

Bevor meine Schwester protestieren konnte, hatte ich aufgelegt. Gerade noch rechtzeitig, um einige Schritte auf Fiona zuzumachen und ihr den Weg zu blockieren. Ihr Kopf schnellte zu mir hoch, und ihre Augen weiteten sich kurz überrascht. Anscheinend hatte sie mich beim Eintreten nicht gesehen.

»Tu's nicht.« Ich verschränkte die Arme vor der Brust.

»Tu was nicht?«

»Was auch immer du mit Zane vorhast: Tu's nicht. Er ist es nicht wert.«

»Oh, cool. Ich wusste gar nicht, dass du neuerdings mein Manager bist.«

»Hmhm. Und was sagt deine Managerin zu deiner großartigen Idee, Zane im Pressezentrum zusammenzustauchen?«

Fiona presste die Lippen zu einer dünnen Linie zusammen, unternahm aber Gott sei Dank keinen Versuch, an mir vorbeizukommen, sodass wir neben der Garderobe halb verdeckt vor den restlichen Gästen standen.

»Ja, dachte ich mir.« Ich ließ die Arme sinken. »Ich sag das nicht, um mich aufzuspielen oder dir dumm zu kommen. Aber glaub mir, du würdest es spätestens morgen bereuen. Egal wie, das Szenario kann nur schlecht für dich ausgehen.«

Einige Atemzüge lang hielt Fiona meinem Blick stand, doch das aufgebrachte Funkeln wurde mit jeder verstreichenden Sekunde schwächer. Sie ließ einen Schwall Luft entweichen, als hätte sie diese viel zu lange angehalten. Auch ihre Schultern sackten leicht hinab.

»Aber wieso kann er normal weitermachen?«

Es war mehr ein Flüstern als eine Frage an mich, und ich war mir auch nicht sicher, ob sie eine Antwort hören wollte, aber ich gab sie ihr trotzdem. Oder besser gesagt, ich stellte eine Gegenfrage.

»Wem vertraust du eher? Jemandem, der dir nie Grund gegeben hat, an ihm oder ihr zu zweifeln? Oder jemandem, der dich bereits mehrere Male enttäuscht hat und dessen Motive mehr als fragwürdig sind?«

Fiona rollte mit den Augen, vermutlich weil die Antwort offensichtlich war, aber ich sah sie dennoch so lange an, bis sie antwortete.

»Der ersten Person.«

»Richtig. Und bei welchem der beiden bist du schockierter, wenn dein Vertrauen missbraucht wird?«

»Ich hab nicht …« Fiona stieß ein Seufzen aus. »Wieso erklär ich mich dir eigentlich noch?«

»So meinte ich das nicht«, sagte ich schnell und hob abwehrend die Hand. »Das sollte keine Anklage sein.« Irgendwie hatte ich es bei ihr wohl nicht so mit Worten. »Dann sagen wir eben, ›wenn dein Vertrauen dem Anschein nach missbraucht wird‹, okay?«

»Ich versteh, was du mir sagen willst, aber ist das nicht komplett unfair?«

»Klar, aber die Leute lieben Skandale. Weil sie eben auch nicht perfekt sind. Wenn sie nach unten treten, fühlen sie sich dadurch nicht besser – deshalb treten sie nach oben. Ich wette, die meisten halten sich im Vergleich zu Zane und Dylan für moralisch überlegen. Wenn jedoch jemand von da oben droht zu stürzen …« Ich hob die Schultern. Fiona schien leider nicht so überzeugt wie erhofft, sondern lachte kurz auf.

»Ich bin alles andere als da oben.« Bei den letzten Worten ahmte sie Anführungszeichen mit den Fingern nach.

»Deshalb wollte ich doch mit dir reden.«

»Ich meinte nicht nur jetzt, sondern generell. Nicht dass du das verstehen würdest.« Sie drehte den Kopf zur Seite, um Zane wieder im Blickfeld zu haben, bewegte sich zum Glück aber nicht weg. Stattdessen blieb sie mit verschränkten Armen vor mir stehen und beobachtete Zane in meinem Rücken. »Danke.«

Kurz dachte ich, ich hätte mich verhört, doch es war definitiv dieses Wort, das Fionas Mund verlassen hatte.

»Danke?« Verwirrt musterte ich sie, doch da war kein Sarkasmus aus ihrem Gesicht zu lesen. Ihr Blick huschte zu mir, und sie nickte.

»Du hast recht, es hätte rein gar nichts gebracht, Zane zu konfrontieren. Und meine Managerin hätte mich wirklich gekillt. Sie sollte nicht einmal erfahren, dass ich überhaupt hier bin.«

»Im Pressezentrum? Wieso? Hast du Koffeinverbot?«

Fiona zögerte sichtlich, bevor sie weitersprach. Sie löste die Arme aus ihrer verschränkten, abwehrenden Haltung und knetete dafür ihre Fingerspitzen. Wie schaffte sie es ständig, innerhalb einer Sekunde von Kampfbereitschaft und Schlagfertigkeit zu Unsicherheit und Verletzlichkeit zu wechseln? Es irritierte mich. Ich mochte Fakten, und diese Frau vor mir erschloss sich mir einfach nicht.

»Kein Koffeinverbot, nein. Viel eher Messeverbot.«

»Messeverbot?« Ich runzelte die Stirn. »Willst du mir erzählen, sie haben dich vom Gelände geworfen?«

Bitte nicht. Ich wusste, dass das Ganze zu weit gegangen war, das Gespräch mit Marissa hatte das nur noch einmal bewiesen. Aber so weit? Zum Glück schüttelte Fiona den Kopf, und ich konnte nicht leugnen, dass mir ein kleiner Stein vom Herzen fiel. Die Erleichterung war jedoch von kurzer Dauer.

»Meine Managerin meinte, es wäre das Beste, wenn ich nach Hause fahre.«

»Aber hast du heute nicht dein Fan-Treffen?« Ich blickte auf die Uhr und legte die Stirn noch tiefer in Falten. »Hast du das nicht eigentlich jetzt?«

Falls Fiona sich wunderte, dass ich darüber Bescheid wusste, zeigte sie es nicht. Stattdessen nickte sie. »Eigentlich, ja.«

»Eigentlich? Wieso bist du dann nicht dort?«

»Wieso? Oh, vielleicht weil nicht nur Ted Baker, mit denen ich jeden Monat feste Kooperationen hatte, nicht länger mit mir arbeiten will, sondern nach gestern auch Boots nicht mehr. Du erinnerst dich? Die Kette, bei der ich mein Make-up rausbringe? Vielleicht hast du ja sogar den Launch gesehen. War zufällig genau derselbe Tag, an dem dein Video rauskam.«

Der traurige, beinahe geschlagen wirkende Ton ihrer Stimme nahm den Worten ihre Schärfe. Ich wünschte, er hätte es nicht getan. Denn ganz ehrlich? Fionas Wut war mir lieber als das hier. Ich warf einen Blick über die Schulter zu Zane und wandte mich dann wieder ihr zu. Sie hatte recht: Es war unfair. Zane saß dort hinten mit zwei Kumpels und gab sich ganz wie der Alte, während Fiona vor mir unglaublich erschöpft wirkte.

»Es tut mir wirklich leid.«

Fiona setzte gerade zu einer Antwort an, als das Klingeln ihres Handys unser Gespräch unterbrach. Wortlos zog sie es aus der kleinen Handtasche, die um ihre Schulter hing. Ein undefinierbarer Ausdruck huschte über ihr Gesicht, als sie auf das Smartphone sah. Zwischen ihren Brauen hatte sich eine Falte gebildet, und ihr Daumen schwebte über dem Display, als ränge sie mit sich, ob sie das Gespräch annehmen sollte. Nach kurzem Zögern drückte sie auf den roten Hörer. Richtig wohl schien sie sich dabei jedoch nicht zu fühlen, denn sie schluckte sichtbar.

»Alles okay?«, fragte ich vorsichtig.

»Hm?« Sie sah mich an, als hätte ich sie gerade aus einer völlig anderen Welt gerissen. »Ja, klar.« Ihr Zusammenzucken, als das Handy erneut klingelte, strafte ihre Worte Lügen. Ob das ihre Managerin war? Hatte sie Angst, dass ihr noch ein Kunde absprang? Tatsächlich hatte ich mir nie groß Gedanken darüber gemacht, was meine Videos bei den anderen auslösten. Ich wusste, dass ich im Recht war, alles andere war egal. Doch wenn ich Fiona, die nervös auf ihrer Unterlippe kaute, jetzt so betrachtete, wenn ich an die Ereignisse der letzten Tage und Wochen dachte … Natürlich hatte ich recht. Aber sollte jemand wegen eines Fehlers wirklich so viele Nachteile erleiden? Und was, wenn Fiona nicht log und sie wirklich durch eine Reihe dummer Zufälle in die ganze Sache verstrickt war?

»Ich muss da kurz ran, sorry«, murmelte sie. Sie trat ein paar Schritte von mir weg in Richtung der Tür, durch die sie eben gekommen war, und nahm das Gespräch an. »Hey, Mum, ich ruf dich gleich zurück, ja?«

Obwohl ich nichts durch das Handy dringen hörte, musste die Anruferin laut gesprochen haben, denn Fiona zuckte zusammen und hielt sich das Handy kurz einige Zentimeter vom Ohr weg.

»Entschuldige, ich bin auf der Convention und konnte nicht ran.«

Was auch immer Fionas Mutter ihr zu sagen hatte, war wohl nichts Positives, denn Fiona zog die Brauen noch weiter zusammen und begann, am Nagel ihres Daumens zu knabbern.

»Doch, das stimmt«, sagte sie schließlich. »Aber ich kann das erklären, ich …«

Ihre Mum hatte sie offensichtlich unterbrochen, und Fiona schloss für einen Moment die Augen. Ihren freien Arm legte sie um ihren Oberkörper, als versuchte sie, sich selbst Schutz zu bieten. Mit mäßigem Erfolg, wie es schien, denn nun wurde ihre Mutter am anderen Ende so laut, dass sogar ich ihre Stimme gedämpft ausmachen konnte, dabei war es im Pressezentrum nicht gerade leise. Obwohl ich nicht verstand, was sie sagte, und nicht ich derjenige war, der gerade zusammengestaucht wurde, zog sich mein Herz bei Fionas Anblick zusammen.

»Du hast recht. Aber ich krieg das wieder hin.«

Ich schluckte. Ging es um das Video? Und den Skandal?

»Ich weiß. Wir müssen einfach Geduld haben.«

Die hatte ihre Mum anscheinend nicht, denn was auch immer sie antwortete, sorgte dafür, dass Fiona ihre Finger in ihren Oberarm krallte, als müsste sie sich beherrschen. Dennoch war ihre Stimme ruhig, als sie weitersprach.

»Mum, ich versuch es doch. Die letzten Wochen waren nicht leicht, okay?«

Täuschte ich mich, oder drang da Lachen durch den Lautsprecher des Handys? Ich musste mich täuschen. Denn ganz egal, ob Fiona nun Mist gebaut hatte oder nicht, ihre Mutter würde mit Sicherheit hinter ihr stehen, oder? Liams Erzählung von Fionas Besuch im Büro und das Bild des Hauses in Croydon schoben sich in mein Bewusstsein, und bei der Erinnerung legte sich ein unangenehmer Druck auf meine Brust. Ich suchte Fionas Blick, um mich zu vergewissern, dass alles in Ordnung war. Doch sie hatte den Kopf gesenkt und starrte hinab auf ihre Sandalen, mit ihrem linken Arm umklammerte sie weiterhin ihren Körper.

»Ich weiß, aber ich hab dir doch schon gesagt … Es tut mir leid. Mum, ich …«

Fiona verstummte schlagartig und stieß einen Schwall Luft aus. Die Hand mit dem Smartphone ließ sie langsam sinken, bis sie neben ihrem Körper hing. Das Display ihres Handys wurde dunkel.

Hatte ihre Mutter etwa einfach aufgelegt? Es sah ganz danach aus, denn Fiona senkte auch ihren anderen Arm und stand dann eine Weile einfach nur regungslos da.

»Alles in Ordnung?«, fragte ich leise und hielt unmerklich die Luft an, um ihre Antwort im Hintergrundrauschen des Pressezentrums nicht zu verpassen. Ich dachte schon, Fiona hätte mich nicht gehört, als sie plötzlich zaghaft den Kopf schüttelte. Ich hätte es kaum für möglich gehalten, doch sie sackte noch ein bisschen mehr in sich zusammen. Sie verstaute ihr Handy in der Umhängetasche, und als sie den Blick aus ihren blauen Augen endlich auf mich richtete, schimmerten darin Tränen.

Shit.

Was auch immer ich gerade miterlebt hatte, war meine

Schuld. Vielleicht nicht zu einhundert Prozent, aber ich war definitiv mitschuldig. Es war eine Sache, von der Sicherheit meines Schreibtischs aus Skandale aufzudecken. Es war eine ganz andere, einen Skandal nicht ruhen zu lassen und so lange nachzutreten, bis ich die Grundpfeiler einer Karriere zum Bersten brachte. Vor allem aber war es etwas anderes, Fiona so vor mir zu sehen. Die Tränen entschlossen unterdrückend.

An ihren Wangen konnte ich sehen, wie fest sie die Zähne zusammenbiss, vermutlich, um sich zusammenzureißen. Doch ihre Augen glänzten, so sehr sie sich auch bemühte, ihre Emotionen nicht die Oberhand gewinnen zu lassen.

»Ich glaube, es ist ganz und gar nichts in Ordnung«, flüsterte sie.

Also tat ich das Einzige, was mir in dem Moment richtig erschien, und zog Fiona in meine Arme.

20. KAPITEL

Fiona

Hatte ich es vorher noch geschafft, mich einigermaßen zusammenzureißen, so war es in dem Moment, in dem Demian mich umarmte, vollkommen um meine Selbstbeherrschung geschehen. Die Tränen rannen ungehindert über meine Wangen in den Stoff seines dunkelgrünen Shirts. Ich weinte nicht, wie man es aus Filmen kennt, ich weinte richtig. Mit Schluchzen, Nasehochziehen und allem Drum und Dran. Und Demian ließ mich nicht los. Es war mir egal, dass wir noch immer im Eingangsbereich des Pressezentrums standen, es war mir egal, dass gerade der Mensch mir Trost spendete, der so viel zu dem Schmerz beigetragen hatte. Es war mir egal, dass ich eigentlich nicht vor anderen weinte – erst recht nicht vor einem beinahe Fremden. Ich legte trotzdem die Arme um ihn, weil es zu gut tat, einfach nur gehalten zu werden. Es war die erste Umarmung seit dem ganzen Debakel. Sein Geruch hüllte mich ebenso ein wie die beruhigenden Worte, die Demian vor sich hin flüsterte. Er strich mir beruhigend über den Rücken, und mein Atem wurde gleichmäßiger. Leider klärten sich dadurch auch meine Gedanken und wiederholten nun in Dauerschleife das Telefonat, das ich gerade geführt hatte.

Ist dir klar, was du mir damit antust?
Was fällt dir eigentlich ein? Bieg das wieder gerade!

Auf dich ist kein Verlass.
Ich war noch nie so enttäuscht von dir.

Jedes Wort meiner Mum hatte mich wie eine Ohrfeige getroffen. Nein, schlimmer noch, denn sie trafen viel tiefer, als es ein Schlag ins Gesicht vermochte.

Ich war noch nie so enttäuscht von dir.

Dabei hatte ich sie schon so oft enttäuscht. Zumindest war sie früher nie müde geworden, das zu betonen. Ich war schuld, dass mein Vater weg war. Ich war schuld, dass sie keine anständige Ausbildung hatte. Ich war schuld, dass nie genug Geld für Reisen da war. Doch ich hatte all das wiedergutgemacht, oder etwa nicht? Ich konnte nicht nur mit gerade einmal zwanzig Jahren komplett für mich selbst sorgen, all die Träume, die sie aufgegeben hatte, hatte ich ihr erfüllen können: das Haus, die Urlaube, den Garten.

Ohne dass ich es wollte, krallte ich meine Finger bei den Gedanken in Demians Shirt, und wie als Reaktion auf meine Bewegung hielt er mich noch ein bisschen fester. So ungern ich es zugab, es tat gut. Dabei mochte ich ihn nicht einmal. Und er mochte mich nicht. Wieso also war er für mich da? Sagte er doch die Wahrheit, und es tat ihm leid? Wollte er mir wirklich helfen?

Ich löste mich von ihm, um mir über die nassen Augen zu wischen, und sah mich um. Eben noch war es mir egal gewesen, wer mich hier so aufgelöst sehen konnte. Doch was war, wenn jemand uns fotografierte? Das würde alles nur weiter verschlimmern. Außerdem saß Zane nur wenige Meter entfernt. Zwar trennte uns eine Wand voneinander, aber was, wenn er auf die Toilette oder zu einem Termin musste?

Ich machte noch einen Schritt zurück und sah zu Demian auf, der mich besorgt musterte.

»Entschuldige.« Erleichtert stellte ich fest, dass meine Stimme einigermaßen normal klang, auch wenn ich mich alles andere als normal fühlte. Mein Herz klopfte zu schnell, und mir war unangenehm warm. Anita hatte mir geraten, den Ball flachzuhalten, und was tat ich? Rannte her, um Zane zu konfrontieren, und hatte dann einen Zusammenbruch – nicht nur gut sichtbar im Pressezentrum, sondern noch dazu in Demians Armen.

Großartig, Fiona. Wirklich. Ganz große Klasse.

»Magst du reden? Schlechte Neuigkeiten?«

Ob er mitgehört hatte? So laut, wie meine Mutter gesprochen hatte, wäre es wohl kein Wunder.

»Nein. Also ja, schlechte Neuigkeiten, aber nein, ich möchte nicht darüber reden.«

»Okay.« Demian nickte und bohrte nicht weiter nach, wofür ich mehr als dankbar war. Ich fuhr mir mit den Zeigefingern unter den Augen lang und betrachtete die schwarzen Rückstände meiner Mascara, die daran haften blieben.

»Ich sollte mal einen Blick in den Spiegel werfen, bevor ich rausgehe.« Ich nickte in Richtung der Toiletten. »Danke für …« Ich sah auf den nassen Fleck auf seinem Shirt, den meine Tränen hinterlassen hatten. »Für gerade.«

»Klar«, antwortete Demian und sah unangenehm berührt aus. Kein Wunder. Er wurde sicher nicht jeden Tag vollgeheult. Wortwörtlich. Ich schenkte ihm ein schiefes Lächeln und schritt auf die WC-Tür aus dunklem Holz zu. Obwohl ich mich nicht noch einmal umdrehte, hätte ich schwören können, dass er mir nachsah.

Bitte, bitte, bitte lass ihn das in keinem Video erwähnen.

Doch wenn ich ehrlich zu mir war, glaubte ich das nicht. Schon gestern beim Panel, aber insbesondere heute, hatte er aufrichtig gewirkt, sofern ich das beurteilen konnte. Zumindest machte es nicht den Eindruck auf mich, als hätte er Spaß an der ganzen Situation. Ganz anders als es bei Dylan und Zane der Fall gewesen war.

Ich drückte die Tür auf und seufzte erleichtert, als ich sah, dass der Raum leer war. Immerhin etwas. Ich ging zu einem der großen Spiegel, nahm ein Papierhandtuch vom Spender daneben und befeuchtete es, bevor ich mir damit die verlaufene Wimperntusche vom Gesicht wusch. Meine Augen waren leicht gerötet, aber nicht so schlimm, dass es stark auffiel. Notfalls schob ich es auf die Pollen. Ich kramte Puder aus meiner Handtasche und versuchte, mein Make-up, so gut es ging, zu retten, dann ließ ich kaltes Wasser über meine Handgelenke laufen, in der Hoffnung, dass sich mein Herzschlag so wieder beruhigen würde. Kopfschüttelnd betrachtete ich mich im Spiegel. Ich war ein einziges Chaos. Vielleicht nicht mehr äußerlich, aber doch innerlich. Wie hatte es nur so weit kommen können?

Ich nahm ein weiteres Tuch und trocknete meine Hände ab. Dann holte ich mein Handy wieder hervor. Keine verpassten Anrufe und auch keine Nachricht meiner Mutter – nicht dass ich damit gerechnet hatte. Es war nicht der erste Streit, den wir hatten. Meist liefen sie nach ein und demselben Schema ab: Ich hatte etwas verbockt, meine Mutter wurde wütend, und wenn ich es nicht sofort in Ordnung brachte, so wie jetzt, strafte sie mich mit Schweigen. Eine Weile starrte ich nur auf das Display und hielt mich krampfhaft davon ab, ihr etwas zu schicken. Ich wusste ganz genau, dass es nichts brachte, und doch war der Drang da. Stattdessen öffnete ich den Chat mit Kaycee.

Fiona, 11:34:
Rate, wer gerade mitten im Pressezentrum zu heulen begonnen hat und von niemand anderem als Demian O'Neill getröstet wurde.

Kaycee, 11:34:
NO WAY.

Fiona, 11:34:
Yes way.

Kaycee, 11:34:
Warum hast du geweint, ist noch was passiert?
Und will Demian immer noch reden? Habt ihr geredet?

Fiona, 11:34:
Ist einfach alles etwas viel gerade. Und meine Mum hat
angerufen …
Ne, haben wir nicht. Bin ins Bad geflüchtet, er steht draußen.

Kaycee, 11:35:
Oh shit. Ich nehm an, es lief nicht gut?
Hörst du dir an, was er zu sagen hat? Kann ja nicht schaden,
oder?

Mein Blick wanderte zur Tür, hinter der Demian mich eben
umarmt hatte. Demian hatte mich umarmt. Ich schnaubte.
Weil ich einen schwachen Moment gehabt hatte, mehr nicht.
Es war leicht für Kaycee zu sagen, dass ein Gespräch mir nicht
schaden konnte. Sie war weder bei unserem Aufeinandertreffen im Netzwerk noch gestern bei der Podiumsdiskussion dabei gewesen, ich jedoch hatte seinen Blick noch nicht vergessen. Dann wiederum war er vielleicht meine einzige Chance
aus dem ganzen Schlamassel …

Kaycee, 11:36:
Ich komm zu dir.

Irritiert sah ich aufs Handy.

Fiona, 11:36:
*Was? Nein, das musst du nicht. Wir sehen uns doch
Dienstag.*

Kaycee, 11:36:
*Dann sehen wir uns halt schon heute, wir haben anscheinend
mehr als genug Gesprächsstoff. Ich nehm Schlafsachen mit,
wehe du hast keine Weetabix daheim.*

Fiona, 11:36:
*Das geht doch gar nicht mit der Arbeit! Und deinen
Schwestern!*

Kaycee, 11:36:
*Ada und Clara sagen Hi und liebe Grüße. Und mit der
Arbeit geht das schon klar. Ich lass mich selbst rein, wir sehen
uns dann, wenn du von der Convention daheim bist. Hab
dich lieb! xx*

Ich begann, eine protestierende Nachricht zu tippen, stoppte mich dann jedoch selbst, da ich wusste, dass es keinen Sinn
hatte. Wenn Kaycee sich etwas in den Kopf gesetzt hatte, zog
sie es durch. Sie war der sturste Mensch, den ich kannte. Und
sie war immer für mich da, auch wenn ich es – so wie jetzt – absolut nicht verdient hatte. Also schickte ich ihr nur ein Herz
zurück und packte mein Handy wieder weg. Skeptisch blickte ich zur Tür. Ob Demian immer noch dort war? Vermutlich
nicht. Wieso sollte er auch? Peinlich genug, dass ich ihn als le-
bendiges Taschentuch missbraucht hatte. Ich warf einen letzten, kontrollierenden Blick in den Spiegel. Das Weiß meiner

Augen war kaum noch gerötet, und die Flecken, die sich auf meinen Wangen gebildet hatten, waren verblasst.

»Du schaffst das«, sprach ich mir selbst Mut zu, dann ging ich in Richtung Ausgang. Ich hatte die Tür kaum aufgedrückt, als ich auch schon wieder stockte. Er stand nach wie vor dort. Ein Stück zur Seite zwar, und er lehnte mit verschränkten Armen an der Wand neben der Garderobe, aber er war immer noch da. Und der Blick aus seinen dunkelgrünen Augen war geradewegs auf mich gerichtet. Seine Stirn lag leicht in Falten, als wüsste er nicht, in welcher Verfassung ich den Waschraum verließ. Kein Wunder, ich wusste es ja selbst nicht genau. Ich machte einen Schritt nach vorn, und die Tür fiel mit einem dumpfen Laut hinter mir ins Schloss. Dann ging ich langsam auf Demian zu. Sein Shirt war zwar nicht länger nass, dafür war an der Stelle, an der sich eben mein Gesicht befunden hatte, nun ein dunkler Fleck dank meines Augen-Make-ups. Großartig.

»Schätze, ich schulde dir eine Reinigung. Wobei du die dir von den Einnahmen der letzten beiden Videos sicher auch selbst zahlen kannst.«

Irritiert sah er an sich runter, dann hob er die Augenbrauen und lachte leise.

»Schön zu sehen, dass du wieder ganz die Alte bist. Ich hab eine Waschmaschine, danke.« Trotz seines lockeren Tonfalls konnte ich die Sorge in seinen Augen sehen, als ich ihn erreichte.

»Wie geht es dir?«

»Gut.« Meine Antwort kam viel zu schnell. Nicht dass er mir anders Glauben geschenkt hätte, schließlich hatte er sowohl das Telefonat als auch meinen Zusammenbruch eben aus nächster Nähe miterlebt. Sein Gesicht spiegelte die Skepsis nur zu deutlich wider.

»Okay, und jetzt die ehrliche Antwort?«

Ich hob die Schultern. Wie sollte es mir schon gehen?

»Das war deine Mum am Telefon, oder?«

Ich lachte auf. »Du hast mich eben am Handy locker dreimal ›Mum‹ sagen hören. Wieso lassen wir das mit den rhetorischen Fragen nicht einfach und du sagst mir, was du willst?«

Vielleicht war ich zu gemein, immerhin schien Demian ernsthaft besorgt zu sein, aber ich hatte keine Lust mehr auf das Hin und Her.

»Lass uns reden. Nicht hier, aber …« Er fuhr sich durch die Haare, die daraufhin ungeordnet von seinem Kopf abstanden, was nicht recht zu dem makellosen Auftritt passen wollte, den er sonst an den Tag legte. »Können wir uns treffen?«

Es lag mir auf der Zunge, ihn wieder abzuweisen. Das tat es wirklich. Aber hatte ich eine Wahl?

Ich war noch nie so enttäuscht von dir.

Meine Mum hatte recht. Ich musste das alles wieder geradebiegen, musste eine Lösung finden. Und das schnell, wenn ich nicht noch mehr finanzielle Einbußen erleiden wollte. Ich wusste, dass Anita immer hinter mir stand, doch wer sagte, dass das Netzwerk das tun würde, wenn weitere Kunden sich von mir abwandten?

Ich atmete einmal tief ein und aus. Vielleicht sollte ich Demians Vorschlag annehmen. Was hatte ich schon zu verlieren?

Deine Würde? Deinen Stolz? Deine restliche Glaubwürdigkeit?

Okay, aber abgesehen davon? Nichts, genau.

»In Ordnung.«

Demian sah kurz überrascht aus, hatte seine Mimik jedoch schnell wieder im Griff. »Passt es dir gleich morgen?«

»Meine Freundin kommt heute, ich weiß noch nicht, wie lang sie bleibt. Kann ich dir schreiben?« Ich hob die Augenbrauen. »Blockiert hast du mich ja schließlich nicht mehr.«

Demians Mundwinkel zuckten. »Alles klar.«

»Du könntest wenigstens den Anstand haben, beschämt dreinzuschauen.«

»Wieso? Ich hab gesagt, ich möchte dir helfen und höre dir zu. Das heißt nach wie vor nicht, dass ich glaube, dass du im Recht bist. Schätze, dafür schauen wir uns erst mal alles an, was du hast.«

Ich schluckte. Das war so gut wie nichts. Plötzlich war ich sehr dankbar, dass Kaycee heute vorbeikam, denn ich musste Demian von der Wahrheit überzeugen, und dafür konnte ich einen klar denkenden Kopf definitiv gebrauchen.

»Okay, ich melde mich. Schätze, ich sollte auch langsam los, bevor meine Managerin mich doch noch hier erwischt.«

Demian nickte, doch keiner von uns bewegte sich auch nur einen Zentimeter. Warum nahm er sich die Zeit, wenn ihm das Ganze auch egal sein könnte? Warum hatte er mich aufgehalten, wenn es ihm doch in die Karten gespielt hätte, wäre ich auf Zane losgegangen?

Ich stellte ihm keine dieser Fragen. Zum einen, weil ich Angst hatte, er könnte es sich anders überlegen, zum anderen, weil es vielleicht auch gar keine Rolle spielte, welche Motive er hatte. Wichtig war nur, dass ich mein Leben zurückbekam und meiner Mum und auch Anita zeigen konnte, dass sehr wohl Verlass auf mich war.

»Danke«, sagte ich stattdessen. »Dass du mich davon abgehalten hast, Zane eine runterzuhauen, und für … für eben.«

»Du hättest ihm nicht wirklich eine runtergehauen, oder?«

»Weiß nicht. Kommt drauf an, was er gesagt oder getan hätte«, gab ich mit einem schiefen Lächeln zurück.

»Ach, Mist. Dann wünschte ich fast, ich hätte dich doch dein Ding machen lassen.« Demian erwiderte das Lächeln. Wenn man sich nicht gerade mit ihm stritt, war er wirklich attraktiv. Sehr attraktiv. Zumindest machten die Grübchen in seinen Wangen Dinge mit meinem Bauch, die ich am liebsten unterbinden würde. Er war immer noch Demian O'Neill. Allerdings war er aus nächster Nähe sehr viel weniger scheiße, als ich vermutet hätte.

21. KAPITEL

Fiona

»Uff.« Kaycee ließ sich nach hinten aufs Sofa fallen. Ihre pinken Haare waren zu einem unordentlichen Knoten auf ihrem Hinterkopf zusammengefasst, und sie zog die Beine, die in einer gemütlich aussehenden Jogginghose steckten, näher an ihren Körper. »Klingt nach einem harten Wochenende.«

»Ja«, seufzte ich und lehnte mich ebenfalls nach hinten. Ich hatte Kaycee ein Update der letzten Tage gegeben – vom Panel über das Gespräch mit Demian beim Frühstück bis hin zu meinem Aussetzer im Pressezentrum. Sie hatte aufmerksam zugehört, hin und wieder zustimmende Laute von sich gegeben und mich einfach reden lassen. Es tat gut, dass sie hier war. Sie hatte sich extra drei Tage Urlaub genommen, um mich zu unterstützen. Jetzt stieß sie geräuschvoll die Luft aus.

»Du weißt, dass deine Mum unrecht hat, richtig?«

Ich zog eine Grimasse. Das war das eine Thema, über das ich ungern mit Kaycee sprach: meine Mum. Kaycee hatte seit unserer Kindheit jegliche Dramen miterlebt. Obwohl sie selbst mehr als genug Rückschläge erlitten hatte, hatte sie eine deutliche Meinung zu meiner Mutter. Und die fiel nicht gerade positiv aus.

»Fiona …«

Auf ihren mahnenden Blick hin hob ich die Schultern. »Es ist verständlich, dass sie sich sorgt.«

»Es wäre verständlich, wenn sie sich um *dich* sorgt«, widersprach Kaycee. »Aber alles, was du mir gerade erzählt hast, klingt so, als wäre sie nur um sich und ihr Wohlergehen, ihren Status besorgt. Und das nicht zum ersten Mal.«

Kaycees Worte taten weh. Vielleicht, weil ich wusste, dass sie sie nicht grundlos äußerte. Ich war so daran gewöhnt, dass sich meine Mum auf mich verließ und ich sie versorgte, dass es häufig Kaycee brauchte, um mich daran zu erinnern, dass das nicht der Fall sein sollte.

»Themenwechsel?«, fragte ich, da ich genau wusste, dass diese Unterhaltung zu nichts führen würde. Wir hatten bereits mehrmals darüber gesprochen.

Kaycee lächelte mich schief an. »Ausnahmsweise. Aber bitte versprich mir, dass du dem Ganzen einen Riegel vorschiebst, wenn es zu schlimm wird. Catherine ist Familie, sie ist deine Mutter, ja. Aber du bist deshalb zu nichts verpflichtet, wir suchen uns unsere Familie nicht aus.«

Ich nickte, während ich die kleine Standpauke über mich ergehen ließ. Kaycee wusste genauso gut wie ich, dass ich nichts ändern würde. Ich konnte nicht. Gerade jetzt, da ich doch wusste, wie es sich anfühlte, wenn einem unfairerweise etwas entrissen wurde – wie könnte ich mich gegen meine Mutter stellen, der ich so viel genommen hatte? Dennoch nickte ich ein weiteres Mal.

»Versprochen.«

Kaycee drehte sich im Liegen zu mir um und malte mit ihrem Zeigefinger Muster auf den Sofabezug. »Und jetzt? Triffst du dich mit Demian?«

»Ich denke schon«, erwiderte ich und merkte, wie mein Herz ein kleines bisschen schneller in meiner Brust schlug. War es die Aufregung, endlich etwas unternehmen zu können, oder lag es doch an Demian selbst? Nein. Mit Sicherheit nicht.

»Gut … auch wenn ich immer noch nicht weiß, ob man ihm trauen kann.«

»Wegen der Podiumsdiskussion?«

»Hm, ne. Da sah er eher beschämt aus. Aber er hätte sich den Auftritt im Fernsehen ja nicht geben müssen.«

»Hättest du die Chance abgelehnt?«

Kaycee warf mir einen Blick unter zusammengezogenen Augenbrauen zu. »Ähm, ja?«

»Okay«, erwiderte ich mit einem Grinsen. »Du hasst es auch, im Mittelpunkt zu stehen. Hättest du es abgelehnt, wenn du ich wärst? Oder Demian.«

Sie hob die Schultern zur Antwort. »Vielleicht nicht. Sei einfach vorsichtig. Bei den anderen dreien dachtest du damals ja auch, du könntest ihnen vertrauen.«

»Nicht wirklich, ich dachte nur nicht, dass sie so eine Scheiße abziehen.«

»Eben. Also …« Sie richtete sich auf dem Sofa auf und stemmte die Hände in die Hüfte, was noch eindrucksvoller wirkte, da Kaycee ein weites, dunkles Shirt ihres liebsten Horrorpodcasts trug. Obwohl mir gar nicht danach war, musste ich lachen. Kaycee warf mir einen irritierten Blick zu. »Was?«

Ich deutete von ihrem Shirt, das, so vermutete ich, Jack the Ripper abbildete, zu mir in meinem rot-weißen Paddington-Schlafanzug, den ich vor etwa einem Jahr bei Tesco entdeckt hatte. »Ich frag mich nur manchmal, wie wir so unterschiedlich sein und trotzdem so gut harmonieren können.«

»Gegensätze ziehen sich an«, gab Kaycee mit einem Grinsen zurück. »Wobei der Pyjama wirklich schrecklich ist.«

»Das sagst du, seit ich ihn gekauft habe.«

»Ja. Und das, obwohl du diejenige von uns bist, die angeblich Ahnung von Mode hat.«

Ich rollte mit den Augen, wohl wissend, dass Kaycee mich

nur aufzog. Sie wusste, wieso der Film mir so viel bedeutete – so albern es auch war.

»Aber lenk nicht vom Thema ab«, fuhr Kaycee fort. »Ich mache uns jetzt Tee, hole den Lemon Drizzle Cake, den ich uns gemacht habe ...«

»Oh mein Gott!« Ich sprang auf und fiel ihr um den Hals, sodass sie lachend ins Taumeln kam.

»Es ist so schön, mal wieder wo zu sein, wo meine Backkünste noch Freudensprünge hervorrufen.«

»Du verwöhnst deine Familie einfach zu sehr. Schick den Kuchen mal ein, zwei Wochen lang zu mir, dann fangen sie auch an zu betteln.«

»Netter Versuch. Ich bin noch gar nicht fertig.« Kaycee pikte mir mit dem schwarz lackierten Fingernagel in die Schulter. »Ich sorg für die Snacks, und du schreibst Demian.«

»Ich hab gesagt, ich meld mich bei ihm, wenn du wieder zu Hause bist.«

»Nichts da. Es wird Zeit, dass dieses ganze Drama ein Ende hat.«

»Gerade meintest du, du weißt nicht, ob du ihm traust. Und hattest du nicht noch kompletten Hass auf ihn, als wir sein Video geguckt haben?«

»Ja, aber das alles hat mich gerade schon beim Zuhören gestresst, da will ich gar nicht wissen, wie es sich für dich anfühlt. Du schreibst ihm jetzt, dass ihr euch morgen trefft. Du sollst ja nur mit ihm reden, dafür müsst ihr einander nicht mögen.«

»Fährst du dann morgen schon?«

Es war kindisch, aber der Gedanke daran, direkt wieder allein in der Wohnung zu sein, behagte mir gar nicht. Die Ablenkung tat gut. So schaute ich nicht ständig aufs Handy und checkte meine Nachrichten und Kommentare. Außerdem vermisste ich Kaycee. Wir hatten früher beinahe jeden Tag zusammen verbracht, und auch wenn ich es nicht bereute, nach London gezogen zu sein, so trauerte ich doch unserem ursprünglichen Plan nach, gemeinsam herzuziehen. Umso erleichterter war ich, als Kaycee den Kopf schüttelte.

»Ne, wenn es geht, bleib ich noch 'ne Weile. Mary Ann übernimmt meine Schicht bis Mittwoch, und ich hab, bevor ich her bin, ein paar Hand-, Fuß-, und Gesichtsmasken geplündert.« Sie zog eine Grimasse. »Mit geplündert mein ich gekauft, denn Gott bewahre, dass dieser Laden seinen Mitarbeiterinnen etwas schenkt.« Sie deutete auf meinen Schlafanzug. »Meinetwegen kannst du den heute anbehalten, und ich guck diesen schrecklichen Film zum hundertsten Mal mit dir.«

»Der ist nicht schrecklich, und du weißt, eigentlich liebst du ihn auch. Bei der einen Szene in der Portobello Road hast du damals geweint!«

»Ja, ja. Ich würde trotzdem lieber *Bake That Cake!* gucken. Oder *London League*, wenn die neue Staffel endlich mal erscheint.«

»Damit du diesen Leo Campbell anhimmeln kannst?«

»Ich himmle ihn gar nicht an!« Sie bückte sich, nahm mein Handy vom Couchtisch und drückte es mir in die Hand. »Und jetzt hör auf, vom Thema abzulenken, und schreib ihm. Ich hol den Kram und den Kuchen.«

Ich nahm ihr das Handy ab, öffnete Instagram und ließ mich wieder auf das weiche Sofa fallen. »Danke, Cupcake.«

Kaycee zwinkerte mir zu und verließ dann das Wohnzimmer in Richtung Flur. Ich klickte mit einem Seufzen auf mein Postfach und zwang mich mit klopfendem Herzen, nicht auf die Texte der zahlreichen neu eingegangenen Nachrichten zu achten. Dennoch streifte mein Blick die oberen automatisch. Auch wenn ich sie nicht vollständig lesen konnte, ohne sie zu öffnen, genügten die ersten Worte, dass sich mein Herz zusammenzog.

Wo warst du denn heute?:(
Bist du krank? Wir standen extra ...
Ich bin mit meiner Tochter Ihretwe...
Bin aus Liverpool angereist und du ...

Ich musste die Nachrichten gar nicht ganz lesen, damit mir die darin enthaltene Enttäuschung und Wut entgegenschlug. Kurz blickte ich an die Decke und stieß geräuschvoll die Luft aus den Wangen. Boots hatte einen Post zu meinem angeblichen Unwohlsein erstellt, den ich geteilt und ein paar Worte dazu geschrieben hatte. Die Nachrichten klangen nicht danach, als ob sie auf viel Verständnis getroffen waren.

Mit einem Seufzen gab ich Demians Namen ins Suchfeld ein und öffnete unseren Chatverlauf. Kaycee hatte recht. Ich sollte unter keinen Umständen noch mehr Zeit verstreichen lassen.

@simplyfiona, 4.07 pm:
Hey. Was hast du morgen vor?

@dexposed, 5.36 pm:
Entschuldige die späte Antwort, hatte grad noch den letzten Messetermin.
Wieso? Magst du doch schon morgen reden?

@simplyfiona, 5.41 pm:
Es ist so seltsam, dich so nett zu erleben. Aber ja, wenn das geht?

@dexposed, 5.41 pm:
Klar. Wo magst du dich treffen?

@simplyfiona, 5.41 pm:
Kennst du das Bluebelles in Notting Hill?

@dexposed, 5.42 pm:
Nein, aber Portobello im Frühling … bisschen voll, oder? Bei mir in der Nähe ist ein kleines Café, da ist fast nur Laufkundschaft. Travel Café auf der Westminster Bridge Road. Das mit den vielen Pflanzen davor, da sind wir etwas abgeschirmter. 11 Uhr?

@simplyfiona, 5.42 pm:
Das klingt, als würdest du etwas Verbotenes tun wollen.

@dexposed, 5.42 pm:
Glaub mir, wenn ich unanständige Dinge tun will, mach ich das nicht an öffentlichen Plätzen.

@simplyfiona, 5.42 pm:

…

Ich will nicht nachfragen, oder?

@dexposed, 5.42 pm:

*Bring deinen Laptop mit, und such alles an Mails und
Nachrichten raus, was du hast.*
Bis morgen.

22. KAPITEL

Demian

Ich war nervös. Dabei war nicht ich derjenige, der Anlass hatte, nervös zu sein, oder?

Ich schloss meinen schwarzen Regenschirm und quetschte mich an den zahlreichen grünen Pflanzen vorbei ins Innere des kleinen Cafés. Die leise Jazzmusik, die aus den Lautsprechern drang, machte den Laden, der eher einem Dschungel glich, noch gemütlicher. Ich stellte meinen Regenschirm in den Ständer neben der Tür, trocknete meine Brillengläser am Ärmel meines Longsleeves und ließ meinen Blick durch den Raum schweifen. Fiona war noch nicht da, dabei war ich sogar ein paar Minuten zu spät, weil Austin das Badezimmer blockiert hatte. Hoffentlich hatte sie es sich nicht anders überlegt. Aber dann hätte sie sicher zumindest Bescheid gegeben …

»Hey, wie geht's?«, begrüßte mich der Mann hinter der Theke. »Blödes Wetter, oder?«

»London im April«, erwiderte ich und hob die Schultern. Immerhin war es relativ warm und ich mit den Gedanken so sehr bei dem Treffen gleich gewesen, dass ich den Regen kaum wahrgenommen hatte. »Könnte ich einen Americano haben? Für hier?«

»Klar, bring ich dir gleich.«

»Danke.«

Ich steuerte ans hintere Ende des länglichen Raums auf

den runden Tisch zu, der unter einer großen, industriellen Uhr platziert war. Das Café hatte nur zwei Tische, und ich hatte hier noch nie jemanden sitzen sehen, sodass wir hoffentlich ungestört waren. Und was noch wichtiger war: Unter der Tischplatte waren Steckdosen in die Wand eingelassen. Je nachdem, wie lange wir hier wären, würden wir diese brauchen.

Ich nahm auf dem hinteren Stuhl Platz, sodass ich den Eingang im Blick hatte, klappte meinen Laptop auf und öffnete die Dokumente mit all den Infos, die ich für mein erstes Video zu dem Thema zusammengetragen hatte. Es war eine wochenlange Recherche mit endlosen Telefonaten und E-Mails gewesen, und am Ende hatte mich Stolz erfüllt, bei der Sache den richtigen Riecher gehabt zu haben. Jetzt, als ich den vollen Ordner betrachtete, war dieser Stolz nicht mehr in mir. Vielmehr hatte ich Zweifel, ob ich Fiona nicht doch unrecht getan hatte.

Schätze, das finden wir gleich heraus.

Ich hatte den Gedanken kaum zu Ende gedacht, als die dunkelblaue Tür des Ladens geöffnet wurde und Fiona eintrat. Im Gegensatz zu mir hatte sie keinen Regenschirm dabei, sondern schob sich die Kapuze ihrer Regenjacke vom Kopf, unter der ihre blonden Haare zum Vorschein kamen. Sie wandte den Kopf kurz suchend umher, bevor sie mich an dem Tisch hinter all den Pflanzen entdeckte und mit einem leichten Lächeln auf mich zukam.

»Hey«, sagte sie und ließ Handtasche und Laptoptasche neben dem zweiten Stuhl zu Boden gleiten.

»Hi«, antwortete ich, während sie die graue Jacke auszog und über die Stuhllehne hängte. Es war ungewohnt, Fiona so zu sehen: ohne aufwendiges Make-up oder ein Outfit, das aus einem Modemagazin hätte stammen können, und mit Haaren, die trotz der Kapuze leicht feucht geworden waren. In ihren Sneakern, den schwarzen Jeans und dem weiten, hellblauen Shirt wirkte sie sehr viel nahbarer – und beinahe entspannt, wären da nicht ihre Finger gewesen, die sie unsicher knetete.

Immerhin war ich nicht der Einzige, der nervös war.

»Es ist schön hier. Fast ein bisschen, als säße man in einem Garten.«

»Ja und total ruhig, obwohl draußen immer die Hölle los ist. Ich halte hier oft, wenn ich in die Stadt laufe. Magst du was trinken?«

»Ja, ich hol mir was. Eigentlich müsste ich dich einladen, aber da bin ich wohl zu spät«, sagte sie mit Blick auf die Tasse, die ich noch nicht angerührt hatte.

»Keine Sorge, wir sind bestimmt eine Weile hier, ich komm drauf zurück.«

Mit einem Nicken strich Fiona sich die langen Haare hinter die Ohren und ging zur Theke, um zu bestellen. Ich nutzte die Zeit, um einmal tief durchzuatmen, und trank endlich einen Schluck meines Kaffees. Wieso zur Hölle war ich so nervös? Das ergab überhaupt keinen Sinn. Ich ließ mich doch sonst nicht so leicht aus der Ruhe bringen.

Durch die langen grünen Blätter der Pflanze beobachtete ich Fiona dabei, wie sie beim Barista bestellte. Irgendetwas war heute anders an ihr, und damit meinte ich nicht ihr Äußeres. Sie hatte mir noch keinen sarkastischen Kommentar entgegengeschleudert. Kein Vermerk darauf, dass ich mir meine Kaffees mit dem Geld des Videos ruhig selbst kaufen konnte. Kein wütendes Funkeln in ihren blauen Augen. Das hier war ihr wirklich wichtig, und ich hoffte inständig, dass wir etwas fanden, das sie entlastete. Der Gedanke überraschte mich, denn für mich würde das nur enormen Arbeitsaufwand bedeuten. Ganz davon abgesehen, dass man mir schlechte Arbeit unterstellen könnte, mein Management mit Sicherheit alles andere als begeistert wäre … und dennoch: Ich wollte, dass Fiona die Wahrheit sagte. Nur warum, das erschloss sich mir nicht.

Etwa drei Minuten später kehrte Fiona mit einem schaumigen, pinken Getränk zurück an unseren Tisch.

»Und ich dachte nach dem Hotel, du trinkst nur schwarzen Kaffee. Was ist das?«

»Ein Pink Latte. Rote Beete und Latte Macchiato.«

Ich zog eine Grimasse, woraufhin Fiona mir das Getränk unter die Nase hielt.

»Riech mal.«

Ich schnupperte an dem Glas und sah skeptisch zu Fiona, die sich gerade hinsetzte. »Riecht schlimmer, als es aussieht. Und das schmeckt dir?«

Fiona nahm einen Schluck durch den Metallstrohhalm. Dann verzog sie den Mund, kniff die Augen zusammen und schüttelte den Kopf. »Nope. Absolut nicht.«

Sie schüttelte sich, was mich zum Lachen brachte.

»Wieso trinkst du ihn dann?«

»Weil ich es ausprobieren wollte«, gab sie zurück und trank vorsichtig einen weiteren Schluck. »Okay, hiermit möchte ich festhalten, dass Rote Beete nicht in Kaffee gehört.«

»Danke, aber das hätte man auch vorher erahnen können.«

»Erahnen? Ja. Wissen? Nein. Ich dachte, du bist der Wissenschaftler von uns beiden. Sollte man da nicht alles prüfen?«

»Die Opfer, die ich für die Wissenschaft erbringe, haben ihre Grenzen. Und ich ziehe meine bei Kaffee.«

»Fair enough«, entgegnete Fiona mit einem Lachen und stellte ihr Getränk zur Seite. Dann nahm sie den Laptop aus der grauen Tasche und platzierte ihn so auf dem Tisch, dass wir beide den Bildschirm sehen konnten. Ich wandte den Blick ab, als sie ihr Passwort eingab – etwas, das ich trotz Austins

Warnungen immer noch nicht eingerichtet hatte –, und drehte meinen Laptop ebenfalls.

Fiona klickte ein paarmal auf dem Touchpad herum.

»Keine Ahnung, ob das wirklich etwas bringt«, sagte sie zögerlich. »Ich bin gestern Abend mit Kaycee alles durchgegangen. Das Einzige, was die Mails beweisen, ist, dass ich dumm genug war, meinen Namen und mein Gesicht für die Sache herzugeben, obwohl ich eigentlich zu wenig Zeit für die Organisation hatte.«

»Kaycee ist deine Freundin, die gerade zu Besuch ist?«

»Oh, ja, sorry. Sie kam gestern nach der Messe. Sie ist es auch, die mich überredet hat, mich heute schon mit dir zu treffen.«

Ich nickte und versuchte, mir nicht anmerken zu lassen, dass ihre Worte mir einen kleinen Stich gaben. Es war bescheuert. So abweisend, wie Fiona auf der Convention gewesen war, sollte es mich nicht wundern, dass sie nicht gerade erpicht darauf war, Zeit mit mir zu verbringen. Wieso störte mich das überhaupt? Wollte ich mein schlechtes Gewissen so dringend beruhigen? Ich seufzte über mich selbst, was Fiona jedoch falsch zu verstehen schien, denn sie hob die Schultern und lächelte mir entschuldigend zu.

»Ich hab gesagt, es ist nicht viel.« Sie scrollte die markierten E-Mails entlang. »Die Mails beweisen nur, dass ich während der Planung mit Anita in New York war und dass die anderen das Meiste im Alleingang organisiert haben. Aber nicht, dass ich nichts von alldem wusste.«

Sie holte ihr Handy aus ihrer Jackentasche hervor, entsperrte es und schob es zu mir. »Das hier ist der Gruppenchat, aber auch da ...«

Fiona ließ den Satz offen zwischen uns im Raum stehen, und ich scrollte mit dem Zeigefinger den Nachrichtenverlauf entlang und überflog die Zeilen. Sie hatte recht, viel gab der Chat nicht her. Nachrichten in Großbuchstaben von Dylan, wie »nice« das Event doch werden würde, mehrere Links zu Dekoartikeln und Veranstaltungsorten von Natalie, sehr wenig von Zane und zwischendrin immer mal wieder Nachrichten von Fiona.

»Dir war der Eintritt zu teuer?«, fragte ich, als ich eine ihrer Nachrichten las.

»Ja«, erwiderte sie. »Es sollte ja ein Fan-Event werden, und viele unserer Follower und Followerinnen sind jünger. Wenn man bedenkt, dass einige auch noch die Anreise zahlen, ihre Eltern teilweise mitfahren müssen … Die Spenden sollten ja in erster Linie durch die größeren Firmen zusammenkommen. Die wiederum sind eher anwesend, wenn ihre Zielgruppe da ist, also dachte ich, wären günstigere Tickets nur fair. Damit hätten wir die Veranstaltungskosten trotzdem decken können und alles, was darüber hinaus reingekommen wäre, hätten wir an *Hungry Eyes* und *Nightsky* spenden können.« Sie stützte den Kopf auf ihren Handflächen ab. »Betonung auf hätten. Ich kann wirklich kaum fassen, dass ich so dumm war.«

»Jeder macht mal Fehler.«

Fiona stieß ein Schnauben aus. »Wirklich? Und das von dir?«

»Ich hab nie angeprangert, dass Menschen Fehler machen«, verteidigte ich mich. »In den Videos geht es darum, dass Leute mutwillig und wider besseres Wissen schlechte Dinge tun. Ein Fehler ist etwas anderes. Da kann man die beste Absicht haben und trotzdem aus Versehen das Falsche tun.«

Fiona hob die Augenbrauen und schmunzelte leicht. »Pass auf, Demian, man könnte beinahe auf die Idee kommen, dass du mir glaubst.«

Ich versuchte, mich nicht von dem Funkeln in ihren hellblauen Augen aus der Ruhe bringen zu lassen. »Ich arbeite dran«, murmelte ich stattdessen und widmete mich wieder dem Chatverlauf. Das verräterische Flattern in meinem Bauch machte es jedoch nicht gerade einfach, mich zu konzentrieren.

Eine Stunde später lag Fionas Kopf auf der Tischplatte, und sie nuschelte etwas Unverständliches in ihre Handfläche. Ich wiederum hatte die Brille abgesetzt und massierte mir mit Zeigefinger und Daumen die Nasenwurzel. Ich brauchte mehr Kaffee. Wir hatten uns durch alle E-Mails und Nachrichten geklickt, doch natürlich war keiner der anderen drei so unachtsam gewesen, etwas über den eigentlichen Plan zu schreiben. Das überraschte mich zwar kein Stück, gestaltete die Arbeit und die Grundlage für eine gute Argumentation in meinem nächsten Video jedoch schwieriger.

In meinem nächsten Video ...

Als wäre das bereits beschlossene Sache. Doch wenn ich ganz ehrlich zu mir war, war es das wohl. Ich liebte Fakten und Wissenschaft, doch mein Bauchgefühl hatte bisher nie falsch gelegen. Nur so war ich überhaupt auf das Ganze gestoßen. Und mein Gefühl sagte mir, dass Fiona recht hatte. Nur leider reichte ein Gefühl nicht aus – ich brauchte mehr. Und ich war mir nicht sicher, ob ich es in den Nachrichten finden würde. Fiona gab einen grummelnden Laut von sich, den ich jedoch unmöglich verstehen konnte.

»Was war das?«, fragte ich an Fiona gewandt, deren Verzweiflung mit jeder Minute größer geworden war.

»Nichts«, meinte sie und hob den Kopf wieder. »Ich verfluche nur alles und gebe mich dem Selbsthass hin.«

»Hey.« Ich pikte ihr mit der Rückseite des Kugelschreibers gegen den Ellbogen. »Selbsthass bringt dich genauso wenig weiter wie das Selbstmitleid der letzten Wochen.«

»Woher willst du das mit dem Selbstmitleid wissen?«

»Du hast mir eben erzählt, dass du in den letzten drei Wochen zweimal diesen Film mit dem sprechenden Bären geschaut hast. Das klingt ziemlich stark nach Selbstmitleid. Meine Schwester guckt auch immer Disney-Kinderfilme, wenn es ihr schlecht geht.«

»Was hat jeder gegen Paddington? Als Londoner müsstest du den Film eigentlich lieben!«

»Es gibt so viele Filme, die in London spielen, das ist wohl kaum ein Kriterium. Was liebst du so daran? Wird es nicht irgendwann langweilig, ein und denselben Film immer und immer wieder zu gucken? Du weißt doch schon, was passiert.«

»Darum geht es doch gar nicht.« Fiona richtete sich auf und schien plötzlich wieder energiegeladen. Ich verkniff mir ein Schmunzeln. »Natürlich weiß ich, was passiert. Aber das weiß man bei den meisten Filmen doch sogar, ohne sie gesehen zu haben. Leute schauen auch Liebesfilme, obwohl sie wissen, dass die Hauptdarsteller sich sowieso am Ende kriegen. Es geht vielmehr um die Atmosphäre und um das Gefühl. Hast du den Film überhaupt schon mal gesehen?«

Ich schüttelte den Kopf.

»Wahrscheinlich guckst du eh nur Dokumentationen über …« Sie machte eine wegwerfende Geste. »Atome, schwarze Löcher oder was du alles auf deinem Kanal besprichst. Klar, der Film bringt dir in der Hinsicht nichts bei, aber es geht um Liebe, um Familie … ums Dazugehören. Um Akzeptanz und das Überwinden von Vorurteilen.«

»Thematisieren das nicht die meisten Filme?«

»Mag sein, aber irgendwie ist das darin total bei mir hängen geblieben. Paddington hat seine Eltern früh verloren und wächst bei seiner Tante und seinem Onkel auf. Dann folgt ein weiterer Schicksalsschlag, und er muss ganz allein von Peru nach London und dort neu starten. Ohne jemanden zu kennen. Als Kind hat mich das total beeindruckt, weil Kaycee und ich damals schon geplant haben, auch in die Stadt zu ziehen – egal um welchen Preis.«

Fiona lehnte sich mir auf den Tisch gestützt entgegen, jegliche Frustration und Müdigkeit in ihrem Gesicht waren verflogen.

»Der Film verpackt total gut, wie es sich anfühlt, neu nach London zu ziehen. Diese Mischung aus Faszination von all dem Trubel, aber auch die Einsamkeit, weil trotz der Menschenmenge doch jeder für sich lebt. Und die Schauplätze sind auch super! Die Frau, die Paddington findet, nimmt ihn mit in ein Antiquariat, und es ist dieses rote von der Portobello Road, das kennst du sicher. Das *Alice's*?«

Ich nickte und verkniff mir das Grinsen über ihren Redeschwall und darüber, wie die Worte immer schneller ihren Mund verließen.

»Du kannst dir gar nicht vorstellen, wie aufgeregt ich war, als ich es durch Zufall ein paar Jahre später entdeckt hab. Da waren Kaycee und ich eigentlich nur auf dem Markt shoppen und ...«

Sie stoppte mitten in der Erzählung, räusperte sich und lehnte sich wieder in ihrem Stuhl zurück.

»Sorry, das sollte gar nicht so ausarten.«

Schnell schüttelte ich den Kopf. »Du musst dich nicht entschuldigen. Keine Ahnung, wann ich jemanden zum letzten Mal so begeistert über etwas hab reden hören. Scheint dich auf jeden Fall mehr überzeugt zu haben als dein Rote-Beete-Saft.«

»Oh haha, mach dich nur lustig.«

Ich mochte es mit einem neckenden Unterton gesagt haben, aber es war wirklich schön, Fiona so zu sehen und sprechen zu hören. Es erinnerte mich an die Aufnahme des Livestreams. Dort hatte sie zwar über ein völlig anderes Thema gesprochen, doch dasselbe Feuer hatte in ihren Augen gelegen und ihre Miene erhellt. Dieser Ausdruck hatte mich schon auf dem Foto in dem Online-Artikel in seinen Bann gezogen, und wenn ich ehrlich zu mir war, dann tat er es auch jetzt.

»Sorry, ich wollte mich wirklich nicht lustig darüber machen.«

Jetzt war ich es, der die Arme auf dem Tisch abstützte. Ich spielte mit dem Kugelschreiber, der auf dem beschriebenen Notizblock in unserer Mitte lag.

»Bei mir sind es Meteoriten«, sagte ich mit einem schiefen Lächeln. »Und ja, da kam ich durch einen Dokumentarfilm drauf, auch wenn du dich darüber eben lustig gemacht hast. Ich hab mit meinem Dad oft irgendwelche Dokus geguckt, weil er das liebend gern tut. Das meiste davon hab ich nicht verstanden. Aber eine Zeitlang liefen welche über das Universum, und die Bilder haben mich total fasziniert. Ein paar Tage später hat er mich dann mit ins Natural History Museum genommen.« Ich hob die Schultern. »Da geh ich oft hin, wenn es mir nicht gut geht oder ich einfach mal was anderes sehen muss. Schätze, das ist so ähnlich, wie sich Paddington dreimal in der Woche anzusehen.« Ich grinste. »Wobei es im Museum immerhin wechselnde Ausstellungen gibt.«

Fionas Mundwinkel zuckten leicht.

»Bei mir hat es auch was mit einer Kindheitserinnerung zu tun.« Sie hatte den Blick auf ihre Finger gerichtet, anstatt mich wie eben anzusehen. »Es ist der erste Film, den ich mit meiner Mum im Kino gesehen hab. Oder besser gesagt der einzige.« Jetzt hob sie den Kopf doch und lächelte, obwohl ihre Stimme eine gewisse Traurigkeit transportierte. »Das gehört zu einer meiner schönsten Erinnerungen.«

Schweigen breitete sich zwischen uns aus. Von meiner Seite aus, weil ich nicht wusste, was ich darauf sagen sollte. Vor meinem inneren Auge erschien das Bild von Fionas Zuhause, gemeinsam mit dem, was Liam mir von ihrem Besuch erzählt hatte. Was zwar nicht viel war, aber doch genug, um zu wissen, dass Fiona nicht mit dem goldenen Löffel im Mund geboren worden war.

»Ein Zuhause ist mehr als nur ein Dach über dem Kopf.«

Beinahe ertappt zuckte ich zusammen und befürchtete schon, gedankenverloren etwas über Fionas Haus gesagt zu haben, doch sie sah lächelnd von ihren Fingern auf.

»Das sagt der Besitzer des Antiquariats zu Paddington. Und es stimmt.« Sie strich sich eine Strähne aus dem Gesicht und räusperte sich, als wäre ihr das Gespräch plötzlich unangenehm. »Ich hol mir noch einen Kaffee. Einen richtigen diesmal. Magst du auch was?«

Ich schüttelte den Kopf. Zwischendrin hatte ich uns Leitungswasser geholt, und die Mails und Nachrichten hatten mich wacher werden lassen, als Koffein es könnte. Fionas Anwesenheit und ihre begeisterte Zusammenfassung des Films ebenso, wie ich mir eingestehen musste. Ich hatte kaum Zeit gehabt, mich zu sammeln, als Fiona auch schon mit einem Latte Macchiato zurück an den Tisch kehrte.

»Gar nicht pink diesmal.«

Ihre Antwort war ein Augenrollen. »Immerhin hab ich es ausprobiert. Also ... was denkst du?«

»Über die Mails und all das?«

»Hmhm«, machte sie, während sie sich einen Löffel Milchschaum in den Mund schob.

Ich hob die Schultern. »Ich bin ehrlich, ich hab gehofft, dass es irgendwas Aussagekräftigeres gibt. Etwas, das beweist, dass du von nichts wusstest, oder zumindest irgendein Detail, dem ich weiter nachgehen kann.«

»Reicht es denn nicht, dass in keiner der Nachrichten irgendwas von dem Betrug steht?« Noch bevor ich antworten konnte, winkte Fiona ab. »Kann ich mir selbst beantworten, das reicht natürlich nicht. Die Nachrichten hätte ich auch einfach löschen können.«

Sie erwiderte mein entschuldigendes Lächeln, aber es erreichte ihre Augen nicht. Kein Wunder, wenn ich mir schon mehr erhofft hatte, wie musste es ihr erst gehen? Doch so schnell wollte ich nicht aufgeben.

»Hast du nicht gesagt, Natalie käme dir vor, als hätte sie ein schlechtes Gewissen gehabt?«

»Ja, schon. Aber das ist ein paar Wochen her. Und dass sie eine gute Schauspielerin ist, hat sie ja bewiesen.«

»Vielleicht könntest du es trotzdem noch mal bei ihr probieren«, schlug ich vorsichtig vor. »Ich würde es selbst machen, aber die Chancen, dass sie sich mit mir trifft, sind gleich null.«

Begeistert schien Fiona nicht von der Idee, doch sie wiegte langsam den Kopf hin und her. »Ja, kann ich machen. Aber ich kann dir nicht versprechen, dass es was bringt.«

»Schon klar. Aber …« Ich deutete auf das Chaos vor uns, das wir in der letzten Stunde angerichtet hatten. »… ich fürchte, das hier reicht nicht. Nimm's mir nicht übel, aber daraus kann ich kein Video drehen. Zumindest keines, das aussagekräftig genug wäre, dass die Leute uns glauben. Damit würde ich im Endeffekt nicht nur mir, sondern auch dir schaden.«

Ich wollte zu einer weiteren Erklärung ansetzen, doch zu meiner Überraschung nickte Fiona. »Ich weiß, das würd ich auch gar nicht verlangen. Das ist zu wenig.« Sie seufzte und massierte sich die Schläfen, bevor sie die Hände geräuschvoll auf den Holztisch fallen ließ. »Also gut, ich frag Natalie nach einem Treffen.«

»Hey.« Ich lehnte mich Fiona entgegen und zwang sie so, mich anzusehen. »Wir kriegen das hin. Wir haben uns jetzt gerade einmal eine Stunde da drangesetzt. Für das erste Video hab ich wochenlang recherchiert.«

Ich hatte gehofft, sie mit meinen Worten zu beruhigen, doch stattdessen verzog sie die Lippen zu einer dünnen Linie.

»Ich habe keine Wochen, Demian. Für mich steht mehr auf dem Spiel als bloß ein paar Kooperationen und blöde Kommentare auf Instagram.«

Sie hatte es zwar nicht ausgesprochen, doch ich war mir ziemlich sicher, dass sie damit auf das Telefonat anspielte, das ich gestern zur Hälfte mitgehört hatte. Die Erinnerung daran rief zwangsläufig auch die darauffolgende hervor: wie ich Fiona gehalten und sie geweint hatte. Ob nun aus guten Gründen oder nicht – für diese Tränen war ich verantwortlich. Und ich wollte es wiedergutmachen. Das wollte ich wirklich. Und das würde ich.

23. KAPITEL

Fiona

Zitternd atmete ich aus. Zum einen, weil der Gedanke an meine Mum wieder so präsent war. Zum anderen, weil ich mir völlig bewusst darüber war, wie nah Demians Fingerspitzen meinen waren. Mindestens genauso bewusst war ich mir des Kribbelns in meinem Bauch, das dort nicht hingehörte. Er war Demian. Das hier kein Date. Mein Bauch durfte solche Dinge nicht tun. Sicher war ich einfach überfordert von der gesamten Situation – wundern würde es mich nicht. Langsam zog ich meine Hände zurück und legte sie in meinen Schoß. Wie auf Kommando lehnte auch Demian sich wieder nach hinten in seinen Stuhl. Ich trank einen großen Schluck meines Kaffees, um meine Finger zu beschäftigen.

Er fragte nicht weiter nach, was ich mit meinen letzten Worten gemeint hatte, und ich war dankbar dafür. Ich verstand ohnehin nicht, wieso ich ihn so tief blicken ließ. Klar, ich hatte auch Liam in meiner Verzweiflung viel erzählt. Aber das hier war anders. Kaycee war die einzige Person, mit der ich über meine Mum sprach. Die letzten Worte waren einfach so über meine Lippen gekommen. Ein Blick aus Demians dunkelgrünen Augen hatte gereicht, dass ich mich öffnete. So wie auch schon auf der Convention. Ich hatte vor ihm geweint, verdammt. Ich weinte nie vor anderen. Schon lange nicht mehr.

Ich räusperte mich und sah ihm geradewegs in die Augen.

Wenn er etwas an sich hatte, das meine Mauern einstürzen ließ, musste ich vorsichtig sein.

»Wenn ich zu Natalie gehe und mit ihr rede, wenn wir das wirklich weiter verfolgen ... Kannst du mir versprechen, dass du damit nicht wieder ein solches Video machst? Dass du all das nicht doch gegen mich verwendest?«

Für einen kurzen Augenblick huschte ein Schatten über Demians Gesicht. Er wirkte beinahe verletzt. Nichtsdestotrotz nickte er, ohne zu zögern.

»Ja.«

Ich konnte nicht einmal sagen, wieso mir bei diesem einen Wort eine Last von den Schultern fiel. Was hätte er auch sonst antworten sollen? *Ne, ich hab vor, dich komplett auflaufen zu lassen?* Wohl kaum. Dennoch glaubte ich ihm. Aus welchem Grund auch immer. Vielleicht, weil er so aufrichtig klang. Vielleicht, weil er derjenige war, der im Hotel auf mich zugekommen war. Vielleicht, weil er sich seit dieser Podiumsdiskussion bemühte, sich bei mir zu entschuldigen.

»Ich weiß, du hast keinen Anlass, mir zu vertrauen. Aber ich verspreche dir hiermit hoch und heilig, dass es das letzte Video sein wird, das ich überhaupt zu diesem Thema mache. Und hoffentlich das letzte, das ich jemals zu dir drehen muss.«

Ich lachte auf. »Glaub mir, ich werd dir nicht noch einmal Anlass geben.«

Er schmunzelte leicht. Für einen Moment saßen wir einfach nur da, sagten nichts und lächelten einander an. Ausnahmsweise hatte ich nicht das Bedürfnis, die Stille mit Worten zu füllen. Irgendetwas an Demian und diesem Moment erdete mich, änderte die Stimmung im Raum und schaffte es, mir die letzten Bedenken, die ich im Hinblick auf unsere Zusammenarbeit hatte, zu nehmen. Mein Blick wanderte über sein Gesicht. Das Grübchen war wieder in seiner linken Wange aufgetaucht. Ich hatte es schon einmal bemerkt – vor unserem Panel auf der Convention. Dort war sein Lächeln sarkastisch gewesen, jetzt jedoch wirkte es aufrichtig. Es warf mich so aus der Bahn, dass ich beinahe hätte vergessen können, dass wir nicht einfach zum Plaudern hier waren. Aber eben nur beinahe. Also klappte ich meinen Laptop zu und packte ihn in die Tasche.

»Danke, Demian. Für deine Zeit und auch für den Vertrauensvorschuss.« Dadurch, dass ich meine Sachen zusammenpackte, wirkten die Worte förmlicher als beabsichtigt. »Ich schreibe Natalie sofort und versuch, mich so schnell wie möglich mit ihr zu treffen. Kann ich mich danach noch mal bei dir melden?« Ich ließ mein Notizbuch und den Kugelschreiber in meine Handtasche gleiten und zog sie auf meinen Schoß.

»Ja, na klar. Das würde mich freuen.« Demian sah von meinem Gesicht zu der Tasche, während ich auf all die Arbeitsmaterialien blickte, die nach wie vor vor ihm ausgebreitet lagen. Möglich, dass ihn mein abrupter Aufbruch überraschte, aber ich durfte nicht aus den Augen verlieren, wieso ich hier war und was das zwischen uns war: eine Zweckgemeinschaft. Er half mir, meinen Ruf wiederherzustellen, im Umkehrschluss würde er sein schlechtes Gewissen besänftigen. Nicht mehr und nicht weniger.

Ich leerte meinen Latte Macchiato und lächelte Demian noch einmal zu.

»Na dann ... schätze, wir sehen uns die Tage?«

»Jap«, erwiderte er und begann nun seinerseits, seine Sachen zusammenzuräumen. »Vielleicht sollten wir Nummern tauschen? Dann kannst du mich auf dem Laufenden halten. Wegen Natalie, aber auch wenn sich was bei deinen Kooperationspartnern tut oder ...« Er hielt inne, als zögerte er, ob er die nächsten Worte aussprechen sollte. Ich konnte nicht sagen, was ihn dazu bewegte, sie doch zu äußern, aber der Teil von mir, der für dieses völlig unpassende Kribbeln in mir verantwortlich war, wünschte sich, er hätte es nicht getan. »Oder einfach so, wenn du reden magst.«

Leider war genau dieser Teil auch dafür verantwortlich, dass ich die Klappe nicht halten konnte.

»Na klar«, sagte ich und zückte mein Smartphone, um Demians Nummer zu speichern. »Das mach ich.«

Und leider hatte dieser Teil in mir Lust, meinen Worten treu zu bleiben und genau das zu tun.

»Was sagst du?«

Kaycee streckte mir ihre linke Hand entgegen, an deren Zeigefinger ein neuer Ring prangte. Wann immer wir gemeinsam auf einen Markt gingen – sei es der auf der Portobello Road am Samstag oder, wie heute, der Camden Market –, kaufte sie sich einen neuen Ring. Ich wollte gar nicht wissen, wie viele von den Dingern sie mittlerweile besaß.

»Ich mag den mit dem dunkelgrünen Stein lieber«, erwiderte ich und deutete auf einen filigranen silbernen Ring. Die Farbe ließ mich unweigerlich an Demian denken. Ein Blick in dieses Dunkelgrün, und ich hatte mich verletzlicher gezeigt als seit Jahren – dabei kannte ich ihn doch kaum …

Nach einigen Minuten des Hin und Hers, in denen sie die beiden Ringe miteinander verglich, entschied sich Kaycee schließlich für den grünen. Sie bezahlte, hakte sich bei mir unter, und wir schlenderten weiter, vorbei an Ständen voll mit Magneten, Schmuck, Tüchern, Kerzen und sonstigem Kleinkram. Der Geruch von frittiertem Essen lag in der Luft, und die Musik aus den vereinzelten Boxen übertönte die Geräusche des Feilschens zwischen Händlern und Touristengruppen. Es hatte aufgehört zu regnen, und während auf dem Boden noch vereinzelte Pfützen standen, schien die Sonne auf uns herab.

»Denkst du, ich sollte das Gespräch mit Natalie aufnehmen?«

Zu meiner Überraschung schüttelte Kaycee den Kopf. »Wenn du es ohne ihr Wissen aufnimmst, kannst du es sowieso nicht verwenden. Das unterliegt dem Beweisverwertungsverbot. Damit macht ihr euch höchstens strafbar.«

Ich unterdrückte ein Grinsen. »Lass mich raten, Podcast-Wissen?«

»Du sagst es, als wäre es was Schlechtes«, gab Kaycee zurück. »Soll ich mit zum Treffen mit dieser Natalie?«

»Was, als Back-up?«

An meinem Oberarm spürte ich, wie Kaycee mit den Schultern zuckte. »Na ja, falls sie dir komisch kommt oder so …«

Ich wandte den Kopf in ihre Richtung und hob die Augenbrauen. »Du lässt mich mit Demian allein, aber kommst als Verstärkung mit zu Natalie? Wow.«

Kaycee winkte ab. »Komm schon. Ich hab Demians Video gesehen, mit dem wirst du locker allein fertig. Er ist so … schlaksig.«

»Er ist gar nicht schlaksig. Außerdem ist er fast zwei Köpfe größer als ich und …«

Kaycee blieb so abrupt stehen, dass es in meiner Armbeuge schmerzte.

»Was?«, fragte ich irritiert und blickte nach links und rechts, um zu sehen, ob sie einen weiteren tollen Stand entdeckt hatte, doch wir waren mittlerweile von Fressbuden umgeben.

»Hast du gerade Demian O'Neill verteidigt? Vielleicht hätte ich doch mitkommen sollen, ich hab anscheinend einiges verpasst.«

Ich schnaubte. »Hast du nicht. Ich mein ja nur. Aber um zum wichtigen Thema zurückzukommen: Du musst nicht mit. Sie wollte sich nicht mal mit mir in einem Café treffen und klang alles andere als begeistert, von mir zu hören. Denke, das Treffen hat sich innerhalb weniger Minuten erledigt. Dabei brauche ich wirklich dringend mehr für Demian.«

»Ich versteh nicht, wieso du dir die ganze Mühe machen musst. Er hat es verbockt, er soll es gefälligst wieder ausbügeln.«

»Na ja, er ist derjenige, der mir den Gefallen tut. Theoretisch könnte er sich zurücklehnen und die Show genießen. Außerdem … wenn Natalie schon mit mir nicht wirklich sprechen möchte, wieso sollte sie sich dann mit ihm treffen?«

»Punkt für dich. Das mit Natalie zumindest. Was Demian angeht, bin ich immer noch der Meinung, dass es das Mindeste ist, was er tun sollte.« Kaycee sah auf ihre Uhr, dann nach links zum Pub. »Drinks? Ist ein bisschen früh, aber nach dem Tag kannst du sicher einen gebrauchen. Außerdem hab ich Lust auf Burger!«

»Na, dann los.« Grinsend folgte ich meiner besten Freundin, die sich das nicht zweimal sagen ließ, in das orange angestrichene Gebäude.

»Ich liebe es hier einfach.« Kaycee ließ sich mit einem Seufzen auf den Stuhl fallen und blickte aus dem Fenster auf den Kanal. »Wenn ich groß bin, zieh ich nach London.«

Ich stieß ein Lachen aus. »Den Spruch konnten wir mit zwölf bringen, Kaycee.«

Sie hob die Schultern und lächelte schief. »Na ja, die meiste Zeit fühl ich mich immer noch nicht richtig erwachsen. Ich geh jetzt arbeiten statt zur Schule, aber wirklich geändert hat sich nichts. Ernst genommen werd ich von den meisten auch immer noch nicht.«

»Ja, stimmt schon«, erwiderte ich und dachte an die zahlreichen Gespräche mit Firmenvertretern. Make-up-Firmen wohlgemerkt, die trotzdem häufig über mich hinwegsprachen und die wichtigen Details mit Shaun klärten, obwohl ich diejenige war, die ihre Produkte testen und vorführen sollte. »Du kannst jederzeit bei mir einziehen.«

»Ich weiß, das sagst du immer wieder.«

»Weil es stimmt.«

Gedankenverloren sah Kaycee wieder nach draußen, wo gerade eine Truppe in einem Boot vorbeipaddelte. »Es wäre schon schön. Ich könnte das hier viel häufiger machen. Allein die Häuser auf dem Weg hierher mit den ganzen Skulpturen. Um die Ecke vom Hyde Park wohnen, die Straßenmusiker erleben, diesen ganzen Trubel direkt vor der Haustür haben …« Sie hielt inne und rollte mit den Augen. »Jetzt klinge ich wie ein Touri.«

»Wir klingen beide wie Touris, wenn wir über die Stadt reden. Das war schon immer so und wird sich auch nie ändern.«

»Hoffentlich«, erwiderte Kaycee mit einem Grinsen. »Mal sehen, was die Zukunft bringt. Wenn Clara mit der Schule fertig ist, vielleicht. Dann hat Dad daheim weniger Stress.«

»Darf ich euch was zu trinken oder zu essen bringen?«, unterbrach die Kellnerin unser Gespräch.

»Ich nehme einen Raspberry Cider und einen Double Cheese Burger«, sagte Kaycee, ohne überhaupt in die Karte geguckt zu haben.

»Für mich ein Guinness und einen Veggie Burger.«

»Beides mit Chips?«

Wie auf Kommando nickten wir, wobei Kaycee dreinblickte, als wäre es eine Unverschämtheit, diese Frage überhaupt zu stellen. Ein paar Minuten schwiegen wir einfach und beobachteten den Trubel um uns herum. Ich merkte, wie ich endlich zur Ruhe kam und mich nach und nach immer mehr entspannte.

»Das ist wie Urlaub«, sagte Kaycee schließlich und streckte die Arme in die Höhe. »Ich weiß gar nicht, wann ich das letzte

Mal gleich mehrere Tage am Stück frei hatte.« Sie ließ die Arme wieder sinken. »Sorry, das war doof. Für dich ist es das genaue Gegenteil von Urlaub.«

Schnell schüttelte ich den Kopf. »Entschuldige dich nicht, ich bin froh, dass du mal zur Ruhe kommst.«

Kaycee sah mich mit schief gelegtem Kopf an. »Du bist generell seltsam gut gelaunt. Ich hab auch gestern, als ich ankam, mit viel größerem Chaos gerechnet. Abgesehen von deinem Pyjama hattest du dich echt unter Kontrolle.«

Ich hob die Schultern. »Ich weiß auch nicht … Gerade bin ich einfach guter Dinge, dass das wieder wird.«

»Wegen Demian?«, fragte Kaycee und zog die Augenbrauen in die Höhe. »Ich glaube, ich möchte ihn mal treffen.«

»Was? Wieso das?«

»Weil du ihm zu vertrauen scheinst und ich wissen will, ob er das überhaupt verdient hat. Versteh mich nicht falsch, ich find es gut, dass du dich heute Morgen mit ihm getroffen hast, aber ich wäre einfach vorsichtig. Du kennst ihn nicht.«

Ich nickte und war froh, als ein Kellner mit unseren Getränken an den Tisch trat und mich vor einer Antwort rettete. Ich konnte mir ja selbst nicht erklären, wieso ich Demian vertraute. Es ergab keinen Sinn, aber ich tat es dennoch.

»Der Raspberry Cider.«

»Yep, meiner.« Kaycee hob die Hand.

»Und ein Pint Guinness.« Mit einem Schmunzeln stellte der dunkelhaarige Mann das Glas vor mir ab. »Hätte nicht gedacht, dass du Stout-Bier trinkst.«

Fragend blickte ich zu ihm auf.

Bitte lass ihn mich nicht erkannt haben. Keine Kommentare zum Video. Bitte.

»Na ja, sieht man einfach nicht oft, dass eine Frau wie du dunkles Bier trinkt. Oder Bier überhaupt. Gefällt mir.«

»Wie bitte?«

Okay, wirklich besser war diese Bemerkung nicht.

»Was meinst du mit ›eine Frau wie ich‹?«

Kaycee hielt sich die Hand vor den Mund, vermutlich, um ihr unterdrücktes Lachen zu verstecken, denn ich sah ganz deutlich, wie ihre Schultern bebten.

»Also … ich meinte, weil du eher wie der Typ wirkst, der …«

Ich zog die Augenbrauen noch ein Stück höher, während er den Blick von meinen Haaren zu meinen lackierten Nägeln wandern ließ. Mir war völlig klar, worauf er hinauswollte. Aber ich wollte es ihn sagen hören, denn meistens bemerkten die Menschen erst dann, was sie gerade von sich gegeben hatten. Und nach den letzten Wochen hatte ich wirklich gar keine Lust mehr, noch weiter in Schubladen gesteckt zur werden.

Anstelle einer Antwort räusperte der Mann sich. »Cheers, lasst es euch schmecken.«

Dann drehte er sich um und ging. Als er außer Hörweite war, brach Kaycee mir gegenüber in Gelächter aus.

»Autsch. Der Arme«, sagte sie, musste aber immer noch grinsen.

»Ach, komm schon. Als ob du anders reagiert hättest.«

»Weiß nicht, aber mit Sicherheit hätte er bei mir nicht so die Flucht ergriffen, er ist beinahe gerannt. Er wollte bestimmt nur mit dir flirten.«

»Tja, Fehlanzeige. Ich hab es langsam satt, dass alle ein Bild von mir haben, ohne sich überhaupt die Mühe zu machen, mich kennenzulernen oder mal um die Ecke zu denken.«

»Schubladen machen vieles leichter, und Menschen sind einfach gestrickt.«

»Nicht für die Person, die, ohne zu gefragt zu werden, in die Schublade gesteckt wird.«

»So wie Demian es gemacht hat, meinst du?«

»Es geht hier gar nicht um Demian, ich …« Kaycees er-
hobene Augenbrauen ließen mich innehalten. »Okay, es geht
nicht *nur* um Demian. Es regt mich auf, dass er mich und meine Arbeit kleinmacht, ja. Aber das Problem ist ja viel eher, dass
manche Hobbys und Interessen als unnötig und oberflächlich
abgetan werden und andere nicht. Es muss sich doch nicht jeder mit Astrophysik beschäftigen wie Mr O'Neill, um ernst genommen zu werden, oder etwa doch? Dann mag ich halt Make-up und gucke den *Bachelor*, aber ich hab mir trotzdem jeden
Tag den Arsch aufgerissen, mir alles zu Schnitt und Produktion selbst beigebracht, unermüdlich gearbeitet und tu mit dem
Geld noch dazu regelmäßig was Gutes. Es nervt mich einfach,
dass dieser ganze Skandal das Bild von uns jetzt noch weiter
verschlechtert hat. Damit schade ich ja nicht nur mir.«

»Das ist aber nicht deine Schuld. Du setzt gerade alles daran,
es wiedergutzumachen. Und dieser Demian allem Anschein
nach auch, obwohl ich da noch skeptisch bin, aber gut. Du vertraust ihm echt, oder? Trotz der Videos?«

Ich trank einen Schluck und nickte dann langsam. »Ist
einfach so ein Gefühl. Ich denke nicht, dass Demian absichtlich etwas Schlechtes tun würde. Er hat heute wirklich … aufrichtig gewirkt. Er ist eigentlich echt okay.«

Kaycee nickte und trank eilig einen Schluck, doch ihr Gesichtsausdruck entging mir trotzdem nicht.

»Was?«

»Nichts, nichts. Ich find es nur witzig, dass du den Typen
hier gerade wegen eines Kommentars über dein Bier in die
Flucht geschlagen hast und Demian so viel mehr verbockt hat,
du ihn eben auf dem Markt aber sogar verteidigt hast … Da
könnte man ja fast auf Ideen kommen.«

Ich trat unter dem Tisch nach Kaycees Fuß, traf jedoch nur
das Tischbein, was sie mit einem weiteren Lachen quittierte.

Jetzt wünschte ich mir fast, dass der Kellner zurückkehrte und unsere Burger brachte. Denn Kaycee hatte etwas angesprochen, das mir selbst nicht mehr aus dem Kopf ging: das Kribbeln, das ich heute Morgen bei Demian gefühlt hatte. Und wenn ich eines nicht wollte, dann war es, dieser Sache auf den Grund zu gehen. Das musste ich auch nicht, da Kaycee das Thema wechselte – allerdings sprang sie zu einem, über das ich noch weniger gern sprach.

»Wie läuft es eigentlich mit deiner Mum?«

Ich verzog das Gesicht. »Ich hab ihr ein paarmal geschrieben nach unserem Streit am Telefon, aber sie hat sich nicht mehr gemeldet. Was kein Wunder ist, sie meinte ja, ich soll alles erst geradebiegen …«

Beiläufig öffnete ich unsere letzte Unterhaltung. Oder besser gesagt, den Monolog, den ich führte und in dem ich immer wieder betonte, wie leid mir alles tat. Gelesen hatte sie die Nachrichten definitiv. Doch eine Antwort hatte ich immer noch nicht erhalten.

»Oh, sie ist online«, sagte ich mehr zu mir selbst. »Soll ich ihr noch mal schreiben?«

Kaycee hob die Schultern und trug den üblichen kritischen Ausdruck, den ihr Gesicht immer annahm, wenn meine Mum zur Sprache kam. Vermutlich bedeutete das so viel wie Nein, doch wie so oft formulierte ich trotz allem eine weitere Nachricht.

Fiona, 3.53 pm:
Wie geht es dir? Hoffe, alles ist okay. xx

Ich drückte auf Senden und wusste schon im nächsten Moment nicht, wieso ich mir die Mühe machte. Mir war klar, dass ich mich nicht melden sollte, dass es mir nicht guttat, auf eine

Antwort zu warten, immer wieder das Handy zu kontrollieren – und doch tat ich es jedes Mal, weil ich die Stille zwischen uns nicht ertrug. Die Nachricht wurde als gelesen angezeigt, und meine Mum begann zu tippen.

Mum, 3.54 pm:
Mir geht es okay. Ich habe die letzten Tage viel über den Streit nachgedacht. Wir waren beide aufgebracht. Lass uns das vergessen. Aber diesen schnippischen Ton am Telefon mir gegenüber, den müssen wir lassen.

Ich schluckte. Ich hatte nicht schnippisch gesprochen. Oder etwa doch? Zumindest hatte ich mich bemüht, einen kühlen Kopf zu bewahren und meine Stimme zu regulieren, wie ich es immer tat. Natürlich hatten mich ihre Worte aufgewühlt, aber in meiner Erinnerung hatte ich mich trotz allem unter Kontrolle gehabt. Selbst die Tränen hatte ich zurückgehalten, bis ich aufgelegt hatte. Das Smartphone in meiner Hand vibrierte erneut.

Mum, 3.55 pm:
Ich glaube, mal wieder rauszukommen, täte mir gut. Aber du weißt ja, wie viel gerade für die neue Einrichtung draufging ...

Ich las die Nachricht zweimal, dabei wusste ich genau, worauf diese Worte hinausliefen. Kaycee schien mein Unbehagen zu spüren, denn sie nickte mir auffordernd zu.
»Alles in Ordnung? Hat sie doch geantwortet?«
Ich hielt ihr das Handy entgegen.
»Hast du die Einrichtung nicht gezahlt?«
»Größtenteils, ja.«

»Und jetzt? Will sie Geld für 'nen Wellnessurlaub, oder was?«

Ich hob die Schultern, obwohl ich ahnte, dass meine Mum genau darauf hinauswollte. Kaycee stieß ein Schnauben aus, und mir war klar, dass sie sich für mich zusammenriss. Sie mochte meine Mum nicht besonders, was kein Wunder war, da sie zu viele negative Momente mit ihr aus nächster Nähe miterlebt hatte. Aber was sollte ich tun? Sie war meine Mum.

»Wie sieht es bei dir finanziell überhaupt aus? Ted Baker ist weg, sonst noch wer? Und neue Videos gingen auch länger nicht mehr online.«

Ich winkte ab. »Das passt schon. Ich hab ja Rücklagen.«

Kaycee beugte sich über den Tisch zu mir und sah mir fest in die Augen. Ich kannte diesen Ausdruck und wappnete mich innerlich für die Standpauke, die nun folgen würde.

»An die du nicht leichtfertig gehen solltest. Du zahlst das Haus deiner Mum, ihre Einrichtung, ihren Garten, zuletzt sogar ihren Friseurbesuch. Sie stützt sich bei allem auf dich. Und das sind nur die Dinge, von denen du mir erzählst – ich will gar nicht wissen, wie viel du auslässt, weil du genau weißt, wie ich dazu stehe.« Noch bevor ich den Mund öffnen konnte, brachte sie mich mit ihrer erhobenen Hand zum Schweigen. »Ich weiß genau, dass du es gleich wieder damit vergleichst, dass ich meine Familie auch unterstütze. Ja, das tue ich. Aber zum einen geht es da mehr um Zeit als um Geld, zum anderen zahle ich ihnen keine Luxusgüter. Da geht es um Miete und solche Dinge, was, da ich daheim wohne, völlig angemessen ist. Bei uns ist es ein Geben und Nehmen. Deine Mum nimmt und nimmt und nimmt, und das seit Jahren. Es ist komplett dir überlassen, ob du dem nachgibst. Du kennst meine Meinung, und du weißt, dass ich mich normalerweise nicht einmische. Aber gerade musst du auf dich achten. Du weißt nicht, wie lange du diese finanziellen Ausfälle noch hast. Wann warst du außerdem zuletzt im Urlaub, hm? Du hättest das viel bitterer nötig! Was erschöpft deine Mum bitte? Die Gartenarbeit? Der Gang zur Maniküre?«

Kaycee presste die Lippen zu einer dünnen Linie zusammen, als müsste sie sich zurücknehmen, nicht noch weiterzusprechen. Ich schluckte. Es tat weh, all das zu hören, und mit jedem Wort aus ihrem Mund war meine Brust enger geworden. Am meisten schmerzte der Teil mit dem Nehmen und Geben – denn darum hatte ich Kaycee immer beneidet. Es war nicht so, dass ihre Familie nicht auch zu kämpfen hatte, aber sie tat es gemeinsam statt gegeneinander. Ganz egal, wie schwer die Lage war, die Williams' hielten zusammen. Oft hatte sogar ich bei ihnen den Beistand erhalten, der mir zu Hause gefehlt hatte.

Mein Handy vibrierte. Meine Mum hatte einen Link geschickt. Ich brauchte ihn nicht anzuklicken, die URL teilte mir bereits alles mit, was ich wissen musste: Kaycee hatte recht behalten. Ich seufzte, woraufhin ihr Blick weicher wurde.

»Sorry für den Monolog«, murmelte sie und blickte beinahe beschämt drein.

Ich starrte auf die Nachrichten, scrollte nach oben und überflog den restlichen Verlauf. Wann immer sie sich bei mir meldete, wollte sie etwas. Seien es Geld oder ein Anruf, den ich für sie tätigen musste. Nie kam die Frage auf, wie es mir ging oder was ich machte. Besondere Events kommentierte sie nur, wenn ich das Gespräch darüber suchte – wie bei dem Launch vor drei Wochen. Als Kaycees Mum noch gelebt hatte, war sie zu jedem ihrer Tanzauftritte erschienen, hatte sich all ihre Termine im Kalender markiert. Auch ihr Dad war stolz auf sie, das sah man auf einen Blick. Bei meiner Mum hatte ich häufig den Eindruck, dass sie sich nur an meine Existenz erinnerte, wenn ich sie mit der Nase darauf stieß. Dabei tat ich wirklich alles in meiner Macht Stehende, um sie ebenso stolz zu machen. Doch es reichte nie, egal, was ich tat.

»Nein«, antwortete ich leise, während ich eine möglichst neutrale Antwort tippte. »Es muss dir nicht leidtun, ich weiß ja, dass es stimmt …«

Fiona, 3.57 pm:
Tut mir leid, dass es am Telefon so in Streit ausgeartet ist. Ich glaube, Urlaub brauchen wir aktuell alle 🛖

Ich hatte meine Antwort kaum abgeschickt, als das Handy in meiner Hand wieder vibrierte. Bei den Worten meiner Mum schoss mir das Blut in den Kopf und ließ meine Wangen heiß werden.

Mum, 3.58 pm:
Du brauchst Urlaub? Von was musst du dich denn erholen? Dein Leben ist ein einziger Urlaub, Kleines. Du drehst ein paar Videos, lächelst mal in die Kamera und nennst das Arbeit? Vergiss nicht, wem du zu verdanken hast, dass du dieses Luxusleben führen kannst. Ich verlange wohl wirklich nicht viel.

Mum, 3.59 pm:
Bist du so arrogant und selbstverliebt geworden, dass du mir nichts mehr gönnst? Du bist wohl wirklich so gierig, wie dieser Demian gesagt hat.

Wie erstarrt blickte ich auf das Display. Es reichte nie. Es war egal, was ich tat. Meine Mum würde immer einen Grund finden, mich kleinzuhalten. Kaycee entging mein Gesichtsausdruck nicht, und sie sah mich fragend an. Stumm drückte ich ihr mein Handy in die Hand.

»Ist das ihr fucking Ernst?«

Ich schluckte und hob bloß die Schultern. Was sollte ich auch sagen? Kaycee hatte recht, schon die ganze Zeit über. Vielleicht auch damit, dass es an mir war, etwas zu ändern.

»Kann ich mein Handy kurz haben.«

»Fiona, ich …«

»Bitte.«

Ohne weiter darüber nachzudenken und somit das schlechte Gewissen Einkehr finden zu lassen, das mich gleich sicherlich ereilen würde, formulierte ich eine Antwort an meine Mutter.

Leider kann ich dir momentan keinen Urlaub finanzieren. Durch den Online-Aufschrei habe ich wichtige Jobs verloren und muss schauen, dass ich die nächsten Wochen und Monate erst einmal alle Kosten decke, die regelmäßig anfallen. Die Hypothek ist davon natürlich nicht betroffen, aber ich werde abgesehen davon erst einmal nichts weiter überweisen. Ich hoffe, dass das nicht lang anhält und dass du das verstehst. Ich hab dich lieb.

Ich hielt Kaycee das Handy entgegen, damit sie den Text lesen konnte. Ihr Blick huschte über das Display, dann sah sie mich mit erhobenen Augenbrauen an.

»Okay?«, fragte ich zögernd, als sie nichts antwortete.

»Definitiv zu nett für meinen Geschmack, immerhin kannst du überhaupt nichts für den Streit, und ihre Nachrichten an dich waren unter aller Sau …« Sie reichte mir mein Handy zurück und legte ihre Hand auf meine, die verspannt auf der Tischplatte ruhte. »Aber ich bin stolz auf dich. Glaub mir, danach geht es dir besser. Du bist deiner Mutter nichts schuldig – nicht so. Ich weiß, du liebst sie, aber genau das macht es auch so gefährlich, weil du nicht erkennst, wenn sie dich ausnutzt. Ich weiß, wie weh es dir tut, aber deine Mutter hat diese Liebe von dir nicht verdient, wenn sie nicht im Geringsten bereit ist, sie zu erwidern.«

Ich nickte langsam und drückte auf Senden. Mein Herz pochte heftig in meiner Brust, und mein Finger, mit dem ich das Display sperrte, zitterte leicht. Aber ich hatte es geschafft – auch wenn Kaycees stolzes Lächeln mir die Anspannung nicht wirklich nahm. Sie kannte mich zum Glück gut genug, um das Thema nicht weiter zu vertiefen, und erzählte mir, bis das Essen kam, von irgendeiner Horror-Bustour, die sie in London unternehmen wollte. Ich hörte ihr zu, aß meinen Burger – und obwohl ich alle paar Bissen auf mein Display schaute, um zu sehen, ob meine Mum geantwortet hatte, merkte ich, wie ich mich langsam entspannte. Vielleicht verstand meine Mum es ja. Ich konnte zumindest nicht leugnen, dass es guttat, es ausgesprochen zu haben. Dass ich womöglich nicht mehr befürchten musste, mit jeder Nachricht von ihr bloß einen weiteren Link zu einem Produkt zu erhalten, das ich ihr kaufen sollte. Es war, als ob sich eine Last von meinen Schultern löste. Nicht auf einen Schlag, wie wenn einem bei einer guten Nachricht ein Stein vom Herzen fiel. Mehr nach und nach, wie fließendes Wasser, von dem ich nicht wusste, dass es mir das Atmen erschwert hatte.

24. KAPITEL

Demian

Die Türen der Tube schlossen sich hinter mir, und ich ging inmitten der Menschenmasse in Richtung Ausgang, während die wegfahrende Bahn mir den typischen Londoner Untergrundgeruch um die Nase spülte. Ich bog nach links in den tunnelartigen Gang. Irgendwo spielte jemand Saxofon. Die Musik hallte durch die verwinkelten Gänge, mischte sich mit einfahrenden Bahnen, dumpfen Gesprächen der Leute und dem Rattern der Rolltreppen, denen ich mich gerade näherte. Ich betrat diese, stellte mich auf die rechte Seite und rollte, wie es sich für den Londoner gehörte, der ich mittlerweile war, die Augen, als eine Frau vor mir einfach links stehen blieb. Vermutlich Touristin.

Manchmal nervte es mich, dass das Büro meines Managements mitten in Soho lag. Gerade nachmittags, wenn alle Feierabend hatten, war es beinahe unmöglich, mich durchzukämpfen, so voll wurde es stellenweise. Heute wiederum war ich froh darüber. Der Regen des Morgens war getrocknet, der Geruch lag jedoch noch leicht in der Frühlingsluft, die mir entgegenschlug, als ich die Underground Station verließ. Die Sonne brach sich an hellen, imposanten Bauten und blendete mich für einen Augenblick. Gerade noch so schaffte ich es über die grüne Ampel und bog in die Regent Street ein. Bei dem Wetter hätte ich die paar Haltestellen von Waterloo bis zum Oxford Circus zwar auch laufen können, doch kurz nachdem Fiona aufgebrochen war, hatte Liam angerufen, und er klang aufgeregt, mich zu sehen. Also hatte ich mich beeilen wollen – zumal Susan mir zugesichert hatte, dass wir heute die weiteren Pläne für *Edge of The Universe* besprechen würden, was wiederum mich in Vorfreude versetzte.

Nach etwa zehn Minuten hatte ich das verglaste Gebäude erreicht. Das Foyer war bis auf mich und den Concierge beinahe leer, was kein Wunder war, weil die Mittagspausenzeit gerade vorbei war. Ich musste mich nicht einmal an der Rezeption vorstellen, der Concierge nickte mir bloß zu und öffnete die Schiebetüren, die mich von den Aufzügen trennten. So oft wie ich in der letzten Zeit hier war, war das wohl keine Überraschung. Ich bedankte mich im Vorbeigehen und drückte im Aufzug angelangt die Taste für den fünften Stock. Wenige Sekunden später entließen mich die Fahrstuhltüren in den beige dekorierten Flur des Netzwerks.

»Hey, Cynthia«, rief ich.

Cynthia blickte von ihrem Laptop am Empfangstresen auf und lächelte mir warm entgegen. »Hi, Demian. Wie geht es dir?«

»Kann nicht klagen und dir?«

»Ebenso. Auch wenn das Wochenende wie immer zu kurz war, aber das brauche ich dir nicht sagen, du hast ja sogar die letzten Tage arbeiten müssen. Geh ruhig durch zu Liam, er ist in seinem Büro.«

»Danke dir!«

Ich bog nach links ab und wollte gerade anklopfen, als Liam auch schon den Kopf hob und mich anstrahlte. »Demian! Komm rein, setz dich. Magst du was trinken? Kaffee?«

»Ne, danke. Ich hatte schon.«

Ich dachte an den Morgen mit Fiona und ihren abrupten

Abgang zurück. Was sie wohl gerade machte? Ob sie sich schon heute mit Natalie traf? Geschrieben hatte sie mir noch nicht, und nach ihrem fluchtartigen Abgang wollte ich mich ihr nicht aufdrängen. Sie verwirrte mich mehr, als mir lieb war.

»Alles klar. Meine News werden dich eh wacher machen, als der stärkste Kaffee hier im Haus es könnte.« Liam rollte auf seinem Schreibtischstuhl ans Ende des Tischs, sodass uns der große Bildschirm nicht mehr voneinander trennte, und lehnte sich mir entgegen.

»Erst einmal die für dich besten News überhaupt: Wir haben dir eine Einladung für den Sommerkongress im National History Museum gesichert.«

Verblüfft sah ich ihn an und sagte erst einmal gar nichts. Ich hatte mich verhört, oder? Mit Sicherheit. Doch Liams begeistertes Grinsen ließ darauf schließen, dass ich ihn vielleicht doch richtig verstanden hatte.

»Nicht dein Ernst? Ich kann die Konferenz besuchen?«

Mein Herz schlug einen aufgeregten Purzelbaum. Wie lange ich daran schon teilnehmen wollte! Es war nicht nur so gut wie unmöglich, an eine Einladung zu gelangen, dort trafen sich etliche renommierte Wissenschaftler, die man sonst maximal in Cambridge sprechen hören konnte. Ich sah mir jedes Jahr Aufzeichnungen des Events an, doch leider wurden die meisten Reden nicht live gestreamt. Dass ich sie nun endlich aus nächster Nähe hören sollte, war unglaublich.

»Viel besser«, gab Liam mit einem Grinsen zurück. »Du darfst auf der Konferenz sprechen.«

»Was?« Fassungslos sah ich ihn an. »Wie habt ihr das denn geschafft?« Dort einen Platz als Speaker zu erhalten war so wahrscheinlich wie eine Einladung zum Tee bei der Queen.

»Susan meinte, du hast letztes Jahr versucht, reinzukommen,

und es hat nicht geklappt. Sie hat ein Portfolio erstellt, deine Vielseitigkeit betont und all so was. Schätze, der Artikel im *Guardian* hat auch nicht geschadet.«

»Das ist ... wow.«

Die Hoffnung, teilnehmen zu können, hatte ich schon genauso aufgegeben wie die, an der Royal Academy of Physical Sciences angenommen zu werden. Anscheinend hatte Josh damals bei dem Bewerbungsverfahren recht gehabt: Es lohnte sich, sich einen Namen aufzubauen. So sehr ich die aktuelle Situation auch bereuen mochte, das war der beste Beweis dafür, dass ich den richtigen Riecher gehabt hatte, als ich *De(x)posed* gegründet hatte. Ich war nicht nur Beiwohner, sondern sogar Speaker!

Mein Herz schlug vor Aufregung schneller und verteilte das Adrenalin in meinem Körper. Ich konnte es kaum erwarten, meinem Dad davon zu erzählen. Er wäre mindestens genauso sehr aus dem Häuschen wie ich.

»Da kannst du bestimmt was für deinen Kanal mitnehmen. Und dich bei diesen Leuten bekannt zu machen schadet sicher auch nicht.«

»Das heißt, ich kann mich die nächsten Wochen bis zur Konferenz auf den Kanal konzentrieren?«

Das klang zu gut, um wahr zu sein. »Natürlich ohne *De(x)posed* zu vernachlässigen«, fügte ich schnell hinzu, denn mir war klar, dass dieser es letztes Endes war, der meine Miete deckte.

Liam nickte. »Ganz genau. Susan schaut gerade nach passenden Zielgruppen, damit wir auf Instagram ein wenig Werbung schalten können, und hat ein paar Podcasts rausgesucht, die für Gastauftritte interessant sein könnten. Aber dazu erzählt sie dir noch mal mehr.«

»Wow, danke.« Endlich. Mein Kanal war anfangs gut gewachsen, aber hatte irgendwann stagniert. Seitdem hoffte ich darauf, dass genau das passierte: dass Liam und Susan den Zweitkanal pushten. Dass es jetzt endlich so weit sein sollte und ich mich wieder mehr auf das konzentrieren konnte, was mir wirklich am Herzen lag, war großartig.

»Nichts zu danken, das hast du dir selbst erarbeitet. Ich hätte trotzdem noch was anderes …«

Ich hielt den Atem an.

Nicht Fiona, nicht Fiona, nicht Fiona.

Natürlich wurden meine Stoßgebete nicht erhört.

»Ich weiß, du willst nichts mehr zur Clique machen, und ich bin voll bei dir.«

»Aber …«

»Aber: Catherine Harris, Fionas Mutter, hat uns kontaktiert.«

»Was? War sie wütend?«

Ich dachte an Fionas Telefonat zurück, dem ich beigewohnt hatte. Wütend war sie definitiv gewesen, wenn auch auf Fiona – aber vielleicht hatte sich ihr Zorn nun gegen uns gerichtet. Aus irgendeinem Grund ertappte ich mich dabei, wie ich mir genau das wünschte. Das Gespräch hatte Fiona sichtlich mitgenommen. Und wie sie heute Morgen über *Paddington* gesprochen hatte …

Das gehört zu einer meiner schönsten Erinnerungen.

Wenn ein Kinofilm zu einem der schönsten Momente mit ihrer Mum zählte, wenn dieser Film der einzige war, den die beiden gemeinsam im Kino angesehen hatten … Ich musste nicht Sherlock sein, um zu begreifen, dass ihr Verhältnis vermutlich nicht gerade das beste war.

Liam wiegte den Kopf hin und her. »Sie war nicht gerade begeistert, aber wütend hat sie auch nicht gewirkt. Sie will mit dir reden.«

»Mit mir?«, wiederholte ich irritiert. »Das klingt in meinen Ohren aber schon nach einer Standpauke.«

»Nein, sie will dir ein Interview geben. Zu ihrer Tochter.«

»Bitte was?« Ein kalter Schauer fuhr mir über den Rücken. Hätte ich Fionas Blick beim Telefonat nicht gesehen, hätte ich definitiv vermutet, dass die Anfrage ihrer Mum ein Set-up war. Ein Versuch, uns eins auszuwischen. Doch mit dem Hintergrundwissen, das ich hatte, wirkte es ganz und gar nicht so.

»Sie meint, dass Fiona dieses Good-Girl-Image nur vortäuscht.«

Kopfschüttelnd sah ich Liam an, der wiederum die Stirn in Falten legte.

»Was?«, fragte er. »Das ist doch genau das, was du selbst vermutet hast.«

»Damals vielleicht, ja. Aber ich hab mit Fiona geredet, ich glaube, an dem, was sie sagt, ist wirklich was dran. Davon abgesehen: Wieso sollte ihre Mum das tun? Wieso sollte sie ihrer eigenen Tochter so in den Rücken fallen?«

»Geld«, war Liams einfache Antwort. »Sie hat eine nicht gerade niedrige Summe dafür gefordert.«

Ich schluckte. Wäre Fionas Mutter wirklich dazu in der Lage? Würde sie tatsächlich versuchen, Profit aus dem Ganzen zu schlagen? Ich kannte sie nicht, kannte selbst Fiona nicht gut genug, um mir darüber ein Urteil bilden zu können. Aber die Vorstellung, meine Eltern täten so etwas, hintergingen mich so … Der bloße Gedanke, so absurd er in meinem Fall auch war, genügte, um Kälte durch meinen Körper zu jagen. Mein Verständnis von Familie war ein gegenseitiges Unterstützen trotz möglicher Differenzen. Mir war klar, dass nicht jeder das Glück hatte, solche Erfahrungen zu machen. Doch das hier übertraf selbst mein Vorstellungsvermögen.

»Sie will Fionas Story verkaufen?«

Liam hob die Schultern. »Ja. Glaube nicht, dass es irgendein Trick ist. Sie kannte deine Videos und hat sich deshalb direkt an uns gewandt.«

Ich schüttelte den Kopf. »Nein.«

»Ich dachte mir, dass du kein Fan davon bist.«

»Ich bin nicht nur kein Fan davon«, fiel ich Liam ins Wort, »ich finde es widerwärtig. Ich hab gerade einen Artikel im *Guardian* geschrieben. Die Chance hab ich erhalten, weil ich fundiert arbeite. Nicht weil ich mich auf das Niveau der Klatschpresse begebe und persönliche Schicksale ausschlachte. Du weißt ganz genau, dass das nicht mein Stil ist. Außerdem …« Ich zögerte, unsicher, ob ich ihm von dem Treffen mit Fiona erzählen sollte. Liam würde es mit Sicherheit nicht gutheißen, dass ich mich mit ihr traf, um das Video, das mir den großen Erfolg gebracht hatte, wieder zu entkräften. Ich hatte nach dem Cafébesuch bereits überlegt, wie ich es ihm am besten verkaufen konnte. Hatte mir zurechtgelegt, wie es meine Glaubhaftigkeit unterstreichen würde, wenn ich sicherging, keinen Fehler gemacht zu haben. Verbieten konnte er es mir natürlich nicht, doch er konnte mir die Unterstützung für *Edge of The Universe* entziehen. Und wie sollte ich ihm glaubhaft machen, warum ich Fiona vertraute? Ich konnte es mir ja selbst kaum erklären. »Bauchgefühl« war keine Antwort, die er hören wollte, das war mir klar.

»Außerdem?«, hakte Liam nach, als ich nicht weitersprach.

»Ich dachte, das Thema hat sich erledigt. Die Sache wurde doch sogar gerichtlich geprüft und ist damit durch, oder nicht?«

»Rechtlich ist sie durch, ja. Aber rechtliche und gesellschaftliche Konsequenzen sind ein Unterschied.«

Das war mir durch die Gespräche mit Fiona mittlerweile mehr als bewusst geworden. Sie erlebte die gesellschaftlichen Konsequenzen schließlich aus erster Hand.

»Mir ist einfach nicht wohl dabei, das weiter auszuschlachten. Du weißt, dass das nicht der Stil meines Kanals ist. Ich fühle mich schon mitschuldig an der Schlammschlacht, die medial daraus geworden ist. Ich will nicht als derjenige in Erinnerung bleiben, der diesen Shitstorm losgetreten und dann nie wieder losgelassen hat. Gerade in Hinblick auf die Einladung zur Konferenz. Das ist das, wofür ich bekannt sein will: guter Journalismus.« Ich dachte an das Gespräch mit Luca in der Signierschlange auf der Convention zurück. Wenn es dafür nicht sowieso schon zu spät war …

»Natürlich«, pflichtete Liam mir bei. »Aber wäre es dann nicht sogar gut, wenn du dich mit Fionas Mutter triffst?«

Verdutzt sah ich ihn an. Hatte er mir zugehört?

»Nenn mir eine Sache, die daran gut sein sollte.«

Liam hob abwehrend die Hände. »Lass mich ausreden. Fakt ist, Catherine Harris wird ihre Position ausnutzen und eine Geschichte über Fiona an die Presse verkaufen. Und sie wird sie verkauft bekommen, sei dir sicher.«

Meine Finger, die ineinander gefaltet auf meinem Schoß lagen, verkrampften sich wie von selbst.

»Wenn du es nicht tust, tut es jemand anders. Dann hast du nicht nur keine Kontrolle darüber, wie die Geschichte erzählt wird, ich bin mir sogar ziemlich sicher, dass es in diesem Fall tatsächlich in der Schlammschlacht endet, von der du eben gesprochen hast. Wenn du das Interview mit Catherine sachlich und deeskalierend angehst, nimmst du anderen vielleicht sogar den Wind aus den Segeln, den sie bräuchten, um die Sache weiter voranzutreiben.«

So sehr ich auch hasste, es zuzugeben … Liam hatte recht. Wenn Fionas Mum wirklich bereit war, diesen Schritt zu gehen, würde sie sich von meiner Absage bestimmt nicht aufhalten lassen. Es gab genug Zeitschriften, die alles stehen und liegen lassen würden, um ein Interview mit der Frau zu bekommen, die Fiona am längsten kannte – und zu der sie sich stets so bedeckt hielt. Genauso wie es genug Sender gäbe, die sie mit offenen Armen in ihre Show einladen würden. Bei der bloßen Vorstellung, Fionas Mutter bei *Wake up, Britain* sitzen zu sehen, wurde mir schlecht. Wenn meine Auftritte Fiona bereits geschadet hatten, wollte ich mir nicht ausmalen, was ihre Mum anrichten könnte ...

Wieso würde eine Mutter so etwas tun?

Es erschloss sich mir einfach nicht. Dennoch glaubte ich es. Glaubte, dass Liam recht hatte.

»Ich weiß, dass dir das alles zuwider ist. Aber Fakt ist: Du wirst so oder so mit dem weiteren Verlauf der Dinge in Verbindung gebracht werden. Ich sage das nicht, um dich zu frustrieren, dir Angst zu machen oder dergleichen. Doch egal, wofür Catherine Harris sich entscheidet, ob sie nun zur *Sun* geht für ihr Interview oder in irgendeiner Talk Show auftritt: Das Thema wird aufgerollt werden, und dein Name wird zwangsläufig fallen, da du den ganzen Skandal aufgedeckt hast. Das ist nichts Schlechtes.«

Ich hätte beinahe aufgelacht. Denn was Liam mir hier erzählte, klang alles andere als gut. Ich wollte es nicht bereuen, das erste Video gedreht zu haben und dem Ganzen auf die Schliche gekommen zu sein. Es war gut, dass die Beteiligten nicht einfach ungestraft damit davonkamen. Doch ich wusste, dass ich es später bereuen würde, wenn ich jetzt nicht richtig handelte. Ich würde es Fiona gegenüber bereuen, sollte sie wirklich keine Schuld treffen. Vermutlich würde ich es sogar dann bereuen, wenn sie Schuld träfe, da niemand verdient hatte, von der eigenen Familie medial bloßgestellt zu werden. Was also konnte ich tun, um den Schaden so gering wie möglich zu halten?

»Wenn ich es annehme … *falls* ich es annehme«, korrigierte ich mich direkt, als ich Liams hoffnungsvollen Blick sah. »Darf ich dann entscheiden, wie ich das Interview und das Video gestalte?«

Liam nickte, ohne zu zögern. »Na klar, dein Kanal, deine Regeln. Ich hab volles Vertrauen, dass du das Beste aus der Sache rausholst, so wie sonst auch. Und glaub mir, es ist so in allen Belangen das bestmögliche Szenario.«

»Denkst du, es ist möglich, dass wir ein Exklusivrecht erhalten? Dass sie mit niemandem sonst spricht?«

Jetzt zögerte Liam sichtlich. »Dauerhaft mit Sicherheit nicht. Das wäre nur unter immensen Kosten möglich, und ich denke nicht, dass die Chefetage bereit ist, uns solche horrenden Summen zur Verfügung zu stellen. Dafür ist das Thema dann doch nicht mehr brisant genug. Beziehungsweise hätten andere Sender oder Zeitungsverlage mit Sicherheit die Möglichkeit, ein höheres Gegenangebot zu machen. Aber ich kann definitiv versuchen, ein Exklusivinterview auszumachen und Mrs Harris vertraglich zusichern lassen, dass sie mit niemandem spricht, bis dein Video online geht. Das hieße aber auch, dass wir uns der Sache zeitnah zuwenden müssen.« Er spielte mit einem Gummiband, das vor ihm auf dem Schreibtisch lag. »Aber doch, das sollte gehen. Ich lasse etwas aufsetzen und schlage es Mrs Harris vor. Sicher könnte man dafür auch ein höheres Honorar anbieten. Gut mitgedacht.«

Ich erwiderte Liams Lächeln knapp. Wohl fühlte ich mich nicht bei der Sache, aber es war besser als die Alternativen, die ich hatte, das hatte Liam mir gerade mehr als deutlich vor Augen geführt. Dennoch zog sich mein Herz zusammen bei dem Gedanken daran, wie Fiona reagieren würde, sobald sie herausfand, dass ihre Mutter sie und ihre Lage so ausnutzte. Ob ich es ihr sagen, sie vorwarnen sollte? Würde sie mir Glauben schenken? Ich war nicht einmal sicher, ob sie mir vertraute, dass ich wirklich Interesse daran hatte, ihr zu helfen.

»Darf ich Mrs Harris anrufen und einen Termin ausmachen?«

Ich nickte, was das Lächeln auf Liams Gesicht etwas breiter werden ließ. »Sehr schön. Dann melde ich mich mit einem Termin bei dir und gebe Susan Bescheid, dass sie dir alle Infos zur Konferenz und diesem Podcast zukommen lässt, ja?«

Immerhin ein Lichtblick ...

Auch wenn die Aufregung in Hinblick auf den Kongress, die ich eben noch gespürt hatte, nun einem anderen, beklemmenderen Gefühl gewichen war.

»Hey, Kopf hoch. Du arbeitest schon wochenlang an allem, klar, dass dir das Thema zum Hals raushängt, aber für die breite Masse ist das noch total frisch. In ein paar Wochen kräht kein Hahn mehr danach, und du kannst über alles lachen, während du im National History Museum Kontakte knüpfst. Jeder Job bringt unangenehme Seiten mit sich, das gehört dazu. Die Frage ist immer, was man daraus macht.«

»Ich hoffe, du hast recht.« Sicher war ich mir nicht, denn mich mit Catherine Harris zu treffen fühlte sich an, als würde ich Fiona hintergehen und das zarte Band des Vertrauens, das sich gerade erst zwischen uns bildete, direkt wieder zerschneiden. Ich stieß ein frustriertes Seufzen aus und setzte meine Brille ab, um mir übers Gesicht zu fahren. In was hatte ich mich da nur reinmanövriert? Und viel wichtiger: Wie kam ich wieder heraus, ohne mir oder Fiona zu schaden?

25. KAPITEL

Fiona

»Ich muss dich häufiger besuchen kommen, das ist göttlich.«

»Das sag ich dir doch schon die ganze Zeit«, gab ich mit einem Lachen zurück. »Du willst ja nicht hören.«

Kaycee stützte sich mit den Händen am Holz der schmalen Sitzbank ab und hielt das Gesicht gen Sonne. »Da wusste ich nicht, dass ich permanent mit Essen verwöhnt werde«, sprach sie mit geschlossenen Augen weiter. »Ich hab nicht einmal was am Kuchen auszusetzen.«

»Oh wow. Das schreib ich in die Google-Bewertung.«

»Haha. So pingelig bin ich auch wieder nicht.«

Mit einem Grinsen ließ ich den Blick über die Szenerie schweifen, die uns umgab. Ich hatte uns einen Platz im Willows and Waves reserviert, nachdem Kaycee sich zum Besuch angemeldet hatte. Seit das Café in der britischen Vogue als einer der Geheimtipps Londons genannt worden war, war es genau das leider nicht länger, aber ich hatte getan, was ich sonst vermied, und meinen Namen genutzt, um uns kurzfristig einen Platz zu ergattern. Immerhin das schien trotz des Schlamassels noch zu funktionieren. Nun saßen wir in einem der umfunktionierten Kanus am Ufer der Themse, das beinahe verzehrte Essen zwischen uns und die leichten Wellen, die das Boot sanft zum Schaukeln brachten, überall um uns herum. Auch was das Wetter anging, zeigte London sich heute von seiner besten Seite. Der Himmel war wolkenlos blau, die Sonne schien und zauberte glitzernde Reflexionen ins Wasser, und dank der Trauerweiden zu unserer Rechten, die sich im leichten Wind hin und her wiegten, war es dennoch nicht zu warm. Ich nahm einen Schluck meines Iced Coffees und beobachtete zwei Enten dabei, wie sie auf der Suche nach herabfallenden Krümeln an den Booten entlangschwammen.

»Bist du aufgeregt wegen des Treffens mit Natalie?«

Den Metalltrinkhalm noch im Mund schüttelte ich den Kopf. »Nein, gar nicht«, sagte ich und stellte mein Glas ab. »Ich hätte nicht gedacht, dass Natalie zusagt. Ich bin viel eher gespannt, was sie zu sagen hat. Vielleicht sind ihr außer Ted Baker ja noch mehr Partner abgesprungen, so wie mir Lush …«

»Mit Sicherheit«, sagte Kaycee und setzte ihre goldumrahmte Sonnenbrille auf, um mich wieder ansehen zu können. »Was aber nicht heißt, dass sie dir hilft. Leider. Nicht ohne einen eigenen Vorteil daraus zu ziehen zumindest.«

»Vielleicht ja doch?«, sagte ich und hob die Schultern. »Sie ist die Einzige, die damals im Café wirklich gewirkt hat, als ob ihr die Sache leidtut und … was?«, fragte ich, als ich Kaycees Schmunzeln sah.

»Ich hab dich lieb.«

»Okay? Danke, schätze ich?«

Nun musste sie lachen. »Gern. Ich liebe es, dass du immer das Gute in den Menschen sehen willst, aber ich glaube, bei dieser Truppe ist das Vertrauen fehl am Platz.«

»Vermutlich hast du recht«, entgegnete ich mit einem Seufzen. »Ich dachte nur, wenn sie mitbekommen hat, was bei mir los war, wenn sie erfahren hat, dass ich die restlichen Convention-Termine abgesagt habe …« Ich hob die Schultern. Auch das war wieder ein naiver Gedanke gewesen, den ich dringend ablegen musste. Wie konnte es sein, dass ich einerseits solche

Schwierigkeiten hatte, tiefes Vertrauen zu fassen und Freunde zu finden, und mich andererseits immer wieder so blindlings in Situationen manövrierte, die mir schadeten, weil ich zu gut über andere dachte – ganz egal, wie sie sich mir gegenüber verhielten? Nicht zum ersten Mal drängte sich mir der Gedanke auf, dass ich über solche Themen vermutlich mit einem ausgebildeten Therapeuten reden sollte. Doch um diesen Schritt zu gehen, war meine Angst zu groß, dass er oder sie über meine Familie sprechen wollen und in mein Verhältnis zu meiner Mum reingrätschen würde. Kaycee war die Einzige, deren Meinung dazu ich mir anhörte, und selbst sie gab sie nur vorsichtig von sich. Ich redete nicht gern über meine Mum, und noch mehr hasste ich es, wenn jemand versuchte, mir, was sie anging, reinzureden.

Und trotzdem hast du Demian ganz freiwillig von ihr erzählt ...

»Und sei auch bei Demian vorsichtig.«

Beinahe wäre ich beim Klang seines Namens zusammengezuckt, so ertappt fühlte ich mich. »Was meinst du?«

»Ich hab gestern noch drüber gescherzt, dass du ihn verteidigst, aber pass bitte wirklich etwas auf bei ihm. Du weißt nicht, ob er ganz eigene Motive hat, um mit dir zusammenzuarbeiten.«

Ich nickte und schob mir eine Traube in den Mund, um nicht direkt antworten zu müssen. Kaycee wollte nur das Beste für mich, das war mir klar. Natürlich hatte sie recht, dass ich vorsichtiger sein musste – bei Demian wie bei allen anderen auch. Aber irgendetwas sagte mir, dass Demians Wunsch, mir zu helfen, aufrichtig war. Ich war mir zwar nicht sicher, ob er mir wirklich glaubte, zumindest aber hatte er Zweifel an der Geschichte bekommen und wollte diese ein für alle Mal aus dem Weg räumen. Selbst wenn er nicht mir helfen wollte, so wollte er doch zumindest seinen journalistischen Ruf nicht gefährden. Letzten Endes war mir egal, weshalb er mich unterstützte, solange er es tat.

Ist es das wirklich?

Die bloße Erinnerung an seine Arme um meinen Körper, seine tiefe, beruhigende Stimme und auch an die Grübchen, als wir uns gestern im Café angelächelt hatten, genügte, um eine Gänsehaut auf meinen Armen erscheinen zu lassen. Das musste aufhören, verdammt.

»Er soll mir einfach nur helfen, das Chaos zu beseitigen, nicht mehr und nicht weniger. Danach gehen wir getrennte Wege, und ich will nie wieder in irgendeiner Weise Teil seiner Videos sein. Noch ein paar Wochen und Demian kann mich und all die anderen wieder wie gehabt belächeln und sein Ding machen, und ich mache meins.«

Kaycee musterte mich kurz, bevor sie zufrieden nickte. »Gut. Und sorry, ich wollte nicht belehrend wirken, ich mach mir nur Sorgen.«

»Ich weiß, aber das brauchst du nicht. Wir sind nicht mehr als eine Zweckgemeinschaft«, erwiderte ich mit einem Lächeln, das sich unecht anfühlte. Dabei wusste ich, dass ich meinen Worten Glauben schenken musste. Es konnte mir egal sein, dass Demian viel netter war, als es in seinen Videos den Anschein machte. Seine blöden Grübchen konnten mir egal sein und dass er für mich da gewesen war, auch. Dass mein Herz bei dem bloßen Gedanken an all diese Dinge verräterisch schneller klopfte, war mir jedoch ganz und gar nicht egal.

Als ich Natalie auf der Bank erspähte, hätte ich beinahe laut aufgelacht. Sie trug einen ihr tief ins Gesicht ragenden Sonnenhut, der trotz des guten Wetters fehl am Platz wirkte, eine überdimensional große Sonnenbrille und Kleidung, die so gar nicht ihrem Stil entsprach. Ich presste die Lippen zusammen, damit das unterdrückte Grinsen sich nicht Bahn brach, und näherte mich ihr.

»Hey«, sagte ich, als ich nur noch wenige Meter entfernt war. Sie wartete, bis ich mich neben sie gesetzt hatte, bevor sie mich leise begrüßte.

»Willst du diese Undercover-Nummer jetzt das ganze Gespräch über durchziehen?«

Natalie senkte den Kopf, um mir über den Rand ihrer Sonnenbrille hinweg einen abschätzenden Blick zuzuwerfen. Das bedeutete wohl Ja.

»Ich habe bestimmt keine Lust darauf, dass man uns zusammen sieht.«

»Hast du Angst, dass ich deinem tollen Image schade, weil ich kein tränenreiches Video aufgenommen hab? Denkst du allen Ernstes, *ich* hätte große Lust, meinen Nachmittag mit dir zu verbringen, nachdem du und die anderen mir das angetan habt?«

Natalie verschränkte die Arme vor der Brust und sah geradeaus, wo zwei Eichhörnchen hinter dem schmalen schwarzen Zaun auf der Wiese herumliefen. Eine Weile sagte keiner etwas, und wir beobachteten die beiden Tiere dabei, wie sie im Gras nach Nahrung suchten. Ich hätte das Gespräch vermutlich nicht direkt mit einem Vorwurf starten sollen – erst recht nicht, wenn ich etwas von ihr wollte.

»Es tut mir leid.«

Perplex schaute ich zu Natalie. Ich hatte mit vielem gerechnet, doch nicht damit. Seufzend nahm sie die Sonnenbrille ab und legte sie auf ihren Schoß. Sie fuhr sich über das Gesicht, und erst als sie die Hand wieder sinken ließ, sah ich, wie müde sie aussah. Unter ihren Augen lagen dunkle Ringe, die mich an meine eigenen erinnerten, und ihr Gesicht wirkte irgendwie matt, trotz des Make-ups. Für einen kurzen Moment überkam mich ein Gefühl der Schadenfreude, das jedoch schnell durch Scham ersetzt wurde. Ich wollte mich nicht darüber freuen, dass es anderen Menschen schlecht ging. Doch gemessen an dem Schaden, den sie und die anderen beiden in meinem Leben verursacht hatten, fiel mir das nicht gerade leicht.

»Ich weiß mittlerweile selbst nicht mehr, was mich geritten hat, nicht gleich auszusteigen, als ich von allem erfahren habe. Na ja, doch, ich …« Sie zögerte und biss sich auf die Lippe. Dann schüttelte sie den Kopf. »Tut auch nichts zur Sache, was meine Beweggründe waren, das würdest du sowieso nicht verstehen. Ich bin nur hier, weil ich dir sagen wollte, dass es mir leidtut. Ich hab es eigentlich schon bereut, als wir uns das letzte Mal im Café getroffen haben. Nein, falsch. Wenn ich ehrlich bin, hab ich es schon bereut, bevor das Ganze rauskam. Eigentlich, sobald das Geld auf meinem Konto eingegangen ist.«

Mein Herzschlag beschleunigte sich bei ihren Worten. Das war gut, oder? Immerhin blockte sie nicht direkt ab. Ganz im Gegenteil, sie entschuldigte sich sogar. Ein Teil von mir wünschte sich, dass Demian hier wäre. Irgendwie glaubte ich, dass er genau wüsste, welche Fragen er stellen müsste – zumindest aber würde er sachlich bleiben. Ich wiederum hatte Sorge, das Ganze mit meinen Worten zu ruinieren. Ich würde meine Wut zügeln müssen, wenn ich bei Natalie weiterkommen wollte. Mit einem Lächeln schluckte ich die ersten Entgegnungen, die mir einfielen und die einem Impuls entsprangen, herunter.

»Danke«, sagte ich stattdessen, auch wenn ich mich alles andere als dankbar fühlte. Es war zwar nett, dass es ihr nun leidtat, doch was genau brachte mir das? Es änderte nichts an der Tatsache, dass sie etliche Menschen hintergangen und um Spendengelder gebracht hatte. »Meine Managerin meinte, dir ist Ted Baker auch abgesprungen?«

Zum ersten Mal, seit ich mich gesetzt hatte, sah sie mir direkt in die Augen. »Nicht nur er, es ist furchtbar, wirklich. Ich habe Angst, dass mein Netzwerk mich rausschmeißt.«

»Also hat dein Video nicht wie gehofft funktioniert.«

»Na ja, Zane und Dylan hatten schon recht – die Fans sind voll drauf angesprungen, die Videos haben nicht weniger Klicks als vorher. Was das angeht, ist alles im grünen Bereich.« Sie legte den Kopf schief. »Du hast seitdem gar nichts mehr gepostet. Also abgesehen von deinem Statement. Wieso?«

Ohne dass ich es wollte, hob ich die Augenbrauen. War das ihr Ernst?

»Wieso? Weil ich gern alles klären würde, bevor ich weitermache wie gehabt. Fühlt sich das für dich denn nicht vollkommen falsch an?«

»Na ja, was bleibt mir denn übrig? Das ist mein Job.«

Konnte sie wirklich so abgebrüht sein? Ich atmete tief ein und wieder aus, bevor ich weitersprach.

»Ich kann nicht einfach weitermachen. Ich hatte Ausfälle auf der Messe, ich habe etliche negative Kommentare – auch jetzt, zweieinhalb Wochen später noch –, und ich glaube nicht, dass Boots die Zusammenarbeit mit mir wieder aufnimmt, wenn ich das Gerücht nicht ein für alle Mal aus dem Weg räume. Sie haben meine gesamte Linie gekickt. Weißt du, wie lang ich darauf hingearbeitet habe?«

»Das mit der Convention hab ich mitbekommen, aber dass Boots sogar die Linie aus den Filialen geschmissen hat, wusste ich nicht. Das tut mir leid. Daran ist ganz allein dieser Demian schuld. Er zieht so viele von uns in den Schmutz …«

»Du könntest mir helfen«, unterbrach ich Natalie. Dass sie immer noch nur Demian die Schuld gab, sprach Bände und machte ihre Worte der Reue nicht gerade glaubhafter.

»Ich? Dir helfen? Wie? Und bei was?«

»Ihr habt mich nach Strich und Faden verarscht. Wenn es dir wirklich leidtut, könntest du genau das auch online zugeben. Du könntest mich entlasten.«

Ohne es zu merken, war ich beim Sprechen ein Stück näher an sie herangerückt. Ich musste sie überzeugen, egal wie. Natalie lehnte sich nach hinten, als wäre ihr die plötzliche Nähe unangenehm, und spielte mit einer dunkelbraunen Haarsträhne, bevor sie langsam den Kopf schüttelte. Diese Bewegung genügte, mein Herz in meinen Magen rutschen zu lassen, wo es bleischwer lag. Ich biss die Zähne zusammen. Wenn mir eines nicht weiterhalf, dann war es, sie anzugehen. Ich musste hier weiterkommen. Ich musste Informationen für Demian beschaffen, damit er das Video aufnahm, ich in den Augen meiner Fans und der Firmen wieder glaubwürdig wurde und meine Mum nicht länger sauer auf mich war. Trotz meiner Wut auf sie wollte ich sie nicht verlieren. Alles andere war keine Option.

»Nein«, sagte sie leise. »Tut mir wirklich leid.«

»Was meinst du mit Nein?« Es kostete mich enorme Anstrengung, meine Stimme ruhig zu halten. »Ich dachte, du bereust das alles? Das ist das Mindeste, was du tun kannst!«

»Ich bereue es ja auch. Aber ich will das Thema nicht noch einmal aufleben lassen.« Sie lächelte schief. »Das verstehst du sicher, du bist ja das beste Beispiel dafür, warum das keine gute Idee ist.« Sie hob die Hände. »Also nicht dass du es hast aufleben lassen, aber durch Demian ruht das Thema bei dir einfach nicht. Das kann ich wirklich nicht gebrauchen, ich bin so dankbar, dass der Shitstorm relativ glimpflich verlaufen ist.«

»Muss sich schön anfühlen«, gab ich eine Spur zu bissig zurück. Natalie verzog das Gesicht, knickte jedoch nicht ein.

»Ich bin mir sicher, dass das bei dir auch wieder so wird. Du brauchst einfach etwas Geduld. Demian lässt das bestimmt bald fallen, wenn es keinen neuen Stoff gibt. Also ist es auch für dich besser, wenn wir das Ganze ruhen lassen.«

Das Ganze ruhen lassen? Hörte sie sich überhaupt beim Reden zu? Oder war sie wirklich von ihren Worten überzeugt?

»Es ist für mich *nicht* besser, weil ich im Gegensatz zu euch für nichts und wieder nichts bestraft werde – und das sogar härter. Wie soll ich das Ganze bitte ruhen lassen, wenn jeder tagtäglich darauf herumreitet? Selbst wenn irgendwann niemand mehr darüber redet: Mein Ruf hat Schaden genommen, und das völlig unberechtigt. Wenn du deinen wiederherstellen willst, wäre das doch ein guter Schritt, oder etwa nicht? Die Wahrheit ans Licht zu bringen.«

»Du kennst Zane und Dylan – oder vielleicht auch nicht, wenn du denkst, dass sie mich das einfach durchziehen lassen. Wenn ich das mache, bin ich geliefert. Es tut mir leid, Fiona. Aber es wäre wirklich besser, wenn du die Sache beiseiteschiebst. Es ist nicht gut, so in der Vergangenheit zu leben.«

»Du verarschst mich doch.« Fassungslos sah ich Natalie an, die sich, wie zum Schutz, wieder die große dunkle Sonnenbrille auf die Nase schob. »Wieso hast du dich dann überhaupt mit mir getroffen?«

In dem Moment, in dem Natalie ihre Reue bekundet hatte, hatte ich wirklich Hoffnung gehabt, etwas zu erreichen. Kaycee hatte recht. Menschen einzuschätzen war allem Anschein nach nicht gerade meine größte Stärke.

»Weil ich mich bei dir entschuldigen wollte. Könnte ich die Zeit zurückdrehen, würde ich alles anders machen. Ich würde Dylan die Idee ausreden oder aus der Sache aussteigen, so wie ich es hätte tun sollen, als ich von allem erfahren habe. Vor allem aber würde ich dich nicht mit reinziehen. Ich hoffe, du kannst mir verzeihen.«

»Nein«, sagte ich geradewegs heraus.

Natalie hatte allen Ernstes die Nerven, zu seufzen und mir über den Rand ihrer Brille hinweg einen beinahe mütterlich wirkenden Blick zuzuwerfen. Sie stand auf und drehte sich noch einmal zu mir um. Ich erhob mich ebenfalls, da ich definitiv nicht zu ihr aufblicken wollte. Außerdem konnte sie jetzt nicht gehen. Nicht ohne mir zu helfen oder mir zumindest etwas zu verraten, was es mir ermöglichte, mit Demian weiter an einem Video zu arbeiten.

»Ich kann dir nicht verzeihen. Wie auch? Deine Entschuldigungen waren nichts als leere Worte, wenn du der Sache jetzt so einfach den Rücken kehren kannst.«

Natalie verschränkte die Arme, sodass es wirkte, als ob sie sich selbst umarmte. Ich hingegen stand mit beiden Händen in die Hüfte gestützt vor ihr. Für Außenstehende war definitiv sie es, die Mitleid erweckte. Dabei hatte sie kein Recht, diese Opferrolle einzunehmen.

»Vielleicht kannst du es ja, sobald Gras über die Sache gewachsen ist. Du bist nicht die Einzige, die leidet.«

»Ich bin die Einzige, die leidet und es nicht verdient hat«, gab ich zurück.

»Wie ich bereits sagte: Gib dem Ganzen noch ein, zwei Wochen. Dann hat sich alles erledigt. Selbst Demian wird das Thema irgendwann ruhen lassen. Vielleicht sehen wir uns dann ja mal wieder auf einem Event und können von vorn anfangen. Hab noch einen schönen Tag.«

»Du gehst jetzt nicht allen Ernstes!«

Leider tat sie genau das, denn sie drehte sich ohne ein weiteres Wort um und lief den umzäunten Weg entlang. Schnaubend sah ich ihr nach. Am liebsten wäre ich ihr hinterhergelaufen und hätte sie zum Reden gezwungen, doch ich wusste, dass das rein gar nichts bringen würde. Genauso gut, wie ich wusste, dass eben nicht alles innerhalb weniger Tage vergessen war, wie wir geglaubt hatten – denn das hatten die letzten Wochen bereits gezeigt. Und selbst wenn, ich wollte diese Lüge nicht an meinem Namen haften lassen. Außerdem war ich mir einer Sache gewiss: Demian würde das Thema nicht ruhen lassen. Doch aus anderen Gründen, als Natalie vermutete. Denn im Gegensatz zu ihr hatte er ein Gewissen. Und zum ersten Mal in meinem Leben war ich unglaublich froh über Demians Verbissenheit.

26. KAPITEL

Demian

Ich trank den letzten Schluck Wasser aus meinem Glas, um meine Kehle zu befeuchten, und lehnte meinen Kopf näher an das Mikrofon.

»Ein weiterer Fakt, der bei dem Film völlig außer Acht gelassen wurde, ist der, dass Jupiter – laut heutigem Wissensstand – 79 Monde hat. Selbst diese Zahl ist diskutabel, da bereits neue Trabanten entdeckt wurden. Wie also kamen die Filmemacher auf die Idee, bloß zwei zu zeigen? Klar, auf der Leinwand machte es viel her, aber ...«

Durch mein Headset drang ein dumpfes Pochen an meine Ohren, und kurz darauf öffnete jemand die Tür zu meiner Rechten. Ich stoppte die Aufnahme und drehte mich in meinem Schreibtischstuhl zu Austin um, der ins Zimmer trat.

»Was gibt's?«, fragte ich und konnte nichts dagegen tun, dass meine Stimme leicht gereizt klang. Austin war vorhin schon einmal ins Zimmer geplatzt, um nach mir zu sehen, und hatte mich beim Aufnehmen eines anderen Videos unterbrochen.

»Wasser und Kaffee gibt es. Und zumindest das Wasser trinkst du ohne Widerrede. Thiago macht grad Cocido Madrileño, und wenn er fertig ist, kommst du zum Essen raus.«

War es etwa schon Zeit zum Mittagessen? Ich warf einen Blick auf die Uhr in der Ecke meines Bildschirms, dann sah ich wieder zu Austin, der mich mit strengem Blick betrachtete.

»Außerdem könntest du mal lüften.«

»Ja, Mum«, erwiderte ich mit einem Grinsen, als Austin die Getränke auf der kleinen freien Fläche meines Schreibtischs abstellte. Der Rest war mit Büchern, Notizen, einem Teller mit halb gegessenem Toast und ähnlichem Kram belegt. Austin trat zu meinem Fenster und riss dieses auf.

»Schon besser. An was arbeitest du da eigentlich? Warte …«, sagte er, als er in meinem Rücken stand. »Das ist gar nicht für *De(x)posed*, oder?«

»Nope«, entgegnete ich und öffnete den Tab mit YouTube. *»Edge of The Universe*. Ein Video hab ich die Nacht gemacht, das andere ist geschnitten, da sitz ich grad am Voice Over.«

»Deshalb hast du nicht geschlafen. Wir dachten schon, es geht wieder um Fiona.«

Als Antwort schüttelte ich bloß den Kopf, während sich mein Magen verknotete. Es brauchte nicht Austin, um mich an sie zu erinnern. Liam hatte mir den Termin mit ihrer Mum zugeschickt. Morgen war es schon so weit. Ich fühlte mich überhaupt nicht wohl mit der Sache, was sicherlich auch dazu beitrug, dass ich mich so in die Recherche und den Schnitt der Videos stürzte. Wie immer, wenn ich für den Zweitkanal produzieren konnte, war ich in einen Sog geraten, der mich nicht mehr losließ und der dankenswerterweise auch mein schlechtes Gewissen überlagerte.

»Also kannst du dich dem Kanal mal wieder widmen?«

»Jap! Susan hat mir sogar einen Auftritt bei *Space Turtles* besorgt – der Podcast, den ich immer höre –, und schaut gerade nach weiteren Werbemöglichkeiten. Und von dem Kongress hab ich euch ja schon berichtet.«

»Endlich.« Austin schlug mir auf die Schulter. »Wird echt Zeit, Mann. Du hast dich so abgerackert im letzten Jahr, das ist mehr als verdient.«

»Leider darf ich parallel trotzdem weiter das Drama ausschlachten.«

»Was meinst du? Ich dachte, du wolltest nach der Con mal freinehmen und auf andere Gedanken kommen.«

»Wollte ich auch … Alles nicht so einfach.«

»Ein Grund mehr, jetzt 'ne Pause zu machen. Ich würd sagen, wir helfen Thiago mal, sonst heult er wieder rum, dass er alles in diesem Haushalt allein machen muss.«

Als ich mich nicht in Bewegung setzte, kickte Austin mit dem Knie gegen die Rückenlehne meines Stuhls, sodass dieser sich drehte. »Auf jetzt. Das Video kannst du auch noch nachher fertig machen.«

»Gib mir noch zehn Minuten, ja? Dann komm ich nach.«

»Na gut«, erwiderte Austin mit einem Seufzen. »Und denk ans Trinken.«

»Ich sollte dich mal so bemuttern, wenn du zu lang streamst.«

»Tu dir keinen Zwang an. Im Gegensatz zu dir lehne ich Hilfe nicht ab.«

»Raus jetzt«, gab ich mit einem Grinsen zurück und schubste Austin energisch in Richtung Flur. »Ich komm gleich nach, versprochen.«

Austin deutete noch einmal mit drohendem Blick auf mein Wasser, dann ging er und zog die Tür hinter sich zu. Ich stand auf, schloss das Fenster, streckte mich einmal und setzte mich dann wieder vors Mikrofon. Bis zum Kongress wollte ich unbedingt mehr Videos vorzuweisen haben – im besten Fall so hochwertig wie möglich, damit die anderen Speaker mich nicht direkt in die übliche Influencerschublade steckten, was leider häufig genug geschah. Ich drehte mein Handy um, das mit dem Display nach unten neben meiner Maus lag, und warf einen Blick in mein Instagram-Postfach. Immer noch keine Nachricht von Fiona. Kurz überlegte ich, ihr zu schreiben, aber ich wollte sie nicht belästigen. Sie hatte gesagt, dass sie sich melden würde, wenn sie mit Natalie gesprochen hatte – oder wenn sie Redebedarf hatte.

Bei dem Gedanken an meine unbeholfenen Worte entwich mir ein leises Stöhnen, und ich fuhr mir mit beiden Händen über das müde Gesicht. Natürlich würde sie sich nicht zum Reden an mich wenden. Wieso sollte sie auch? Dass ich es ihr überhaupt angeboten hatte, kam mir nun lächerlich vor. Sie wollte Schadensbegrenzung, nicht mein offenes Ohr.

Ich legte mein Handy zur Seite, das Display zeigte wieder gen Tischplatte. Sie würde sich melden, sobald sie sich mit Natalie getroffen hatte. Nicht vorher und auch nicht wegen anderer Dinge. Weil sie keinen Grund hatte.

Ich wiederholte diese Gedanken mehrmals, bis sie endlich einsickerten und ich sie hoffentlich begreifen würde. Was war mit mir los? Wieso dachte ich so oft an sie? Zuerst hatte ich mir eingeredet, dass es mit dem schlechten Gewissen zu tun hatte, das ich ihr gegenüber verspürte. Doch dann hätte ich sicher nicht ihr Lächeln vor Augen oder die Art, wie ihre Augen funkelten, wenn sie von ihrem Job oder diesem Teddyfilm sprach – oder aber, wenn sie mal wieder wütend auf mich war. Was zugegebenermaßen ein Dauerzustand war.

Schlag dir das aus dem Kopf. Sofort.

Ich zog mir das Headset über die Ohren und schüttelte den Kopf, als könnte ich die Gedanken an Fiona so vertreiben. Denn das musste ich. Aus so vielen Gründen. Dass Fiona mich nicht ausstehen konnte, war der wohl offensichtlichste von allen.

»Gerade rechtzeitig«, begrüßte mich Thiago, als ich durch die Küchentür trat.

»Ja, ich hatte Angst, dass Austin mir sonst Hausarrest erteilt. Oder mir das WLAN nimmt.«

Austin lachte auf. »Letzteres würde ich nie tun, da meine Eltern mich damals so für mein unaufgeräumtes Zimmer bestraft haben. Ersteres wäre voll kontraproduktiv, weil du dann nur noch mehr arbeiten würdest.«

Thiago stellte drei tiefe Teller auf dem länglichen weißen Küchentisch ab. »Bist du denn fertig mit deinen Astrologie-Videos?«

Ich ließ mich auf den Stuhl vor einem der leeren Teller fallen. »Ich bin zu müde, mich darüber aufzuregen, dass du Astrologie statt Astronomie gesagt hast.«

Thiagos Grinsen brachte seine strahlend weißen Zähne zum Vorschein, die durch die braune Haut noch heller wirkten. »Schade, ich dachte, so krieg ich dich vielleicht wach. Ich breche heute mit der Tradition und tische alles auf einmal auf, verratet es nicht meiner Mutter. Aber ich hab nur noch knapp dreißig Minuten, bis ich los muss, das reicht nicht für drei *vuelcos*.«

Er schnappte sich meinen Teller und gab Kichererbsen, Gemüse und Fleisch darauf. Austin zu meiner Linken nahm sich einen Teller mit Brühe, die auf einem Untersetzer in der Mitte des Tischs stand. Ich wiederum hielt mir den Magen, der bei den verschiedenen Gerüchen plötzlich zu grummeln begann.

Thiago warf mir einen vielsagenden Blick zu, bevor er sich vor seinen Teller setzte. Eine Weile ging es um Austins letzte Streams und Thiagos Events, dann jedoch landeten die Blicke meiner beiden Mitbewohner leider auf mir.

»Und jetzt erzähl. Austin meinte eben, du machst doch noch mal was zu der ganzen Fiona-Thematik?«

»Ihr seid echt wie ein altes Ehepaar, wisst ihr das? Ich bin nicht euer Adoptivsohn.«

»Aber trotzdem unser Sorgenkind«, erwiderte Austin. »Also, erzähl.«

»Ich soll mich morgen mit Fionas Mum treffen ...«

»Was?«

»Wieso das?«, fragte Austin gleichzeitig.

Mit einem Seufzen brachte ich die beiden auf den neusten Stand und ließ auch unser Zusammentreffen im Pressezentrum und unser Gespräch im Café nicht aus.

»Puh. Klingt, als hätte sie nicht das beste Verhältnis zu ihrer Mum … Kommt mir bekannt vor.« Austin schob seinen leeren Teller von sich. Er sprach selten über seine Eltern, hatte jedoch zu seinem Vater gar keinen und zu seiner Mutter nur sporadischen Kontakt. »Die Arme.«

»Hmm«, machte Thiago. »Aber ich glaube, Liam hat schon einen Punkt. Wenn es ihrer Mutter ums Geld geht, findet sie eh jemanden, der mit ihr redet. Dann lieber du, und du betreibst direkt Schadensbegrenzung.«

»Aber erzählst du Fiona davon?«

Ich schluckte. Das war die Frage, nicht wahr?

»Ich weiß, dass ich es ihr sagen muss …«, begann ich. »Aber wenn ich ihr jetzt erzähle, dass ich mich mit ihrer Mum treffe, ist jegliches Vertrauen weg, und ich kann vergessen, dass wir ein Video zusammen machen. Vermutlich glaubt sie mir nicht mal. Ich meine, welche Mutter würde so was tun?«

Austin stieß ein Schnauben aus. »Eltern sind auch nur Menschen. Wenn man davon ausgeht, dass ein gewisser Prozentsatz an Menschen Arschlöcher sind, ist es nur normal, dass auch ein Prozentsatz an Eltern Arschlöcher sind. Einfache Mathematik.«

»Unser Sonnenschein«, meinte Thiago und tätschelte Austins Schulter.

»Was denn, stimmt doch. Ich würd kein Video mit ihrer Mum machen. Wenn du dich mit meinen Eltern treffen und über mich reden würdest …« Er verschränkte die Arme vor der Brust. »Ich wäre wirklich wütend.«

»Ich muss ja kein Video machen«, warf ich ein. »Aber wenn ich mich mit ihrer Mum treffe, verschaffe ich Fiona und mir wenigstens etwas mehr Zeit. Bis dahin haben wir vielleicht genug für ein entlastendes Video, und dann hat sich die Sache eh erledigt.«

»Klingt nach einem Plan«, sagte Thiago, während Austin immer noch nicht recht überzeugt wirkte.

»Warum machst du dir die Mühe mit ihr überhaupt? Echt nur aus schlechtem Gewissen?«

»So schwer zu glauben?«, hakte ich nach.

»Ne, ich hatte nur schon auf der Con den Eindruck, dass da vielleicht doch ein bisschen mehr ist.«

Ich legte das Besteck beiseite und räusperte mich. Das war ein Thema, das ich unter keinen Umständen vertiefen wollte.

»Danke, Mann«, sagte ich stattdessen an Thiago gewandt. »Ich hab gar nicht gemerkt, wie hungrig ich bin.«

»Kein Thema«, erwiderte Thiago, wohl wissend, dass ich Austins Kommentar überging. Zum Glück bohrte keiner der beiden nach.

»Übrigens, falls ich mich revanchieren kann und du mal wieder von Gratisessen profitieren willst: Meine Schwester heiratet nächste Woche und meinte, ich kann dich als Plus eins mitbringen.«

»Du willst mich als deine Plus eins?«

»Kostenloses Essen, Drinks, ein Ausflug ins wunderschöne Norwich mit deinem besten Freund … und ich werd nicht ständig gefragt, was das Liebesleben macht.«

»Natürlich wirst du das nicht, weil alle davon ausgehen werden, dass wir zusammen sind«, sagte Thiago mit einem Lachen. »Nein, ernsthaft, Demian. Das ist traurig.«

»Wieso ist es traurig, als Freunde zusammen auf eine Hochzeit zu gehen?«

»Ich bin ausnahmsweise Demians Meinung«, pflichtete Austin mir bei.

»Wenn ihr meint«, sagte Thiago schulterzuckend. »So verlockend es ist, ich bin raus. Bin nächstes Wochenende für das Magazin auf einem Festival.«

»Austin?«, fragte ich hoffnungsvoll.

»Uff.« Austin griff sich spielerisch an die Brust. »Zweite Wahl, das tut weh.«

»Aber nur, weil ich weiß, dass du Tanzen hasst.«

»Ich bin auch raus, sorry.« Plötzlich bildete sich ein schiefes Grinsen auf seinem Gesicht.

»Was?«

»Frag doch Fiona.«

»Klar, das ist eine großartige Idee. Ich bring eine völlig fremde Frau, die noch dazu auf allen Titelseiten der Zeitungen vertreten ist, mit auf die Hochzeit meiner Schwester.«

»Na ja, dann ist sie immerhin nicht völlig fremd«, erwiderte Austin immer noch grinsend.

»Und eine Fremde mitzubringen ist weniger traurig als deinen Mitbewohner«, pflichtete Thiago ihm bei.

»Außerdem arbeitet ihr doch gerade eh an diesem Video mit ihr, und wie du selbst meintest, rennt die Zeit.« Austins Grinsen wurde mit jedem Wort breiter.

»Absolut.« Thiago nickte. »Und wenn du eine Auszeit brauchst, dann geht es ihr sicher ähnlich. Mal wieder aus der Stadt rauskommen, Landleben, nicht an jeder Ecke erkannt werden …«

»Landleben? So klein ist Norwich nun auch nicht«, warf ich ein.

»Verglichen mit London, du weißt, was ich meine. Ich halte das auf jeden Fall für eine hervorragende Idee.«

»Ich mag es, wenn wir uns so einig sind«, sagte Austin an

Thiago gewandt, und die beiden gaben einander zufrieden ein High Five, als wäre alles beschlossene Sache.

»Ihr habt sie nicht mehr alle«, sagte ich und stand mit einem Seufzen auf, um das Geschirr in die Spülmaschine zu räumen.

»Tu nicht so leidend, eigentlich weißt du, dass wir recht haben.«

Zum Glück hatte ich ihnen den Rücken zugewandt – so konnten sie nicht sehen, dass meine Mundwinkel zuckten. Nicht weil ich ihnen zustimmte, denn Fiona war eine Fremde, auch wenn es sich nicht so anfühlte. Sie hatte mir recht deutlich zu verstehen gegeben, dass uns nichts verband außer unsere Arbeit an diesem Video. Daran musste ich festhalten. Dennoch hatten sie es nicht bloß geschafft, mich zum Lachen zu bringen, sondern mich aus meinen Gedanken und aus meinem eigenen Kopf zu befreien. Was das anging, war auf die beiden immer Verlass. Sei es, weil ich zu viel arbeitete und alles um mich herum vergaß, oder wie jetzt, weil ich in einer Zwickmühle saß. Denn in der befand ich mich weiterhin, und mir graute vor dem morgigen Tag und dem Treffen mit Fionas Mum. Ich hatte keine Ahnung, was mich erwartete und wie ich mir die Frau, die Fiona Harris ins Leben gesetzt hatte, vorzustellen hatte.

Ich war überpünktlich. Zum einen hatte ich Catherine Harris nicht warten lassen wollen. Es war wichtig, dass sie mich mochte – zumindest genug, um mir etwas zu erzählen. Zum anderen hatte Liam ausgemacht, dass wir uns in der Nähe ihres Hauses in Leatherhead trafen. Ich war noch nie hier gewesen, generell verschlug es mich selten aus der Stadt hinaus, aber der Ort wirkte ruhig und niedlich mit Häusern aus Backstein, die gelegentlich durch Gebäude im Fachwerkstil unterbrochen wurden. Davon sah ich von meinem Platz in einer der hinteren

Ecken des Cafés leider nichts, doch ich hatte nicht direkt am Eingang sitzen wollen, da ich das Gespräch mit Fionas Mum aufzeichnen wollte und die Geräusche der Hereinkommenden vermutlich gestört hätten.

»Dein Kaffee, bitte sehr.«

»Danke«, sagte ich und lächelte der Bedienung kurz zu, dann wandte ich meinen Blick auch schon wieder zur Eingangstür. Ich war so verdammt nervös. Mein Handy vibrierte auf dem dunklen Holztisch, und ich zuckte so heftig zusammen, dass der kleine Löffel auf meiner Untertasse sie zum Klirren brachte. Für einen Moment hegte ich die Hoffnung, dass Catherine Harris es sich anders überlegt hatte und unser Treffen in der letzten Minute absagte. Die eingegangene Nachricht war jedoch von ihrer Tochter – was mein Herz nicht weniger zum Klopfen brachte. Sie hatte sich endlich gemeldet!

Ich öffnete die Nachricht und speicherte als Allererstes Fionas Nummer in meinen Kontakten. Der logische nächste Schritt wäre gewesen, zuerst ihre Nachricht zu lesen. Doch wie von selbst drückte mein Finger auf das kreisrunde Profilbild oben links auf dem Display. Bei dem Anblick zog sich mein Herz zusammen – weil ich genau wusste, von welchem Tag es stammte. Das Foto zeigte Fiona am Piccadilly Circus vor der riesigen Werbewand. Auf einem der Bildschirme über ihrem Kopf war sie oder besser gesagt ein Werbeplakat mit ihr für ihre Beauty-Linie. Mit zwei Fingern zog ich das Bild größer. Auf den ersten Blick hatte ich geglaubt, das Bild schon von ihrem Instagram-Kanal zu kennen. Doch das war ein anderes, weniger gestelltes Motiv.

Ein trauriges Lächeln legte sich auf meine Lippen. Sie sah so glücklich aus. Die Freude auf diesem Foto war echt, nicht gestellt. Sie posierte nicht, sondern stand im Lachen leicht nach vorn gebeugt, als hätte die Person hinter der Kamera etwas Lustiges gesagt. Ob sie seit diesem Tag, seit meinem Video noch einmal so gelacht hatte? Eines war klar, in meiner Anwesenheit hatte sie es nicht – und das frustrierte mich mehr, als es sollte. Ich schloss das Bild wieder und widmete mich endlich der Nachricht.

Fiona, 10.45 am:
Hey, sorry, dass ich mich jetzt erst melde. Kaycee war bis heute Morgen noch da.
Treffen mit Natalie war ein Fail … Das Einzige, was ich rausbekommen hab, ist, dass es wohl Dylans Idee war. Zumindest meinte sie, wenn sie könnte, würde sie die Zeit zurückspulen und ihm ins Gewissen reden. Aber das bringt uns nicht wirklich weiter, was?

Ich seufzte. Vermutlich nicht, denn das war ohnehin ein naheliegender Schluss gewesen.

Demian, 10.47 am:
Nein, aber mach dir keinen Kopf. War einen Versuch wert, hätte ja sein können, dass sie ihrem schlechten Gewissen nachgibt …

Fiona, 10.47 am:
Schlechtes Gewissen, dass ich nicht lache. 🌚
Das hat sie ständig betont, aber kann ja nicht viel dahinterstecken. Hast du sonst noch eine Idee, was ich tun kann? Ich hasse es, so untätig rumzusitzen.

Demian, 10.48 am:
Videos drehen? Erst einmal normal weitermachen, bis wir mehr rausgefunden haben?

Ich sah von meinem Display auf und beobachtete für einen Moment das Treiben im Café. Fiona war frustriert, was ich nur zu gut verstehen konnte. Mir ging es nicht anders, zumal ich sie wirklich nicht enttäuschen wollte. Ich war maßgeblich an ihrem Schlamassel beteiligt.

Einfach normal weitermachen …

Ich rollte über mich selbst die Augen. Toller Ratschlag. Würde ich in ihrer Haut stecken, wäre das wohl der am wenigsten hilfreiche Tipp, den man mir geben könnte.

Demian, 10.48 am:
Sorry, das war undurchdacht. Ich weiß, dass die Situation alles andere als normal ist, ich wollte das nicht kleinreden. Was weißt du denn noch über Dylan und Natalie? Hat sie noch irgendwas gesagt, wie die beiden an sie herangetreten sind? Vorher hat man sie ja nie zusammen gesehen, oder?

Fiona, 10.49 am:
Ne, hat sie nicht. Keine Ahnung, ich kannte sie alle nur flüchtig. Zu Natalie hab ich immer ein bisschen aufgeblickt, weil sie einfach ihr Ding durchgezogen hat. Zane und Dylan hab ich vorher nie getroffen.

Fiona, 10.50 am:
Und danke für die Entschuldigung … aber du hast vermutlich trotzdem recht. Ewig kann ich auch nicht alle warten lassen. Vielleicht dreh ich heute einfach mal was. 😊

Das klang zuversichtlicher, als ich erwartet hatte. Vor allem aber war ich froh, dass sie mir meine Worte nicht übelnahm. Ich war gerade dabei, eine Antwort zu tippen, als das durch die Tür hereinfallende Licht sich auf meinem Tisch spiegelte. Eine Frau

Mitte oder Ende dreißig betrat den Laden und steuerte nach kurzem Umsehen schnurstracks auf mich zu. Das war dann wohl Fionas Mum. Ich sperrte das Handy und ließ es in meine Hosentasche gleiten. Dann erhob ich mich von meinem Stuhl.

»Mrs Harris.«

»Oh, ein Mann mit Manieren. Das sieht man selten. Freut mich, dass Sie es einrichten konnten, Demian.«

Sie ließ sich auf dem Platz mir gegenüber nieder. Hätte sie es nicht gerade bestätigt, hätte ich niemals vermutet, dass es sich bei dieser Frau um Fionas Mutter handelte. Sie waren komplette Gegensätze. Da war das Offensichtliche, Äußere: Catherine Harris' Haare waren braun, nicht blond, ihre Augen ebenfalls. Sie hatte einen dunkleren Hautton als Fiona und wirkte schon jetzt, als hätte sie Wochen in der Sonne verbracht, dabei konnte ich die schönen Tage in diesem Frühling an beiden Händen abzählen. Doch da hörten die Unterschiede nicht auf. Um Catherines Mund lag ein harter Zug, obwohl er zu einem Lächeln verzogen war. Mit scharfem Blick taxierte sie mich und sorgte dafür, dass ich mich seltsam klein fühlte, auch wenn ich sie eben im Stehen deutlich überragt hatte. So wie sie die Arme locker auf den Tisch stützte und sich mir entgegenlehnte, drückte alles an ihrer Haltung Entspannung aus – dennoch wirkte sie auf mich wie ein Raubtier kurz vor dem Sprung. Wie oft sie ihre Körpersprache und ihr Verhalten wohl nutzte, um andere zu täuschen?

Noch während ich das dachte, überraschte es mich, wie sehr ich mittlerweile auf Fionas Seite stand. Im Prinzip hatte ich immer noch nichts, was sie entlastete, und doch war ich in meiner Meinung mittlerweile vollkommen gefestigt und mir sicher, dass nicht sie die Verbrecherin war, sondern dass ihr von mehreren Seiten übel mitgespielt wurde. Und eine dieser Seiten war die Frau, die mir gerade gegenübersaß.

»Was darf ich Ihnen bringen?« Die Kellnerin trat zu uns und bewahrte mich zum Glück davor, Fionas Mum noch länger anzustarren. Ich holte mein Handy wieder heraus und legte es auf den Tisch. Schnell schaltete ich den Flugmodus ein, damit keine Nachricht von Fiona aufploppen konnte, während ich das Interview aufnahm. Das hätte zu mehr als unangenehmen Fragen geführt.

»Ich nehme einen Latte Macchiato.«

Immerhin eine Gemeinsamkeit, die sie mit ihrer Tochter teilte. Mit einem Lächeln musste ich an Fionas Bestellung im Travel Café und ihr Gesicht beim Probieren des Pink Latte zurückdenken. Ich sah zu ihrer Mum und räusperte mich. Ich musste meine Gedanken für mich behalten und das hier so klug und durchdacht wie möglich angehen.

»Ich danke Ihnen, dass Sie sich die Zeit nehmen – und dass Sie sich exklusiv an mich wenden.«

»Sehr gern«, erwiderte die Frau vor mir und nickte lächelnd. »Es ist mir natürlich wichtig, die Wahrheit zu erzählen. Wenn ich dazu beitragen kann, den unterschiedlichen Gerüchten und dem Rätselraten ein Ende zu bereiten … dann möchte ich das tun.«

Wie selbstlos. Dass du einen Batzen Geld hierfür bekommst, spielt natürlich gar keine Rolle …

»Ist es in Ordnung für Sie, dass ich das Gespräch aufzeichne? So kann ich bei meinem Video sichergehen, dass ich Sie im genauen Wortlaut zitiere.«

»Selbstverständlich«, sagte Mrs Harris mit fester Stimme.

»Danke«, erwiderte ich und startete die Aufnahme. Ich traf den Aufnahmeknopf auf dem Display erst beim zweiten Anlauf. Wieso zur Hölle war ich so nervös? War es das schlechte Gewissen Fiona gegenüber? Egal, woran es lag, es musste aufhören.

»Sie haben das Gespräch gesucht, weil Sie glauben, wichtige Informationen zu der aktuellen Debatte rund um Fiona und die Clique, die am Charity-Event beteiligt war, zu haben, richtig?«

»Richtig. Fiona leugnet in ihrem Video schließlich alles und stellt sich als das Opfer dar.«

»Und das halten Sie für falsch?«

Catherine nickte. »Ja«, sagte sie dann mit Blick auf mein Handy, das ihre Gesten natürlich nicht aufzeichnen konnte. »Geld und Aufmerksamkeit – beides hat Fiona schon immer geliebt. Sie kennen sicher das Video, in dem sie ganz rührselig davon faselt, wie schlecht sie es zu Hause hatte und wie sie sich selbst hochgearbeitet und ein besseres Leben ermöglicht hat.« Fionas Mutter lachte leise, und das Geräusch jagte mir einen kalten Schauer über den Rücken.

»Wissen Sie, wie sich das als Mutter anfühlt? Alles habe ich für sie aufgegeben. Fiona ging es von Anfang an ums Geld. Sie hat damals, als sie noch zu Hause gelebt hat, jede Kooperation angenommen. Als ich von dem Skandal erfahren habe, war ich zwar enttäuscht, aber nicht wirklich überrascht.«

»Das sind ziemlich harte Worte«, sagte ich und bemühte mich, neutral zu klingen. »Ich wage zu behaupten, dass alle anderen sehr überrascht waren. Haben Sie denn Beweise dafür, dass Fiona wirklich in den Skandal verwickelt war?«

»Beweise habe ich natürlich nicht. Wie auch, Fiona erzählt mir nur das Nötigste. Aber ich kann Ihnen gern mehr über die wahre Fiona sagen. Immerhin kenne ich sie von allen Menschen auf diesem Planeten am längsten, also ist es auch kein Wunder, dass es mich weniger überrascht hat, oder? Ich habe mitbekommen, wie sie sich über all die Jahre entwickelt und entfremdet hat.«

»Von Ihnen entfremdet?«

»Auch von sich selbst.«

Die Kellnerin näherte sich zögernd, und ich lächelte ihr zu. Eilig stellte sie das hohe Glas vor Mrs Harris ab, die sich bedankte, und ging dann wieder zurück zur Theke. Fionas Mum rührte mit dem Löffel in ihrem Glas herum, bis Kaffee und Milch sich zu einer gleichmäßigen hellbraunen Flüssigkeit vermischt hatten. Dann erst sprach sie weiter.

»Fiona war ihre Herkunft immer unangenehm. Was denken Sie denn, wieso sie so lange nichts darüber erzählt hat?«

Weil das ihr Privatleben und ihr gutes Recht war? Ich erzählte meinen Zuschauern rein gar nichts über mich.

»Letzten Sommer gab es an ihrer alten Schule ein Spendenevent. Die Turnhalle dort ist völlig hinüber, ein Teil der Decke ist während des Unterrichts herabgestürzt. Ich habe mir natürlich auch Gedanken gemacht, wie man helfen kann, und dem Rektor vorgeschlagen, dass Fiona ein Fan-Treffen dort veranstaltet. Letzten Sommer ging es bei ihr ja gerade so richtig los, und das wäre super angekommen.«

»Wäre?«, hakte ich nach.

»Ja, dreimal dürfen Sie raten, was Fiona geantwortet hat. Nein natürlich. Ich kann Ihnen auch gern die Textnachricht zeigen, wenn Sie das für Ihr Video brauchen?«

Ohne meine Antwort abzuwarten, hatte Mrs Harris schon ihr Handy hervorgeholt und öffnete den Chat mit Fiona. Ich wollte wirklich nicht hinschauen, doch mein Blick wurde wie automatisch angezogen und fiel auf Fionas Profilbild, das ich eben noch so lange betrachtet hatte. Darunter sah ich den Nachrichtenverlauf. Er war recht einseitig – zumindest die letzten Nachrichten waren alle von Fiona an ihre Mum geschickt worden, und so, wie es aussah, hatte diese nicht geantwortet.

»Sie müssen die Nachricht nicht suchen«, setzte ich an, doch Mrs Harris winkte direkt ab.

»Das ist kein Aufwand, und Sie wollen ja sicher Nachweise für Ihr Video.«

Sie wollte mich den privaten Chat mit ihrer Tochter verwenden lassen? In einem Video, das ihr letzten Endes schaden würde? Während sie weiter scrollte, trank ich einen Schluck meines Kaffees, doch der Geschmack lag mir bitter auf der Zunge. Es fühlte sich falsch an, hier zu sein und dieses Gespräch zu führen, doch auf der anderen Seite machte dieser Moment mir mehr als deutlich, wieso es gut war, dass ich hier saß. Ich. Kein Reporter der *Sun*, der die Nachrichten mit Freude nehmen und plakativ auf irgendeiner Titelseite platzieren würde. Kurz überlegte ich, Mrs Harris darauf hinzuweisen, dass es auch eine Suchfunktion gab, doch ich hoffte, dass sie aufgab. Ich wollte die Nachricht gar nicht lesen, es war ein Eindringen in Fionas Privatsphäre. Leider wurde mein stummer Wunsch nicht erhört, denn wenige Sekunden später schob Mrs Harris mir ihr Handy über den Tisch hinweg zu.

»Da«, sagte sie und tippte mit einem manikürten Fingernagel auf das Display.

Sie hatte Fiona ein Foto eines Zeitungsartikels geschickt, der von dem Sommerfest an der Schule erzählte, bei dem Spenden für die Reparatur der Turnhalle gesammelt werden sollten. Viel hatte sie Fiona nicht dazu geschrieben. Vor allem fiel mir auf, dass sie nicht gefragt hatte, ob sie teilnehmen wollte, sondern sie vielmehr vor vollendete Tatsachen gestellt hatte.

»Hey, Mum, lieb, dass du an mich denkst, aber das ist nichts für mich«, las ich leise vor. »Ich will nicht, dass die Leute wissen, auf welche Grundschule ich gegangen bin … und davon abgesehen wollte ich auch keinen Fuß mehr da reinsetzen.«

»Wichtig kann ihr diese ganze Wohltätigkeitssache ja nicht sein, was? Mal ganz davon abgesehen, wie es mich vor dem Rektor hat dastehen lassen. Ich hatte natürlich bereits zugesagt.«

Natürlich hatte sie das. Wieso hätte sie das Ganze auch erst mit ihrer Tochter besprechen sollen, um die es ging? Ich gab ein Brummen von mir, das Mrs Harris wohl als Bestätigung ihrer Empörung verstand, denn sie nickte mit einem Seufzen. Dabei war es völlig verständlich, dass Fiona keine Lust darauf hatte, die Presse mit der Nase auf ihre alte Schule zu stoßen. Mit Sicherheit hätten Zitate ihrer Mitschüler und Mitschülerinnen oder des Lehrpersonals nur einen Tag später die Schlagzeilen geziert. Fionas Mum schien solche Bedenken nicht zu hegen, denn sie nahm das Handy mit einem weiteren Seufzen wieder an sich.

»Damals habe ich noch in Croydon gewohnt. Nicht gerade das beste Viertel. Sie wissen ja sicher um unsere finanzielle Situation bis vor Kurzem. Gerade deshalb hat es mich so erschreckt zu sehen, wie schnell Fiona sie vergessen hat. Sie hatte die Chance zu helfen, noch dazu ihrer eigenen Gemeinde – doch sobald bei ihr der Silberstreif am Horizont zu erkennen war, war sie weg. Natürlich ohne zurückzublicken. Dass es anderen noch immer schlecht geht, ist ihr dabei egal. Und jetzt hilft sie selbst ihrer eigenen Mutter nicht mehr«, fügte Mrs Harris hinzu und blickte auf die Tischplatte, als müsste sie sich sammeln.

Wenn ich es nicht besser wüsste, das Telefonat zwischen ihr und Fiona nicht aus Versehen mitgehört hätte, bei dem sie diejenige gewesen war, die laut geworden und Fiona in Tränen aufgelöst zurückgelassen hatte … Ich hätte ihr die Tour mit Sicherheit abgekauft.

»Was meinen Sie?« Stirnrunzelnd sah ich sie an.

Fionas Mum schien nur auf mein Nachfragen gewartet zu haben, denn sie sah vom Tisch auf, und ihre Antwort kam wie aus der Pistole geschossen.

»Ich habe Fiona von Anfang an unterstützt, mich zurückgenommen, ihr alles ermöglicht, damit sie ihren Traum leben kann. Wissen Sie, was der Dank ist? Nichts.«

»Nichts?«, hakte ich mit Blick auf ihr Handy nach. Denn auf diesem hatte ich eben noch deutlich gesehen, wer von den beiden diejenige war, die sich nicht mehr meldete. Ich schluckte meine aufkochende Wut hinunter. Ich war hier, um dieser Frau das Gefühl zu vermitteln, dass ich ihre Meinung teilen und verbreiten würde. Nicht um zu diskutieren.

»Keinerlei Unterstützung, selbst bei den kleinsten Dingen nicht. Sie hilft nicht nur ihrer alten Nachbarschaft und Schule nicht, selbst ihre Familie hat sie abgesägt.«

Mrs Harris machte eine wegwerfende Handbewegung. »Aber das brauche ich Ihnen ja nicht erzählen. Sie wissen sicher, wie oberflächlich und charakterlos all diese Leute aus dem Internet sind. Meine Tochter ist da leider keine Ausnahme. Wenn Sie sie kennen würden …« Sie lachte kurz auf, und dieses Lachen war es, das den Geduldsfaden in mir zum Reißen brachte. Denn wenn Fiona bei unserem Treffen eines nicht gewesen war, dann oberflächlich und charakterlos. Wäre sie wirklich nur an ihrem eigenen Wohlergehen interessiert, hätte sie die Rede beim Launch mit Sicherheit nicht halten können. Dann hätte sie sich erst gar nicht für das Charity-Event eingesetzt. Wäre es wahr, dass sie sich nicht um ihre Mum sorgte, hätten ihre Worte am Telefon sie nicht zum Weinen gebracht. Ich biss die Zähne zusammen, um meine Wut nicht zu zeigen, doch meine Worte konnte ich nicht zurückhalten.

»Ihre Tochter ist weder charakterlos noch egozentrisch. Dass sie ihre Grenzen wahrt, hat nichts mit Egoismus, sondern mit Selbstschutz zu tun.« Meine Finger verkrampften sich unter der Tischplatte zur Faust, während ich mich bemühte, sachlich zu bleiben. »Sie mag einen Fehler gemacht haben, aber ich habe selten jemanden in dieser Branche getroffen, der mit so viel Leidenschaft für etwas steht. Sie schafft es, Menschen für etwas zu begeistern, sie zu Dingen zu ermutigen, die sie sich vorher nicht getraut haben. Das ist doch etwas wert.«

Ich biss mir auf die Zunge, schluckte all die Worte hinunter, die dort noch lagen. Durch sie merkte ich erst, wie sehr Fionas Art mich bereits eingenommen hatte. Ihre Positivität und Stärke inmitten des Chaos.

»Sie schafft es, Menschen um den Finger zu wickeln, ja«, erwiderte Mrs Harris mit einem spöttischen Lachen. »Scheint ja auch bei Ihnen gut zu funktionieren.«

Mrs Harris erzählte mit mitleiderregender Stimme weiter davon, wie ihre Tochter ihrem alten Leben den Rücken gekehrt hatte, und ich hörte mit halbem Ohr zu, während die andere Hälfte meines Gehirns arbeitete. Vermutlich sollte ich froh sein, dass sie nicht wirklich etwas gegen Fiona in der Hand hatte. Dann wiederum spielte es keine Rolle, ob sie richtige Beweise hatte oder nicht. Wenn die Presse einen Skandal wollte, suchte sie ihn und drehte sich die Tatsachen so zurecht, dass sie die Geschichte stützten, die sie spinnen wollte. Leider wirkte es so, als wäre Fionas Mum bereit, ihnen genau das zu geben, was sie benötigten … Ich musste etwas dagegen tun. Nur wie?

Demian, 12.23 pm:
Hey, sorry für die späte Antwort, hatte 'nen Termin.
Sollen wir uns noch mal wegen des Videos zusammensetzen?

Fiona, 12.26 pm:
Meintest du nicht eben, das bringt nichts?

Demian, 12.27 pm:
Ja ... aber ich will auch nicht einfach aufgeben. Ich hab
dir versprochen, dass ich dir helfe. Außerdem hast du recht,
immerhin wissen wir jetzt sicher, dass es Dylans Idee war.
Vielleicht kommen wir damit weiter.

Fiona, 12.27 pm:
Immer für eine Überraschung gut ...
Klar, gern. Ich dreh grad noch ein Video fertig. So in
2 Stunden? Magst du wieder ins Travel Café?

Demian, 12.27 pm:
Du drehst wirklich? Cool! 😊
Und ne ... Warst du schon mal im Barbican Conservatory?
😊

Fiona, 12.30 pm:
Grad gegoogelt, nope! Magst du dich da treffen? Sieht nicht
nach einem Platz zum Arbeiten aus, was hast du vor?

Demian, 12.30 pm:
Wie du gerade meintest: Immer für eine Überraschung gut.
Wenn es dir nicht zu weit ist ...

Fiona, 12.31 pm:
Ich hab 'ne Oyster. Dann um halb drei?

Demian, 12:31 pm:
Bis dann. Viel Spaß beim Drehen!

27. KAPITEL

Fiona

»Und das war es auch schon«, sagte ich und legte den matten Lippenstift, den ich zuletzt benutzt hatte, vor mir auf dem Tisch ab. »Mit diesen zehn Drogerieprodukten habt ihr in weniger als zwanzig Minuten einen einfachen Alltags-Look gezaubert. Und das Beste: Alles, was ich verwendet habe, ist vegan und tierversuchsfrei. Schreibt mir gern, wie euch der Look und auch das Video gefallen haben.« Ich lächelte in die Kamera und merkte, wie sich etwas in meiner Brust zusammenzog – aber nicht auf schmerzhafte, sondern auf eine schöne, sehnsüchtige Weise. Mir war gar nicht klar gewesen, wie sehr ich das vermisst hatte. Das Schminken, das Überlegen von Looks, das Drehen und den Kontakt zur Community. Gerade konnte ich selbst das Schneiden kaum erwarten.

»Ich freu mich auf den Austausch mit euch. Habt einen wundervollen Tag, wir sehen uns beim nächsten Mal.«

Ich winkte in die Kamera und konnte nicht verhindern, dass mein Lächeln noch eine Spur breiter wurde. Und wie ich es vermisst hatte! Es war, als hätte ich in dem Moment, in dem ich die Kamera aufgebaut und mein Make-up ausgepackt hatte, einen essenziellen Teil von mir zurückerlangt. Nur der Blick auf meine eigene Lidschattenpalette hatte mir einen Stich versetzt. Vor wenigen Wochen hatte ich sie voller Stolz genutzt, jetzt verursachte der bloße Anblick der mintgrünen Verpackung mir Bauchschmerzen. Zwar hatte Anita gesagt, dass wir die Verkaufszahlen noch nicht kannten, aber wie sollten sie schon ausfallen, jetzt da Boots die komplette Linie aus den Läden genommen hatte? Ich schluckte das aufkommende Unwohlsein hinunter, beendete die Aufnahme und nahm die Kamera vom Stativ. Die Gedanken halfen mir jetzt kein Stück weiter. Meine Arbeit hingegen tat es – die an meinem Kanal und die an der Aufklärung der ganzen Sache.

Ich sah auf die Uhr. Viel Zeit hatte ich nicht mehr, bis ich mich auf den Weg zu Demian machen musste, aber immerhin war ich nun schon geschminkt. Ich übertrug die Videodatei von der Speicherkarte meiner Kamera auf meinen PC. Schneiden würde ich das Video später. Dann machte ich mich daran, meine Handtasche zu packen. Ob ich meinen Laptop brauchte? Demian hatte nichts dazu gesagt, aber sicher war sicher. Ich verstaute Laptop, Portemonnaie, Handy, Kopfhörer und den üblichen Kleinkram in meiner Tasche. Nach kurzem Überlegen schob ich die Speicherkarte zurück in die Kamera und packte auch diese ein. Ich hatte das Barbican Conservatory, das Demian als Treffpunkt vorgeschlagen hatte, nur kurz gegoogelt, doch es hatte schon auf den ersten Blick schön gewirkt. Auf meinem Blog hatte ich eine Liste mit den unterschiedlichsten Orten, bei denen sich ein Besuch lohnte. Von Cafés über Veranstaltungen hin zu schönen Aussichtspunkten in Parks – wobei ich Kaycees und meine liebsten Orte nie mit in die Liste aufnahm.

Ich schlüpfte in meine Ankle Boots und zog mir meine Lederjacke über. Zwar schien die Sonne, aber ich traute dem Wetter nicht und wollte lieber kein Risiko eingehen. Beschwingt nahm ich die Stufen nach unten, schloss die Haustür hinter mir ab und bog nach links in Richtung Lancaster Gate ab. Das Lächeln war zurück auf meinem Gesicht, ohne dass ich etwas dafür tun musste. Die wunderschönen weißen Häuser, die für Paddington typisch waren, sahen im Sonnenschein noch schöner aus – und Demian hatte nicht aufgegeben. Wenn ich ehrlich zu mir war, beflügelte das meine Laune mehr als das Wetter.

An einer roten Ampel kam ich zum Halt und zückte mein Handy, um ein paar Nachrichten zu beantworten. Ich war Tage, nein, Wochen im Rückstand, so lange hatte ich Instagram gemieden. Doch das Video heute zu drehen hatte mir genug Mut gegeben, mich den Nachrichten zu stellen. Ich klickte mich durch zwei negative, die ich direkt wieder schloss. Deren Inhalt konnte ich mittlerweile sowieso vorhersagen. Die nächsten Texte hingegen waren positiv. Mehrere Fans hatten mit Herzchenaugen auf die Story reagiert, die ich vorhin gepostet hatte, andere hatten sogar längere Texte voller Vorfreude an mich gerichtet. Auf dem Foto, das ich online gestellt hatte, war mein Set-up mit Kamera zu sehen. Erleichtert stellte ich fest, dass die meisten wirklich begeistert waren, dass endlich wieder ein Video von mir kommen würde.

Und bald zeige ich euch, dass euer Vertrauen in mich nicht umsonst war ...

Zumindest hoffte ich, dass wir genau das würden beweisen können. Gerade als meine Gedanken zu Demian drifteten, sah ich, dass er eine Story gepostet hatte – jedoch nicht auf *De(x)posed*, sondern auf seinem Wissenschaftskanal, dem ich seit unserem letzten Treffen folgte. Wie Demian von seiner Motivation für den Kanal gesprochen hatte, hatte mich neugierig genug gemacht, mir ein paar seiner Videos anzuschauen. Sie waren hochwertig produziert, und obwohl ich keine Ahnung von der Materie hatte, rissen mich seine sanfte Stimme und seine Erklärungen mit. Allerdings war mir auch aufgefallen, dass auf dem Kanal seit zwei Monaten kein Video mehr online gegangen war – was seltsam war, wo er doch so für das Thema zu brennen schien. Ich klickte auf die Story und musste direkt schmunzeln. Anscheinend war ich nicht die Einzige, die sich endlich wieder den Dingen widmete, die sie liebte. Auch Demian hatte ein neues Video veröffentlicht.

Die Ampel neben mir signalisierte mit Pieptönen, dass sie auf Grün gewechselt und es an der Zeit war, mein Handy wegzupacken. Ich ging los, downloadete Demians neues Video jedoch noch schnell in der App, bevor ich mein Handy wegpackte. So könnte ich es auf der Fahrt anschauen und hätte immerhin ein Gesprächsthema, sollte unangenehme Stille aufkommen. Auch wenn ich mir darüber wohl keine Gedanken machen müsste. Ein angenehmer Schauer huschte mir über den Rücken, als ich an den Moment im Café dachte, in dem wir uns nur schweigend angelächelt hatten. Ich war nicht gut darin, Stille auszuhalten. Erst recht nicht mit Leuten, die ich nicht kannte. Doch aus irgendeinem Grund war das Schweigen mit Demian alles andere als unangenehm gewesen. Und ich wusste beim besten Willen nicht, wie ich das zu deuten hatte.

Ich sah Demian schon von Weitem. Er stand neben der Eingangstür des gläsernen Gebäudes und blickte mir entgegen. Gab es etwas Unangenehmeres, als in einer solchen Situation auf eine beinahe fremde Person zuzulaufen? Ich war zu weit entfernt, um »Hallo« zu rufen, aber definitiv nah genug, dass er das Lächeln auf meinem Gesicht erkennen konnte, das sich leider einfach darauf ausbreitete.

Vor allem aber konnte ich erkennen, dass er keinen Laptop dabei hatte – er hatte überhaupt keine Tasche dabei. Wieso nicht? Ich blickte zu seinen Schultern, doch Fehlanzeige: Dort war kein Tragegurt zu sehen, und seine Hände steckten locker in den Taschen seiner schwarzen Jeans. Ich hingegen wusste plötzlich gar nicht mehr wohin mit meinen und ging einen Schritt schneller, um die Unsicherheit zu überwinden, die plötzlich von mir Besitz ergriff.

»Hey«, sagte ich, als ich endlich nah genug war, dass er mich hören konnte. Demian trug ein weißes Shirt und eine helle, geöffnete Jeansjacke zu der dunklen Hose. Zusammen mit den weißen Sneakern und der goldenen Brille sah er aus wie aus einem Modemagazin. Stirnrunzelnd glitt mein Blick wieder zu seiner Brille.

»Die ist neu, oder?«

Demian griff an das goldene Brillengestell, wie um sich zu vergewissern, was ich meinte. Dann schüttelte er den Kopf. »Ne, wie kommst du darauf?«

»Letztes Mal hattest du eine braune.«

»Ich hatte letztes Mal auch ein Hemd an«, gab er schmunzelnd zurück. »Ich hab noch nie verstanden, wieso wir etliche Outfits haben, aber man tagtäglich ein und dieselbe Brille tragen soll.«

Ich stieß ein leises Lachen aus.

»Was?«, fragte Demian mit hochgezogenen Augenbrauen.

»Nichts. Du hast nur absolut recht.« Mit einem Grinsen sah ich zu ihm auf. »Sei vorsichtig, sonst könnte man noch meinen, du interessierst dich für Mode und all den Kram, den du sonst so belächelst.«

Demian verschränkte die Arme vor der Brust. »Weißt du, du könntest auch einfach über deinen Schatten springen und mir sagen, dass mir die Brille unglaublich gut steht, anstatt dich hinter deinem Sarkasmus zu verstecken.«

Nun war mein Lachen alles andere als leise, vielmehr kam es mir prustend über die Lippen.

»Wow, das ist der Inbegriff von Fishing for Compliments.«

»Ist es nicht traurig, dass es das braucht, damit du mir eines machst?«

»Glaubst du denn, du hast dir ein Kompliment verdient?«, fragte ich, wobei ich immer noch Mühe hatte, mein Lachen im Zaum zu halten. Erst recht, als Demian nach oben blickte und ernsthaft über meine Frage nachzudenken schien.

»Ich denke schon, ja. Aber schätze, das sehen wir gleich. Bist du bereit?«

»Wofür genau eigentlich?« Ich sah an ihm vorbei zu dem modernen, kühl wirkenden Gebäude.

»Um ehrlich zu sein, weiß ich das selbst nicht so richtig«, gab Demian zu. »Aber mein Dad sagt immer, spazieren gehen hilft, um auf andere Gedanken zu kommen, und der Ort hier wirkte perfekt dafür. Wir können ein paar gute Ideen wirklich gebrauchen.«

»Na dann, nach dir.« Ich deutete auf die Glastür hinter Demian und folgte ihm ins Innere. Das Schmunzeln lag dabei nach wie vor auf meinem Gesicht. Ich hatte nicht gedacht, dass er mich zum Lachen bringen konnte. Hätten wir uns unter anderen Umständen getroffen, vielleicht hätten wir Freunde sein können.

Demian drehte sich mit einem Lächeln zu mir um und winkte mit seinem Portemonnaie. »Bin gleich zurück, geht auf mich.«

Ich sah ihm nach, die Hand auf den Bauch gepresst, der beim bloßen Anblick seines Lächelns und dieses verdammten Grübchens schon wieder kribbelte.

Hör auf damit!

Leider interessierten meinen Körper diese mahnenden Worte kein Stück, das Kribbeln blieb. Mit einem Seufzen beobachtete ich, wie Demian die Tickets an der Kasse kaufte. Die Mitarbeiterin des Gewächshauses sagte irgendwas, das ihn zum Lachen brachte, und mein Mund verzog sich ganz von selbst ebenfalls zu einem Lächeln. Mist. Ich hatte mich getäuscht. Vielleicht hätten wir etwas anderes sein können, hätten wir einen besseren Start gehabt – doch ob ich bei dem Lächeln mit diesem Mann befreundet sein könnte, war mehr als fraglich. Zumindest, wenn es nach dem Gefühl in meinem Bauch und der leichten Gänsehaut auf meinen Armen ging.

»Wow, es ist wunderschön hier. Das hätte ich von außen nie erwartet.«

Hatte das Gebäude eben noch kalt und unpersönlich gewirkt, so war der Eindruck, den es hier drinnen vermittelte, ein völlig anderer. Überall, wo ich hinsah, war es grün. Der frische Geruch der unterschiedlichen Pflanzen lag in der Luft, und irgendwo außerhalb meiner Sichtweite plätscherte Wasser.

»Es hat was vom Sky Garden. Da erwartet man das ganze Grün mitten in diesem Glaswolkenkratzer auch nicht.«

»Dachte mir, dass es dir gefällt.«

»Wieso das?«

»Weil du in einem deiner Videos so vom Hyde Park geschwärmt hast, und letztes Mal im Café meintest du, dass dir die ganzen Pflanzen gefallen.«

Verblüfft sah ich Demian an. Hatte er den Ort etwa deshalb ausgewählt?

»Du hast aber ganz schön Recherche betrieben.«

Er hob die Schultern und wirkte beinahe verlegen. »Na ja, musste ich für das Video ja auch.«

Das stimmte zwar, doch dass er sich das gemerkt hatte – Dinge über mich, die er für sein Video definitiv nicht gebraucht hatte –, wunderte mich dennoch.

»Es ist wirklich schön hier«, sagte ich noch einmal und ließ meinen Blick über die Palmen wandern.

»Nicht ganz so gehoben wie der Sky Garden, fürchte ich, aber dafür etwas größer.«

»Vor allem ist es so ruhig ... das hat man weder im Sky Garden noch im Hyde Park.« Denn abgesehen von dem Plätschern des Wassers und leisen Lüftungsgeräuschen, die für das richtige Klima sorgten, war nichts zu hören. Nichts. Kein Straßenlärm, keine Gespräche, nichts. Seltsam, dass mir der Lärm der Stadt erst auffiel, wenn er weg war. Ich liebte London und den Trubel, aber hier drinnen legte sich eine Ruhe über mich, die ich lange nicht gespürt hatte. Mir war klar, dass wir zum Arbeiten hier waren, aber ich wollte diese Idylle noch nicht zerstören, wollte diese Ruhe in meinem Kopf noch wenige kostbare Sekunden genießen.

»Du weißt so viel über mich und ich fast gar nichts über dich.« Ich drehte mich zu Demian um, und die Sohlen meiner Boots verursachten ein knirschendes Geräusch im Kies unter uns.

»Was magst du denn wissen?«, fragte Demian. »Außerdem weiß ich gar nicht so viel über dich. Nur das, was die meisten von YouTube wissen – das mit dem Bärenfilm zum Beispiel war mir neu.«

Ich rollte mit den Augen. »Wenn du ihn dir anschauen würdest, würdest du es sicher verstehen. Es sei denn, mein erster Eindruck ist korrekt und du hast einfach kein Herz.«

»Wow, das war dein erster Eindruck?« Mit hochgezogenen Brauen betrachtete Demian mich. An dem Funkeln in seinen grünen Augen erkannte ich, dass er nicht wirklich böse wegen meiner Bemerkung war. Dennoch hob ich die Schultern.

»Es war zumindest kein positiver.«

»Dito.«

Ich öffnete den Mund, um etwas zu erwidern, schloss ihn beim Anblick von Demians Grinsen jedoch wieder. Meinte er das ernst oder zog er mich nur auf? Vermutlich beides. Immerhin war er davon ausgegangen, dass ich Hilfsorganisationen ihres Geldes beraubt hatte.

»Erzähl mir von Astronomie«, wechselte ich das Thema. »Ich weiß fast gar nichts darüber.«

Demian stieß einen Schwall Luft aus. »Das ist, wie zu sagen, erzähl mir was von Mathematik. Wo soll man da anfangen?«

»Okay. Was fasziniert dich gerade am meisten auf dem Gebiet?«

»Dyson-Sphären. Schwarze Löcher. Oh, und Gravitationswellen – da gibt es gerade superspannende neue Erkenntnisse.«

»Wegen dieses LIGO-Experiments?«

Demian warf mir ein wissendes Grinsen zu. »Wer hat nun Recherche betrieben?«

»Ich hab keine Recherche betrieben, ich hab mir nur dein neues Video auf dem Weg hierher angeschaut. Aus Langeweile.«

»Hmhm. Aus Langeweile. Meintest du vorhin nicht was von einer Oyster Card? Du bist also mit der Tube hergekommen. Da unten ist der Empfang nicht gerade berauschend. Du hast dir das Video also zumindest gedownloadet, um es offline zu gucken.« Mit jedem Wort waren Demians Augenbrauen weiter in die Höhe gewandert.

»Weißt du, dass deine klugscheißerische Art ganz schön nervtötend ist? Du hättest dich auch einfach freuen können, dass ich das Video gesehen hab.«

»Ich glaube, du bist nur genervt, dass ich dich ertappt habe. Außerdem wird meine klugscheißerische Art, wenn du sie so nennen magst, sonst eher als charmant bezeichnet.«

»Von wem, deiner Mum?«

»Autsch«, sagte Demian, musste aber lachen. »Ich dachte,

wir kommen endlich auf einen grünen Zweig, und du packst Deine-Mutter-Sprüche aus.«

Plötzlich verstummte sein Lachen, und über sein Gesicht huschte ein undefinierbarer Ausdruck, bevor er sich abwandte und räusperte. Hatte ich etwas Falsches gesagt?

»Alles okay?«, fragte ich, als er den Kopf weiterhin weggedreht hielt.

»Ja, klar«, sagte er eine Spur zu schnell und lächelte mir zu. »Sollen wir uns eine Bank suchen und einen Schlachtplan erstellen? Dafür sind wir ja eigentlich hier.«

Ich seufzte und ließ meinen Blick sehnsüchtig an den zahlreichen Pflanzen entlangwandern. Immerhin hatte ich versucht, die Harmonie noch eine Weile zu wahren und zu genießen. Ob Demians abrupter Stimmungswechsel daher rührte? Mit einem Nicken deutete ich auf die schwarze Bank, die sich auf dem gegenüberliegenden Weg befand und durch das Gebüsch halb verdeckt wurde. »Dann los.«

Demian ging voraus, was es mir schwer machte, seine Stimmung einzuschätzen. Vielleicht bildete ich es mir auch nur ein, aber ich hatte das Gefühl, dass sich die Atmosphäre zwischen uns ein wenig geändert hatte. Unschlüssig ließ ich mich neben ihm auf der Bank nieder.

»Laptop?«, fragte ich und deutete auf die graue Laptoptasche, die aus meiner Handtasche ragte, unsicher, ob es hier drin nicht zu humid für das Gerät war.

Demian schüttelte den Kopf und holte sein Smartphone hervor. »Brauchen wir nicht, glaube ich. Wir haben uns letztes Mal nur deine Mails angeguckt. Ich bin meine daheim noch mal durchgegangen. Sowohl *Hungry Eyes* als auch Carol Westford, diese Shampoofirma ...« Er streckte mir sein Handy entgegen, hielt jedoch mitten im Reden inne, als er mein Schmunzeln bemerkte. »Sorry. Bei Susan und Liam musste ich ständig erklären, wer wer ist, du kennst die ganzen Leute besser als ich.«

»Kein Thema. Was ist mit Westford? Die haben extrem viel gespendet, wie ich mitbekommen habe, richtig?«

Demian nickte. »Yep. Vor allem aber haben sie Dylan in ihrer Mail an mich erwähnt. Ich hab damals einfach mehrere anwesende Marken angeschrieben und versucht, mehr über die Spendensumme und den ganzen Ablauf herauszukriegen. Westford war an den Goodie Bags beteiligt, deshalb waren sie eine der ersten Firmen, die ich kontaktiert habe. Ich dachte, dass sie sicher im Austausch mit euch standen. Oder mit Dylan, wie sich herausgestellt hat.«

Ich nickte, um Demian zu zeigen, dass ich folgte.

»Ich dachte, ich schreibe ihnen und ein paar anderen noch einmal. Sie haben in ihrer Mail beiläufig erwähnt, dass sie nur mit Dylan Kontakt hatten, und Natalie sagte ja auch, dass die ganze Idee von ihm stammte. Vielleicht kommen wir da weiter.«

»Vielleicht … glaubst du denn, dass das reicht?«

»Schwer einzuschätzen, aber es ist ein Anfang, oder?«

»Kann ich dir dabei helfen?«

Demian lächelte schief. »Weiß nicht, ob das so gut kommt, wenn du dich bei ihnen meldest. Nach dem ersten Video haben sie sich bei mir für die Arbeit bedankt, denke, ich hab da einen Stein im Brett.«

»Während ich in ihren Augen Staatsfeind Nummer eins bin«, schlussfolgerte ich, was Demian nicht auszusprechen brauchte.

Er stieß mir in die Seite. »Nicht mehr lang, vertrau mir.«

»Also hakst du bei den Gästen nach und ich …?« Zwar hatte Kaycee recht, und es lag an Demian, das wieder geradezubiegen, aber tatenlos rumsitzen wollte ich auch nicht.

»Du kannst mir gern mal alles weiterleiten – also Mails an die Firmen, mit denen du in Kontakt standest. Vielleicht komm ich da ja auch noch weiter.«

Ich nickte. Das war alles? Wieso hatte er sich dafür mit mir treffen wollen? Wenn ich ohnehin nichts tun konnte, um ihn bei der Recherche zu unterstützen, wozu war ich dann hier?

»Das … war's?«, hakte ich vorsichtig nach.

»Ich weiß, das klingt nicht nach viel, aber ich glaube, es ist die beste Chance, die wir haben.«

»Deshalb frage ich nicht … aber wieso wolltest du mich dann sehen?«

Zwei Sekunden, die sich wie Minuten anfühlten, sah Demian mich bloß an. Der nachdenkliche Ausdruck in seinen Augen jagte mir einen Schauer über den Rücken, doch ich hielt seinem Blick stand. Ich wurde einfach nicht schlau aus diesem Kerl.

»Weil ich dachte, dass dir eine Auszeit ganz guttut.« Er räusperte sich. »Okay, und weil heute ein echt seltsamer Tag war und ich ein bisschen Abwechslung ganz gut gebrauchen kann.«

Ich zog die Beine auf die Bank, um mich weiter in Demians Richtung zu drehen. Eben mochte ich es mehr zur Ablenkung gesagt haben, doch es stimmte: Ich wusste wirklich viel weniger über ihn als er über mich. Generell hatte ich die letzten Wochen so sehr in meinem eigenen Kopf gesteckt, dass ich um mich herum kaum etwas wahrgenommen hatte.

»Warum war dein Tag seltsam?«

Wieder nahm er sich Zeit zum Antworten. Keine Ahnung, ob er nicht gern über das sprach, was ihn gerade beschäftigte, oder ob es einfach seine Art war, sich über alles Gedanken zu machen. Passen würde es zu ihm – oder besser gesagt zu dem Eindruck, den ich von ihm hatte. Demian wirkte nicht wie jemand, der leichtfertig Dinge sagte oder tat. Vermutlich plante er alles bis ins letzte Detail. Ich war das genaue Gegenteil. Ich war zu impulsiv, was ihm mit Sicherheit bereits aufgefallen war, immerhin hatte er mich davon abhalten müssen, auf Zane loszustürmen.

»Kennst du das, wenn du etwas tust, nicht weil du es wirklich willst, sondern weil es nicht zu tun noch schlimmere Konsequenzen hätte?«

Ich hasste es, dass mir bei seinen Worten sofort meine Mum ins Gedächtnis schoss. Schnell schob ich das Bild vor meinem inneren Auge zur Seite und nickte lediglich.

»So was hatte ich heute.«

»Und dann triffst du dich noch mit mir, um dich mit diesem leidigen Thema auseinanderzusetzen. Bist du masochistisch veranlagt?«, fragte ich betont spielerisch, um die Stimmung aufzulockern.

Mein Aufmunterungsversuch war nur von kurzem Erfolg gekrönt. Demian lächelte schief, schüttelte dann jedoch den Kopf und sah mich ernst an. »Ich glaube dir.«

Ich hielt die Luft an und spürte, wie sich meine Augen ohne bewusstes Zutun weiteten. Hatte ich mich gerade verhört? Demian glaubte mir? Ohne die Beweise, die er doch so dringend für das Video brauchte?

»Was?«, fragte ich perplex.

»Ich glaube dir, dass du nichts von der ganzen Sache wusstest. Also nein, ich bin nicht masochistisch veranlagt. Ich will wirklich etwas finden und die Sache wiedergutmachen.« Er zuckte mit den Schultern, und das schiefe Lächeln trat erneut auf sein Gesicht und brachte seine Augen zum Strahlen. »Und ja, ich hätte dich dafür nicht herbestellen müssen, aber …« Schon wieder eine Pause, in der er die nächsten Worte abzuwägen schien. Zu gern hätte ich in seinen Kopf geschaut und gesehen, welche Sätze er dort hin und her warf. Er war so verdammt bedacht in allem, was er sagte und tat. »Ich dachte einfach, es gefällt dir und bringt dich auf andere Gedanken.«

»Tut es«, stimmte ich zu. Dann kam mir eine Idee. Und bevor ich, wie Demian, zu lange darüber nachdenken und überlegen konnte, ob sie unangemessen war, sprang ich von der Bank auf und sah ihn an.

»Lass uns hier noch eine Runde drehen, und dann zeigst du mir etwas von dir.«

»Von mir?« Sichtlich irritiert blickte Demian zu mir auf.

»Ja. London hat doch sicher irgendwas mit Sternen, dem All … ein Observatorium oder so!«

»Es gibt das Royal Observatory«, sagte er vorsichtig.

»Klingt nach einem Plan.«

Demian lachte kurz auf. »Interessiert dich das überhaupt?«

»Warum nicht? Dein Video fand ich ja auch interessant. Außerdem will ich seit *La La Land* in so ein Ding.«

Demians fragender Gesichtsausdruck verriet alles, was ich wissen musste.

»Du kennst *La La Land* nicht, oder?«

»Ich weiß, dass es ein Film ist«, entgegnete Demian, jedoch klang es mehr wie eine Frage, ganz so, als wäre er sich nicht einmal dieser Tatsache sicher.

Ich biss mir auf die Lippe, um nicht loszulachen. »Ich bin froh, dass du unter dem Stein, unter dem du lebst, wenigstens Empfang für deine Dokumentationen hast.«

»Hat dir schon mal jemand gesagt, dass du ganz schön austeilen kannst?«

Jetzt konnte ich das Grinsen doch nicht mehr zurückhalten. »Das war noch gar nichts, wart ab. Und jetzt komm, wir haben Tickets, die sollten wir nutzen.«

Ich griff nach dem Ärmel von Demians Jeansjacke und zog ihn in den Stand. Seine Hand zu nehmen, traute ich mich nicht – was albern war, immerhin hatte ich bereits in seinen Armen gelegen und sein T-Shirt vollgeheult. Doch ich wollte nicht riskieren, dass mein Bauch wieder Dinge tat, die ich nicht unter Kontrolle bekam. Also ließ ich den Saum seines Ärmels los und spazierte vor in Richtung des Plätscherns, das unser Gespräch die ganze Zeit im Hintergrund begleitet hatte.

28. KAPITEL

Demian

Ich war lange nicht mehr hier gewesen, und der Anblick des im 18. Jahrhundert erbauten Observatoriums rief eine gewisse Nostalgie bei mir hervor. Auch hierhin hatte mein Vater mich in meiner Kindheit mitgenommen, und dann hatte ich Thiago einmal gezwungen. Doch dieser Besuch lag nun über ein Jahr zurück.

»Das sieht von außen definitiv schöner aus als das Gewächshaus«, meinte Fiona und ließ ihren Blick über das Gelände wandern. Bis auf ein paar kleinere Gruppen war der Hof vor dem Observatorium leer.

Ich nickte stumm und betrachtete Fiona, die einen Schritt schneller auf das rotbraune Gebäude zuging. Es hatte mich schon überrascht, dass sie den Ausflug überhaupt vorgeschlagen hatte, aber dass sie den Weg bis nach Greenwich tatsächlich auf sich genommen hatte … damit hatte ich nun wirklich nicht gerechnet. Dann wiederum war es nicht das erste Mal, dass diese Frau mich überraschte. Ich folgte Fiona, die schnurstracks auf die Eingangstür zulief und seltsam beschwingt wirkte. Generell war ihre Laune in der letzten Stunde zusehends gestiegen. Erst hatte ich Bedenken gehabt, dass sie meinen Versuch, sie auf andere Gedanken zu bringen, merkwürdig fand, doch wie es aussah, schaffte sie es endlich, abzuschalten.

»Nach Ihnen«, sagte sie und öffnete mit ausholender Geste die Tür.

Mit einem Schmunzeln trat ich ein. Innen war es schummrig, und die Wände wurden von unterschiedlichen Bildern unseres Sonnensystems angestrahlt. Die Luft war kühl und roch auf positive Art und Weise nach Museum – ein bisschen alt, aber nicht unangenehm. Ich fühlte mich gleich wohl.

»Oh, hallo!«, begrüßte uns der Mann an der Rezeption. »Seid ihr für die Planetariumsshow da? Die geht jeden Moment los, aber wenn ihr euch beeilt, schafft ihr es noch. In etwa vier Minuten startet es, das ist dann leider die letzte Vorstellung für heute.«

»Können wir rein?« Fiona dreht sich zu mir um.

»Klar«, sagte ich und wollte gerade mein Portemonnaie zücken, als Fiona ihres bereits herausgeholt hatte.

»Du hast schon das letzte Mal gezahlt. Ich bin dran.« Sie ging zwei Schritte nach vorn und stützte die Arme auf dem hohen Tresen ab. »Wie viel macht das für zwei Personen?«

»Zwanzig Pfund«, erwiderte der Mann und sah dann mit einem Grinsen zu mir. »Freu dich und gewöhn dich nicht dran. Je länger die Beziehung hält, desto seltener werden solche Momente. Irgendwann zahlst du dann alles.«

»Wir sind nicht zusammen«, gab Fiona mit einem leichten Schnauben zurück, noch bevor ich protestieren konnte, und drückte dem Mann zwei Zehn-Pfund-Scheine in die Hand.

Dieser hob abwehrend die Hände, schob das Geld in die Kasse und händigte Fiona die Tickets aus. »Na, dann ein Grund mehr für den jungen Herrn, sich zu freuen, dass er eingeladen wird, was?« Er zwinkerte mir zu, als Fiona sich gerade von ihm abwandte, und deutete in die Richtung, in die wir gehen mussten.

»Schön zu sehen, dass immerhin ein Mensch in dieser Stadt

nicht die Klatschpresse verfolgt«, murmelte Fiona und drückte mir im Vorbeigehen mein Ticket für die Show in die Hand. Irrte ich mich, oder war sie rot geworden? Fiona verlegen zu sehen wäre mal etwas völlig Neues.

Ich ging schneller, um zu ihr aufzuschließen. »Lustig. Bei unserem ersten Zusammentreffen hast du mich noch einen arroganten Arsch genannt, und jetzt denken die Leute schon, wir wären ein Paar.«

Sie drehte ihren Kopf zur Seite und sah mit funkelnden Augen zu mir auf. Jap, genau so hatte sie auch geguckt, als sie mir diese Worte an den Kopf geworfen hatte. Ich biss die Zähne aufeinander, um mein Grinsen im Zaum zu halten.

»Falls du eine Entschuldigung erwartest, die kannst du knicken. Die Worte hattest du an dem Tag mit Sicherheit verdient.«

Nun entwich mir trotz aller Bemühungen ein Lachen. »Glaub mir, ich hab nicht mit einer Entschuldigung von dir gerechnet.«

Am Ende des Gangs erwartete uns eine Doppeltür, die bereits geschlossen war. Vorsichtig drückte Fiona eine der Klinken nach unten, zog an der Tür und spähte hindurch.

»Wir sind noch rechtzeitig«, flüsterte sie und zog die Tür ganz auf. Dahinter kam ein kreisrunder Raum mit hoher Decke und schwarzen Sitzen zum Vorschein.

»Hat was von einem Kino«, meinte Fiona, und ich konnte ihr nur zustimmen. Zum Glück waren nur wenige Plätze besetzt, sodass wir zwei nebeneinanderliegende freie Sessel fanden. Fiona klappte den unteren Teil ihres Sitzes hinunter und ließ sich darauf fallen.

»Na dann, wollen wir doch mal sehen, was Demian O'Neill so sehr begeistert. Abgesehen vom Klatsch und Tratsch der YouTube-Szene natürlich.«

Kopfschüttelnd ließ ich mich neben ihr nieder. »Charmant wie immer.«

»Kennst du den Spruch ›Wer austeilen kann, muss auch einstecken können‹?«

»Ja, aber ist dir aufgefallen, dass ich heute nichts als nett zu dir war?«

Fiona drehte das Gesicht, den Hinterkopf an den Sitz gelehnt, zu mir, sodass ihre Haare leicht abstanden. Ich musste mich zusammenreißen, nicht die Hand auszustrecken und sie wieder in Ordnung zu bringen.

»Ist es«, erwiderte sie. »Und ich trau dem Ganzen nicht.«

»Du meinst, du traust mir nicht«, erwiderte ich flüsternd, da es rund um uns herum immer leiser und das Licht langsam gedimmt wurde. Dennoch reichte es, um zu sehen, wie Fiona die Stirn in Falten legte.

»Das ist ja das Seltsame«, gab Fiona leise zurück. »Ich vertraue dir, und ich weiß nicht wieso.«

29. KAPITEL

Demian

»Das war unglaublich.«

Fiona hielt einer Familie hinter uns die Tür auf und drehte sich dann mit einem Strahlen im Gesicht zu mir um.

»Ich hätte nicht gedacht, dass das so cool ist! Gucken wir uns noch mehr an? Wolltest du als Kind Astronaut werden?«

»Was?«, fragte ich mit einem Lachen zurück. Ihr Enthusiasmus brachte mich zum Schmunzeln, ungefähr so hatte ich mich gefühlt, als mein Dad mich zum ersten Mal mit in das Museum genommen hatte. »Ne, ich glaube nicht.«

»Hm. Wäre ich mit solchen Bildern aufgewachsen, hätte ich definitiv Astronautin werden wollen. Wie toll muss es denn bitte sein, so was aus nächster Nähe zu sehen?«

»Na ja, du bist dann nicht wirklich näher an diesen ganzen Planeten dran …«

Fiona rollte mit den Augen. »Hast du eigentlich irgendwo einen Knopf dafür?«

»Wofür?«

»Diesen Klugscheißer-Modus«, gab sie zurück und pikste mir, wie um ihre Worte auszutesten, in die Brust. Sie warf mir einen skeptischen Blick zu. »Hat's funktioniert?«

Lachend schüttelte ich den Kopf, doch jede kluge Erwiderung blieb mir im Hals stecken, da diese kleine, kurze Berührung mir einen Schauer über den Rücken jagte.

»Ich mein ja nur«, fuhr Fiona fort, ohne zu ahnen, was für eine Wirkung sie gerade auf mich hatte. »Stell dir vor, du siehst unseren Planeten von oben. Oder von unten – vermutlich gibt es da gar kein Oben?« Sie sah mich fragend an, winkte im nächsten Moment aber ab. »Ist auch egal. Ich liebe dieses Gefühl, wenn du beinahe aus deinem Körper trittst und alles von außen betrachtest. Wenn du merkst, wie klein du eigentlich bist und dass deine Probleme im großen Ganzen gar nicht so sehr ins Gewicht fallen. Weißt du, was ich meine?«

»Ja. Ich war mit meiner Schwester und ihrem Verlobten mal in den Pyrenäen wandern, da ging es mir genauso.«

»Ich war noch nie in den Bergen, aber ich bin letztes Jahr zum ersten Mal geflogen … nach New York. Da ging es mir auch so. Als ich nach London gezogen bin, war es ein ähnliches Gefühl. Ich hatte nie so eine große Freundesgruppe, es waren meist nur Kaycee und ich. Dadurch hängst du irgendwann in deinen eigenen Problemen fest. London hat mich da rausgeholt. Wir sind so viele hier, jeder hat sein Päckchen zu tragen, und wir alle halten die Stadt am Leben, jeder auf seine ganz eigene Art und Weise. Ich liebe diesen bunten Trubel, irgendwie hilft er mir immer, mich selbst nicht mehr so wichtig zu nehmen.« Sie grinste schief. »Wenn ich nicht grad an jeder Ecke mein Gesicht auf irgendeiner Zeitung sehe.«

»Das musstest du noch hinzufügen, oder?«

»Yep«, erwiderte sie und bog in einen der Ausstellungsräume ab. »Und als Wiedergutmachung darfst du mich durchs Museum führen.«

Ich hob die Augenbrauen. »Dafür gibt es eine App.«

»Ja, aber die kann ich nicht mit Gegenfragen nerven.«

Ich umrundete Fiona und kam neben einer schwarzen Tafel zum Stehen. »Wenn Sie bei der soeben besuchten Vorführung aufgepasst haben, wird Ihnen nicht entgangen sein, dass Sie vor sich unser Sonnensystem sehen. Die Platte wurde vor Kurzem erneuert, weil …«

»Pluto kein Planet mehr ist!«, rief Fiona dazwischen. »Oder warte, bevor du es wieder besser weißt: Weil er ein Zwergplanet ist, der größte unseres Sonnensystems, um genau zu sein.«

»Du kriegst ein Fleißbienchen.«

»Wow, danke«, erwiderte Fiona mit einem Lachen. »Wenn du deinen Job gut machst, kriegst du vielleicht sogar Trinkgeld.«

»Ich geb mein Bestes«, gab ich mit einem Grinsen zurück.

»Wie hat man das überhaupt plötzlich rausgefunden? Und ist bei den anderen Planeten sicher, dass sie als Planeten zählen? Könnte es nicht sein, dass wir irgendwann noch bessere Technologien haben und sich noch viel mehr als falsch erweist? Und wieso …« Fiona hielt inne. »Sorry, ich sollte dich erst einmal zu Wort kommen lassen. Oder einfach die Texte lesen.«

Kopfschüttelnd lächelte ich. »Entschuldige dich niemals dafür, neugierig zu sein.«

Fiona hob zwar ebenfalls die Mundwinkel, doch ein ernster Ausdruck lag in ihren Augen.

»Was?«, fragte ich.

»Okay, dann eine andere Frage … Es ist offensichtlich, dass du hierfür brennst. Für dieses ganze Universumsthema und fürs Leutebelehren sowieso«, antwortete sie und warf mir bei dem Seitenhieb einen wissenden Blick zu. »Warum konzentrierst du dich nicht darauf? Das Video, das du heute Morgen online gestellt hast, war großartig.«

Ich zog die Schultern bis zu meinen Ohren und ließ sie in einem Rutsch wieder fallen. Dabei kannte ich die Antwort genau.

»Liegt es nur am Geld?«, hakte Fiona nach, als ich nicht antwortete. »Ich kann mir vorstellen, dass der Kanal weniger abwirft, aber ich hab geschaut, und die letzten Videos sind Monate her.«

»Es liegt nicht nur am Geld. Klar, das ist der Grund, weshalb ich den Kanal nicht betreiben kann, ohne nebenher zu arbeiten. Aber irgendwie …«' Ich biss die Zähne zusammen und überlegte, wie ich es erklären konnte, ohne wie das trotzige Kind zu wirken, als das ich mich in den Momenten fühlte. »Ich wollte unbedingt an einer bestimmten Uni genommen werden, dort studieren, renommierter Wissenschaftler auf dem Gebiet werden. Oder Dozent. Museumsdirektor. Keine Ahnung, irgendwas. Und dann hat es nicht geklappt, und sie haben einen der begrenzten Plätze, auf den ich mich beworben hatte, an jemanden anderen vergeben.«

»Und dann?«

»Hab ich den Kanal eröffnet.«

Fiona runzelte die Stirn. »Ich bin mir nicht sicher, ob ich dir folgen kann.«

»Ich hab den Kanal natürlich eröffnet, weil mir das Thema liegt und es mir Spaß macht, tut es wirklich. Ich liebe die Videos. Aber der ausschlaggebende Grund war, dass Josh, der Kerl, den sie genommen haben, auf mehreren Gebieten erfolgreich war, während ich abgesehen von meiner schulischen Laufbahn nicht wirklich etwas vorzuweisen hatte.«

»Und deshalb der Kanal? Um noch auf diese Uni gehen zu können?«

»Wusstest du, dass man Astronomie-Influencer werden kann?«

Fionas Mundwinkel zuckten verdächtig, doch sie schaffte es in der letzten Sekunde, ernst zu bleiben. »Du klingst ziemlich beleidigt, aber ja, schätze, man kann auf jedem Gebiet Influencer werden.« Bei dem Wort Influencer malte sie Anführungszeichen in die Luft. »Also hat er deshalb den Platz bekommen?«

»Vielleicht nicht direkt wegen der Reichweite, aber der Kerl war auch gerade einmal achtzehn Jahre alt und hatte einen riesengroßen Instagram-Account, dank dem er Artikel in namhaften Zeitungen schreiben und Interviews mit wichtigen Leuten führen durfte.« Ich zuckte mit den Schultern. »Völlig logisch, dass das mehr beeindruckt hat als der Lebenslauf eines Schülers, der eine Eins in Physik vorweisen konnte, aber sonst nicht viel außer Interesse.«

»Also ist dein Ziel jetzt, den Kanal aufzubauen und es noch mal zu versuchen?« Fiona legte den Kopf schief. »Aber wieso kam dann so lange nichts mehr?«

»Das ist es ja: Ich hab zwei Jahre lang alles da reingesteckt, und es läuft auch nicht schlecht, aber eben nicht so gut, dass es reichen würde. Zumal es zum Leben schon mal gar nicht reicht, deshalb habe ich ja *De(x)posed*.«

»Oh, und ich dachte, du lebst einfach für den Klatsch und Tratsch.« Sie lachte auf. »Hey, warte! Machst du deshalb unsere gesamte Szene fertig? Weil du einen Groll auf diesen Josh hegst?«

»Nein, Dr. Freud«, erwiderte ich schmunzelnd. »Ich hab damals mit meiner Schwester ein Video von diesem Henry gesehen …«

»Dein erstes Video«, meinte Fiona nickend.

»Jap. Er kam mir seltsam vor, ich hab seinen Fake Shop aufgedeckt, und so kam irgendwie eins zum anderen. Und ich dachte, die Reichweite, die ich darüber gewinne, schadet sicher auch nicht, um den Zweitkanal zu pushen.«

»Okay«, erwiderte Fiona gedehnt. »Aber machst du das denn?«

Ich biss mir auf die Lippe, um nicht direkt in Verteidigungshaltung zu gehen. Fiona stellte genau die Fragen, die ich ohnehin oft genug im Kopf hatte und die auch Austin und Thiago mir bereits mehrmals gestellt hatten.

»Wir sind gerade dran. Meine Managerin hat mir einen Gastauftritt bei den *Space Turtles* besorgt. Das ist ein Podcast, den ich schon ewig höre. Und ich darf bald auf einer Veranstaltung im National History Museum sprechen.« Der Satz fühlte sich immer noch unwirklich an. »Eine Konferenz, auf der auch etliche Wissenschaftler sind. Ist ein ziemlich großes Ding. Und wer weiß …« Ich hob die Schultern. »Kommt auf jeden Fall nicht schlecht im Lebenslauf.«

»Definitiv beeindruckender als eine Eins in Physik«, stimmte Fiona mir zu. »Weißt du schon, worüber du sprichst?«

»Noch nicht so richtig. Da sind so viele Forscher und Forscherinnen, die eigene Projekte vorstellen können. Ich glaube nicht, dass sie sonderlich beeindruckt wären, wenn ich ihnen wie in meinen Videos etwas von Meteoriten erzählen würde. Das kennen sie ja.«

»Dann erzähl ihnen doch von deinen Videos.«

»Was meinst du?«

»Na ja, von deinem Kanal und all dem.«

Stirnrunzelnd sah ich Fiona an.

»Das kennen sie doch sicher nicht. Vielleicht lieg ich falsch, aber in meinem Kopf sind die meisten irgendwelche alten Männer, die mit Instagram, YouTube und all dem nichts am Hut haben. Zeig ihnen doch, was du machst. Das ist keine Forschung, klar, aber du begeisterst Menschen, die sonst keine Berührungspunkte damit haben, für eure gemeinsame Leidenschaft. Zeig ihnen deine Videos, deine Kanäle, wie du komplexe Themen verständlich aufbereitest … Ist doch eine viel größere Kunst, etwas Kompliziertes gut zu erklären, als es wieder nur im Fachjargon zu vermitteln.«

Mein Blick wanderte von Fiona zu der Abbildung des Sonnensystems. Vielleicht hatte sie recht. Immerhin war das eine Sache, die mich von den anderen Gästen unterschied.

»Gar keine so doofe Idee. Ich denk mal drüber nach und erwähn dich in der Danksagung, sollte ich dort jemanden beeindrucken und irgendwann einen Preis abräumen.«

»Sehr gut«, sagte Fiona mit einem Lächeln. »Auf jeden Fall geht es doch voran. Bewirbst du dich dann noch mal bei dieser Uni?«

»Mal schauen«, sagte ich ausweichend. Denn ich wusste es wirklich nicht. Ich rechnete mir keine allzu großen Chancen aus und hatte das Thema mittlerweile abgeschrieben.

»Ich finde, du solltest es wenigstens versuchen. Vor allem aber solltest du einen Kanal nicht nach nur zwei Jahren aufgeben. Also klar, jetzt hast du den Podcast, die Konferenz und all das, aber auch so … Hätte ich das gemacht, säße ich jetzt immer noch in meinem Zimmer in Croydon. Da ist auch beinahe zwei Jahre lang kaum etwas passiert, obwohl ich viermal die Woche Videos hochgeladen habe. Das Einzige, was die mir gebracht haben, war der Spott meiner Klassenkameraden.«

»Das wusste ich gar nicht.«

Fiona hob die Augenbrauen und sah mich mit einem schiefen Lächeln an. »Den Satz sagst du nicht oft, oder?«

»Komm, so schlimm bin ich nun auch nicht«, erwiderte ich. »Aber wenn wir schon beim Wissen sind, sollen wir uns den Rest anschauen gehen?«

Fionas Lächeln wurde eine Spur breiter. »Klar, gern. Aber glaub nicht, dass ich nicht merke, dass du vom Thema ablenken willst, weil es dir unangenehm ist.«

»Ist das so?«, fragte ich, wohl wissend, dass sie natürlich vollkommen recht hatte.

»Jap, du hast nämlich während des Gesprächs an dem Band

hier herumgespielt.« Mit dem Zeigefinger deutete sie auf das dunkelbraune Band meiner Armbanduhr. »Und das hast du auch auf der Convention gemacht, als du nervös warst.«

Ich folgte ihrem Finger und betrachtete meine Uhr, die ein Geschenk meines Dads gewesen war. Tat ich das wirklich?

»Aber dann lass uns mal weiterziehen. Schön zu wissen, dass auch dich manche Themen unangenehm berühren.« Fiona klopfte mir zweimal auf die Schulter, bevor sie sich langsam in Bewegung setzte. Der Saal hinter uns war mittlerweile vollkommen leer. »Vielleicht brauch ich dieses Wissen ja irgendwann mal.«

Ich lachte leise und folgte ihr den Gang entlang. »Nicht dass du es jemals gegen mich verwenden würdest.«

»Ich? Nein, nie. Nur wenn du mir Anlass gibst. Dann erstelle ich eine Powerpoint-Präsentation über Wissenschafts-Influencer, fessle dich an einen Stuhl und zwinge dich, sie anzusehen.«

Ich schloss zu Fiona auf und grinste sie an. »Fesselspiele also?«

Sie rollte mit den Augen und boxte mir gegen den Oberarm. »Du bist unmöglich.«

Da mochte sie recht haben, aber dieses Gefühl beruhte auf Gegenseitigkeit – und ich begann, mich daran zu gewöhnen.

Knappe drei Stunden später verließen wir das Observatorium, und Fiona fuhr sich mit einem Schnauben durch das lange Haar, bevor sie es zu einem Zopf zusammenfasste. Es begann bereits zu dämmern und war deutlich abgekühlt, aber zum Glück noch warm genug, dass es keiner Jacke bedurfte.

»Ich bin echt fertig. Keine Ahnung, wann ich das letzte Mal so viele Informationen auf einmal aufgesaugt habe«, meinte Fiona und strich sich ein letztes Mal über die Haare, um ein paar verirrte Strähnen in Ordnung zu bringen.

»Kein Wunder. Selbst ich bin platt, und für mich waren die meisten Infos nicht neu.«

»Aber es war schön«, sagte Fiona mit einem Lächeln. »Ich kann verstehen, dass dich das so fasziniert. Wer weiß, vielleicht nehm ich dich irgendwann mal mit zu Boots und zeig dir meine Welt.«

Ich schmunzelte. »Da hätte ich keine drei Stunden Durchhaltevermögen.«

»Mit der Einstellung sicherlich nicht.« Gemeinsam gingen wir über den Vorplatz des Observatoriums. Unglaublich, wie viel Zeit vergangen war – und wie schnell. Ich blickte Fiona von der Seite an. Sie sah entspannt aus. Viel friedlicher, als ich sie in den letzten Tagen und Wochen erlebt hatte. Wenn ich ehrlich war, fühlte auch ich mich ruhiger als in der letzten Zeit und das, ohne dass ich die Stadt hatte verlassen müssen.

»Hey, ist das nicht Fiona?«

Die Worte wehten über den Platz zu uns herüber und durchschnitten die Stille zwischen Fiona und mir. Während ich mich lediglich zu ihrer Quelle umdrehte, schienen sie Fiona zu treffen wie Peitschenhiebe, denn sie zuckte zusammen.

»Ja, das ist sie.«

Die beiden jungen Frauen setzten sich bereits in Bewegung, und Fiona verzog den Mund zu einem Lächeln, das sie jedoch Überwindung zu kosten schien. Zwangsläufig dachte ich an den Moment auf der Convention zurück, als die Messemitarbeiterin Fiona nach einem Foto gefragt hatte. Dort hatte sie sich ehrlich gefreut, jetzt hingegen wirkte sie angespannt, bereit zur Flucht, als erwartete sie das Schlimmste.

»Hallo«, begrüßte sie die beiden brünetten Frauen, als sie zu uns aufgeschlossen hatten.

»Interessante Gesellschaft«, erwiderte die Größere mit Blick zu mir und verschränkte die Arme vor der Brust.

»Ist das euer Plan, Natalie gemeinsam fertigzumachen?« Die kleinere der beiden Frauen trat so nah an Fiona heran, dass diese einen Schritt zurückwich. »Du bist so falsch! Ich mochte dich sogar mal. Natalie hat immerhin den Mut, zu ihren Fehlern zu stehen, nicht so wie du!«

»Kann ich euch helfen?«, fragte ich, um die Aufmerksamkeit auf mich zu lenken, da Fiona sich sichtlich unwohl fühlte. Das Lächeln war aus ihrem Gesicht gewichen, und ihre Hände hatte sie neben ihrem Körper zu Fäusten geballt. Ich hatte gedacht, dass es sich bei den beiden um Fans handelte. Fans waren sie wohl auch, jedoch von Natalie.

»Du?«, fragte die Größere mit einem Lachen. »Schon lustig, dass ihr beide hier gemeinsam rumhängt.« Sie wandte den Blick zu der Sternwarte. »Romantisches Date, hm? Was genau ist der Plan? Warst du von Anfang an auf Demians Seite oder schläfst du dich gerade aus dem Szenario heraus? Immerhin hat Natalie das nicht nötig, sondern steht zu ihren Fehlern!«

In Fionas Miene rührte sich nichts, in mir jedoch gefror alles zu Eis. »Das reicht«, sagte ich und schob mich vor Fiona, als ob ich die Kraft der verletzenden Worte somit mindern könnte. Ich erntete bloß ein Schulterzucken, bevor die Frau sich zu ihrer Freundin wandte.

»Lass uns abhauen. Mit der sind wir eh durch. So wie der Rest ihrer Fans.« Die beiden warfen Fiona einen letzten, beinahe angewiderten Blick zu und gingen dann in die Richtung, aus der sie gekommen waren.

Fiona räusperte sich und bemühte sich sichtlich um einen gefassten Gesichtsausdruck. Mein Herz hingegen schlug vor Aufregung viel zu schnell. Ich wollte irgendetwas sagen und tun, um das soeben Geschehene vergessen zu machen, doch ich wusste nicht was.

»Ich glaube, ich sollte heim.«

Fionas Stimme war kaum mehr als ein Flüstern. Besorgt musterte ich sie. War es eine schlechte Idee gewesen herzukommen? Vielleicht hätten wir uns doch wieder im Travel Café treffen sollen oder an irgendeinem anderen Ort, an dem die Gefahr geringer war, gesehen zu werden. Fionas Laune hatte sich in den letzten Stunden so sehr gebessert, dass ich mich dem Schein von Harmonie hingegeben hatte, der uns umgab. Dabei hatte sich in Wahrheit nichts geändert. Wir hatten nach wie vor keine Anhaltspunkte, und Fiona war weiterhin den negativen Kommentaren und dem Hass ausgesetzt – und das nicht nur online, wie sich gerade zeigte.

Sie lächelte mir kurz zu und setzte sich dann ohne ein weiteres Wort in Bewegung. Ich folgte ihr langsam, doch ich wollte sie noch nicht gehen lassen. Nicht in diesem Zustand, nicht nach diesem Aufeinandertreffen. Von der gelassenen, fröhlichen Stimmung war nichts mehr zu spüren. Ihre Schultern schienen einige Zentimeter nach unten gesackt und ihr Gang energielos.

Und ich war schuld. Ich war schuld an Begegnungen wie diesen und an den Nachrichten, die mit Sicherheit ihr Postfach überschwemmten. Ich ging einen Schritt schneller, bis ich wieder neben ihr lief.

»Hast du noch ein paar Minuten?«, fragte ich und merkte, wie mein Herz noch heftiger schlug. Es war bescheuert. Es gab keinen Grund, nervös zu sein, immerhin hatten wir die letzten Stunden bereits zusammen verbracht.

Es dauerte einen Moment, bis sie antwortete, und ich wollte mein Angebot schon zurückziehen. Wenn sie Ruhe nach dem Aufeinandertreffen brauchte, wollte ich ihr diese nicht nehmen. Doch dann nickte sie langsam.

»Klar, ich hab heute nichts mehr vor.« Sie schlang die Arme um ihren Körper, dabei war es lang nicht so kalt, dass sie frieren konnte. Am liebsten hätte ich sie umarmt, ihr etwas von der Schwere genommen, die sie plötzlich umgab. Doch ich war mir nicht sicher, ob sie das wollte. Erst recht nicht, solange die beiden Frauen in Sichtweite waren. Nicht nachdem sie bereits vermutet hatten, dass es sich hierbei um ein Date handelte.

Ich schluckte. Der Tag hatte sich tatsächlich immer weniger wie ein Arbeitstreffen angefühlt und mehr wie ein ... Ich verbot mir den Gedanken und räusperte mich. »Ich würd dir gern noch was zeigen, ist nicht weit.«

»Okay«, erwiderte Fiona. »Ich glaub, ich hab heute mehr Neues von London gesehen als in den letzten drei Monaten zusammen.«

»Na dann«, sagte ich und setzte mich in Bewegung. »Hätte ich Thiago nicht, käme ich sicher auch kaum raus.«

Ein lahmer Versuch, das Thema weg von den Frauen hin zu etwas Neutralem zu lenken, doch glücklicherweise ging Fiona darauf ein.

»Thiago?«

»Mein Mitbewohner. Einer von zweien. Er arbeitet für ein Magazin und geht dafür häufiger auf Events.«

»Oh, ich wusste gar nicht, dass du in einer WG wohnst.« Fiona lächelte schief. »Lerne ich also doch noch was über dich. Wolltest du nicht allein wohnen?«

»Du kennst die Mietpreise hier, oder?«

»Guter Punkt«, gab Fiona zurück. »Sonst wäre ich wohl noch früher ausgezogen.«

Sofort schossen meine Gedanken zu Fionas Mum zurück – und mit ihnen wurde das schlechte Gewissen größer. Sollte ich etwas sagen? Ich wusste nicht, wie sie reagieren würde, wenn ich etwas gegen ihre Mum sagte. Hinzu kam, dass sie gerade offensichtlich mit genug anderen Dingen zu kämpfen hatte.

»Wann bist du denn ausgezogen?«

»Vor knapp drei Jahren.«

Ich runzelte die Stirn. »Da warst du doch noch keine achtzehn?«

»Ne. Ich bin vor meinem achtzehnten Geburtstag raus.«

Erneut sah ich sie von der Seite an. Fiona ging unbeirrt die Straße entlang. Wie hatte sie das damals stemmen können? Ich wurde dieses Jahr dreiundzwanzig und hatte nicht im Ansatz das Gefühl, richtig erwachsen zu sein. So gesehen war ich wirklich dankbar für die WG, weil wir drei alles gemeinsam herausfinden konnten. Ich konnte mir gar nicht vorstellen, wie es war, das mit nur siebzehn Jahren allein schaffen zu müssen. Und ich war davon ausgegangen, Fiona wäre naiv und verantwortungslos ... Hätte ich nicht ohnehin ein schlechtes Gewissen wegen des Gesprächs mit ihrer Mum gehabt, spätestens jetzt hätte es zugeschlagen.

»Ist teilweise auch immer noch eine Umstellung«, fuhr Fiona fort. »Eigentlich wollte ich unbedingt mit meiner besten Freundin herziehen. Ich vermisse es manchmal, sie einfach spontan und innerhalb von fünf Minuten besuchen zu können.« Sie sah lächelnd zu mir auf. »Aber es war die richtige Entscheidung. Ich hab seitdem echt ein gutes Verhältnis zu meiner Mum ...« Sie hielt inne, und aus dem Augenwinkel erkannte ich, wie sie ihr Gesicht verzog. »Gerade ist es etwas schwierig, aber insgesamt hat uns der Abstand wirklich gutgetan.«

»Wieso ist es gerade schwierig?«, fragte ich vorsichtig nach. Was hatte Mrs Harris dazu bewogen, ihre eigene Tochter zu hintergehen? Hatten die beiden Streit gehabt? Aber selbst das wäre keine Erklärung dafür.

Fiona sagte eine Weile lang nichts und war offensichtlich in Gedanken vertieft. Dann schüttelte sie den Kopf. »Lass uns über was anderes reden, ja?«

»Okay …«

Es war nicht schwer zu erkennen, dass Fiona dieses Thema gern mied. Gleichzeitig wirkte es, als bräuchte sie jemanden, mit dem sie über alles reden konnte – immerhin kannten wir einander noch nicht lange, und sie hatte ihre Mum dennoch mehrmals erwähnt. Ich hing meinen Gedanken nach, die weiterhin um das Gespräch mit Mrs Harris kreisten, und auch Fiona sprach kein neues Thema an. Schweigend liefen wir nebeneinander her, bis wir schließlich an eine Grünfläche kamen.

»Da sind wir«, sagte ich und deutete nach rechts. Fiona, die allem Anschein nach ebenfalls in ihre Gedanken versunken gewesen war, blickte auf.

»Oh wow.«

Ohne weitere Worte betrat sie den Rasen und lief geradeaus weiter. Ich folgte ihr mit einem Lächeln auf dem Gesicht, während sie das Tempo erhöhte. Ich erinnerte mich noch gut daran, als ich zum ersten Mal hier gewesen war. Es war mehr ein Versehen als geplant gewesen, doch es hatte den Funken in mir geweckt, nach London ziehen zu wollen. Nach meinem ersten Besuch im National History Museum hatte ich meinem Dad ewig in den Ohren gelegen, mehr über das Universum wissen zu wollen. Norwich bot in diese Richtung leider nicht allzu viel, also hatte er mich auf eine Tour durch London mitgenommen. Das Observatorium in Greenwich war unser zweiter Stopp gewesen, und beim Erkunden danach waren wir am Point Hill vorbeigekommen. Damals jedoch war Vormittag gewesen. Jetzt, da es langsam dunkel wurde, war der Anblick noch atemberaubender.

Fiona kam zum Stehen. Auf ihrem Gesicht lag ein feines Lächeln, bei dessen Anblick mein Herz leichter wurde.

»Genau das meinte ich vorhin«, sagte sie leise, den Blick

weiter auf die Stadt mit ihren zahlreichen Lichtern gerichtet. »In solchen Momenten wird alles ein bisschen erträglicher, weil man merkt, wie klein man eigentlich ist.«

Ihre Worte versetzten mir einen Stich, und ich wandte den Blick ab und betrachtete die glitzernde Stadt, die unter uns lag. »Es tut mir leid, dass es sich nicht erträglich angefühlt hat. Ich würde es ungeschehen machen, wenn ich könnte.«

»Das meinte ich nicht«, sagte Fiona mit einem Kopfschütteln. »Ich meine nicht die beiden Frauen oder die ganzen Kommentare, so schlimm sie auch sind. Was ich meine, geht viel tiefer. Es hat mit meiner Mum zu tun, deshalb wollte ich eben nicht weiter darüber sprechen. Solche Momente wie dieser helfen einfach, die Sorgen eine Weile zu vergessen. Ähnlich wie bei dir in den Pyrenäen vielleicht.« Sie warf mir einen kurzen Blick zu und sah dann lächelnd wieder geradeaus. »Danke.«

Ich ließ mich auf dem zum Glück trockenen Gras nieder und klopfte mit der flachen Hand neben mich. Fiona setzte sich und lehnte sich, die Hände auf den Boden gestützt, leicht nach hinten. Eine Weile saßen wir nur da und beobachteten die Stadt, die vor uns lag. Das funkelnde Licht, das aus den Fenstern der hohen Gebäude zu uns drang, deren Spitzen sich einen Wettkampf gen Himmel lieferten. Diesen Wettkampf gewann The Shard bei Weitem. Das zylinderförmige Gebäude war das höchste Londons, was man von hier aus klar erkannte. Ein gutes Stück weiter links sah ich in der Ferne das rot erleuchtete London Eye. Die Aussicht war atemberaubend und noch schöner als bei Tag. Es war still, und nichts von dem Lärm der Stadt drang zu uns.

Während ich den Anblick Londons genoss, sah ich aus dem Augenwinkel etwas neben mir aufleuchten. Fiona hatte ihr Handy herausgeholt scrollte auf dem Display durch ihre Instagram-Nachrichten. Als ich den Kopf zur Seite wandte, bemerkte ich, wie die Furche zwischen ihren Brauen immer tiefer wurde.

»Alles okay?«, fragte ich vorsichtig, und es dauerte eine Weile, bis sie den Kopf schüttelte und das Handy mit dem Display nach unten ins Gras legte und wieder geradeaus sah. Die Begeisterung für die Szenerie war jedoch aus ihrem Blick gewichen.

»Entschuldige.«

Ich schüttelte den Kopf. »Nichts zu entschuldigen. Ist was passiert?«

Fionas Mundwinkel verzogen sich zu einem schiefen, aber traurigen Lächeln. »Nein, nichts Besonderes zumindest. Ich hab es so lang vermieden, aufs Handy zu schauen.« Sie räusperte sich. »War vielleicht besser so. Aber durch die beiden Mädchen eben … Ich dachte, ich schaue kurz, ob sie uns fotografiert und verlinkt haben. Haben sie nicht«, fügte sie eilig mit Blick zu mir hinzu, »aber die Nachrichten sind trotzdem da. Und die Gedanken an die Nachrichten sind auch immer da, ob ich nun aufs Handy schaue oder nicht. Ich dachte, es wird besser, wenn ich mich dem Ganzen stelle, aber das zu lesen …«

Fiona griff wieder nach ihrem Handy und öffnete Instagram. »War heute bei Boots und hab's richtig gefeiert, dass sie deinen Kram nicht mehr haben«, las sie mit beinahe tonloser Stimme vor. »Du Bitch, wie kannst du Natalie das antun?« Fiona stieß ein leises Lachen aus. »Klar, weil *ich* ihr ja auch etwas angetan habe.« Frustriert warf sie das Handy wieder vor sich auf den Rasen. »Ich will das nicht mehr.«

»Es tut mir wirklich leid«, sagte ich, obwohl ich wusste, dass die Worte nicht im Ansatz ausreichten. »Wir kriegen das hin, okay?«

Fiona nickte nur und sah, den Kopf auf ihre Hände gestützt, wieder zu den funkelnden Lichtern Londons. Hinter uns packte jemand eine Gitarre aus und begann leise einige Songs zu spielen. Ohne dass ich es bewusst steuerte, landete mein Blick immer wieder auf Fiona. Ihr Profil wurde nur vom schummrigen Licht der Laternen um uns herum erhellt, und der Wind spielte mit ihren Haaren. Zu gern hätte ich meine Finger danach ausgestreckt. Woher kam das plötzlich? Noch vor wenigen Tagen hatten wir uns nicht einmal gemocht. Warum also hatte sie nun diese Wirkung auf mich? Es war, als ginge von Fiona eine Gravitation aus, die mich in ihre Nähe zog. Vielleicht rührte daher auch mein Interesse an ihr: In gewisser Weise war sie wie Wissenschaft. Ich wollte immer mehr über sie erfahren, obwohl oder gerade weil mir klar war, dass ich nie all die Antworten finden würde, die ich suchte.

Keine Ahnung, ob es daran lag oder mich der Anblick der Stadt nostalgisch machte, mich meinen Verstand über Bord werfen ließ. Vielleicht hatten auch ihre Worte etwas in mir ausgelöst oder es lag an den beiden Frauen und Fionas Gesicht, als sie realisiert hatte, dass es sich bei ihnen nicht um Fans handelte. Auf jeden Fall sprach ich die nächsten Worte aus, den Blick weiter auf das Netz aus Lichtern gerichtet, ohne darüber nachzudenken. Wobei das nicht ganz stimmte, denn einen Gedanken hatte ich dabei: den, dass ich Fiona den Schmerz nehmen wollte. Zumindest für eine Weile.

»Meine Schwester heiratet am Wochenende. Möchtest du mitkommen?«

30. KAPITEL

Fiona

Ich spielte mit dem Verschluss meines Kaffeebechers und wippte nervös auf meine Fußballen und wieder zurück. Ich hatte es wirklich getan: Ich hatte einfach zugesagt. Dieses Wochenende würde ich mit Demian O'Neill verbringen. Auf einer Hochzeit. Ich würde seine Familie kennenlernen.

What. The. Hell.

Ich hatte nicht einmal nachdenken müssen, irgendetwas an diesem Tag, an Demians Worten hatte dafür gesorgt, dass ich zugestimmt hatte. In dem Moment hatte ich mich vollkommen sicher gefühlt – jetzt hingegen war ich ein nervliches Wrack.

Was, wenn seine Familie mich gar nicht dabeihaben wollte? Sie kannten die Videos mit Sicherheit. Was, wenn Demian es bereute, mich gefragt zu haben?

Ich umklammerte meinen großen Costa-Becher noch ein Stück fester. Beim Umsteigen hatte ich mir einen Cappuccino gekauft. Keine gute Idee, denn mein Herz schlug auch so schon zu schnell. Ich war ähnlich nervös wie vor dem Launch, und das mochte etwas heißen. Heute hielt ich immerhin keine Rede vor etlichen Leuten. Dafür würde ich mit Demian in seine Heimat fahren.

Was hast du dir nur dabei gedacht?

Diese Frage hatte ich mir in den letzten drei Tagen bereits mehrmals gestellt. Ich hatte nach wie vor keine Ahnung, warum ich mit einer solchen Sicherheit zugesagt hatte. Vielleicht hatte mein Gehirn eine Kurzschlussreaktion erlitten. Oder aber es war die Wirkung, die der Anblick der Stadt auf mich gehabt hatte. Womöglich hatte ich im Gewächshaus im Barbican irgendwelche Pollen eingeatmet – wer wusste das schon. Fakt war: Ich würde heute zu Demians Familie fahren, um mit ihm die Hochzeit seiner Schwester zu feiern.

»Bloody hell«, murmelte ich und drückte den Verschluss meines To-go-Bechers so fest, dass er abbrach und ein Tropfen der braunen Flüssigkeit auf mein Top spritzte. Mit einem Seufzen befeuchtete ich meinen Finger mit der Zunge und versuchte, den Fleck auszureiben, auf meinem fliederfarbenen Top war die Mühe jedoch vergebens. Gott, ich musste aufhören, so nervös zu sein. Immerhin hatte ich nicht mittig getroffen und genug Wechselkleidung dabei, da ich keine Ahnung hatte, was Demians Familie geplant hatte. Also hatte ich mehrere Outfits für unterschiedliche Wetterlagen in meinen kleinen Reisekoffer gestopft. Demian hatte ich nicht zu viel ausfragen wollen, da ich mir nicht ganz sicher war, wie ich mich ihm gegenüber verhalten sollte – ob er es bereute, mich eingeladen zu haben? Es war Freitagmorgen, und die Hochzeit fand am Samstag statt, zurück nach London wollten wir Sonntagabend. Das waren drei komplette Tage mit Demian.

Ich schüttelte über mich selbst den Kopf und sah nach oben zu den digitalen Anzeigen in der Mitte der Liverpool Street Station. Der Zug, den Demian rausgesucht hatte, fuhr erst in knapp zwanzig Minuten. Ich war etwas früh dran, was vor allem daran lag, dass ich mehrmals wach geworden war, aus Angst, den Zug zu verpassen. In meiner Wohnung hatte ich neben meinem Koffer auf glühenden Kohlen gesessen und es nach wenigen Minuten nicht mehr ausgehalten, sodass ich mich bereits auf den Weg gemacht hatte. Trotz meines Zwischenstopps bei Costa stand ich nun viel zu früh hier, was für den Kampf gegen meine Aufregung nicht gerade förderlich war.

Ich trank vorsichtig einen Schluck Kaffee und holte mein Handy aus der kleinen Umhängetasche.

Fiona, 7.43 am:
Warum hab ich zugesagt?

Kaycee, 7.43 am:
Weil du auf Demian stehst? 🫤

Fiona, 7.43 am:
Kaycee!

Kaycee, 7.44 am:
Was denn? Du weißt, dass ich recht hab! Hatte ich schon auf dem Camden Market. Alles andere ergibt keinen Sinn, weil mein letzter Stand war, dass du ihn hasst. Ich wusste es! 😔

Fiona, 7.45 am:
Es ist total seltsam, dass ich mitfahre, oder?

Kaycee, 7.45 am:
Ja.

Fiona, 7.45 am:
…

Kaycee, 7.46 am:
Was denn, ich lüg dich bestimmt nicht an. Es ist seltsam. Aber es war damals auch seltsam, dass du Schminkvideos in

der Schule gedreht hast – oder dass du so früh ausgezogen bist. Hat sich beides gelohnt, oder?

Fiona, 7.47 am:
Hm. Vielleicht. Dann hoffe ich einfach, dass Demian etwas rausgefunden hat und wir am Video arbeiten können. Dann hat sich das auch gelohnt!

Kaycee, 7.47 am:
Video? Ach stimmt, da war ja was ... Hmhm. 😂

Fiona, 7.48 am:
Wieso sind wir noch mal Freundinnen? 😑

Kaycee, 7.48 am:
Weil niemand außer mir erträgt, wie schief du zu Harry Styles mitsingst?

Fiona, 7.49 am:
Wir sind da wirklich auch zum Arbeiten.

Kaycee, 7.49 am:
Klar, arbeiten ... zum Beispiel an euren Tanz-Skills, sobald die romantische Musik startet ... 😏

Fiona, 7.49 am:
Ich erzähle dir einfach nichts mehr.

Fiona, 7.50 am:
Oh Gott, denkst du, er will tanzen?

Beinahe hätte ich beim Tippen wieder etwas Kaffee verschüttet, doch glücklicherweise spritzte nur ein Tropfen auf den weißen Deckel, den ich mit dem Zeigefinger entfernen konnte. Hoffentlich behielt Kaycee unrecht. Ich konnte nicht tanzen. Warte, nein, ich *wollte* nicht tanzen. Dafür fuhr ich nicht mit. Trotzdem stellte mein verräterisches Gehirn sich natürlich direkt vor, wie Demian wohl im Anzug aussah und wie es wäre, mit ihm auf der Tanzfläche zu stehen und …

Stopp!

Ich stieß ein wütendes Schnauben aus, im nächsten Moment ertönte hinter mir ein tiefes Lachen.

»Alles okay bei dir?«

Mit einem bemüht lockeren Lächeln drehte ich mich um.

»Hey. Klar, und bei dir? Du bist früh dran.«

Vor allem aber sah er gut aus. Er trug heute wieder die Brille mit dem dickeren braunen Rand, ein dunkelgrünes Shirt, das etwas zu gut zu seinen Augen passte, und eine schwarze Jeans. Was mir jedoch noch mehr ins Auge stach, war das Lächeln, mit dem er mich bedachte. Menschen sollten durch ein einfaches Lächeln nicht so attraktiv werden. Das war nicht fair.

»Du bist anscheinend noch früher dran gewesen. Ich hoffe, du hast nicht so lange gewartet.«

»Ähm, nein, gar nicht«, erwiderte ich, froh, dass er mich aus meinen Gedanken riss. Verdammt. Was, wenn Kaycee recht hatte? Aber nein, ich konnte nicht auf ihn stehen. Er sah gut aus, klar, aber das taten viele Menschen. Etwas verspätet hob ich meinen Kaffeebecher. »Außerdem hatte ich den hier zum Zeitvertreib und zum Wachwerden.«

Demian sah sich suchend um. »Keine schlechte Idee eigentlich. Ein bisschen Zeit haben wir ja noch, oder?«

Ich nickte. »An den Gleisen ist ein *Upper Crust*.«

»Perfekt.« Demian schob den Daumen seiner freien Hand

unter den Riemen seines Rucksacks. Mit der anderen hielt er den Griff seines kleinen Koffers umklammert. Täuschte ich mich, oder war auch er nervös? Er wirkte angespannter als sonst. Vielleicht projizierte ich aber auch nur. Er hatte immerhin weniger Grund, nervös zu sein, als ich. Da mir kein unverfängliches Small-Talk-Thema einfiel, ließ ich mir Zeit damit, mein Smartphone in meiner Tasche zu verstauen. Oh Gott, was, wenn wir uns die nächsten Stunden nichts zu sagen hatten? Was, wenn ich einfach nur auf der Hochzeit herumstehen würde und die einzigen Momente, in denen wir reden würden, die wären, in denen wir an Demians Gegenstatement arbeiteten?

Andererseits konnte ich mir die Momente im Planetarium und auf der Wiese nicht eingebildet haben …

»Ich hab dein neues Video gesehen«, brach Demian schließlich die Stille, während wir uns auf den Weg in Richtung des kleinen Ladens begaben.

»Du hast dir ein Schminkvideo angeschaut?«

»Jap! Okay, hauptsächlich, weil ich die Kommentare lesen wollte.«

»Und, was denkst du?«, fragte ich.

»Besser als erwartet, oder?«

Ich nickte langsam. Es war nicht mehr ganz so schlimm wie noch vor Kurzem auf Instagram, aber natürlich hatten sich dennoch genug Leute eingefunden, um negative Worte zu hinterlassen.

»Ist trotzdem nur eine Frage der Zeit, bis die ersten Gossip-Seiten etwas dazu posten, dass ich wieder zurück bin. Ich bin echt froh, die nächsten Tage rauszukommen und nicht so viel auf YouTube oder Twitter rumhängen zu können.«

»Kann ich mir denken. Selbst ich freu mich auf die Auszeit, und ich hatte nicht einmal die gleiche Art von Stress wie du. Also freust du dich aufs Wochenende?«

Seine Stimme klang angespannt und hoffnungsvoll zugleich. Ich biss mir auf die Unterlippe. »Kann ich ehrlich sein?«

Demian hielt inne und sah mich mit geweiteten Augen an. »Du musst nicht mit, das weißt du, oder? Ich wollte nicht aufdringlich sein. Ich wäre dir auch gar nicht böse, wenn du dich umentscheidest. Meine Schwester wollte ohnehin nicht glauben, dass ich jemanden mitbringe, der nicht mein Mitbewohner ist.« Er runzelte die Stirn. »Das klang trauriger, als ich beabsichtigt hatte.«

Sein Gesichtsausdruck entlockte mir trotz der Nervosität ein Lachen. »Ich freu mich«, beeilte ich mich zu sagen. Tat ich wirklich. Natürlich hatte ich Angst, aber ich war mindestens genauso aufgeregt, mal etwas anderes zu sehen. Ich verließ London so gut wie nie. »Aber in erster Linie hab ich Schiss.«

»Du? Wovor?«

Er warf mir einen fragenden Blick zu, kam vor dem Stand zum Halt und bestellte einen Americano und einen Cinnamon Bun.

»Magst du auch einen? Wir fahren knapp zwei Stunden.«

»Gern.« Fürs Frühstücken war ich ebenfalls zu nervös gewesen.

»Dann bitte zwei davon«, sagte er an den Verkäufer gerichtet und wandte sich wieder mir zu. »Also, warum hast du Angst?«

»Ich lerne deine Familie kennen und gehe auf die Hochzeit einer fremden Person.«

Er hob die Schultern. »Die sind entspannt, wirklich.«

»Ja, aber ich nicht, nicht bei fremden Menschengruppen.«

»Meine Schwester ist eh ein Fan von dir, wie es aussieht, das wird super.«

Somit war sie höchstens eine weitere Person, die ich enttäuscht hatte, ohne sie zu kennen. Ich war mir nicht sicher, ob ich das als »super« bezeichnen würde, doch ich nickte. Bisher waren die besten Entscheidungen meines Lebens intuitive Bauchentscheidungen gewesen – okay, zugegebenermaßen waren auch die schlechtesten Entscheidungen darauf zurückzuführen, sonst würde ich erst gar nicht in diesem Schlamassel stecken. Aber dennoch.

»Ich freu mich, wirklich. Außerdem war ich noch nie auf einer Hochzeit.«

»Noch nie?« Demian bezahlte und blickte fragend über die Schulter zu mir.

»Nope. Dabei heule ich schon immer, wenn ich mir Antrags- oder Heiratsvideos auf YouTube anschaue.«

»Geht mir auch so«, erwiderte Demian mit einem Lachen und nahm die Gebäckstücke und den Kaffee entgegen.

»Dir? Ich weiß nicht, was mich mehr überrascht, dass du dir Hochzeitsvideos auf YouTube anschaust oder dass dich das zum Weinen bringt.«

»Hey, ich hab auch ein Herz.«

»Schon klar, es wundert mich nur, dass da noch etwas außer Astronomie reinpasst.«

»Wenn du so weitermachst, nehme ich dich vielleicht gar nicht mehr mit.«

»Das wagst du nicht.«

»Vermutlich nicht«, gab Demian zu, während wir langsam in Richtung Gleis liefen. »Ich hab dich schon wütend erlebt und ganz ehrlich? Es macht mir Angst.«

»Zu Recht.« Ich hielt mein Handy mit dem Ticket an die Schranke und betrat das Gleis. Seltsamerweise legte sich meine Nervosität langsam, obwohl die Fahrt nach Norwich mit jeder Minute näher rückte. Das Geplänkel mit Demian hatte eine beruhigende Wirkung auf mich – wer hätte das gedacht?

Wie zu erwarten stand unser Zug noch nicht bereit, und ich

ließ mich auf eine der Sitzgelegenheiten fallen. Demian stellte seinen Rucksack ab und setzte sich dann neben mich.

»Also«, begann ich, »erzähl mir was von deinen Eltern. Und von deiner Schwester, wenn ich ihr schon kein Geschenk holen durfte.«

Zwar hatte ich ihr nichts kaufen dürfen, doch ich hatte eine Karte und Geld dabei – ob Demian nun wollte oder nicht. Gerade als Fremde würde ich mich sicher nicht kostenlos auf der Hochzeit seiner Schwester durchfuttern.

Demian lehnte sich zurück und nippte an seinem Kaffee. »Puh, okay. Wo fang ich an? Meine Schwester ist vier Jahre älter als ich. Ich hab schon immer zu ihr aufgeblickt und ihr damals alles nachgemacht. Wirklich alles. Damit bin ich ihr natürlich total auf die Nerven gegangen, mittlerweile sind wir zum Glück eher auf Augenhöhe und richtig gut befreundet. Sie hat gerade ihren PhD beendet und …«

Ich biss ein Stück der Zimtrolle ab und lauschte Demian, der sich in Erzählungen über seine Familie verlor. Wie immer, wenn das Gespräch auf dieses Thema kam, zog sich etwas in meinem Herzen zusammen – dabei wusste ich, wie albern das war. Ich war erwachsen und sollte nach all den Jahren längst darüber hinweg sein, dass ich diese Art von Familie nicht hatte. Dennoch tat es manchmal weh, daran erinnert zu werden. Zwar hatte ich mit Kaycee die beste Wahlfamilie, die ich mir wünschen konnte, doch manchmal war da dennoch diese Leere, die mein Vater hinterlassen und die meine Mutter sich nicht zu füllen bemüht hatte.

Etwa zwei Stunden später, die sich angefühlt hatten wie Minuten, stieg ich, von Demian gefolgt, aus dem Zug. Für die schön gestaltete Bahnhofshalle hatte ich jedoch keinen Blick, denn gerade hielt ich mir den Bauch vor Lachen.

»Und daran ist dein letztes Date gescheitert?« Ich versuchte es wirklich, aber ich konnte mein Prusten nicht im Zaum halten. »Dass du Jungfrau bist?«

»Dass mein Sternzeichen Jungfrau ist!«, wiederholte Demian mit Nachdruck. »Die Ergänzung ist nicht ganz unwichtig. Aber ja, sie war Widder und sich von vornherein sicher, dass das nicht harmonieren kann.« Er hob die Schultern. »Ich mir nach der Aussage dann auch.«

»Wieso habt ihr euch überhaupt getroffen, hätte sie das nicht vorher abfragen können?«

Demian zog erneut die Schultern in die Höhe. »Dating Apps. In meinem Profil stand, dass ich mich für Astronomie interessiere …«

»… und sie hat Astrologie gelesen?«, riet ich mit einem Grinsen. »Ach schön. Das toppt fast meine schlechten Dates.«

»Na ja, der Typ, der beim ersten Treffen ein Gedicht über dich geschrieben hat, war doch auch nicht schlecht.«

Ich zog eine Grimasse bei der bloßen Erinnerung daran. Ich hatte seit etwas über einem Jahr kein Date mehr gehabt, und er war ein Grund dafür gewesen. Mit zunehmender Bekanntheit war es schwerer geworden, Leute auf normalem Weg kennenzulernen. Dabei war es egal, ob ich meinen echten Namen in solchen Apps verwendet hatte oder nicht – erkannt wurde ich dennoch, und es gab wirklich Schöneres, als mich mit einem Menschen zu treffen, der meinte, mich bereits in- und auswendig zu kennen, nur weil er ein paar Videos gesehen hatte. Nach einigen missglückten Versuchen hatte ich es aufgegeben, und da ich ohnehin zu viel Arbeit hatte, hatte ich es auch nicht wirklich vermisst – so zumindest beteuerte ich es Kaycee und mir selbst ständig. Die Wahrheit war, dass ich mich natürlich nach Liebe sehnte, so wie die meisten Menschen. Aber ich hatte bei meiner Mum gesehen, wie toxisch Beziehungen sein konnten. Dass sie das Beste, aber auch das Schlechteste hervorbringen konnten.

Demian ging neben mir her und warf einen kurzen Blick auf sein Handy. »Meine Mum holt uns ab, sie wartet draußen am Parkplatz.«

Dieser eine Satz genügte, damit mein Herz wieder viel zu schnell schlug. Dabei hatte ich meine Nervosität die Fahrt über so gut im Griff gehabt. Mehr noch: Ich war zum ersten Mal seit Langem so richtig entspannt gewesen – ähnlich wie schon vor wenigen Tagen im Planetarium. War ich anfangs noch nervös gewesen, keine Gesprächsthemen mit Demian zu finden, so war das genaue Gegenteil der Fall gewesen, und die Zeit war wie im Flug vergangen. Darüber hatte ich beinahe vergessen, wieso wir eigentlich hier waren und was gleich bevorstand. Dabei hatte ich gar keinen Grund, nervös zu sein. Ich wäre schließlich auch nicht aufgeregt, würde Anita mir ihre Eltern vorstellen.

Ich nickte Demian mit einem Lächeln zu und folgte ihm nach draußen. Es war bewölkt, bislang aber noch trocken, und der Wind, der wehte, war recht warm, wenn auch ein paar Grad kälter als in der Stadt. Der Vorplatz des Bahnhofs war beinahe menschenleer, wodurch mein Blick sofort auf die brünette Frau fiel, die vor dem Informationsschild stand. Sie hatte uns im selben Moment entdeckt, denn sie winkte erst und kam dann mit schnellen Schritten auf uns zu und zog Demian in ihre Arme.

»Ist das schön, dich zu sehen!« Sie drückte ihn noch ein wenig fester, und ich musste automatisch lächeln. Es war seltsam, Demian plötzlich in so einem privaten Umfeld zu sehen, gleichzeitig freute ich mich darauf, diese Seite von ihm kennenzulernen. Mrs O'Neill klopfte ihrem Sohn noch einmal auf die Schulter, dann wandte sie sich mir zu.

»Fiona, hallo!« Obwohl sie sich sicher wunderte, dass Demian ausgerechnet mich mitgebracht hatte, ließ sie sich keinerlei Verblüffung anmerken. Ihr Lächeln war warm und aufrichtig, und ich konnte kein Urteil darin erkennen. Ob sie vielleicht gar nicht wusste, was zwischen ihrem Sohn und mir vorgefallen war? Andererseits konnte ich mir das kaum vorstellen, immerhin war das Thema überall und Demian sogar im Fernsehen gewesen.

»Hey«, erwiderte ich mit einem schiefen Lächeln, unsicher, was ich tun sollte. Wie begrüßte man die Mutter der Person, die einem eigentlich tierisch auf die Nerven ging und für die man bis vor Kurzem nichts als Wut empfunden hatte, die einem gleichzeitig jedoch Dinge beibrachte, empathisch war und deren Lächeln für dieses seltsame Kribbeln sorgte? Bevor mein Kopf sich erneut in diese Zerrissenheit hineinsteigern konnte, hatte Demians Mum mir die Entscheidung abgenommen und umarmte mich ebenfalls. Völlig überrumpelt schaffte ich es gerade noch, die Geste zu erwidern, bevor sie mich wieder losließ.

»Wie schön, dich kennenzulernen. Ich bin Grace, aber Demian hat dir sicher schon alle Eckdaten verraten.« Sie wiegte den Kopf hin und her. »Ich will nicht lügen, ich war etwas überrascht, aber das könnt ihr alles daheim erzählen. Ich freue mich auf jeden Fall, dass du da bist.«

Ich blickte zu Demian, der jedoch bloß die Schultern hob und schmunzelte.

»Dann lasst uns mal euer Gepäck verstauen«, meinte Demians Mum und ging voraus.

»Bitte sag mir, dass mich kein Kreuzverhör erwartet«, flüsterte ich, denn Mrs O'Neills Satz klang genau danach.

»Oh doch. Alles von der Art deiner Krankenversicherung bis hin zu Kinderwünschen«, gab Demian in bierernstem Ton

zurück. Ich rollte mit den Augen und knuffte ihn in die Seite –
genau in dem Moment, in dem seine Mutter vorm Kofferraum
zum Stehen kam und sich zu uns umdrehte. Bildete ich mir das
ein, oder schossen ihre Augenbrauen bei dem Anblick ein bisschen in die Höhe? Schnell ließ ich meinen Arm wieder sinken.
Das konnte ja was werden.

31. KAPITEL

Demian

»Demian!« Die dunkle Stimme meines Dads tönte durch das Haus, kaum dass ich den Flur betreten hatte. Es roch nach Rührei mit Speck und frisch Gebackenem, gemischt mit dem holzigen Geruch unseres Hauses. Er zog mich in eine Umarmung und klopfte mir ein paarmal fest auf den Rücken. Dann ließ er von mir ab, und sein Blick huschte an mir vorbei zu Fiona, die ein Stück hinter mir stand. Die Autofahrt hierher war sie recht schweigsam gewesen, und ich hoffte wirklich, dass sie ihre Entscheidung mitzukommen, nicht bereute.

»Du musst Fiona sein«, sagte mein Dad, machte einen Schritt nach vorn und schüttelte ihr die Hand. »Ich bin Robert, freut mich. Ich hoffe, du hast Hunger mitgebracht. Ich hab für die Hochzeit ein paar Tage freigenommen und dachte, ich mach uns Brunch.« Er blickte zu Fiona, die begeistert nickte.

»Ziemlich. Ich hab es heute Morgen nicht mehr geschafft, richtig zu frühstücken.«

Besser hätte sie vermutlich nicht antworten können, denn auf dem Gesicht meines Dads bildete sich ein breites Lächeln, das die Grübchen hervorhob, die ich von ihm geerbt hatte. »Dann einmal hier entlang!«, sagte er und führte Fiona durch den Flur in Richtung Esszimmer. »Ich wollte eigentlich im Garten decken, aber ich war mir nicht sicher, ob das Wetter hält.« Er warf mir einen Blick über die Schulter zu. »Deine

Mutter hat die neuen Gartenmöbel doch gekauft. Aber über meinen Aufsitzrasenmäher hat sie sich beschwert.«

»Na ja, bei der Größe des Gartens braucht es auch eigentlich …«

»Ach«, unterbrach mein Dad mich und winkte ab. »War klar, dass du wieder auf ihrer Seite bist.« Er ging ins Esszimmer und drehte sich zu Fiona um. »Ist er immer. Ich kann Verstärkung also echt gebrauchen, bis Marissa hier ist. Die beiden zusammen sind manchmal eine echte Qual.«

Fionas Mundwinkel zuckten, und sie nickte. »Das ist in Ordnung. Demian und ich sind sowieso häufig unterschiedlicher Meinung, da passt das ganz gut.«

Ich hob die Augenbrauen. »Also bitte. Ich würde eher sagen, in letzter Zeit sind wir ein Herz und eine Seele.«

»Träum weiter«, murmelte Fiona und biss sich im nächsten Moment auf die Lippe, als sie den Blick meines Vaters bemerkte. Der schmunzelte jedoch nur in sich hinein und sagte nichts. Dennoch schlug mein Herz nervös einen Takt schneller.

Fiona einzuladen war eine Kurzschlussreaktion gewesen – nicht dass ich sie bereute, ganz im Gegenteil, doch ich war mir nicht sicher, wie meine Eltern das Ganze einordneten. Da würden auf jeden Fall einige Fragen auf mich zukommen. Am Telefon hatte ich sie zum Glück einigermaßen abwenden können, doch ich war mir sicher, dass die beiden noch verwunderter waren als Thiago und Austin, die immerhin mitbekommen hatten, dass Fiona und ich wieder auf gutem Fuß standen. Überrascht hatte es die beiden dennoch.

»Das sieht toll aus«, sagte Fiona mit Blick auf den ausgezogenen Esstisch und riss mich somit aus meinen Gedanken. Sie hatte recht. Mein Dad hatte sich, wie immer, alle Mühe gegeben. Frisch gebackenes Brot, Obstsalat, verschiedene Joghurts, Müsli, Salate, Baguette, gefüllte Eier, Tomate mit Mozzarella –

ich ließ den Blick über den Tisch wandern, bis ich bei dem Bananenbrot angekommen war.

»Wie viele Gäste erwartest du?«, fragte ich mit einem Grinsen, wohl wissend, dass nur für vier Personen gedeckt war.

»Mach dich nur lustig.« Mit einem Kopfschütteln widmete er sich wieder Fiona. »Das meine ich, ein Danke kommt ihm einfach zu schwer über die Lippen.«

»Schön zu sehen, dass ihr euch schon gegen mich verbündet«, sagte ich und ließ mich mit einem Seufzen auf meinem Stammplatz mit Blick auf die Verandafenster nieder.

»Wenn du uns Anlass gibst«, entgegnete mein Vater und hob die Schultern. »Was mögt ihr trinken? Kaffee? Cappuccino?«

»Ein Cappuccino wäre großartig. Kann ich irgendwas helfen?«

»Ach was. Bring ich dir.«

»Ich schließ mich an«, sagte ich, woraufhin mein Vater nickte. »Zwei Cappuccino kommen sofort.« Er zeigte mit dem Finger auf mich, während er rückwärts in Richtung Küche ging. »Wag es ja nicht, mich zu verbessern, dass es Cappuccini heißt.«

Abwehrend hob ich die Hände, während Fiona neben mir auflachte.

»Und fangt ruhig schon mal an, keine Ahnung, wo Grace wieder hin ist.«

»Schön zu sehen, dass du bei allen so ein Klugscheißer bist, dann liegt es immerhin nicht an mir.«

»Berufskrankheit. Das kannst du mir nicht zum Vorwurf machen.«

Fiona gab ein Schnauben von sich. »So ein Quatsch, als ob du keine Selbstbeherrschung hättest. Ich laufe ja auch nicht rum und …« Sie wedelte mit den Händen. »… keine Ahnung, korrigiere deine Augenbrauen.«

Reflexartig hob ich die Hände zu meinen Augenbrauen. »Was stimmt mit denen nicht?« Mit dem Zeigefinger fuhr ich mir über die Brauen, wodurch meine Brille ins Rutschen geriet. Fiona lachte noch eine Spur lauter.

»Alles in bester Ordnung, das war nur ein Beispiel. Aber schön, dass man dich so schnell verunsichern kann.«

Ich ließ die Hände wieder sinken, schob meine Brille zurecht und sah Fiona grinsend an. »Ich bin mir nicht sicher, ob wir dein Nice-Girl-Image wirklich wieder aufbauen sollten. Wenn du schon willst, dass wir die Wahrheit erzählen, sollten wir vielleicht die ganze Wahrheit sagen. All die Sticheleien, die frechen Kommentare …«

»Also bitte. Nichts davon war unverdient.«

Sie sah mich mit hochgezogenen Brauen an, und in ihren Augen lag schon wieder dieses Funkeln – nur dass es dieses Mal nicht von Wut herrührte, sondern von Belustigung. Und das gefiel mir tausendmal besser. Ihr Mund war zu einem leichten Lächeln verzogen. Sie sah glücklich aus, wie bei unserem letzten Treffen. Nachdem ich ihr so viel Kummer bereitet hatte, durchflutete mich bei dem Anblick ein Gefühl der Erleichterung. Ich merkte, wie meine Schultern ein Stück nach unten sanken, als ich mich endlich entspannte. Die Angst, dass sie aus Pflichtgefühl zugesagt hatte, hatte mich trotz der guten Gespräche auf der Fahrt hierher nicht ganz losgelassen. Doch sie jetzt entgegen allen Erwartungen so gelassen zu sehen, sie mit meinem Dad scherzen zu hören, nahm mir dieses unangenehme Gefühl endlich vollständig.

»Ich bin wirklich froh, dass du mitgekommen bist«, sagte ich leise. »Ganz ungeachtet der Arbeit oder irgendwelcher Videos.«

Fiona zog die Brauen leicht zusammen, und ihr amüsierter Gesichtsausdruck machte Verblüffung Platz. »Danke.« Durch den unsicheren Ton klang das Wort wie eine Frage. Ihr schien das ebenfalls nicht entgangen zu sein, denn sie räusperte sich und sprach mit festerer Stimme weiter. »Ich bin auch froh. Es tut wirklich gut, mal rauszukommen.«

Ich nickte und ließ meinen Blick über Fionas Gesicht wandern. Ich wollte sie häufiger so entspannt sehen. Die Schwere, die sie umgab, seit ich sie das erste Mal getroffen hatte, war nicht völlig weg, dennoch wirkte sie gelöster als die letzten Male. Ich hoffte wirklich, dass ich ihr die Unbeschwertheit zurückgeben konnte, dass mein Video die Probleme so schnell aus der Welt räumen würde, wie es sie geschaffen hatte. Und ich hoffte, dass sie mit dem Video nicht so plötzlich aus meinem Leben verschwand, wie sie hineingefunden hatte. Dass das hier vielleicht mehr war als eine bloße Zweckgemeinschaft …

»So, ich habe eure Koffer schon einmal hochgetragen.« Meine Mum betrat das Esszimmer, und Fiona und ich rutschten ein Stück voneinander weg, als hätte sie uns gerade bei etwas Verbotenem ertappt. »Du kannst Fiona dann später ihr Zimmer zeigen.«

»Mach ich«, sagte ich schnell. Meine Wangen glühten, jedoch mehr von Fionas Blick als vom Hereinplatzen meiner Mum.

»Oh, danke, Mrs O'Neill. Aber das hätte ich doch machen können!«

»Ach was, alles in Ordnung.« Meine Mum winkte ab und ließ sich gegenüber von Fiona auf den freien Platz fallen. »Und sag bitte Grace. Mrs O'Neill erinnert mich an meine Schwiegermutter, die du morgen dann wohl auch kennenlernen wirst.«

»Alles klar.«

»Mum tut nur so, als ob sie Grandma nicht mag. Eigentlich sind die beiden ein Herz und eine Seele, es ist nur ein Running Gag von ihnen.«

»Solche Kabbeleien gehören dazu, nicht wahr?« Sie zwinkerte Fiona zu und schenkte sich ein Glas Orangensaft ein. »Das ist in eurer Familie sicher ähnlich.«

Fiona räusperte sich, und ich wollte gerade ein neues Thema aufbringen, damit sie sich nicht verpflichtet fühlte, über ihre Verwandtschaft zu reden, als sie jedoch schon sprach. »Ich hab kein so enges Verhältnis zu meiner«, erwiderte sie und hob leicht die Schultern. »Ich kenne meine Großeltern gar nicht.«

»Oh«, sagte meine Mum und ließ ihr Glas langsam sinken. Auch ich hielt inne und sah zu Fiona. Ich wusste, dass sie ein spezielles Verhältnis zu ihrer Mum und ihr Dad sie früh verlassen hatte – doch über den Rest hatte ich mir ehrlicherweise nie Gedanken gemacht. »Entschuldige bitte, ich wollte da nichts aufreißen.«

»Nein, alles gut. Das konntest du ja nicht wissen.«

»So, zwei Cappuccinos.« Mein Dad betrat mit zwei dunkelgrünen Tassen das Esszimmer und grinste mir entgegen. Genau im richtigen Moment, da ich meiner Mum ansehen konnte, wie unangenehm es ihr war, in das Fettnäpfchen getreten zu sein.

»Du tust das nur, um mich zu quälen, oder?«, fragte ich.

»Das ist so etwas wie Konfrontationstherapie. Ein Test deiner Toleranz«, gab mein Dad zurück und stellte die Tassen vor uns ab. Dann ließ er sich mit einem Seufzen neben meiner Mum nieder.

»Wenn du ihn richtig ärgern willst, verwechsle einfach Astronomie und Astrologie oder sag, dass etwas Lichtjahre dauert ... Den Tipp hab ich seinem Mitbewohner schon gegeben.«

»Du warst das?«

Fiona fiel in das Lachen meines Dads ein, und ausnahmsweise war es mir egal, dass es auf meine Kosten ging. Hauptsache, sie entspannte sich trotz der zugegebenermaßen ungewöhnlichen Situation.

»Wie geht es Thiago denn? Und Austin?«, erkundigte meine Mutter sich, während sie Tomaten mit Mozzarella auf ihren Teller schaufelte.

»Alles bestens. Thiago blüht komplett in seinem Job auf und Austin … ist Austin.«

»Wo arbeitet Thiago noch mal?«

»Bei *North of the Thames* – wobei der Name mich immer noch nervt, wir wissen alle, dass der Süden besser ist.«

»Lüge«, warf Fiona grinsend ein, und ich rollte mit den Augen.

»Jedenfalls war ich letztens mit ihm bei einem Live-Podcast, er hat durch die Arbeit immer freien Eintritt.«

»Sehr schön, so kommst du mal häufiger vom Schreibtisch weg«, sagte sie mit einem Zwinkern und hielt Fiona die Platte entgegen. »Möchtest du auch?«

»Gern.«

»Und nimm auch etwas vom Salat«, mischte mein Vater sich ein. »Die Radieschen sind aus dem Garten.« Bei dem deutlich hörbaren Stolz in der Stimme meines Dads musste ich schmunzeln. Der Garten – sowie das Kochen – waren noch recht neuentdeckte Passionen von ihm. Ursprünglich hatte meine Mum ihn gezwungen, sich ein Hobby zu suchen, da mein Dad viel zu viel und zu lange arbeitete. Mit den Ausmaßen, die das Ganze letzten Endes angenommen hatte, hatte sie wohl auch nicht gerechnet. Dabei war mein Dad schon immer der Typ gewesen, der etwas ganz oder gar nicht machte – eine Einstellung, die er mir vererbt hatte.

»Sind die auch aus dem Garten?«, fragte ich und deutete mit meinem Messer auf die Platte mit den Tomaten.

Dad schüttelte den Kopf. »Leider nein, die sind gekauft. Die im Garten sind alle noch grün. Ich hoffe, sie reifen bald.«

»Ab Juli in der Regel. Manche Sorten auch schon im Juni«, warf Fiona ein. »Wenn ihr sie so schneidet, dass sie mehr nach oben als zur Seite wachsen, reifen sie etwas schneller, und ihr erhaltet mehr Ernte.«

Mein Dad nickte ihr anerkennend zu. »Danke für den Tipp.«

»Ich wusste, dass du Pflanzen magst, aber nicht, dass du Ahnung vom Gärtnern hast«, sagte ich ebenso überrascht.

Fiona winkte ab. »Hab ich auch nicht so richtig. David, der Ex-Freund meiner Mum, hat damals mit mir Gemüse angebaut. Ich bin ein typisches Stadtkind und kannte das davor gar nicht, deshalb fand ich die Zeit, die wir im Vorgarten verbracht haben, immer total faszinierend. So viel Platz hatten wir nicht, aber wir hatten ein paar Tomatenpflanzen, und später hat er ein Hochbeet mit Salat und Kohlrabi angelegt.« Bei der Erinnerung bildete sich ein Lächeln auf ihrem Gesicht. »Ich hab ehrlich gesagt schon länger nicht mehr daran gedacht.«

»Sind deine Zeiten als Gärtnerin vorbei?«, wollte mein Dad wissen.

Sie nickte. »Leider ja. Ich hab eine Wohnung mitten in Paddington, da ist ein Garten Fehlanzeige. Sie hat zwar einen kleinen Balkon, aber so direkt über der Straße wollte ich nichts anbauen.«

»Verständlich«, stimmte meine Mutter ihr zu. Nachdenklich sah sie nach oben. »Wenn ich mich recht erinnere, hat meine Schwester mir von Urban Gardening erzählt. Sie wohnt auch in der Stadt, wenn auch etwas außerhalb. Vielleicht findest du dort ja eine Fläche.«

»Eigentlich keine schlechte Idee.« Fiona lächelte, meine Mum erwiderte das Lächeln – und mir fiel ein Stein vom Herzen. Ich hoffte, dass es Fiona ähnlich ging und ihre Bedenken damit beseitigt waren. Kein Kreuzverhör, kein betretenes Schweigen. Meine Eltern behandelten sie nicht anders, als sie es vor wenigen Monaten mit Thiago getan hatten.

»Demian hat erzählt, ihr arbeitet an einem neuen Video zusammen?«, fragte mein Dad.

Überrascht sah Fiona mich an. In ihren Augen lag ein fragender Ausdruck, jedoch wusste ich nicht, ob er von ihrer Überraschung herrührte, dass meine Eltern davon wussten, oder ob sie vielmehr stumm fragte, ob sie darüber sprechen konnte. Ich erwiderte ihren Blick und nickte langsam. Hoffentlich nahm sie es mir nicht übel, dass ich meiner Familie davon erzählt hatte.

»Ja«, antwortete Fiona vorsichtig. »Demian hilft mir bei etwas.«

»Ich hab Fiona fälschlicherweise beschuldigt, in diesen gesamten Skandal verwickelt zu sein«, sagte ich geradeheraus. Mit einem überraschten Ausdruck sah meine Mum mich an und nickte, damit ich weitersprach. Ich gab meinen Eltern eine kurze Zusammenfassung der letzten Wochen, während der Fiona schweigend neben mir saß und die verschiedenen aufgetischten Speisen probierte. Womöglich war ihr die Situation unangenehm, aber ich wollte keine Geheimnisse vor meinen Eltern haben. Und auch wenn ich anfangs Sorge gehabt hatte, sie zu enttäuschen – vor allem wenn ich an den Stolz in ihren Augen dachte, mit dem sie mich bei unserem gemeinsamen Essen bedacht hatten –, war es mir so doch lieber, als dass sie der falschen Version glaubten und im Nachhinein von allem erfuhren.

Als ich endete, gab mein Dad einen brummenden Ton von sich. Vorsichtig sah ich zu ihm. War er enttäuscht? Ich wusste bereits, dass er nicht viel von meinem Kanal hielt und dass er nie hatte nachvollziehen können, wieso ich nicht einfach wie er, Mum und Marissa eine Hochschule hatte besuchen können. Aus diesem Grund war es so besonders gewesen, dass er und Mum meinen Auftritt bei *Wake up, Britain* hatten feiern wollen.

»Dann ergibt deine Anwesenheit natürlich mehr Sinn«, sagte er an Fiona gewandt. »Nicht dass du anders nicht willkommen gewesen wärst, aber gewundert hab ich mich schon. Ich finde es gut, dass du für deinen Fehler geradestehst.«

Mein Dad schenkte mir ein kleines Lächeln, und ich atmete erleichtert auf. Es war albern, ich war alt genug, wohnte allein – dennoch war mir wichtig, was meine Eltern von mir dachten. Nicht weil ich alles nach ihren Wünschen gestalten wollte, sondern schlichtweg, weil ich sie bewunderte und Wert auf ihre Meinung legte.

»Es kam auch wieder was auf dem Astronomie-Kanal«, fügte ich hinzu. »Dem werden wir uns jetzt mehr widmen.«

Der kurze Blick, den meine Eltern einander zuwarfen, entging mir leider nicht – und er ärgerte mich. Es war nicht so, dass ich nicht versucht hatte, mehr auf dem Gebiet zu machen. Auch Fiona schien er nicht entgangen zu sein, denn sie sah von meinen Eltern zu mir und schließlich wieder zu meinen Eltern.

»Demian hat in zwei Wochen einen Auftritt bei einem berühmten Wissenschaftspodcast«, warf sie ein. »Die sind ziemlich bekannt auf dem Gebiet. Und wir waren die Tage im Planetarium in Greenwich.«

Verblüfft sah ich sie an. Ergriff sie gerade Partei für mich? Es sah ganz danach aus, denn sie erwiderte meinen Blick kurz und lächelte leicht, bevor sie sich wieder dem Frühstück zuwandte. Eine ungeahnte Wärme stieg in mir auf. Wieso tat sie das?

»Oh, da waren wir mal, als du noch kleiner warst«, sagte mein Dad. »Damals musste ich alle paar Wochen mit Demian nach London, weil er wieder irgendeinen Ort oder eine Ausstellung zu dem Thema entdeckt hatte.« Er zwinkerte mir zu.

»Ich kann es verstehen, es war wirklich schön dort.«

»Warst du mal im National History Museum?«, fragte meine Mum. »Dann könnte es dir dort auch gefallen.«

»Als Kind auf einem Schulausflug mal, ja. Aber ich erinnere mich nicht mehr an viel außer an diesen Dino in der Halle.«

»Ja, davon haben wir auch noch ein Foto«, sagte meine Mum.

Das Gespräch drehte sich noch eine Weile um meine Kindheit, um Fionas Job und Marissas Hochzeit, bis mein Vater sich schließlich mit einem lauten Seufzen den Bauch hielt. »Das hat gutgetan. Ich bin fast verhungert, weil ich warten wollte, bis euer Zug ankam.«

»Ich hab genau gesehen, dass du vorhin schon Toast hattest«, sagte meine Mum und schnalzte mit der Zunge.

»Wie denn? Du hast doch wieder ewig geschlafen.«

»Ich habe nicht ewig geschlafen. Und wenn, dann wohl, weil ich wie immer hinter dir hergeräumt habe. Wie mit den Toastkrümeln heute Morgen. Die haben dich verraten.« Meine Mutter grinste triumphierend, bevor sie sich an uns wandte. »Seid ihr denn auch satt geworden?«

»Und wie«, sagte Fiona. »Danke noch einmal für alles!«

»Nichts zu danken, danke dir für den Tipp mit den Tomaten. Dazu belese ich mich gleich mal.«

»Wag es ja nicht, heute wieder in den Beeten zu versinken. Wir wollten deiner Tochter bei den Platzkarten helfen.«

»Muss noch etwas für die Hochzeit gemacht werden? Ich kann gern auch etwas erledigen.«

Meine Mum lächelte Fiona an, schüttelte jedoch den Kopf. »Nichts da, du bist unser Gast. Außerdem habt ihr ja selbst noch zu arbeiten. Demian, nimm gern das Büro. Aber zeig Fiona erst das Haus und ihr Zimmer.«

»Ja, Mum.« Ich verkniff mir sowohl Augenrollen als auch mein Grinsen bei dem mütterlichen Befehlston, den ich nur zu gut von früher kannte. Manche Dinge änderten sich eben nie. Fionas Schmunzeln bei unserem Schlagabtausch machte das Ganze jedoch wieder wett.

32. KAPITEL

Demian

Etwa fünf Minuten später hatten wir den unteren Teil des Hauses durch, und ich ging hinter Fiona die Treppen nach oben. Das Knarzen der einzelnen Stufen war mir so vertraut wie die Familienfotos, die die Wand entlang verliefen. Plötzlich hielt Fiona prustend inne.

»Was ist das?«

»Das bin ich an Halloween.«

»Das hat mir der Kürbis verraten, aber was genau sollst du darstellen?«

Ich betrachtete das Foto von Marissa und mir. Sie war als Hexe verkleidet, während ich einen Frack mit Fliege zu zurückgegelten Haaren trug. Bei dem Plüschtier in meiner Hand musste ich auch lachen.

»Ich bin Frankenstein.«

Fiona zog die Stirn kraus. »Das soll Frankenstein sein?«

»Ja. Es hat mich genervt, dass immer alle Frankenstein und Frankensteins Monster verwechselt haben, also hab ich das Ganze richtig machen wollen. Das hier …« Ich deutete auf das grüne Stofftier. »… ist Frankensteins Monster. Ich war Victor Frankenstein.«

Fiona drehte sich zu mir um, und da sie eine Treppenstufe über mir stand, waren wir nun genau auf Augenhöhe. Ihre Augen funkelten belustigt, als sie mich kopfschüttelnd ansah.

Ich versuchte, mich durch ihren intensiven Blick nicht aus der Ruhe bringen zu lassen, was, so nah wie sie mir war, jedoch nicht gerade gut gelang.

»Du bist wirklich unverbesserlich. Wie alt warst du da?«

Ich sah kurz zur Seite. Zum einen, um die Aufnahme einordnen zu können, zum anderen, weil ich unter Fionas Blick nicht klar denken konnte. Auf dem Foto grinste ich stolz in die Kamera, wodurch meine Zahnlücke zur Geltung kam. »Ich denke, so acht Jahre alt?«

»Du hast also im Alter von acht Jahren mit deinem Wissen über Mary Shelleys Literatur glänzen wollen und dich über die Unwissenheit anderer Kinder lustig gemacht?«

Ich hob die Schultern, und sie lachte noch einmal.

»Schön zu wissen, dass du damals schon ein genauso großer Klugscheißer warst wie heute.«

»So schlimm bin ich nun auch wieder nicht.«

Fionas zuckende Mundwinkel waren die einzige Antwort, bevor sie sich umdrehte und die restlichen Stufen nach oben nahm. Ich folgte ihr und deutete am Ende der Treppe angekommen zu der weit geöffneten Tür zu unserer Rechten. »Das hier ist das Gästezimmer, das gehört bis Sonntag dir.«

Fiona trat einen Schritt nach vorn und spähte in das Zimmer hinein. Ihr Koffer stand bereits vor dem Bett, von dem aus man – wie ich wusste – eine tolle Aussicht hatte. Erst recht am Morgen, wenn die Sonne gerade aufging und die Felder draußen in warmes Licht tauchte. Früher hatte ich es verflucht, so weit außerhalb der Stadt zu wohnen, mittlerweile liebte ich die Ruhe und die Tatsache, dass die nächsten Nachbarn ein ganzes Stück entfernt wohnten.

»Es ist wirklich schön«, sagte Fiona, blieb jedoch an der Türschwelle stehen, als habe sie Angst, einzutreten. »Es ist bestimmt dreimal so groß wie mein Kinderzimmer zu Hause.

Und der Spiegel ist ein Traum.« Sie nickte in Richtung des großen weißen Schminkspiegels, der am anderen Ende des Zimmers stand. »So was wollte ich immer haben!«

»Aber?«

»Na ja, früher war es nicht drin, und jetzt hätte ich gern einen im Vintage-Stil, aber ich hab es schon länger nicht mehr auf die Flohmärkte geschafft. Es war immer zu viel zu tun.«

»Die nächsten drei Tage gehört er dir.«

Ich konnte förmlich mit ansehen, wie Fionas Miene sich aufhellte. »Meinst du, deinen Eltern wäre es recht, wenn ich hier drehe?« Ihr Blick wanderte zum Fenster. »Wenn es mit dem Licht klappt. Ich hatte sowieso überlegt, etwas mit Hochzeits-Make-up und Frisuren für festliche Anlässe zu machen – das wäre die perfekte Gelegenheit.«

»Klar, ich kann mir nicht vorstellen, dass sie ein Problem damit haben.«

Wer hätte gedacht, dass ich mich einmal so über ein Beauty-Video freuen würde, doch bei Fionas begeistertem Gesichtsausdruck breitete sich ein warmes Gefühl in meinem ganzen Körper aus. Es tat gut, sie so freudig, beinahe aufgeregt zu sehen. Das Feuer, das nach und nach in ihre Augen zurückkehrte, erwärmte auch mich von innen. Trotz der Begeisterung trat sie nicht ein, sondern drehte sich um und blickte zu mir auf.

»Deine Eltern sind total nett. Und es ist weniger unangenehm, als ich erwartet habe. Danke noch einmal.«

»Ich sagte doch, die sind entspannt. Und nichts zu danken, wirklich«, erwiderte ich mit einem Lächeln.

»Und?«, fragte Fiona.

»Und?«, wiederholte ich irritiert.

»Das kann noch nicht die gesamte Room Tour gewesen sein, wir haben dein Zimmer noch gar nicht besucht.«

»Oh«, erwiderte ich wenig eloquent. Mein Zimmer hatte sich seit meinem Auszug nicht verändert, und dass Fiona es sehen wollte, ließ mich – aus welchen Gründen auch immer – nervös werden. Vermutlich ginge es mir kaum anders, würde sie unsere WG besuchen wollen. Mit Sicherheit sah ihre Wohnung aus, wie man es von den ganzen Accounts auf Instagram kannte. Unsere WG versank meist im Chaos, weil wir alle zu viel zu tun und keine Zeit hatten, so richtig aufzuräumen, und mein Zimmer … nun.

»Komm schon. Es kann nicht schlimmer sein als mein Kinderzimmer. Da hast du kaum Tapete gesehen, weil ich jeden freien Zentimeter mit Postern von Lady Gaga und Taylor Swift verschönert habe. Teilweise sogar die Decke.«

»Hattest du diese lebensgroßen Poster aus den Zeitschriften?«

»Worauf du wetten kannst«, erwiderte Fiona mit einem Grinsen. Ich drehte mich um und ging einen Raum weiter zu meinem alten Zimmer, das genau neben dem Gästezimmer lag. Ich schluckte. Fiona würde heute Nacht nur durch eine Wand von mir getrennt schlafen. Ein seltsames Gefühl, wenn man bedachte, dass sie mich vor Kurzem sicher noch im Schlaf hätte erwürgen wollen.

»Herzlich willkommen in meinem Reich. Oder besser gesagt dem Reich des 15-jährigen Demian, denn der hat sich damals für die Wandfarbe entschieden.«

»Wir hatten alle die Gelbe-Wand-Phase«, meinte Fiona. »Hat der 15-Jährige sich auch für die Klebesterne entschieden?«

»Nope. Die hab ich, seit ich elf bin.«

»Ich glaube, ich hatte die, *bis* ich elf war.«

Ich stieß Fiona in die Seite und trat in das Zimmer. »Mach dich nur lustig. Ich hab die Sterne regelmäßig neu platziert, deshalb sind die meisten jetzt auch noch einmal mit Klebestreifen befestigt. Und deshalb sieht die Decke auch so aus, wie sie aussieht.«

Fiona trat neben mich und legte den Kopf in den Nacken. »Wäre es jetzt dunkel, hätte es beinahe was vom Planetarium.« Sie drehte den Kopf zu mir. »Wieso hast du sie umgeklebt?«

»Damit sie die korrekte Sternenkonstellation haben. Ich hab sie alle paar Wochen angepasst.« Ich sah wieder nach oben. »Gerade haben wir Mai oder Juni. Also laut meiner Decke.«

Fionas leises Lachen jagte mir einen Schauer über den Rücken, und ich musste mich zwingen, nicht zu ihr zu sehen. Ich wusste genau, was ihr Blick dann wieder mit mir anstellen würde.

»Und woran erkennst du das?«

»Die hier …« Ich deutete auf drei der Klebesterne. »… bilden das Frühlingsdreieck. Das sind Regulus, Spica und Arktur. Regulus hier bildet die Vorderpfote des Löwen.« Ich legte den Kopf schief und betrachtete die restlichen Sterne mit einem Stirnrunzeln. »Den ich nicht gerade gut getroffen habe.«

»Du bist ein richtiger Nerd, weißt du das?«

»Ne, ist mir noch nie aufgefallen«, gab ich trocken zurück und machte den Fehler, nun doch zu Fiona zu sehen. Das Lächeln, das auf ihrem Gesicht lag, strahlte bis hinauf zu ihren hellblauen Augen, und ich merkte, wie ich, ohne es zu wollen, die Luft anhielt. Eine einzige Bewegung, ein starkes Einatmen, ein Verlagern des Gewichts und unsere Oberkörper hätten sich berührt. Doch stattdessen stand ich da und sah sie einfach nur an. Der Moment erinnerte mich an den von letzter Woche, als wir gemeinsam auf dem Panel gesessen hatten. Damals hatte mich ihr Anblick schon fasziniert, jedoch in erster Linie, weil Fiona schön war. Nicht dass das nicht auch jetzt zutraf – doch nun kannte ich sie. Wusste um ihre neckende Art, ihre Stärke, die Aufrichtigkeit, ihren Glauben an das Gute in anderen.

Ich wusste um ihre Faszination für Neues und ihre Begeisterungsfähigkeit. Verdammt, ich kannte sogar den Film, den sie sich ansah, wenn es ihr schlecht ging. Und das alles, obwohl das nie mein Plan gewesen war. Obwohl wir nur gemeinsam ein Missverständnis aus der Welt hatten schaffen wollen. Und auch wenn ich sonst alles sorgfältig plante und unter Kontrolle haben wollte – es war mir nicht genug. Ich wusste all diese Dinge über Fiona und wollte doch immer noch mehr.

Etwas in Fionas Blick veränderte sich. Ihr Lächeln war verschwunden, der Mund leicht geöffnet, und sie sah mich mit ernstem, beinahe fragendem Blick an. Ihr Atem streifte sanft meinen Hals, so nah standen wir beieinander. Der vernünftige Teil in mir wusste, dass ich zurückweichen sollte, doch der unvernünftige, der in Fionas Gegenwart so häufig das Ruder übernahm, wollte das genaue Gegenteil. Einer von uns musste sich bewegt haben, denn unsere Arme berührten sich leicht. Ich hielt Fionas Blick stand, und anstatt die Berührung zu unterbrechen, streckte ich meine Finger ein winziges Stück aus, sodass sie ihre streiften. Gänsehaut lief meinen Arm hinauf, gefolgt von einem sanften Kribbeln, das von den Fingerspitzen bis in meine Brust reichte. Fiona zog zischend die Luft ein, und ihr Blick schoss kurz zu unseren Fingern, bevor sie ihn wieder hob.

Es waren nur wenige Zentimeter, die uns trennten. Ich senkte meinen Blick zu Fionas Lippen. Nur wenige Zentimeter, und ich könnte …

»Demian! Fiona! Soll ich euch was zu trinken bringen? Limonade? Oder Kaffee zum Arbeiten?«

Ich zuckte zusammen, als die Stimme meiner Mum zu uns nach oben schallte, und auch Fiona erschrak und machte sofort einen Schritt zurück. Kurz darauf öffnete meine Mum die Tür und streckte den Kopf herein.

»Es ist auch noch Obst vom Frühstück übrig.«

Ich brachte noch etwas Abstand zwischen Fiona und mich und schüttelte mit einem Räuspern den Kopf. »Danke. Wenn wir was brauchen, hol ich es einfach.«

Obwohl ich so gut wie nie rot wurde, merkte ich, wie mein Gesicht glühte. Plötzlich fühlte ich mich wieder wie genau der 15-jährige Junge, über den ich eben noch gescherzt hatte – als hätte mich meine Mum bei etwas Verbotenem erwischt. Mein Blick fiel auf meinen ungeöffneten Koffer, in dem der ebenso ungeöffnete Laptop steckte. So viel zum Arbeiten.

Glücklicherweise kommentierte meine Mutter es nicht weiter, sondern nickte bloß. »Alles klar. Sonst gib Bescheid. Dann viel Erfolg euch beiden bei der Arbeit.« Sie lächelte uns noch einmal zu, schloss die Tür hinter sich, und kurz darauf war das Knarzen der Stufen zu hören.

Wieso hatte ich das eben nicht gehört? Ich blickte zu Fiona, die sich sichtlich verlegen durch die Haare fuhr. Deswegen.

»Also …«, begann sie und nestelte an den Fingern herum. »Die Arbeit.«

»Ja, genau.« Ich ging zu meinem Koffer und zog den Reißverschluss auf, inständig hoffend, dass ich meinen Laptop nach oben gepackt und nicht noch Unterwäsche obendrauf geworfen hatte. Mein stummer Wunsch wurde erhört. Ich nahm den Laptop aus der Hülle und ließ meinen Blick suchend durch den Raum gleiten. Schreibtisch, Bett …

»Wo magst du sitzen? Ich kann von unten noch einen Stuhl holen.«

»Nicht nötig«, sagte Fiona und ließ sich auf dem weichen weißen Teppich nieder.

Ich zuckte mit den Schultern und platzierte den Laptop in der Mitte des Teppichs. Dann ließ ich mich neben Fiona auf den Boden sinken, klappte das Notebook auf und klickte auf den Ordner, den ich in den letzten Tagen extra angelegt hatte.

»Kein Passwort?«

»Fang du nicht auch noch an, Austin hängt mir damit auch schon ewig in den Ohren.«

»Zu Recht«, murmelte sie, konzentrierte sich dann aber auf den Bildschirm, als ich Screenshots und PDFs der Mails öffnete.

»Das kam die Tage rein – nicht sonderlich aussagekräftig, aber sie bestätigen alle, nicht mit dir in Kontakt getreten zu sein und alles über Zane und Dylan geregelt zu haben. Bis auf Ted Baker …« Ich öffnete das betreffende Dokument, und Fiona nickte, bevor ich weitersprechen konnte.

»Ja, die kamen durch Natalie und mich zum Event. Aber da hat Natalie meines Wissens die Kommunikation übernommen, als ich in New York war. Zumindest hab ich mit ihnen dann nicht mehr weitergeschrieben.«

»Es ist immerhin etwas, das deine Aussage stützt«, meinte ich. »Notfalls kann man damit bestimmt etwas machen.«

»So arbeitest du nicht«, gab Fiona zurück. »Und das solltest du auch meinetwegen nicht.«

Überrascht sah ich sie an. »Warte, warst du nicht diejenige, die mir in den Ohren lag, dass ich das wieder geradebiegen soll?«

»Sollst du auch. Wenn du dahinterstehst. Nicht wenn du dafür dich und die Beweise zurechtbiegen musst.«

Ich lehnte mich zurück und stützte mein Gewicht mit den Händen auf dem Boden ab. »Hm.«

»Was? Warum guckst du so?« Fiona erwiderte meinen Blick irritiert.

»Ich bin nur überrascht«, meinte ich und hob die Schultern. »Auf der Convention sahst du noch aus, als würdest du mir am liebsten an die Gurgel springen, und jetzt bist du beinahe … vernünftig und nett.«

»Auf der Convention hattest du es auch noch verdient.«

»Und jetzt nicht mehr?« Ich hob die Brauen und unterdrückte ein Schmunzeln, als Fiona die Augen zusammenkniff und mich musterte.

»Wenn du so weitermachst, schon.«

Die trockene Art, mit der sie die Worte hervorbrachte, entlockte mir ein Lachen. Ich wollte gerade zu einer Antwort ansetzen, als das Klingeln meines Handys neben mir uns aus der Unterhaltung riss. Ich griff danach und hätte beim Anblick des Anrufernamens am liebsten laut aufgestöhnt. Liam.

»Mist, ich glaub, da muss ich ran«, sagte ich, und Fiona nickte.

»Klar, kein Thema. Ich mach so lang hier weiter.«

Ich beugte mich zu ihr, um mein Postfach zu öffnen, und versuchte nicht darauf zu achten, wie nah sie mir schon wieder war. Drei neue Mails.

»Die müssten auch mit der Sache zu tun haben, guck ruhig schon mal durch, ob was dabei ist.«

»Du gibst mir die Erlaubnis, dein Postfach zu durchwühlen?«, fragte Fiona mit einem Grinsen.

»Ich hab nichts von Durchwühlen gesagt.«

»War nur ein Scherz. Aber als ob du etwas zu verbergen hast. Wahrscheinlich fände ich nur langweiligen Steuerkram und irgendwelche Sci-Fi-Newsletter. Ich meine, du hast immerhin kein Passwort.«

»Viel Spaß«, sagte ich mit einem Grinsen, ohne auf ihre Angriffe einzugehen, und verließ mit dem immer noch klingelnden Handy mein Zimmer.

»Hallo?«, nahm ich das Gespräch an.

»Hey, Demian, Mann, was geht? Alles fit?«

Liams betont lockerer Ton schallte mir entgegen. Wie ich es hasste, wenn er auf diese Art mit Small Talk startete. Es war jedes Mal ein sicheres Indiz, dass er etwas von mir wollte.

»Nicht viel, was gibt's?« Besser, er kam gleich zum Punkt und wir brachten es hinter uns. Denn leider glaubte ich kaum, dass er wegen des Podcasts oder *Edge of The Universe* anrief. Dann hätte Susan sich mit Sicherheit bei mir gemeldet, nicht er.

»Ich weiß, du bist dieses Wochenende nicht da, ich will auch gar nicht lang stören, aber Susan meinte, du hast dich Anfang der Woche mit Mrs Harris getroffen.«

Shit. Ich presste die Lippen fest aufeinander, damit mir das Wort nicht entwich. Es war nicht so, dass ich Mrs Harris vergessen hatte, das schlechte Gewissen war stets präsent. Doch zumindest die letzten Stunden hatte ich das Thema verdrängt und das Stück Normalität genossen, das ich so mit Fiona noch nie gehabt hatte.

Ich warf einen Blick über die Schulter und sah Fiona durch den offenen Türspalt über den Laptop gebeugt auf dem Boden sitzen. Natürlich war genau das der Grund, weshalb wir hier waren, aber wären ein paar Tage ohne das Drama wirklich zu viel verlangt gewesen? Die Tür nun zu schließen, wäre zu auffällig gewesen, also nahm ich die Stufen nach unten. Das war kein Gespräch, das Fiona mithören konnte, doch die Heimlichtuerei verstärkte mein schlechtes Gewissen weiter. Ich würde es ihr sagen müssen ...

»Demian?«

»Ja, Sekunde. Sorry.« Am Fuß der Treppe bog ich nach links ab und verschanzte mich wenige Sekunden später im Büro meines Vaters.

»Sorry, hab noch einen ruhigen Ort gesucht, ich bin gerade bei meinen Eltern.«

»Ich halt es kurz, versprochen. Aber erzähl: War es ergiebig? Hast du schon was oder weißt, wann es online kann?«

Ob ich was hatte? Ja, die Aufnahme eines ekelerregenden Gesprächs, in dem eine Mutter ihre eigene Tochter verkaufte und nichts darauf gab, ihren Ruf zu zerstören. Die Tochter, die gerade nichtsahnend ein Stockwerk über mir saß und versuchte, ebendiesen Ruf zu retten.

»Ja. Wir haben eine Stunde gesprochen, ich muss das Ganze noch bearbeiten und gucken, was sich am besten verwenden lässt«, log ich. Denn ich hatte nicht vor, auch nur einen Satz dieses Interviews zu verwenden. »Sie hatte aber keine wirklichen Beweise, eher Geschichten aus der Kindheit, ein paar Dinge, die ihrer Meinung nach belegen, dass Fiona kein guter Mensch ist, private Chats und so was. Also nichts Aussagekräftiges.«

»Nichts Aussagekräftiges? Chats sind doch super! Hat sie dir Screenshots geschickt? Und brauchst du Bild- und Videomaterial, das du unter die Tonaufzeichnungen legen kannst? Ich dachte, ich schick jemanden zu Fionas altem Haus und lass was filmen. Klar, sie wohnen dort nicht mehr, aber das ist ja nicht so schlimm. Alternativ können wir auch einfach ein paar Aufnahmen in West Croydon machen, was meinst du?«

Was ich meine? Dass das beinahe so widerwärtig ist wie Mrs Harris' Verhalten.

»Ungern«, sagte ich stattdessen nur. »Du weißt genau, dass ich so was nicht mag. Ich überleg mir was anderes.«

»Hm«, machte Liam, und diese eine Silbe genügte, um seinen Missmut über meine Antwort zum Ausdruck zu bringen. »Ich weiß, das ist dir wieder zu sehr Klatsch, aber ich hab ja letztes Mal schon gesagt, dass die anderen Reporter das Ganze mit Sicherheit mehr ausschlachten werden. Wenn du ihnen ein wenig der Schlagkraft nehmen willst, ist es gar nicht so schlecht, wenn du alles in das Video steckst, was wir haben. Mrs Harris wird sich, sobald die Exklusivklausel abgelaufen ist, mit Sicherheit an die Zeitungen und Sender wenden.«

»Ich klinge wie meine eigene Mutter, aber was die anderen machen, ist mir egal. Natürlich wird sie das. Aber dann sollen die das eben ausschlachten. Ich werde da nicht mitmachen«, sagte ich bestimmt. Ein Seufzen drang durchs Handy an mein Ohr.

»Na gut. Dachte ich mir schon, schade … aber Hauptsache, du hast es nächste Woche fertig. Kriegst du das hin?«

Das war nicht viel Zeit, vor allem in Anbetracht der Tatsache, dass wir kaum Material hatten, das Fiona entlastete – um nicht zu sagen gar keines. Aber dann würden wir einfach an einer guten Argumentation arbeiten müssen. Denn auch wenn Fiona eben betont hatte, dass ich nicht gegen meine Prinzipien gehen sollte, würde ich eher das tun, als sie weiter in der Schusslinie stehen zu lassen.

»Ja«, antwortete ich also. »Das schaffe ich. Spätestens Ende nächster Woche geht ein neues Video online, versprochen.«

Das würde es. Auch wenn es nicht das Video war, das Liam sich erhoffte.

»Super! Auf dich ist eben Verlass.«

Seltsamerweise hatte ich nicht einmal ein schlechtes Gewissen, als ich mich von Liam verabschiedete und auflegte. Normalerweise log ich nie, dennoch war da nichts – kein mieses Gefühl, keine Reue. Beinahe spürte ich sogar Genugtuung, dass ich mich nicht weiter nach seinen Ratschlägen richtete.

Das Handy in der Hand, stand ich noch einige Augenblicke im Büro meines Vaters und ließ den Blick durch den Raum wandern. Zertifikate seiner Abschlüsse zierten die Wände, und ich nahm lächelnd das aus Styroporkugeln gebastelte Modell des Sonnensystems im Bücherregal in Augenschein. Ich trat ein Stück näher heran. Am Fuß des Modells prangte ein leicht angestaubtes Abzeichen. Wir hatten es gemeinsam gebastelt, und ich hatte den ersten Platz dafür an der Schule gewonnen. Damals hatte es sich noch auf Knopfdruck bewegt, doch als ich diesen nun betätigte, tat sich nichts. Vermutlich waren die Batterien längst leer, oder aber mein Vater hatte sie sicherheitshalber entfernt. Dass er das Modell nach all den Jahren noch hier stehen hatte, rührte mich. Mit dem Finger stupste ich einen der Miniatur-Planeten an und sah zu, wie das Modell sich langsam schwingend bewegte. Ob ich deshalb so gar nichts fühlte? Weil es eigentlich das hier war, was ich wollte? Oder hatte es doch mit dem Mädchen zu tun, das nur wenige Meter entfernt in meinem Zimmer saß? Vielleicht war es auch beides. Auf jeden Fall hatte ich zum ersten Mal seit Langem wieder ein Gefühl von Klarheit, als wüsste ich endlich, was ich wollte. Ich sah zu, wie die kleinen Planeten langsam zum Stehen kamen.

Was ich wollte, war das hier: wieder an etwas arbeiten, das mir Freude bereitete und mich die Zeit vergessen ließ, so wie es bei den Videos für *Edge of The Universe* der Fall gewesen war. Und wer weiß … Ich betrachtete die vielen Zertifikate meines Vaters. Vielleicht wäre auch so etwas für mich möglich. Lange hatte ich mich gewehrt, etwas anderes als die Royal Academy of Physical Sciences zu akzeptieren. Doch vielleicht war es an der Zeit, diesen falschen Stolz loszuwerden.

Mein Blick wanderte nach oben. Und wenn ich ganz, ganz ehrlich zu mir war, dann war das nicht das Einzige, von dem ich mir langsam sicher war, es zu wollen …

33. KAPITEL

Fiona

Mein Herz schlug mir bis zum Hals, und ich las die Mail gerade zum dritten Mal, als Demian endlich das Zimmer betrat. Ich blickte auf und registrierte den Ausdruck in seinem Blick. Für einen Augenblick brachte er mich zum Stutzen. Demian sah mich mit einer Mischung aus Nachdenklichkeit und … Leidenschaft an.

Sein Blick ließ mein ohnehin heftig pochendes Herz noch schneller schlagen. Sicher irrte ich mich. Doch Demian wandte den Blick nicht von mir ab und schien ebenso zur Salzsäure erstarrt wie ich.

Was, wenn ich mich nicht irrte? War das so unmöglich? Ich dachte an den Moment vorhin zurück, bevor uns seine Mutter unterbrochen hatte. Denn diesen hatte ich mir ganz sicher nicht eingebildet. Genauso wenig wie seinen schneller werdenden Atem, die sanfte Berührung und …

Mit einem Kopfschütteln schob ich die Gedanken zur Seite. Das konnte, nein, das *musste* warten. Ich durfte unser Ziel nicht aus den Augen verlieren.

»Gut, dass du wieder da bist«, sagte ich also und klopfte mit der flachen Hand neben mich, was auch Demian aus seiner Starre löste, denn er setzte sich endlich in Bewegung und kam auf mich zu. »Ich glaub, ich hab was, was uns weiterbringt.«

Er weitete die Augen. Nun lag nichts mehr außer Neugierde

in seinem Blick. Sicherlich hatte ich mir das eingebildet. Kein Wunder, ich hatte kaum geschlafen.

»Wirklich? War bei den Mails was dabei?«

Er ließ sich wieder neben mich in den Schneidersitz sinken, und ich drehte den Laptop so, dass er die Mail lesen konnte. Die betreffende Stelle hatte ich mit dem Cursor markiert. Mein Blick war auf Demians Gesicht gerichtet, während er die E-Mail überflog.

»Huh.«

»Da«, sagte ich und scrollte nach unten. »Er hat die Mail von Dylan sogar weitergeleitet. Darf er das überhaupt? Egal, vermutlich ist er ziemlich sauer, und du musst es ja nicht verwenden, wenn das nicht legal ist. Glaubst du, damit können wir was machen?«

»Sehr geehrter Mr O'Neill … weitere Informationen zur Hilfe in dem Fall …«, begann Demian zu lesen, und ich musste mich zusammenreißen, nicht ungeduldig auf die markierte Stelle zu tippen, damit er es endlich sah. Dann war auch er an dem Abschnitt angelangt.

»Mr Bennett bat uns eindringlich darum, jegliche weitergehende Kommunikation ausschließlich an ihn zu richten. Das erschien mir nicht außergewöhnlich, bei dem Arbeitsaufwand war es nur logisch, dass sie sich die Aufgaben einteilen. Als meine Kollegin aus dem Urlaub kam, kontaktierte sie jedoch Ms Graham, da sie über Mr Bennetts Mail nicht informiert wurde.«

Ich rückte ein Stück näher an Demian, sodass ich die nächsten Worte mitlesen konnte, obwohl ich sie mittlerweile sicher auswendig hätte aufsagen können, so oft war ich sie während Demians Telefonat eben durchgegangen. Demian hielt kurz im Lesen inne, als hätte ihn meine Nähe aus der Konzentration gerissen. Er räusperte sich und las dann weiter.

»Nur wenige Stunden später rief Mr Bennett an und erkundigte sich, weshalb meine Kollegin entgegen seinen Worten mit Natalie Graham in Kontakt getreten war. Er wurde während des Telefonats sehr laut und schärfte mir erneut ein, sich an ihn zu wenden, vor allem aber nicht an Ms Harris.«

Demian wandte den Blick zu mir und hob die Augenbrauen. Ich nickte und wollte etwas erwidern, der Blick seiner dunkelgrünen Augen ließ mich die Worte, die auf meiner Zunge lagen, jedoch vergessen.

»Dies musste ich Mr Bennett mehrmals zusichern, bis er sich beruhigte«, las Demian weiter. »Ich habe mich zu dem Zeitpunkt zwar über Mr Bennetts Ton und seinen Anruf gewundert, die Sache allerdings nicht weiter hinterfragt. Nach Ihrer E-Mail habe ich mir Ms Harris' Video angeschaut und muss, in Anbetracht der Unterhaltungen mit Mr Bennett, sagen, dass ich ihr Glauben schenke. Sein Verhalten lässt durchaus darauf schließen, dass er das Konto und die Daten rund um den Spendenpool vor ihr geheim halten wollte.« Demian sah erneut zu mir. »Puh.«

»Kannst du laut sagen. Aber das ist doch was, oder?«

»Das ist definitiv was«, bestätigte er.

»Nutzen Sie diese Information gern. Menschen wie er schaden unserem Ruf und dem Vertrauen in uns mehr, als Sie sich vorstellen können. Freundliche Grüße und so weiter und so fort … Fiona, das ist richtig gut!«

»Er hat den Spendenpool für uns eingerichtet, richtig?«

Demian nickte. »Du hast also noch gar nicht von ihm gehört?«

Ich fuhr mir übers Gesicht und schüttelte den Kopf. »Nein. Noch nie.« Weil ich mich nicht einmal bemüht hatte, mich mehr einzubringen. Ein Fehler, den ich garantiert kein zweites Mal machen würde. Dennoch hatte ich ihn begangen.

»Hey.« Demian nahm meine Hand, in der ich nach wie vor mein Gesicht vergraben hatte, und zog sie sanft nach unten, sodass er mich ansehen konnte. »Mach dich nicht so fertig.«

»Du hast leicht reden.«

»Ja, aber das muss aufhören. Du tust alles, was du kannst. Und das hier ist super! Er schreibt Schwarz auf Weiß, dass er dir glaubt, er Dylans Verhalten merkwürdig fand und dass wir seine Worte verwenden dürfen.«

Und das, da hatte Demian recht, war die beste Neuigkeit seit Langem.

»Also glaubst du, damit können wir was machen?«

»Auf jeden Fall.« Er lächelte mich aufmunternd an, und das Herzklopfen, das ich eben beim ersten Lesen der E-Mail gespürt hatte, kam schlagartig zurück. Endlich. Wir konnten endlich etwas tun.

Die nächsten zwei Stunden verbrachten wir damit, Aussagen unterschiedlicher E-Mails in eine sinnvolle Reihenfolge zu bringen und ein Konzept für das Video zu erarbeiten. Demian hakte außerdem bei weiteren Firmen, die sich am Event beteiligt hatten, nach, ob Dylan ihnen ähnliche Vorschriften gemacht hatte. Weitere Kommentare in die Richtung würden uns natürlich helfen. So oder so: Meine Laune wurde mit jeder verstreichenden Minute besser, und meine Begeisterung schien sich auf Demian zu übertragen, denn irgendwann machte er wortlos Musik an und wippte beim Arbeiten mit Kopf und Füßen im Takt mit.

Als Demian den Laptop zuklappte, schallte gerade *5 Seconds of Summer* aus seinen Boxen. Er drehte sich mit dem Schreibtischstuhl, in den er gewechselt war, zu mir um und nickte zufrieden.

»Das wird gut.«

»Ich hoffe es.«

»Auf jeden Fall. Ich würd ja gern sagen, dass ich mich nur darauf freue, dir zu helfen, aber irgendwie hab ich auch richtig Lust, Dylan eins auszuwischen.«

Ich hob die Augenbrauen und musterte ihn mit einem Schmunzeln. »Kein Fan von Drama, ja?«

»Ich bin kein Fan von Drama, aber umso mehr von Karma.«

»Ich weiß nicht, ob es Karma ist, wenn man selbst die Zügel in die Hand nimmt.«

»Wer soll es denn sonst für dich tun?«

Ich zog meine Beine in einen Schneidersitz und grinste zu ihm auf. »Du kannst ganz schön bösartig sein, weißt du das?«

»Pf, also bitte. Das nennt sich ausgleichende Gerechtigkeit.« Demian streckte sich einmal ausgiebig auf dem Stuhl und stand dann auf.

»Ich finde, wir haben uns eine Pause verdient. Kaffee?«

»Oh Gott, ja!« Ich legte Block und Stift zur Seite und stand ebenfalls auf. »Ich komm mit runter, mein Fuß ist eben schon zweimal eingeschlafen. Oh, und ich wollte Kaycee noch Bescheid geben, dass wir was haben!«

Während unserer Arbeit hatte mein Handy bereits mehrmals aufgeleuchtet und Nachrichten von Kaycee angezeigt. Ich hatte sie nicht geöffnet, da ich mir bereits denken konnte, wie diese aussahen. Ich schnappte mir mein Handy von Demians Nachttisch, wo ich es abgelegt hatte, um mich nicht aus der Konzentration reißen zu lassen.

Wie vermutet waren alle eingegangenen Nachrichten von Kaycee.

Kaycee, 11.22 am:
Euer Zug ist sicher längst da! Du hast gesagt, du meldest dich! Und? 😳

Kaycee, 12.05 pm:
Gib mir bitte wenigstens ein Update. Wie ist das Haus? Er wohnt bestimmt in einer Schnöselbude, oder? Ich hab mir sein Instagram noch mal angeschaut.

Kaycee, 12.40 pm:
Erde an Fiona!

Kaycee, 1.17 pm:
Okay, es gibt zwei Möglichkeiten: Entweder er hat dich entführt, dein Handy entsorgt und du kannst deshalb nicht antworten. Oder aber … Ich hatte all die Zeit recht, ihr steht doch aufeinander und macht gerade rum. 😏

Kaycee, 1.18 pm:
Ich hatte die Chance, einen Wortwitz mit entführt und verführt zu machen und hab es vermasselt. 🙄

Ein Lachen entwich mir, und Demian sah mich fragend an.
»Nichts«, sagte ich schnell, merkte jedoch, wie meine Wangen unter seinem Blick glühten und meine Worte Lügen straften. Auch Demian schien mein Gesichtsausdruck nicht zu entgehen, denn er musterte mich mit zusammengekniffenen Augen, bevor er die Schultern hob und ebenfalls sein Handy checkte. Schnell tippte ich eine Antwort an meine beste Freundin.

Fiona, 2.34 pm:
Oder aber wir waren einfach am Arbeiten, wie wir es geplant hatten. Erinnerst du dich? Dafür bin ich mitgefahren. Und das Beste: Wir haben endlich was, was uns weiterbringt! 😍
Ich ruf dich heut Abend an und erzähl dir alles. xx

Ich drückte auf Senden und packte das Handy in die Tasche meiner Shorts. Kaycees Worte jedoch blieben haften – auch wenn sie nur scherzhaft gemeint waren. Was, wenn sie recht hatte? Möglichst unauffällig betrachtete ich Demian im Profil. Ich fand ihn attraktiv, das konnte ich nicht leugnen. Demian *war* attraktiv. Und entgegen meinem ersten Eindruck war er darüber hinaus auch noch nett, hatte Humor und sorgte sich um andere. Mein Blick wanderte von Demians Gesicht an die Decke zu den Klebesternen. Er war leidenschaftlich bei den Dingen, die ihn interessierten, und gab selbst bei denen, die es nicht taten, alles. Denn ich glaubte nicht daran, dass ihn Dylan groß interessierte. Er tat das hier für mich: Er verfolgte das Thema weiter, das er nicht mehr sehen und hören konnte, sogar einen Tag vor der Hochzeit seiner Schwester. Und das mir zuliebe.

»Danke.«

Demian ließ sein Smartphone sinken und sah mich perplex an. »Danke? Wofür? Den Kaffee?«

»Dass du dir all die Mühe machst.«

Demian legte sein Handy zurück auf den Schreibtisch und schüttelte den Kopf. »Dafür musst du mir nicht danken. Ich biege nur gerade, was ich verbockt habe.«

»Das ist mehr, als die meisten Menschen tun würden. Die meisten Leute, die ich bisher kennengelernt habe, achten in erster Linie auf sich selbst.« Ich zuckte mit den Schultern. »Also danke, dass du nicht so bist.«

Einen Moment lang meinte ich Mitleid in Demians Augen lesen zu können. Dabei war das das Letzte, was ich darin sehen wollte. Ich wollte kein Mitleid. Mitleid brachte einen nicht voran. Ich wandte den Blick ab und ging voraus zur Zimmertür.

»Kommst du? Mir wurde Kaffee versprochen.«

»Na klar«, erklang Demians tiefe Stimme hinter mir, und als ich mich umdrehte, sahen seine grünen Augen wieder normal aus. Zum Glück. Genau deshalb ließ ich so ungern tief blicken, sprach in meinen Videos so selten über meine Kindheit: Ich wollte als die Person gesehen werden, die ich war. Doch wann immer ich jemandem Einlass gewährte, schienen die Umstände, die mich geformt hatten, mein eigentliches Ich unter sich zu begraben, bis mein Gegenüber nur den Scherbenhaufen sah, den ich doch so dringend hinter mir zu lassen versuchte.

»Kommt ihr voran?«, begrüßte Grace uns. Sie saß auf einem der Barhocker in der Küche und schnitt kleine Ornamente aus Tonpapier aus, die sie allem Anschein nach auf die Platzkärtchen klebte.

»Tatsächlich ja«, erwiderte Demian und klang ebenso begeistert, wie ich mich vermutlich angehört hatte, als ich ihm vorhin von der E-Mail erzählt hatte. Erneut durchflutete mich ein Gefühl von Wärme, weil es ihm nicht egal war. Weil er keine Gegenleistung erwartete. Und weil er langsam, ganz langsam dafür sorgte, dass die Mauer, die ich um mich herum errichtet hatte, doch zu bröckeln begann.

»Wir haben endlich was«, bestätigte ich und konnte nichts gegen das Grinsen tun, das meine Mundwinkel wie von selbst nach oben zog.

»Das klingt doch großartig.« Demians Mum sah lächelnd von mir zu ihrem Sohn. »Aber meint ihr nicht, ihr habt euch eine kleine Pause verdient?«

»Jap, wir wollten gerade Kaffee machen.« Demian nahm zwei Tassen aus dem Wandschrank über dem Herd und ging zur Maschine.

»Das meinte ich nicht. Ich meinte eine richtige Pause. Warst du hier überhaupt schon einmal, Fiona?«

Ich schüttelte den Kopf. »Nein, noch nie. Ich komm leider generell nicht so oft aus London raus, wie ich gern würde. Meist ist dann doch zu viel zu tun.«

»Dann nutzt die Gelegenheit heute doch«, entgegnete Grace mit einem Lächeln und wandte sich an Demian. »Dein Vater werkelt eh im Garten herum, und deine Schwester kommt erst heute Abend, um ein paar Dinge abzuholen. Schnappt euch das Auto, dann kannst du Fiona ein bisschen was von Norwich zeigen. Kaffee könnt ihr auch dort holen. Oder ihr fahrt ans Meer. Heute soll es nicht mehr regnen.«

Demian warf einen Blick auf seine Uhr und nickte dann. »Das wäre definitiv drin. Worauf hast du Lust?«

Überrascht sah ich ihn an. »Wirklich?« Ich hatte mich – abgesehen von der Hochzeit natürlich – auf ein Wochenende voll Arbeit eingestellt, definitiv nicht auf einen kleinen Roadtrip. Ich hätte nicht einmal sagen können, wann ich das letzte Mal am Meer gewesen war. Vermutlich, als David und meine Mum noch ein Paar gewesen waren. Da ich fast all meine positiven Erinnerungen aus der Kindheit mit David verband, wäre es zumindest nicht überraschend gewesen.

»Sollen wir denn gar nicht mehr bei den Vorbereitungen helfen? Es ist doch bestimmt noch was zu tun.«

Demians Mutter winkte ab. »Das ist lieb, aber erstens bist du hier Gast und zweitens ist meine Tochter noch perfektionistischer als mein Sohn. Es grenzt schon an ein Wunder, dass sie mich die Sitzkarten hat basteln lassen. Sie hat alles längst vorbereitet.«

Ich sah zu Demian und hob die Schultern. »Du bist der Einheimische. Such dir was aus. Deine letzte Überraschung ist dir ja auch gelungen.«

Erst an dem Blick, den Mrs O'Neill mir zuwarf, bemerkte ich, was ich da gerade gesagt hatte. Bestimmt vermutete sie jetzt mehr zwischen uns, als wirklich vorhanden war. »Demian hat mir das Barbican Conservatory gezeigt«, fügte ich hinzu. »Weil mir das Grün in London manchmal fehlt. Also abgesehen von den Parks natürlich.«

Sehr gut, Fiona. Das klang natürlich viel weniger nach einem Date.

»Na, ihr findet sicher etwas«, erwiderte Mrs O'Neill mit einem Lächeln. »Der Schlüssel hängt im Flur. Nimm am besten meinen Wagen, ich weiß nicht, was dein Vater heute noch vorhat.«

Zwei Autos? Wir hatten nicht einmal eines besessen. Ich lächelte Grace an, merkte jedoch, wie sich eine Schwere auf meine Brust legte, wie schon früher, wenn ich bei Mädchen aus dem Tanzen zu Besuch gewesen war. Es war nicht so, dass ich neidisch war – nicht mehr zumindest. Früher hatte der Neid mich beinahe zerfressen. Ich war neidisch auf die Kleidung meiner Mitschülerinnen gewesen, auf die neuen Smartphones, die intakten Familien – auf alles, was sich so deutlich von meinem Zuhause unterschied. Mittlerweile wusste ich natürlich, dass eine schöne Fassade kein intaktes Inneres bedeutete. Dennoch führten mir solche Momente nur zu deutlich vor Augen, was ich nie gehabt hatte und wie sehr sich meine Kindheit von der meines Umfelds unterschied.

»Danke, Mum.« Demian machte einen Schritt auf sie zu und küsste sie auf die Wange. Mein Lächeln vergrößerte sich, der Druck auf meiner Brust jedoch auch. Würden diese Vergleiche irgendwann aufhören? Würde sich das Loch, das ich bei einem solchen Anblick fühlte, jemals schließen? Schluckend wandte ich den Blick ab und zog mein Handy aus der Hosentasche hervor. Der Chat mit meiner Mum zeigte keine neuen Nachrichten an. Dabei hatte ich mittlerweile sechs geschickt, die alle unbeantwortet geblieben waren. Nachdem ich ihr erklärt hatte, dass ich den Urlaub nicht zahlen konnte, hatte sie mir nicht mehr geschrieben. Kaycee hatte mit einer solchen Reaktion gerechnet und mir mehrmals gesagt, dass ich stark bleiben sollte, doch sie fehlte mir. Ich hasste, dass ich es tat, doch ich vermisste meine Mum. Dabei zeigte unser einseitiger Nachrichtenverlauf nur zu gut, dass dieses Gefühl nicht auf Gegenseitigkeit beruhte.

Vielleicht würde sich mit dem Video, an dem wir gerade arbeiteten, wirklich alles klären, ich erhielt meine Kooperationspartner zurück und könnte meiner Mum den Urlaub doch noch finanzieren ... Ob sie sich dann melden würde? Diesmal brauchte es gar nicht Kaycees Stimme in meinem Kopf, um zu wissen, dass das die falsche Herangehensweise war. Ich sollte mir die Aufmerksamkeit meiner Mum nicht erkaufen müssen.

»Fiona?«

Ich zuckte zusammen und bemerkte erst jetzt, dass Demian mich fragend anblickte. Auch seine Mum schaute, eine Papierblume in der Hand, zu mir. Allem Anschein nach hatte Demian mich nicht zum ersten Mal angesprochen, denn er stand bereits an der Tür zum Flur.

»Kommst du?«

»Klar, Entschuldigung. Kann ich noch mal schnell hoch? Falls wir wirklich an den Strand fahren, nehm ich besser eine Jacke mit.«

»Gute Idee, dort ist es immer viel windiger als hier«, stimmte Grace mir zu. »Und vergesst die Sonnencreme nicht!«

»Jawohl, Chefin«, gab Demian mit einem Zwinkern zurück. Ich schob mich an ihm vorbei in Richtung Treppe, das Smartphone nach wie vor in der Hand. Ich sollte nicht schreiben, ich war mir so sicher, nicht schreiben zu wollen ... doch Demian mit seiner Familie zu sehen führte mir das Fehlen meiner eigenen nur noch deutlicher vor Augen. Also schob ich mich mit einem Lächeln an Demian vorbei nach oben und öffnete den Chat mit meiner Mum erneut.

Fiona, 2.53 pm:
Ich vermisse dich. Hoffe, dir geht's gut 🖤

Ich drückte auf Senden, fühlte mich jedoch kein Stück besser. Vielmehr fühlte ich mich noch erbärmlicher als bei meiner letzten Nachricht, weil ich genau wusste, dass auch diese zu nichts führen würde. Seufzend sperrte ich den Bildschirm und ließ das Smartphone wieder in meine Tasche sinken. Plötzlich klang der Ausflug nach Norwich noch verlockender als zuvor, denn ich konnte die Ablenkung nur zu gut gebrauchen.

»Mylady.« Mit ausladender Geste öffnete Demian mir die Beifahrertür des dunkelblauen Audis und schaute dabei so ernst, dass ich nicht anders konnte, als zu lachen.

»Ich dachte, wir fahren in die Stadt, nicht ins letzte Jahrhundert.«

»Erinnerst du dich an vorhin in meinem Zimmer, als ich sagte, dass du dich nicht bedanken müsstest? Das hier wäre einer dieser Momente, in denen ein Danke angebracht wäre.«

Grinsend setzte ich mich, verstaute meine Tasche im Fußraum des Wagens und sah zu Demian auf. »Ich danke dir von ganzem Herzen, Demian. Ohne dich wäre ich verloren.«

Mit einem Augenrollen schlug er die Tür zu, umrundete den Wagen und setzte sich kurz danach ans Lenkrad. »Du wirst dich blendend mit meiner Schwester verstehen.«

»Meinst du?«

»Ja. Gemeinsame Feinde verbinden, oder etwa nicht? Mir graut jetzt schon vor morgen.«

Das Zucken seiner Mundwinkel nahm den Worten die Schärfe. Demian wartete, bis ich mich angeschnallt hatte, startete dann den Motor und legte den Rückwärtsgang ein.

»Feinde?«, hakte ich nach. »Ich dachte, darüber wären wir mittlerweile hinaus.«

»Meinst du?« Während er den ersten Gang einlegte, warf er mir einen Blick zu. Seine hochgezogenen Brauen und das Schmunzeln, das Grübchen in seine Wangen und kleine Lachfalten um seine Augen zeichnete, sorgten wieder für dieses Kribbeln in meinem Bauch. Nur dass ich mich dieses Mal nicht darüber beschwerte, denn es vertrieb das unangenehme Gefühl, das ich eben in der Küche gehabt hatte.

»Ich finde sogar, wir sind in letzter Zeit beinahe nett zueinander«, erwiderte ich.

»Eklig«, gab Demian trocken zurück.

»Total«, stimmte ich ihm zu. »Wir sollten daran arbeiten, noch ist es sicher nicht zu spät.«

»Du kannst mir gleich den Kaffee überschütten. Hast du heute Morgen ja bei dir selbst ganz gut hinbekommen.«

»Du hast das gesehen und nichts gesagt?« Ich sah an meinem dunklen Shirt hinunter, das ich eben gegen das fliederfarbene Top getauscht hatte, welches nach wie vor der Kaffeefleck zierte.

»Mal ganz davon abgesehen, dass du es sicher selbst gemerkt hast: Was hätte es denn gebracht, dir das zu sagen? Hättest du dich mitten am Bahnhof umgezogen?«

»Das hätte dir wohl gefallen.«

»Vielleicht«, gab Demian leise, aber mit hörbarem Schmunzeln zurück, und ich warf meinen Kopf zu ihm herum. Leider hatte er den Blick auf die Straße gerichtet. Obwohl mir klar war, dass er scherzte, schoss mir die Hitze ins Gesicht. Und das nicht zum ersten Mal heute.

»Hat dir schon mal jemand gesagt, dass du ganz schön irritierend bist?«

»Nein«, antwortete Demian ruhig. »Hat dir schon einmal jemand gesagt, dass du ganz schön kratzbürstig bist?«

»Bitte was? Ich bin nicht kratzbürstig! Du bist es nur nicht gewohnt, dass man dir Kontra gibt!«

Nun sah Demian doch kurz zu mir, und sein Gesicht zierte ein breites Grinsen. »Okay, du bist nicht kratzbürstig. Aber du bist sehr leicht auf die Palme zu bringen.«

»Man könnte beinahe meinen, dass dir das Spaß macht.«

»Ziemlich sogar, ja.«

»Vielleicht ist Feinde doch nach wie vor die richtige Bezeichnung«, gab ich zu bedenken.

»Hey, du hast dich beschwert, dass wir aktuell so nett zueinander sind.«

Grinsend sah ich aus dem Fenster. Den Schildern nach näherten wir uns bereits dem Stadtzentrum. »Immerhin wird es mit dir nicht langweilig.«

Demian lachte auf. »Ja, dito.«

Der Spiegel in meinem Sichtfeld begann zu blinken, und Demian fuhr aus dem Kreisel in eine schmalere Straße ab.

»Hier bin ich früher zur Schule gegangen.« Mit dem linken Arm deutete er auf ein modern wirkendes, U-förmiges Gebäude.

»Sieht wesentlich schicker aus als meine Schule. Warte ... ist das ein Cricket-Feld?« Ich reckte den Hals, um das vorbeiziehende Gebäude länger im Blick zu behalten.

»Ja«, antwortete Demian gedehnt. »Und rate, wer eine Zeit lang Kapitän war ...«

»Nicht dein Ernst!« Bei Demians gequälter Miene musste ich lachen. »Damit warst du bestimmt der Held bei den Mädels.«

»Total. Die ganzen Rugbyspieler konnten einpacken. Nein, ernsthaft, ich war absolut kein Fan.«

»Warum hast du es dann gemacht?«

»Weil ich damals unbedingt auf die Academy wollte und gute Noten allein nicht reichen.«

»Die Academy?«

»Die Royal Academy of Physical Sciences. Das ist die Uni, die ich am Planetarium erwähnt hatte. Irgendwann mit vierzehn oder so hab ich beschlossen, dass ich dort Astronomie studieren will.«

Ich biss mir auf die Unterlippe, um ernst zu bleiben, und sah ihn an. »Und da dachtest du dir: Demian, Noten allein sind nicht überzeugend genug! Gib den Leuten der Academy, was sie wirklich wollen: Cricket!«

Demian kam an einer roten Ampel zum Stehen und drehte sich mit langsamem Kopfschütteln zu mir um. Einen Augenblick sahen wir uns bloß an, wobei ich die Lippen fest zusammenpresste, um nicht zu lachen. Dann prusteten wir beide los.

»Okay, okay«, sagte er, als wir wieder zu Atem kamen. »Wenn man es so formuliert, klingt es bescheuert.«

»Ein bisschen«, stimmte ich ihm immer noch grinsend zu. Dann musterte ich ihn etwas ernster.

»Was?«

»Ich merke nur gerade, dass ich verdammt wenig über dich weiß.«

»Dann schieß los. Ich bin ein offenes Buch.«

Seltsamerweise glaubte ich das Demian sogar. In all diesen Tagen war er nichts als offen mir gegenüber gewesen. Und was mich noch mehr verwunderte: Auch ich war von Anfang an offener gewesen, als ich es von mir selbst kannte. Ich hatte ihm sogar Dinge über meine Mum erzählt. Vielleicht war es also gar nicht so seltsam, dass ich dieses Wochenende im Haus seiner Familie verbrachte und gerade neben ihm im Auto saß. Vielleicht durfte man bei den Menschen, die einem das Gefühl gaben, dass es okay war, sich verletzlich zu zeigen, nicht zu viel hinterfragen. Vielleicht war es in diesen seltenen Fällen in Ordnung, sich einfach fallen zu lassen.

34. KAPITEL

Demian

Mit Kaffee bewaffnet verließen wir das *Caffè Nero* gegenüber dem Markt. Die Sonne erhellte die Straßen, und die Menschen schoben sich zahlreich durch die einzelnen, schmalen Gänge zwischen den Ständen. Dennoch war es wesentlich leerer, als es auf den Märkten in London um diese Zeit der Fall gewesen wäre.

»Können wir uns hier ein bisschen umsehen?«, fragte Fiona und deutete mit ihrem Becher in Richtung der kleinen Buden.

»Klar. Was immer du willst. Wir können nachher auch noch rauf aufs Schloss, allerdings ist das im Vergleich zum Tower of London oder dem Eltham Palace nicht ganz so eindrucksvoll.«

»Gern«, erwiderte Fiona, »aber erst brauch ich was für Kaycee. Ich bring ihr immer was mit, wenn ich verreise.«

»Ich weiß nicht, ob Norwich schon als Reise durchgeht«, gab ich schmunzelnd zurück.

»Es liegt außerhalb der Stadt. Also ja.«

Ich folgte Fiona durch die kleinen Gassen, vorbei an duftenden Blumenläden, Spielzeughändlern und Fressbuden. Der Geruch von Gewürzen, Gebratenem, Textilien und Lederwaren füllte die Luft, und zahlreiche Union Jacks zierten die verschiedenen Läden.

»Es ist total schön hier«, sagte Fiona und sah zu mir auf,

eine Hand über die Augen gelegt, um sich vor der Sonne zu schützen.

»Ja, ich war ewig nicht zu Hause.«

»Wie war es, in einer Kleinstadt aufzuwachsen?«

»Ganz gut«, gab ich zurück. »Ich hab mir ehrlich gesagt noch nie Gedanken darüber gemacht. Die Stadt hatte eine gute Größe, ich konnte mit meinen Freunden schnell her. Früher zum Shoppen, später für die Pubs.«

»Aber bleiben wolltest du nicht?«

»Auf keinen Fall. Wäre es nicht London geworden, wäre ich vielleicht nach Edinburgh gezogen, wir haben Verwandte dort. Ich liebe meine Eltern, aber ich würde nicht in Laufdistanz wohnen wollen.«

»Kann ich verstehen«, murmelte Fiona.

Ich schluckte, und mein Herz schlug nervös einen Takt schneller. Ich musste das Thema mit ihrer Mum noch einmal ansprechen – auch wenn es mich nichts anging. Ich musste einschätzen können, wie sie darauf reagieren würde, dass ich mich mit ihr getroffen hatte. Und dass sie Fionas Geschichte verkauft hatte.

»Wegen deiner Mum?«, fragte ich vorsichtig.

»Ja, es ist nicht immer einfach mit ihr.« Fiona lächelte kurz. »Aber das belastet mich sonst schon genug, wir sind zum Abschalten hier. Sag Bescheid, wenn du irgendwas mit Backwaren siehst.«

»Mach ich«, erwiderte ich, als Fiona sich auch schon an mir vorbeischob und zum nächsten Stand trat. Ich unterdrückte ein Seufzen und folgte ihr langsam. Ich hatte keine Ahnung, ob und wie ich es am besten ansprechen sollte. Sie schien endlich etwas runterzukommen, was nach den letzten Wochen mehr als nötig war. Wir hatten eine Lösung für das Problem gefunden. Es ging bergauf. Das wollte ich ihr nicht kaputtmachen.

Was, wenn es gar nicht nötig war? Vielleicht würde ich Mrs Harris die Aussagen von Fionas Werbepartnern zeigen und sie überzeugen können, dass ihre Tochter nichts verbrochen hatte.

Während ich mich durch das Labyrinth aus Verkaufsständen schlängelte und Fiona zusah, wie sie begeistert von links nach rechts lief, um auch ja keine Aussteller zu verpassen, erschien mir diese Variante wesentlich sinnvoller, als sie mit dem Verhalten ihrer Mum zu konfrontieren. Zum einen hatte sie es nicht verdient – niemand hatte das bei einem solchen Verhalten der eigenen Eltern –, zum anderen würde ich ihr, selbst wenn ich ihr davon erzählte, lieber eine Lösung präsentieren als ein weiteres Problem.

»Die hier sind perfekt!« Fiona drehte sich mit einem Strahlen im Gesicht zu mir um und hielt mir zwei buttergelbe Auflaufformen entgegen. »Und der hier hat ein Gesicht«, sagte sie und ergriff einen der Teigschaber aus dem Ständer.

Ich trat näher an den Stand heran. »Die sind auch süß«, sagte ich und deutete auf einen Stapel Silikonbackformen mit Tiermotiven.

»Oh, stimmt.« Sie blickte von den Dingen in ihren Händen zu den Formen. »Ich glaub, ich nehm sie alle. Kaycee war in letzter Zeit so oft für mich da, und ich kann mich gar nicht richtig revanchieren.«

»Außerdem profitierst du auch davon«, gab ich mit einem Schmunzeln zurück.

»Hey, also bitte, das ist komplett selbstlos von mir.«

»Ganz bestimmt.«

»Hallo, junge Dame, kann ich helfen?« Der Verkäufer kam auf Fiona zu. Sein warmes Lächeln brachte seinen Schnauzbart zum Tanzen.

»Ich würde gern die hier nehmen«, sagte Fiona und reichte ihm die beiden Backformen und den Schaber. »Und zwei von denen.« Sie griff nach den Silikonformen, die ich eben entdeckt hatte, und entschied sich schließlich für eine rote mit Katzenköpfen und eine hellblaue mit Sternen.

»Sie backen wohl gern?«

»Nein, absolut nicht, ich bin eine Niete in der Küche. Die sind für meine beste Freundin.«

»Bebacken lassen also. So macht meine Frau das auch immer«, gab der Mann mit einem Lachen zurück. Die beiden unterhielten sich kurz, während er Fionas Geld entgegennahm, die Backutensilien in Zeitung wickelte und in einer Papiertüte verstaute. Dann drehte sie sich mit ihrem Einkauf und einem breiten Lächeln zu mir um.

»Perfekt. Dann zeig mir mal deine Heimatstadt.«

»Was willst du denn sehen?«

»Keine Ahnung, gib mir die komplette Demian-O'Neill-Tour. Vielleicht lerne ich ja noch ein paar interessante Fakten über dich, so wie den mit dem Cricket.«

»Das wird mich jetzt ewig verfolgen, oder?«

»Worauf du dich verlassen kannst.«

Das Funkeln in Fionas Augen bewahrte mich vor einer flapsigen Antwort. Es war viel zu schön, sie so zu sehen. Wenn die Witze dafür auf meine Kosten gingen, dann war das eben so. Der Anblick war es mir wert. Vor allem, da ich merkte, dass er auch mir ganz wie von selbst ein Lächeln ins Gesicht zauberte.

»Uff, ich kann nicht mehr.« Fiona ließ sich nach hinten gegen den Sessel fallen und legte den Kopf in den Nacken. Vor ihr befand sich das letzte Stück Käsepizza auf einer großen Holzunterlage. Während es im Laufe unserer Tour immer wärmer geworden war, war es hier drin angenehm kühl. Die Wand hinter Fiona war mit Efeu überwuchert, und von den Decken hingen industrielle Lampen und weitere Pflanzen.

»Was genau kannst du nicht mehr: essen, laufen, mir zuhören …?«

»Essen und laufen. Zuhören kann ich dir immer.«

Ich hob die Augenbrauen und lachte auf. »Seit wann? Sag mal, kann es sein, dass Essen dich netter stimmt?«

»Essen stimmt jeden netter«, erwiderte Fiona und setzte sich wieder gerade hin. »Und tu nicht so, als ob ich sonst so schrecklich wäre. Ich hör dir immer zu.«

Unter dem Tisch traf ihr Fuß meinen, und nicht zum ersten Mal an diesem Tag schoss ein angenehmer Schauer durch meinen ganzen Körper. Ich hätte nie gedacht, dass es so einfach wäre, Zeit mit ihr zu verbringen. Besonders gemessen an den Umständen, unter denen wir uns kennengelernt hatten. Doch das war es. Mit Fiona zu reden war mühelos. Ich musste mir keine Gedanken darüber machen, was ich sagte. Ich sprach einfach aus, was ich dachte, ohne Angst zu haben, dass sie meine Worte merkwürdig finden könnte. Besser gesagt kitzelte sie genau diese Eigenschaft in mir hervor – so wie ich auch die Einladung für dieses Wochenende einfach ausgesprochen hatte, ohne mir Gedanken zu machen, wie es wirken könnte. Ganz davon abgesehen stimmte es: Fiona hörte mir zu. Mehr noch, sie interessierte sich sogar wirklich für das, was ich sagte. Zumindest hatte sie an fast jeder Ecke, die ich ihr gezeigt hatte, Fragen gestellt, hatte mehr Anekdoten von mir und meinen Schulfreunden erfahren wollen.

»Nein, aber mal im Ernst, ich bin pappsatt, und ich glaube, ich kann die nächste Stunde keinen Meter mehr laufen.«

»Das trifft sich ganz gut, ich glaube, so langsam hab ich dir auch alle spannenden Orte hier gezeigt. Nächster Stopp: Meer?«

Dieses eine Wort schien in Fiona wieder alle Lebensgeister zu wecken, denn sie beugte sich über den Tisch hinweg nach vorn und sah mich mit geweiteten Augen an. »Dein Ernst? Schaffen wir das? Ich dachte, das war so eine Entweder-oder-Situation mit der Stadt und dem Meer.«

»Quatsch, der Tag ist noch lang, und meiner Schwester sind wir daheim bei den Vorbereitungen sowieso nur im Weg. Da reicht es, wenn wir heute Abend ein wenig helfen.«

»Supergern«, meinte Fiona und stützte den Kopf auf ihren Handflächen ab. »Ich war ewig nicht am Meer, dabei gibt es nichts Schöneres.«

Ihr verträumter Gesichtsausdruck brachte mich zum Lächeln. »Noch ein Stück weiter vor und du hast die Haare in der Pizza hängen.«

Ohne darüber nachzudenken, streckte ich die Hand aus und strich ihr sanft eine der Strähnen, die ihr über die Schulter gerutscht waren, aus dem Gesicht. Was ich da gerade machte, wurde mir erst bewusst, als Fiona hörbar die Luft einzog. Ihr Blick huschte über mein Gesicht, um dann schließlich auf meinen Augen zu verharren. In dem dämmrigen Licht des Restaurants waren ihre Pupillen leicht geweitet, und die warm leuchtenden Lampen tauchten ihr Gesicht in einen goldgelben Schein.

Hitze breitete sich in mir aus. In meinen Fingern, meiner Brust, meinem Bauch. Doch ich zog die Hand nicht weg, sondern ließ sie noch einen kurzen Moment an ihrer Wange verharren und genoss das Gefühl ihrer weichen Haut an meiner. Dann erst legte ich sie langsam zurück auf den Tisch.

Ich griff nach meinem Wasserglas und leerte den Rest in einem Zug, um die Trockenheit loszuwerden, die plötzlich meine Kehle befallen hatte. Auch Fiona räusperte sich, senkte ihre Hände und sah auf einmal verlegen in Richtung Tischplatte.

Oh Gott, war das zu viel gewesen? Ich setzte gerade an, mich zu entschuldigen, als sie den Blick wieder hob und mir zulächelte. »Danke«, sagte sie leise und fuhr sich ebenfalls durch die Haare, wodurch sie die restlichen Strähnen hinter ihr Ohr strich. Einen kurzen Augenblick herrschte betretenes Schweigen, dann unterbrach Fiona die Stille.

»Ich warn dich nur schon mal vor, ich werd am Strand Fotos machen. Eine Menge!«

»Vollkommen in Ordnung«, sagte ich schnell, dankbar, dass die Stimmung zwischen uns weiterhin normal war. »Wenn du mir zeigst, worauf ich achten muss, kann ich sie auch gern machen.«

Sie grinste schief. »Dann ist Kaycee allerdings nicht nur neidisch, sondern auch eifersüchtig, dass du sie als Instagram Husband ersetzt.«

»So weit sind wir also schon? Wenn du mich heiraten willst, erwarte ich mindestens einen Ring.«

»Oh, haha«, machte Fiona, musste trotz ihres Augenrollens aber lachen. »Sollen wir los?«

»Gern«, sagte ich.

Bevor ich mir die Rechnung überhaupt ansehen konnte, hatte Fiona auch schon vierzig Pfund in die kleine Schale gelegt.

»Keine Widerworte«, sagte sie bestimmt. »Das ist das Mindeste, wenn du schon Chauffeur spielst und deine Eltern zu Hause das ganze Essen zahlen.«

»Danke«, erwiderte ich bloß, da ich genau wusste, dass alles andere zwecklos gewesen wäre. Wenn ich eines mittlerweile gelernt hatte, dann, dass Fiona sich durchsetzte, wenn es darauf ankam. Mit einem zufriedenen Nicken stand sie auf, nahm ihre Tasche von der Stuhllehne und die Papiertüte vom Boden.

Ich erhob mich ebenfalls und folgte Fiona in Richtung des

Ausgangs. Im Gehen ließ ich einmal die Schultern kreisen, so angespannt war ich seit der Berührung. Was hatte diese Frau nur an sich, dass ich, der sonst alles durchdachte, nun so instinktiv handelte? Was auch immer es war, eines stand fest: Es war ein Gefühl, an das ich mich gewöhnen konnte.

»Herzlich willkommen in Great Yarmouth«, sagte ich und verriegelte das Auto hinter uns. Salzige, warme Luft schlug mir entgegen, und von weiter weg trug der Wind das Kreischen von Kindern und fröhliche Musik zu uns. Ich war ewig nicht hier gewesen. Beim letzten Mal hatten sowohl Marissa als auch ich noch bei unseren Eltern gewohnt. Früher waren wir häufiger im Sommer hergekommen, Strandtücher und Badesachen im Gepäck. Zur Hochsaison gab es definitiv ruhigere Badeorte, dafür bot Great Yarmouth eine Art Freizeitpark direkt am Strand, was für uns damals einem Paradies gleichkam. Auch jetzt drehten sich die Fahrgeschäfte, und bunte Lichter blinkten uns entgegen. Gelegentlich hörte man das Rattern der Achterbahn, dicht gefolgt vom Aufschrei vereinzelter Passagiere.

Ich drehte mich zu Fiona um, um sie zu fragen, ob sie noch etwas zu trinken holen wollte, stoppte mich dann jedoch, als ich ihr Gesicht sah. Auf diesem lag ein Lächeln, das ihre blauen Augen zum Strahlen brachte und ihr ganzes Gesicht aufleuchten ließ.

»Komm!«, sagte sie, nahm mich am Arm und zog mich dann über den Strand auf die sanften Wellen zu. Ich verfiel in einen Laufschritt, als Fiona das Tempo erhöhte, als könnte sie es keine Sekunde länger aushalten, vom Wasser getrennt zu sein. Wenige Meter vorm Ufer ließ sie meinen Arm los, zog sich die Sandalen von den Füßen und betrat dann das Wasser.

»Gott, hab ich das vermisst«, rief sie und drehte sich zu mir um. Der Wind zerzauste ihr Haar und wehte es in alle

Richtungen, und sie nahm einen der Haargummis von ihrem Handgelenk und band es nachlässig zu einem Zopf zusammen. Dann lief sie einige Schritte tiefer ins Wasser, bis dieses ihre Knie umspielte.

Ich zog die Sneaker und Strümpfe von meinen Füßen und folgte Fiona. Zum Glück war der Strand heute leer genug, um die Sachen unbeobachtet zurückzulassen. Der Sand fühlte sich angenehm warm an meinen Fußsohlen an, und der Wind wehte einzelne Körner gegen meine Schienbeine.

Fiona stand einige Schritte von mir entfernt im Wasser und sah mir entgegen, das Lächeln lag nach wie vor auf ihrem Gesicht. Den Blick weiterhin auf sie gerichtet machte ich einen Schritt nach vorn, nur um kurz darauf mit einem Zischen zurückzuweichen, als meine Zehen unter Wasser glitten.

»Das ist eiskalt!«

Fiona stieß ein Lachen aus. »Jetzt stell dich nicht so an und komm ins Wasser!«

»Hast du kein Gefühl in den Beinen?« Kopfschüttelnd sah ich zu, wie sie noch einen Schritt nach hinten trat.

»Wenn du etwas weiter drin bist, ist es gar nicht mehr so schlimm. Ich wünschte, ich hätte einen Bikini dabei.«

Einen Bikini? Obwohl mir gerade jegliche Zellen zu Eis gefroren, wurde mir bei der Vorstellung von Fiona in einem Bikini plötzlich warm. Sehr warm. So warm, dass ich erneut zwei Schritte ins Wasser wagte, sodass dieses meine Knöchel umspülte, und zusammenzuckte, als eine Welle brach und meine Hosenbeine in Salzwasser tränkte. Fionas helles Lachen wehte mir entgegen.

»Du müsstest dein Gesicht gerade mal sehen. Ich glaub, ich hab dich noch nie so unglücklich erlebt.«

»Ich bin nicht unglücklich, es ist nur scheißkalt!«

Fiona näherte sich mir langsam, und ich sah ihr skeptisch

entgegen. Der Saum ihrer Jeansshorts war mittlerweile auch dunkel vom Wasser, und der Wind löste bereits wieder die ersten Strähnen aus ihrem Zopf.

»Okay, du hast recht. Es ist wirklich ein bisschen kalt«, gab sie zu.

Ich lächelte triumphierend. »Wusste ich doch, dass das nur gespielt ist. Du kannst das unmöglich angenehm finden.«

Fiona kam einen Meter vor mir zum Stehen. »Aber weißt du, was gegen die Kälte hilft?«, fragte sie leise und kam noch ein Stück näher.

Ich schluckte und konnte nicht verhindern, dass mein Blick von ihren Augen zu ihrem Mund wanderte. Das letzte Mal, als wir uns so nahe gewesen waren, hatten wir in meinem alten Zimmer gestanden – und wäre mein Mum nicht hereingeplatzt …

»Konfrontationstherapie!«

»Bloody hell!«

Ich zuckte zusammen und machte einen Satz zurück, während sich Fiona vor Lachen vornüberbeugte. Sie hatte mir mit beiden Händen eine Ladung Wasser entgegengespritzt – und ich war so in Gedanken versunken gewesen, dass ich es nicht einmal geschafft hatte zurückzuweichen.

»Scheiße, ist das kalt.« Ich schüttelte mich, als würde ich die Nässe so loswerden. Dann fixierte ich Fiona, die sich immer noch nicht beruhigt hatte.

»Tut … tut mir leid …«, sagte sie, während sie nach Luft schnappte. »Aber du … du hast mir so eine gute Vorlage gegeben.«

Ich stellte mich mit verschränkten Armen vor sie und schaute sie seelenruhig an. Es dauerte noch ein paar Sekunden, bis sie sich beruhigt hatte, doch dann sah sie endlich zu mir auf und rieb sich die letzten Lachtränen unter den Augen weg.

»Hey, guck nicht so. Jetzt ist es nicht mehr so kalt, oder? Ich hab dir einen Gefallen getan.«

Anstatt einer Antwort starrte ich nur stur weiter in ihre Richtung.

»Demian?«, fragte Fiona vorsichtig. Als ich mich immer noch nicht rührte, winkte sie mit der flachen Hand vor meinem Gesicht herum, und ich hatte Mühe, meine Mundwinkel unter Kontrolle zu behalten. Doch genau diese Bewegung war ihr Fehler. Blitzschnell legte ich die Arme um sie und hob sie hoch – einen Arm unter ihren Beinen, einen an ihrem Rücken.

Fiona stieß einen Schrei aus und warf ihre Arme um meinen Hals, um mehr Halt zu haben, strampelte im selben Moment aber mit den Beinen, damit ich sie runterließ. Was sie vergessen konnte. Ich ging ein paar Schritte tiefer ins Wasser. Die Beine meiner Hose waren nach Fionas Angriff ohnehin schon nass.

»Demian!«, rief sie drohend. »Wag es ja nicht.«

»Wag was nicht? Du meintest doch, das Wasser wäre gar nicht so kalt. Und wenn doch, wissen wir jetzt ja, was hilft: Konfrontationstherapie, richtig?«

Sie löste einen Arm von meinem Hals und schlug mir mit der flachen Hand gegen die Brust.

»Lass mich sofort runter!«

Grinsend sah ich zu ihr und kam zum Stehen. Das Wasser reichte mir nun bis über die Knie. Sie musterte mich mit hochgezogenen Augenbrauen. In ihren blauen Augen, die perfekt zu dem Wasser unter ihr passten, lag wieder dieses Funkeln. »Demian …«

»Du willst wirklich da runter?«, fragte ich und sah an ihr vorbei aufs Wasser. »Okay.«

Für den Bruchteil einer Sekunde löste ich meinen Griff, und

Fiona stieß einen schrillen Ton aus. Ich fing sie jedoch auf, bevor sie mit den Wellen in Berührung kommen konnte.

»Du Arsch!«, rief sie, musste aber lachen. Ich fiel in das Lachen ein – so sehr, dass ich ins Straucheln geriet und uns beinahe beide ins Nass beförderte. Vorsichtig trat ich zwei Schritte zurück und setzte Fiona wieder ab.

»Dafür hättest du eigentlich gleich noch eine Ladung Wasser verdient«, meinte Fiona und sah mich kampflustig an.

»Nur zu. Dann wird das ein ewiger Rachekreislauf, und wir können beide das Auto volltriefen.«

Für einen Augenblick schien Fiona dieses Szenario tatsächlich in Erwägung zu ziehen. Dann schüttelte sie jedoch den Kopf. »Na gut. Aber bild dir nicht ein, dass du gewonnen hast. Dass du Panik vor kaltem Wasser hast, ist jetzt gleichauf mit dem Cricket-Kapitän.«

»Jaja«, erwiderte ich nur. »Komm, wir schnappen uns die Sachen und spazieren eine Runde. Du wolltest doch sowieso noch Fotos.«

»Na gut. Dann bring ich dir mal die Grundlagen des Instagram Husbands bei«, sagte Fiona und hüpfte an mir vorbei in Richtung Strand, wobei das Wasser um ihre Füße herum in die Höhe spritzte. Grinsend sah ich ihr nach. Wer hätte gedacht, dass es einen so mit Freude erfüllen konnte, einen anderen Menschen glücklich zu sehen?

»Perfekt«, meinte Fiona. »Die sind echt gut geworden.«

»Danke. Ich tu jetzt einfach so, als würde mich die Überraschung in deiner Stimme nicht verletzen.«

Anstelle einer Entschuldigung lachte Fiona nur und klickte die Fotos auf der Kamera ein weiteres Mal durch. Wir hatten Glück mit dem Licht gehabt, da die Sonne nun, am späten Nachmittag, tiefer stand und alles in goldenes Licht tauchte.

Wenn man die Fotos, auf denen die Wellen sich um Fiona herum brachen, so betrachtete, hätte der Strand statt in England genauso gut in Spanien sein können.

Fiona setzte den schwarzen Verschluss auf das Objektiv ihrer Kamera und ließ sich rücklings in den Sand fallen.

»Ich hab auch Handtücher dabei«, meinte ich und beobachtete belustigt, wie sie die Arme von sich streckte und die Augen schloss.

»Zu spät.«

Ich ließ mich neben sie sinken und stützte die Arme auf meinen angezogenen Beinen ab. Ein angenehmes Schweigen breitete sich zwischen uns aus, das nur von dem Rauschen der Wellen und den vereinzelten Schreien der Möwen um uns herum gebrochen wurde. Einige Meter entfernt spielten zwei Kinder Ball mit einem Hund, und hin und wieder drangen Geräusche der Fahrgeschäfte des Piers zu uns herüber. Der Himmel färbte sich langsam in ein sattes Orange, das von vereinzelten blaugrauen Wolken durchbrochen wurde.

»Das war der schönste Tag seit Langem«, sagte Fiona schließlich. »Und das dachte ich schon nach dem Planetarium.« Sie öffnete die Augen ein Stück weit und lächelte zu mir auf. »Außerdem ...«

Fiona zögerte, und ich nickte ihr zu, damit sie weitersprach. »Außerdem?«

Sie richtete sich wieder auf und zog ihre Beine in den Schneidersitz. »Ich bin froh, dass das mit dem Video klappt, bin ich wirklich. Vor allem wegen meiner Mum.« Sie verzog den Mund zu einem schiefen Lächeln. »Keine Ahnung, wie viel du dir mittlerweile denken kannst, aber wir haben nicht gerade das beste Verhältnis momentan. Ich hoffe, das Video zeigt ihr – und natürlich den anderen, die mir bislang nicht glaubten –, dass ich nicht gelogen habe. Aber ich hab das Gefühl, dass ich klarkomme, egal wie das Ganze ausgeht. Die Hasskommentare unter dem letzten Video werden weniger, viele meiner Fans haben mir geglaubt …« Sie hob die Schultern. »Und ich fühle mich gerade ausgeglichener als vor all dem, wenn ich ehrlich bin.«

»Das freut mich. Nach dem Video renkt sich auch das mit den Kooperationspartnern wieder ein. Und … danke, dass du mir das mit deiner Mum erzählt hast.« Zu gern hätte ich gesagt, dass sich auch bei den beiden alles klären würde, doch wenn ich ehrlich war, war ich mir da nicht so sicher. Ich konnte Fionas Mum nur anhand eines einzigen Treffens beurteilen, aber die Frau, die ich dort kennengelernt hatte, wirkte nicht herzlich und vergebend. Es sei denn natürlich, Fiona würde plötzlich mit Geld um sich schmeißen, denn das schien ihrer Mum über alles zu gehen.

Zwischen Fionas Brauen hatte sich eine leichte Falte gebildet, ihr Blick war geradewegs aufs Meer gerichtet.

»Wir haben nicht so eine innige Beziehung wie du und deine Eltern. Hatten wir nie. Aber mit meinem Auszug ist es besser geworden. Vermutlich, weil meine Mum gemerkt hat, dass ich auch für mich allein sorgen kann.« Sie lächelte leicht. »Ich hoffe deshalb, dass sich alles legt, wenn sie sieht, dass das nach wie vor der Fall ist.«

»Aber wieso sollte sie deshalb sauer auf dich sein? Ich brauche meine Eltern auch ständig. Das ist normal.«

Fiona hob die Schultern. »Nimm's mir nicht übel, aber deine Eltern haben Geld.«

»Das stimmt, aber Unterstützung muss ja nicht finanziell sein.«

»Schon, aber es macht vieles leichter.«

Ich nickte. Sie hatte natürlich recht, aber ich glaubte nicht, dass das eine Ausrede für Mrs Harris' Verhalten war. »Hat deine Mum sich denn mal gemeldet in den letzten Tagen?«

Fiona schüttelte den Kopf. »Ne. Ich hab ihr ein paarmal geschrieben, aber ich glaub, sie braucht einfach Zeit, um runterzukommen.«

»Nach eurem Telefonat auf der Convention, habt ihr euch da noch einmal gesehen?«

Fiona schüttelte den Kopf.

»Habt ihr euch sonst gestritten?« Nicht dass das irgendetwas entschuldigen würde, aber es musste zumindest im Ansatz eine Erklärung für Mrs Harris' Verhalten geben.

Doch erneut schüttelte Fiona den Kopf und seufzte. »Na ja, nicht richtig zumindest. Ich glaub, ich hab was gesagt, was ihr nicht gepasst hat.« Fiona malte mit dem Zeigefinger Muster in den warmen Sand.

»Was hast du denn gesagt?«, fragte ich vorsichtig.

»Ich … helfe meiner Mum häufig«, begann sie leise, und ich rutschte ein kleines Stück näher, um sie besser zu verstehen. »Das mach ich auch gern, sie ist schließlich meine Mum. Aber dann sind mir Kooperationspartner abgesprungen, ich musste auf der Convention früher abreisen, und Anita meinte, dass die Verkaufszahlen meiner Linie bei den Schlagzeilen mit Sicherheit auch nicht rosig aussehen werden.« Sie hob die Schultern. »Ich hab versucht, meiner Mum zu erklären, dass ich ihr deshalb für eine Weile nicht helfen kann.«

Ich runzelte die Stirn und versuchte, Fionas Worten zu folgen. Dann dämmerte es mir langsam.

»Wenn du helfen sagst, meinst du, dass du sie finanziell unterstützt?«

Fiona zeichnete einen weiteren Stern in den Sand, sah dann zu mir auf und nickte.

»Ich hab ihr vor einer Weile ein Haus gekauft, das zahl ich natürlich weiter ab. Das und ein paar grundlegende Dinge eben. Aber alles darüber hinaus ist mir zu unsicher, solange ich nicht weiß, wie es bei mir weitergeht. Ich hatte gehofft, dass sie das versteht. Es ist ja vermutlich kein Zustand für immer ...«

Sie hielt inne, und zu spät bemerkte ich, dass meine Gesichtszüge immer weiter entgleist waren. Ich räusperte mich und versuchte, wieder eine neutrale Miene aufzusetzen, was angesichts der Worte jedoch nicht einfach war. Auf Fionas Gesicht hingegen lag eine Mischung aus Traurigkeit und Trotz, als sie weitersprach.

»Du schaust mich genau so an, wie Kaycee es immer tut.«

»Tut mir leid«, sagte ich schnell. »Es geht mich gar nichts an.«

»Nein, alles gut. Ich weiß ja eigentlich, dass ihr recht habt. Es geht mir auch gar nicht wirklich darum, ob ich meiner Mum jetzt einen Urlaub oder irgendein Cocktailkleid zahle oder nicht. Ich hab nur manchmal das Gefühl ...« Ihre Finger im Sand hielten inne, und sie schüttelte den Kopf. »Ist ja auch egal«, sagte sie dann und warf ein Steinchen ins Wasser.

»Wenn es dich bedrückt, ist es nicht egal.«

Sie richtete den Blick aus ihren hellblauen Augen auf mich, und in der Sekunde, in der er meinen traf, hätte ich sie am liebsten in meine Arme gezogen wie damals im Pressezentrum. In ihren Augen lag eine Verletzlichkeit, wie ich sie noch nicht bei ihr gesehen hatte. Ich hatte Wut gesehen, bei unserem Panel sogar eine Spur von Hass, ich hatte Traurigkeit dort gefunden, als sie geweint hatte, und pure Freude beim Anblick des Meeres. Doch trotz all der Strapazen der letzten Wochen zeigte sie mir jetzt zum ersten Mal einen Moment der Schwäche.

»Es fühlt sich an, als müsste ich mir ihre Liebe erkaufen.« Fionas Stimme war ein Flüstern, und das Wellenrauschen übertönte beinahe ihre sanft gesprochenen Worte. »Ich weiß, dass es sich so nicht anfühlen sollte. Dass die Liebe bedingungslos sein sollte und all das.« Fiona zog die Beine an ihren

Oberkörper und legte ihre Arme darum. »Aber so war es bei uns nie. Ich bin mir nicht mal sicher, ob ihr das bewusst ist. Vielleicht meint sie das alles gar nicht so, aber wann immer ich versuche, dagegen anzusprechen, geht sie in die Defensive oder meldet sich nicht. Genau wie jetzt.«

Im Gegensatz zu Fiona war ich mir leider ziemlich sicher, dass Mrs Harris es genau so meinte. Denn in dem Moment, in dem Fiona als Geldquelle ausgefallen war, hatte sie keine Sekunde gezögert, sich an mein Management zu wenden. Ob ich es ihr doch sagen sollte? Oder würde das die Wunde nur noch tiefer reißen?

Mit einem Kopfschütteln wandte Fiona den Blick wieder nach vorn. »Keine Ahnung, vermutlich sollte mich das nicht mehr so runterziehen. Ich bin erwachsen und sollte mich mittlerweile dran gewöhnt haben, dass das bei uns einfach so ist. Aber egal, wo ich hinschaue, sehe ich, dass es auch anders sein kann. Bei allen außer mir scheint es viel leichter zu sein. Da ist Liebe nicht schwer. Da ist sie ohne Weiteres da und das beständig, sodass man sie nicht bei den kleinsten Dingen in Frage stellt. Da trotzt sie Widrigkeiten und gibt den Leuten Sicherheit. Dabei ist es egal, ob ich mir einen Film wie Paddington anschaue oder Kaycees Familie oder deine. Warum kann ich das nicht haben?«

Fiona blickte zu mir auf, und trotz ihrer Worte, bei denen sich mein Herz schmerzhaft zusammenzog, lag nichts von diesem Schmerz in ihren Augen. Vielmehr sah sie mich fragend an, als versuchte sie, eine schwere Gleichung zu lösen. Ihre Brauen waren zusammengezogen, und um ihren Mund lag ein harter Zug.

»Weißt du, wie oft ich mich gefragt habe, was ich anders machen muss? Was ich ändern kann, damit es endlich reicht, so geliebt zu werden?«

»Du musst nichts anders machen. Kinder müssen nichts tun, um von ihren Eltern geliebt zu werden.«

»Aber es ist ja nicht einmal nur meine Mum. In der Schule war es genauso. Ich war Anlass für Witze und Sprüche, nie diejenige, die man auf Geburtstage einlud. Kaycee war damals die Einzige, auf die ich zählen konnte, und das hat sich bis heute nicht geändert. Und Dylan, Zane und Natalie haben mich auch nur benutzt. Nicht dass sie mir wichtig wären, aber wieso ich? Wenn sich ein Muster immer und immer und immer wiederholt, dann kann ich doch nicht unschuldig daran sein.«

Fiona sah mich an, als hätte ich die Antwort auf ihre Fragen. Wie sehr ich mir wünschte, dass es so wäre. Gerade hätte ich nichts lieber getan, als ihr eine Lösung für ihre Probleme zu geben, ihr ein Mittel gegen ihre Zweifel zu reichen und ihr zu zeigen, dass sie geliebt wurde und dass nichts, rein gar nichts an ihr falsch war.

Doch das konnte ich nicht. Also tat ich das, was dem am nächsten kam und beugte mich langsam vor, bis meine Lippen Fionas berührten. Mein Herz trommelte heftig gegen meinen Brustkorb, und für einen Moment hatte ich Angst, dass sie zurückweichen würde, doch dann spürte ich, wie sie ihre Finger langsam in meinen Haaren vergrub und mich näher zu sich heranzog. Ein tiefes Seufzen drang aus meiner Kehle, als sie den Kuss erwiderte. Ich legte meine Hand an Fionas Wange und atmete ihren Duft ein, der sich mit dem Geruch des Salzwassers mischte und mich beinahe um den Verstand brachte.

Vielleicht konnte ich nicht bei ihren Problemen helfen, doch ich konnte ihr zeigen, dass sie so, wie sie war, genau richtig war. Dass sie sogar mehr war, als ich jemals erwartet hatte. Und dass sie rein gar nichts an sich ändern musste, um geliebt zu werden. Denn alles an ihr faszinierte mich: ihre Begeisterungsfähigkeit, ihre Stärke, die Spontaneität, die Leidenschaft, ihre Ehrlichkeit und selbst ihr Stolz, der ihr manchmal im Weg stand. Nichts davon würde ich ändern wollen, denn all diese Dinge formten sie und machten sie zu dem Menschen, der sie war. Und dieser Mensch war perfekt. In all seinen Einzelteilen.

Ich strich sanft über Fionas Wange und zog sie noch näher an mich, in der Hoffnung, meine Gedanken mit dem Kuss zum Ausdruck zu bringen.

35. KAPITEL

Fiona

War das, wie solche Dinge begannen? Man lebte sein Leben vor sich hin, suchte nach nichts Bestimmtem und doch irgendwie nach Liebe und Anerkennung. Man suchte sie bei den Eltern, bei Freunden, bei fremden Menschen im Internet. Vielleicht war das normal, vielleicht galt es auch nur für mich und meinen teilweise verkappten Kopf. Fakt war, dass ich dieses Loch in meiner Brust nie zu füllen vermocht hatte. Kaycee hatte einen Teil dazu beigetragen, es zu stopfen. Meine Fans vermochten es mit ihren Nachrichten und der Zeit, die sie mir widmeten. Doch es war wie ein notdürftig gestopftes Leck in einem Boot – es reichte nie ganz aus, um das Wasser außen zu halten. Irgendwann brach es sich dennoch Bahn, spülte die kleinen netten Worte hinfort, die zur Schadensbegrenzung in das Loch geklebt wurden, und riss es immer wieder auf.

Ich glaubte nicht, dass Demian in der Lage war, dieses Loch für mich zu schließen. Vermutlich konnte das nur ich selbst tun. Doch in dem Moment, in dem seine Lippen meine berührten, schaffte er es, dass sich trotz dieser klaffenden Leere in meiner Brust genau dort ein Gefühl einnistete. Es war warm, aufregend und sandte kribbelnde Wellen durch meinen ganzen Körper. Demian mochte meine Probleme nicht für mich fixen können, aber sein Beistand in den letzten Wochen war der Kleber, der mir geholfen hatte, alles beisammenzuhalten. All das hatte er mir gegeben, ohne eine Gegenleistung dafür zu erwarten. Ich verstand nicht, warum er das für mich tat, aber ich war unendlich dankbar, dass dem so war.

Ich öffnete meinen Mund und unterdrückte ein wohliges Seufzen, als Demians Zunge meine berührte. Er strich warm und sanft über meine Wange. Ich wollte mehr, mehr, immer mehr von ihm. Sein Geruch, das Gefühl seiner Haare zwischen meinen Fingern und das Gewicht seines Arms um meine Taille sandten Empfindungen durch meinen Körper, von denen ich nicht gewusst hatte, sie fühlen zu können. Hitze schoss in meine Wangen, gleichzeitig überzog eine Gänsehaut meine Arme.

Atemlos löste Demian sich von mir und sah mir in die Augen. Das Grün hinter seinen Brillengläsern wirkte dunkler, ob durch die einsetzende Dämmerung oder die leicht geweiteten Pupillen konnte ich nicht sagen. Fakt war, dass er in diesem Moment so wunderschön aussah, dass ich nicht anders konnte, als zu lächeln.

Ich beugte mich ihm entgegen und presste meine Lippen ein weiteres Mal sanft auf seine, atmete seinen Duft tief ein, als könnte ich ihn so bei mir behalten, und seufzte dieses Mal wirklich, bevor meine Hand von seinem Kopf über seinen Arm gen Boden wanderte und ich mich zurücklehnte.

»Ich mag dich«, sagte Demian plötzlich. Seine Stimme klang belegt, und diese drei Worte jagten mir einen fast noch intensiveren Schauer über den Rücken, als es unser Kuss vermocht hatte. »Ich mag dich sogar sehr.«

»Ich mag dich auch«, gab ich mit einem Lächeln zurück. »Auch wenn du ziemlich nervtötend sein kannst und ich dir nach unserem ersten Treffen wirklich am liebsten die Pest an den Hals gewünscht hätte.«

Demian lachte leise. »Siehst du, da unterscheiden wir uns. Ich mochte dich schon von der ersten Sekunde an.«

»Lügner«, sagte ich mit einem Lachen. »Wir haben uns im Gang deines Managements gestritten, du erinnerst dich?«

»Ja, aber du hast mich damals schon beeindruckt, weil du eloquent warst, Lichtjahre richtig verwendet hast und ›arroganter Arsch‹ aus deinem Mund sogar recht heiß klang.«

»Du hast ein Problem.«

»Mag sein, aber da du freiwillig dein Wochenende mit mir verbringst, kann es dich ja nicht so sehr stören.«

»Ich bin hier auf Dienstreise«, erwiderte ich mit einem Schmunzeln.

»Ach ja?« Demian lächelte schief, und ich lehnte mich zurück, bis meine Ellbogen den feinen Sand berührten. Er beugte sich über mich, und kurz darauf streiften seine Lippen meine.

»Du musst ›rein gar nichts an dir ändern, okay?«, hauchte er gegen meinen Mund. Als ich nicht antwortete, stützte er die Handflächen neben mir ab und sah mich ernst an. »Du musst generell nichts tun, um gemocht oder geliebt zu werden. Die Menschen, die dich nicht so nehmen, wie du bist – mit allen Ecken und Kanten –, haben es nicht verdient, Teil deines Lebens zu sein. Wenn dir jemand das Gefühl gibt, dass du es nicht wert bist, geliebt zu werden, ist diese Person im Umkehrschluss vielleicht deiner Liebe nicht würdig.«

Ich schluckte. Noch vor wenigen Wochen hätten mich diese Worte getroffen, ich hätte meine Mauern in Sekundenschnelle verstärkt und zurückgeschossen. Die einzige Person, von der ich diese Worte annahm, war normalerweise Kaycee. Wenn sie, die sie mir immer wieder sagte, und Demian, der mich erst so kurz kannte, zu demselben Schluss kamen – vielleicht hatten sie recht. Vielleicht trug nicht ich die Schuld, und vielleicht war es Zeit einzusehen, dass meine Mum mich nicht liebte, wie ich sie liebte – das jedoch nicht bedeutete, dass mich andere nicht lieben konnten. Hätte Kaycee es sonst wirklich so lange mit mir ausgehalten, trotz der zahlreichen Höhen und Tiefen? Wohl kaum.

»Entschuldige«, sagte Demian und setzte sich wieder gerade hin. Sofort fehlte mir die Wärme, die sein Körper ausgestrahlt hatte, dabei war es alles andere als kalt. »Ich weiß, das geht mich nichts an. Deine Mum ist nur …« Er starrte auf seine Hände, hatte die Finger ineinander verkrampft, als fechte er einen inneren Kampf mit seinen Gedanken aus. Dann schüttelte er bloß den Kopf.

»Du musst dich nicht entschuldigen«, sagte ich und setzte mich ebenfalls aufrecht hin, wobei mein Oberarm seinen berührte. Dieser kleine Kontakt reichte bereits, dass sich die feinen Härchen auf meinem Arm aufrichteten. »Du hast recht. Wer weiß, womöglich hat die Situation sogar ihr Gutes, und es hat diese Auseinandersetzung mit meiner Mum gebraucht, um das besser zu verstehen.« Ich pikte Demian mit dem Zeigefinger gegen die Brust. »Was kein Dankeschön für die aktuelle Lage ist, du bringst das trotzdem in Ordnung.«

»Keine Sorge, der Laptop steht bereit, und ich mache daheim direkt weiter«, entgegnete er mit einem Grinsen. »Ich mag dich, aber wütend machst du mir nach wie vor Angst, also möchte ich das vermeiden.«

»Besser so«, gab ich grinsend zurück. »Apropos daheim: Wir müssen langsam los, oder? Deine Schwester wollte doch vorbeikommen, und wir fahren ja noch ein Stück.«

Demian warf einen Blick auf seine Uhr und nickte. »Ja, ist vielleicht besser. Auch wenn ich mir ziemlich sicher bin, dass wir meiner Mum und Marissa nur im Weg rumstehen.«

Ich klopfte den Sand von meinen nackten Beinen und stand dann auf, um auch meine Kleidung von den feinen Körnchen zu befreien.

»Ich wette, ich schleppe deiner Mum den halben Strand ins

Auto«, sagte ich, als mein Säuberungsversuch nur mehr oder minder erfolgreich verlief.

»Das macht nichts, ich kann es nachher kurz aussaugen.«

Demian schulterte die Strandtasche und sah sichtlich belustigt zu, wie ich versuchte, den Sand aus dem gefalteten Saum meiner Shorts zu schaufeln.

»Komm«, sagte er und griff plötzlich nach meiner Hand. Ich dachte, er wollte mich nur an sich ziehen, jedoch legte Demian seine Finger um meine und ließ sie den gesamten Rückweg zum Auto nicht wieder los. So oft ich auch Fotos für Instagram machen mochte und so dankbar ich war, Momente auf diese Art festhalten zu können: Demians sanfter Händedruck um meine Finger, der sonnengewärmte Sand unter meinen Füßen, das Salzwasser auf meiner Haut und die Spur unseres Kusses auf meinen Lippen brannten sich mir mehr ins Gedächtnis als alles andere.

»Demian!«

Eine Frau mit hellbraunen Haaren stürmte, kaum dass sich die Tür hinter uns geschlossen hatte, durch den Flur und hatte in der nächsten Sekunde die Arme um Demian geworfen, der einen Schritt zurücktaumelte. Das war dann wohl Marissa. Sie hatte lange, geschwungene Wimpern und ein ansteckendes Lachen, bei dem sich die gleichen Grübchen zeigten, die ich schon von Demian kannte.

»Ich hab dich vermisst.« Sie drückte Demian fest an sich, dann fiel ihr Blick auf mich, und sie löste sich aus der Umarmung. »Hi, ich bin Marissa. Du glaubst gar nicht, wie aufgeregt ich bin, dich zu treffen. Ich guck deine Videos schon länger.« Sie hatte die Hände auf die Brust gepresst und schien unschlüssig, wie sie mich am besten begrüßen sollte. Schließlich reichte sie mir die Hand, die ich nahm und schüttelte.

»Hey«, antwortete ich. »Danke, dass ich einfach so mitkommen durfte.«

»Ja, na klar«, erwiderte Marissa. »Die Hochzeit wird entspannt.«

»Weil du deine Cousinen nicht eingeladen hast«, erklang es aus dem Wohnzimmer.

»Aus guten Gründen, Mum.« Marissa rollte mit den Augen. »Die Hochzeit wird entspannt, aber das Davor und Danach nicht. Ich bin mit dem Irrglauben aufgewachsen, dass man für die Liebe heiratet und die Feier für sich selbst veranstaltet, um den Moment zu zelebrieren. Alles gelogen. Man macht das alles für Verwandte, die man sich nicht einmal aussuchen konnte. Zumindest wenn es nach Teilen unserer Familie geht.«

»Die kriegen sich schon wieder ein«, meinte Demians Dad und erschien im Türrahmen.

»Nicht wenn ich regelmäßig Fotos in die Familiengruppe poste«, gab Demian mit breitem Grinsen zurück.

»Wag es ja nicht.« Marissa hob drohend den Finger. »Es reicht mir, dass ich das bei der nächsten Familienfeier ausdiskutieren muss. Morgen will ich einfach nur genießen.«

»Ihr macht alles richtig.« Grace erschien ebenfalls an der Tür zum Wohnzimmer. »Unser Tag damals war viel anstrengender, als er hätte sein müssen. Man kann es ohnehin nie allen recht machen, selbst wenn ihr sie eingeladen hättet.« Sie ging in Richtung Küche und drückte Marissa im Vorbeigehen einen Kuss auf die braunen Haare.

»Wie auch immer«, sagte Marissa und hob die Schultern. »Wollt ihr einen Wein? Dad hat eben die Flasche aufgemacht.«

»Gern«, erwiderte ich, und Marissas freudiges Gesicht brachte mich ebenfalls zum Lächeln. »Brauchst du denn noch Hilfe bei irgendwas?«

»Nicht wirklich. Ich mach grad nur noch ein bisschen was

an der Tischdeko. Die hab ich mir extra für heute aufgehoben, weil ich genau wusste, dass ich zu nervös sein würde, um sonst abzuschalten.«

»Dann helf ich dabei! Sag mir einfach, was zu tun ist.«

»Klar, gern! Superlieb von dir.«

»Demian, du auch was?«, fragte sein Dad.

»Klar, wieso nicht.«

»Super, dann hol ich mal die Gläser.«

Robert folgte Grace in die Küche, und Marissa nickte in Richtung Wohnzimmer. »Na dann. Wenn du wirklich magst, kannst du helfen, die Windgläser zu verschönern.«

»Natürlich mag ich«, gab ich zurück und folgte Demians Schwester ins Wohnzimmer, dessen Boden mit unterschiedlichen Kisten zugestellt war. In einigen standen Pflanzen, in anderen verzierte Bestecktaschen, und selbst auf der Couch lagen Beutel, aus denen Kunstpflanzen ragten.

»Es ist alles etwas voll, warte.« Marissa nahm eines der großen Kissen vom Sofa und schob mit dem Fuß eine freie Fläche auf dem Boden zurecht, auf die sie das Kissen fallen ließ. Ich rückte es etwas näher an den Couchtisch heran und setzte mich hin.

»Wenn du magst, kannst du schon mal die Jutebänder hier um den Hals der Gläser wickeln. Da kommt später noch Spitze dran, und morgen füllen wir sie dann mit Kerzen.«

»Alles klar«, sagte ich und nahm die Spule mit dem Band und die Schere vom Tisch.

In meinem Rücken hörte ich, wie Demian das Zimmer betrat. »Meine Feinmotorik geht gen null, aber ich mach gern den DJ für heute Abend.«

»Viel Erfolg. Sobald Dad das hört, schaltet er eh wieder seine Rock Classics ein.«

»Völlig okay für mich«, erwiderte Demian, drückte einen

Knopf an der Stereoanlage neben dem Bücherregal, und kurz darauf erfüllten sanfte Klänge den Raum.

»Das ist Rock?«, fragte ich, als ein paar Sekunden verstrichen waren. »Das ist gut.«

»Warum klingst du so überrascht?«, fragte Demian und setzte sich neben mich.

»Ich hab mir was Lauteres darunter vorgestellt.«

»Gibt ja verschiedene Arten von Rock. Fleetwood Mac sind etwas ruhiger. Und übrigens auch aus London.«

»Ich mag sie«, beschloss ich nach ein paar weiteren Sekunden. »Mir fällt gerade auf, dass ich gar nicht weiß, was für Musik du hörst.«

»Dito. Aber lass mich raten: Pop.«

Ich hob die Augenbrauen. »Warum, weil es zum Image passt?«

»Ein bisschen, ja.«

»Dann hasse ich umso mehr, dass du recht hast«, erwiderte ich mit einem Augenrollen und legte die ersten zurechtgeschnittenen Bänder auf dem Tisch ab.

»Als ob das was Schlechtes wäre«, meinte Marissa. »Demian hört Maroon 5, das ist auch Pop.«

»Pop Rock«, warf Demian ein, was Marissa jedoch ignorierte.

»Wer ist denn dein liebster Sänger oder deine liebste Band?«

»Harry Styles«, antwortete ich wie aus der Pistole geschossen. »Aber nicht nur wegen der Musik, er ist einfach so sehr er selbst. Das bewundere ich.«

»Total«, stimmte Marissa mir zu. »Ich war einmal auf einem seiner Konzerte und …«

»No way! Ich würde so gern mal!«

»Es war großartig! Wenn er das nächste Mal hier auftritt, kommst du einfach mit!«

»Wirklich? Meine beste Freundin meinte zwar auch, sie würde sich opfern, aber das ist so gar nicht ihre Musik.«

»Na klar«, sagte Marissa, ohne zu zögern, und sah aus, als würde sie sich aufrichtig freuen. »Wir können nachher gern Nummern tauschen, wenn du magst. Also, falls du so etwas machst! Ich kann dir natürlich auch auf Instagram oder so schreiben. Oder ich sag Demian Bescheid, und er meldet sich bei dir.«

Ich schüttelte den Kopf. »Nein, gern. Ich würd mich freuen.«

»Und ich mich erst«, gab Marissa mit einem Strahlen zurück.

Ich versuchte, nicht zu viel Begeisterung aufgrund ihres Angebots zu empfinden, da ich natürlich wusste, dass sie mich in erster Linie einlud, weil sie mich aus dem Internet kannte. Den Fehler, Interesse an meiner Online-Person mit aufrichtigem Interesse an mir zu verwechseln, hatte ich schon häufiger gemacht, und er hatte mich vorsichtiger werden lassen. Trotzdem konnte ich nichts gegen die Freude tun, die mich bei Marissas offener Art durchflutete.

»So, ihr Lieben.« Grace bahnte sich einen Weg durch das Chaos auf dem Boden und platzierte die Gläser und eine halb volle Flasche Rotwein auf den Untersetzern auf dem Glastisch.

Sie ließ sich auf den Sessel fallen, während Robert auf der kleinen freien Fläche auf der Couch Platz nahm. »Cheers«, sagte sie, und wir erhoben die Gläser. »Ich weiß, es ist viel zu früh, und ich muss morgen einen rührseligen Toast halten, aber ich bin wirklich stolz auf euch beide. Und auch auf dich Fiona, schön, dass du bei uns bist.«

»Danke«, erwiderte ich irritiert. Wieso war diese Familie so nett? Meine Sorge, dass sie mich nicht mögen würden oder es seltsam fänden, dass Demian ausgerechnet mich mitbrachte, war offensichtlich völlig unbegründet gewesen. Ich trank einen

Schluck Wein und widmete mich dann wieder den Windgläsern vor mir. Wir arbeiteten einige Minuten lang vor uns hin, während es draußen immer dunkler wurde, und ich lauschte den Gesprächen der anderen vier über Nachbarn, alte Bekanntschaften und Straßensperrungen in Norwich. Es war so beruhigend, diese familiäre Normalität zu erleben, dass ich merkte, wie meine Augen langsam schwer wurden. Ich stellte das letzte Glas in die Kiste neben mir und lehnte mich mit einem Lächeln auf dem Gesicht zurück. Ich war völlig erschöpft vom heutigen Tag, aber auf eine angenehme Weise. In meinen Beinen konnte ich den Strandspaziergang nachspüren, und mein Kopf war voller Eindrücke der Erlebnisse und Gespräche.

»Und hiermit bin ich auch fertig«, sagte Marissa und schaltete ihre Heißklebepistole aus.

»Dann kann morgen ja kommen«, meinte Grace mit warmem Lächeln.

»Ich war noch nie auf einer Hochzeit«, sagte ich. »Wie ist eigentlich der Ablauf für morgen?«

»Erst geht's in die Kirche für die Trauung, da sind nur engere Familie und Freunde. Und von da aus fahren wir zur Location, da sind wir dann am späten Nachmittag etwa. Wir haben eine kleine Hütte mit Pavillon neben einem Waldstück gemietet, es ist wunderschön! Mum und ich waren heute schon zum Dekorieren dort, du wirst es lieben! Nutz gern alles für Fotos, mein lieber Verlobter hat den Fotografen nämlich nur für die Trauung und das Fotoshooting direkt im Anschluss gebucht.« Marissa rollte mit den Augen. »Er hatte einen einzigen Job.«

»Oh, könnt ihr nicht einfach noch verlängern?«, hakte Demian ein.

»Hätten wir sicher, aber es kam heute nur beiläufig im Gespräch raus. Er war der felsenfesten Überzeugung, dass das reicht, und jetzt ist der Fotograf natürlich ausgebucht.«

»Ich bin zwar keine Fotografin, aber ich hab meine Spiegelreflexkamera dabei und kenn mich einigermaßen mit Photoshop aus. Ich kann gern Fotos machen«, bot ich an.

»Auf keinen Fall, du bist Gast, du sollst den Abend genießen.«

»Ich fotografier gern«, warf ich ein. »Außerdem hat Demian mir verboten, euch ein Geschenk zu kaufen, und so hätte ich wenigstens was.«

Sie wiegte den Kopf hin und her. »Schön wäre es schon, aber lass uns mal schauen, was der Tag bringt. Es soll ja keine Arbeit für dich sein.«

»Okay«, sagte ich und nickte, wobei mir Demians Blick nicht entging.

»Das heißt so viel wie, sie macht es trotzdem, egal, was du sagst.«

»Bitte?« Ich warf ihm einen abschätzenden Blick zu, auch wenn er natürlich vollkommen recht hatte.

Marissa sah von mir zu Demian. »Ach ja? Wie kommt es eigentlich, dass du so etwas weißt, ihr aber nicht einmal wisst, welche Musik der andere hört?«

Grace und Robert, die gerade in ein leises Gespräch vertieft waren, verstummten plötzlich, und Hitze schoss mir in die Wangen, als ich ihre Blicke auf uns ruhen spürte. So viel dazu, dass meine Aufregung unbegründet gewesen war.

Zu meiner Erleichterung startete jedoch kein Kreuzverhör, da Grace sich mit sichtbarem Schmunzeln vom Sofa erhob und die Weingläser auf dem Tisch einsammelte.

»So, ich denke, das ist ein guter Zeitpunkt für uns, ins Bett zu gehen. Außerdem brauche ich meinen Schönheitsschlaf vor morgen.«

Marissa warf uns noch einen bedeutungsschwangeren Blick zu, nickte dann aber. »Gute Idee.«

»Holst du dir ein Taxi heim?«, fragte Demian.

»Was? Nein. Haben Mum und Dad dir nicht Bescheid gesagt? Ich schlafe in meinem alten Zimmer, damit Theo mich nicht mehr vor morgen sieht.«

Demian zog die Augenbrauen in die Höhe. »Ernsthaft?«

»Hey.« Marissa schlug Demian mit der flachen Hand gegen die Knie. »Das ist romantisch.«

»Wäre es nicht romantischer, die Zeit zusammen zu verbringen und gemeinsam aufgeregt zu sein? Aber was weiß ich schon.«

»Eben, du Dauersingle hältst gefälligst die Klappe.«

Ich beobachtete das Hin und Her der beiden belustigt und hielt mir die Hand vor den Mund, als ich wieder gähnen musste.

»Vielleicht solltet ihr auch langsam ins Bett«, meinte Grace. »Ich hab dir noch ein paar Handtücher aufs Bett gelegt, Fiona. Fühl dich wie zu Hause.«

»Ich pack alles noch schnell zusammen«, meinte Robert. »Dann können wir es morgen früh ins Auto tragen.«

»Ich helf dir«, sagte Marissa und sprang auf, um Robert eine der Kisten abzunehmen.

Auch Demian erhob und streckte sich. »Weck mich ruhig, wenn was ist«, sagte er an seine Schwester gewandt.

»Du bist süß, aber ich werde wie ein Baby schlafen. Heute war so viel Last-Minute-Kram zu erledigen, ich bin froh, wenn ich ins Bett kann. Hoffentlich läuft morgen alles.«

»Das wird es«, versicherte Demian ihr. »Schlaf gut.« Er umarmte seine Schwester noch einmal und wandte sich dann zur Tür.

»Gute Nacht, bis morgen«, sagte ich und umarmte Marissa

nach kurzer Überlegung ebenfalls. Dem breiten Lächeln nach zu urteilen, das sich auf ihrem Gesicht bildete, freute sie sich darüber.

»Danke, Fiona. Und entschuldige den Fangirl-Moment vorhin.«

»Alles gut«, erwiderte ich mit einem Grinsen und folgte Demian dann in Richtung Flur, wo er wortlos die Treppen nach oben nahm. Lächelnd ließ ich meinen Blick ein weiteres Mal über die Bilder an der Wand gleiten. Keine Ahnung, ob es der Rotwein war, aber ich war seltsam glücklich, hier sein zu dürfen. In dieser kleinen, privaten Welt, in der alles so liebevoll und normal war. Ich fühlte mich wie in einer Schneekugel. Als dürfte ich dieses perfekte Leben einige Tage lang austesten, und ich war unglaublich dankbar für diese Chance. Das hier war, was ich wollte. Dieses Gefühl wollte ich auch in meinem Alltag haben. Vielleicht brauchte ich dafür keine intakte Familie, vielleicht würde ich es auch so schaffen – mit Kaycee, Demian und mehr Selbstliebe, als ich mir bisher hatte zuteilwerden lassen.

Vor unseren Zimmern angelangt kam Demian zum Stehen und drehte sich zu mir um.

»Na dann … gute Nacht«, sagte er leise, und ein sanftes Lächeln lag auf seinem Gesicht.

»Gute Nacht.« Ich hatte die Worte kaum ausgesprochen, als Demian seine Hände um mein Gesicht legte und mich vorsichtig zu sich zog. Ich schloss die Augen, stellte mich auf die Zehenspitzen und erwiderte den Kuss. Wie konnte es sein, dass eine einzige Berührung sich so sehr nach Heimkommen anfühlte? Für meinen Geschmack viel zu schnell löste sich Demian wieder von mir und drückte seine Lippen sanft auf meine Stirn.

»Schlaf gut, Fiona. Danke für heute.«

Das Gesicht in der Kuhle an seinem Hals verborgen, atmete ich noch einmal tief Demians Duft ein, der mir bereits so seltsam vertraut war. *Er* bedankte sich? Ich war diejenige, die sich bedanken sollte. Für Demians Hilfe, für den wunderschönen Tag, dafür, dass er mich seiner Familie vorstellte – einfach so, ohne es an Erwartungen zu knüpfen. Dafür, dass er mir seit Tagen Seelenruhe spendete, in einer Zeit, in der ich sonst besorgt vorm Handy gesessen und Kommentare beobachtet hätte. Demian strahlte so viel Ruhe und Geborgenheit aus und schaffte es durch seine bloße Anwesenheit, mich zu erden.

»Danke«, flüsterte ich also zurück, im vollen Wissen, dass dieses eine Wort ihm niemals gerecht werden würde.

36. KAPITEL

Fiona

Abgeschminkt und mit geputzten Zähnen lag ich auf dem Bett, das Handy an die Brust gedrückt, und starrte an die schwach beleuchtete Wand. Ich hatte Kaycee gerade ein Update des Tages gegeben, doch allem Anschein nach schlief sie schon. Vermutlich konnte ich von Glück sprechen, denn sie hätte mit Sicherheit sofort angerufen, und ich konnte mir ihre triumphierende Stimme nur zu gut vorstellen. Sie würde mir noch früh genug unter die Nase reiben, dass sie von Anfang an recht gehabt hatte.

Nun lag ich hier in meinem Pyjama auf der Bettdecke und sollte vermutlich schlafen, doch ich konnte nicht. Ich konnte nicht, da meine Gedanken um den Mann kreisten, der nur wenige Meter entfernt und nur durch eine Wand getrennt in seinem Zimmer war und entweder schlief oder an dem Video arbeitete. Neben mir lag mein aufgeklappter Laptop, auf dem gerade eine Folge *Love Island* lief, da Reality TV es normalerweise immer schaffte, mich zum Abschalten zu bewegen. Doch selbst das war heute Fehlanzeige.

Ein lautes Poltern ließ mich zusammenzucken.

»Shit«, drang es dumpf durch die Wand. Demian. Dann schlief er wohl nicht. Ich verkniff mir ein Grinsen und entsperrte mein Handy.

Fiona, 11.30 pm:
Alles okay? Lebst du noch?

Demian, 11.30 pm:
Ja, mir ist nur was runtergefallen.
Was machst du?

Fiona, 11.30 pm:
Versprich mir, dass du nicht lachst.

Demian, 11.31 pm:
Nö. Wieso? Guckst du Paddington?

Fiona, 11.31 pm:
Love Island.

Demian, 11.32 pm:
… bitte sag mir, dass du es schaust, weil du nach dem Ausflug heute Sehnsucht nach Strand hast.

Fiona, 11.32 pm:
Haha. Hey, es hilft mir beim Abschalten, okay?

Mit einem Stirnrunzeln betrachtete ich mein Display und wartete darauf, dass es mir anzeigte, dass Demian tippte. Doch das tat es nicht. Dafür klopfte es plötzlich an meiner Tür. Obwohl es ein zaghaftes Geräusch war, zuckte ich so sehr zusammen, dass mein Handy aus meiner Hand auf die Bettdecke fiel. Ich schwang mich in den Stand, strich mir die mit Sicherheit zerzausten Haare glatt und öffnete die Tür.

»Hey, alles in Ordnung?«, fragte ich und klammerte im nächsten Moment die Finger fester um die Türklinke. Demian trug ebenfalls einen Schlafanzug. Zwar hatte er ein Shirt an, doch dieses verbarg nicht, wie tief der Bund seiner Pyjamahose saß. Verdammt. Ich zwang mich, wieder nach oben zu sehen und war erleichtert, dass Demian nichts bemerkt zu haben schien, denn er winkte ab.

»Ja, ich hab nur was vom Schreibtisch gefegt.«

»Arbeitest du echt noch an dem Video?«

»Ne, ich hab die Sterne umsortiert, damit sie wieder passen.«

»Meintest du nicht, die zeigen sowieso Ende Mai an?«

»Ja, aber ich lag seelenruhig im Bett, hab an die Decke gestarrt und gemerkt, dass ein Sternbild falsch angeordnet war«, gab Demian mit einem Grinsen zurück.

»Und dann bist du auf den Schreibtisch geklettert?«

»Quatsch. Auf den Stuhl. Der ist dann gegen den Schreibtisch gerollt und eins führte zum andern. Hey, wag es ja nicht, so zu grinsen. Immerhin schaue ich mir keine nackten Menschen auf einer Insel an.«

»Die sind gar nicht nackt«, protestierte ich. »Ich weiß ja nicht, was du dir da angeschaut hast, aber …«

Demians Grinsen wurde noch breiter. »Ich weiß, worauf du hinauswillst, und ich wette mit dir, es hätte immer noch ein besseres Skript als diese Show.« Demian setzte sich aufs Bett. »Dann beweis mir mal das Gegenteil.«

Ich drehte mich mit erhobenen Augenbrauen zu ihm um. »Du willst mit mir *Love Island* gucken.«

»Klar, wieso nicht.« Er drückte auf das Leerzeichen auf meiner Tastatur und machte es sich bequem. Mit einem Schulterzucken setzte ich mich zurück aufs Bett. Immer wieder glitt mein Blick von der Sendung zu Demian, der hochkonzentriert aussah. Die zusammengekniffenen Augen und der aufmerksame Ausdruck in seinem Gesicht brachten mich zum Lachen.

»Was?«, fragte Demian und drehte den Kopf zu mir. Diese

kleine Bewegung reichte, damit mir das Lachen verging, da er mir plötzlich unheimlich nah war. Ich zwang mich, seinen Blick zu erwidern und mich nicht von seinen Lippen ablenken zu lassen.

»Das Szenario ist nur witzig. Hätte mir vor ein paar Monaten jemand erzählt, dass wir hier liegen und *Love Island* schauen würden …«

»Hätte mir jemand erzählt, dass ich überhaupt jemals *Love Island* schauen würde …«

»Jaja, mach dich nur lustig. In Wahrheit genießt du es.«

»Ja«, sagte er leise. »Aber nicht wegen der Show.«

Ein warmes Gefühl breitete sich in meiner Brust aus, kaum dass er die Worte ausgesprochen hatte. Ich pausierte die Serie und ließ mich neben Demian auf das Kissen sinken. Auch er lehnte sich zurück, seine Augen auf Höhe meiner, sein Knie an meinem.

Das warme Licht der Nachttischlampe ließ seine dunkelblonden Haare beinahe golden wirken, und ich hätte zu gern die Hand ausgestreckt, um das weiche Gefühl noch einmal zu spüren. Als hätte Demian meine Gedanken gelesen, streckte er seinerseits die Hand aus und strich mir sanft übers Haar. Ich musste mich zusammenreißen, meinen Kopf nicht an seine Hand zu schmiegen, was völlig albern war, dennoch wollte ich mehr von ihm. Ich schob mein Bein näher an seines, bis sich nicht nur unsere Knie berührten, sondern mein Unterschenkel fast auf seinem lag.

Demians Blick wanderte von meinen Augen über meine Nase, meinen Mund, meinen Hals und zurück zu meinen Haaren, über die er in sanften Bewegungen mit dem Daumen strich. Ich hätte schwören können, dass ich die Spur seines Blicks heiß auf meiner Haut fühlen konnte, so intensiv sah er mich an. Demian ließ seine Hand über meinen Nacken gleiten und malte mit den Fingerspitzen sanfte Muster auf meinen Rücken. Sein Arm lag über meinem, und wir sahen einander einfach nur an.

Da war so viel in seinem Blick. So viel Wärme und Zuneigung. So viele unausgesprochene Gedanken, von denen ich zu gern wüsste, ob sie meinen glichen. Wir waren wie zwei Seiten einer Medaille, wir wandelten auf unterschiedlichen Pfaden und könnten uns in manchen Dingen nicht stärker unterscheiden, und doch waren wir aus demselben Metall geschmiedet und einander ähnlicher, als ich jemals geglaubt hätte.

Wie von selbst wanderten meine Finger an sein Gesicht und umschlossen seine Wange. Demian beugte sich mir entgegen, sein warmer Atem strich über meinen Hals, und einen Wimpernschlag später lagen seine Lippen auf meinen. Ich schob mich ihm entgegen und vertiefte den Kuss. Meine Finger vergrub ich in seinen Haaren und nahm beiläufig wahr, wie er seine fester um meine Taille legte und mich auf ihn zog. Er öffnete seinen Mund, und ich strich sanft mit meiner Zunge über seine. Der tiefe, kehlige Laut, der ihm entwich, sandte Schauer über meinen ganzen Körper. Ich schob mein Bein über ihn, sodass ich auf ihm saß, und vertiefte den Kuss. Demian stöhnte in meinen Mund, unterbrach den Kuss und sah mich einfach nur an.

»Du bist unglaublich«, murmelte er, während er mit dem Zeigefinger den Umriss meiner Lippen nachfuhr. Mein Mund kribbelte, alles in mir kribbelte, jede Zelle meines Körpers, als hätte Demian sie mit seinen bloßen Berührungen zum Leben erweckt. Seine Finger wanderten von meinem Gesicht meinen Hals hinab, über den Stoff meines Schlafshirts zu meiner Taille, wo seine Hand zum Ruhen kam und den Saum meines Shirts langsam nach oben schob. Das sanfte Streicheln seiner Finger an meiner nackten Haut genügte, um mich erschaudern zu lassen. Noch nie in meinem Leben hatte ich so etwas gespürt. Ich war bereits mit anderen Männern intim gewesen, aber selbst der Sex war nicht so intensiv gewesen wie das hier. Vielleicht, weil so viel mehr als Verlangen in Demians Berührungen lag. Sie waren von einer Zärtlichkeit getrieben, die ich so nicht kannte. Sein Blick ruhte unergründlich in meinem, und ich beugte mich wieder hinab, um ihn erneut zu küssen, erst zärtlich, dann drängender. Demians Finger wanderten unter meinem Shirt höher, und er strich mit federleichten Berührungen über meinen Rücken, sodass sich eine Gänsehaut auf diesem bildete. Ich küsste seine Lippen, sein Kinn, seinen Hals bis hinunter zu seinem Schlüsselbein, was ihm ein leises Stöhnen entlockte.

Dass ich diejenige war, die für dieses Geräusch verantwortlich war, ließ mein Herz in einen stolpernden, aufgeregten Rhythmus verfallen. Als ich merkte, wie er unter mir hart wurde, war da nichts mehr in mir außer Gefühlen und Empfinden. Ich spürte seine Finger auf meiner Haut, die von meinem Rücken über meine Seite bis zu meinem Bauch streichelten. Meine Hände ließ ich tiefer wandern, um ihn ebenfalls fühlen zu können. Als ich am Saum seines T-Shirts angelangt war, richtete er sich auf, um sich dieses über den Kopf zu ziehen.

Ich schluckte gegen die plötzliche Trockenheit in meiner Kehle an, als ich Demian in nichts als seiner Pyjamahose bekleidet auf dem Bett sitzen sah. Er war so wunderschön. Seine Muskeln zeichneten sich unter seiner Haut ab, und die Spur aus feinen Härchen, die von seinem Bauch in Richtung der locker sitzenden Hose lief, ließ mich schon wieder schlucken.

Doch das Schönste an ihm war der Blick, mit dem er mich betrachtete. Denn er sah mich an, wie mich noch niemals jemand angesehen hatte. Ich hatte zum ersten Mal das Gefühl, gesehen zu werden, wirklich gesehen zu werden – für das, was ich war, nicht das, was ich vorgab zu sein. Er hatte den Schmerz in mir gesehen, die Wut, die Schwäche und die Stärke. Er hatte in den letzten Wochen mehr gesehen, als ich anderen Menschen in Monaten zeigte. Und er war hier. Er war hier und sah mich an, als ob er nirgendwo lieber wäre, als ob nichts wichtig wäre außer uns.

Ich hielt den Atem an und berührte mit den Fingerspitzen vorsichtig seine Brust, fuhr diese weiter nach unten, bis ich an dem Bund seiner Hose angelangt war und er zischend die Luft einzog. Das Geräusch brachte mich zum Schmunzeln, gleichzeitig schoss mir die Hitze ins Gesicht, da ich kaum glauben konnte, dass ich diese Wirkung auf ihn hatte. Demian legte die Hände um meine Taille und ließ sie an mir hinaufwandern, bis der Saum meines Shirts unterhalb meiner Brüste angelangt war. Er hielt in der Bewegung inne und sah mich mit fragendem Blick an. Ich nickte und konnte nicht sagen, was mich mehr um den Verstand brachte: sein glühender Blick oder das Gefühl seiner warmen Finger, die mir das Shirt vom Körper strichen. Noch schöner als die Art, wie er mich ansah, als ich halbnackt vor ihm saß, waren jedoch meine Gedanken. Kein »Hoffentlich findet er mich schön«, das ich jetzt normalerweise denken würde. Kein Versuch, den Rücken durchzustrecken, damit mein Bauch flacher wirkte. Zum ersten Mal hatte ich das Gefühl, genau so sein zu können, wie ich war. Und Demians Blick nach zu urteilen, war ich mehr als genug.

»Wow«, flüsterte er. Mehr nicht. Einfach nur wow. Und mit diesem einen Wort schien mein Herz aus meiner Brust herausspringen zu wollen. Sanft strich Demian mir die Haare aus dem Gesicht, dann küsste er mich erneut. Er ließ eine Hand an meinem Kopf ruhen, die andere glitt zu meiner Taille, und er drehte mich vorsichtig herum, sodass ich unter ihm lag. Das

Gewicht seines Körpers auf meinem ließ mich leise aufstöhnen, doch Demian erstickte das Geräusch mit einem weiteren Kuss. Seine Hand fuhr meinen Bauch hinauf zu meinen Brüsten und strich sanft über diese. Mit jeder weiteren streichelnden Berührung fegte er die Gedanken aus meinem Kopf, bis ich die Augen schloss, nur noch fühlte und genoss.

Ich streckte mich ihm entgegen und wollte mehr. Mehr fühlen, mehr schmecken, mehr von Demian. Und er gab mir mehr. Seine Zunge umkreiste meine, und als seine Finger mich durch den Stoff meiner Hose streichelten, keuchte ich auf und spürte sein Schmunzeln an meinem Mund. Er übte mehr Druck auf die empfindliche Stelle aus, und ein sanftes Kribbeln zog sich bis in meine Fußspitzen hinab.

Demian unterbrach den Kuss, um mich anzusehen. Das Verlangen in seinen Augen raubte mir den Atem. Seine Finger ruhten am Saum meiner Hose. »Darf ich?«

Ich nickte und drückte mich mit den Beinen nach oben, damit er mir die Hose ausziehen konnte. Kurz darauf landete sie auf dem Boden, und Demian strich quälend langsam an der Innenseite meiner Schenkel entlang, bis er an meinem Slip angekommen war. Ich schob mich ihm entgegen, drängend, bis ich sein raues, tiefes Lachen hörte und in seiner Brust vibrieren spürte.

»Nicht so ungeduldig«, sagte er mit einem Grinsen, bevor er seinen Mund auf meinen Hals presste und sich mit sanften Küssen einen Weg hinunter zu meinen Brüsten bahnte. Als seine Zunge über meine Brustwarze glitt, keuchte ich auf und hielt mir im nächsten Moment die Hand über den Mund. Das Zimmer seiner Schwester befand sich genau gegenüber.

Dann glitten Demians Finger in meinen Slip, und jegliche Vorsicht, die ich gerade noch wahren wollte, war vergessen. Mit kreisenden Bewegungen strich er über meine empfindlichste Stelle, verteilte brennende Küsse auf meinem Körper und es fühlte sich so, so gut an. Ich schloss die Augen und gab mich vollends seinen Berührungen hin. Demian erhöhte das Tempo, und ein Zittern fuhr durch meine Beine, während ich ihm meine Hüfte entgegenschob.

»Oh Gott«, stöhnte ich und erkannte meine eigene Stimme kaum wieder, so rau war sie im Vergleich zu sonst. Als ich die Augen öffnete, ruhte Demians Blick auf meinem Gesicht, und er sah mich mit so viel Begehren an, dass es mir die Sprache verschlug. Ich hatte mich noch nie so gewollt gefühlt wie in diesem Augenblick.

Dennoch nahm er sich zurück und schenkte mir seine volle Aufmerksamkeit. Mit den Fingern umspielte er meine Klitoris, sorgte dafür, dass sich die Hitze in mir immer weiter aufbaute, meine Muskeln sich anspannten und der Atem stoßweise meinen geöffneten Lippen entwich. Mein Körper bewegte sich in dem Rhythmus, den Demian vorgab, und das Ziehen zwischen meinen Beinen verstärkte sich, strahlte bis in meine Zehenspitzen, meinen Bauch und ließ mich aufkeuchen. Ich murmelte leise Worte, konnte nicht sagen welche, und als Demians Finger im nächsten Moment genau die richtige Stelle trafen, löste die Berührung den Druck, der sich in mir aufgebaut hatte, in einer wellenartigen Empfindung. Sie pulsierte in meinem gesamten Körper, bis in meine Fingerspitzen hinein. Ich erbebte und kam mit einem erstickten Stöhnen zum Höhepunkt. Mein Herz wummerte heftig in meiner Brust, und mein schneller Atem war das einzige Geräusch, das die Stille im Zimmer unterbrach.

Demian presste mir einen Kuss auf die Schläfe. »Achtung«, murmelte er und begann, die Decke unter meinem Körper hervorzuziehen.

»Was machst du?«, fragte ich und drehte mich auf die Seite, um ihn besser sehen zu können.

»Uns zudecken.«

»Was? Nein. Was ist mit dir?« Denn ich hatte das Gefühl von Demians Erektion zwischen meinen Schenkeln nicht vergessen und definitiv nicht vor, nur zu nehmen.

»Es ist weit nach Mitternacht, wir sollten schlafen«, sagte er bestimmt und ließ die Decke über meinen Körper gleiten. »Außerdem gehe ich einfach mal davon aus, dass es ein nächstes Mal geben wird …«, fügte er mit hörbarem Lächeln in der Stimme hinzu.

»Kommt drauf an, wie du dich benimmst«, gab ich zurück und unterdrückte ein Gähnen. War ich vorhin im Wohnzimmer erschöpft gewesen, war es nichts gegen dieses Gefühl. Ich war komplett tiefenentspannt, und die Müdigkeit überrollte mich ohne Vorwarnung, sodass ich Mühe hatte, die Augen aufzuhalten. Dennoch zwang ich mich, Demian weiter anzusehen. Er hatte sich auf den Unterarmen abgestützt und betrachtete mich mit einem schiefen Lächeln.

»Du solltest schlafen. Heute war ein langer Tag, und morgen wird mit Sicherheit noch länger.«

»Hm«, nuschelte ich in das Kissen. »Ich mag deine Schwester. Und deine Eltern.«

»Sie mögen dich auch.«

»Meinst du?«

»Ziemlich sicher.«

»Erzählst du mir was?«, fragte ich, zog mir die Decke bis an die Nase und versank völlig in dem wohlig warmen Gefühl.

»Was denn?«

»Weiß nicht«, sagte ich leise und gähnte schon wieder. »Irgendwas über deine Kindheit oder über dich. Deine Schwester hat nämlich recht, es kann nicht sein, dass wir so wenig übereinander wissen.«

»*So* wenig nun auch wieder nicht«, protestierte Demian, kam meinem Wunsch aber nach, denn er drehte sich auf den Rücken und zog mich mit seinem linken Arm näher zu sich, bevor er diesen um mich legte.

»Lass mich nachdenken. Eine meiner ersten Erinnerungen ist von damals, als ich vier Jahre alt gewesen sein müsste. Meine Eltern waren nicht da, und meine Grandma hat auf uns aufgepasst, ist allerdings auf der Liege im Garten eingeschlafen. Marissa und ich haben uns im Wohnzimmer aus Stühlen, Kissen und etlichen Decken eine Höhle gebaut, und sie hat mich *ET* schauen lassen. Das hatten meine Eltern eigentlich verboten, das weiß ich noch …«

Ich schloss die Augen und lauschte Demians ruhiger, tiefer Stimme. Mein Gesicht lag auf seiner Brust, und ich spürte die Vibrationen, wenn er sprach, an meiner Wange. Keine Ahnung, wann ich mich zuletzt so geborgen gefühlt hatte. Vielleicht hatte ich es auch noch nie getan. Auf jeden Fall war ich mir sicher, dass ich noch nie so glücklich eingeschlafen war wie in dieser Nacht.

37. KAPITEL

Demian

Ein Handy riss mich aus dem Schlaf, und ich brauchte einen Moment, um zu realisieren, dass es nicht mein Weckton war. Ich schlug die Augen auf und lächelte in Fionas Haar hinein, das mich an der Nase kitzelte. Mein rechter Arm lag um ihre Taille, während sie nach dem Handy tastete, das sie kurz darauf zum Schweigen brachte. Sie stieß ein müdes Grummeln aus, bevor sie sich streckte.

»Gut geschlafen?«, murmelte ich an ihrem Ohr.

»Sehr gut«, nuschelte sie zurück und gähnte herzhaft. Dann drehte sie sich zu mir um. »Nur etwas zu kurz.«

»Wieso nur?«

Ihre Antwort war ein Grinsen, als sie mir aus müden Augen entgegenblinzelte. Fiona streckte ihren Zeigefinger aus und fuhr mit ihm die Kontur meiner Nase entlang.

»Du siehst so anders aus ohne Brille.«

»Besser? Schlechter?«

»Weder noch. Einfach anders«, antwortete sie und schob die Hand wieder unter ihren Kopf. »Außerdem siehst du immer gut aus.«

Ich erwiderte ihr Lächeln, als von unten plötzlich ein Scheppern nach oben drang, das uns aus unserer kleinen Blase herausriss.

»Sie beladen bestimmt gerade das Auto«, mutmaßte ich.

»Dad wollte die Sachen schon einmal zur Location fahren. Nachher nehmen wir dann das Taxi.«

»Dann sollten wir dringend aufstehen.« Jegliche Müdigkeit schien innerhalb einer Sekunde von Fiona abzufallen, denn sie setzte sich auf und hatte im nächsten Moment bereits die Beine aus dem Bett geschwungen.

»Nur mit der Ruhe«, erwiderte ich nach einem Blick auf meine Uhr. Ich nahm meine Brille vom Nachttisch und schob sie mir auf die Nase. »Wir haben noch mehr als genug Zeit.«

»Sprich für dich, du wirfst dir bestimmt nur einen Anzug über. Ich muss mich noch umziehen, schminken und meine Haare machen.«

Sie zog sich die Pyjamahose über, die wir gestern achtlos auf den Boden geworfen hatten, und strich sich die Haare glatt.

»Fast unauffällig, wenn du jetzt noch dein Shirt richtig herum anziehst.«

Fiona sah an sich hinab und lachte. »Wie im Film.«

Sie verschwendete jedoch keine Zeit damit, es umzudrehen, sondern begann, ihre Sachen zusammenzusuchen.

»Kann ich dir einen Kaffee bringen? Oder Frühstück?«

»Kaffee wäre ein Traum.«

»Kommt sofort.« Ich stand auf, ging um das Bett herum und drückte Fiona einen Kuss auf die Nase.

»Danke«, erwiderte sie und beugte sich dann über ihren Koffer. »Ich verschwind noch schnell im Bad und mach mich dann fertig. Ruf mich, wenn deine Schwester bei irgendwas Hilfe braucht, ja?«

»Mach ich, aber keine Sorge. Sie hat schon vor Ewigkeiten jemanden für Haare und Make-up bestellt, ich bin mir sicher, derjenige kommt gleich her. Dann sitzen wir bestimmt eh ewig rum, bis es losgeht.«

»Okay! Ich beeil mich trotzdem.« Sie warf ein Glätteisen und eine Haarbürste aufs Bett. »Ich bin irgendwie nervös.«

»Warum?«

»Weil es so was Festliches ist.« Sie hob die Schultern. »Ich fühle mich bei so was immer fehl am Platz.«

»Musst du nicht. Sowieso nicht, aber erst recht nicht bei meiner Schwester und Theo. Die beiden sind total entspannt, und sobald die Tanzfläche eröffnet ist, hat das nichts Zeremonielles mehr, wetten?«

»Okay«, sagte Fiona, wirkte jedoch nach wie vor nervös. »Und jetzt raus mit dir, ich muss mich fertig machen und will echt nicht, dass die anderen meinetwegen warten müssen oder so.«

Sie schob mich in Richtung Tür, und ich schaffte es gerade noch, mir mein Shirt zu schnappen und es mir überzuziehen.

»Okay, okay«, sagte ich und stahl mir einen letzten Kuss, bevor ich die Tür zum Flur öffnete.

»Bis gleich«, sagte sie mit einem Lächeln, das meinen Bauch zum Kribbeln brachte, und wandte sich dann wieder ihrem Gepäck zu. Kopfschüttelnd sah ich zu, wie sie ein Utensil nach dem anderen aus ihrem Koffer befreite. Dann drehte ich mich um und betrat den Flur. Ich hatte die Tür gerade hinter mir geschlossen, als die gegenüberliegende geöffnet wurde. Meine Schwester trat, mit noch ungemachten Haaren, aus ihrem ehemaligen Kinderzimmer. Marissa hielt in der Bewegung inne und ließ ihren Blick einmal langsam über mich gleiten – von meinem Schlafanzug bis hin zu meinen mit Sicherheit verstrubbelten Haaren. Sie blinzelte ein paarmal, dann verzog sie den Mund zu einem breiten Grinsen.

»So, so«, sagte sie langsam. »Ist ja interessant.«

»Spar dir deinen Kommentar«, sagte ich.

Dankenswerterweise tat sie das tatsächlich, das Grinsen verschwand jedoch nicht aus ihrem Gesicht. Selbst dann nicht, als ich ihr in die Küche folgte, wo meine Mum nervös auf ihr Handy blickte. »Er ist immer noch nicht da!«

»Morgen«, begrüßte ich sie, bevor ich sie mit fragendem Blick musterte. »Wer ist nicht da?«

»Pietro. Der Stylist.«

»Hast du ihn noch einmal angerufen?«, fragte Marissa.

»Mehr als einmal.«

Ich war ans Regal mit den Tassen getreten, hielt jedoch in der Bewegung inne. »Wann sollte er denn kommen?«

»Vor etwa vierzig Minuten«, erwiderte Marissa, und nun schwand das Lächeln doch von ihrem Gesicht, und sie blickte nervös zu unserer Mutter. »Das ist etwas lang für einen kurzen Stau, oder?«

»Zumal er dann ja hätte anrufen können.« Mit grimmigem Blick drückte sie auf die Wahlwiederholung und hielt sich das Smartphone ans Ohr.

»Kaffee?«, fragte ich tonlos in Richtung meiner Schwester, die nickte. Ich stellte eine dritte Tasse auf die Theke und wartete, bis meine Mutter das Handy sinken ließ, bevor ich die Kaffeemaschine betätigte, die die Küche mit einem lauten Summen füllte.

»Und nun?«, fragte Marissa und sah hilfesuchend zu unserer Mum. Ich erlebte sie selten nervös, doch jetzt tigerte sie unruhig um die Kücheninsel herum.

»Ich könnte Fiona fragen, ob sie dir die Haare macht? Du meintest doch, du magst ihre Frisurenvideos. Ich weiß ja nicht, was du dir für den Stylisten überlegt hast, aber vielleicht kriegt sie was Ähnliches hin?«

Marissa schüttelte den Kopf. »Kommt nicht infrage! Sie ist hier zu Gast. Eigentlich hätte ich ihr sogar anbieten können, dass Pietro ihr auch beim Fertigmachen hilft.«

»Zum Glück sind wir viel zu früh dran«, murmelte meine Mum und wählte wieder die Nummer, ungeachtet der Lautstärke der Maschine, die gerade die zweite Tasse mit Kaffee befüllte. Meine Schwester schnappte sich die bereits fertige Tasse und trank direkt einen Schluck.

»Vermutlich nicht gerade das Beste für meine Nerven«, meinte sie.

»Pietro! Hallo!« Meine Mutter hielt sich das freie Ohr zu und verließ die Küche, um in Ruhe zu telefonieren.

»Ich weiß, du glaubst nicht an Gott, aber dann flehe bitte das Universum an, dass er gleich hier ist. Ich kann nicht mal einen anständigen Lidstrich. Wie schaffen Leute das, ohne dass ihre Hände zittern?«

»Das wird schon«, redete ich Marissa gut zu, doch als unsere Mum die Küche betrat, versprach ihr Gesichtsausdruck das genaue Gegenteil.

»Pietro hatte einen Autounfall. Es ist alles gut«, beeilte sie sich zu sagen, als sie meine Schwester zischend einatmen hörte. »Es ist nichts Schlimmes passiert, es war ein Auffahrunfall am Ende eines Staus. Aber er schafft es nicht, zumindest nicht pünktlich.«

»Scheiße«, fluchte Marissa in ihre Kaffeetasse. »Aber Hauptsache, ihm ist nichts passiert. Meinst du, wir finden auf die Schnelle noch jemand anderen?«

Meine Mum blickte auf die Küchenuhr, und obwohl sie nichts sagte, zog sie ihre Mundwinkel noch ein Stück weiter nach unten, was Antwort genug war.

»Ich frag jetzt Fiona«, sagte ich, schnappte mir die dritte Tasse und ging, ohne auf die protestierenden Worte meiner Schwester zu achten, die Treppe zurück nach oben.

Leise Musik drang aus dem Gästezimmer. Mit dem Ellbogen klopfte ich an und öffnete auf das »Herein« hin die Tür.

443

»Kaffeeservice.«

Fiona saß, die noch feuchten Haare zu einem Dutt gedreht, vor dem großen Schminktisch am anderen Ende des Raums. Sie hatte bereits mehrere Make-up-Utensilien darauf bereitgelegt, unter anderem die Palette ihrer eigenen Linie. Ob sie recht hatte und sie sich wirklich nicht mehr verkaufte? Wegen meines Videos? Ich hoffte inständig, dass dem nicht so war. Es war ein Wunder, dass Fiona mich trotz allem mochte. Vor allem aber war es unfair, dass sie weiter unter all dem leiden sollte.

»Danke!« Fiona lächelte mir im Spiegel entgegen.

Ich stellte den Kaffee auf dem hellen Tisch ab und fasste einen Entschluss. Ich würde das Video noch dieses Wochenende fertigstellen. Wir hatten alles, was wir brauchten – zumindest glaubte ich nicht, dass wir an weitere Infos kamen. Was wir besaßen, musste reichen.

»Alles okay?«, fragte Fiona und riss mich so aus meinen Gedanken.

»Unten ist ein kleiner Notstand ausgebrochen.«

Fiona zog die Augenbrauen zusammen. »Ist deine Schwester nervös?«

»Auch, aber der Stylist, den sie gebucht hat, hatte einen Unfall und schafft es heute nicht.«

»Oh shit. Braucht sie Hilfe?«

Sie stand schon, bevor ich überhaupt hatte nicken können.

»Du kannst dich sicher erst fertig machen.«

»Ne, auf keinen Fall. Dass deine Schwester fertig ist, ist ein bisschen wichtiger.« Sie schnappte sich den Kaffee vom Tisch und räumte ihre Schminkutensilien zusammen. »So«, sagte sie mit zufriedenem Nicken.

»Sie ist in der Küche unten.«

»Das passt gut, da sind viele Fenster, und das Licht ist super. Kommst du nicht mit?«

»Ich komm gleich nach, muss noch was erledigen.«

Fiona sah mit fragendem Blick zu mir auf, doch ich zwinkerte ihr bloß zu und öffnete die Tür, damit sie, den Waschbeutel unter den Arm geklemmt, hindurch konnte. Mit einem Schulterzucken machte sie sich auf den Weg in die Küche. Ich hingegen ging nach nebenan zu meinem alten Kinderzimmer. Am besten ließ ich keine Zeit mehr verstreichen. Ich schnappte mir Laptop und Ladekabel und verstaute sie in der Tasche. Vielleicht konnte ich im Auto mit dem Schneiden der Dateien beginnen oder die Wartezeit nutzen, während Marissa und Theo mit dem Fotografen unterwegs waren.

Ich nahm meine Kamera aus dem Koffer und platzierte sie mangels Stativ in meinem Bücherregal. Das Licht war nicht optimal, und das Fenster links vom Regal warf einen harten Schatten in mein Gesicht, aber es war besser als nichts – und vor allem besser, als weitere, kostbare Zeit verstreichen zu lassen. Ich öffnete die Notizen, die ich mir auf dem Laptop gemacht hatte, und startete die Aufnahme.

»Was hast du denn so lang da oben getrieben?«, erkundigte sich Marissa und sah mich mit fragendem Blick an, als ich zurück nach unten kam. Sie saß auf einem der Küchenstühle, Fiona stand hinter ihr und steckte ein paar letzte Strähnen fest. »So lang kann es ja nicht gedauert haben, diesen Anzug anzuziehen. Aber steht dir.«

Fiona blickte über ihre Schulter zu mir und ließ ihren Blick einmal über mich wandern. Ich mochte mir ihr Schlucken einbilden, aber ihr Ausdruck brachte mich dennoch zum Schmunzeln.

»Ich hab ein Video gedreht.«

Fiona zog die Augenbrauen in die Höhe. »*Das* Video?«

»Jetzt? Vor meiner Hochzeit?«

»Besser als währenddessen«, gab ich zurück und nickte Fiona dann zu. »Ja, ich wollte nicht mehr länger warten.«

Fionas Lächeln wurde noch ein Stückchen breiter, und ich meinte, Dankbarkeit in ihrem Blick zu erkennen.

»Deine Ruhe hätte ich gern«, gab Marissa zurück und betrachtete sich in dem kleinen Spiegel, der vor ihr auf dem Tresen aufgebaut war. »Ich bin jetzt doch ganz schön nervös.«

»Musst du nicht sein«, sagte ich. »Du siehst wunderschön aus.«

»Und so erwachsen«, meinte meine Mum, die hinter mir auf einem Stuhl aus dem Esszimmer saß. In der Hand hielt sie ein zerknülltes Taschentuch, das sie sich an die Brust drückte. »Ich darf nicht schon wieder heulen«, murmelte sie und sah blinzelnd zur Decke.

»Ist okay, das Make-up ist wasserfest«, warf Fiona ein. Offensichtlich hatte sie meine Mum ebenfalls gestylt, denn ihre Haare saßen perfekt.

Mit einem Grinsen trat ich zu ihr und rieb ihr über den Rücken. »Keine Sorge, Marissa benimmt sich ja zum Glück so überhaupt nicht erwachsen.«

»Das soll bestimmt 'ne Beleidigung sein, aber ich stimme dir ausnahmsweise zu«, antwortete diese und schloss die Augen, während Fiona Haarspray in ihre Frisur gab. »Ich dachte immer, wenn man heiratet, hat man sein Leben im Griff und fühlt sich, als würde man über den Dingen stehen.«

»Falls ihr euch entscheidet, Kinder zu kriegen, werden die Gedanken noch schlimmer«, meinte meine Mum. »Robert und ich haben uns damals so oft gefragt, wie es sein kann, dass sie einen einfach Kinder zeugen lassen, ohne eine Art Beipackzettel dazuzugeben. Auf so was ist man nie vorbereitet und auf die Ehe auch nicht.« Sie zuckte mit den Schultern. »Und es gelingt trotzdem irgendwie.«

Ich warf einen skeptischen Blick zu Marissa. »Nun ja. Beim zweiten Versuch zumindest, was? Zum Glück konntet ihr an Marissa üben, bevor ihr mich bekommen habt.«

Mit einem Grinsen griff meine Schwester nach einem mit Wimperntusche verschmierten Tuch und warf es mir gegen die Brust. Ich hob es vom Boden auf und holte aus, um es zurückzuwerfen, doch meine Mum war schneller und nahm es mir aus der Hand. »Wehe, du ruinierst ihr Make-up!«

Fiona lachte leise, steckte eine letzte Strähne fest und nickte dann zufrieden. »So, fertig!«

Sie nahm einen Spiegel, damit Marissa ihre Frisur begutachten konnte. Meine Schwester presste sich die Hand vor den Mund und seufzte hörbar auf. »Das ist wundervoll. Vielen, vielen Dank.« Sie stand auf und drückte Fiona fest an sich. »Du hast mich gerettet, wirklich!«

»Keine Ursache!«, sagte Fiona, und bei ihrem Lächeln wurde mir warm ums Herz. »Das hat wirklich Spaß gemacht. Ich hab noch nicht so oft andere Menschen geschminkt. Also Kaycee manchmal, als wir noch jünger waren. Hätte nicht gedacht, dass mir das so viel Freude bereitet.«

»Ich steh dir gern jederzeit zur Verfügung«, meinte Marissa.

»Ich werd es mir merken. So, jetzt sollte ich mich aber wohl mal fertig machen.«

»Oh, na klar«, sagte Marissa und half Fiona, ihre Sachen zusammenzupacken.

»Und ich sollte mein Kleid schon einmal anziehen«, meinte meine Mutter mit Blick auf die Uhr. »Demian, schnapp dir bitte deinen Vater und sag ihm, dass das Taxi bald da ist. Dein Dad ist draußen, noch nicht umgezogen und viel zu entspannt. Wehe, er ist nicht bereit, wenn wir loswollen!«

»Wird gemacht«, sagte ich, wobei der tadelnde Blick, den

meine Mum durchs Küchenfenster nach draußen in den Garten warf, mich zum Lachen brachte.

Ich betrat gerade wieder den Flur, als ich hörte, wie die Tür zum Gästezimmer geöffnet wurde. Das leise Klackern von Absätzen erklang, und ich sah nach oben. Mein Herz klopfte nervös, was albern war, immerhin hatte ich Fiona eben erst gesehen. So mussten sich die Menschen in den amerikanischen Highschool-Filmen fühlen, wenn sie ihr Date zum Abschlussball abholten.

Das Klackern der Schuhe kam zu einem Stopp, und dann betrat Fiona die Treppenstufen.

»Wow«, sagte ich. Zu leise, als dass sie es hätte hören können, aber das Wort entwich meinem Mund dennoch. Sie sah wunderschön aus. Sie trug ein langes, dunkelgrünes Kleid, dessen Träger seitlich an den Oberarmen ruhten. Der spitzenbesetzte Stoff saß oben eng, als wäre das Kleidungsstück eigens für sie entworfen worden, und ging unterhalb der Brust in einen seidenglatten, fließenden Stoff über, der bis zum Boden reichte. Ihre Haare hatte sie hochgesteckt, wobei einzelne helle Strähnen ihr Gesicht umrahmten. Als sie die Treppe zu mir nach unten kam, offenbarte der lange, seitliche Schlitz ihres Kleides ihr Bein und die ebenfalls dunkelgrünen High Heels.

Mit einem Lächeln kam sie vor mir zum Stehen. Durch die hohen Schuhe waren wir beinahe auf Augenhöhe.

»Du siehst …« Ich ließ meinen Blick noch einmal über sie gleiten, doch es gab keine Worte, die annähernd beschreiben konnten, wie wunderschön sie in diesem Moment aussah. Also schüttelte ich bloß den Kopf. »Wow«, sagte ich noch einmal.

»Du siehst ebenfalls nicht schlecht aus«, erwiderte sie mit Blick auf meinen Anzug. »Wie geht es Marissa?«

»Sie ist jetzt endlich auch nervös.«

»Wurde Zeit. Ich war zwar noch nie auf einer Hochzeit, aber ich glaube, das Brautpaar sollte aufgeregt sein, oder?«

»Vermutlich«, sagte ich und ließ meinen Blick wieder über Fiona gleiten. Ich konnte definitiv nicht leugnen, dass auch ich aufgeregt war. Natürlich wegen der Hochzeit meiner Schwester, doch nun umso mehr wegen Fiona. Weil ich so einen besonderen Tag wie heute mit ihr verbringen durfte.

»Na dann, lass uns mal zu den anderen gehen. Marissa kann Ablenkung sicher gut gebrauchen.«

Ich nahm Fionas Hand und ging mit ihr in Richtung Küche. Ihr Blick wanderte zu unseren verschränkten Fingern, doch sie löste ihre nicht aus meinen, sondern lächelte bloß zu mir auf. Marissa hatte ohnehin schon eins und eins zusammengezählt, und ich wollte mich nicht verstecken. Nicht vor meiner Familie, aber auch sonst vor niemandem. Denn wenn es nach mir ging, wäre heute nicht der letzte besondere Tag, den wir gemeinsam verbrachten, sondern der erste von vielen.

38. KAPITEL

Demian

Meine Schwester hatte ganze Arbeit geleistet. Die Location sah aus, als wäre sie einem Märchen entsprungen, und durch die umliegenden Bäume wirkte es, als befänden wir uns mitten auf einer Lichtung. Während der überdachte Bereich für Cocktails und das Buffet genutzt wurde, standen die Holztafeln im Gras unter hohen, weißen Pavillons, deren Beine mit Efeuranken umwickelt waren, in denen Lichterketten leuchteten. Die Tische waren ebenfalls mit Lichterketten und etlichen Pflanzen verziert, und die Windlichter, die Fiona und Marissa gestern Abend noch vorbereitet hatten, rundeten das Ganze ab. Die tiefstehende Nachmittagssonne, die sich durch die Baumwipfel einen Weg nach unten brach, tauchte alles in warmes Licht. Obwohl kurz vor der kirchlichen Trauung Wolken aufgezogen waren, hatte das Wetter Gott sei Dank gehalten, und so standen nun alle in kleinen Gruppen zusammen auf der Wiese oder auf dem gepflasterten Platz vor der Hütte, redeten und tranken Cocktails. Leise, akustische Musik drang aus den Boxen und wurde von lebhaften Gesprächen und Vogelzwitschern überlagert.

Neben mir ertönte das Klicken einer Kamera, und als ich den Kopf nach links drehte, starrte ich geradewegs in die Linse.

»Sagtest du nicht, du machst Fotos von der Location? Dafür war das Objektiv gerade ganz schön nah an meinem Gesicht.«

»Die Gäste gehören zur Location«, entgegnete Fiona mit einem Schulterzucken. Sie ließ den Blick über das Szenario wandern, das ich gerade betrachtet hatte. Ein Lächeln bildete sich auf ihrem Gesicht. »Es ist so toll hier. Und die Trauung war auch wunderschön. Das Schönste war vor allem, dass du geweint hast.«

Grinsend stieß ich ihr mit dem Ellbogen gegen den Oberarm.

Sie drückte ein paar Knöpfe auf ihrer Kamera. »Ich glaub, das hab ich auch festgehalten. Macht sich sicher gut auf Instagram …«, sagte sie und sprang lachend einen Schritt zur Seite, als ich versuchte, ihr die Spiegelreflex abzunehmen.

Fiona hatte die letzte Stunde genutzt, um Fotos von der Deko und den Gästen zu machen, wie sie es meiner Schwester versprochen hatte. Währenddessen hatte ich mich – sehr zum Leidwesen meiner Mum – tatsächlich mit dem Laptop in den Mitarbeiterraum der Hütte verzogen, um das Intro zusammenzuschneiden. Die Standpauke, dass ich mich am Hochzeitstag meiner Schwester, die wohlgemerkt noch nicht hier war, an die Arbeit setzte, würde ich mir morgen wohl noch häufiger anhören dürfen, aber das war es mir wert. Ich wollte Fiona immer so gelöst und glücklich sehen wie heute, und wenn ich auf diese Weise meinen Teil dazu beitragen konnte, wollte ich es lieber früher tun als später. Ich hatte bereits Screenshots der Passagen der E-Mails, die ich verwenden durfte, gemacht und das Intro fertiggestellt. So konnte das Video wohl tatsächlich schon zu Beginn der nächsten Woche online gehen. Hoffentlich würde sich damit alles für Fiona klären. Ihrer Mutter und potenziellen Talks, denen sie beiwohnen konnte, nahmen wir so auf jeden Fall Wind aus den Segeln.

Mein Magen gab einen grummelnden Laut von sich, und ich presste die Hand auf den Bauch. »Ich hoffe, die beiden sind bald mit dem Fototermin durch, kommen her, machen ihren Tanz und eröffnen dann schnell das Buffet. Oder aber sie machen das absichtlich, damit die Cocktails bei allen schneller wirken und sie ein bisschen am Alkohol sparen können.«

»Klug wäre es. Ich will gar nicht wissen, wie teuer so eine Hochzeit ist.«

»Die beiden haben viel selbst organisiert, und in der Band spielt ein Freund von Theo. Aber ja …« Ich griff mir an die Brust. »Einen Preis hat die Liebe immer.«

Fiona verdrehte die Augen, ihr Gesichtsausdruck wurde jedoch ernst, als ich mit dem Finger sanft ihren Oberarm entlangstrich, bis ich an dem spitzenbesetzten Stoff ihres Trägers angekommen war. »Hab ich dir eigentlich schon gesagt, wie wunderschön du bist?«

»Nur achtmal«, erwiderte sie schmunzelnd. »Und ich sauge jedes einzelne Mal auf wie ein Schwamm, weil ich genau weiß, dass sich das zurück in London wieder ins Gegenteil wandelt.«

»Als ob ich so schlimm wäre!«

Fiona öffnete gerade den Mund, um etwas zu erwidern, als das Licht, das aus der Hütte und den Pavillons drang, gedimmt wurde. Niclas, Theos Bruder und selbsternannter DJ des heutigen Tages, fuhr die Musik herunter und griff zum Mikrofon. Die Gespräche um uns herum verklangen nach und nach, und alle wandten sich in Richtung Tanzfläche. Mit einem breiten Lächeln klopfte er einmal sachte aufs Mikrofon.

»Meine Damen und Herren!«, begann Niclas mit bühnenreifer Stimme. »Ich freue mich, dass ihr alle hier seid, um die wunderschöne Marissa und meinen nervigen, aber okay geratenen Bruder zu feiern. Ich bin Niclas und habe die Ehre, heute Abend euer DJ zu sein. Zögert nicht, später mit Musikwünschen auf mich zuzukommen. Doch wie sich das gehört, eröffnen nicht wir die Tanzfläche, sondern die beiden Menschen, deretwegen wir uns hier versammelt haben. Ich bitte euch alle um volle Aufmerksamkeit und einen lauten Applaus für Mr und Mrs Nichols.«

Ich drehte mich um, und im nächsten Moment kamen Marissa und Theo den mit Leuchten gesäumten Weg entlang, während die Band im Hintergrund Bright Eyes' *First Day of My Life* anspielte. Aus dem Augenwinkel sah ich, wie meine Mum zum bestimmt hundertsten Mal an diesem Tag ihre Augen mit dem Taschentuch abtupfte. Aber ich konnte es ihr nicht verübeln.

Marissas und Theos Strahlen war ansteckend und übertrug sich nicht nur auf mich, sondern auf alle anderen Gäste. Meine Schwester sah großartig aus in ihrem weißen Kleid mit der langen Schleppe, und die Art, wie Theo sie ansah und sie seinen Blick erwiderte, brachte meine Augen schon wieder zum Brennen. Hand in Hand liefen sie an den Gästen vorbei in Richtung Tanzfläche und wurden dabei lautstark angefeuert. Mein Dad stieß einen Pfiff aus, als Marissa ihn erreichte, und sie warf ihm lachend eine Kusshand zu.

Gemeinsam mit dem Rest der Gäste rutschten Fiona und ich näher an die Tanzfläche heran, auf der Theo und Marissa zum Stehen kamen. Er legte seine Hände um sie, und die beiden bewegten sich im Takt der Musik, ohne einander aus den Augen zu lassen. Obwohl gut fünfzig Gäste sie beobachteten, wirkte es, als nähmen die beiden nur einander wahr. Für einen Moment schien die Zeit stillzustehen, und alle beobachteten meine Schwester und ihren Ehemann beim Tanzen. Dann endeten die sanften Gitarrentöne, und der Sänger der Band ließ seinen letzten Ton ausklingen. Marissa und Theo kamen zum Stehen, und alle brachen in Applaus aus. Anstatt den nächsten sanften Song anzustimmen, erschien ein Drummer auf der Bühne der Band und schlug ein paar Töne an. Marissa und

Theo drehten sich mit breitem Grinsen zum Publikum um und winkten die Leute auf die Tanzfläche. Im nächsten Moment legte die Band los, und ich brauchte einige Takte, um zu erkennen, dass es sich bei dem Song um *Kiss* von Prince handelte. Mein Dad hingegen ließ keine Sekunde verstreichen und bewegte seine Hüfte zu den Schlägen des Drummers. Angefeuert vom Lachen und den Pfiffen der Umstehenden zog er meine Mum auf die Tanzfläche zu seiner Tochter.

Ich drehte mich zu Fiona um, die meine Eltern lachend anfeuerte, während sich erste weitere Paare aufs Parkett wagten.

»Tanz mit mir«, sagte ich und hielt ihr die Hand hin.

»Demian O'Neill tanzt?«, fragte sie mit erhobenen Brauen.

»Ja, aber sag es keinem weiter.«

»Na, dafür leg ich doch glatt meine Kamera zur Seite.« Fiona packte ihre Canon auf einen freien Stehtisch, reichte mir ihre Hand und ließ sich dann von mir auf die Tanzfläche führen. Während Marissas und Theos Tanz eben noch elegant und feierlich gewesen war, hüpften nun alle auf der Tanzfläche herum, und lediglich einzelne Paare versuchten sich an einem Disco-Fox und hoben das Niveau damit. Fiona und ich gehörten definitiv nicht dazu. Zu meiner Überraschung tanzte Fiona völlig ausgelassen, reckte die Arme über den Kopf und ließ sich sogar von meinem Dad im Kreis drehen, bevor er sie lachend losließ und sie wieder zu mir taumelte.

»Korrigiere, *das* hier ist der schönste Tag seit Langem«, rief sie mir über die Musik ins Ohr. »Dabei dachte ich, dass gestern nicht mehr zu toppen ist.«

Anstatt einer Antwort hielt ich einfach ihre Hand, bewegte mich mit ihr im Takt zur Musik und genoss den Anblick, der sich mir bot. Denn das Leuchten in ihren Augen, die sich vom Tanzen lösenden Strähnen, das Weiß ihrer Zähne, das bei ihrem Lachen das dämmrige Licht reflektierte, erfüllten mich mit Freude und seltsamerweise auch mit Stolz. Stolz auf diese Frau, die trotz aller Widrigkeiten hier stand und inmitten dieser fremden Menschen ausgelassen tanzte. Ich hatte Fiona angespannt und verunsichert kennengelernt, kampflustig und selbstsicher auch, ja, aber stets mit hoch errichteten Mauern. Die Frau, die mir jetzt gegenüberstand und den Text von Prince mitsang, wirkte wie das genaue Gegenteil: entspannt, ausgelassen und vor allem glücklich. Mir war klar, dass ich nicht der alleinige Grund für ihre Fröhlichkeit war. Die hatte sie sich mühsam selbst erkämpft, hatte allem getrotzt, nie aufgegeben und war für sich eingestanden, wenn andere längst eingeknickt wären. Aber ich war unendlich dankbar, in diesem Moment an ihrer Seite stehen und an ihrem Glück teilhaben zu dürfen. Ihr Kleid mochte mich heute Vormittag beeindruckt haben, doch das Lachen, das sie mir gerade schenkte, warf mich um.

Die Band beendete den Song und ging nahtlos in einen ruhigeren über. Einzelne Leute verließen die Tanzfläche, andere gesellten sich hinzu, doch das nahm ich alles nur nebenbei wahr. Meine gesamte Aufmerksamkeit lag auf Fiona, der mein Blick natürlich nicht entging. Fragend sah sie mich an, ich ergriff ihre Hände und zog sie näher an mich.

»Ich bin froh, dass du hier bist«, sagte ich gerade laut genug, dass sie mich über die sanften Klänge des Lieds verstand. »Auf der Hochzeit, aber auch bei mir.«

Fiona lächelte zu mir auf. »Ich bin genauso froh, hier zu sein.«

Wir wiegten uns im langsamen Takt der Musik, meine Hände an Fionas Rücken, ihre auf meiner Brust.

»Ich wünschte, ich könnte die Zeit anhalten.«

»Das ist sehr unwissenschaftlich von Ihnen, Mr O'Neill.«

»Das ist mir egal«, erwiderte ich mit rauer Stimme, und im nächsten Moment hielt Fiona in der Bewegung inne, reckte ihren Kopf und küsste mich sanft auf den Mund. Ihre Lippen streiften meine, ich atmete den blumigen Duft ihres Parfums ein, und, Gesetze der Physik hin oder her, ich hätte schwören können, dass die Welt in diesem einen Augenblick zum Stehen kam und einen unantastbaren Raum für Fiona und mich schuf. Und ich hoffte mit allem, was ich hatte, dass wir immer wieder zu ihm würden zurückkehren können.

39. KAPITEL

Fiona

Die letzten Stunden und Tage waren ein einziger Wirbelwind gewesen. Ich war nervös in das Wochenende gestartet und fühlte mich nun so wohl wie schon ewig nicht mehr. Demians Lippen lagen auf meinen, und er strich sanft meine Wange entlang, bevor seine Hand wieder an meinem Rücken zum Ruhen kam.

Insgeheim hatte ich mich immer gefragt, ob ich so etwas einmal finden würde. Dieses Gefühl der Geborgenheit, das ich zu Hause nie kennengelernt hatte. Jemanden, der mich so nahm, wie ich war. Vielleicht hatte ich stets an falscher Stelle danach gesucht. Womöglich war es aber auch gar kein Zustand, den man durch Suchen erreichen konnte. Möglicherweise ließ er sich nicht herbeiführen, sondern die Gefühle holten einen dann ein, wenn man es am wenigsten erwartete, wie es bei mir der Fall war. Denn Demian wäre wohl der Letzte gewesen, bei dem ich diese Emotion, die sich so sehr nach Ankommen anfühlte, vermutet hätte.

Ich hätte nicht sagen können, wie viele Lieder wir noch eng-umschlungen tanzten, denn spätestens nach dem zweiten hatte ich jegliches Zeitgefühl verloren. Wir sprachen nicht, wir bewegten uns nur sanft im Rhythmus der Musik, sahen einander an und genossen die Nähe des jeweils anderen. So lange, bis die Musik stoppte und der Sänger der Band das Mikrofon Marissa überreichte.

»So, meine Lieben«, begann sie. »Jetzt kommt der Moment, auf den wir alle gewartet haben. Der Satz, auf den ich mich genauso sehr gefreut habe wie aufs Jawort: Das Buffet ist eröffnet. Also schlagt zu, aber lasst mich als Erstes in die Schlange, ich war heute nämlich zu nervös, um auch nur einen Bissen runterzubekommen.«

Marissa erntete einige Lacher, steckte das Mikrofon in den Ständer und verließ mit der Band die Bühne, woraufhin Niclas die Musikauswahl übernahm. Ein paar Leute blieben auf dem Parkett und bewegten sich zu den neu aufgelegten Klängen, die meisten jedoch ließen sich Marissas Worte nicht zweimal sagen und gingen sofort zur Hütte.

»Essen?«, fragte Demian und zog mich langsam von der Tanzfläche.

»Auf jeden Fall«, erwiderte ich. »Ich wechsle nur schnell den Akku an der Kamera, dann bin ich zurück.«

»Oder du gönnst dir mal eine Pause, du hast bereits Porträts der Gäste und Aufnahmen der Location gemacht, das ist mehr als genug.«

»Um zu verpassen, wie Marissa nachher die Torte anschneidet? Auf keinen Fall! Bin sofort wieder da.«

»Soll ich warten?«

»Quatsch, geh schon mal rein. Deine Mum hat sich so an den Platzkärtchen verausgabt, ich werd dich schon wiederfinden.«

»Okay.« Demian strich mir noch einmal mit dem Daumen über die Handfläche, bevor er mich losließ und den anderen zum Buffet folgte. Ich schnappte mir meine Kamera und ging, ein Lächeln auf dem Gesicht, zur Seite der Hütte, wo eine Tür zum abgetrennten Mitarbeiterraum direkt neben der Küche führte. Die Angestellten hatten uns hier die Dekoration und Ähnliches lagern lassen, und ich hatte meine Tasche bei der Ankunft dazugestellt.

Ich platzierte sie auf dem Tisch an der Wand und ließ mich dann auf den Klappstuhl davor fallen. Noch taten meine Füße zum Glück nicht weh, aber ich war ewig nicht tanzen gewesen, erst recht nicht auf Absätzen. Ich öffnete die Klappe meiner Kamera, entfernte den beinahe leeren Akku und setzte den vollen ein. Dann erst fiel mein Blick auf den Laptop rechts von mir. Demians Laptop. Wozu in aller Welt hatte er ihn dabei? Er hatte doch nicht ernsthaft geplant, am Hochzeitstag seiner Schwester zu arbeiten. Andererseits war es Demian zuzutrauen, dass er genau das tat, jetzt, da wir endlich etwas in der Hand hatten, das meine Worte stützte. Das Ganze war ihm wirklich wichtig, dabei hatte ich dem Skandal in den letzten Stunden nicht einen Gedanken gewidmet. Ich hatte nicht einmal Instagram gecheckt, was wirklich unüblich für mich war.

Lächelnd erhob ich mich, warf den leeren Akku unachtsam in die Kameratasche und wollte diese zurück an ihren Platz stellen, als der Gurt der Tasche beim Hochheben auf das Touchpad des Laptops traf. Das Display leuchtete hell auf.

»Er braucht wirklich ein Passwort«, murmelte ich, ließ die Tasche auf den Boden sinken und wollte mich gerade zum Gehen wenden, als mir zwei Worte ins Auge stachen.

Catherine Harris.

Ich brauchte einen Moment, um zu realisieren, wo ich den Namen gesehen hatte. Langsam drehte ich mich zum Tisch um, den Blick auf den Bildschirm des Laptops gerichtet. Mein Herz setzte einen Schlag aus und pochte dann viel zu schnell in meiner Brust, trieb das Blut durch meine Adern, bis es in meinen Ohren rauschte. Ich hatte mich verlesen, oder?

Ich wusste, ich sollte nicht. Es war Demians Laptop. Es ging mich nichts an. Aber genauso sehr ging ihn der Name meiner Mum nichts an. Was also suchte er auf seinem Rechner?

Mit wackligen Beinen ließ ich mich zurück auf den Stuhl

sinken. Der Bildschirm zeigte Demians Postfach. Zwar war die E-Mail von Ted Baker geöffnet, vermutlich, weil Demian diese für das Video benötigt hatte, doch in der linken Leiste, in der die eingegangenen Mails gelistet wurden, stand es eindeutig. In fetten Lettern. Als Betreff einer Mail.

Dein Interview mit Catherine Harris

»Interview?«, flüsterte ich leise.

Was für ein Interview?

Ich drückte zweimal auf die Mail, und noch bevor diese sich öffnete, breitete sich Kälte in mir aus, die Besitz von meinem ganzen Körper ergriff. Sie wurde noch beklemmender, als ich die Nachrichten las, die Demian und Liam ausgetauscht hatten.

»Nein«, flüsterte ich und schüttelte den Kopf, als könnte ich irgendeines der Worte vor meinen Augen damit ungeschehen machen. Doch das, was ich hier las, konnte nicht wahr sein. Es konnte einfach nicht.

»Danke für das Telefonat gestern«, murmelte ich den Text leise mit. »Es freut mich, dass das Interview mit Mrs Harris so gut gelaufen ist. Damit lässt sich auf jeden Fall was machen. Sie hat mich gebeten, dir ihre Handynummer weiterzuleiten, solltest du Rückfragen haben. Sie hat allerdings auch betont, dass sie das als Aufschlag auf die Rechnung setzt – schau, ob du es brauchst, aber ich glaub, sie will nur mehr Geld raushandeln. Solltest du aber doch noch Hilfe beim Bildmaterial brauchen, meld dich jederzeit. Das Angebot, zu Fionas Haus zu fahren, steht nach wie vor. Vielleicht sind ja sogar Nachbarn von früher da oder wir schauen mal bei ihrer alten Schule vorbei und sprechen mit Lehrern oder so.«

Ich hielt inne, da mir plötzlich speiübel wurde. In meinem Kopf war nichts mehr außer den Worten, die ich gerade gelesen hatte, und einem fortwährenden Gedanken: *nein, nein, nein.* Ich krallte meine Finger in die Tischplatte, um Halt zu finden, während alles um mich herum auseinanderbrach. Mein Blick glitt zu der Nummer, die Liam mitgeschickt hatte. Es war die meiner Mum, daran bestand kein Zweifel. Sie hatte seit Jahren dieselbe. Also hatte sich Demian wirklich mit ihr getroffen? Aber warum? Warum sollte er das tun? Und sie? Hatten sie ihr Geld gezahlt, damit Demian sie interviewen konnte? War ihr der Urlaub wirklich so wichtig, dass sie mich dafür hinterging? Bedeutete Demian sein Ruhm so viel, dass er mich nach Strich und Faden verarschte?

Mein Herz schlug viel zu schnell, und mein Atem ging stoßweise, während mein Verstand zu begreifen versuchte, was ich gerade gelesen hatte. Hatte er mich nur benutzt? Hatte ich ihn so falsch eingeschätzt? War alles nur gespielt?

Mir war klar, dass es ein Eindringen in Demians Privatsphäre war, doch ich brauchte Gewissheit. Ich scrollte weiter hinunter, fand eine ältere Mail von Liam, in der er Demian Uhrzeit und Ort für das Treffen mitteilte. Fassungslos stand ich auf, so schnell, dass der Klappstuhl zur Seite fiel. Ich krallte die Finger in den Stoff meines Kleides genau unterhalb der Brust, wo es sich anfühlte, als ob mir jemand mit einem Messer physische Schmerzen zufügte. Es war der Tag gewesen, an dem wir im Barbican und in Greenwich gewesen waren, der Tag, an dem er mich zu seinen Eltern eingeladen hatte. Das machte alles noch schlimmer.

War das sein Plan gewesen? Hatte er nur vorgespielt, mir zu helfen, um in Wahrheit mehr über mich zu erfahren? Und was war mit gestern Nacht …

Hitze schoss mir in den Kopf, als ich daran dachte, wie wir in dem Bett gelegen hatten. Wie liebevoll er mich angesehen hatte, wie sehr ich mich ihm geöffnet hatte. All die Worte – das alles war nicht echt gewesen?

Tränen verschleierten meine Sicht, aber ich nahm ohnehin

nichts mehr um mich herum wahr. Mein Kopf spielte mir im Schnelldurchlauf all unsere Erlebnisse und Gespräche der letzten Tage vor. Lose Fetzen der Unterhaltung am Strand schoben sich in mein Bewusstsein.

Hat deine Mum sich denn mal gemeldet in den letzten Tagen?

Habt ihr euch da noch einmal gesehen?

Habt ihr euch sonst gestritten?

Meinst du, dass du sie finanziell unterstützt?

Waren seine Fragen kein ehrliches Interesse gewesen, sondern kalkuliert? Auch in Greenwich hatte er nach meiner Mum gefragt – kurz nach dem Interview mit ihr, wie ich jetzt wusste. Hatte er mich deshalb mit zu seiner Familie genommen? Um mehr aus mir herauszukriegen? Handelte es sich bei dem Video, das er vorhin gedreht hatte, gar nicht um unseres, sondern um eines zu meiner Mum?

Mein Atem ging viel zu schnell, dennoch hatte ich Schwierigkeiten, genug Sauerstoff in meine Lungen zu befördern. Kleine Sterne tanzten in meinem Sichtfeld, und ich wusste nicht, welcher Verrat mich mehr schmerzte: der meiner Mutter, der mich weniger überraschte, als er sollte, oder Demians, der des Menschen, dem ich zum ersten Mal seit Langem so viel von mir anvertraut hatte. Fest stand: Es tat weh. Es tat so verdammt weh.

Was stimmte nicht mit mir, dass ich den gleichen Fehler immer und immer wieder machte? Dass ich immer wieder an Menschen geriet, die mich ausnutzten?

Mit zitternden Fingern wischte ich mir die aufkommenden Tränen weg, bevor sie sich ihren Weg über mein Gesicht bahnen konnten. Gelächter und Musik drangen durch die Wand zu mir. Hinter dieser Wand saß Demian, feierte, lachte und freute sich vermutlich über meine Naivität.

Ich mochte dich schon von der ersten Sekunde an.

Ein Schluchzen entwich meiner Kehle. Natürlich mochte er mich von der ersten Sekunde an, da er in mir ein leichtes Opfer gefunden hatte, um seinen Kanal zu pushen. Ich hatte meine anfängliche Skepsis über Bord geworfen und ihm vertraut. Ich hatte ihm vertraut, verdammt noch mal.

Nun rannen die Tränen doch ungehindert meine Wangen hinunter, und es war mir egal. Alles war mir egal. Es war nicht so, als ob es gerade eine Rolle spielte, wie ich aussah. Ich wollte nur noch eines: hier weg. Und das so schnell wie möglich. Ich nahm meine Kamera und stopfte sie zurück in ihre Tasche. Dann griff ich nach der dünnen Jacke an der Garderobe und bückte mich nach meiner Clutch, in der Handy und Portemonnaie steckten.

Im nächsten Moment traf die langsam abkühlende Luft auf mein tränenfeuchtes Gesicht, und ich lief über die Wiese, was sich auf den Absätzen als schwierig erwies. Das Licht der Gartenlampen war nichts als ein verschwommenes Leuchten, doch es wies mir den Weg zum Parkplatz. Zum Glück waren sowohl die Wiese als auch die Tanzfläche so gut wie leer, und alle saßen beim Essen unter den Pavillons. Ich passierte ein Paar, das mit Sektgläsern an einem der geschmückten Stehtische stand, mir aber glücklicherweise keine Beachtung schenkte.

Meine Absätze fanden endlich wieder Halt. Ich stand auf dem Parkplatz, der nur schwach von zwei Laternen beleuchtet wurde, und wischte mir schniefend über die Nase. Was jetzt? Ich war mit Demians Familie hergefahren. Ich konnte ein Taxi rufen, doch meine Sachen waren nach wie vor bei Demian, ich würde sie nicht holen können. Ich wandte einen Blick über die Schulter, zurück zu der Location, wo alle friedlich feierten.

Am liebsten wäre ich zu ihm gestürmt. Hätte ihm meine Wut, meine Trauer, alles entgegengeschrien, die Schlüssel verlangt, mir meinen Koffer geschnappt und wäre zurück nach

London gefahren. Doch ich wollte keine Szene machen. Nicht während Marissas Hochzeit. Das war ihr großer Tag, und sie konnte nichts für Demians Verhalten. So gern ich Demians Familie in diesem Moment auch gezeigt hätte, was er getan hatte.

Gleichzeitig wollte ich ihn nie wiedersehen. Mit fahrigen Fingern holte ich mein Handy aus der kleinen schwarzen Clutch und suchte bei Google das nächstbeste Taxiunternehmen Norwichs heraus. Ich bestellte einen Wagen zum Parkplatz, dann setzte ich mich auf die Bordsteinstufe und wartete. Ich fühlte mich wie taub, nahm nur beiläufig die kleinen Steinchen wahr, die sich durch den Stoff in meine Oberschenkel bohrten, fühlte die warme Träne erst, als ich sie salzig an meinen Lippen schmeckte. Ich entsperrte mein Handy ein weiteres Mal und rief die eine Person an, auf die ich mich immer verlassen konnte, die mir mein ganzes Leben lang nichts als Aufrichtigkeit entgegengebracht hatte. Die einzige Person, die in der Lage wäre, dieses Loch in mir, das drohte, mich aufzufressen, zu heilen.

In dem Moment, in dem Kaycee den Anruf annahm, schaffte ich es nicht länger, den Schmerz in mir zurückzuhalten. Die Worte flossen ungehindert aus mir heraus, und ich erzählte ihr alles, was in den letzten Tagen vorgefallen war, während sie immer wieder beruhigende Laute von sich gab.

»Du kommst jetzt erst einmal ein paar Tage zu mir«, beschloss sie schließlich, als ich vor lauter Schluchzern nicht mehr weitersprechen konnte.

»Aber«, begann ich, doch sie ließ mich nicht zu Wort kommen.

»Nichts aber. Du lässt dich von diesem Taxi zum Bahnhof bringen und fährst von dort direkt nach Croydon. Dann kommst du zu mir. Keine Widerrede. Ich hab dich lieb.«

»Ich dich auch«, sagte ich mit rauer Stimme. »So sehr.«

40. KAPITEL

Demian

Meine Mum nahm auf der Bank zu meiner Linken Platz und warf einen Blick zu dem freien Platz auf meiner anderen Seite.

»Wo ist denn Fiona?«

»Sie wollte einen neuen Kameraakku holen«, sagte ich. Allerdings war das schon ein paar Minuten her, und so viel Zeit würde sie selbst mit einem Zwischenstopp auf der Toilette nicht benötigen. Vielleicht hatte sie die Ruhe draußen auch einfach genutzt, um weitere Fotos zu machen. »Ich geh mal nach ihr schauen.«

Meine Mum nickte und rutschte ein Stück zur Seite, damit ich mehr Platz zum Aufstehen hatte. Ich ging den erdigen Weg von den Pavillons zurück zur Tanzfläche und den Stehtischen und schaute suchend umher. Bis auf ein paar vereinzelte Gäste war jedoch niemand zu sehen. Mit gerunzelter Stirn lief ich zur Westseite der Hütte, wo wir unsere Sachen gelagert hatten.

Ich stieß die Tür auf und hielt inne. Einer der Stühle war umgestoßen worden, und für einen kurzen Augenblick schlug mein Herz vor Angst, Fiona könnte etwas zugestoßen sein, schneller. Doch das war albern, hier draußen war niemand außer uns. Dann fiel mein Blick auf den Laptop. Er war aufgeklappt und das Display hell erleuchtet. Ich hob den Stuhl vom Boden auf und ließ mich darauf sinken. Mein Laptop zeigte die E-Mail an, die Liam mir letzte Woche geschickt hatte, um mir Ort und Uhrzeit für das Treffen mit Mrs Harris mitzuteilen. Fiona hatte sie gelesen, daran bestand kein Zweifel.

»Nein, nein, nein«, murmelte ich und sah nach links, wo Fionas Tasche hätte stehen sollen. Sie war weg. Ebenso wie ihre dünne Jacke. Mit ziemlicher Sicherheit hatte sie auch die restlichen E-Mails gelesen, die Liam und ich zu dem Thema ausgetauscht hatten, und es war nicht schwer, mir vorzustellen, wie sie sie interpretiert hatte. Wie hätte sie sie auch anders interpretieren sollen? Sie konnte nicht ahnen, dass ich uns auf diese Art Zeit hatte erkaufen wollen.

»Fuck!«, rief ich, sprang auf und lief aus der Tür nach draußen. Fiona musste hier irgendwo sein. Wie lange war es her, dass sie ihren Akku wechseln wollte? Zehn Minuten? Fünfzehn? Verdammt, ich wusste es nicht. Ich lief einmal um das Gebäude herum, umrundete die anderen Pavillons, sah sie jedoch nirgends. Auch auf der Schaukel des kleinen Spielplatzes neben der Hütte war sie nicht. Die nächste Bushaltestelle war einige hundert Meter entfernt, aber vielleicht hatte sie sich dennoch auf den Weg dorthin gemacht?

Während ich mich in Richtung der Straße und der nebenan liegenden Parkplätze bewegte, holte ich mein Handy aus der Tasche meines Anzugs und drückte auf Fionas Nummer. Das Freizeichen ertönte, und ich atmete erleichtert auf. Immerhin hatte sie ihr Handy nicht ausgeschaltet. Ein paarmal erklang das lange, gleichmäßige Tuten, dann änderte sich der Rhythmus. Sie hatte mich weggedrückt.

»Fucking hell«, murmelte ich und verfiel in einen Laufschritt.

Bitte, bitte, bitte sei noch da. Lass uns das klären.

Mein Herz pochte kräftig gegen meinen Brustkorb, doch es lag nicht an der Bewegung, sondern vielmehr an der Angst, dass Fiona weg war. Ich könnte es ihr nicht einmal verübeln. Ich hätte mit ihr reden sollen. Direkt zu Beginn, oder zumindest bei dem Gespräch über ihre Mum. Ich hätte ihr alles erklären sollen. Vielleicht wäre sie wütend geworden, verletzt, hätte mir keinen Glauben geschenkt oder wäre sogar heimgefahren. Das alles waren die Szenarien in meinem Kopf, die mich davon abgehalten hatten, Fiona etwas zu sagen. Ich hatte sie nicht verletzen wollen, und ich hatte uns diese Chance nicht verbauen wollen. Jetzt hatte ich beides dennoch getan und das war noch weitaus schlimmer, als es anders der Fall gewesen wäre.

Nach Luft schnappend kam ich am Parkplatz an und ließ meinen Blick darüber gleiten. Er war menschenleer. Ich rannte einige Schritte weiter, um die Straße, die rechts davon abging, überblicken zu können – und da. Dort hinten fuhr ein Auto. Da es sich bei der Straße, die zum Waldstück führte, um eine Sackgasse handelte und mit Sicherheit keiner der Gäste die Feier verlassen hatte, konnte es nur Fiona sein. Hatte sie ein Taxi gerufen und war einfach gefahren?

Ich sah den immer kleiner werdenden Rücklichtern des Wagens nach und merkte, wie der Gedanke mir einen Stich in der Brust versetzte, dabei hatte ich kein Recht, verletzt zu sein. Wieso hätte sie auch mit mir reden sollen? Selbst wenn ich mich ihr erklärte, blieb eine Sache doch Fakt: Ich hatte mich hinter ihrem Rücken mit ihrer Mum getroffen. Edle Motive hin oder her, diese Tatsache blieb unverändert. Austin hatte mich von Anfang an gewarnt, ich hätte auf ihn hören sollen.

Ich fuhr mir durchs Haar und drückte die Rufwiederholung, doch nun sprang direkt ihre Mailbox-Ansage an. Entweder hatte Fiona ihr Handy ausgeschaltet oder aber sie hatte meine Nummer blockiert. Mein Blick wanderte erneut die Straße entlang, doch das Auto war nicht länger zu sehen. Einige Sekunden starrte ich weiter geradeaus, in der naiven Hoffnung, sie könnte es sich anders überlegen und umkehren, doch die Straße blieb leer. Ich öffnete unseren Chat und tippte eilig ein paar Worte.

Demian, 7.24 pm:
Ich weiß, das klingt wie eine Floskel, aber ich kann alles erklären. Lass uns bitte reden. Du hast jedes Recht, sauer zu sein, aber es ist nicht, wie du denkst. Bitte.

Ich drückte auf Senden und starrte beinahe flehend den Bildschirm meines Smartphones an, doch die Nachricht blieb ungelesen.

»Shit!« Meine Stimme hallte laut durch die Dämmerung und wurde vom Asphalt und den umstehenden Bäumen geschluckt. Ich hatte keine Ahnung, was ich tun konnte. Am liebsten hätte ich mir einen der Wagen geschnappt und wäre dem Auto hinterhergefahren. Wäre heimgefahren, wo Fiona hoffentlich war. Doch warum sollte sie dort sein und auf mich warten? Sie hatte keinen Grund. Ich schluckte gegen den Kloß in meinem Hals an. Ich hatte es verkackt. Auf ganzer Linie. Ich hatte ihr helfen und sie beschützen wollen, dabei war es nie mein Recht gewesen, diese Informationen vor ihr geheimzuhalten. Es lag nicht bei mir zu entscheiden, womit sie klarkommen konnte und womit nicht. Diese Erkenntnis kam leider zu spät.

Ich atmete ein paarmal tief ein und aus. Ich musste mich zusammenreißen. Es war immer noch der Hochzeitstag meiner Schwester. Den wollte ich mit meinem unbedachten Handeln nicht auch noch sabotieren. Doch wie sollte ich ihr und meiner Mum erklären, warum Fiona verschwunden war? Mit einem letzten Blick zur Straße drehte ich mich um und ging langsam den grasbewachsenen Weg zurück zur Location. Ich blickte ein weiteres Mal auf mein Handy, aber die Nachricht war nach wie vor ungelesen. Das ungute Gefühl in meinem Bauch verstärkte sich, doch ich zwang mich, ruhig weiterzuatmen. Ich durfte mir gleich nichts anmerken lassen. Als die ersten Lichter zwischen den Bäumen aufblitzten, bemühte ich mich um einen neutralen Gesichtsausdruck. Ich würde später mit meinen Eltern reden können und Marissa morgen alles in Ruhe erklären. Dann würde ich nach London fahren und Fiona aufsuchen. Ich würde es wieder geradebiegen.

So selbstbewusst die Gedanken in meinem Kopf auch klangen, waren sie doch nichts als Schall und Rauch. Ein lahmer Versuch, mir Mut zuzusprechen, um den Abend durchzustehen. Denn die Gedanken, die unter den hoffnungsvollen begraben lagen, waren weit beängstigender.

Was, wenn Fiona mich niemals mehr sehen wollte? Was, wenn sich nichts klären ließ und unsere Geschichte hier endete, bevor sie überhaupt richtig hatte beginnen können?

41. KAPITEL

Fiona

Es sprach für Kaycee, dass sie nicht einmal mit der Wimper zuckte, als ich völlig aufgelöst in meinem Abendkleid vor ihrer Tür stand. Dabei wusste ich, was für ein Bild ich abgab. Die Scheiben der Bahn hatten mir mein verlaufenes Make-up und die von roten Flecken übersäte Haut erbarmungslos vor Augen geführt, und die Reaktionen der Menschen auf dem Weg hierher sprachen Bände. Der Taxifahrer, der mich am Parkplatz in Norwich eingesammelt hatte, hatte mir mitleidige Blicke und gutgemeinte Ratschläge mit auf den Weg gegeben. Bei den Passagieren der Bahn war alles zwischen Irritation, Fremdscham und Ekel dabei gewesen. Ich war mir ziemlich sicher, dass zwei Mädchen sogar ein Foto gemacht hatten. Keine Ahnung, ob sie mich erkannt hatten oder mein Gesicht bald ein Meme zieren würde. Seltsamerweise war es mir komplett egal. Nur beim Umsteigen in London hatte mir zum Glück kaum jemand groß Beachtung geschenkt. Jeder, der mehr als zwei Monate in dieser Stadt verbracht hatte, war weitaus Ungewöhnlicheres gewohnt.

Kaycee schenkte meiner Aufmachung keinerlei Beachtung und zog mich wortlos in ihre Arme. Ich war zu kraftlos, die Umarmung zu erwidern, und stand mit schlaffen Armen einfach nur da. In der rechten Hand hielt ich meine High Heels, die ich auf dem Weg hierher ausgezogen hatte. Einige

Augenblicke lang standen wir nur da. Kaycee strich mir beruhigend über den Rücken, und ich merkte, wie mein Atem sich langsam beruhigte und meine Gedanken klarer wurden. Leider erinnerten mich die Situation, die Tränen und das Gehaltenwerden, an die Umarmung mit Demian, und ich löste mich räuspernd.

»Komm erst mal rein«, sagte Kaycee und trat zur Seite, um mir Platz zu machen. Sie trug bereits ihren Schlafanzug und hatte die pinken Haare zu einem unordentlichen Dutt auf dem Kopf zusammengefasst, wodurch ihr dunkler Ansatz zu sehen war. »Wo ist dein Gepäck?« Stirnrunzelnd warf sie einen suchenden Blick hinter mich.

»Im Gästezimmer bei Demians Eltern. Ich habe nur das hier dabei. Zum Glück ist mein Schlüssel im Portemonnaie.« Ich ließ die Tasche mit der Kamera von meiner Schulter gleiten und legte sie zusammen mit den Schuhen und der schwarzen Clutch auf dem Flurboden ab. Mein Handy hatte ich nach Demians erstem Versuch, mich zu erreichen, ausgeschaltet. Wenn ich eines gerade nicht wollte, dann war es, mit ihm zu sprechen.

»Oh. Warte, ich hol dir was von mir. Magst du duschen? Oder baden? Ich kann dir Wasser einlassen.«

»Ne, alles gut«, erwiderte ich. »Ehrlich gesagt mag ich grad einfach nur sitzen.«

»Gut, dann das.« Kaycee schloss die Tür hinter mir. »Dann ziehst du dich jetzt um, und ich mach dir einen Tee. Mein Dad, Clara und Ada schlafen schon, also würd ich sagen, wir gehen hoch in mein Zimmer.«

Ich folgte Kaycee die Stufen nach oben, wobei ich Mühe hatte, die Füße anständig zu heben. Zum einen taten sie nach den Stunden in Absätzen nun wirklich weh, zum anderen war jegliche Energie aus meinem Körper gewichen. Oben angekommen riss Kaycee ihren Kleiderschrank auf und hielt mir kurz darauf eine Jogginghose, ein weites Shirt und ein Paar flauschiger Socken entgegen. »Hier. Falls du dich abschminken willst, nutz einfach meinen Kram im Bad. Was für Tee magst du denn haben?«

»Schwarzen.«

»Ist es dafür nicht ein bisschen spät?«

Ich hob die Schultern. Auf der einen Seite war ich so erschöpft, dass keine Menge Koffein mich wach bekommen würde, auf der anderen Seite würde ich ohnehin nicht schlafen können.

»Okay, dann schwarzen«, sagte Kaycee und machte sich auf den Weg nach unten, während ich im Bad verschwand. Die Lüftung sprang surrend an, als ich das Licht einschaltete, und ich verzog den Mund beim Blick in den Spiegel.

»Holy shit«, murmelte ich, drehte den Wasserhahn auf und wusch mir die Hände. Dann nahm ich ein Abschminktuch von der Anrichte und schrubbte so lange mein Gesicht, bis nichts mehr von dem Make-up übrig war und die Fiona im Spiegel mir ungeschminkt, mit geröteter Haut entgegenblickte. Viel besser war das Ergebnis leider nicht, denn nun sah man die fleckigen Stellen um die Augen. Ich befreite mein Haar von den Spangen, bürstete es aus und band es dann zu einem lockeren Pferdeschwanz zusammen. Das Kleid ließ ich achtlos auf den Boden sinken, zog den trägerlosen BH aus und schlüpfte in Kaycees bequeme Sachen. Ich hätte es nicht für möglich gehalten, aber ich fühlte mich tatsächlich ein kleines bisschen besser.

Ich knüllte mein Abendkleid zusammen und stand eine Weile unschlüssig damit herum. Tragen würde ich es mit Sicherheit nie wieder, so schön es auch war. Ich wollte den Abend, wollte das Wochenende nur noch vergessen. Vor allem aber wollte ich Demian vergessen, was mit Sicherheit nicht möglich sein würde, da es sich bestimmt nur um Stunden handelte, bis sein neues Video online ging. Er hatte definitiv gemerkt, dass ich nicht mehr auf der Feier war. Wenn er eins und eins zusammenzählte, würde er wohl nicht lange fackeln und mit der Welt teilen, was auch immer er nach den letzten Tagen über mich zu berichten hatte. Schließlich entschied ich mich, das Kleid in den Wäschekorb zu werfen. So musste ich es nicht länger sehen, und vielleicht freute Ada sich ja darüber.

Als ich Kaycees Zimmer betrat, saß sie bereits mit einer Tasse Tee auf dem Bett und sah mir mit schiefem Lächeln entgegen. Auf ihrem Laptop, der am Rand des Betts an der Wand stand, lief leise eine Folge ihrer liebsten Backshow *Bake That Cake!* Die Lichterkette über ihrem Bett tauchte das Zimmer in eine gemütliche Wärme, und trotz allem, was heute passiert war, erwiderte ich ihr Lächeln. An diesem Raum hafteten so viele positive Erinnerungen, Stunden, die wir mit Playmobil auf dem Teppich verbracht hatten, Übernachtungspartys, Kaycees erste Backversuche, die ich mit tapferem Gesicht ertrug, Berichte über unsere ersten Küsse. Sie und ihre Familie hatten mir ein Zuhause geboten, wann immer es mir in meinem zu viel wurde. Dass das selbst heute noch der Fall war, war alles andere als selbstverständlich. Ich nahm die zweite Tasse vom Nachttischschrank und ließ mich neben Kaycee auf der Matratze nieder. Sie zog die weiche Decke über mich und lehnte ihren Kopf an meine Schulter.

»Nichts ist für immer«, sprach sie sanft unsere Worte aus.

»Außer wir«, beendete ich den Satz und spürte ihr Nicken an meiner Schulter. Wie oft wir diese Worte gesagt hatten. Nach heftigen Streits mit meiner Mum, nach dem Tod von Kaycees Mutter, als der Schmerz sie zu zerfressen drohte, nach durchweinten Nachmittagen, weil ich die Sprüche meiner Klassenkameraden nicht mehr aushielt. Wir hatten allem getrotzt. Wir waren immer noch hier. Und wir waren immer noch beste

Freundinnen. Eine Weile saßen wir einfach aneinandergelehnt da und sahen den Teilnehmern der Show zu, wie sie die außergewöhnlichsten Kuchen kreierten.

»Ich bin so dankbar für dich«, sagte ich schließlich leise, schloss die Augen und ließ den Kopf nach hinten gegen die Wand sinken.

»Und ich für dich. Es tut mir so wahnsinnig leid, dass du dich in ihm getäuscht hast.«

»Mir auch«, sagte ich.

»Wir könnten vor ihm ein Statement rausbringen. Allen erzählen, was passiert ist. Wir könnten zu seinem Management und ...«

»Nein.« Ich öffnete die Augen wieder und trank einen Schluck meines Tees. »Ich kann nicht mehr, wirklich nicht.«

Kaycee richtete sich ebenfalls auf und rutschte auf dem Bett herum, sodass sie mich ansehen konnte. »Versteh ich. Aber ...« Sie zögerte sichtlich, die nächsten Worte auszusprechen. »Selbst wenn wir Demian komplett abschreiben. Was machst du wegen deiner Mum?«

Ich schnaubte und sah an die Decke. Die Wahrheit war: Ich hatte keine Ahnung.

»Weißt du, was das Schlimmste ist?«, fragte ich in die Stille hinein. »Als ich die Mail gesehen hab ... Ich wollte es nicht glauben. Aber ich wollte es um Demians willen nicht glauben.« Ich schluckte. »Ich habe keine Sekunde lang daran gezweifelt, dass meine Mum ihnen wirklich das Interview gegeben hat.« Ich lachte auf, während sich in meinem Hals ein Kloß bildete, und sah Kaycee an. »Nicht eine einzige Sekunde. Und obwohl ich weiß, dass ich wütend sein sollte, bin ich es nicht. Ich will nur verstehen, wieso sie das getan hat. Wieso ich ihr nie genug war.«

Kaycees Blick war ernst, und wenn ich mich nicht täuschte, sah ich Tränen in ihren Augen schimmern. »Weil ihr nichts genug ist«, sagte sie bestimmt. »Es ist egal, was du tust, was du leistest, wie du dich verhältst. Himmel, du könntest ihr den Buckingham Palace kaufen, und sie wäre nicht zufrieden. Das hat nichts mit dir zu tun, hörst du?« Sie legte die Hand, mit der sie nicht die Tasse umklammerte, auf mein Bein und drückte es sanft. »Deine Mum ist kein glücklicher Mensch. Leider ist sie auch nicht bereit, an sich zu arbeiten. Und wie das bei dieser Art von Menschen so ist, sucht sie die Schuld bei anderen. Nur dass sie auch bei der eigenen Familie nicht Halt macht.« Zwischen Kaycees Brauen hatte sich eine Falte gebildet, und sie sprach mit Nachdruck weiter. »Ich weiß, du liebst deine Mum. Aber es ist okay, sie zu lieben und sie gleichzeitig nicht zu mögen. Sie hat dich nicht verdient.«

»Das sagst du schon lange ...«

»Ja, weil es stimmt. Wir suchen uns unsere Familie nicht aus. Aber das heißt nicht, dass wir gezwungen sind, Zeit mit ihr zu verbringen oder alles mit uns machen zu lassen. Würdest du noch Zeit mit Dylan verbringen, nach dem, was er abgezogen hat?«

»Natürlich nicht.«

»Eben. Das toxische Verhalten deiner Mum hingegen tolerierst du schon lange – dabei ist sie, im Gegensatz zu Dylan, jemand, der dir nahesteht und hinter dir stehen sollte.«

»Schon, aber gerade weil sie mir nahesteht, ist es so schwer.« Ich trank zwei weitere Schlucke Tee und atmete tief durch. »Ich glaub, ich fahr morgen zu ihr. Ich muss es von ihr hören.«

»Soll ich mitkommen? Ich hab morgen frei.«

»Nein, ich schaff das schon. Oh, shit.«

»Was?«, fragte Kaycee sofort.

»Ich hab dir in Norwich Backutensilien gekauft, die sind noch bei Demian. Ach, verdammt ...«

Kaycees Mundwinkel zuckten. »Ich glaube, das ist gerade unsere kleinste Sorge, Fiona. Aber hey, lass mich dir morgen was backen. Ich wette, dann sieht die Welt schon wieder besser aus, okay?«

Ich nickte, rutschte ein Stück enger an Kaycee und schloss die Augen. Ich war unendlich müde. Kaycee nahm mir die Tasse aus der Hand und stellte sie zurück auf den Nachttisch. Dann saßen wir einfach da, Kaycee strich mir sanft über die Haare, und ich versuchte, an nichts zu denken. Nicht an Demians Blick, mit dem er mich noch vor wenigen Stunden auf der Tanzfläche bedacht hatte. Nicht an seinen Geruch, seine Hände, die sanft meinen Körper streichelten. Nicht an meine Mum, die keine meiner Nachrichten beantwortet und sich stattdessen an Liam und wer weiß wen noch gewandt hatte. Und obwohl all diese Gedanken trotz meiner Bemühungen in meinem Kopf kreisten, musste ich irgendwann eingeschlafen sein, denn das Letzte, was ich wahrnahm, war, wie Kaycee meinen Kopf auf ein Kissen bettete und mir die Decke über die Schultern zog.

42. KAPITEL

Demian

Rückblickend hatte ich keine Ahnung, wie ich den Abend überstanden hatte. Ich saß auf der Rückbank des Taxis, hielt mein Handy, das immer noch keine Antwort anzeigte, fest umklammert und starrte stumm in die Nacht hinaus. Meine Mum warf mir von rechts immer wieder fragende Blicke zu, doch ich ignorierte sie gekonnt. Sie hatte natürlich gleich gemerkt, dass etwas nicht stimmte, aber ich hatte ihre Fragen mit wenigen Worten zum Verstummen gebracht, und glücklicherweise war Marissa nach dem Essen so ausgelassen mit Theo und den Gästen am Tanzen gewesen, dass sie Fionas Fehlen gar nicht bemerkt zu haben schien.

Das Auto wurde langsamer und kam dann am Bordstein neben unserer Auffahrt zum Stehen. Während mein Vater den Fahrer bezahlte, stieg ich aus und ging geradewegs zur Haustür. Fiona war nicht da. Natürlich war sie nicht da, was hatte ich denn erwartet? Dass sie auf den Stufen vor der Tür saß und auf mich wartete? Ich stieß ein Schnauben aus und blieb mit verschränkten Armen vor der Tür stehen, bis meine Eltern da waren, um sie zu entriegeln. Kaum dass mein Dad aufgeschlossen hatte, schob ich mich an ihm vorbei ins Innere.

»Demian«, rief meine Mum und brachte mich zum Stehen. Ich schloss die Augen und stieß geräuschvoll einen Schwall Luft aus. Ich wollte nur in mein Bett.

»Ja?«, fragte ich dennoch und drehte mich zu ihr um, als sie gerade die hohen Schuhe von ihren Füßen streifte.

»Küche, jetzt. Du kannst schon einmal Wasser aufsetzen.«

»Ist das ein Gespräch, dem ich beiwohnen möchte?« Mein Dad lallte leicht, und meine Mum schüttelte den Kopf. »Nein. Du gehst ins Bad, und ich bring dir schon mal Wasser und Ibuprofen für morgen ans Bett.«

Er nickte, drückte mich kurz und ging dann, mit unsicheren Schritten, ins Badezimmer meiner Eltern. Meine Mum verschwand in der Küche, wo kurz darauf das Rauschen des Wasserhahns erklang. Während die beiden beschäftigt waren, nutzte ich die Gelegenheit und nahm die Stufen nach oben, auch wenn mir natürlich klar war, was ich dort sehen würde. Ich stieß die Tür zum Gästezimmer auf und blickte von Fionas Koffer zu den Dingen am Schminkspiegel, die sie dort hatte liegen lassen. Sie war wirklich einfach gefahren. Wenn sie lieber ihr Gepäck zurückließ, als mich ein weiteres Mal sehen zu müssen …

»Demian?« Die Stimme meiner Mum drang zu mir hoch, und ich machte mich missmutig auf den Weg in die Küche, wo sie bereits auf dem Barhocker an der Kücheninsel saß. Der Wasserkocher gab gluckernde Geräusche von sich und schaltete sich kurz darauf ab. Ich nahm zwei Tassen aus dem Hängeschrank, warf je einen Teebeutel hinein und goss das Ganze mit heißem Wasser auf. Meine Mum sagte die ganze Zeit über kein Wort, und auch als ich mich neben sie auf den Hocker setzte, ihr die Tasse reichte und das Päckchen Milch auf der Theke abstellte, sah sie mich bloß an. Falls sie darauf wartete, dass ich sprach, hatte sie schlechte Karten. Ich brauchte kein beratendes Gespräch, ich war mir vollkommen im Klaren darüber, dass ich es versaut hatte. Es gab keinen Interpretationsspielraum und auch keine gut gemeinten Tipps, die mir weiterhelfen konnten. Alles, was ich noch für Fiona tun konnte, war, das Video fertig zu drehen und zu hoffen, dass sie mir glaubte, dass das die ganze Zeit über meine Absicht gewesen war – und nur das.

»Warum ist Fiona gefahren?«, fragte meine Mum, dann runzelte sie ihre Stirn. »Und ist sie ohne ihre Sachen weg? Sie hatte gar keinen Schlüssel.«

»Ja, ist sie«, erwiderte ich, um immerhin auf eine Frage zu antworten. Leider ließ meine Mum mich nicht so leicht vom Haken, denn sie sah mich abwartend an. Aus hellbraunen Augen musterte sie mich, und mir war klar, dass sie früher oder später sowieso alles aus mir herausbekommen würde – so wie es früher schon der Fall gewesen war. Ich stieß ein Seufzen aus. Vermutlich war es besser, wenn ich es einfach hinter mich brachte, denn ich konnte sie schlecht anschweigen, bis ich zurück nach London fuhr.

»Habt ihr euch gestritten?«, hakte sie weiter nach.

»Nein«, murmelte ich. »Aber ich wünschte, wir hätten es, dann hätte ich vielleicht die Chance gehabt, mir ihr zu reden und alles zu erklären.«

»Was zu erklären?«

»Ich hab ziemlichen Mist gebaut, Mum.«

Und dann erzählte ich ihr alles, angefangen bei unserem ersten Aufeinandertreffen im Büro des Netzwerks und der Convention. Ich ließ auch die Treffen danach nicht aus, obwohl ich nicht ins Detail ging – vor allem nicht, was den gestrigen Tag anbelangte. Meine Mum hörte mir aufmerksam zu, trank ihren Tee und gab ab und an zustimmende Laute von sich. Als ich endete, war ihre Tasse leer und meine nach wie vor unberührt. Ich trank einen kleinen Schluck und verzog das Gesicht. Nicht nur dass der Tee mittlerweile beinahe kalt war, er war auch unangenehm bitter, da ich den Teebeutel nicht herausgenommen hatte. Als ich den Blick wieder hob und meine Mum ansah, erwartete ich, Enttäuschung in ihrem zu sehen. Etwas, vor dem ich, so kindisch es auch sein mochte, Angst hatte. Nach dem Auftritt bei *Wake up, Britain* waren sie und Dad so stolz gewesen. Es kam mir vor, als wäre dieses Treffen Jahre her – doch an das Gefühl, das mich durchflutet hatte, als ich die beiden so gesehen hatte, erinnerte ich mich noch lebhaft.

Wider Erwarten schaute meine Mum nicht enttäuscht drein. Stolz war definitiv keiner in ihrem Blick, aber sie wirkte nicht angewidert von meinem Verhalten, und das reichte bereits, um mir ein wenig der Enge in meiner Brust zu nehmen.

»Du hättest dich nicht mit ihrer Mutter treffen sollen«, sagte meine Mum langsam.

»Ich weiß, aber ich dachte, besser ich treffe mich mit ihr als die *Sun* oder eines dieser Blätter.«

Meine Mum zog die Brauen zusammen, als wäre sie unzufrieden mit meiner Antwort. »Das klingt mehr danach, als täte es dir nur leid, weil du dabei erwischt wurdest, nicht weil du das grundlegende Problem verstanden hast.« Sie stellte ihre leere Tasse zur Seite und faltete die Hände auf der Theke. »Großbritannien verdient jährlich Billionen an Waffenexporten. Klar, wenn sie es nicht machen, exportieren die USA, Deutschland oder Russland mehr. Irgendjemand wird das Geschäft am Laufen halten. Das Problem wird sich nicht in Luft auflösen, aber wäre es nicht dennoch besser, wenn nicht wir diejenigen sind, die dazu beitragen? Mal ganz davon abgesehen, dass es in deinem Fall viel persönlicher ist. Fiona hat dir vertraut, und du wusstest, dass ihre Mum ihr wunder Punkt ist.«

Ich schluckte und sah auf die Tasse in meinen Händen. Sie hatte recht.

»Irgendwelche Ratschläge, wie ich das wieder fixe?«

»Was denkst du denn, was das Richtige wäre?«

Ich stieß ein schnaubendes Lachen aus. »Das mit den Gegenfragen hast du schon gemacht, als Marissa und ich noch Kinder waren.«

»Ja, damit ihr selbst nachdenkt und Lösungen findet. Also?«

»Ich werde heute Nacht das Video fertig schneiden und morgen online stellen. Ich hoffe, dass ihr immerhin das weiterhilft.«

Meine Mum nickte. »Guter Anfang.«

»Dann werde ich Liam erklären, warum ich das Interview mit Mrs Harris nicht verwenden werde.« Ich zögerte. »Und ich werde den Kanal nicht weiterführen. Das werde ich ihm auch sagen.«

Meine Mum zog die Augenbrauen in die Höhe. »Weshalb das?«

»Wer garantiert mir, dass mir so ein Fehler nicht noch einmal unterläuft? Wenn ich wissenschaftliche Phänomene erkläre, kann ich mich genau darauf berufen: die Wissenschaft. Bei den anderen Videos ist das nicht möglich.«

»Aber du hast immer sorgfältig recherchiert, nicht bloß Behauptungen in den Raum gestellt.«

»Klar, aber es sind trotzdem immer unbekannte Variablen dabei, wie in diesem Fall Dylan. Ich hatte Beweise für alles, habe nichts als Fakten genutzt und dennoch zu einer Lüge beigetragen. Ich muss mich zu sehr auf andere verlassen. Was, wenn das Ganze mal nach hinten losgeht? Ich meine noch mehr als jetzt.«

»Behalten sie dich denn dann mit dem anderen Kanal unter Vertrag?«

»Keine Ahnung«, antwortete ich ehrlicherweise. »Allzu große Chancen rechne ich mir nicht aus.«

»Aber hat Fiona nicht etwas von einem Podcast erzählt, den du unbedingt machen wolltest?«

»Ja, aber ist es das wert?«

Meine Mum nickte langsam, doch zu meiner Überraschung trat Sorge in ihren Blick.

»Ich verstehe, aber was willst du dann machen?«

»Gute Frage«, sagte ich, während ich gedankenverloren mit den Fingern am Rand der Tasse entlangfuhr. Die Wahrheit war: Ich hatte keine Ahnung. Wenn ich *De(x)posed* jetzt, da er einen solchen Aufschwung erhalten hatte, aufgab, wäre alle Mühe, all die Arbeit der letzten zwei Jahre umsonst gewesen. Doch was für eine Alternative hatte ich schon? Der Kanal war immer mehr Mittel zum Zweck als Leidenschaft gewesen. Er hatte die Brücke sein sollen, die ich beschreiten konnte, um zu meinem eigentlichen Ziel zu gelangen, *Edge of The Universe* und mich bekannter zu machen. Bekannt war ich nun, doch wofür? War das wirklich, was ich wollte? Es war nicht so, dass es schlecht war, die moralisch verwerflichen Taten anderer YouTuber aufzudecken. Doch zum einen war das nicht, wofür ich bekannt sein wollte. Zum anderen: Hätte ich nach meinen Taten nicht ebenfalls ein solches Video verdient? Denn mein Verhalten war ebenso verwerflich gewesen.

Doch so sicher ich mir in meiner Entscheidung auch war, die Frage meiner Mum schwebte zwischen uns im Raum wie Rauch, und je mehr ich von ihm einatmete, desto unwohler wurde mir. Ich hatte keine Ahnung. Ich würde weiter meiner Leidenschaft nachgehen und Videos produzieren – die Videos, an denen ich schon lange hätte arbeiten sollen. Doch was dann? Einer Leidenschaft nachzugehen war schön und gut, doch sie deckte nicht meinen Unterhalt. Erst recht nicht ohne die Unterstützung meines Managements. Ich hatte einen großartigen Schulabschluss, aber ansonsten?

»Ich weiß es nicht«, gab ich schließlich zu.

Meine Mum nickte. »Okay. Das ist vermutlich ohnehin keine Entscheidung, die du jetzt im Affekt treffen solltest oder kannst. Versuch erst einmal die akuten Probleme zu klären, dann kümmern wir uns um den Rest.«

»Wenn du das sagst, klingt es so einfach.«

»Ist es nicht«, gab meine Mum zurück. »Aber Trübsal blasen hat auch noch keine Probleme gelöst, nicht wahr?« Sie stand auf und legte eine Hand auf meine Schulter. Durch den Stoff des Anzugs spürte ich, wie sie kurz zudrückte. »Ich geh mal ins Bett. Ich glaube, du hast ein Video zu schneiden.«

Ich nickte und stand ebenfalls auf. »Danke, Mum.«

»Na klar. Das wird, glaub mir. Ich glaube nicht daran, dass Zeit alles heilt und ungeschehen macht, aber sie verändert unsere Perspektive auf die Dinge.«

Ich hoffte es. Noch mehr hoffte ich, dass Fiona mir mit der Zeit eine Chance geben würde, mich zu erklären. Mir ging es nicht einmal darum, was sie von mir dachte. Okay, das war gelogen, natürlich war mir das wichtig. Doch noch viel wichtiger war mir, dass sie nicht glaubte, dass sie es nicht wert war, geliebt zu werden. Dass sie nun womöglich davon ausging, dass auch ich sie nur ausgenutzt hatte, nagte am härtesten an mir. Sie hatte mir ihre Ängste und Unsicherheiten offenbart, sich mir geöffnet, und ich hatte diese, ohne es zu wollen, verstärkt.

Demian, 1.12 am:
Es tut mir alles so leid. Bitte lass uns reden.

Demian, 2.01 am:
Ich hätte mich nicht mit deiner Mum treffen sollen, ich weiß. Aber ich hatte nie die Absicht, das gegen dich zu verwenden, das musst du mir glauben.

Demian, 5.45 am:
Fiona? Ich fahre in ein paar Stunden zurück nach London. Können wir uns treffen? Es muss nicht heute sein, aber bitte gib mir zehn Minuten deiner Zeit, damit ich mich erklären kann.

Demian, 7.39 am:
Sag mir wenigstens, dass du okay bist. Bitte.

Fiona, 9.16 am:
Vollkommen okay. Abgesehen davon, dass ich schon wieder auf die Lügen von jemandem hereingefallen bin, der mich nur benutzt hat. Deine Erklärungen interessieren mich nicht.

Demian, 9.17 am:
Das ist ein Missverständnis, wirklich.

Nachricht konnte nicht gesendet werden.

43. KAPITEL

Fiona

»Guten Morgen, Sonnenschein!«

Kaycee drehte sich mit einem Strahlen zu mir um, einen Spritzbeutel in der Hand, mit dem sie gerade eine Fuhre Cupcakes verzierte.

»Hey«, erwiderte ich verschlafen. »Wie lang bist du schon wach?«

»Etwa zwei Stunden. Aber wie du sehen kannst, hab ich die Zeit sinnvoll genutzt. Wenn du magst, können wir gleich Cupcakes frühstücken. Oder du schnappst dir ein paar *Weetabix*.«

»Cupcakes klingen super«, sagte ich, obwohl ich nicht wirklich Appetit hatte. »Was für welche sind es denn?«

»Chili Chocolate.« Sie verzierte ein weiteres der kleinen Gebäckstücke mit Schoko-Frosting. »Die mach ich eigentlich nur an Weihnachten, aber da du die Pralinen damals so geliebt hast …«

»Danke dir.« Ich erwiderte Kaycees Lächeln, wobei ich mir sicher war, dass meines ziemlich missglückte, und setzte mich auf den Stuhl an dem kleinen Tisch. Kaycee hatte, wie immer, wenn sie backte, ein einziges Chaos in der Küche veranstaltet. Doch trotz der unordentlichen Zustände war das Endresultat stets beeindruckend gut.

»Hi, Fiona.« Ada betrat die Küche und ließ sich neben mir auf den Stuhl fallen. »Schön, dich mal wieder zu sehen.«

»Gleichfalls. Die Frisur steht dir.«

Schmunzelnd griff Ada in ihre kurzen braunen Haare. »Danke. War mal Zeit für was anderes. Will ich fragen, was passiert ist, dass meine Schwester schon den ganzen Morgen hier herumwerkelt?«

»Nein«, erwiderte ich mit einem Seufzen. »Wenn das okay ist, hätte ich gern noch ein paar Minuten Schonfrist.«

»Schade. Fremdes Leid lenkt mich immer so sehr von meinem eigenen ab«, gab Ada mit einem Grinsen zurück, das ich mit hochgezogenen Augenbrauen quittierte.

»Fährst du jetzt wirklich die Mitleidsschiene, damit ich mit der Sprache rausrücke?«

»Kommt drauf an … Bringt es denn was?«

Obwohl mir gar nicht danach zumute war, musste ich lächeln. Ada war bewundernswert – schon immer gewesen. Nach ihrer Narkolepsie-Diagnose war sie eine Zeit lang verständlicherweise frustriert und hoffnungslos gewesen, mittlerweile jedoch diejenige, die die meisten Scherze darüber riss und alles möglichst locker nahm. Verglichen mit ihren Sorgen waren meine wohl lachhaft gering.

»Kaycee hat dir sicher von dem ganzen Spendenskandal berichtet. Mit Demian O'Neill?«

»Musste sie nicht, ich besitze Internet. Das war ja überall.«

»Tja, dieser Demian und ich …« Ich zögerte. Was waren wir? Oder besser gesagt: Was war das zwischen uns gewesen? Ein Trugbild, wie ich jetzt wusste, ja, aber zumindest von meiner Seite aus waren die Gefühle echt gewesen. »Sagen wir einfach, wir sind uns nähergekommen. Er hat sich als Arsch erwiesen und meine Situation noch schlimmer gemacht, obwohl er versprochen hatte, mir zu helfen. Ich war natürlich blauäugig genug, ihm zu glauben. Als besonders schönes Topping hat meine Mum auch noch beschlossen, mich zu hintergehen und ihm ein Interview anzubieten, in dem sie sonst was über mich erzählt hat.«

»Weil Fiona ihr kein Geld mehr geben wollte«, schob Kaycee hinterher, und ich warf ihr einen Blick zu. »Was? Verteidigen musst du sie ja wohl nicht mehr, und ich finde ehrlich gesagt, dass das die Krönung von allem ist.«

»Weißt du was, ich glaube, du gewinnst das Leid-Roulette heute«, sagte Ada und klopfte mir gönnerhaft auf den Arm. »Und was tust du jetzt?«

»Heute fahr ich erst mal zu meiner Mum und stelle sie zur Rede ...«

Ada zog die Luft ein. »Das lief in der Vergangenheit ja immer großartig.«

»Vielleicht muss sie meine Sichtweise auf die Situation nur einmal hören.«

Ich merkte, wie ich wieder in Verteidigungshaltung gegangen war, bereit, meine Mutter in Schutz zu nehmen, wie ich es bereits so häufig getan hatte.

Ada und Kaycee warfen einander einen Blick zu.

»Persönlich, meine ich. Ich war seit einer Weile nicht mehr bei ihr, über Nachrichten kommen Dinge häufig falsch rüber.«

»Über Telefonate auch?« Kaycee stieß ein Seufzen aus, und ich biss die Zähne zusammen. Ich wusste, dass sie recht hatte. Dass ich Ausreden suchte, wo es keine geben sollte. Doch die Alternative wäre, zu akzeptieren, dass meine Mum mich mutwillig hintergangen und verletzt hatte. Lieber lebte ich in einer Scheinwelt als in einer, in der meine Mum mich nach allem, was ich durchgemacht und für sie getan hatte, so achtlos zur Seite warf.

»Du weißt, dass wir das nicht böse meinen«, begann Kaycee, doch ich ließ sie nicht aussprechen.

»Ich weiß, ist okay.«

Kaycee nickte bloß, beugte sich über ihr Cupcake-Blech und verzierte die letzten beiden mit dem Frosting. »Und du willst mich immer noch nicht dabeihaben?«

»Ich kann auf Clara aufpassen, dann kann Kaycee mit. Wenn sie nicht eh wieder bis mittags pennt«, sagte Ada.

»Nope«, erwiderte ich. »Ich schaff das schon. Ich will nur Antworten. Mir ist klar, dass es völlig naiv ist zu hoffen, dass sie nicht genau wusste, was sie da getan hat … aber ich will wenigstens mit ihr reden. Antworten haben. Versteht ihr?«

Ada nickte und schenkte mir ein kleines Lächeln.

»Natürlich«, sagte auch Kaycee und strich sich mit dem Handrücken eine pinke Strähne aus dem Gesicht, die sich aus ihrem Dutt gelöst hatte. »Selbst wenn wir es nicht verstehen würden, hättest du unsere Unterstützung, das ist dir hoffentlich klar.«

»Und was machst du mit Demian?«, fragte Ada.

»Nichts. Er hat mir nach gestern ein paarmal geschrieben, aber ich hab ihn blockiert. Das Thema ist durch.«

Kaycee wusch ihre Hände in der Spüle, trocknete sie an ihrer Schürze und hängte diese dann an den Haken an der Wand neben dem Kühlschrank. Dann kam sie zu uns an den kleinen Tisch und ließ sich auf dem letzten freien Stuhl nieder.

»Fiona … Du weißt, ich bin die Letzte, die toxisches Verhalten in irgendeiner Weise rechtfertigt, aber was, wenn alles wirklich ein Missverständnis ist? Du weißt, wie deine Mum sein kann. Vielleicht war er einfach überfordert mit der Situation, zwischen den Stühlen zu stehen.«

»Dass ausgerechnet du ihn in Schutz nimmst.«

Kaycee schwieg einen Moment, und als sie weitersprach, hatte ihre Stimme einen ernsten Tonfall angenommen. »Ja, weil ich dich gestern Abend gesehen habe, ich hab dich die

Tage davor gesehen, deine Nachrichten an mich gelesen … Es ist eindeutig, dass du Gefühle für diesen Kerl hast.«

Ich zuckte mit den Schultern. »Na und? Die vergehen wieder. Wie schon gesagt: Demian und ich sind durch.«

»Okay. Das ist vollkommen deine Entscheidung. Aber ich hoffe, du merkst, dass du mit zweierlei Maß misst, wenn du deiner Mum die Chance gibst, sich zu verteidigen, und ihm nicht.«

»Meine Mum ist Familie«, erwiderte ich, woraufhin Kaycee schief lächelte.

»Ich weiß, Süße, aber wie ich gestern Abend bereits meinte: Familie sucht man sich nicht aus. Was hat das schon zu bedeuten?«

Dass gerade sie diese Worte sagte, wo ihre Familie doch ein Paradebeispiel für Liebe und Zusammenhalt war. Ich verkniff mir meine Erwiderung, da das die eine Sache war, bei der Kaycee und ich aneinandergerieten, und ich wirklich keine Nerven für eine weitere Auseinandersetzung hatte.

»Ähm, Leute …« Ada hatte den Blick auf ihr Handy gerichtet, ihre Stirn war in Falten gelegt.

»Hm?«, machte Kaycee, als ihre Schwester nicht weitersprach.

Ada drehte ihr Smartphone zu uns herum, auf dem sie Twitter geöffnet hatte. »Demian hat ein neues Video hochgeladen.«

Es war, als hätte mir jemand einen Schlag in die Magengrube versetzt. Kaycee warf mir einen besorgten Blick zu, doch ich zuckte bloß mit den Schultern.

»Was hast du erwartet? Wenn er mich wochenlang hintergeht, wird er nun, da ich alles weiß, wohl kaum aufhören und ein Gewissen bekommen.«

Obwohl mir jeglicher Appetit auf Cupcakes vergangen war, stand ich auf und nahm die Platte mit den kleinen Törtchen.

»Wo wollen wir essen? Im Wohnzimmer? Hier?« Kaycee und Ada rührten sich nicht. »Kommt schon, mir wurde ein Frühstück versprochen.«

»Fiona, willst du …«, begann Kaycee, als Ada die Hand hob.

»Wartet mal.« Sie klickte ein paarmal auf ihrem Display herum, und kurz darauf erklang Demians Stimme.

»Mach das aus«, sagte ich bestimmt. Ich wollte das nicht hören. Wegen des Inhalts, ja, aber allein Demians Stimme in meinen Ohren schmerzte mich zu sehr. Noch vor wenigen Stunden hatte dieselbe Stimme mir auf der Tanzfläche zärtliche Worte ins Ohr geflüstert. Jetzt erzählte er etlichen Zuschauern und Zuschauerinnen Dinge über mich, die niemals an die Öffentlichkeit gelangen sollten – und die sicher so inszeniert waren, dass sie meinem Image, das nach wie vor einen Knacks hatte, nicht gerade guttun würden.

»Nein, schau mal. Ich glaube, es geht nicht um deine Mum.« Ada stand auf und kam zu mir an die Theke, wo ich nach wie vor das Backblech umklammert hielt. Kaycee folgte ihr dicht auf den Fersen und versuchte, über ihre Schulter zu spähen. »Hier im Titel steht, dass er sich geirrt hat.«

»Die echte Wahrheit.« Kaycee neben mir rollte mit den Augen. »Was auch sonst? Die unechte Wahrheit? Himmel, diese Titel immer.«

Ich schluckte und überflog die Videobezeichnung. Hatte er wirklich …?

»Okay«, sagte ich langsam. »Dann lass es uns anschauen.«

Ich ging zurück zum Tisch, und Ada lehnte ihr Handy so an die Wand, dass wir das Video sehen konnten. Kaycee platzierte drei Teller auf dem Tisch und gab jedem einen Cupcake.

»Nervennahrung. Hab das Gefühl, die können wir gebrauchen.«

»Nachdem mir diese Quellen also bestätigt haben, dass Dylan ihnen den Kontakt zu Fiona untersagt hat – natürlich unter dem Deckmantel, sie habe mit ihrer New-York-Reise ohnehin zu viel um die Ohren –, bleibt mir nichts anderes übrig, als mich für die Missinformationen zu entschuldigen, die ich verbreitet habe. Fiona Harris wurde von den anderen dreien für ihren Status benutzt, wusste nichts über den Betrugsfall und hat, was ihre Integrität nur unterstreicht, die Aufwandsentschädigung, die den teilnehmenden Influencern gezahlt wurde, sogar zu gleichen Teilen an die Organisationen gespendet, wie diese bestätigen. Ich entschuldige mich bei euch dafür, dass so viel Zeit verstrichen ist, bis ich die wahren Umstände dieses Skandals erfahren habe, vor allem aber bei Fiona für all den Schaden, den ich mit meinem Video angerichtet habe. Es tut mir leid, und ich hoffe, du kannst mir verzeihen. Es tut mir leid, dass …«

Ich drückte auf Pause. Die Art, wie Demian bei diesen Worten in die Kamera blickte, jagte mir einen Schauer über den Rücken. Es war klar, dass er sich mit diesem Satz nicht nur für das Video entschuldigte, sondern für alles, was vorgefallen war. Doch ich wollte, ich konnte es nicht hören. Mein Herz schlug, als wäre ich einen Marathon gelaufen, und in meinem Magen kribbelte es nervös. Ich blickte auf meine Hände, um Demian nicht länger ansehen zu müssen, und atmete tief und lange ein, in der Hoffnung, mein pochender Herzschlag möge sich beruhigen.

Das war definitiv nicht das Video, mit dem ich gerechnet hatte. Er hatte das Statement aufgenommen und musste es noch in der Nacht geschnitten haben, um es so früh heute Morgen online zu stellen. Aber warum? War auch das nur ein Trick?

Ich knibbelte ein weiteres Stück Papier von der Muffinform,

die ich mittlerweile fast vollständig in ihre Einzelteile zerlegt hatte. Der Cupcake selbst war unangetastet. Ich war zu nervös zum Essen. Was wollte Demian mit diesem Video bezwecken?

Als ich den Blick hob, traf er Kaycees. Sie und Ada sahen mich schweigend an, als erwarteten sie, dass ich etwas sagte.

Ich hob die Schultern. »Ändert nichts, oder?«

Ada weitete überrascht die Augen. »Das ändert nichts? Haben wir dasselbe Video gesehen?«

»Es ändert nichts an der Tatsache, dass er sich mit meiner Mum getroffen und mich belogen hat. Wer weiß, ob er das Video wirklich mir zuliebe gemacht hat. Vielleicht hat ihm sein Management bloß dazu geraten, weil es ein taktisch kluger Schachzug ist.«

»Glaubst du das wirklich?«, fragte Kaycee.

»Ich hab keine Ahnung mehr, was ich glaube«, gab ich zurück. »Ich hab ihm davor schon einmal vertraut, und wir wissen, wohin das geführt hat. Offensichtlich bin ich nicht gut darin, andere einzuschätzen, also … es ändert nichts.«

»Aber …«, begann Kaycee, doch ich unterbrach sie.

»Er ist ein grandioser Schauspieler. Wer sagt denn, dass das schlechte Gewissen gerade nicht auch nur vorgetäuscht war? Er hat mich geküsst, verdammt.« Ich schluckte den Kloß in meinem Hals hinunter. Sowohl Kaycee als auch ich wussten, dass er sogar noch mehr getan hatte, als mich bloß zu küssen, doch das zu sagen war mir vor Ada unangenehm. »Er hat mich geküsst und parallel Mails über meine Mum getauscht. Er hat mit mir Ausflüge unternommen und sich mit meiner Mum getroffen – hinter meinem Rücken. Und er hat mich mit zu seiner Familie genommen – auf die Hochzeit seiner Schwester, verdammt – und alles vor mir geheim gehalten. Er hat mir tagtäglich in die Augen gesehen, mit mir geredet, sogar über meine Mum, und kein Wort darüber verloren.«

Mein Atem ging viel zu schnell, so sehr hatte ich mich in die Worte hineingesteigert, so sehr schmerzten sie. Demian hatte mich hintergangen, daran gab es nichts zu rütteln. Ada nickte langsam, und in ihrem Blick lag Mitleid, Kaycee hingegen sah aus, als ob sie etwas erwidern wollte. Noch bevor sie etwas sagen konnte, drang jedoch Handyklingeln von oben zu uns herunter in die Küche.

»Das ist meins«, sagte ich und war in derselben Sekunde bereits aufgesprungen, dankbar, dass, wer auch immer anrief, mich vor dem sonst bevorstehenden Kreuzverhör rettete. Ich eilte aus der Küche und die Treppen hinauf zu Kaycees Zimmer. Mit Sicherheit würden die beiden das Thema in allen Einzelheiten ausdiskutieren, aber mir war egal, zu welchem Ergebnis sie kamen. Ich konnte nicht mehr. Ich konnte Demian nicht mehr vertrauen, und ich konnte kein weiteres Mal so hintergangen werden. Es reichte.

44. KAPITEL

Fiona

Ich stieß die Tür zu Kaycees Zimmer auf und fand mein Handy vor der Steckdose auf dem Boden liegen. Ich zog es vom Ladekabel und nahm den Anruf an.

»Hallo, Anita.«

»Fiona! Hast du es schon gesehen?«

Natürlich. Mir hätte klar sein müssen, dass Anita und Shaun vollkommen aus dem Häuschen sein würden. Wahrscheinlich würde mich das Video – und somit Demian – die nächsten Tage noch begleiten. Bei dem bloßen Gedanken daran verengte sich etwas in meiner Brust. Ich wollte sein Gesicht nicht sehen, seine Stimme nicht hören müssen. Ich wollte einfach mein Leben vor Demian zurück. War das zu viel verlangt?

»Hab ich«, antwortete ich also bloß.

»Das ist großartig! Shaun und ich haben überlegt, proaktiv vorzugehen und die Firmen anzuschreiben, die die Zusammenarbeit gecancelt haben. Ich glaube, wir haben gute Chancen, da einige ja ohnehin ihr Bedauern zum Ausdruck gebracht haben. Wer weiß, vielleicht nimmt Boots dich zurück ins Sortiment.« Anitas Stimme erklang zögerlich aus meinem Smartphone, als fürchtete sie meine Reaktion. Normalerweise war Boots ein wundes Thema bei mir – jetzt jedoch empfand ich erstaunlich wenig. Es fühlte sich an, als hätte ich gestern Abend alle Emotionen, die in mir waren, verbraucht. Und dass ich mich aufgeregt für den Launch der Linie fertig gemacht hatte, schien Jahre her zu sein. Fern, als stammte diese Erinnerung aus einem anderen Leben.

»Ich bin mir sicher, dass sie, nachdem jetzt alles aufgeklärt ist, wieder aufstocken«, sagte Anita, als ich nichts erwiderte. »Fiona?«

»Ja, das ist super.« Ich versuchte, möglichst viel Überzeugung in meine Worte zu legen, hatte jedoch keine Ahnung, ob mir das gelang.

»Ist alles in Ordnung bei dir?«

»Klar, alles bestens. Ich bin nur etwas müde, ich besuche gerade Kaycee.«

»Ach schön, richte ihr liebe Grüße aus. Die Auszeit hat dir bestimmt gutgetan. Ich hätte dich normalerweise auch gar nicht am Sonntag angerufen, aber ich dachte mir, nach dem Video hast du bestimmt Gesprächsbedarf. Wann bist du denn wieder in London? Sollen wir uns am Dienstag treffen? Dann können Shaun und ich am Montag alle in Ruhe kontaktieren und haben sicher schon Neuigkeiten für dich.«

»Gute Idee.«

Anita plauderte begeistert weiter, während ich mich fragte, warum zur Hölle ich mich nicht freuen konnte. Das war doch, was ich die ganze Zeit über gewollt hatte: Normalität. Jetzt stand ich so kurz davor, sie zurückzuerlangen, sollte mich freuen, dass mein Ruf wiederhergestellt war, mein Berufsleben sich endlich normalisierte – aber ich war innerlich leer. Vielleicht, weil ich wusste, dass in Wahrheit nichts normal war.

Ich hatte Demian verloren, ich war mehr als einmal mit meiner eigenen Naivität konfrontiert worden, ich hatte am eigenen Leib erfahren, wie schnell das Kartenhaus, das ich jahrelang so mühsam errichtet hatte, zusammenbrechen konnte.

Und ich würde heute das Gespräch suchen, das ich seit Jahren mied, und, wenn es schlecht lief, auch noch meine Mum verlieren.

… vor allem aber bei Fiona für all den Schaden, den ich mit meinem Video angerichtet habe. Es tut mir leid, und ich hoffe, du kannst mir verzeihen. Es tut mir leid, dass ich nicht in der Lage war, über meine Vorurteile hinauszublicken. Und … und es tut mir leid, dass ich dich verletzt habe. Das war nie meine Absicht, ganz im Gegenteil …

Fionaterxx:
Ich wusste, dass Fiona unschuldig ist! #Fionaters4ever

MusicMakesTheWorldMove:
Ich fühl mich grad echt schlecht, dass ich nichts hinterfragt habe. Dabei hab ich sie sogar geguckt … Sie wird's zwar nie lesen, aber mir tut es auch leid 😔

AutumnLover11:
Aber wer sagt, dass Natalie dann nicht auch unschuldig ist!

MoniqueQ:
DANKE! Ich wusste es! Richtig toll, dass du drangeblieben bist! 💕

SnugAsAPug:
Finde nur ich das Ende komisch? Irgendwie viel zu rührselig für Demian …

45. KAPITEL

Fiona

Ich zupfte das Shirt, das mir Kaycee geliehen hatte, zurecht. Es war zu groß, doch ich hatte es in den karierten Rock stecken können und sah so immerhin nicht mehr aus, als würde ich ein Nachthemd tragen. Das Logo irgendeiner Rockband, die ich nicht kannte, prangte in fetten Lettern auf meiner Brust, und die Schuhe, die mir Ada geliehen hatte, waren einen Tick zu groß, sodass ich beim Laufen die Zehen in den Boden krallte, um hinten nicht herauszuschlüpfen. Ich hätte einen Zwischenstopp in meiner Wohnung in London machen können, doch ich hatte keine Zeit verschwenden wollen, und die Southern Line fuhr von Croydon direkt nach Leatherhead. Seltsamerweise gab mir die fremde Kleidung ein Gefühl von Sicherheit. Kaycee war schon immer stärker gewesen, wenn es darum ging, meine Mum mit ihrem Fehlverhalten zu konfrontieren. In gewisser Weise fühlte ich mich, als hätte sie mir eine Rüstung angelegt, und vielleicht übertrug sich ein wenig ihrer Stärke auf mich.

Ich brauchte einen Moment, um mich zu orientieren, als ich den kleinen Bahnhof in Leatherhead verließ. Häufig war ich nicht hier gewesen, was zum einen daran lag, dass ich wenig Zeit hatte, zum anderen daran, dass die Besuche, die ich unternommen hatte, immer in Streit geendet waren und mich frustriert und verletzt zurückgelassen hatten. Meine Mum hatte ein Talent dafür, mich an meine Schwächen und Unzulänglichkeiten zu erinnern. Sie betonte regelmäßig, dass sie sich nur um mich sorgte und das Beste aus mir herausholen wollte, aber weh tat es dennoch. Besser war unser Verhältnis über Textnachrichten und Telefonate, auch wenn mir die Nähe zu ihr oft fehlte. Selbst dieses Weihnachten war ich nicht bei ihr gewesen, da sie mit ihrem Freund John einen Kurzurlaub unternommen hatte. Das hatte ich allerdings erst erfahren, als die beiden bereits alles gebucht hatten. Eine Einladung war natürlich nicht gefolgt, obwohl ich die Kosten des Spanientrips tragen durfte …

Ich schluckte meinen Unmut hinunter. Ich war selbst schuld. Kaycee hatte mir Monat für Monat vor Augen gehalten, was ich zu tun hatte. Doch anscheinend hatte es die E-Mail und das Interview als Weckruf gebraucht, endlich das Gespräch mit ihr zu suchen.

Es war ein sonderbares Gefühl, durch Leatherhead zu laufen. In West Croydon kannte ich die Straßen wie meine Westentasche, und auch wenn ich viele negative Erinnerungen an unsere dortige Wohnung knüpfte, war es doch immer mein Zuhause gewesen. Das neue Haus meiner Mutter fühlte sich fremd und kalt an, genauso wie dieser Ort, obwohl die rotbraunen Reihenhäuschen mit den kleinen Grünflächen davor alles andere als kühl wirkten.

Am Fluss angekommen überquerte ich die Brücke und bog links ab. Wenige Meter weiter erblickte ich das Haus meiner Mum. Es stach aus den älteren Bauten heraus, obwohl die Fassade die rötlichen Steine aufgegriffen hatte und nur der zweite Stock weiß verputzt war. Eine Hecke schirmte das Grundstück vor neugierigen Blicken ab, und vor den großen Fenstern hingen helle Gardinen. Das Haus wirkte freundlich mit dem vielen Grün und den Blumen, die den kurzen Weg zur Tür zierten. Obwohl ich bereits ein paarmal hier gewesen war, war es schwer, das Haus mit meiner Mum zu vereinen. Dabei hatte ich es sogar ausgewählt und sie damit überrascht. Dennoch wirkte es nun wie eine Wunschvorstellung auf mich, der Versuch, ein Leben zu imitieren, das nicht meines war.

Einen tiefen Atemzug später trat ich auf das Gebäude zu und klingelte. Ein heller, fröhlicher Ton hallte durch das Haus, und kurz darauf waren Schritte im Inneren zu hören.

Bitte lass es nicht John sein.

Nicht dass John besonders schlimm war, meine Mum hatte bereits schlechteren Geschmack bei Männern bewiesen, aber wir hatten nie einen richtigen Draht zueinander gefunden. Es kostete mich auch so genug Mut, nicht kehrtzumachen und mich in der ausladenden Hecke zu verkriechen.

Die schwarze Eingangstür wurde geöffnet, und meine Mum sah mir entgegen. Sie blinzelte überrascht. »Fiona?«

Ihre Haare waren ein gutes Stück länger als bei meinem letzten Besuch, und sie war braun gebrannt – vermutlich von der Zeit im Garten. Oder aber das Interview hatte ihr so schnell bereits einen Urlaub im Süden finanziert. Ich schluckte den bitteren Gedanken hinunter und zwang mich zu einem entspannten Lächeln.

»Hey, Mum. Können wir reden?«

Sie blickte mich weiterhin an und zögerte gerade lang genug, dass ich Sorge hatte, sie würde mich abweisen. Dann jedoch verzog sie den Mund zu einem schmalen Lächeln, das beinahe gönnerhaft wirkte und bei dem ich mich fühlte, als hätte ich etwas falsch gemacht. Das war das Talent meiner Mum: Eine Nuance im Ton ihrer Stimme, eine feine Regung im Gesicht oder ein gezielt platzierter Kommentar genügten, um mich zu verunsichern. Man sollte meinen, dass ich nach all den Jahren dagegen gewappnet wäre, doch sie schaffte es immer wieder, dass ich in alte Muster verfiel und mich selbst und mein Handeln hinterfragte. Vielleicht funktionierte unsere Kommunikation deshalb besser übers Handy: Es lieferte ihr weniger Spielraum, nahm ihr einen Teil der Waffen. In Textnachrichten hörte ich kein missbilligendes Schnalzen, sah keine spöttisch erhobenen Augenbrauen.

»Aber natürlich«, erwiderte sie und trat zurück, damit ich ins Haus kommen konnte. Ich folgte ihrer einladenden Handbewegung und betrat den Flur. Mein Gesicht blickte mir aus dem großen Standspiegel entgegen. Ich sah genauso nervös aus, wie ich mich fühlte. Langsam ließ ich den Blick auf Kaycees Shirt sinken, wünschte mir für einen Moment, ich hätte ihr Angebot, mich zu begleiten, doch angenommen. Aber nein. Ich konnte das. Ich würde stark bleiben.

Meine Mum ging voraus ins Wohnzimmer, und ich folgte ihr stumm. Die einzelnen Einrichtungsstücke des Raums waren mir bekannt, zu einigen hatte ich immerhin einen Link mit der Bitte, sie zu bestellen, erhalten, doch ich hatte sie nie alle in ihrer Gesamtheit gesehen. Das taubengraue Sofa, auf das meine Mutter gerade zusteuerte, passte perfekt zu dem weißen Teppich und dem hellen Holztisch. Vasen mit Kunstblumen zierten die Fensterbänke, und pfirsichfarbene Kissen und Gardinen brachten etwas Farbe in den Raum. Es war kein Vergleich zu unserem kleinen Wohnzimmer aus Second-Hand-Möbeln, in dem ich groß geworden war. Ich gönnte meiner Mum den neuen Lebensstil, das tat ich wirklich. Doch gleichzeitig versetzte mir der Anblick auch einen Stich. Warum war ich nie eingeladen worden? Wieso hatte ich nicht wenigstens ein Foto erhalten? Wie kam es, dass sie alles als so selbstverständlich ansah, und wie konnte es sein, dass sich das auf mich übertragen hatte?

Ich ließ mich mit etwas Abstand neben meiner Mum auf der Couch nieder und faltete die Hände in meinem Schoß. Jeder Muskel meines Körpers war angespannt, als wäre ich bereit, jeden Moment aufzuspringen und loszurennen, was albern war, schließlich hatte ich mehr als genug Zeit mitgebracht. In meinem Kopf arbeitete es auf Hochtouren, während ich überlegte, wie ich dieses Gespräch am besten starten sollte. Angenehm würde es ohnehin nicht werden, da machte ich mir nichts vor, aber ich wollte den bestmöglichen Einstieg finden, damit sie mich verstand. Zwar hatte ich mir mit Kaycee etliche Sätze zurechtgelegt, doch keiner von ihnen schien nun, da meine Mum mich aus ihren braunen Augen ansah, noch passend zu sein. Wie sich herausstellte, waren meine Überlegungen nicht nötig, denn meine Mum ergriff das Wort.

»Bist du hier, um dich zu entschuldigen?«

»Entschuldigen?«, wiederholte ich perplex.

Meine Mum schlug die Beine übereinander und lehnte sich zurück, ihr Blick ruhte weiter auf mir. »Für deine Nachricht an mich.«

Obwohl ich ihr in den letzten Tagen mehrmals geschrieben hatte, wusste ich genau, auf welche Nachricht sie anspielte: die, die ich Kaycee gegenübersitzend in Camden verfasst hatte. Und obwohl mir klar war, dass ich die Nachricht vorsichtig formuliert hatte, ging ich sie in Gedanken ein weiteres Mal durch, nur um sicherzugehen.

»Nein«, sprach ich gegen mein laut klopfendes Herz an.

Meine Mum hob eine Augenbraue und musterte mich mit ruhiger Miene.

»Eigentlich sogar das genaue Gegenteil«, fuhr ich fort. »Ich weiß, dass dich die Nachricht wütend gemacht hat, aber versuch bitte auch, meine Seite zu verstehen. Ich hatte einen wirklich schlimmen Monat und …«

Meine Mum lachte kurz auf, und bei dem Geräusch schoss mir die Hitze in die Wangen.

»Fiona, ich bitte dich. Natürlich war das alles unschön, aber du weißt doch gar nicht, wie hart das Leben wirklich sein kann. Dir geht es einfach zu gut.«

Einundzwanzig, zweiundzwanzig, dreiundzwanzig … Das Zählen half zwar nicht, meinen zitternden Atem zu beruhigen, aber es gab mir immerhin genug Zeit, die Erwiderung, die mir auf der Zunge lag, hinunterzuschlucken und sachlich zu bleiben.

»Ich hatte einen schlimmen Monat und musste auf meine Ausgaben achten, da mir etliche Einnahmen weggebrochen sind.«

»Und da dachtest du: Was säge ich wohl als Erstes ab? Oh, na klar, meine Familie! Dann kann ich mir die teuren Kaffees und die Unternehmungen weiterhin leisten und den Schein auf Instagram wahren.«

Ob ihr nicht aufgefallen war, dass ich seit dem Vorfall so gut wie gar nicht mehr aktiv gewesen war? Weder auf Instagram noch auf YouTube.

»Weißt du, ich glaube, aufgrund dieser Denkweise hast du es so schwer, Freunde zu finden. Daran musst du arbeiten, das war ja schon in der Schule so. Immer waren die anderen schuld.« Sie lachte kurz und sah nach oben, als riefe sie alte Erinnerungen hervor. »Die anderen sind gemein zu mir, Mum, die anderen lassen mich nicht mitspielen …« Sie hatte die Stimme verstellt und sprach nun höher, um mein Kindheits-Ich zu imitieren, und ich presste meine Fingernägel so fest in die verkrampften Hände, dass es wehtat. Doch der Schmerz half mir seltsamerweise, die Ruhe zu wahren.

Mit einem Kopfschütteln blickte meine Mum wieder zu mir. »Das geht so nicht, Fiona. Wenn du so egoistisch bist und dich immer nur auf dich konzentrierst, ist es kein Wunder, dass du allein bleibst. Du kannst nicht all deine Probleme auf andere abwälzen. Irgendwann musst du Verantwortung übernehmen lernen.«

»Ich glaube, ich kann ganz gut Verantwortung übernehmen«, gab ich mit gepresster Stimme zurück. »Ich komme komplett für mein Leben auf und zahle auch dieses Haus, falls du es vergessen hast.«

»Bist du dir sicher? Bei dem Skandal zuletzt war es doch dasselbe: Du hast diesem Demian die gesamte Schuld zugeschoben, hast in deinem Video alles geleugnet, anstatt einfach einzugestehen, dass du einen Fehler gemacht hast.« Sie lehnte sich leicht vor und senkte die Stimme, als ob sie nicht gehört werden wollte, dabei war John offensichtlich nicht einmal da. »Was denkst du denn, wie das auf mich zurückfällt, wenn meine Tochter sich so uneinsichtig zeigt?«

Es wurde schwer, zu atmen. Meine Wut wurde immer größer, und mein Atem durchbrach hörbar die Stille des Raums.

»Genau deshalb bin ich hier«, sagte ich, ohne auf ihre Vorwürfe einzugehen. Wenn sie meine Anmerkungen zu dem Haus und all dem ignorierte, konnte ich das ebenfalls tun. »Wegen Demians Video. Oder besser gesagt, deiner Reaktion darauf.«

»Weil ich dir nicht geglaubt habe? Ach Gott, sei doch nicht so nachtragend.«

»Weil du Demian O'Neill ein Interview verkauft hast. Ohne mein Wissen.«

Für einen kurzen Augenblick bröckelte ihre Fassade, jedoch lag keine Scham in ihrem Ausdruck, sondern lediglich Wut. »Er hat dir davon erzählt?«, fragte sie, und es gab mir eine seltsame Genugtuung, den aufgebrachten Ton in ihrer Stimme zu hören.

»Wieso? Hattet ihr etwa eine vertragliche Abmachung, dass er das nicht tut?« Nun war ich diejenige, die die Brauen hob und sie abwartend ansah. Doch entgegen meinen Erwartungen verteidigte meine Mum sich nicht. Es folgten keine entschuldigenden Worte, nicht einmal eine Ausrede – sie sagte einfach nichts.

»Wieso hast du das getan?«

Einen Moment lang sahen meine Mum und ich einander nur an. Der Blick aus ihren hellbraunen Augen ruhte auf meinem Gesicht, das sich unangenehm warm anfühlte. Hinter meinen Augen brannte es, als warteten Tränen darauf, sich Ausdruck zu verleihen. Es waren weder Tränen der Wut noch der Trauer, sondern vielmehr der Scham. Die Worte meiner Mum, so ruhig ich sie auch hingenommen hatte, trafen tief. Sie trafen zielgenau auf jahrealte Wunden, die somit nie zu heilen vermochten. Sie rissen sie auf und schienen eine Öffnung zu schaffen, durch die all meine Unsicherheiten ungehindert Einlass fanden. Sie vergifteten mein Blut und mein Denken. Warfen mich zwei Schritte zurück, wenn ich gerade einen nach vorn gemacht hatte.

»Warum hast du mich so hintergangen, nach allem, was ich für dich getan habe?«

Ich biss die Zähne fest aufeinander, als ich merkte, wie mein Kinn zu zittern begann. Unter keinen Umständen wollte ich in Tränen ausbrechen, da ich genau wusste, dass eine ersthafte Unterhaltung mit meiner Mum dann nicht länger möglich wäre.

»Jetzt stell dich nicht so an«, erwiderte sie. »Ich muss eben auch sehen, wo ich bleibe.«

»Also ging es dir um Geld? Du kamst nicht auf die Idee, dir vielleicht einfach einen Job zu suchen?« Ich schüttelte den Kopf. »Nein, Mum, das ist kein Grund. Warum?«

»Mir einen Job zu suchen? Die Möglichkeit habe ich ja wohl kaum, oder etwa doch?«

»Natürlich hast du das.«

»Möchtest du wirklich dahin zurückgehen, Fiona? Gut, gern. Falls du dich erinnerst, habe ich deinetwegen meine Ausbildung abgebrochen. Du solltest dankbar sein, anstatt dich jetzt so selbstgerecht hierhinzustellen und mir Vorwürfe zu machen.«

»Kaycee konnte ihr Apprenticeship auch nicht antreten und arbeitet.«

Meine Mum lachte auf. »Also ist es das, was du willst? Dass ich mich bei *Tesco* oder *Sainsbury's* an die Kasse stelle?«

»Als ob das etwas Schlimmes wäre«, begann ich, doch meine Mum unterbrach mich mit einem spöttischen Lachen.

»Du hast mir bereits die besten Jahre meines Lebens genommen. Ich werde mit Ende dreißig nicht noch einmal so leben. All deinen Erfolg verdankst du mir, da ist es nicht zu viel verlangt, dass du ein einziges Mal nicht dich an erste Stelle stellst.«

»Wann habe ich das bitte getan? Außerdem verdanke ich meinen Erfolg mir und meiner harten Arbeit.« Meine Finger zitterten vor unterdrückter Wut, und ich faltete sie ineinander, um meine Hände still zu halten.

»Red dir das nur ein. Aber am Ende kommt alles darauf zurück, dass ich jahrelang zurückgesteckt habe. Dass ich alles aufgegeben habe, um dich zu bekommen.«

»Du kannst mich aber nicht ewig dafür bestrafen!« Ohne dass ich es wollte, war meine Stimme lauter geworden. Tränen standen in meinen Augen, und ich blinzelte sie wütend weg. Es fühlte sich an, als hätte sich mein Herz durch sein heftiges Pochen einen Weg nach außen gegraben, wo es nun verletzlich und sichtbar zwischen mir und meiner Mum lag. In der stillen Hoffnung, endlich die Liebe zu bekommen, nach der ich mich mein Leben lang gesehnt hatte. Doch meine Mum schärfte ihre Worte, zielte und traf.

»Wieso kann ich das nicht, wenn du es doch seit deiner Geburt tust?«

Mit einem Mal wich jeglicher Kampfgeist aus mir. Meine Lungen waren leer, meine Muskeln kraftlos.

»Wie meinst du das?«, fragte ich leise. Kälte breitete sich in mir aus, so sehr graute mir vor der Antwort, obwohl ich sie bereits kannte.

»Dich zu behalten hat mein Leben zerstört.« Da waren keine Emotionen in ihrer Stimme. Keine Wut, keine Traurigkeit. Sie sprach diesen Satz aus, als wäre er ein Fakt. All diese Dinge um mich herum – der große Flachbildschirm, das weiche Sofa unter meinen Beinen, die Zierkissen, der Schmuck am Handgelenk meiner Mum –, all das war ein Versuch gewesen, mich von einer Schuld freizukaufen, die ich seit meiner Geburt in mir getragen hatte, ganz ohne dass ich etwas dafür konnte. Dabei war es egal, was ich tat. Kein Geld der Welt, keine Taten oder Worte konnten mich in den Augen meiner Mum zu dem Menschen machen, der ich gern für sie wäre.

Ich hatte damit gerechnet zu weinen. Gemessen an den Tränen, die ich bei der bloßen Vorstellung eines solchen Gesprächs vergossen hatte, war das die einzig logische Reaktion. Stattdessen waren meine Gedanken seltsam klar. Mein Blick ruhte auf meiner Mum. Dem Menschen, den ich so lang hatte beeindrucken wollen und von dem ich doch nie das erhalten hatte, was andere ganz ohne Gegenleistung bekamen: Liebe. Es war so albern, sich diese erkaufen zu wollen, und dennoch hatte ich es tagtäglich versucht. Hatte mich verbogen, eingebracht, distanziert, hatte alles versucht, um nicht mehr mit diesem Gedanken leben zu müssen, dass der Mensch, der mich zur Welt gebracht hatte, diese Entscheidung am liebsten wieder rückgängig machen würde.

Diese Worte zu hören sollte mich brechen, oder etwa nicht?

Wie konnte ich mich dann so normal fühlen? Beinahe kalt? War ich meiner Mum doch ähnlicher, als ich dachte? Vielleicht war es aber einfach die Gewissheit, die meine Gedanken zum Schweigen brachte. Ich musste nicht länger grübeln, was ich besser machen könnte. So weh es auch tat: Ich hatte meine Antwort. Nichts, was ich tat, erreichte oder sagte, würde mich in den Augen meiner Mum wachsen lassen. Ich konnte nichts tun. Ich existierte, und das war mein Verbrechen.

Ich nickte und stand dann ohne ein weiteres Wort auf. Nahm meine Clutch, die ich seit dem Vorabend bei mir trug, und ging geradewegs aus dem Haus. Ich hatte erwartet, dass meine Mum mir nachlaufen würde – um ihre Worte zurückzunehmen oder zumindest, um mich daran zu erinnern, dass ich nach wie vor ihre Tochter war und Pflichten hatte. Doch nichts davon tat sie. Ich hörte kein Geräusch hinter mir, keine Schuhe auf dem Boden, kein Kratzen des Stoffs. Also drehte ich mich kein weiteres Mal um, sondern verließ das Haus meiner Mum, das nie zu meinem Zuhause geworden war, vermutlich zum letzten Mal.

Ich trat aus der Tür und sog die lauwarme Luft tief in meine Lunge. Die Tränen würden folgen, gemeinsam mit den schwachen Momenten, in denen ich zum Handy greifen und meiner Mum schreiben wollen würde. Doch gerade fühlte ich über all dem Schmerz eine seltsame Erleichterung. Sie hielt die dunklen Gedanken im Zaum, wenn auch nicht für immer. Denn indem meine Mum getan hatte, was keine Mutter ihrem Kind je antun sollte, hatte sie mir eine Freiheit geschenkt: Ich durfte endlich ich selbst sein. Ich musste sie nicht mehr beeindrucken.

46. KAPITEL

Demian

Ich war todmüde. Im Zug auf dem Weg zurück nach London hatte ich ein wenig dösen können, aber die durchgearbeitete Nacht und die Sorgen, die in meinem Kopf rotierten, hatten mich ausgelaugt zurückgelassen. Fiona hatte sich nach wie vor nicht bei mir gemeldet, dabei war ich mir sicher, dass sie das Video mittlerweile gesehen hatte. Es war bereits seit über einem Tag online und überall geteilt worden – Twitter, Facebook, Instagram, Ausschnitte hatten es sogar auf TikTok geschafft, wo unterschiedliche Accounts darauf reagierten. Dennoch blieb mein Smartphone stumm.

Ich schloss die Tür zu unserer WG auf und stellte meinen Koffer in den Flur. Daneben setzte ich Fionas kleinen Koffer und ihre Einkaufstüte ab, da ich sie nicht im Gästezimmer hatte stehen lassen wollen. Auch wenn ich keinen blassen Schimmer hatte, wie ich ihr ihre Sachen zurückgeben sollte, wenn sie mich nach wie vor ignorierte. Schweren Schrittes ging ich in die Küche, um mir einen Kaffee zu machen. Vermutlich sollte ich einfach ins Bett gehen, aber ich wollte keine Zeit ungenutzt verstreichen lassen. Fiona musste mir glauben.

»Hey«, begrüßte mich Austin und lehnte sich an die Wand, die die offene Küche vom Wohnzimmer abgrenzte.

»Hi«, erwiderte ich und drückte auf die Espressotaste der Maschine. Sie begann zu summen, und kurz darauf erfüllte der

Geruch heißen Kaffees den Raum, doch selbst der vermochte meine Laune nicht zu heben. Ich drehte mich zu Austin um und stutzte, als ich seinen skeptischen Blick traf. »Was?«, fragte ich.

»Wie geht's dir?«

»Geht.« Ich nahm die Tasse, stellte sie auf den Tisch und ließ mich auf den Stuhl davor fallen. Austin tat es mir gleich, stützte die Arme auf der Tischplatte ab und legte den Kopf schief.

»Wenn du was zu sagen hast …«, begann ich. Ich klang genervt, aber das war mir in diesem Moment egal. Ich *war* genervt. Nicht von Austin, also sollte ich es vermutlich nicht an ihm auslassen, sondern von mir selbst. Ein kleiner Teil in mir hatte die Hoffnung gehegt, dass sich mit der Veröffentlichung des Videos alles klären würde. Dass Fiona erkannte, dass ich keine bösen Absichten gehabt, sondern es sich um ein Missverständnis gehandelt hatte. Und ich war ebenso genervt, dass ich diese Hoffnung gehegt wie dass es nicht geklappt hatte.

»Hab ich, aber ich wäge noch ab, ob ich dir nicht erst etwas Ruhe gönne. Wie war die Hochzeit?«

»Gut«, sagte ich mit einem Seufzen. »Wenn man außen vorlässt, wie sie geendet ist.«

»Hat deine Schwester Theo am Altar stehen lassen?«

»Nein, aber Fiona hat die Mails entdeckt.« Ich nahm meine Brille ab und fuhr mir über das müde Gesicht. »Es ist alles wirklich scheiße gelaufen. Und dann hat sie mich stehen lassen … Ich hab keine Ahnung, wie es ihr geht, keine Chance, ihr zu sagen, was wirklich vorgefallen ist.«

Austin lehnte sich zurück und verschränkte die Arme. »Sorry, Mann, aber selbst schuld. Ich hab dir gesagt, du sollst dich nicht mit ihrer Mum treffen, das war ein absoluter Arschloch-Move.«

»Denkst du, das weiß ich nicht?«, fragte ich eine Spur zu laut.

»Klar weißt du es jetzt, aber hinterher ist's ein bisschen zu spät, oder nicht?«

Mir war klar, dass Austin recht hatte und ich auf ihn hätte hören sollen, aber was brachten mir diese Worte jetzt?

»Glaub mir, wenn ich es ungeschehen machen könnte, würde ich das.«

»Kannst du nicht, das ist mir klar. Aber was gedenkst du zu tun? Mit dem einen Video ist das nicht erledigt, das ist dir hoffentlich klar. Das macht die falsche Anschuldigung vielleicht wieder gut, für die konntest du nicht wirklich was. Aber das entschuldigt nicht dein Verhalten ihr gegenüber.«

Mit einem Mal verebbte die Wut, die kurz in mir aufgelodert war. »Du hast ja recht«, murmelte ich. Es war naiv von mir gewesen zu hoffen, dass mein Video etwas veränderte. Klar, ich hatte mich in diesem am Ende bei Fiona entschuldigt, aber was änderte das schon?

Ich leerte meinen Espresso in einem Zug und stand ruckartig auf. Austin sah mich mit erhobenen Brauen an. »Was wird das, wenn es fertig ist?«

»Ich schaue bei ihrem Netzwerk vorbei«, sagte ich bestimmt. »Vielleicht kann ihre Managerin Fiona zumindest eine Nachricht weiterleiten.«

Austin nickte zwar, wirkte allerdings nicht recht überzeugt. Da ich jedoch nicht wusste, wo Fiona wohnte, und schlecht an jeder Haustür in ganz Paddington klingeln konnte, war es der beste Anhaltspunkt, den ich hatte.

»Viel Erfolg. Halt mich auf dem Laufenden, und meld dich, wenn ich bei was helfen kann, ja?« Austins Stimme klang bereits etwas versöhnlicher, und ich nickte.

»Mach ich, danke.«

Dann nahm ich meine Jacke von der Garderobe im Flur, holte das Portemonnaie aus dem Koffer und machte mich auf den Weg. Bevor es zu Fionas Netzwerk ging, gab es jedoch noch eine Sache, die ich erledigen konnte. Die zu tun – auch ganz unabhängig von Fiona – längst überfällig war.

»Demian!« Liam begrüßte mich mit freudestrahlendem Gesicht, als ich sein Büro betrat. »Setz dich, mach's dir gemütlich. Wie war dein Wochenende?«

Ich ließ mich auf den angebotenen schwarzen Stuhl gegenüber seinem Schreibtisch sinken, während er ein Stück nach links rutschte, um mich besser sehen zu können. Susan, die mich am Empfang abgeholt hatte, ließ sich neben mir nieder.

»Du hast uns ja ganz schön überrascht mit deinem Video gestern«, fuhr er dann fort, ohne eine Antwort meinerseits abzuwarten. »Susan hat es gestern schon gesehen, ich hab es mir heute Morgen angeschaut.«

Ich nickte nur und wartete auf die Rüge, dass ich eigenmächtig etwas hochgeladen hatte, das so sehr unserem Content-Plan widersprach, oder aber auf die Frage, wie es mit dem Video über Mrs Harris aussah. Erstaunlicherweise entschieden sich Liam und Susan für nichts von beidem.

»Ich bin immer wieder erstaunt über deinen Riecher, Demian. Du hast den Leuten damit anscheinend genau das gegeben, was sie wollten. Wirklich nicht schlecht, dass du an der Sache drangeblieben bist. Damit hast du bewiesen, dass es dir eben nicht bloß darum geht, das Feuer zu schüren, dass du authentisch bist und Fehler zugibst.« Liam lächelte mir zu, doch im Gegensatz zu sonst erwiderte ich sein Lächeln nicht. »Das gibt uns auch einen viel weiteren Spielraum, was das Video zu Mrs Harris angeht. Am besten setzen wir uns da noch einmal in der großen Gruppe zusammen und schauen, was wir daraus machen können. Ich glaube, etwas, das Fiona schlecht dastehen lässt, wäre aktuell der falsche Weg.«

Liam klang bei seinen Worten gönnerhaft und gleichzeitig so abgedroschen und geschäftlich, dass ich ihm am liebsten den aufgeschlagenen Ordner vor ihm um die Ohren gehauen hätte.

»Du glaubst, es ist nicht der richtige Weg, Fiona, die gar nichts falsch gemacht hat, als schlecht darzustellen?«, fragte ich mit deutlicher Ironie in der Stimme, die Liam jedoch vollkommen überging.

»Exakt. Aber ich dachte, wir könnten uns das Interview, das du geführt hast, mal alle zusammen zu Gemüte führen. Noch kennen wir es ja gar nicht. Cool wäre auch, wenn wir das, was ihre Mum gesagt hat, nutzen können, um Fionas Vergangenheit ein wenig zu beleuchten. Eine Art Portrait, verstehst du? Das kann auch ein ganz positives Bild sein, das wir zeichnen.«

»Wir dachten, dass das ohnehin der Weg war, den du einschlagen wolltest, oder?«, ergriff nun Susan das Wort. »Wir könnten aufzeigen, wieso *Hungry Eyes*, diese Kinderschutzorganisation, ihr so sehr am Herzen liegt. Sie hat ja persönlichen Bezug dazu.«

»Genau. Wäre auch kein großes Ding, sie hat das ja selbst schon in Videos erwähnt.«

Weder Liam noch Susan schienen zu bemerken, dass ich nicht einen einzigen zustimmenden Laut von mir gab, nicht in die Planung mit einstieg und auch sonst nichts zum Gespräch beitrug. Es war so absurd, dass ich trotz allem schmunzeln musste. Wieso hatte ich all die Zeit über die Augen davor verschlossen?

»Ich kündige.«

Liam, der von weiteren Plänen berichtete, stoppte mitten im Satz und sah mich mit perfekt gerundetem Mund an. Einige Sekunden war er wie erstarrt, und die Szene hatte etwas Comichaftes. Dann schüttelte er ungläubig den Kopf. »Du ... was?«

Auch Susans Augen waren geweitet, ihr Gesicht wirkte jedoch nicht ganz so überrascht wie Liams.

Beschlossen hatte ich es schon während des Gesprächs mit meiner Mum nach der Hochzeit, doch die Unterhaltung gerade war der beste Beweis, weshalb es sich dabei um die einzig richtige Entscheidung handelte.

»Ich kündige«, wiederholte ich. »Ich mach das natürlich alles noch schriftlich und fristgerecht und schicke es an die Creator-Abteilung, ich wollte es euch nur schon einmal persönlich mitteilen.«

»Liegt es an *Edge of The Universe*?« Susan beugte sich zu mir. »Ich bin dran, wirklich. Wir hätten da früher aktiv werden sollen, aber wenn du magst, können wir uns ab jetzt viel stärker drauf konzentrieren.«

»Das ist nicht nötig«, erwiderte ich. »Ich will mich generell neu orientieren und muss erst noch herausfinden, wie genau das aussieht.«

»Auch das können wir gemeinsam tun. Wir können brainstormen, ein Rebranding ausarbeiten, uns die Zielgruppe und den Konkurrenzmarkt genauer ansehen. Wir haben hier weitaus mehr Mittel, als du allein aufbringen kannst.«

Bevor die beiden sich weiter reinhängen konnten, stoppte ich Susan mit einem Kopfschütteln. »Danke für das Angebot, aber mein Entschluss steht.«

Ich erhob mich langsam, und es brauchte einiges an Mühe, dabei nicht zu lächeln. Es war nicht so, dass Liam oder Susan schlechte Menschen waren, ganz und gar nicht. Sie machten ihren Job und mussten wirtschaftlich denken, hatten Vorgesetzte, vor denen sie sich rechtfertigen mussten, wenn die Zahlen schlecht aussahen. Ich hatte während meiner Zeit hier nur einen kleinen Einblick erhalten, und dieser hatte mir bereits gereicht. Aber es war nichts, woran ich mich noch länger beteiligen wollte. Ich hatte bereits mehr als genug Schaden angerichtet, und dass sie so leichtfertig bereit waren, Fionas Geschichte trotz allem weiter auszuschlachten, war etwas, das auch mit wirtschaftlichem Denken nicht zu rechtfertigen war.

Liam und Susan standen ebenfalls auf und gingen langsam mit mir zur Tür. Liam sah aus, als wollte er noch etwas sagen, doch ich wartete seine Worte nicht ab, sondern reichte ihm die Hand, verabschiedete mich von ihm und Susan und machte mich dann auf den Weg zu den Aufzügen, wo ich Cynthia mit einem Lächeln zuwinkte. Kaum dass ich den Aufzug betreten hatte, merkte ich, wie eine Last von meinen Schultern fiel. Ich hatte keine Ahnung, wie es für mich beruflich weitergehen würde, aber ich war neugierig, es herauszufinden.

Die Türen schlossen sich und nahmen mir die Sicht auf die große Plakette mit dem Logo meines Netzwerks – meines ehemaligen Netzwerks. Dieser Schritt war getan. Das war ein Anfang.

So gelassen, wie ich bei *Media Lion* eben gewesen war, so nervös war ich nun, als ich das Gebäude betrat, in dem sich Fionas Management befand. Ich rechnete mir keine allzu hohen Chancen aus, dass sie zufällig anwesend war, aber vielleicht konnte ich ihre Managerin ja überreden, mir ein paar Minuten ihrer Zeit zu schenken.

Im Gegensatz zu meinem Netzwerk gab es unten niemanden, der die Einkommenden kontrollierte und zurückhielt, sollten sie keinen Termin haben. Etwas, das sich nun als mein Vorteil herausstellte. Die Wände waren in einem warmen cremefarbenen Ton gestrichen, den Flur entlang befanden sich mehrere helle Sofas aus Europaletten und mit weißen und beigen Kissen, und große Vasen mit Pampasgras und anderen Blumen dekorierten den Eingangsbereich. Es wirkte wie ein typischer Interior-Account auf Instagram, was mich unter normalen Umständen zum Lachen gebracht hätte. Heute jedoch war ich viel zu nervös dafür.

»Hallo, kann ich Ihnen helfen?«

Ein blonder Mann in seinen Vierzigern fing mich im Gang ab und musterte mich einen Moment, bis sein Gesicht widerspiegelte, dass er mich erkannt hatte. War das gut oder schlecht?

»Mr O'Neill«, sagte er, und wenn ich mich nicht irrte, bildete sich eine dünne Falte zwischen seinen Brauen, und ein skeptischer Ausdruck trat in seine Augen. Das war dann wohl eher schlecht.

»Kann ich mit Fionas Managerin sprechen?«

»Worum geht es denn?«

»Um Fiona«, sagte ich geradewegs heraus.

»Nun, ich vertrete Ms Harris auch, also können Sie sich sicher auch an mich wenden.«

»Shaun.« Eine tiefe Frauenstimme erklang, und kurz darauf bog die Frau mit den dunklen Locken um die Ecke, die ich bereits von der Convention kannte. »Ich übernehme ab hier.«

Beinahe hätte ich erleichtert aufgeatmet, doch dann winkte Fionas Managerin mich zu sich und lief im nächsten Moment bereits in zackigen Schritten voraus in ihr Büro.

»Ich bin Anita«, begann sie, während sie mich durch die Gänge führte. »Falls du das nicht ohnehin schon herausgefunden hast.« Sie machte vor einer dunklen Holztür Halt und ging, die Türklinke in der Hand, zur Seite, damit ich eintreten konnte.

»Setz dich«, sagte sie, schloss die Tür hinter mir und deutete auf den Sessel, der in der Ecke neben einer mintgrünen Couch stand. Anitas Büro war gemütlich, ihr Schreibtisch jedoch ein einziges Chaos, was sie mir sympathisch machte.

»Also«, sagte Anita und ließ sich auf einem der anderen Sessel nieder, die Beine übereinandergeschlagen. »Geht es um dein letztes Video? Ich wäre ja geneigt, mich bei dir zu bedanken, aber idealerweise hättest du die beiden Videos davor gar nicht erst aufgenommen.«

Ich nickte. »Ich weiß, aber ich bin nicht wegen der Videos hier. Nicht wirklich zumindest.«

»Sondern?«

»Ich muss mit Fiona reden.«

Anita hob eine schwarze Augenbraue. »Ach ja? Und was habe ich damit zu tun?«

»Na ja, Fiona ist ja deine Klientin. Könntest du mir sagen, wo und wie ich sie erreiche?«

»Verstehe ich das richtig, dass du willst, dass ich dir die Nummer meiner Klientin gebe?«

»Nein, ich wollte nur die Adresse, um etwas zu erklären.«

Anita lachte auf. »Du willst *nur* die Adresse? Ich gebe doch nicht die Adresse unserer Content Creator raus, das wäre ja noch schöner.«

Okay, zugegeben, auf die Idee hätte ich selbst kommen können.

»Könntest du ihr dann etwas ausrichten? Oder wäre es möglich, dass ich mich hier mit ihr treffe?«

»Wenn dich dein schlechtes Gewissen plagt und du dich noch einmal persönlich entschuldigen möchtest, dann schreib ihr bei Instagram. Da verbringt sie sowieso zu viel Zeit.« Sie lächelte schief. »Du bist kein schlechter Kerl, und wir rechnen dir wirklich hoch an, dass du in der Angelegenheit noch einmal nachgeforscht hast ... Ich bin guter Dinge, dass das einige Probleme löst.«

»Hat sich denn schon jemand gemeldet deswegen? Also von den Leuten, die Verträge aufgelöst haben?«

»Und das weißt du woher? Junge, wie viel Recherche hast du betrieben?« Anita erlaubte sich ein schiefes Grinsen. »Das werde ich dir garantiert nicht auf die Nase binden, für meinen Geschmack sind genug Videos über Fiona auf deinem Kanal erschienen.«

»Kann ich denn gar nichts tun, um zu helfen?«, fragte ich, und Anita betrachtete mich mit gerunzelter Stirn.

»Helfen? Hast du doch bereits. Ich bin mir sicher, der Rest pendelt sich mit der Zeit wieder ein, also …« Anitas Blick huschte zur Tür. »War sonst was? Wie gesagt: Schreib Fiona auf Instagram, und wenn du ein offizielles Gespräch möchtest, dann lass dein Management anfragen, und Fiona kann selbst entscheiden, ob sie das möchte. Das ist nichts, was ich über ihren Kopf hinweg bestimme.«

Ich nickte und schluckte meinen Frust hinunter. Mir hätte klar sein müssen, dass Anita mir nicht weiterhelfen konnte. Genauso wie mir hätte klar sein müssen, dass meine Aktion vielleicht Fionas Karriere helfen, nicht jedoch ihre Meinung über mich verändern würde. Dass es ihr besser ging, sollte mir genügen. Doch ich ertappte mich bei dem egoistischen Wunsch, dass ich wollte, dass es auch mir besser ging. Und das würde es mit Fiona an meiner Seite.

47. KAPITEL

Fiona

Ich wich einem vorbeihuschenden Eichhörnchen aus, genoss den knirschenden Kies unter meinen Füßen und die frühmorgendliche Stille, die durch nichts außer dem Vogelzwitschern und meinem schnellen Atem unterbrochen wurde. Vor ein paar Minuten hatte es zu nieseln begonnen, da ich jedoch bereits eine halbe Stunde durch den Hyde Park joggte, kam die leichte Abkühlung wie gerufen. Schnaufend kam ich vor dem kleinen Café zum Stehen und nahm mir ein paar Sekunden, wieder zu Atem zu kommen. Ich war definitiv zu lange nicht mehr laufen gewesen. Während ich dastand und meine Bankkarte aus der schmalen Tasche meiner Laufhose herausfriemelte, fiel mein Blick auf den Zeitungsständer zur Linken des Eingangs. Bei meinem letzten Besuch war auf jeder zweiten Zeitung mein Gesicht zu sehen gewesen. Zwar trugen zwei der Magazine auch jetzt meinen Namen in einer Schlagzeile, jedoch war keine davon negativ.

Ich trat näher und wollte gerade einen der Artikel überfliegen, als mein Blick an Demians Namen haften blieb und ich zurücktrat. Über ihn zu lesen sorgte immer noch für ein unangenehmes Stechen in meiner Brust. Ich hatte ihn nach wie vor blockiert, auch wenn mir klar war, dass ich die Welle der Sympathie, die mir aktuell entgegenschlug, seinem Video zu verdanken hatte. Doch dass er sich mit meiner Mum getroffen hatte, obwohl ich ihm sogar von ihr erzählt hatte – etwas, das ich stets vermied –, konnte ich nicht verzeihen. Und so blieb mein Handy, abgesehen von Kaycees Nachrichten und Anitas Updates, stumm.

Ich wollte den Blick gerade von den gedruckten Zeilen abwenden, als er einen anderen mir bekannten Namen streifte: Natalie. Stirnrunzelnd näherte ich mich und nahm die Klatschzeitung aus dem Ständer, um den Artikel lesen zu können. Während ich die Zeilen überflog, klappte mir beinahe die Kinnlade herunter.

»Weiterhin lieferte Natalie mit ihrem neusten Video Material, das Demians Aussagen stützte«, murmelte ich mit einem Kopfschütteln. War das ihr Ernst? Ich war Natalie überall entfolgt und hatte nichts davon mitbekommen. Dann wiederum war ich immer noch dabei, mich durch die alten Instagram-Nachrichten zu arbeiten, die ich in der letzten Zeit ignoriert hatte.

»Sie bestätigte nicht nur, Fiona im Unwissen gelassen zu haben«, las ich weiter, »sondern offenbarte darüber hinaus, in einer Beziehung mit Dylan gewesen zu sein! Dieser informierte sie genauso wenig über die Verstrickungen wie Fiona. Als sie von den Plänen erfuhr, so die YouTuberin, habe sie überlegt, an die Öffentlichkeit zu gehen, sich jedoch dagegen entschieden. Immer, wenn man glaubt, es geht nicht noch vertrackter, richtig? Da liegt wohl nahe, warum sie sich die ganze Zeit über so bedeckt gehalten hat: Den Liebsten will man natürlich nicht verärgern. Fest steht also: Fiona trifft keine Schuld. Doch was bedeutet das für Natalie und …«

Fassungslos ließ ich die Zeitung sinken. Jetzt konnte ich meinen Termin mit Anita später noch weniger erwarten. Damit war ich aus der ganzen Sache raus, oder etwa nicht? Ich schob die Zeitschrift zurück in den Ständer und griff beinahe automatisch nach meinem Handy, weil ich Demian schreiben wollte.

Ich bemerkte meinen Fehler gerade noch rechtzeitig. Dabei konnte ich nicht leugnen, dass ich zu gern mit ihm über die Situation geredet hätte. Doch er hatte sicher längst davon erfahren, und ich hatte genug andere Dinge zu tun.

Also wandte ich mich von dem Zeitungsständer ab, drückte endlich die Tür des kleinen dunkelgrünen Gebäudes auf und ging mit einem Lächeln zur Theke. Der Geruch von Kaffee und noch warmen Süßwaren lag in der Luft und hob meine Laune direkt.

»Oh, lange nicht mehr hier gewesen«, begrüßte mich der rothaarige Barista, der hier jobbte, seit ich nach Paddington gezogen war.

»Ja, es war viel los«, entgegnete ich. Der Mann, der nicht viel älter sein konnte als ich, nickte nur und lächelte leicht. Da er mit Sicherheit den Zeitungsständer draußen bestücken durfte, musste ich mich wohl kaum weiter erklären.

»Das Übliche?«

Ich nickte und hatte Mühe, mein Lächeln im Zaum zu halten. Es tat gut, wieder eine Routine zu haben. Alles, was ich gewollt hatte, war, meine Normalität zurückzugewinnen. Das hatte ich zwar noch nicht, aber ich war auf dem besten Weg. Anita hatte recht behalten, und einige Kunden wie Ted Baker hatten sich gleich am Montagmorgen gemeldet und darum gebeten, die Zusammenarbeit wieder aufzunehmen, was eine große Erleichterung war. Unsere Ansprechpartnerin bei Boots hingegen hatte bislang nicht angerufen, dabei erwartete ich ihre Rückmeldung am dringendsten. Sie mussten sich melden, richtig?

Diese Linie war seit Jahren mein Traum. Schon im Kinderzimmer unserer alten Wohnung, als die YouTuberinnen, die ich damals bewunderte, ihre eigenen Produkte in die Kamera hielten, war es genau das gewesen, was ich wollte: etwas Eigenes kreieren, das anderen half, den Alltag besser zu bestreiten und sich ein Stückchen wohler zu fühlen in dieser Welt, die einem so häufig ein schlechtes Gefühl vermittelte. Ich wollte diesen Traum nicht aufgeben müssen.

»So, dein Latte Macchiato.« Der Barista schob mir den Pappbecher entgegen. »Ohne Zucker, ohne Deckel.«

»Danke«, erwiderte ich mit einem Grinsen und hielt ihm dann meine Karte entgegen, um zu zahlen, doch er winkte ab.

»Geht dieses Mal auf mich. Schön, dass du wieder da bist. Kann nicht leicht gewesen sein, die letzten Wochen.«

»Danke«, sagte ich, und als ich das Café verließ, spürte ich zum ersten Mal seit dem Wochenende auf der Hochzeit, wie Dankbarkeit und Wärme meinen Körper fluteten. Es würde alles wieder gut werden. Es würde nicht werden wie vorher, da machte ich mir keine falschen Hoffnungen, aber es würde sich alles zusammenfügen, wenn auch anders als zuvor. Das Stück meines Lebens, das aus meiner Mum bestand, würde fehlen und eine Lücke hinterlassen, und ich wusste nicht, wie groß diese war und ob ich in der Lage war, sie anders zu füllen. So ungern ich es mir eingestand, hatte auch Demian eine Lücke hinterlassen. Er hatte so schnell einen Platz in meinem Leben eingenommen, dass sein Verlust mehr schmerzte, als ich erwartet hatte.

Als ich merkte, wie mein Lächeln schwand, zwang ich mich, an etwas anderes zu denken. Ich musste nach vorn blicken. Ich hatte die letzten Monate überstanden, ich würde auch die nächsten bewältigen. Mein Leben lang war ich die Person gewesen, auf die ich mich am meisten hatte verlassen können. Solange ich mich hatte und mir selbst treu blieb, war ich nicht allein. So lange konnte ich alles schaffen.

48. KAPITEL

Fiona

Frisch geduscht und ein wenig nervös klopfte ich an Anitas Bürotür.

»Herein.« Ich öffnete die Tür, und Anita blickte von ihrer Arbeit auf, ein Lächeln auf dem Gesicht. »Fiona! Du bist ganz schön früh. Es ist gerade einmal neun Uhr.«

»Ja, entschuldige, ich hab mich ein wenig in der Zeit vertan.« In Wahrheit hatte ich nach dem Joggen zu Hause Natalies Video geschaut und noch eine halbe Stunde mit dem Beantworten von Instagram-Nachrichten verbracht, bis mir die Decke auf den Kopf gefallen und ich einfach früher losgegangen war. Die Nachrichten und der Support waren großartig, sie erinnerten mich aber auch stets an Demian, unsere Treffen und vor allem das Wochenende.

Zu meiner Überraschung stand Anita auf und umarmte mich zur Begrüßung.

»Setz dich, ich hab gute Neuigkeiten. Magst du Kaffee? Wasser?«

»Grad gar nichts«, erwiderte ich. »Ich hatte schon Kaffee, aber danke. Hast du Natalies Video gesehen?«, platzte es dann aus mir heraus.

Anita ließ sich auf einem Sessel mir gegenüber nieder und grinste breit. »Ja, habe ich. Und alle haben sich gemeldet! Oder zumindest geantwortet, als ich angerufen habe.«

»Wie bitte?«, fragte ich mit geweiteten Augen. Ich hatte mit positiven Neuigkeiten gerechnet, aber damit?

»Ja. Teilweise schon nach Demians Video, wobei Natalies sicher nicht geschadet hat. Es kamen sogar ein paar neue Vertragsentwürfe. Ich hab bei Calzonara direkt eine bessere Provision angefragt, und sie haben zugestimmt. Wir könnten das also richtig gut für uns nutzen, wenn du magst. Ich wollte mit dir heute generell mal alles durchgehen, da auch ein paar neue Anfragen kamen. Falls es also etwas gibt, worauf du sowieso nicht mehr so viel Lust hast, können wir uns auch neu aufstellen.«

»Das …«, begann ich. »Wow, danke.« Aufregung schoss durch meinen Körper. Das Szenario erinnerte mich ein wenig an einen meiner ersten Besuche hier, als Anita mich frisch unter Vertrag genommen hatte und wir gemeinsam meine Möglichkeiten und potenzielle Partner durchgegangen waren. »Hat Boots sich gemeldet?«

»Ja. Sie haben alles wieder in den Läden ausliegen, das ist die gute Neuigkeit.«

»Aber?«

»Aber sie wollen abwarten, wie es sich verkauft, bevor sie irgendetwas zusagen, was auch verständlich ist. Das war von Anfang an die Prämisse, bevor wir die nächste Kollektion launchen.«

Ich nickte. Wir hatten schon damals Verkaufszahlen festgesetzt, die ich erreichen musste, um eine weitere Linie zu erhalten. Bei Vertragsabschluss war ich mehr als zuversichtlich gewesen, das ohne Probleme zu schaffen, und die Vorbestellerzahlen hatten meine Hoffnung befeuert. Da hatte ich allerdings noch nicht geahnt, dass uns knapp zwei Monate an Verkäufen wegbrechen würden, in denen Boots die Linie aus dem Programm genommen hatte. Ob die Zahlen sich jetzt erholten, wo in der Zwischenzeit so viele neue Produkte auf den Markt gekommen waren, war fraglich.

»Aber Kopf hoch. Noch ist nichts entschieden«, fuhr Anita fort.

»Jap, ich hoffe einfach das Beste«, gab ich mit schiefem Lächeln zurück. Was blieb mir auch anderes übrig? »Sollen wir die Verträge mal durchgehen?«

Anita nickte, stand jedoch noch nicht auf. »Demian war übrigens hier.«

»Was? Wann?«

»Gestern.«

»Okay«, sagte ich gedehnt und versuchte, nicht zu interessiert zu klingen. Wenn mein Herz noch schneller schlug, könnte ich mir das geheuchelte Desinteresse jedoch sparen, denn dann würde Anita das Pochen in meiner Brust mit Sicherheit hören. »Was wollte er denn?«

»Sich bei dir entschuldigen. Persönlich, nicht über Instagram.« Sie legte den Kopf schief und musterte mich. Anita war nicht dumm, sie ahnte mit Sicherheit etwas. »Er hat nach deiner Adresse gefragt. Ich hab sie ihm natürlich nicht gegeben.«

Ich nickte und versuchte, ihrem abschätzenden Blick standzuhalten. »Danke«, sagte ich schließlich. Sie sah aus, als wartete sie auf etwas – vermutlich auf eine Erklärung, warum Demian O'Neill höchstpersönlich hier aufkreuzte, wenn er sich in seinem Video doch bereits entschuldigt hatte. Ich mochte Anita, aber da sich die Sache nun ohnehin erledigt hatte, hatte es keinen Sinn, sie auf den neusten Stand zu bringen.

Es hat sich erledigt. Krieg das in deinen Kopf.

Womöglich war mein Kopf gar nicht das Problem. Rein rational war mir klar, dass das mit Demian und mir durch war. Dass es von Anfang an nicht hätte sein sollen. Doch diese Gedanken reichten nicht bis zu meinem Herzen. Dieses schlug trotz all der Rationalität aufgeregt in meiner Brust. Und manchmal schlichen sich auch andere Gedanken in meinen Kopf. Dann fragte er sich, wie Demians Erklärung wohl aussehen würde, oder wiederholte Kaycees Worte, dass ich eine Doppelmoral vertrat, indem ich meiner Mum Gehör geschenkt hatte, Demian jedoch nicht. Aber wann immer diese Gedanken auftraten, taten es auch die Erinnerungen an Marissas Hochzeit, an den Schmerz und an das taube Gefühl, so hintergangen worden zu sein.

»Gut, zeig mir mal die Verträge.«

Anitas Blick ruhte noch zwei Sekunden länger auf mir, als hoffte sie, dass ich etwas hinterherschob. Dann schien sie das Thema abzuhaken, denn sie nickte und ging zum Schreibtisch, wo sie begann, verschiedene Unterlagen zusammenzusuchen. Ich verkniff es mir, lautstark auszuatmen, da Anita dadurch mit Sicherheit bemerkt hätte, dass etwas nicht stimmte.

Es musste doch irgendeine Möglichkeit geben, Gefühle loszuwerden. Der Körper war in der Lage, Viren zu besiegen und Alkohol abzubauen, da sollten diese lästigen Gedanken an einen gewissen grünäugigen YouTuber ein Leichtes sein.

49. KAPITEL

Fiona

Zwei Wochen später

»Dreh den Kopf noch ein bisschen nach links. Jap, perfekt.«
Das Klicken einer Kamera ertönte, und Kaycee nickte zufrieden. »Hier, schau mal.«

Ich nahm die Spiegelreflex entgegen und klickte mich durch die einzelnen Bilder. Wir waren in ein Café in South Kensington gefahren, das Kaycee entdeckt hatte. Es hatte eine transparente Wand, sodass man den Konditoren bei der Arbeit zusehen konnte. Kein Wunder also, dass es Kaycee gefiel.

»Die sind super!« Ich steckte die Verschlusskappe auf das Objektiv und legte die Kamera zur Seite.

»Ich hab ja auch Glück mit meinem Model«, gab Kaycee zurück. »Darf ich den Cupcake jetzt endlich anfassen?«

»Ja«, sagte ich und musste lachen, als Kaycee seufzte. Sie hatte sich für einen pinken entschieden, der perfekt zu ihrer Haarfarbe passte. Meiner hatte ein mintgrünes Topping und war mit Schokostückchen verziert.

»Irgendwelche News?«, fragte Kaycee, und ich schoss ihr einen Blick zu, unsicher, ob sie auf meine Mum oder die Arbeit anspielte – oder noch schlimmer: Demian.

»Meine Mum hat sich gemeldet.«

»Schon wieder?« Kaycee rollte mit den Augen. Dann räusperte sie sich, als sie sich dessen bewusst wurde. »Entschuldige. Was wollte sie? Wie geht es dir damit?«

»Sie hat vorgeschlagen, dass wir reden. Dieses Mal hat sie sogar angeboten, nach London zu kommen.« Ich lächelte schief. »Das ist mehr Einsatz, als sie die letzten drei Jahre gezeigt hat.«

»Hast du zugestimmt?« Es brachte mich beinahe zum Schmunzeln, wie sehr Kaycee versuchte, einen neutralen Ton zu wahren. Dabei hatte sie ihre Meinung nach der ersten Nachricht meiner Mum deutlich zum Ausdruck gebracht. Nachdem mein Ruf sich dank Demians und Natalies Videos erholt hatte und ich selbst wieder begonnen hatte, Videos zu produzieren, hatte sie bereits geschrieben. Sie hatte nicht nur gefragt, wieso ich ihr bei meinem Besuch nicht berichtet hatte, dass sich alles geklärt hatte, sie hatte sich auch gewünscht, das ganze Drama begraben zu können. Eine Entschuldigung dafür, dass sie mir und meinen Worten keinen Glauben geschenkt hatte, kam genauso wenig wie eine für ihre Worte bei meinem Besuch.

Dich zu behalten hat mein Leben zerstört.

Die Worte schmerzten nicht weniger als vor zwei Wochen. Sie trafen mich seit meinem Trip nach Leatherhead immer wieder. Bei jedem Gedanken an meine Mum – und die waren zahlreich –, doch auch wenn ich an gar nichts dachte, wie heute Morgen beim Zähneputzen. Sie bohrten sich tief in mein Fleisch und meine Gedanken, nisteten sich ein und sandten pulsierenden Schmerz durch mich, wann immer ihnen danach war. Doch sie sorgten auch dafür, dass ich den Nachrichten meiner Mum nicht nachgab. Ich wusste nun, wie sie wirklich dachte. Wären die Worte in einem Streit im Affekt geäußert worden, hätte sie sich entschuldigt – ich hätte sie mit Sicherheit überwinden, wir hätten weitermachen können. Doch sie waren nur die Spitze eines Eisbergs, dessen Kälte ich seit Jahren am eigenen Leib zu spüren bekam.

»Fiona?« Kaycee winkte mit der Hand direkt vor meinen Augen, und ich zuckte so stark zusammen, dass meine kleine Gabel klirrend auf den Glastisch fiel.

»Ja? Sorry, ich war grad komplett in Gedanken.«

»Ich hab's gemerkt. Ich wollte wissen, ob du zugestimmt hast.«

Ich schüttelte den Kopf. »Nein, hab ich nicht.«

»Also ist der Kontakt ein für alle Mal durch?«

Gute Frage. War er das? Mir war klar, dass Kaycee sich genau das für mich wünschte: einen Neustart ohne meine Mum, die im Hintergrund Fäden in der Hand hielt, dank derer sie mich immer wieder zurückziehen konnte. Ich hatte nicht geantwortet und hatte es nicht vor, aber ich hatte es auch noch nicht übers Herz gebracht, ihre Nummer zu löschen und den Kontakt vollständig zu kappen.

»Ich weiß es nicht«, antwortete ich ehrlicherweise. »Ich wünschte, ich wäre stark genug, mit einem Ja zu antworten, aber sie komplett abzusägen fühlt sich an, als würde ich mir meine Wurzeln nehmen und stünde plötzlich allein da.« Ich hob die Hände, als ich Kaycees Blick sah. »Ich weiß, dass ich nicht allein bin! Und je mehr Zeit vergeht, desto mehr sehe ich, was in den letzten Jahren alles schiefgegangen ist. Aber es ist trotzdem eine seltsame Vorstellung, verstehst du?«

Kaycee hob die Schultern. »Ich war nie in einer solchen Situation, also kann ich es auch niemals zu hundert Prozent nachvollziehen. Von außen seh ich nur, wie sie dich behandelt, und das hast du einfach nicht verdient.«

»Ich hab nicht vor, mich mit ihr zu treffen oder ihr zu antworten. Ich weiß, dass es mir nicht guttut – dass *sie* mir nicht guttut – und dass sie sich nicht gemeldet hätte, hätte sie nicht

auf irgendeinem TV-Sender von Demians Video erfahren.«
Ich seufzte. »Wenn ich ihr in ein, zwei Wochen nicht geantwortet habe, wird sie das, was sie Demian verkauft hat, sicher
einem anderen Sender anbieten. Und dass ich davon schon fest
ausgehe, zeigt eigentlich, dass ich ihr nicht vertrauen kann …
Ich glaube, ich will das Interview hören.«

»Interview? Das mit Demian?«

Ich nickte.

»Aber wieso? Das tut dir doch nur noch mehr weh.«

»Mag sein, aber ich will vorbereitet sein auf alles, was kommen könnte. Außerdem …« Ich hob die Schultern. »Ich hab
das Gefühl, ich muss es hören, wenn ich einen Abschluss
will. Ich muss wissen, was sie gesagt hat, wie weit sie wirklich
geht. Ich weiß, eigentlich sollte mir das Gespräch mit ihr reichen.«

»Wenn es dir hilft, dann besorg dir das Interview. Aber
musst du Demian dafür nicht schreiben?«

»Vermutlich«, sagte ich und wünschte, mein Bauch würde
sich dabei nicht vor Aufregung zusammenziehen. Ich wünschte, die zwei Wochen Abstand hätten gereicht, um alle Gefühle
im Keim zu ersticken, doch sie waren nach wie vor da.

»Ich bin da, wenn du das Interview zusammen hören oder
reden magst.«

Ich lächelte Kaycee dankbar an. »Ich weiß. Aber ich hab
letztens auch beinahe bei einer Beratungsstelle angerufen.«

Kaycee hob die Augenbrauen. »Beinahe?«

»Ja, ich hab dann doch einen Rückzieher gemacht. Leider
haben sie nur eine Telefonnummer und kein Kontaktformular
auf der Website, sonst hätte ich ihnen geschrieben … mit jemand Fremdem darüber zu sprechen ist seltsam, oder?«

»Find ich gar nicht«, gab Kaycee zurück. »Wir stecken da
beide emotional total drin. Ich fänd es super, wenn du dir je-

manden zum Reden suchst. Ich kann gern dabei sein, wenn du anrufst.«

Ich nickte langsam. »Ja, vielleicht.« Ich war mir nicht ganz sicher, wie eine fremde Person, die meine Mum gar nicht kannte, mir bei der Sache helfen sollte. Allerdings hatte ich die Hoffnung, dass ihnen ähnliche Fälle bekannt waren und sie mir zumindest Möglichkeiten aufzeigen konnten. »Vielleicht probier ich es heute Abend noch mal«, sagte ich vorsichtig. »Dann schalte ich dich über den Laptop dazu oder so.«

»Deal«, sagte Kaycee, und ich meinte, etwas wie Stolz in ihrem Lächeln zu sehen. »Ich hoffe, jetzt ist genug Zeit verstrichen, damit mein Nachfragen nicht drängend wirkt, aber wenn du Demian gleich sowieso schreibst …«

Bei der bloßen Erwähnung seines Namens schlug mein Herz einen Takt schneller. Wie oft in den letzten Tagen Dinge passiert waren, die ich ihm gern erzählt und zu denen ich mir seine Meinung gewünscht hätte. Anstelle einer Antwort schüttelte ich bloß den Kopf, und Kaycees Mundwinkel sanken ein wenig.

»Ich will nur, dass er mir das Interview schickt. Ich schreibe ihm nicht mehr und nicht weniger. Du solltest froh sein, dass ich es bei ihm geschafft habe, die Reißleine zu ziehen.«

»Er ist nicht deine Mum.«

»Das weiß ich«, gab ich zurück.

»Sicher? Ich glaube nämlich, du hast riesige Angst, verletzt zu werden, und hast ihn deshalb aus deinem Leben geworfen. Dabei hast du ihn so nah an dich gelassen wie seit Ewigkeiten niemanden mehr.«

Bilder der Nacht traten vor mein inneres Auge, dabei war mir klar, dass Kaycee damit die emotionale Nähe angesprochen hatte, mit der ich mich sonst schwertat.

»Ich hab ja gesehen, wohin das führt«, sagte ich nur mit

einem Schulterzucken. »Ich bin über Demian hinweg. Wir waren schließlich nicht zusammen oder so.« Ich schob mir demonstrativ ein Stück meines Cupcakes in den Mund, konnte die Lüge aber dennoch schmecken. »Erzähl du mir lieber von der Arbeit oder von deinen neuen Kreationen.«

»Man muss doch nicht in einer Beziehung gewesen sein, um jemanden zu vermissen. Er hat Scheiße gebaut, ja. Große sogar. Aber nur weil sich dieses Muster bei deiner Mum immer und immer wieder wiederholt und sie keine Reue zeigt, heißt das nicht, dass es bei ihm genauso wäre. Du weißt nicht, was seine Motive waren und was genau zwischen ihm und deiner Mum abgelaufen ist.«

Ich nickte bloß. Wir führten diese Unterhaltung nicht zum ersten Mal, dabei achtete ich darauf, mir nicht anmerken zu lassen, dass ich Demian vermisste. Anscheinend ohne Erfolg, zumindest schaffte es Kaycee, bei jedem unserer Gespräche den Bogen zu ihm zu schlagen, und mir gelang es mit jedem Mal schlechter, sie vom Thema abzubringen.

»Ich schreib ihm«, sagte ich bestimmt. »Aber mehr nicht.« Ich holte mein Handy hervor und öffnete unser Chat-Fenster. Ein Kloß bildete sich in meinem Hals, als mein Blick auf Demians letzte Nachrichten fiel. Ich atmete einmal tief ein und wieder aus und entblockte ihn. Mit zitternden Fingern tippte ich meine Nachricht an ihn.

Fiona, 2.43 pm:
Hallo, Demian. Kannst du mir das Interview senden, das du mit meiner Mutter geführt hast? Ich will es nicht verwenden oder weiterreichen, ich will es mir nur anhören.

Stirnrunzelnd las ich meine Nachricht ein zweites Mal, dann klickte ich auf Senden. Sie las sich so steif, wie sie sich anfühlte, aber das sollte mir egal sein. Sie erfüllte ihren Zweck. Und mehr war da nicht.

Ich zuckte zusammen, als mein Handy zu klingeln und vibrieren begann.

»Kann ich kurz ran?«, fragte ich Kaycee, die sofort nickte.

»Klar. Du hättest gleich eh ein anderes Thema gefunden, um von dir abzulenken.«

Mit einem Lachen nahm ich den Anruf entgegen. »Ja?«

»Fiona, ich bin's!«, erklang Anitas Stimme. Sie klang aufgeregt. »Rate!«

»Ähm, was soll ich raten?«

»Ich hab gute Neuigkeiten!« Anita quietschte beinahe am Ende des Satzes, was mich zum Lachen brachte. So aufgedreht kannte ich sie gar nicht.

»Schieß los, bevor du platzt«, erwiderte ich mit einem Grinsen.

»Boots lässt nachproduzieren!«

Meine Gesichtszüge entgleisten, als mein Herz einen Schlag aussetzte. Mir gegenüber legte Kaycee den Kopf schief, als sie meine Miene sah.

»Was?«

»Boots geht in die Nachproduktion. Anscheinend haben sich die Verkäufe erholt.«

»Die Make-up-Linie?«, fragte ich überflüssigerweise, denn was hätte Anita sonst meinen sollen? Durch meinen Körper schoss ein aufgeregtes Kribbeln. Ich hatte mich die letzten Tage schon beinahe an den Gedanken gewöhnt, dass ich die Linie würde abschreiben müssen. Ich schluckte gegen den Kloß in meinem Hals an, der sich plötzlich bildete.

»Natürlich die Linie, was denn sonst! Die Lidschattenpaletten sind komplett ausverkauft.«

»Nicht dein Ernst«, murmelte ich und erntete erneut einen

fragenden Blick von Kaycee, auf den ich nur fassungslos den Kopf schütteln konnte. »Ich hab gehofft, dass das Video hilft. Aber ich hätte nie gedacht, dass es so viel reißt.«

»Ich auch nicht, um ehrlich zu sein«, gab Anita zurück. »Wir haben nicht damit gerechnet, dass die Zahlen noch einmal solch einen Aufschwung erhalten. Offensichtlich hatten einige deiner Fans die Produkte noch nicht und haben jetzt, da Boots sie wieder im Programm hat, zugeschlagen.«

Tränen schossen mir in die Augen, und Kaycee fragte mit stummen Lippenbewegungen, ob alles okay wäre. Ich nickte und schenkte ihr ein Lächeln, bei dem das Wasser in meinen Augen überzulaufen drohte. Dafür, dass ich bis vor Kurzem niemals in der Öffentlichkeit geweint hätte, war ich in letzter Zeit ziemlich häufig kurz davor. Aber das war okay. Ich erinnerte mich an den Stolz am Tag des Launchs, die Überwältigung, meinen Namen auf der Werbetafel am Piccadilly Circus zu lesen und die Produkte in den Regalen und den Händen meiner Fans zu sehen. All das war doch noch nicht vorbei.

»Fiona?«

»Ja«, sagte ich, und meine Stimme klang fürchterlich krächzend, was Anita jedoch mit einem Lachen quittierte.

»Dachte ich mir doch, dass du dich freust. Alles wird wieder gut, okay?«

Anitas letzte Worte klangen beinahe mütterlich – oder besser gesagt waren das die Worte, die ich mir von meiner Mutter erhofft hätte. Doch ich musste mich endlich von diesem Denken in Kategorien lösen. Es brauchte mehr, eine Mutter zu sein, als bloß ein Kind zur Welt zu bringen. Menschen wie Kaycee, Ada und selbst Anita gaben mir ein stärkeres Gefühl von Heimat und Sicherheit, als meine Mum es tat. Auch bei Demian hatte ich mich innerhalb kürzester Zeit geborgen gefühlt. Der Gedanke an ihn versetzte mir inmitten der Freude

einen Stich, denn zu gern hätte ich auch ihm von den Neuigkeiten erzählt. Immerhin war sein Video mit der Grund dafür,
dass langsam alles wieder in geregelten Bahnen verlief.

»Danke, Anita«, sagte ich. »Dafür, dass ihr mich nicht aufgegeben habt, dass du mit bei der Convention warst und dass
keiner von euch mich zu etwas gedrängt hat. Nicht einmal
dazu, Content zu produzieren während der Phase.«

»Nichts zu danken«, erwiderte Anita bloß. »Dafür bin ich
ja am Anfang wütend genug geworden.« In ihrer Stimme lag
ein Grinsen, als wäre all das etwas, was bereits in der Vergangenheit lag. Und vielleicht tat es das auch. Vielleicht hatte ich
falsch gelegen, und nicht der Launch war der Neuanfang, auf
den ich gehofft hatte, sondern das hier. Dieser unscheinbare
Moment in diesem kleinen Café – mit Kaycee, der Person, die
mir das Gefühl von Familie mehr vermittelte als alles andere
auf dieser Welt. Mit Anita am Hörer, die bereits weitere Pläne für die Zukunft schmiedete, und mit mir selbst, jetzt, da ich
endlich für mich eingestanden war und mich nicht bei jedem
Schritt fragen musste, ob ich meiner Mum damit auf die Füße
trat. Und im Gegensatz zu damals, als ich mir bei allem, was
ich erreicht hatte, bewusst machen musste, Stolz zu empfinden, fühlte ich ihn nun wirklich. Nicht auf die Kollektion oder
berufliche Erfolge, vielmehr war ich stolz darauf, dass ich es so
weit geschafft hatte – und das nicht, wie meine Mutter so gern
betont hatte, dank ihr, sondern trotz ihr. Als ich Anita zuhörte,
die weiter aufgeregt ins Telefon sprach, und Kaycee ansah, die
es offensichtlich nicht erwarten konnte, dass ich auflegte und
ihr endlich von allem berichtete, glaubte ich tatsächlich auch
daran: Alles würde wieder gut werden.

»Es war so schön! Und ich freu mich so für dich!« Kaycee umarmte mich fest, und ich pustete mir eine ihrer pinken Haar-

strähnen aus dem Gesicht. Wir hatten uns zur Feier des Tages noch durch weitere Cupcakes probiert, und ich war pappsatt und glücklich.

»Danke. Lass uns das häufiger machen, ein bisschen Auszeit tut dir auch mal gut.«

Kaycee ließ mich los und nickte langsam. »Ja. Und andersrum gilt das Gleiche, du kannst jederzeit bei uns schlafen. Ada hat sich total gefreut, dich mal wiederzusehen, und Dad und Clara haben sich echt geärgert, dass sie dich verpasst haben. Sie würde es auch freuen.«

»Alles klar. Bring Ada gern mal mit, wenn es geht.«

Kaycee nickte langsam, und ich hasste es, die Sorge in ihren Augen zu sehen, die immer dort auftauchte, wenn es um ihre große Schwester ging. »Ja, mal sehen, ob ich sie rausbekomme. Gerade sind die Attacken seltener, aber sie hat trotzdem Angst, dass es in der Öffentlichkeit passiert, was ich auch gut verstehe. Ich hab nur Sorge, dass sie diese Angst nicht überwindet und sich immer mehr isoliert …«

Das wiederum besorgte mich, da Kaycee gerade viel für ihre Schwester zurücksteckte. Auch wenn sie es nie zugeben und sich vor allem nie vor Ada beklagen würde, war das kein Dauerzustand. So wie sie mir in der letzten Zeit geholfen hatte, wäre das hoffentlich etwas, wobei ich sie in den nächsten Monaten unterstützen konnte.

»Aber, na ja.« Kaycee winkte ab. »Ich sollte langsam los, damit ich meine Schicht heute Nachmittag nicht verpasse. Was treibst du noch? Machst du dich auf den Weg zu Anita?«

»Nein, da war ich in der letzten Zeit ohnehin viel zu oft. Sie wollte mir einfach die guten Neuigkeiten mitteilen. Ich weiß noch nicht.« Ich sah gen Himmel, an dem sich nur vereinzelt ein paar weiße Wolken zeigten, ansonsten schien die Sonne ungehindert auf uns herab. »Ich glaube, ich nutze das Wetter und laufe heim, so weit ist es ja nicht, und ich könnte durch den Park. Drehen muss ich erst morgen wieder.«

»Klingt perfekt!« Kaycee drückte noch einmal meine Hand und trat dann durch die schwarzen gusseisernen Tore der South Kensington Station. Ich winkte ihr, als sie sich kurz umdrehte, und ging dann den Cromwell Place entlang nach Norden. Alles fühlte sich seltsam entschleunigt an. Es mochte das Wetter sein, vielleicht auch die Zeit, die ich mit Kaycee verbracht hatte, doch ich fühlte mich besser, als ich es seit Langem getan hatte. Ob es daran lag, dass ich die Krise überstanden hatte und immer noch hier war? Nicht dass ich die letzten Monate gutheißen wollte, doch das Geschehene und auch das Gespräch mit meiner Mum hatten mich stärker gemacht.

Ich folgte der Straße mit den schicken weißen Gebäuden, die durch die für die Gegend typischen schwarzen Zäune abgegrenzt wurden, und kam am Ende der Straße plötzlich zum Stehen. Ich war bereits etliche Male hier entlanggelaufen. Ich sollte einfach rechts abbiegen, dann ein weiteres Mal links, und schon wäre ich im Hyde Park und so gut wie zu Hause. So oft hatten Spaziergänge mich hier vorbeigeführt, doch ich hatte nie eine Verbindung zu dem Gebäude gehabt, während der bloße Anblick mich jetzt mit voller Wucht traf. Demian.

Das National History Museum schien mir seinen Namen mit jedem Stein, Ziegel und Besucher, der in dem Garten davor herumwanderte, entgegenzuschreien. Statt nach rechts trugen mich meine Füße nach links und über die Straße, dem Eingang des imposanten Gebäudes entgegen. Während ich die Stufen erklomm, redete ich mir ein, dass mich die bloße Neugier und die Tatsache, dass ich heute frei hatte, in das Museum trieben. In Wahrheit jedoch wollte ich verstehen, was Demian so daran begeisterte. Ein kleiner Teil von mir hoffte sogar darauf, ihn hier anzutreffen. Hatte er nicht gesagt, dass das der

Ort war, den er aufsuchte, wenn er Ruhe oder Platz für seine Gedanken brauchte?

Mit einem Lächeln betrat ich die Halle und betrachtete das riesige Dinosaurierskelett im Foyer, das ich als Kind bereits einmal gesehen hatte. Eine Schulklasse posierte davor, und ich achtete darauf, nicht zwischen die kamerahaltende Lehrerin und die knapp zwanzig Kinder zu geraten, als ich den Schildern in Richtung der Earth Hall folgte, wo mich ein weiteres Dinosaurierskelett begrüßte. Ich nahm die Rolltreppe nach oben durch den Metallglobus und folgte dem Weg bis zu der Ausstellung, von der Demian erzählt hatte.

Auf der Ausstellungsfläche tummelten sich nur ein paar kleinere Gruppen, sie war wesentlich leerer als die Eingangshalle. Ich wandte den Kopf von links nach rechts, bis mein Blick die Stücke streifte, von denen Demian mir bei unserem ersten richtigen Treffen erzählt hatte. Meteoriten – das Interesse, das die Dokumentation mit seinem Dad geweckt hatte. Das Gespräch mit ihm kam mir vor wie aus einem anderen Leben. Damals im Travel Café, als ich überrascht festgestellt hatte, dass wir auch Gemeinsamkeiten hatten, die uns verbanden. Als Demian sich über meinen Pink Latte lustig gemacht und ich ihm von Paddington und einer der besten Erinnerungen mit meiner Mum erzählt hatte.

Ich lief die Sonderausstellung zum Mond entlang. Ob Demian diese bereits besucht hatte? Ich überflog den ersten Text zur Entstehung des Mondes und der Kollision mit dem Protoplaneten Theia, hing meinen Gedanken jedoch zu sehr nach, um irgendetwas von dem Gelesenen aufzunehmen.

Was Demian wohl gerade tat? Auf seinem Kanal war seit dem Video, das mich entlastet hatte, nichts mehr erschienen. Nur auf *Edge of The Universe* hatte er etwas hochgeladen. Mehr als einmal hatte ich in den letzten Tagen mit dem Gedanken gespielt, ihm zu antworten, seine Nummer nicht länger zu blockieren und ihm doch Gehör zu schenken.

Mein Handy vibrierte in meiner Tasche, und ich holte es nervös heraus.

Demian, 3.39 pm:
Hey. Schön, von dir zu hören. Geht es dir gut?
Die Audio folgt sofort …

Eine Sekunde später erschien tatsächlich eine Audiodatei mit dem Titel »Interview Mrs Harris«. Ich schluckte, was durch die plötzliche Trockenheit in meiner Kehle beinahe wehtat. Dann sah ich mich nach einer Sitzgelegenheit um, ließ mich auf einen Stuhl fallen und verband meine Kopfhörer mit dem Handy. Und dann klickte ich auf Play.

Im ersten Moment, in dem ich die Stimme meiner Mum durch die Kopfhörer hörte, verspürte ich Sehnsucht. Seit zwei Wochen hatte ich mich nicht mehr bei ihr gemeldet. So lang hatte ich das noch nie durchgehalten. Doch die Sehnsucht wurde schon im nächsten Moment durch einen tiefen Schmerz ersetzt. Wie albern, dass ihre Worte mich nach wie vor so trafen. Dabei wusste ich doch bereits, wie sie über mich dachte. Dass ich die Sache in ihrem Leben war, die sie am meisten bereute. Doch dass sie mich trotz all der Dinge, die ich für sie getan hatte, als selbstsüchtig beschrieb, traf mich dennoch. Es bewies, dass Kaycee all die Zeit über recht gehabt hatte. Dass es ganz egal war, was ich für meine Mum tat – es war nie genug.

Auf eine ganz andere Art hingegen schmerzten mich Demians Worte. Nicht etwa weil sie verletzend waren, sondern weil sie – im Gegenteil – etwas in mir heilten.

Ihre Tochter ist weder charakterlos noch egozentrisch.

Ich habe selten jemanden in dieser Branche getroffen, der so sehr mit Leidenschaft für etwas steht.

Sie schafft es, Menschen für etwas zu begeistern, sie zu Dingen zu ermutigen, die sie sich vorher nicht getraut haben.

Hatte er mich vor meiner Mum verteidigt? Schon damals? Obwohl wir uns zu diesem Zeitpunkt gar nicht richtig gekannt hatten?

Ich hörte das Video zu Ende und spulte dann zurück zu dem Part, in dem Demian für mich Partei ergriff. Seine Stimme klang kalt und dennoch brodelnd, als hätte er sich beherrschen müssen.

Doch das würde bedeuten, dass es stimmte, was er geschrieben hatte. Dass es für alles doch eine Erklärung gab.

Ich stand auf und lief, ohne wirklich etwas wahrzunehmen, die Ausstellungsstücke entlang.

Er hatte mich vor meiner Mum in Schutz genommen. Doch das änderte nichts an der Tatsache, dass er sich mit ihr getroffen hatte. Dass er mir das Treffen all die Zeit über verheimlicht hatte, obwohl wir uns sogar über sie unterhalten hatten. Es änderte nichts, oder doch?

Ich lauschte seinen Worten ein weiteres Mal, bis ich es nicht mehr ertrug, seine Stimme zu hören, weil der bloße Klang mich zu sehr aufwühlte. Ich ließ das Handy in meine Handtasche gleiten und versuchte, mich auf die Beschreibungstexte vor mir zu konzentrieren. Was ich gerade gehört hatte, war der Abschluss, den ich hatte haben wollen. Das sollte mir genügen. Doch wieso fühlte sich dieses Loch in mir dann noch größer an als zuvor?

Als ich denselben Satz dreimal las, ohne mich auch nur an ein einziges Wort zu erinnern, gab ich kopfschüttelnd auf. Was hielt mich ab? Mein eigener Stolz? Oder doch Angst, wie Kaycee heute Morgen behauptet hatte?

Was hält dich ab?

»Ach, scheiß drauf«, murmelte ich zu mir selbst – sehr zum Entsetzen der Frau neben mir, die mir einen schockierten Blick zuwarf, den sie dann bedeutungsschwanger auf ihr Kind richtete.

»Entschuldigung«, sagte ich im Vorbeigehen, während ich meine Schritte beschleunigte und in Richtung des Ausgangs strebte. Ich würde Demian jetzt sehen, bevor mich der Mut verließ. Unvorbereitet, bevor er sich Ausreden ausdenken konnte. Ich wollte ein ehrliches Gespräch. Ich wollte wissen, ob der Demian, den ich in den letzten Wochen und Monaten kennengelernt hatte, der echte oder eine bloße Fassade war. Doch wie?

Hatte er nicht von einem Freund erzählt, der für ein Event-Magazin schrieb? Thiago? Doch das allein half mir kaum weiter. Hatte er den Namen des Magazins erwähnt?

»Denk nach«, sagte ich zu mir selbst, während ich das Museum verließ und mehrmals blinzeln musste, als das Sonnenlicht mir die Sicht nahm. Demian musste doch etwas gesagt haben, das mir weiterhalf. Ich wusste, dass er südlich der Themse wohnte, immerhin hatte er beim Brunch mit seinen Eltern behauptet, dass es sich dabei um die bessere Hälfte Londons handelte. Plötzlich machte es klick.

Klar, das war's! Ich griff nach meinem Handy und öffnete Google. *North of the Thames*, das war der Name des Magazins, bei dem sein bester Freund arbeitete. Nur ein paar Sekunden später hatte ich die Mitarbeiterseite mitsamt den Kontaktinfos aufgerufen. Thiagos Lachen auf dem Foto war ansteckend, und er war mir sofort sympathisch. Blieb nur zu hoffen, dass Demian mich einmal erwähnt hatte und Thiago gewillt war, mir seine Adresse zu verraten.

Ich klickte auf die hinterlegte Telefonnummer und hielt mir

mit klopfendem Herzen das Handy ans Ohr. Das Freizeichen ertönte nur zweimal, als Thiago auch schon abhob.

»Hey, hier ist *North of the Thames*, Thiago Rivas-Sanchez am Apparat, wie kann ich Ihnen helfen?«

»Hey, Thiago«, antwortete ich. »Sorry, dass ich einfach anrufe, du kennst mich gar nicht. Ich bin Fiona und …«

»Fiona Harris?«, unterbrach mich Thiago.

»Ja«, antwortete ich, unsicher, ob es ein gutes oder ein schlechtes Zeichen war, dass er mich direkt zuordnen konnte. »Ich rufe wegen Demian an«, fügte ich überflüssigerweise hinzu. Denn er kannte meinen Namen mit Sicherheit nicht, weil er ein Fan war.

»Oh, hi!« Seine Stimme klang plötzlich noch eine Spur freundlicher, beinahe aufgeregt, und ich atmete erleichtert aus. »Was gibt's?«

»Entschuldige, dass ich dich so überfalle, aber ich war gerade im Museum und … ist eigentlich egal, ich würde Demian gern besuchen. Weißt du, wo er ist?«

»Ja, der hängt daheim rum und arbeitet vermutlich, gerade macht er nichts anderes. Soll ich dir die Adresse geben? Fänd ich super, wenn du vorbeischaust, der Junge ist total durch.«

Ohne dass ich noch etwas sagen oder nachfragen musste, gab Thiago mir die Anschrift der WG durch.

»Vielen Dank, Thiago!«

»Keine Ursache«, sagte er, verabschiedete sich und hatte im nächsten Moment bereits aufgelegt.

Mit aufgeregt pochendem Herzen machte ich mich auf den Rückweg zur Tube und auf den Weg zu Demian. Ich hatte keine Ahnung, wie das Gespräch verlaufen würde, doch ich konnte das. Ich hatte den Besuch bei meiner Mum bewältigt, also würde ich auch das hier schaffen. Und da war etwas in mir, das mir sagte, dass Kaycee recht hatte: Demian war nicht wie meine Mum. Denn er hatte das Interview mit ihr nicht verwendet. Es war nirgends erschienen. Wäre er wie sie, hätte er diese Chance nie verstreichen lassen. Stattdessen war er seinem Wort treu geblieben und hatte mir geholfen, meinen Ruf wiederherzustellen. So weit sogar, dass ich meinen großen Traum – die Make-up-Linie – weiter verwirklichen durfte. Dafür zumindest konnte ich mich heute bei ihm bedanken.

50. KAPITEL

Demian

Ich drückte auf »Video rendern« und lehnte mich in meinem Schreibtischstuhl zurück. Etwas knackte in meiner Schulter, als ich den Hals kreisen ließ. In den letzten paar Tagen hatte ich so viele Videos produziert wie zuletzt zu Beginn des Kanals. Zum einen, weil ich nun ohne die Kooperationsanfragen und *De(x)posed* mehr Zeit hatte, zum anderen, weil mich die Arbeit von der Person ablenkte, um die meine Gedanken permanent kreisten: Fiona.

Ein einziges Mal hatte ich mir die Blöße gegeben und Austin gebeten, auf ihre Instagram-Seite zu schauen, da sie mich nach wie vor blockiert hatte und mir keine neuen Posts angezeigt wurden. Ich hatte nur sichergehen wollten, dass alles in Ordnung war. Allem Anschein nach war es das, denn sie hatte ein Selfie in Sportkleidung vorm Buckingham Palace gepostet. Zwei Tage später war außerdem ein Video auf ihrem Kanal erschienen, in dem sie weder mein Statement noch sonst etwas zu dem Spendenskandal thematisiert hatte. Das war ein gutes Zeichen, nicht wahr? Zumindest die Kommentare waren durchweg positiv gewesen. Einige Zuschauer hatten sich sogar dafür entschuldigt, zuvor gemein zu ihr gewesen zu sein. Also schien in dieser Hinsicht alles auf dem Weg zur Normalität zu sein. Und heute hatte sie dann Kontakt aufgenommen …

Aber nicht deinetwegen. Es hat nichts mit dir zu tun.

Leider interessierte es meinen Kopf rein gar nicht, wie oft ich mir das ins Gedächtnis rief, ich blickte dennoch permanent aufs Handy, in der Hoffnung, eine neue Nachricht von ihr zu entdecken. Ich hatte aufgehört zu zählen, wie oft ich ihren Instagram-Kanal von Austins Account aus gecheckt hatte. Nicht einmal, um neuen Content zu sehen. Ich hatte abends sicherlich Stunden damit verbracht, mir alte Bilder von ihr anzusehen. Bescheuert, wenn man den bittersüßen Schmerz bedachte, den mir der Anblick verschaffte. Es tat weh, weil ich sie so vermisste, aber gleichzeitig machte es mich auch glücklich, weil ich mich für sie freute, dass sie dorthin zurückkonnte, dass das Problem aus der Welt geschafft war.

Eigentlich sollte ich ebenfalls glücklich sein. Seit der Kündigung fühlte ich mich wie befreit, war voller Kreativität und Motivation. Vor allem, da ich allem Anschein nach weiterhin auf der Konferenz im National History Museum sprechen durfte – die Einladung galt ungeachtet meines Netzwerks, was mich nur noch darin bestärkte, mich in die Arbeit zu stürzen. Dennoch … Mir war klar, dass das auch eine Verdrängungstaktik war. Denn ich vermisste Fiona. Ich vermisste sie viel zu sehr.

Seufzend streckte ich mich ein weiteres Mal, so weit, dass die Rückenlehne meines Stuhls protestierend knarzte. Dann nahm ich mein leeres Wasserglas vom Schreibtisch. Die Lüftung meines Rechners schnaufte hörbar, und laut der Anzeige meines Schnittprogramms hatte ich noch knapp siebzehn Minuten, bis das Video fertig exportiert war. Zeit, mir zumindest in der Wohnung ein wenig die Beine zu vertreten. Vermutlich sollte ich auch das Haus mal wieder verlassen. Dann würden mich wenigstens weniger Kommentare von Austin bezüglich meines »Liebeskummers« treffen.

Ich betrat die Küche, wo ich eine der Wasserflaschen nahm und mein Glas auffüllte. Der Blick aus dem Fenster zeigte, dass das Wetter eigentlich viel zu gut war, um den ganzen Tag drinnen zu verbringen. Doch obwohl ich wusste, dass es die einzig richtige Entscheidung gewesen war, mein Netzwerk zu verlassen, und ich diese keine Sekunde bereute, machte es mich nervös, gerade alles auf nur ein Standbein zu stützen. Somit war ich in den letzten zwei Wochen immer und immer wieder auf der Seite der Royal Academy gelandet. Ich hatte keine Ahnung, ob ich nun bessere Chancen hätte als vor zwei Jahren, doch mit jedem Mal, das ich ihre Website betrachtete, mit jeder Minute, die ich in die Recherche für meine Videos steckte, wuchs der Wunsch in mir. Vielleicht sollte ich es doch noch einmal probieren … Und selbst wenn es nicht klappte: Was hielt mich davon ab, mich an einer anderen Universität zu bewerben? Die Konferenz im National History Museum würde sich auf jeden Fall gut in meinem Portfolio machen.

Der schrille Ton unserer Klingel ließ mich zusammenzucken, so gedankenverloren hatte ich immer noch aus dem Fenster gesehen. Hatte Austin wieder seinen Schlüssel vergessen? Ich stellte das Glas auf dem dunklen Küchentresen ab und ging zur Tür. In Erwartung, einen meiner Mitbewohner davor stehen zu sehen, zog ich diese auf – und erstarrte im nächsten Moment auf der Stelle. Ich blickte in Fionas hellblaue Augen.

Ich zog die Luft ein, als hätte ich mich an der Türklinke verbrannt, und mein Herz stolperte – nicht aufgeregt wie vor einem Vortrag und auch nicht so wie sonst, wenn Fiona mich ansah. Vielmehr so, als hätte es die letzten Tage in einem Tiefschlaf verbracht und der bloße Anblick Fionas hätte es nun in Gang gesetzt. Als wolle es mir aus der Brust springen, mich mit seinen kräftigen Schlägen zu ihr tragen, wenn es schon meine Füße nicht taten.

»Was machst du hier?«, fragte ich und war ausnahmsweise froh, dass meine Stimme genauso nervös klang, wie ich mich fühlte, sonst hätten die Worte mit Sicherheit abweisender gewirkt als beabsichtigt. Fiona sah wunderschön aus. Während ich heute, so wie die letzten Tage, in Jogginghose und Shirt verbrachte, trug sie ein weißes schulterfreies Kleid, in dem ein brauner Gürtel steckte. Mit unruhigen Fingern spielte sie an der braunen Uhr an ihrem Handgelenk herum. Immerhin war ich nicht der Einzige, der nervös war.

»Können wir reden?«

Am liebsten hätte ich erleichtert aufgeseufzt, so lange hatte ich genau hierauf gewartet. Stattdessen machte ich einen Schritt zur Seite, damit Fiona eintreten konnte. Als sie an mir vorbei hereinkam, versuchte ich, den Duft ihres Parfums nicht wahrzunehmen, versuchte, nicht zu sehr in ihre hellblauen Augen zu sehen, mir ihrer Nähe nicht bewusst zu werden – doch vergebens. Ich schluckte gegen den aufkeimenden Drang an, sie einfach in meine Arme zu ziehen, mich bei ihr zu entschuldigen und sie so lange festzuhalten, bis sie mir verzieh. Dabei wusste ich, dass ich das nicht von ihr verlangen konnte. Doch vielleicht würde sie mir zumindest ihre Zeit schenken. Dann jedoch musste ich von nun an ehrlich sein.

»Ich freu mich, dass du hier bist«, sagte ich mit rauer Stimme.

In Fionas Augen blitzte für den Hauch einer Sekunde etwas auf, doch es war zu schnell weg, um es einordnen zu können. Ich hasste es, dass sie all die Mauern wieder errichtet hatte, die wir gemeinsam hatten einreißen können.

Kaum dass ich die Tür hinter uns geschlossen hatte, drehte sich Fiona zu mir um, die Finger ineinander verschränkt.

»Ich hab mir das Interview angehört.«

Die Schuld, die ich seit dem Treffen spürte und die mich seit der Hochzeit zu zerfressen drohte, legte sich über mich wie eine schwere, stickige Decke.

»Fiona, es tut mir wirklich leid. Ich hätte das Interview nie führen sollen. Ich dachte nur …« Ich fuhr mir durch die Haare, weil ich nicht wollte, dass es klang, als ob ich mich rechtfertigen wollte.

»Du dachtest?«, hakte sie nach und verschränkte die Arme vor der Brust.

»Ich dachte, wenn ich deiner Mum absage, wendet sie sich an jemand anderen. An jemanden, der keine Hemmungen hätte, die ganze Geschichte auszuschlachten.« Meine Hand zuckte, als ich mich im letzten Moment davon abhielt, sie nach Fiona auszustrecken. »Ich erwarte nicht, dass du mir verzeihst, aber du musst mir glauben, dass ich wirklich nie vorhatte, das Interview zu veröffentlichen. Ich weiß, wie die E-Mail für dich geklungen haben muss, und es tut mir unglaublich leid, dass ich dir nichts von alldem erzählt habe. Aber ich wusste nicht, wie. Ich hab keine Ahnung, was genau bei dir und deiner Mum los ist, aber von dem her, was ich gehört habe, ist klar, dass sie dein wunder Punkt ist.«

Fiona wandte kurz den Blick ab, und ich sah anhand der Muskeln in ihrem Kiefer, dass sie die Zähne zusammenbiss. Anscheinend hatte ich diesen wunden Punkt mit meinen Worten erneut getroffen.

»Ich sage das nicht, weil ich glaube, dass es die Sache wiedergutmacht. Von dem, was Liam mir erzählt hat, hatte ich nur den Eindruck, dass es deiner Mum in erster Linie um das Geld geht. Und anhand dessen, was sie mir erzählt hat …« Ich hielt inne und zuckte mit den Schultern. Ihre Mum nun zu beleidigen, wäre wohl nicht der beste Ansatz, Fionas Vertrauen zurückzugewinnen. Aber ich wollte auch nicht lügen und das Ganze besser darstellen, als es gewesen war. Zumal sie das Interview nun ohnehin kannte.

»Der Eindruck hat sich bestätigt.« Es war keine Frage, sondern eine unumstößliche Feststellung, und als Fiona meinen Blick erwiderte, bohrte sich der Schmerz in ihren Augen direkt in meine Brust. Ich wünschte, ich hätte ihr etwas davon abnehmen können. Könnte helfen, die Last zu tragen, die ihre Mutter ihr allem Anschein nach aufbürdete. Und obwohl ich ahnte, dass es ihren Schmerz nur weiter vergrößerte, nickte ich. Sie wirkte nicht im Geringsten überrascht.

»Ich habe wirklich nur versucht, Zeit zu gewinnen, damit wir ein Gegenstatement veröffentlichen können.«

»Und was wollt ihr jetzt mit dem Interview tun?«

»Nichts.« Glaubte sie wirklich, dass ich auch nur mit dem Gedanken spielte, es zu nutzen? War das das Bild, das sie von mir hatte? Dann war es kein Wunder, dass sie auf der Hochzeit davongelaufen war.

Fiona musterte mich einen Moment skeptisch. »Schätze, Liam ist nicht gerade glücklich darüber, hm?«

»Möglich, aber ich habe gekündigt. Er hat das Interview nie gesehen oder gehört. Da wird nichts kommen.«

»Du hast gekündigt?«

»Ja.«

»Aber wieso?«

»Weil mir einige Dinge klar geworden sind. Ich werd die Videos noch eine Weile online lassen und den Kanal dann löschen.«

»Was?« Nun stand Fiona nur noch Überraschung ins Gesicht geschrieben.

»Es ist Zeit, weiterzuziehen.«

Eine Weile lang sagte Fiona gar nichts, doch mit jeder verstreichenden Sekunde sanken ihre Schultern ein Stück weiter nach unten, als sie sich endlich entspannte. »Ich bin mir nicht sicher, ob da wirklich nichts mehr kommt. Ich könnte mir vorstellen, dass meine Mutter ihr Interview tatsächlich an jemand anderen verkauft. Ich hab den Kontakt zu ihr abgebrochen. Aber wenn sie das tut, richtet es jetzt wohl keinen so großen Schaden an, wie es vorher der Fall gewesen wäre, also …«

»Du hast den Kontakt zu deiner Mum abgebrochen?«

Fiona nickte.

»Wie geht es dir damit?«

»Okay, denke ich.« Dann hob sie trotz ihrer Worte seufzend die Schultern. »Oder auch nicht. Keine Ahnung, um ehrlich zu sein. Ich weiß, dass es das Richtige war. Ich musste diese Grenze ziehen. Aber jetzt, da alles wieder bergauf geht, meldet sie sich wieder, und natürlich weiß ich, dass sie das nur tut, weil sie etwas will und es gerade wieder gut läuft, aber …« Sie hielt inne.

»Fiona, du kannst mir vertrauen, wirklich.« Ich hasste es, dass da plötzlich diese Vorsicht zwischen uns war. Dass sie sich nicht sicher war, ob sie mir von ihrer Mum erzählen konnte.

Ich machte einen Schritt auf sie zu, sodass uns nur noch wenige Zentimeter trennten, und als sie zu mir aufsah, waren Hunderte unausgesprochene Fragen in ihrem Blick. Ich legte sanft meine Hände auf ihre immer noch verschränkten Arme und wartete einen Augenblick, doch sie wich nicht zurück. Sie musste verstehen, dass es mir ernst war. Dass ich in dem Moment, in dem wir uns besser kennengelernt hatten, nichts als gute Absichten gehabt hatte. Leider traf man auch mit guten Absichten oft falsche Entscheidungen.

»Ich wünschte, ich könnte die Zeit zurückdrehen. Dann würde ich dir von Anfang an von allem erzählen. Ich würde das Interview ablehnen, und es würde nie so weit kommen. Vielleicht hättest du sogar noch Kontakt zu deiner Mum, falls ich der Auslöser dafür war, dann …«

Zu meiner Überraschung schüttelte Fiona den Kopf. Sie ließ

die Arme sinken, und ich vermisste bereits in der nächsten Sekunde den Körperkontakt zu ihr. »Ich weiß nicht, ob ich dir geglaubt hätte. Vermutlich, irgendwo tief innen drin.« Sie seufzte tief auf. »Es hätte nichts geändert. Entweder hätte ich meine Mum direkt konfrontiert oder, und das ist wahrscheinlicher, noch länger gebraucht, um zu sehen, dass sie mich nur benutzt hat. Ich hab die Zahlungen an sie gestoppt und weiß jetzt immerhin, warum es ihr immer so schwergefallen ist, mich zu lieben.«

Das Lächeln auf ihrem Gesicht war so traurig, wie sie stark war.

»Da draußen sind etliche Leute, die du mit nichts als deiner Art und deinem Charakter tagtäglich von dir überzeugst. Denen du Perspektiven aufzeigst, die du unterhältst.«

»Diese Leute kennen mich nicht wirklich«, widersprach sie leise.

»Mag sein«, gab ich zu, »aber das mindert es nicht im Geringsten, oder? Es ist doch deshalb nicht weniger wert. Es mag deiner Mum schwerfallen, aber es ist alles andere als schwer, dich zu lieben, Fiona. Meine Familie, allen voran meine Schwester, ist ein Beispiel dafür. Kaycee ist ein weiteres. Und mich hast du mit jeder klugen Bemerkung, jedem Lächeln, jeder begeisterten Erzählung, jeder schlagfertigen Antwort von dir überzeugt.«

»Du mochtest mich am Anfang nicht einmal.«

»Eben. Ich mochte dich nicht, und mir ist es trotz meiner Vorurteile nicht schwergefallen, mich in dich zu verlieben.«

Fionas Blick ruhte auf mir, als versuchte sie, die Worte zu begreifen, die gerade über meine Lippen gekommen waren. Mein Hals wurde trocken, während mein Herz das Blut viel zu schnell durch meine Adern pumpte.

»Warum?« Fionas Stimme klang seltsam verletzlich, als hätte meine Antwort die Macht, diesen wunden Punkt in ihr zu treffen.

»Warum ich mich in dich verliebt habe?«

Da, ich hatte es wieder gesagt. Ich hatte die Worte noch nie zuvor laut ausgesprochen. Doch ich hatte versprochen, ihr gegenüber ehrlich zu sein, und auch das war die Wahrheit.

»Weißt du, wie Meteoriten entstehen?«

»Was?«, fragte sie offensichtlich verwirrt, was ich ihr nicht verübeln konnte.

»Meteoriten entstehen, wenn zwei Asteroiden kollidieren.«

»Und wir sind die Asteroiden in der Metapher?« Immerhin wirkte Fiona nicht länger verletzlich, denn ihr linker Mundwinkel zuckte.

»Dass du mich nicht ausreden lässt und mich mit deinen neunmalklugen Sprüchen unterbrichst, während du mich ständig als Klugscheißer betitelst, ist übrigens einer der vielen Gründe, weshalb ich dich mag. Ich meinte damit nur, dass aus zwei unterschiedlichen, aufeinanderprallenden Dingen etwas Neues, noch Schöneres entstehen kann. Und ja, das mag auf uns zutreffen, aber in erster Linie habe ich dabei an dich gedacht und daran, wie du alle Widrigkeiten, die dir das Leben entgegengeworfen hat, in etwas Positives gewandelt hast. Die Dämonen, denen du dich stellen musstest, mögen Narben hinterlassen haben, doch du hast sie besiegt. Mehr noch, du hast dir trotz allem eine Leidenschaft erhalten, die die meisten Menschen ihr ganzes Leben lang nicht kennenlernen. Und das weiß ich nicht erst, seit ich dich kenne, das wurde mir bereits bewusst, als ich deine Rede beim Launch online gesehen habe. Du hast mich mit meinen eigenen Vorurteilen konfrontiert, von Anfang an. Du hast mir das Gefühl gegeben, ich selbst sein zu können, und mir ein noch viel größeres Geschenk damit gemacht, dass du bei mir du selbst warst. Du bist hilfsbereit. Du magst Teile von dir hinter Mauern verstecken, doch du hast kein Problem damit, Menschen in dein Herz zu lassen. Du hast mehrmals gesagt, dass das deine Schwäche ist und du naiv bist, aber ich glaube nicht, dass es naiv ist, das Gute in Menschen sehen zu wollen. Gemessen an all den Malen, in denen andere dir das Schlechteste in ihnen gezeigt haben, ist es nichts als stark, weiterhin an das Gute zu glauben. All das hängt übrigens in keiner Weise mit deinem Online-Auftritt zusammen. Das alles bist du. Also ja: All deine Follower kennen dich nicht. Doch würden sie dich kennen, sie würden, genau wie ich, jeden Tag weitere Gründe finden, dich zu mögen.«

In Fionas Augen standen Tränen, als ich innehielt, um Luft zu holen. Ich war noch nicht fertig und wollte gerade weitersprechen, doch noch bevor ich den Mund öffnen konnte, hatte Fiona ihre Lippen auf meine gepresst, und jegliche Worte in meinem Kopf waren vergessen. Da war nur noch Raum für sie.

Sie vergrub die Finger in meinen Haaren, als sie mich sanft zu sich hinabzog. Der Kuss war vorsichtig und federleicht, verwandelte sich jedoch in etwas Drängendes, Leidenschaftlicheres, als Fiona die Lippen öffnete und ihre Zunge über meine strich. Die Erinnerung an unseren letzten Kuss streifte kurz mein Unterbewusstsein – an den Kuss und daran, wie Fiona die Hochzeit verlassen hatte. Doch mit jeder Sekunde, die wir uns küssten, traten diese Gedanken weiter in den Hintergrund, bis ich nichts mehr wahrnahm außer der Wärme von Fionas Körper an meinem und dem weichen Gefühl ihrer Lippen. Und als sie sich atemlos von mir löste und mich mit einem Lächeln ansah, mein Gesicht in ihren Händen, wusste ich, dass sie mir verziehen hatte, noch bevor sie es aussprach.

»Es tut mir leid, dass ich dir nicht zugehört habe«, sagte sie leise. »Ich hab mich so hintergangen und verletzt gefühlt, dass ich gar nicht daran glauben wollte, dass alles auch einen guten

Grund haben könnte. Ich hab nur das Muster gesehen, das sich schon so oft wiederholt hat. Aber ich verzeihe dir, und es tut mir leid.«

»Das muss es nicht, du hast nichts falsch gemacht«, begann ich, doch Fiona brachte mich zum Schweigen, indem sie mir einen Finger auf den Mund presste.

»Ich kann leider keine ebenso schöne Rede schwingen wie du«, fuhr sie fort. »Nicht weil mir nicht etliche Dinge einfallen, die ich an dir mag, sondern weil ich nicht weiß, wann genau ich mich in dich verliebt habe.«

Mein Atem stockte bei ihren Worten, und ich zwang mich, ihn noch länger anzuhalten, um keines davon zu verpassen.

»Ich weiß nur, dass du irgendwann in meinen Gedanken warst und mich etwas entgegen aller Vernunft zu dir hingezogen hat. Und ich weiß, dass ich das nicht ändern wollen würde.«

Ihr Lächeln sandte Schmetterlinge durch meinen Bauch. Ein Gefühl, das ich stets für erfunden gehalten hatte, doch die Art, wie sie mich ansah, bewies mir das Gegenteil. Fiona stellte sich erneut auf die Zehenspitzen, und als ihre Lippen auf meine trafen, sandte ich einen stillen Dank an das Universum, das Fiona und mich, trotz der unterschiedlichen Umlaufbahnen, auf denen wir gewandelt waren, zusammengeführt hatte.

Epilog
Fiona

»Da ist diese Frau, quasi eine Cruella de Vil 2.0, die Paddington ausstopfen will. Und der Fanartikel schlechthin für den Film ist … ein ausgestopfter Paddington-Teddybär?« Demian ergriff den abgewetzten Plüschbären, den ich trotz des Streits mit meiner Mutter behalten hatte. Er lag nicht länger in meinem Schlafzimmer, aber ich hatte es nicht übers Herz gebracht, ihn wegzuwerfen. »Das ist ziemlich grausam und makaber, erst recht für einen Kinderfilm, findest du nicht?«

Ich nahm Demian den Bären ab und setzte ihn wieder auf die Rückenlehne der Couch. »Jetzt hör auf, den Film totzuanalysieren. Ich hab genau gesehen, dass du Tränen in den Augen hattest, als sie mit ihm im Antiquariat waren.«

»Hatte ich gar nicht.« Demian streckte die Beine auf dem ausgezogenen Sofa aus und zog mich an seine Brust, bevor er die Decke über uns ausbreitete. »Aber du hast trotzdem recht, der Film war schön.«

»Ich weiß.«

Eine Weile lag ich nur da. Mit dem rechten Ohr lauschte ich Gwen Stefanis Stimme, die das Lied des Abspanns sang, mit dem linken Demians ruhigem Herzschlag, der mich automatisch zum Lächeln brachte. Mit den Fingern malte er sanfte Kreise auf meine Oberarme, und trotz der Decke zwischen uns überzog eine leichte Gänsehaut meinen Körper.

»Wir sollten langsam los.« Demians Worte vibrierten an meinem Ohr und sandten Wellen der Aufregung durch meinen Körper. Der Film hatte es für einen Moment geschafft, mir meine Nervosität zu nehmen, doch jetzt war sie schlagartig wieder da. Demians leises Lachen verriet mir, dass er ganz genau spürte, wie angespannt ich plötzlich war.

»Komm schon«, sagte er und richtete sich langsam auf, sodass auch ich zwangsläufig aufstehen musste. »Das wird großartig. Und es wäre mehr als unhöflich, zu spät zu deinem eigenen Event zu kommen.«

Mit einem Seufzen schaltete ich den Fernseher aus.

»Ich bin nervös«, sprach ich das Offensichtliche aus.

»Ich weiß, wäre ich auch. Aber das brauchst du nicht sein. Dieses Mal hast du alles selbst in der Hand.«

Er hatte recht. Dieses Mal hatte ich die Gästeliste erstellt, Sponsoren angeschrieben und alle Vorbereitungen allein getroffen – nun, nicht ganz allein, denn Demian und Kaycee sowie auch Anita hatten mir geholfen.

Demian legte die Hände sanft auf meine verspannten Oberarme. Die Wärme seines Körpers allein schaffte es, dass sich meine Muskeln ein wenig lockerten.

»Es wird großartig, okay? Mit all den Firmen, die kommen, stehst du doch sowieso schon wieder auf gutem Fuß.«

Mit den Fingern strich er beruhigend über den Saum meines weiten Shirts, bis ich langsam nickte.

»Okay, ich schaff das. Und drei Mitarbeiterinnen von *Hungry Eyes* sind auch da, wenn sie mir also nicht vertrauen, dann hoffentlich ihnen.«

Demian nickte und nahm dann sein Handy vom Sofatisch. »Kaycee ist bereits unterwegs hierher«, sagte er. »Hat sie im Gruppenchat geschrieben.«

»Was?« Ich ließ den Blick an mir hinabwandern. Ich trug

immer noch die Jogginghose und das Shirt von heute Morgen. Ohne ein weiteres Wort bog ich in Richtung Badezimmer ab, um mein Kleid anzuziehen und etwas Make-up aufzulegen. Der Anblick meiner Kollektion, die säuberlich aufgereiht auf dem Badezimmerschränkchen stand, zauberte endlich wieder ein Lächeln auf mein Gesicht. Ich hatte geglaubt, dass mein Traum vorbei war, bevor er richtig angefangen hatte, doch gemeinsam hatten wir es geschafft.

Und was mich noch viel mehr zum Lächeln brachte als die Tatsache, dass ich gerade meine eigenen Produkte auf die Haut auftrug, war das Gefühl, nicht länger allein zu sein. Ich war es auch vorher nicht gewesen, hätte bloß die Hand ausstrecken müssen, damit Kaycee oder Anita mich hochzogen. Doch in den letzten Monaten hatte diese Gewissheit endlich Einzug in meine Gedanken gefunden und einige der negativen, verängstigten verdrängt. Ich hatte zurück zu dem Tag des Launchs gewollt, um alles ungeschehen zu machen. Doch gerade war ich glücklicher so, wie es jetzt war. Der Sturm, den ich durchgestanden hatte, hatte mir bewiesen, dass es kein Kartenhaus war, das ich mir errichtet hatte, sondern eines mit festem Fundament.

Mit klopfendem Herzen trat ich durch die Aufzugtüren in den Sky Garden. Ich war immer noch baff, dass sie mir die Location einfach zur Verfügung gestellt hatten – trotz des Debakels beim letzten Mal. Die Sonne war beinahe völlig untergegangen, durch die verglasten Wände sah man lediglich einen orangefarbenen Streifen über der Skyline Londons. Im Inneren wurde das Gebäude durch kleine, warm strahlende Lampen erhellt. Mit dem vielen Grün und der erdigen Luft so weit über der restlichen Stadt war der Sky Garden immer einer meiner liebsten Orte gewesen. Ich war froh, neue positive Erinnerungen hier schaffen zu dürfen, die sich über die alten legen und sie verdecken konnten.

»Fiona!« Anita winkte uns mit einem Strahlen auf dem Gesicht zu und lief uns entgegen. »Da seid ihr ja. Es ist wirklich großartig geworden! Ich würde sagen, noch schöner als beim letzten Mal.«

»Danke!« Ich hatte mir alle Mühe gegeben. Recht schnell hatte sich herausgestellt, dass ich den Aufwand, den es brauchte, ein Event zu organisieren, völlig unterschätzt hatte. Aber ich hatte mir auch niemanden von außerhalb ins Team holen wollen. Dieses Mal hatte ich die Kontrolle behalten wollen, und von der akuten Müdigkeit mal abgesehen, hatte es sich gelohnt.

Leise Musik hallte durch den großen Saal. Vereinzelte Gruppen standen außen auf der balkonartigen Freifläche und genossen den Ausblick auf die Stadt, andere standen mit Sekt an der Bar oder saßen auf den Treppenstufen, die zu dem Rundgang durch den Garten führten.

»Darf ich dir Pauline vorstellen?« Anita deutete mit ausladender Handbewegung auf eine Frau, die sich gerade den Weg zu uns bahnte. Ich erkannte sie direkt von der Website von *Hungry Eyes*, auch wenn ihr dunkles Haar nun im Gegensatz zum Foto mit lila Strähnen durchsetzt war.

»Fiona, es freut mich, dich kennenzulernen!«, begrüßte sie mich und reichte mir ihre Hand.

»Mich auch. Und es tut mir wirklich so unglaublich leid, was letztes Mal …«

»Das sagtest du bereits am Telefon. Mehrfach. Mach dir keine Gedanken.«

Ähnliche Worte hatte sie zwar schon bei unserem Telefonat geäußert, trotzdem beruhigte es mich, sie sie noch einmal in Person hören zu sagen. Zu sehen, dass wirklich keine Skepsis in ihrem Blick lag, sondern aufrichtige Freundlichkeit.

»Danke.«

»Nichts zu danken, wir sollten dir viel mehr danken, dass du dich noch einmal an ein Charity-Event gewagt hast«, gab Pauline mit einem Lächeln zurück. »Es sieht großartig aus. Und wie es aussieht, wird schon gespendet, obwohl die Veranstaltung noch gar nicht offiziell eröffnet ist.«

Ich folgte ihrem Blick vorbei an meiner Schulter und hob die Augenbrauen, als Demian zu uns zurückschlenderte. Ich hatte gar nicht mitbekommen, dass er verschwunden war.

»Demian«, sagte Anita mit ebenfalls erhobenen Brauen.

»Ja?«

»Damit hättest du auch warten können, bis du meine motivierende Rede gehört hast.« Ich schlug ihm spielerisch mit der Clutch gegen die Brust, die ich zuletzt bei Marissas Hochzeit getragen hatte.

»Ich kann ja zweimal spenden«, gab er zurück.

»Zweimal so viel?«, fragte die blonde Frau, die sich von hinten genähert hatte und nun neben mich schob. »Hallo, ich bin Jennifer. Wir hatten per E-Mail Kontakt, ich mach die Presse für *Hungry Eyes*.« Sie schüttelte meine Hand und lächelte mir warm zu. »Schön zu sehen, dass das gute alte schlechte Gewissen noch so funktioniert«, fügte sie dann mit einem Grinsen an Demian gewandt hinzu.

Ich sah ihn fragend an, doch er schüttelte bloß den Kopf. Jennifer hingegen schien diese Geste entweder nicht zu bemerken oder aber sie beschloss, sie zu ignorieren.

»Dein Freund hier hat gerade so viel gespendet wie The Body Shop und Organic Peach zusammen.«

»Du hast was?«, fragte ich perplex, und auch Anita weitete die Augen.

»Eigentlich hast du es gespendet. Das waren die Einnahmen der Videos über dich.« Er hob die Schultern. »Es hätte sich sowieso falsch angefühlt, das Geld anzurühren. War nicht gerade die Glanzstunde meines Internetauftritts.«

»Du hast die gesamten Einnahmen der drei Videos gespendet?«, fragte Kaycee und klang genauso baff, wie ich mich fühlte.

»Und des TV-Auftritts.«

»Dein Eifer in Ehren«, sagte Anita, »aber hast du nicht gerade deinen Kanal gelöscht? Vielleicht solltest du dich für deinen Zweitkanal mal wieder nach einem Management umsehen. Was Finanzen angeht, scheinst du Beratung zu brauchen. Ich kenne da zufällig jemanden …«

»Mal sehen, wohin der Kanal geht. Vielleicht komm ich drauf zurück«, erwiderte Demian mit einem Schmunzeln. »Aber ich werde schon nicht verhungern, das Stipendium deckt ja einiges ab.«

»Du hast das Stipendium bekommen?«, fragte Kaycee und weitete die Augen noch ein Stückchen mehr. »Wieso erfahre ich das denn nicht?«

Ich hob entschuldigend die Hände, als sie mir einen vorwurfsvollen Blick zuwarf. Die letzten Tage waren ein Wirbelwind an Vorbereitungen gewesen.

»Ja. Der Dekan war eh nicht abgeneigt, aber dann war er bei meiner Rede im Museum anwesend, und ich glaube, das hat es dann besiegelt. Jedenfalls deckt das Stipendium die Studiengebühren und einen kleinen Teil der Miete.«

»Dann haben wir ja doppelt und dreifach Grund anzustoßen.« Kaycee reckte den Kopf nach einem der umherlaufenden Kellnernden und nahm diesem, sehr zu seiner Überraschung, gleich das ganze Tablett anstelle eines Glases ab. »So …« Sie hielt es erst Anita, Jennifer und Pauline, dann Demian und schließlich mir entgegen, bevor sie sich das letzte Glas schnappte und das runde Tablett auf einem Stehtisch ablegte.

Ich reckte mein Sektglas in die Höhe. »Na dann: auf Demian, der künftig seine Dozenten belehren kann, nicht mehr mich.«

»Als ob du es so schlimm fändest«, gab dieser zurück.

»Und dann hoffentlich keine Videos mehr über meine Klientinnen machen muss«, fügte Anita mit Seitenblick auf Demian hinzu. Das belustigte Funkeln in ihren Augen verriet mir aber, dass auch sie ihm verziehen hatte.

Wir stießen an, und ich nahm zwei Schlucke der prickelnden Flüssigkeit, bevor ich das Glas zur Seite stellte. In wenigen Minuten würde es offiziell losgehen, und so nervös, wie ich ohnehin schon war, wollte ich einen klaren Kopf behalten. Mit halbem Ohr lauschte ich den Gesprächen der anderen und ging im Kopf noch einmal meine Rede durch, bis Anita mich schließlich sanft in die Seite stupste.

»Ich glaub, es ist so weit.«

Ich sah von ihr zu der kleinen Bühne, die dort aufgebaut war, wo üblicherweise die Tische und Stühle des Cafés standen. Nach ein paar tiefen Atemzügen nickte ich. Mein Herz klopfte aufgeregt in meiner Brust, und obwohl die Stimmung gut war und ich wusste, dass ich nichts zu befürchten hatte, da alle Anwesenden mir verziehen hatten, war ich nervös.

Als ich die zwei flachen Treppenstufen zum Podest erklomm, hielt ich den Saum meines langen Kleides hoch, um nicht zu stolpern. Die Finger, die ich in den Stoff krallte, zitterten leicht. Dennoch musste ich lächeln. Zuletzt war ich beim Launch meiner Make-up-Linie so nervös gewesen. Und dass ich nervös war, war ein gutes Zeichen. Es zeigte mir, dass mir das Ganze etwas bedeutete. Ich konnte nur hoffen, dass sich ein wenig meiner Leidenschaft für die Sache auf die anderen übertrug und wir gemeinsam etwas Positives bewegen würden.

Ich stellte mich vor das Mikrofon, richtete es auf meine

Größe aus und sah einmal in die Runde. Jetzt, da ich hier stand und in die Gesichter der Anwesenden blickte, fühlte ich mich erst recht an den Launch vor einigen Monaten zurückerinnert. Wie viel sich seitdem verändert hatte. Von außen betrachtet war alles beim Alten, doch in mir drin hatte sich viel getan. Ich hatte gelernt, für mich selbst einzustehen und auf mich zu achten. Ich hatte gelernt, dass das Sicherheitsnetz, das einen auffing, wenn man fiel, nicht zwingend ein familiäres sein musste.

Mit einem Lächeln sah ich zu Kaycee, die mir einen Daumen hoch gab, zu Anita, die mir kurz zunickte, und zu Demian, dessen Lächeln nach wie vor ein aufgeregtes Kribbeln durch meinen Körper sandte. Es würde Arbeit werden, Verhaltensweisen, die ich mir seit meiner Kindheit antrainiert hatte, abzulegen. Aber diese Arbeit musste ich nicht allein bewältigen. Meine Mum hatte recht, ich hatte nicht viele Menschen in meinem Leben, erst recht nicht, seit sie kein Teil mehr davon war. Doch ich hatte Personen, die mich so liebten, wie ich war, und die mir Hoffnung gaben, dass das kein Ding der Unmöglichkeit darstellte.

Und auch Paddington hatte recht behalten: Ein Zuhause war mehr als nur ein Dach über dem Kopf. Es war das Gefühl, man selbst sein zu dürfen. Die Gewissheit, geliebt zu werden, trotz der schlechten Tage und gerade wegen der Ecken und Kanten, die einen von anderen Menschen unterschieden. Wir selbst mussten das Fundament dieses Zuhauses bilden, und an diesem hatte ich nach wie vor zu arbeiten. Doch während Kaycee jahrelang das Dach gewesen war, das den gröbsten Regen abgehalten hatte, war Demian das Fenster, das Licht hineinließ, seit ich ihm Platz inmitten meiner Mauern geschaffen hatte. Er war ohne Warnung in mein Leben gekommen, hatte meine Welt einmal völlig erschüttert, und sie dann – etwas besser, als sie zuvor gewesen war – zusammengesetzt. Ich konnte es kaum erwarten, zu sehen, was diese Welt noch für uns bereithielt.

Danksagung

Ihr habt es bis hierhin geschafft? Dann erst einmal: Danke und herzlichen Glückwunsch! Dieses Buch wurde so viele tausend Wörter länger als geplant, ich dachte beim Schreiben wirklich, es endet nie. Mein erster Dank gebührt daher also dir, dass du Fionas und Demians Geschichte deine Zeit geschenkt hast. Danke, dass du mit den beiden ein wenig aus dem Alltag entflohen bist oder auch einfach nur prokrastiniert hast, anstatt Schul-, Uni-, oder Haushaltsdinge zu tun. Mein zweiter Dank geht an Fiona und Demian. Denn obwohl dieses Buch viel länger wurde als geplant, wollte ich auch gar nicht, dass es endet, weil ich die beiden so ins Herz geschlossen habe. Während ich in der *Away*-Reihe über sehr persönliche Themen gesprochen habe, haben die beiden mir Dinge beigebracht, die fernab meines Tellerrands liegen.

Danke an den LYX Verlag. Ich freue mich sehr, dass auch meine zweite Trilogie bei euch ein Zuhause gefunden hat. Danke an meine Lektorin Alexandra für die klugen Anmerkungen und Fragen und die entspannte Reaktion auf das viel zu lange Manuskript. *Worlds Apart* wird kürzer – glaub ich.

Danke an meine Agentinnen Kristina und Gesa. Ich freu mich schon auf alle weiteren Projekte mit euch. Danke, dass ihr euch immer Zeit für mich nehmt.

Wie immer ein ganz großes Danke an die PJS. Ihr seid die

tollste Freundesclique, die ich mir wünschen könnte, und ich bin so dankbar, dass wir uns gefunden haben. Alex, Ava, Bianca, Jesus, Klaudia, Laura, Marie, Nicole, Nina, Tami – ich hab euch lieb. Mehr als Makkaroni und beißende Hamster.

Ein ganz besonders großes Dankeschön an Marie, dass sie mit mir einen ganzen Tag YouTube-Drama zur Vorbereitung für dieses Buch geguckt hat. Es hat mir mehr Spaß gemacht, als ich zugeben möchte. Auch Bianca und Nicole muss ich noch einmal gesondert danken: Eure ständigen Warum-Fragen machen jedes Buch besser.

Danke an die Falkenfreunde: Babsi, Liza, Lucinda und Mikkel. Dieses Buch ist euch gewidmet. Ich hab so viel in so kurzer Zeit geschrieben wie noch nie, und ich bin dabei weder durchgedreht, noch habe ich nur Monster getrunken. Ohne das morgendliche Co-Working mit euch und all die Unterstützung und die (manchmal sehr seltsamen) Gespräche wäre dieses Buch nicht, was es ist. Danke, dass ihr hinter mir steht und mir Dinge über Falken und Dinos beibringt, die ich eigentlich nie wissen wollte.

Danke an meine Eltern. Mama, danke, dass du das genaue Gegenteil von Fionas Mum bist. Ich verdanke dir so viel. Papa, danke, dass du mich unterstützt und so stolz bist, obwohl ich genau weiß, dass du nie ein Buch von mir lesen wirst. (Was okay ist, darin gibt es Sex, und es war dir schon beim *Witcher* peinlich, das mit mir zu gucken.)

Danke an Chris, Maike und Saskia für die jahrelange Freundschaft, in der ich so ungefiltert ich selbst sein kann. Ihr seid und bleibt meine Lieblingsmenschen.

Danke an Fiona, dass ich mir deinen Namen leihen durfte. Ich bin sehr stolz auf dich und den Weg, den du gegangen bist, und freu mich schon, dich bald wieder in London zu sehen.

Danke an meine Außenlektorin Klaudia, es ist immer wieder eine Freude, mit dir zu arbeiten.

Danke an meine wundervollen Testleserinnen Bella, Jule, Marike und Saskia. Danke für eure Zeit, die Sprachnachrichten und die Anmerkungen.

Danke an alle Rezensent:innen, Blogger:innen, Buchhändler:innen und YouTuber:innen. Danke für eure Zeit, Worte, Bilder und die tolle Arbeit, die ihr leistet.

Danke an alle, die mich auf Twitch beim Co-Working unterstützen oder mich in den Spielen gern verzweifeln sehen. Danke, danke, danke an den wundervollsten Discord der Welt. Ihr Süßkartoffeln macht den Alltag jedes Mal schöner.

Und zuletzt ein riesengroßes Danke an meine Leser:innen. Eure Nachrichten zur *Away*-Reihe motivieren mich und zeigen mir, wofür ich schreibe. Besonders zu Kyras Geschichte in *Fadeaway* habe ich unendlich viele Nachrichten von Leserinnen erhalten, denen Ähnliches widerfahren ist. Ich bin unendlich stolz auf euch und dankbar, dass ihr eure Geschichten mit mir geteilt habt. Wir sind nicht allein, unsere Geschichten verbinden uns.

Ich hoffe, wir lesen uns in *Worlds Apart* wieder. Bis dahin schreibt mir gern auf Twitter (@stehlblueten) oder Instagram (@anabellestehl). Ich freu mich, von euch zu hören!

Alles Liebe
Anabelle

Wenn du dir selbst nicht mehr vertraust, vertraue mir ...

Anna Savas
KEEPING SECRETS

480 Seiten
ISBN 978-3-7363-1534-1

Dass ihr neuer Film am College ihres Heimatorts spielt, passt Schauspielerin Tessa Thorn gar nicht. Und dass der angehende Journalist Cole Williams ein Portrait über sie schreiben soll, erst recht nicht. Schließlich darf niemand erfahren, was vor acht Jahren passiert ist. Und je tiefer er in ihrer Vergangenheit gräbt, desto näher kommt er nicht nur Tessa, sondern auch ihrem großen Geheimnis, das alles zerstören könnte ...

»Eine wundervolle Geschichte, die mich von Kapitel zu Kapitel mehr gefesselt hat. Atmosphärisch, romantisch, ein wenig melancholisch. Ich hätte ewig weiterlesen können.« AVA REED

LYX

Weil jedes Ende auch ein Anfang ist ...

Kara Atkin
BLUE SEOUL NIGHTS

ISBN 978-3-7363-1657-7

Nach dem Tod ihres Vaters hält Jade nichts mehr in London. Sie nimmt einen Job als Englischlehrerin an einer Grundschule in Seoul an, um ihr altes Leben hinter sich zu lassen und ab sofort nur noch ihre eigenen Träume zu verwirklichen. Nie wieder will sie ihr Glück von jemand anderem abhängig machen. Doch dieser Plan gerät gehörig ins Wanken, als sie den attraktiven Hyun-Joon kennenlernt ...

»Ich habe das Setting, die Story und die Charaktere geliebt. Die Geschichte hat so süchtig gemacht, dass ich gar nicht mehr aufhören konnte.« MARENVIVIEN über FOREVER FREE

LYX

Was, wenn mein Herz für das Eiskunstlaufen gemacht ist – aber der Rest von mir nicht?

Anne Pätzold
RIGHT HERE
(STAY WITH ME)

496 Seiten
ISBN 978-3-7363-1585-3

Es gibt nichts auf der Welt, das Lucy mehr liebt als das Eiskunstlaufen, jedoch haben ihre Eltern ihr jetzt ein Ultimatum gesetzt: Wenn Lucy beim nächsten Wettkampf nicht gewinnt, muss sie das verhasste Marketingstudium wieder aufnehmen. Ein einziger Monat bleibt Lucy, um ihre Kür zu perfektionieren. Doch ausgerechnet da lernt sie Jules kennen, der ihr Herz schneller schlagen lässt als jemals irgendjemand zuvor. Eigentlich darf Lucy sich jetzt keine Ablenkung erlauben – zumal sie schnell bemerkt, dass Jules mit seinen ganz eigenen Dämonen zu kämpfen hat …

»Ich habe die LOVE-NXT-Trilogie verschlungen und geliebt.«
KIELFEDER

LYX

»Ich denke, Heimat ist auch Ankommen bei
den richtigen Leuten.«
》Bei der richtigen Person.«

Mehwish Sohail
LIKE WATER IN
YOUR HANDS

480 Seiten
ISBN 978-3-7363-1551-8

Arwa ist gerade erst für ihr Studium nach Wien gezogen. Aber
statt Freundschaften zu knüpfen, meidet sie den Kontakt zu
anderen. Das ändert sich, als sie auf Tariq trifft. Doch Tariq, dem
es zunehmend schwerer fällt, die Traditionen seiner Familie mit
dem Wunsch nach Freiheit zu vereinbaren, kämpft gegen seine
eigenen Dämonen. Und je näher sich die beiden kommen, desto
klarer wird, dass ihre Liebe nur eine Chance hat, wenn sie sich ein
für alle Mal ihrer Vergangenheit und Zukunft stellen ...

»Mit *Like water in your hands* schenkt uns Mehwish Sohail
die Stimme der Vielfältigkeit und Sichtbarkeit, die uns solange
gefehlt hat.« DINABLOGSYOU

LYX